LE PORT SECRET

DU MÊME AUTEUR

LE PORT SECRET, Actes Sud, 2016 ; Babel noir n° 236.

Titre original :
Puerto Escondido
Éditeur original :
Editorial Planeta, S.A., Ediciones Destino, Barcelone

ISBN 978-2-330-12989-7

MARÍA ORUÑA

LE PORT SECRET

roman traduit de l'espagnol
par Amandine Py

BABEL

À toi, mon cœur, qui ne lira jamais ce livre.

Et à tous ces jeunes assis sur les bancs des parcs, dont les corps abritent tant de secrets et de merveilleuses histoires.

Si les psychopathes ont un point commun, c'est bien leur aptitude consommée à se faire passer pour aussi normal que le premier venu, alors que derrière la façade – le costume –, il y a un inflexible prédateur.

La Sagesse du psychopathe, KEVIN DUTTON.
Kevin Dutton est professeur de psychologie à Oxford et membre de la Société royale de médecine de Londres.

Peu à peu, la pente douce mais inexorable le plongeait dans la douceur de l'été. Il respirait cette joie estivale, légère et sans prétentions, qui flottait sur le paysage. Il pressentait l'animation du village, l'effervescence du port, cette vitalité marine qui renaissait à la belle saison quand de minuscules masses humaines issues des villes de l'arrière-pays déployaient des barrières d'oubli provisoires sur leurs métiers, leurs habitudes et tous les instants de leurs vies quotidiennes qui ne fussent pas baignés par la mer ou par un soleil imprégné de salpêtre. La carte postale offrait un panorama désordonné : à perte de vue, des champs où des maisons poussaient sans règles d'urbanisme apparentes, comme des camomilles sauvages dans le vert d'une prairie.

Oliver commençait tout juste à se détendre. Conduire à droite sollicitait sans relâche les cinq sens de ce Londonien habitué à rouler à gauche. Il laissa sur sa droite, au ralenti, le mont de Masera de Castío. La face nord de la montagne donnait sur le hameau de Cortiguera alors que le versant sud embrassait le village d'Hinojedo. Ce plateau singulier sortait de terre comme un promontoire à la base opaque, rectangulaire, un tabouret gigantesque taillé à la mesure d'un dieu de la région.

À mesure que l'on approchait de la mer, les maisons se pressaient les unes contre les autres. Elles semblaient se disputer ces quelques mètres de sol qui leur donnaient accès à des vues privilégiées sur le large, tout à leur bonheur bucolique d'avoir pu s'ancrer à cette terre.

La circulation ralentit au moment où il aperçut le panneau "Bienvenue à Suances", et Oliver en déduisit, puisqu'il ne devait plus être très loin de la côte, qu'un embouteillage se formait. Un immense lombric reluisant de voitures pleines à craquer de parasols, de crèmes solaires, de couleurs vives, de pelles et de seaux qui serviraient à construire des châteaux de sables éphémères, sitôt démolis par les enfants.

Oliver poussa un soupir : il était loin d'en avoir fini avec la route. Il passa sa main dans ses épais cheveux bruns, plissa légèrement son nez romain tandis que ses yeux d'un bleu cobalt scrutaient le paysage. La ria de San Martín de la Arena – ou de Requejada, comme on l'appelait ici – s'élargissait à mesure qu'elle avançait vers la mer. Ses doux méandres creusaient d'inlassables sillons dans l'estuaire qui naissait un peu plus bas, après la légère retenue du précipice. Il décida d'écouter la radio pour tromper l'attente, et sa main tâtonna les boutons de l'autoradio au hasard. Il venait juste d'avoir les clés de cette Fiat noire 500L de location, une berline un peu féminine à son goût. Comme surgis de nulle part, sans annonce préalable de l'animateur, de vibrants accords de guitare espagnole envahirent l'habitacle, des notes de piano suivies d'une belle voix grave et masculine.

Il reconnut immédiatement l'air mélancolique de *Let Her Go*, cette chanson de Passenger. Les paroles évoquaient l'amour irraisonné des hommes envers ce qu'ils n'ont plus.

Oliver n'avait pas besoin de cette chanson pour penser à Anna. Anna et sa longue chevelure rousse, lisse comme la ligne d'horizon d'un désert. Anna était une partie de son corps, il la portait en lui comme une blessure invisible à jamais tatouée sur son torse, sans espoir de cicatrisation possible. Et pourtant, les traits de son visage commençaient à se brouiller inéluctablement. La musique le renvoya à ces temps confus qu'il venait de vivre avec elle. Un passé qui semblait déjà loin, comme des jours mis entre parenthèses.

— Oliver ? Je suis là. Comment vas-tu ?

— Très bien, quelle question. Dis-moi plutôt comment toi, tu vas, avait répondu Oliver avec une tendresse à peine dissimulée.

— Il faut qu'on parle, tous les deux. – Son regard avait la sagesse de ceux qui n'ont plus rien à perdre. – Ça me ferait plaisir que tu sortes un peu le soir, tu sais. J'aimerais que tu rencontres quelqu'un. Peu importe quand ça arrive, une semaine ou une heure après ma… pour moi ce ne sera jamais trop tôt. Tu comprends ?

— Ne dis pas de bêtises. Si tu n'étais pas là, je serais incapable de sortir avec une fille, tu me connais. Non, sans toi, je me taperais vingt nanas par semaine, lui avait-il rétorqué. Je sais que ça va marcher. Tout va s'arranger, crois-moi. La balle est dans ton camp : soit tu me fais confiance, soit je vais de ce pas faire hurler les filles en boîte, lui avait-il dit dans un clin d'œil.

Elle avait répondu par un sourire, mais ses yeux glissaient déjà vers l'abîme.

— Oliver, tu sais aussi bien que moi que… – Elle soupirait presque bruyamment, à bout de forces, en le regardant dans les yeux. – Oliver, avait-elle répété, un bonheur ne peut pas être complet s'il n'est pas partagé.

— Ne fais pas ça, je t'en supplie.

— Je ne comprends pas… Qu'est-ce que tu ne veux pas que je…

Mais il l'avait interrompue :

— Ne me quitte pas.

STOP. Un *stop* opportun, avec ses lettres blanches qui se détachaient nettement de la forme octogonale du panneau rouge, se dressait sur le bas-côté de la route. Les voitures roulaient au pas et la signalisation ressemblait à une mauvaise blague. Oliver revint du passé et des couloirs tortueux de son esprit, happé par la route, le paysage et l'incessant *bip bip* de son téléphone portable.

— Allô, oui ? Allô ? répondit-il en fronçant les sourcils, comme si cela pouvait améliorer la couverture du réseau.

— Oliver Gordon ?

La voix semblait venir de très loin, elle se détachait mal du bruit de fond assourdissant à l'autre bout de la ligne : un véritable orchestre de marteaux, de perceuses et de ce qui devait être une disqueuse tournant à pleine puissance.

— C'est moi. À qui ai-je l'honneur ?

— Rafael Bernárdez, l'associé d'Antonio, de l'entreprise de maçonnerie. Vous me remettez ? On s'est parlé au téléphone le mois dernier.

— Ah oui, bien sûr. Vous êtes le maître d'œuvre, c'est ça ? Les travaux avancent comme vous voulez ? demanda Oliver.

Un bref silence se fit à l'autre bout de la ligne.

— Pour aller, ça va… – nouveau silence – … en fait je vous appelle du chantier, là. Je suis avec les ouvriers et le charpentier. Et j'ai besoin de vous parler, une urgence. Est-ce que vous êtes disponible tout de suite ?

— Je suis au volant, mais je suis coincé dans les bouchons, donc allez-y, je vous écoute.

Un raclement de gorge se fit entendre à l'autre bout de la ligne, comme si l'interlocuteur cherchait ses mots.

— Heeeeemmmm… Vous rentrez bientôt d'Angleterre, pas vrai ?

Oliver commençait à perdre patience. Mais il se contenta de répondre :

— Tout dépend de ce que vous entendez par bientôt. J'ai atterri ce matin à Bilbao et là, je suis sur la route, à environ quinze minutes de Suances. Alors en effet, oui, je ne vais pas tarder à arriver, si cette incroyable file d'estivants qui bloque la circulation se décide à me laisser passer. On peut savoir ce qui se passe ? Des problèmes sur le chantier ?

— Ça tombe bien que vous soyez dans le coin. Ça me rassure, pour tout vous dire. Je ne vous attendais pas avant deux semaines.

— Tant mieux. Rafael, dites-moi ce qui vous tracasse.

— On a trouvé quelque chose dans la cloison du sous-sol… Vous savez, le mur que vous vouliez casser pour faire une salle de jeux…

Oliver poussa un profond soupir, haussa les sourcils et rétrograda en première pour pouvoir rouler au pas. La file de voitures s'étirait enfin, avec une lenteur d'escargot.

— Dites-moi ce que vous avez trouvé, bon sang. Une pierre que vous n'arrivez pas à percer ? Des canalisations rouillées ? Une chambre noire secrète ? Qu'est-ce qui peut être si urgent ?

Et si mystérieux, se dit-il, alors qu'il attendait, un sourire las et sceptique sur le visage, une réponse absurde du chef de chantier en écoutant distraitement la radio. L'air calme et nostalgique tranchait avec la tournure étrange que prenait cette conversation. D'ailleurs, le ton du maître d'œuvre commençait à éveiller franchement son inquiétude.

— Écoutez, faut pas plaisanter avec ce genre de chose, ça peut nous obliger à suspendre les travaux, et bon, moi je vous préviens, à vous de voir si vous voulez alerter les autorités. Enfin, moi ce que j'en dis, hein…

Oliver se sentait profondément agacé.

— On peut savoir ce que vous avez trouvé dans ma cave ? Si c'est des amphores romaines, ne vous en faites pas, on se les garde, répliqua-t-il sur un ton moqueur, à moins qu'un cousin de Dracula n'ait élu domicile au sous-sol de la maison ? ironisa-t-il en haussant les sourcils.

— Non. – Le chef de chantier semblait totalement insensible aux sarcasmes d'Oliver. Un nouveau silence se fit à l'autre bout de la ligne, seulement brisé par les coups sourds et incessants d'un marteau. – C'est… le cadavre d'un bébé qu'on a trouvé, monsieur Gordon. Jamais vu une chose pareille, moi. Le cadavre d'un bébé, répéta-t-il en soufflant, comme si l'air pouvait l'aider à se libérer d'une information qui lui étreignait physiquement la gorge.

L'animateur interrompit la chanson pour commenter le dernier classement des *singles* de l'été. Mais Oliver n'entendait plus rien : après sa conversation avec le maître d'œuvre, à qui il avait simplement répondu de l'attendre, un silence sourd s'était emparé de lui. Il conduisait comme un somnambule, n'écoutant que les battements accélérés de son cœur. Après quinze minutes d'agonie au volant, il arriva enfin devant la maison, où, guidé par Rafael, il put contempler le dernier sommeil de l'enfant. Ce fut seulement là, en descendant les marches qui menaient au sous-sol, qu'il réalisa avec effroi qu'il venait d'entrer dans une tombe.

Cela vaut la peine de s'aventurer de temps à autre sur de nouveaux sentiers, d'entrer dans la forêt. On y trouve des choses que personne n'a jamais vues.

ALEXANDER GRAHAM BELL

Le sergent Riveiro gara sa voiture à l'entrée de la propriété. C'était un véhicule de la garde civile camouflé en berline de tourisme, sans sigles apparents de la *benemérita**. Sur le mur de pierre qui entourait la maison, il remarqua une petite plaque où figurait son nom : "Villa Marine".

Il était plutôt curieux qu'un cadavre ait été découvert à cet endroit : des dizaines de personnes passaient chaque jour devant cette villa qu'ils devaient longer pour se rendre au phare de Suances, à la plage de Los Locos, ou ailleurs sur ce bras de terre étroit qui s'aventurait dans la mer. La maison était située à l'entrée du cap, là où finissait la plage incurvée de La Concha.

* Surnom populaire de la garde civile, force de police à statut militaire (comparable à la gendarmerie française) fondée en 1844. *(Toutes les notes sont de la traductrice.)*

Il était lui-même passé un nombre incalculable de fois devant cette propriété avec sa femme et ses deux petits garçons. La villa semblait à l'abandon depuis la mort de ses propriétaires. Pas étonnant : le domaine était hors de prix, inaccessible à la plupart des mortels. Mais il s'était trompé, la bâtisse appartenait bel et bien à quelqu'un. À quelqu'un qui avait eu le projet de lui redonner vie en lançant de gros travaux de réhabilitation, et qui, par un paradoxe incroyable, venait d'en exhumer un cadavre.

Le sergent Riveiro travaillait dans la brigade des enquêtes criminelles de l'unité organique de la police judiciaire de la garde civile, qui dépendait du groupement de Cantabrie, à Santander. Sa supérieure, le lieutenant Redondo, avait décidé de l'envoyer sur place : en plus de sa longue expérience en matière d'homicides, Riveiro avait travaillé pendant des années à la caserne de Suances et connaissait la région sur le bout des doigts.

Riveiro extirpa son mètre quatre-vingts du véhicule et observa attentivement Oliver, qui n'eut pas l'air de remarquer son arrivée. Nerveux, ce dernier arpentait de long en large un coin de jardin de cette bâtisse imposante entourée d'hortensias, de figuiers, d'arbustes de myrte et d'arbres tropicaux.

Il héla le brigadier Antonio Maza, affecté à la caserne de Suances, qui avait été le premier à se rendre sur place. Il surprit le brigadier dans un moment de rêverie face à la plage de La Concha. Ce n'était pas le week-end, mais l'exubérante plage de Suances était déjà mouchetée d'innombrables parasols aux couleurs vives. Le brigadier, un rouquin plutôt svelte au visage souriant, qui à trente ans s'abritait encore derrière des yeux d'enfant, était absorbé par le va-et-vient d'un bikini.

— Maza, vous rêvez ?

— Excusez-moi, sergent, je regardais la plage : il y en a qui ont la belle vie ! Vous avez vu cette baraque ? Elle a même un accès privé à la mer !

De sa main, il montrait un sentier en pente dont le tracé se perdait dans les mauvaises herbes. Entre les buissons et les arbres, le chemin donnait l'impression d'être à l'abandon. Riveiro tourna la tête et aperçut une étroite porte noire, à peine visible au bout du sentier, qui marquait la fin de cette jungle artificielle revenue à l'état sauvage. Derrière ses grilles en fer forgé, le sable fin de la plage de La Concha s'étendait à perte de vue.

En contrebas, sur l'aile droite de la propriété, se trouvait un grand chalet à l'architecture bigarrée, à mi-chemin entre une cabane canadienne et une maison traditionnelle des montagnes cantabriques. La façade était faite de larges pièces de bois et de dalles de pierre. Le sergent eut l'impression que cette construction n'allait pas avec le reste de la propriété : son style avait quelque chose d'anachronique et même de déplacé. Le chalet n'avait pas dû être construit à la même époque que la maison où ils avaient découvert le corps. Il observa quelques secondes l'imposante bâtisse : elle était située dans les hauteurs du terrain et déployait ses baies vitrées aux contours maquillés d'une teinte brun mat qui tranchait avec la blancheur immaculée des murs. La villa, située au confluent du style colonial, *afrancesado* et *indiano**, datait bien d'un demi-siècle.

Le jardin offrait de saisissants points de vue sur la plage de La Concha, l'embouchure de la ria et les brisants inhospitaliers de l'île de Los Conejos.

* *Afrancesados* : nom donné aux Espagnols qui, en 1808, se rallièrent à la cause de Joseph Bonaparte. *Indianos* : nom donné aux Espagnols qui partirent faire fortune en Amérique du Sud.

— Maza, parlez-moi des éléments dont nous disposons pour le moment, dit Riveiro au brigadier.

— Rien de plus que ce que je vous ai dit à la radio, sergent. On a trouvé le cadavre d'un bébé enroulé dans des draps jaunes tout craquelés, vous savez, comme ceux des momies. Cette histoire date de Mathusalem à mon avis.

— Bon – Riveiro hocha la tête –, vous avez veillé à ce que personne ne touche à rien, à ce que je vois. Avez-vous pu délimiter la zone ?

Il regarda Maza droit dans les yeux.

— Bien sûr. Nous avons également informé le groupement de Santander pour leur demander d'envoyer les gars de la SECRIM.

— La police scientifique est en route ? Parfait, bien joué. Quelqu'un s'est chargé de prévenir le juge et le médecin légiste ?

— Ils ne vont pas tarder. Je viens d'en recevoir la confirmation, répondit Maza, apparemment satisfait de son efficacité.

— Maza, on va devoir vous décerner une médaille, si vous continuez comme ça. Qui est à l'intérieur… Martín ?

Il connaissait l'agent de vue. Comme le brigadier, ce dernier était affecté à la garnison de Suances.

— Oui, il vérifie en ce moment même l'identité des ouvriers. Martín est en train de les interroger. Ce sont eux qui ont trouvé le corps…

— Ils faisaient quoi au juste, des travaux de rénovation ? dit-il juste avant d'avoir la réponse à sa question : des échafaudages, une bétonnière et des matériaux de construction étaient adossés à un mur de la maison.

— Oui, cela fait déjà deux mois qu'ils sont sur le chantier. Le propriétaire de la baraque, c'est ce gars-là, qui ne tient pas en place.

Maza fit un geste en direction d'Oliver. Ce dernier tourna le regard vers eux comme s'il avait pu entendre leur conversation.

— Vous l'avez interrogé ? demanda le sergent, en se dirigeant vers la villa.

— Non, pas encore. À part les questions de routine, bien sûr. On vous attendait, Riveiro.

— Très bien. Je vais examiner le corps. De votre côté, pouvez-vous informer le propriétaire que j'ai quelques questions à lui poser ? Et dites-moi… Maza, si vous n'y voyez pas d'inconvénient, j'aimerais bien qu'on se tutoie. Cela fait au moins huit ans qu'on travaille ensemble.

— Oui, sergent. À partir de maintenant je vous promets de vous tutoyer.

Riveiro sourit bien malgré lui.

— Alors, qu'est-ce que t'attends ?

Le brigadier Maza hocha la tête en guise de réponse et partit rejoindre Oliver. Riveiro passa la porte de la grande bâtisse, accueilli par Martín, qui surveillait les lieux pour préserver la scène du crime, si tant est qu'un crime avait eu lieu.

Riveiro avait l'air déçu : il s'attendait à un intérieur fantasmagorique encombré de meubles anciens, peut-être recouverts de napperons en dentelle, en lieu et place de quoi il découvrit des volumes blancs baignés de lumière, tout autour d'un amoncellement invraisemblable de matériaux de construction.

Martín indiqua à Riveiro l'entrée du sous-sol. Les deux hommes descendirent l'escalier à grandes enjambées. Et là, au milieu des outils des charpentiers, du ciment frais et des canalisations, l'agent lui montra les cloisons que les ouvriers avaient commencé à abattre le matin même. L'idée initiale était de faire entrer davantage de lumière dans la pièce, mais c'était sans prévoir que ce petit être enseveli sans grandes révérences ferait son apparition dans les décombres.

Dès qu'il était entré dans la pièce, Riveiro avait eu la sensation d'envahir un espace intime, ancestral, privé. L'air était dense, chargé de particules et de poussières qui devenaient visibles au moindre rayon de lumière. Dans son linceul mortuaire, une tête de mort sculptée dans un étrange ivoire, au brun patiné par le temps, semblait les dévisager à travers ses orbites orphelines.

— Regardez, sergent, il ne reste plus que les os, dit Martín en montrant ce qui dépassait du linge craquelé qui enveloppait l'enfant comme un suaire.

— On dirait bien. Vous n'avez touché à rien, j'espère.

Il était trop absorbé par le petit paquet pour pouvoir regarder l'agent autrement que du coin de l'œil. Le nourrisson reposait sur une grande pièce de bois adossée à la cloison qui lui avait servi de tombe.

— Bien sûr que non, Riveiro.

— Parfait. On va avoir besoin d'un anthropologue médicolégal, j'ai bien peur que le médecin légiste ne nous soit pas d'une grande utilité.

— En effet.

— Sans oublier le biologiste médicolégal.

— Pour l'ADN ? demanda Martín, surpris. Mais sergent, ça date au moins de la Guerre civile ce truc-là !

Riveiro se tourna vers l'agent et contempla sa stature imposante. Martín faisait plus d'un mètre quatre-vingt-dix, et un bouc noir comme du plomb couronnait son menton. Il soupira.

— Qui sait, Martín, qui sait. Ça ressemble à un corps humain, mais on ne peut rien exclure à ce stade.

— Mais qu'est-ce que ça pourrait être d'autre ? Un animal ? Pardon sergent, répondit l'agent qui examinait une nouvelle fois le cadavre, mais à mon avis c'est un crâne humain. On verra bien ce que dira le médecin légiste.

— C'est ça, on verra, dit Riveiro. En attendant je retourne parler au propriétaire dans le jardin. Tu le connais ? Il est de la région ?

— Non, je crois qu'il n'est pas d'ici. En tout cas, je ne l'ai jamais vu au village. On n'a pas ce genre de minet dans le coin, nous : on dirait une gravure de mode. Vous avez vu comment il est habillé ? Que de la marque. Un Italien, peut-être ? Je parie qu'il est mannequin. Et sa bagnole, vous l'avez vue ?

— Quoi, la Fiat noire garée dehors ? C'est sa voiture ?

— Une bagnole de gonzesse ou je ne m'y connais pas.

— Reprends-toi, Martín. Tu n'es pas jaloux au moins ? Ne me dis pas que c'est ton genre de mec ? le reprit Riveiro avec un sourire.

Il tourna les talons sans lui laisser le loisir de se défendre, et gravit les marches qui conduisaient au rez-de-chaussée. L'agent lui emboîta le pas.

Quand il sortit de la maison, il se sentit étrangement soulagé en dépit de la chaleur suffocante, comme quelqu'un qui sort d'une chambre funéraire après avoir été contraint d'assister à des obsèques. Il aperçut sur l'aile gauche du jardin un court de tennis lézardé envahi par les mauvaises herbes. La propriété avait tiré parti du dénivelé du terrain. Le jardin qui plongeait en pente douce vers la mer était aménagé en terrasses : le court de tennis se trouvait sur les hauteurs, la villa occupait la partie centrale tandis qu'en contrebas, un sentier contournait une piscine ovale avant de disparaître presque entièrement dans les broussailles. Ce chemin conduisait au chalet puis descendait encore jusqu'à toucher le sable.

Oliver l'attendait debout près de la piscine à l'abandon. D'après les moisissures et les herbes folles qui jonchaient le fond, elle n'avait pas vu l'ombre d'une goutte de chlore depuis des années. Le sergent profita de ces quelques mètres pour observer Oliver : un type séduisant à l'allure sportive, qui ne faisait pas étalage de ses muscles ni de ses attraits ; le genre de mec à la prestance inexplicable, pour ne pas dire innée, à qui il suffit d'enfiler un jean et une chemise pour avoir la classe d'un Richard Gere dans *Officier et gentleman*. Le sergent Riveiro avait dépassé depuis longtemps le seuil de la quarantaine. Il avait beau être en forme, il ne put s'empêcher de lui envier sa belle apparence et cette vitalité que confère la jeunesse.

— Bonjour, sergent Jacobo Riveiro, de la brigade des enquêtes criminelles de l'unité organique de la police judiciaire de la garde civile, dit-il en tendant sa main à Oliver.

— Oliver Gordon. Je suis le propriétaire de cette villa.

— Vous êtes anglais ?

— Oui, mais espagnol par ma mère. En fait, j'ai la double nationalité. C'est mon père qui est anglais, lui répondit-il d'une seule traite, comme s'il avait l'habitude de répondre à cette question.

— Je vois, poursuivit Riveiro en sortant un petit calepin de la poche de sa veste. Et vous vivez ici à l'année, ou à l'étranger ? Je pense à l'Angleterre bien sûr.

Oliver sourit d'un air affable et le regarda dans les yeux.

— J'ai passé plusieurs étés dans la région, dont quelques-uns dans cette maison, répondit-il d'un geste vers la bâtisse. Mais je suis né à Londres. Et c'est à Londres que j'ai vécu jusqu'à présent, à part quelques années passées en Écosse. Voyez-vous, je pensais m'établir ici.

— C'est drôle, vous n'avez pas d'accent. Vous parlez comme un vrai Espagnol, enfin comme quelqu'un qui serait né ici, je veux dire.

Oliver acquiesça, flatté.

— Ma mère parlait toujours espagnol à la maison. J'ai appris cette langue quand j'étais tout petit. Et ensuite, j'ai fait des études supérieures d'espagnol à l'University College de Londres.

— Ah, dit Riveiro, admiratif de l'accent parfait d'Oliver.

Quand il prononçait des mots en anglais, le jeune homme changeait radicalement d'intonation. Son aplomb surprit agréablement Riveiro. Avec son regard franc, il avait l'air sympathique.

— D'accord, à présent récapitulons… Les maçons ont trouvé au sous-sol de votre maison un corps dont vous ignorez l'origine. Nous allons enquêter, comme vous pouvez vous en douter, sur la cause du décès. Depuis combien de temps êtes-vous propriétaire de cette villa ? Je veux dire, est-ce une maison de famille ? crut-il bon de préciser, vu qu'Oliver ne devait pas avoir plus de trente-cinq ans.

— À vrai dire, je n'en sais rien. Ma mère a reçu cette maison en héritage, et elle m'est revenue à sa mort. Je venais de lancer des travaux pour la rénover de fond en comble. Je comptais m'établir ici et ouvrir un petit hôtel au pied de la plage.

— Je comprends. Vous alliez donc vivre à Suances ? Travailler ici, quitter définitivement l'Angleterre ? dit-il d'un air inquisiteur.

Oliver soupira.

— J'ai pris la décision de m'installer dans la maison que j'ai reçue de ma mère, en effet. J'entame une nouvelle étape de ma vie en Espagne.

Le sergent flaira d'anciennes turbulences. Pas besoin d'être un lynx pour deviner qu'une nouvelle étape, si loin de chez soi, et pour un homme seul comme lui, devait être une solution radicale. À chacun ses démons, pensa-t-il.

— Très bien. Et vous êtes marié ? Vous avez de la famille ici ?

— Non. Je ne suis pas marié. Il me semble que j'ai un cousin éloigné du côté de Suances, mais je ne suis jamais entré en contact avec lui.

— Ah… je comprends. Toute votre famille vit en Angleterre.

— C'est ça. Mon père, mes oncles et mon frère. Enfin, mon frère, personne ne sait où il est en ce moment.

— Qui ça ? Votre frère ?

— Oui, Guillermo.

— Vous voulez dire qu'il a disparu ? demanda Riveiro, surpris.

Cette histoire commençait à l'intriguer.

— Pas vraiment. Mon frère s'éclipse de temps en temps. Parfois, il s'absente des saisons entières. Depuis qu'il est revenu de l'opération Telic, il n'est plus tout à fait le même. Un peu… détraqué, si vous voyez ce que je veux dire, expliqua-t-il en baissant la tête, comme s'il avait du mal à trouver ses mots.

— L'opération Telic ? demanda le sergent, stupéfait.

Il leva les yeux vers Oliver sans cesser de prendre des notes. Oliver eut l'air étonné. Mais deux secondes plus tard, il comprit et un sourire se dessina sur son visage.

— Mais bien sûr, pardonnez-moi. Ici, cette opération porte un autre nom. Je parlais de l'intervention en Irak. Vous avez dû en entendre parler.

— Évidemment, répondit Riveiro, en se faisant la promesse de faire des recherches le soir même sur internet. Et depuis combien de temps êtes-vous sans nouvelles de votre frère ? demanda-t-il, avec une curiosité qui n'avait rien de feinte, même si le sujet n'avait rien à voir avec l'enquête.

— Un an et demi, répondit Oliver sans hésiter.

Il ne le lâchait pas des yeux, et son ton était solennel.

— Je suis navré pour vous. Vous n'avez aucune idée de l'endroit où il pourrait se trouver ?

Oliver laissa paraître un sourire las :

— Avec mon frère on ne sait jamais : il peut être parti à Ibiza, en Australie ou en Amérique du Sud… Tout dépend de l'ONG dans laquelle il se sera engagé. Ou de la communauté spirituelle qu'il aura décidé de rejoindre, ça lui arrive aussi. Nous avons entamé toutes les démarches imaginables pour le localiser, sans succès. La dernière fois qu'il a disparu comme ça, il n'a pas donné de nouvelles pendant neuf mois… et le soir du réveillon, il a frappé à la porte de chez ma grand-mère, à Stirling, comme si de rien n'était.

— Vos parents doivent être très inquiets.

— Ma mère est décédée l'an dernier.

Riveiro se serait donné des gifles. Le jeune homme lui avait dit tout à l'heure qu'il avait hérité de la maison de sa mère.

— En effet, vous me l'aviez dit, ce n'était pas très délicat de ma part, désolé. – Le sergent hésita quelques secondes. – Et à ce propos… votre frère est au courant du décès de sa mère ?

— Je ne pense pas. Pour la simple raison que nous n'avons pas réussi à le retrouver et que lui, de son côté, n'a pas cherché à nous contacter, mon père et moi. Comment pourrait-il le savoir ? Bon, mais de toute façon, je suppose que mes histoires de famille n'ont rien à voir avec ce qu'on vient de trouver au sous-sol de la maison, répliqua Oliver, que cette conversation commençait à agacer.

— Allez savoir, jeune homme, répondit Riveiro d'un ton paternaliste. – Mais ce garçon n'avait pas tort, il devait se concentrer sur le cadavre. – Reprenons, si vous le voulez bien. Qu'est-ce qui vous a amené à prendre la décision d'abattre les cloisons du sous-sol ?

— J'avais l'intention d'en faire une salle de jeux, pour mes futurs hôtes. Quand les gens voyagent en famille, il faut bien que les enfants puissent s'amuser quelque part. Par exemple les jours de pluie, répondit Oliver.

— Oui, ce n'est pas une mauvaise idée, dit Riveiro qui réfléchissait en jouant machinalement avec son bloc-notes. Je ne voudrais pas brûler les étapes, les éléments que nous fournira l'anthropologue médicolégal seront déterminants, mais je peux déjà vous dire sans trop m'avancer que nous allons avoir besoin de toutes les informations disponibles sur cette maison. Nous devrons déterminer qui en étaient les propriétaires à la date présumée où quelqu'un a caché le corps dans cette cloison, conclut-il d'un geste en direction du sous-sol. – Puis il décida de se montrer plus précis. – Nous allons procéder à nos propres vérifications, mais les documents officiels que vous serez en mesure de nous fournir nous seront d'une grande utilité.

— Je n'en doute pas, mais il va falloir patienter quelques jours : les actes officiels sont encore chez mon avocat, qui se trouve malheureusement en déplacement cette semaine. Je vous promets de l'appeler dans la journée ; dès qu'il m'aura fourni une copie des documents, je vous les remettrai.

— Très bien. Je dois vous dire également qu'il est fort possible que nous soyons obligés de suspendre les travaux aujourd'hui et peut-être les jours suivants. Nous devons vérifier s'il n'y a pas autre chose de caché entre les murs ou les faux plafonds de votre maison. Entre-temps, nous allons avoir besoin de vous, Oliver. Où peut-on vous trouver ? Vous êtes hébergé près d'ici, je suppose ?

— Ici même.

— Ici ? demanda Riveiro, sans dissimuler son étonnement.

Il avait cru comprendre que la bâtisse était le territoire réservé des maçons, des charpentiers, des plombiers et des électriciens. Oliver sourit, presque amusé.

— Là, plutôt, dit-il en montrant le chalet.

— Mais c'est habitable, cette cabane ?

— Oh que oui. Ne vous fiez pas à la jungle qui donne cette impression d'abandon. J'avais laissé l'aménagement floral du jardin pour la fin.

— Je comprends mieux. Eh bien, vous avez du pain sur la planche.

— Je vous l'accorde. – Un nouveau sourire se dessina sur le visage d'Oliver alors qu'il parcourait des yeux la vaste propriété. – Et sans parler de la piscine, du garage et de l'étayage des murs… Je procède par étapes : j'ai commencé par la rénovation de ce bâtiment, dit-il en désignant le chalet, parce que c'est là que je compte vivre toute l'année. J'ouvrirai un hôtel dans la grande bâtisse, comme il en existe déjà des dizaines près de la plage. Avec un supplément d'âme pour celui-ci, je l'espère. J'avais pensé également en faire un lieu de résidence pour étudiants, dans le cadre d'échanges linguistiques entre étudiants espagnols et anglais. Tout dépendra de mes bilans dans les mois qui viennent. J'ai effectué des études de marché dans la région, avec d'assez bons résultats, et je suis en pleine préparation des campagnes de pub et du site web de l'hôtel. J'ai déjà entamé des démarches au sujet des futurs échanges universitaires. En fait, je comptais mettre en place le dispositif dès que possible.

Riveiro était sincèrement surpris. Le jeune homme avait tout calculé au millimètre près. Sauf le détail du cadavre, apparemment.

— Donc vous vivez actuellement dans cette cabane, lui demanda-t-il, comme pour confirmer une information qu'il n'arrivait pas à assimiler.

Oliver esquissa un sourire las.

— Cette cabane ? Si vous y tenez… le chalet a un étage, vous savez ? On ne dirait pas à cause du dénivelé du terrain, mais il y a de la place. C'est comme un appartement

Ikea, en plus spacieux. Vous ne me croyez pas ? Venez voir.

Riveiro allait répondre qu'il serait enchanté de le suivre, mais il fut interrompu par l'arrivée de trois voitures. Il reconnut immédiatement les personnes qui sortaient des véhicules : Jorge Talavera, un jovial quinquagénaire plutôt corpulent, suivi de Clara Múgica, la médecin légiste, une blonde fluette aux reflets châtain clair, si frêle qu'on eût juré que le vent allait l'emporter au moindre souffle. De la seconde voiture descendit le greffier, un homme qui passait son temps effectuait des missions de toute sorte hors du tribunal et qui était envoyé pour compléter la commission judiciaire chargée de la levée du corps. Dans le troisième véhicule, se trouvaient les agents du laboratoire de criminalistique de la SECRIM qui arrivaient de Santander. Le sergent prit congé d'Oliver pour aller les accueillir, et ordonna à Maza de finir l'interrogatoire à sa place.

Le ballet délicat et minutieux put commencer : prise de photographies, enregistrement vidéo, recueil soigneux des empreintes digitales et des échantillons, premières impressions à la vue du cadavre, examen rapide du petit corps glacé. Riveiro ne lâchait pas la médecin légiste d'une semelle : il voulait savoir de combien d'années pouvait dater le cadavre, il insistait pour avoir au moins une première estimation. Le sergent sentait bien que ces restes humains abritaient une longue histoire quelque part dans les replis de ces draps racornis, rongés par le temps, qui distillaient une poignante impression de solitude.

JOURNAL (1)

Puisque le temps finira par faire taire les échos du passé, son énergie et sa lumière, et qu'il estompera les visages de ceux qui nous ont engendrés, je voudrais laisser une trace écrite de ce qui s'est passé. Et de ce qui vient d'arriver : je sais qu'ils ont découvert la dépouille minuscule à la Villa Marine. J'avais presque oublié qu'elle se trouvait là, la conscience en sommeil. Mais toutes les histoires commencent un jour, et celle-ci nous oblige à remonter le temps pour nous approcher au plus près des origines de la Bête.

Pour comprendre de quoi elle est faite, tu dois accepter de retourner dans le passé. Ne t'en fais pas, je t'accompagnerai.

Perçois-tu cette entêtante odeur de salpêtre ? Et l'insouciance joyeuse de ces gens ? C'est l'été, et nous sommes en 1936.

Une plage du Nord de l'Espagne, dans ce qui s'appelait alors la province de Santander, se laisse dorloter par des vagues qui la coiffent sans relâche. Le soleil a rendu le sable brûlant. Des enfants jouent, au comble du bonheur.

La plage de La Concha, dans ce village de pêcheurs qu'on appelle Suances, accueille des familles entières. Elle les berce à l'abri des puissantes vagues cantabriques, grâce à un grand bras de terre qui la sépare de la haute mer. De l'autre côté du cap, une plage autrement plus sauvage est balayée par des vagues titanesques. C'est à elle que la mer réserve sa furie. On l'appelle la plage de Los Locos.

Suances est formé de deux villages : sur les hauteurs du plateau qui s'élève en pente douce depuis la côte, un bourg se développe autour de sa mairie, de sa place du Marché et de son poste de la garde civile. Mais un peu plus bas, aux alentours du port, près de l'immense plage de La Concha, à l'embouchure de la ria où s'étendent des grèves plus étroites, c'est une tout autre vie qui bourgeonne à chaque saison, une vie estivale animée par les hôtels et les résidences secondaires construits en bordure de la halle à poissons, des chalutiers et des bancs de sable.

Suances… Je sens que je pourrais dessiner cette terre les yeux fermés. Au nord, la mer Cantabrique. Au sud, Torrelavega. À l'est, Miengo et à l'ouest, Santillana del Mar. Près de ces côtes caressées par les eaux salées, les hameaux de Hinojedo, Cortiguera, Ongayo, Puento Avíos et Tagles, ont la couleur des légendes.

Ton regard se tourne maintenant vers les enfants qui courent sur le sable tranquille, vers les dunes en pentes douces semées d'herbes sauvages.

Tu la reconnaîtras à sa façon de bouger, à son regard si particulier. Elle va avoir huit ans : c'est une enfant chétive, frêle, presque insignifiante. Ses longs cheveux blonds se déploient en cascades brillantes. Où qu'elle passe, elle se fait remarquer, comme si sa présence n'était pas seulement physique. Ce n'est pas sa beauté qui captive les gens, mais son sourire et ses yeux si charmants qu'ils ont le pouvoir d'hypnotiser tous ceux qui les croisent.

Elle s'appelle Jana. Je sais que tu n'oublieras pas son nom.

C'est une petite fille comme les autres, qui joue avec ses deux frères et sa sœur à affronter les vagues tandis que le soleil dessine des contours dorés sur sa peau. Elle a une élégance innée, une beauté secrète que les autres admirent en silence lorsqu'ils tentent de lire ses pensées dans l'émeraude de ses grands yeux félins.

C'est un jour exceptionnel : un cadeau de leur père. Le père de Jana a ramé près d'une heure dans la ria de San Martín de la Arena, où les eaux des rivières Saja et Besaya se rejoignent, pour emmener ses enfants à la plage de La Concha. Dans quelques heures, ils devront s'en retourner à Hinojedo. Retrouver leur quotidien, comme tant d'autres ouvriers et paysans qui gagnent péniblement leur vie à la sueur de leur front.

Mais que se passe-t-il ? Une frénésie étrange gagne les gens sur la plage. Soudain, un souffle de paroles se propage. Bientôt la plage deviendra un désert peuplé d'heures mortes qui attendront, patiemment, que reviennent des temps meilleurs.

— Les enfants ! Venez immédiatement ! s'écrie un père.

Sa voix a des accents désespérés.

C'est le père de Jana : grand, mince, le corps sec, le nez aquilin et les yeux noirs, le regard empreint de noblesse. Il s'appelle Benigno. Les enfants jouent, le regard tourné vers la mer. Seules les roches sombres de l'île de Los Conejos brisent la ligne d'horizon. Ils tournent la tête vers leur père, l'air ahuri. Il est trop tôt pour repartir. La voix de leur père est inhabituelle, ils sentent bien qu'il ne les appelle pas pour prendre leur pique-nique. Ils n'osent pas bouger, un peu effrayés.

— Je vous ai dit de revenir ! David, Clara, Antonio… Jana ! Sortez de l'eau immédiatement. – L'homme avance vers le bord de la plage, le visage empourpré, visiblement hors de lui. – On rentre à la maison, allez ! Plus vite ! Dépêchez-vous de vous habiller ! s'écrie-t-il en faisant de grands gestes en direction des serviettes, où leur mère, Carmen, range à toute vitesse leurs affaires.

C'est une petite femme aux cheveux blonds qui jette des regards méfiants autour d'elle comme une souris inquiète. Ses yeux sont d'un bleu pâle et intense.

— Papa, pourquoi doit-on rentrer ? On n'a rien fait ! demande David, l'aîné, qui vient de sortir de l'eau en courant pour retrouver son père.

La peur se lit sur son visage.

— Non, vous n'avez rien fait. On rentre, un point c'est tout.

— Mais papa ! ose supplier Jana. Pas vrai qu'on vient d'arriver ?

— On rentre. Allez, dépêchez-vous !

Et le père met fin à la conversation en saisissant Antonio et Jana par le bras. Son regard glacial enjoint David et Clara à le suivre. Les enfants, atterrés, observent l'exode massif et totalement inexplicable de toutes les familles qui se trouvaient sur la plage. Tous s'en vont du même pas.

— Papa, mais qu'est ce qui…

— Un coup d'État vient d'avoir lieu. La république est tombée. Nous sommes en guerre. Vous comprenez ? En guerre. Une guerre civile. Saloperie !

L'homme finit sa phrase dans un grognement incompréhensible qui signe l'ampleur de son désarroi.

Quand elle repenserait à ce matin du 18 juillet 1936, Jana ne garderait pas le souvenir d'avoir joué dans les vagues, elle ne se rappellerait pas l'odeur salée de l'écume fraîche et amène. C'est de la terreur qui déformait le visage de son père qu'elle se souviendrait, alors qu'il ramait de toutes ses forces pour rentrer chez eux dans cette barque d'emprunt qu'elle ne reverrait jamais.

Le monde de Jana venait de basculer dans le silence, l'inquiétude et la misère.

Lorsque je vois un mort, la mort m'apparaît alors comme un départ. Le cadavre me fait l'impression d'un costume qu'on abandonne.

Quelqu'un est parti, sans éprouver le besoin d'emporter son seul et unique vêtement.

FERNANDO PESSOA

Clara Múgica, médecin légiste spécialisée en anthropologie, était littéralement enchantée par la découverte du petit cadavre à Suances. Non pas qu'elle ait perdu toute faculté d'empathie à l'égard des victimes de crimes ou d'autres événements plus ou moins truculents, mais son expérience lui avait appris à établir une démarcation nette entre son travail et ses sentiments.

Dans sa pratique quotidienne, elle avait rarement l'occasion de faire usage de ses connaissances en anthropologie, puisque les corps humains qu'elle devait examiner étaient toujours récents, victimes de fléaux aussi peu littéraires que la violence domestique, la drogue ou les bagarres de rues. Pour une fois, elle allait avoir le privilège d'examiner une dépouille humaine au squelette très ancien.

Après avoir passé plus d'une heure dans cette maison vide et sans âme, le juge avait ordonné de procéder à la levée du corps. Clara avait tout fait pour semer le sergent Riveiro qui la poursuivait de ses questions insistantes sur la datation du corps. Elle savait d'expérience à quel point il était facile de se tromper dans ce genre de cas. Sa rigueur professionnelle ne lui permettait pas de faire la moindre estimation avant de voir ses intuitions corroborées par de véritables preuves scientifiques.

Sur le trajet du retour, dans la voiture qui la conduisait de Suances à Santander, elle passa en revue tout le protocole qu'elle devrait suivre lorsqu'elle arriverait au laboratoire de l'Institut de médecine légale de Cantabrie. Elle aurait l'occasion de mettre à profit ce qu'elle avait appris l'année dernière au contact de la meilleure équipe d'anthropologie médicolégale du monde, la EAAF, en Argentine. Ces cinq jours passés à Buenos Aires lui en avaient appris davantage sur son métier que deux semestres de cours à l'université.

Après son séminaire éclair en Argentine, elle avait passé un mois sur le continent américain. Elle était loin d'imaginer alors que ce qu'elle apprendrait pourrait lui être utile dans sa pratique professionnelle. Elle avait voyagé aux États-Unis par simple curiosité. Avant de se rendre à New York et à Washington, passages obligés d'un tourisme plus conventionnel, elle et son mari avaient fait escale à Tennessee, au sud des États-Unis, pour visiter le Centre d'anthropologie légale, plus connu sous le nom de la Ferme des Corps.

— Múgica, quand tu ne dis rien comme ça, c'est que tu manigances quelque chose, dit le juge Talavera à la légiste.

Il était au volant de la voiture qui les conduisait à Santander. Clara, elle, se trouvait sur le siège passager. Ses yeux noisette plutôt rétifs d'ordinaire se mirent à pétiller.

— Nous, les femmes, on a toutes un côté machiavélique, tu sais.

— Oh oui, j'en sais quelque chose. J'en ai trois à la maison, répliqua Talavera qui pensait à sa femme et à ses deux grandes filles déjà si proches de l'adolescence.

— Les pauvres. Avec tous les hommes qui existent sur terre, il fallait qu'elles tombent sur toi, plaisanta Clara.

Cela faisait sept ans qu'elle connaissait le juge. Une amitié sincère avait eu le temps de se consolider entre eux. Ils s'invitaient régulièrement à dîner avec leurs compagnons respectifs pour passer de bonnes soirées entre amis.

— L'archéologie légale, ça vous ouvre l'esprit. Elle en deviendrait presque piquante, notre légiste chérie.

— L'anthropologie légale, si cela ne te fait rien.

— Qu'est-ce que ça peut bien me faire ? Tant que ce n'est pas moi qui passe mes journées à taper la belote avec des cadavres. Mais dis-moi plutôt, petite cachottière : le corps qu'on a retrouvé, il a combien d'années ? Tu crois qu'il date de la Guerre civile ?

Clara secoua la tête, plongée dans ses réflexions.

— Je n'en sais rien. Ça m'étonnerait qu'il soit aussi ancien… Tu sais, on ne peut rien affirmer tant qu'on n'a pas les résultats du laboratoire. Ce corps a dû passer plusieurs dizaines d'années à l'intérieur de cette cloison. J'espère que les ouvriers n'ont rien abîmé quand ils ont déballé le paquet.

— Le paquet ?

— Oui, tu n'as pas vu ? Le bébé était emmailloté dans de vieux draps. Les maçons ont dû défaire deux ou trois couches de draps enroulés avant de découvrir son visage.

— Sa tête de mort, tu veux dire, la reprit Talavera, avec l'exagération d'un professeur qui corrige son élève.

Clara éclata de rire, et son sourire illumina l'habitacle de la voiture.

— Objection retenue, votre honneur, je voulais dire : la tête de mort.

— À ce propos, on va pouvoir estimer la date exacte de sa mort? Je veux dire, avec quelle marge d'erreur? Est-ce qu'on parle en mois, en années ou en siècles dans ce genre de cas ?

— Tout dépend. Ce n'est pas si simple. Tu es comme les flics, toi : dès qu'ils voient un cadavre, ils posent la même question : "Ça fait combien de temps qu'il est là ?" Jamais ils ne se demandent de qui il s'agit. Ils s'intéressent au corps mais se fichent pas mal de la personne. Peu importe qui il a été, qui il pourrait être, ils ne cherchent jamais à connaître son histoire. Ça m'a toujours étonnée.

Talavera médita quelques secondes.

— C'est sans doute parce que dans leur logique, cette question arrive un peu plus tard.

— Sans doute. Eh bien si tu veux savoir, j'étais en train de penser aux notes que j'avais prises à la Ferme des Corps l'an dernier, tu sais, à Tennessee.

— Où ça? Tu as bien dit la Ferme des Corps? Je ne savais pas que tu étais allée au États-Unis. Tu n'as donc rien de mieux à faire pendant les vacances? J'admire Lucas, je me demande parfois comment il fait pour te supporter. Il doit s'attendre à ce que tu le balances dans le formol un de ces jours, le pauvre, dit Talavera.

La médecin légiste fit la sourde oreille.

— Je te rappelle que Lucas est médecin lui aussi.

— OK, mais lui, il traite les vivants, il a affaire à des patients qui marchent tout seuls, si tu vois ce que je veux dire.

Clara lui fit une grimace et poursuivit :

— Et pour ton information, sache qu'en effet, nous avons passé quelques jours à Tennessee. La Ferme est un complexe de recherches anthropologiques spécialisé dans les processus de décomposition du corps humain. Ils étudient les corps placés dans les situations les plus diverses.

— Quel genre de situations ? Un corps en train de faire l'arbre droit ? Un autre enseveli sous terre ? Ou carrément un cadavre en train de prendre son café à la pause de dix heures ?

— Tu es déchaîné aujourd'hui. Mais tu n'es pas très loin de la vérité, figure-toi. Ils placent les corps dans des milliers de positions et de situations différentes : au fond des mares, dans des coffres de voitures, nus ou habillés, enterrés ou à l'air libre... Cela fournit une base de données extrêmement précieuses pour tous ceux qui s'intéressent de près à la criminalistique. Grâce à elle, on peut savoir combien de temps met un cadavre à se décomposer dans telle ou telle circonstance. Tu serais surpris des résultats, et du nombre de diagnostics erronés qui ont pu être corrigés grâce à leurs expériences. Leurs recherches sont supervisées par l'université du Tennessee.

— L'université ?

— Exactement. En fait, c'est l'université du Tennessee qui leur a cédé le terrain sur lequel ils travaillent actuellement.

— Ça alors. Et qui a eu cette idée ? Un cousin à toi, j'imagine.

— Je te jure que non. Mon cousin n'a jamais mis les pieds hors de Palencia. Un médecin légiste a eu l'idée dans les années 1980, si mes souvenirs sont bons, après s'être planté dans son diagnostic de datation d'un squelette. Une erreur de près d'un siècle, quand même, sur un cadavre de la guerre civile américaine. Le légiste s'est dit qu'il devenait urgent d'arrêter de faire des expériences sur des porcs. Il était convaincu qu'il fallait travailler sur des corps humains pour obtenir des résultats fiables.

— Tu m'achèves, là. Comment ça, des expériences sur des porcs ?

— Ce sont les animaux qui ressemblent le plus aux hommes, physiologiquement parlant. Et plus je te regarde, plus je suis convaincue que c'est vrai, dit Clara en fixant ostensiblement le ventre de Talavera.

Lorsqu'il s'en rendit compte, ce dernier fronça les sourcils en souriant.

— Ugh, je te propose d'enterrer la hache de guerre, dame légiste. On sera au labo dans moins de cinq minutes. Je suis prêt à parier que Frankenstein t'attend derrière la porte, dit-il, en s'engageant sur un rond-point. Mais dis-moi, ils ont fait des découvertes scientifiques, tes copains de la Ferme, ou ils laissent juste les corps pourrir, comme dans *Massacre à la tronçonneuse* ?

Clara soupira, sans relever les commentaires sarcastiques du juge.

— Ils découvrent des choses tous les jours. C'est grâce à eux qu'on sait maintenant qu'un corps se décompose plus vite en été qu'en hiver, et que le fait qu'il porte des vêtements ou qu'il soit nu change radicalement le rythme de sa dégradation.

— Sacré scoop. J'aurais pu le déduire tout seul.

Clara poursuivit en faisant mine de ne pas se sentir visée par la remarque de Talavera.

— Grâce à eux, on sait aussi qu'on peut passer tous les jours près d'un cadavre sans le savoir, parce que l'odeur de la putréfaction ne se perçoit pas au-delà d'un rayon de dix mètres.

Talavera ouvrit la bouche mais Clara ne lui laissa pas le temps de réagir :

— Nous savons, votre honneur, que plus un corps est enterré en profondeur, plus il tarde à se décomposer ; qu'un cadavre obèse – et là, Clara lança un regard appuyé en direction du ventre du juge – se transforme en squelette plus rapidement qu'un corps mince, perdant jusqu'à dix-huit kilos par jour ; qu'un corps peut rester pratiquement intact durant les mois d'hiver et de printemps, et se transformer en squelette en moins d'une semaine de chaleur… Je te laisse imaginer, c'est une histoire d'insectes… les premiers à apparaître, dans tous les cas, sont…

Le juge Jorge Talavera l'interrompit.

— C'est bon, merci, je crois que j'en ai suffisamment entendu pour aujourd'hui. Tu vas finir par me donner la nausée. Tiens, regarde, nous sommes arrivés, dit-il en se garant en double file devant l'Institut de médecine légale pour y déposer Clara Múgica.

— Petite nature, va ! répliqua-t-elle en descendant de voiture.

— J'assume totalement. Tu m'appelles quand tu as du nouveau, d'accord ?

— Entendu. À tout à l'heure.

Et Clara claqua la portière, visiblement pressée de rejoindre son bureau. Le corps du nouveau-né n'allait pas tarder à arriver et elle avait encore deux rapports à terminer pour le tribunal. Les gens avaient des idées reçues sur son métier. Ils s'imaginaient qu'elle passait ses journées à disséquer des cadavres, comme dans *Les Experts*, or la réalité était très différente : elle passait le plus clair de son temps à rédiger des rapports dans son bureau, ou à superviser l'examen d'échantillons, quand elle ne gérait pas tout simplement son laboratoire.

Deux heures plus tard, une fois expédié le sandwich au thon insipide de la cafétéria de l'hôpital universitaire Marqués de Valdecilla, Clara Múgica entra dans le service de pathologie situé au rez-de-chaussée de l'hôpital, à la place des anciennes chambres mortuaires, pour commencer l'examen du petit corps découvert à Suances. À mesure qu'elle avançait dans les couloirs, elle se prenait à rêver secrètement que sa cuisine soit aussi aseptisée que les plans de travail de ce laboratoire. À la différence qu'ici, les étagères servaient à entreposer des fémurs, des tibias, des mâchoires et d'autres parties du corps humain moins identifiables. Certaines étaient conservées dans des bocaux, d'autres à l'air libre : il s'agissait de matériel d'étude scientifique et de preuves destinées à la justice.

Clara arriva enfin à la table d'autopsie où reposait ce minuscule bébé qui n'avait semble-t-il rien connu de la vie. Ses assistants l'attendaient : Pedro Miguez et Almudena Cardona. Un agent du laboratoire de criminalistique de la garde civile était également présent tel une ombre immobile et muette. Cet homme taciturne, qui s'appelait Ulloa, avait pour habitude de ne jamais intervenir. Dans la salle d'autopsie, il passait inaperçu, et les équipes travaillaient comme s'il n'était qu'un fantôme requis pour respecter la chaîne de surveillance du cadavre. Après les salutations de rigueur, Múgica demanda à Miguez de préparer le matériel à la morgue : ils feraient bouillir les os de manière à éliminer les parties molles accrochées au squelette. Leur examen n'en serait que plus efficace.

Tandis que Miguez préparait le matériel, Múgica, secondée par Cardona, entreprit de défaire les draps cartonnés qui enveloppaient ce minuscule corps humain. Après avoir retiré la première couche du paquet, les deux légistes se figèrent, tétanisées. Ils ne s'attendaient pas à ça. La première à réagir fut Cardona.

— Múgica, vous voyez ce que je vois ?

— Oui, et j'ai du mal à y croire.

— Qu'est-ce que c'est à votre avis ? Une figurine maya ?

Cardona fronçait les sourcils, incrédule, alors que Múgica soupesait déjà dans ses mains cette étrange statuette au verre dépoli par le temps. Ulloa, qui ne s'aventurait jamais hors de son périmètre habituel, quitta le coin de la salle pour s'approcher lui aussi de la table d'autopsie. La statuette, grosse comme le pouce, représentait un homme précolombien. Il avait la taille et la tête ornées de plumes, et deux serpents sinueux sortaient de sa bouche gigantesque.

— En effet… commença à dire Múgica, ça ressemble à un symbole aztèque ou inca… de l'art précolombien, en tout cas. Mais c'est tout simplement impensable. Le cadavre a été trouvé dans une villa de Suances, au bord de la plage de La Concha. La maison n'a pas plus de quatre-vingts ans, un siècle au maximum. Il va falloir consulter l'unité du patrimoine, dit-elle, en faisant allusion à l'unité de la garde civile spécialisée dans la protection du patrimoine culturel.

Elle se tourna vers Ulloa, dont le visage restait inexpressif, puis Cardona, avant de reprendre son examen de la figurine. Ses traits grotesques et impassibles semblaient se moquer des deux femmes.

— Ça me rappelle les *souvenirs* que les marchands ambulants nous offraient à Tulum ou à Playa del Carmen, je ne sais plus exactement, répliqua Cardona.

Elle avait passé une semaine à la Riviera Maya avec son fiancé, quelques années plus tôt.

Clara Múgica acquiesça en silence tout en observant attentivement ce symbole ancestral. Il avait quelque chose d'inquiétant.

— Regardez, dit-elle à Cardona, on dirait qu'il était accroché à ce fil, je ne sais pas si vous le voyez, en plein milieu des draps ? Si ça se trouve c'est un pendentif.

— Pour un collier, c'est pas terrible, répliqua Cardona en fronçant les sourcils.

Clara et elle échangèrent un sourire complice.

— Oui, il faut reconnaître que cette espèce de schtroumpf vert n'est pas joli joli, dit-elle, en reprenant son examen de la figurine. – Elle médita quelques instants. – Il faudra déterminer de quoi est faite cette… amulette. La pierre est verte, mais je suis prête à parier que ce n'est pas de l'émeraude. De l'olivine ? Il faudra prendre l'avis d'un expert, conclut Clara, qui pensait à haute voix.

Cet objet l'intriguait. Elle aurait été bien en peine de dire ce que c'était, de quelle époque il datait, en quoi il était fait, et encore moins ce qu'il faisait là. La seule certitude pour l'heure, c'était qu'il était lié au bébé.

Ulloa paraissait fasciné par la mystérieuse amulette verte. Quelle idée de mettre ce genre de truc dans un linceul. Les gens étaient vraiment tordus.

Les deux légistes ôtaient avec précaution les bouts de tissus qui servaient d'emballage mortuaire. Il n'y eut pas de nouvelle surprise. Le cadavre minuscule, qui aurait pesé environ deux kilos et demi s'il avait été enrobé de chair, présentait par endroits des lambeaux de peau craquelés, desséchés, accrochés à son squelette. Des fragments de peau durs comme du cuir. On aurait pu croire que quelqu'un l'avait dépecé.

— Vous avez vu ? s'exclama Cardona en regardant Múgica, ce bébé est pratiquement momifié !

— Oui, acquiesça Clara, et ça me laisse penser que…

— Qu'il a dû être exposé à une source de chaleur, n'est-ce pas ? s'empressa d'ajouter Cardona, qui n'était pourtant pas spécialisée en anthropologie légale.

La remarque fit sourire Clara.

— Oui, pourquoi pas. Ce n'est pas exactement à cette possibilité que je réfléchissais, figurez-vous. J'étais en train de me dire qu'il s'agit certainement d'un bébé mort-né, ou alors d'un nourrisson qu'on aurait laissé mourir de froid et d'inanition.

— Ah oui ? Et qu'est-ce qui vous fait dire ça ?

— Le corps d'un nouveau-né est l'une des rares exceptions au processus de décomposition normal. Il est dépourvu de flore bactérienne interne, or c'est cette flore qui génère la plus grande partie du processus de putréfaction ; cela revient à dire qu'un corps qui n'a jamais ingéré d'aliments, s'il se trouve dans un endroit modérément sec, a tendance à se momifier.

— Tiens donc, dit Cardona, à l'évidence contrariée de ne pas avoir envisagé cette possibilité elle-même.

— D'ailleurs, cela n'exclut pas que le bébé ait été exposé à une source de chaleur, comme vous le disiez, dit Múgica en signe d'apaisement. Il y avait peut-être une cheminée ou une chaudière à proximité de la cloison où se trouvait le corps ; mais je ne me rappelle pas en avoir vu quand je suis descendue au sous-sol. – La légiste se tut un instant, le regard toujours rivé sur le cadavre. – Pauvre bébé, murmura-t-elle.

À quarante-huit ans, Clara Múgica n'avait pas d'enfants. Des fibromes avaient endommagé son utérus de façon irréversible vingt ans auparavant. Après deux opérations, elle avait décidé d'être heureuse autrement, auprès de son mari et de ses trois nièces adorées. Ce ne fut pas si difficile à accepter : son instinct maternel ne s'était jamais manifesté, mis à part le jour où elle avait appris qu'elle était stérile. Et encore, cela n'avait été qu'un éclair fugace et peu convaincant. Cet après-midi-là pourtant, face au cadavre d'un nouveau-né entièrement étranger à l'énigme de l'amulette verte sur la table d'autopsie, Clara se sentit gagnée par une compassion si profonde qu'elle en devenait douloureuse. Elle commença à travailler sur ces os avec toute la délicatesse dont elle était capable, tendrement, comme une femme berce son enfant.

JOURNAL (2)

Dans les manuels d'histoire, il est écrit que la Guerre civile espagnole dura trois ans. Qu'elle éclata sur cette plage de Suances en mille fléchettes de sable, bouleversant à jamais la vie de Jana, jusqu'à prendre fin dans les premiers bourgeons d'avril 1939. N'en croyez rien ; ce n'est qu'un mensonge de plus parmi ceux qui voguent au gré des marées de nos voix et de nos silences. L'un de ces mensonges qui se cachent derrière des vérités minuscules paraphées au bas des documents officiels. Les manuels d'histoire ne sont pas toujours *exacts*. Ils ne reflètent pas les nuances qui font toute la profondeur de la réalité. Ils ne disent pas que ce furent des temps sordides, des heures grises qu'il fait bon oublier.

Boutonne bien ton manteau : nous sommes en automne, au mois d'octobre 1936. Cela fait trois mois que la guerre a commencé. La matinée est fraîche, le jour n'est pas encore levé.

— Tu prendras seulement les couvertures et les deux miches de pain, dit un homme à sa femme d'un ton inquiet.

Ses gestes fébriles trahissent l'urgence.

— J'y vais, répond sa femme sans le regarder. – Ses yeux bleus passent en revue la salle de séjour puis les vêtements qu'elle tient déjà entre ses mains. Elle plie les couvertures et attrape le pain de maïs, suivant les instructions de son mari. Sans lever les yeux du grand sac de toile qu'elle est en

train de remplir, elle appelle son fils aîné d'une voix forte.
– David, va mettre son manteau à Antonio, s'il te plaît.

David a douze ans. Son regard a la couleur de la feuille de chêne en automne. Il a le corps mince, bien proportionné, guidé par un caractère bien trempé dont la force morale commence à s'éveiller. David obéit à sa mère et va aider Antonio à enfiler son manteau. À trois ans et demi, son petit frère a gardé des airs de bébé avec ses traits ronds et son expression d'éternelle innocence. Ses yeux ont une couleur changeante, entre le vert des prés et le miel des abeilles. Mais ils sont voilés d'une lueur d'effroi, comme tant d'autres matins ces derniers mois.

Jana et Clara sont déjà prêtes. Les deux sœurs sont bien couvertes. Mais là-haut, on grelotte même dans les manteaux les plus épais. Rien ne peut réchauffer un enfant qui retient son souffle dans l'humidité et le froid.

Clara a dix ans. Son teint pâle lui donne un air d'enfant malade, et ses yeux d'un gris translucide ont le pouvoir d'inquiéter tous ceux qu'elle regarde. Elle possède un charme singulier, une beauté rare quoiqu'un peu étrange. Son père dit souvent qu'elle ressemble à une princesse de porcelaine. Clara est blanche, fine et délicate. Ses cheveux blonds sont bouclés comme ceux de sa sœur Jana. Pourtant Jana est très différente : elle est rêveuse, chaleureuse, la vivacité même.

Ces deux beautés blondes attendent sagement, assises sur le lit où dorment les quatre enfants, en face de la chambre de leurs parents Benigno et Carmen. La maison n'est pas très grande : de plain-pied, elle dispose de deux chambres, d'un étroit couloir qui mène à la cuisine et d'un poulailler destiné à satisfaire les besoins naturels. Un logement modeste construit près de l'usine asturienne de zinc où travaille Benigno. Des platanes entourent la maison en gardiens farouches du potager de la famille.

— Tu as peur ? demande Clara à sa petite sœur.

— Non, pourquoi ? lui répond Jana, qui garde les yeux rivés sur ses chaussures.

— Je sais pas, tu dis rien.

— Toi non plus tu dis rien.

— Oui mais toi, d'habitude, tu parles tout le temps. Moi, je n'ai pas peur. D'ailleurs, j'ai peur de rien.

— Vraiment ? demande Jana en levant les yeux.

— Vraiment. Tout va bien se passer. Et tu sais pourquoi ?

— Non, dis-moi ?

— Parce qu'on va rester toutes les deux. L'important c'est que toute la famille soit unie. Tu n'as rien à craindre : je vais veiller sur toi. C'est pas pour rien que je suis l'aînée.

Clara étire sa colonne vertébrale au maximum et allonge son cou pour tenter de gagner quelques centimètres supplémentaires.

— Même pas vrai, l'aîné c'est David, répond Jana dans un léger sourire.

— Les garçons ça ne compte pas : ils ne comprennent rien. Et j'ai presque son âge. Bientôt, je serai une femme – Clara fait une pause – mais je te promets de m'occuper de toi. Je veillerai sur toi, toujours. Et tu n'auras rien à craindre : je serai comme le père Renard, lui dit-elle en posant son bras sur l'épaule de Jana.

Sa petite sœur baisse la tête et fixe ses chaussures. Elle plisse les sourcils pour formuler une question.

— Le père Renard ?

— Mais oui, bécasse. Tu sais pas que le père Renard veille sur sa portée pendant que la mère Renard part chercher à manger ?

— Menteuse. C'est la maman qui s'occupe des petits pendant que le Renard travaille. Comme papa.

— Pas du tout. Je te dis justement que c'est le père Renard qui s'occupe d'eux. C'est grand-mère qui me l'a dit. Pour savoir si c'est un mâle, il faut regarder ses oreilles : les renards mâles ont des oreilles comme celles des chauves-souris, ajoute Clara qui termine sa phrase dans une mimique de dégoût.

La grimace de sa sœur fait éclater Jana de rire.

— Tout le monde est prêt ? demande Benigno, qui interrompt la conversation de ses filles. – En réalité, cette question n'appelle pas de réponse. – Bien, suivez-moi.

Et dans le silence le plus complet, dans l'obscurité, la famille commence à gravir le mont de Masera de Castío. La montagne les attend pour les bercer, les prendre dans ses bras réconfortants et leur chantonner à l'oreille des comptines rassurantes.

— Arrêtez-vous ! Attendez ! s'écrie une voix d'homme derrière eux.

Benigno tourne la tête : la voix lui est familière. Il scrute les ombres pour savoir d'où elle vient.

— Braulio ! Bon sang mais tu m'as flanqué une de ces frousses ! La prochaine fois, tu te montres avant. Que se passe-t-il ?

— Rien de grave, rassure-toi. Je devais t'en parler hier, mais avec l'accouchement de Juana, ça m'est complètement sorti de la tête.

— Oui, je suis au courant, toutes mes félicitations. Carmen m'a dit que la naissance s'était bien passée, que le bébé se portait à merveille. J'ai pas eu le temps de venir, tu sais comment c'est, avec le boulot qu'on a à l'usine. Qu'est-ce que tu voulais me dire ?

— Sur ce chemin, on risque de se faire repérer. Si tu montes par là, on va te voir du ciel. Toi et tes gosses, vous devez me suivre, il faut prendre un autre chemin. Tu verras, c'est un sentier facile que Lucho connaît bien, dit-il en regardant les enfants.

— Et les autres ? Ils prennent ce chemin-là ou ils font comme d'habitude ? Je connais un autre moyen d'arriver au sommet, au cas où. C'est un peu plus long si on passe par le Castru.

— Tant mieux. On changera de chemin tous les jours. Aujourd'hui les jeunes montent par le sud. Nous, on va suivre les vieilles murailles, et les Casetes vont prendre le chemin des vaches. Ma Juana est déjà là-haut.

Benigno hoche la tête.

— Allons-y, et il s'apprête à suivre son voisin Braulio avec la confiance que donne l'ambition partagée de la survie.

Trop tard.

L'air vibre du grondement lointain d'un avion. Le bruit du moteur n'est pas très fort : cela doit être un avion de chasse à l'approche. Non, pas exactement. Il y en a plusieurs.

Plus un instant à perdre. La famille, comme Braulio, ne dit plus un mot. Un regard a suffi. Ils partent en courant. Ils ne courent pas, ils volent. Antonio est dans les bras de son père. Tous les autres assurent leur survie par leurs propres moyens.

Ils n'avaient jamais rejoint les grottes aussi vite. Deux grottes ridiculement petites, qui, en temps normal, servent d'abris à quelques renards et à une douzaine de chauves-souris.

Jana arrive la première : elle a toujours été la plus rapide. Les autres sont sur ses talons. Ils s'accroupissent pour entrer dans la première cavité, et constatent que d'autres familles du village, plus prévoyantes, s'y sont déjà installées. La femme de Braulio tient un nouveau-né dans ses bras, soigneusement enroulé dans des couvertures. Sa tête repose contre son sein nu qui, généreux, lui offre un petit-déjeuner qui calme aussitôt son cri.

Ils se font une petite place au milieu des autres sans les saluer. La peur leur noue la gorge, et cette partie du corps située entre la poitrine et le cœur, au rythme accéléré de ses battements sonores.

Des bruits de moteurs, assourdissants. Les avions sont tout près. Ont-ils pu être repérés ? Certainement. Un coup de chance, probablement. Vol de reconnaissance. Deux chasseurs monoplans Polikarpov I-16 du camp républicain survolent Masera de Castío. Il est souvent difficile de distinguer, dans l'obscurité, sous quelle bannière volent les oiseaux métalliques : les monoplans de ce matin, au fuselage kaki par souci de camouflage, sont utilisés aussi bien par les nationalistes que par les républicains. Pour désigner l'ennemi, les premiers parlent de *rats*, l'autre camp de *mouches*. Les mitrailleuses qui ornent les ailes des chasseurs peuvent atteindre la cadence de mille six cents tirs par minute. Ce matin, fort heureusement, les deux joyaux ShKAS des avions ne sont pas en service.

Silence absolu dans la grotte : ses hôtes de passage ont le pressentiment d'une menace dans l'air qui vibre encore. Leur peur ne les a pas trompés : le vrombissement d'un troisième avion déchire l'atmosphère. Jana retient son souffle. Un avion de chasse Fairey Fantôme anglais de couleur claire, muni de quatre mitrailleuses MG Browning et de quatre bombes de dix kilos sous ses ailes, vole dans le sillage des autres appareils. Les voilà qui s'éloignent. Tous appartiennent au camp républicain.

Des murmures et des commentaires commencent à s'élever dans la grotte.

— Ils ne dorment pas beaucoup, ces salauds, dit Braulio, alors que les chasseurs ne sont plus que des pointillés à l'horizon.

Le jour se lève enfin.

— C'est bien vrai, dit le père de Jana, en soufflant par la bouche dans une grimace silencieuse.

— Vous avez vu ? C'étaient des Flèches, pas vrai ? demande Pedro, un gars solide et bien bâti de seize ans, originaire d'Hinojedo.

Les gens du hameau viennent eux aussi s'abriter dans ces grottes.

— À votre avis, c'étaient des communistes ? demande Benigno.

— Pour sûr que c'est des Rouges, répond Braulio, sans laisser le temps à Pedro de répliquer. Des Rouges, j'en mettrais ma main à couper. Ils marquent leur territoire, comme les chiens. Manquerait plus qu'ils nous pissent dessus !

— Les autres, c'étaient des *mouches*, intervient de nouveau Pedro, d'une voix rauque, laissant son âme républicaine à découvert.

— Ces saletés de *mouches*, sourit Braulio, qui partage les idéaux politiques du jeune homme.

Benigno hoche la tête. Le gouvernement de la République a été élu démocratiquement, ce qui le rend légitime à ses yeux. Mais ni lui ni aucun des paysans alentour ne sont des partisans véhéments d'un parti politique, encore moins des militaires. Leur seule préoccupation, c'est la survie.

Les Flèches républicaines et les Mouches nationalistes labouraient pourtant des cieux bien différents ce matin-là. Lorsque Jana sortit de la grotte, après avoir passé trois heures à genoux, elle constata qu'elle s'était urinée dessus.

Les mois et les années suivants marquèrent Jana et sa famille de cicatrices indélébiles. Le pouvoir, l'ambition et la rage envahirent son esprit de femme comme l'eau s'accumule au fond d'un puits. N'oublie jamais qu'en chacun de nous sommeille une bête.

Que celui qui souhaite nous apprendre une vérité s'abstienne de nous la révéler : qu'il nous laisse la découvrir par nous-même.

José Ortega y Gasset

Oliver attendait son avocat dans le cabinet de l'homme de loi, à Santander. On l'avait fait entrer dans son bureau, une vaste pièce à laquelle on accédait par un dédale de couloirs recouverts de moquette. Il se demandait si l'avocat avait vraiment lu tous les livres qui trônaient sur les étagères, ou s'ils servaient seulement de décoration. Sa curiosité l'incitait à vérifier si les cent volumes reliés n'étaient pas un trompe-l'œil en carton-pâte destiné à impressionner à bon compte des esprits candides.

San Román, son avocat, ne lui laissa pas le loisir de passer en revue ce bureau classique, où les livres côtoyaient les diplômes encadrés et des batailles navales difficilement identifiables représentées sur des tableaux aux dorures rococo. San Román entra par une porte adjacente, et non par celle qu'Oliver avait empruntée. Un air d'ancien temps, limpide et tranquille, flottait dans la pièce. L'avocat avait une parfaite condition physique, même si l'on devinait au premier regard qu'il aurait dû prendre sa retraite il y a quelques années. Il fit quelques pas vers Oliver et le serra dans ses bras. Ce dernier ne s'y attendait pas.

— Quel plaisir de te voir là, jeune homme. Tu as l'air en pleine forme, lui dit-il d'une voix énergique.

— Merci, je pourrais en dire autant de vous.

L'avocat fit un geste de dénégation de la main, pendant qu'il allait rejoindre son fauteuil derrière le bureau.

— Je t'en prie, inutile de flatter un vieux croulant comme moi. À mon âge, tout est postiche. Et fais-moi le plaisir de me tutoyer, allons, pas de manières entre nous.

Oliver attendit que San Román ait pris place à son bureau en se demandant à quoi il pouvait bien faire allusion. Sa denture était sans doute un peu trop parfaite, en effet, cela pouvait être un dentier. Est-ce que le vieil avocat portait une perruque ? Et cet objet qu'on devinait au creux de son oreille… n'était-ce pas un appareil acoustique dernier cri ? Il décida, en raison des principes fondamentaux de l'éducation britannique, de se contenter d'acquiescer sans poser de question.

— Très bien, jeune homme. Commençons si tu veux bien. Je suis vraiment navré de ce qui s'est passé à la Villa Marine, cette histoire a dû être une expérience très désagréable pour toi, dit l'avocat qui faisait allusion à la découverte du petit cadavre.

— C'était quelque peu inattendu, en effet.

— A-t-on appris quelque chose sur cette dépouille ?

— À vrai dire je n'en sais rien. Je ne pense pas. Cela fait déjà cinq jours qu'ils ont découvert le corps du bébé et la garde civile ne m'a pas recontacté. Pourtant, c'était pas faute de les voir ! Les agents ont fouillé la maison de fond en comble pendant deux jours, ils ont même vérifié à l'aide d'un géoradar qu'il n'y avait pas d'autres corps d'enfants ensevelis dans la villa. Un déploiement hollywoodien, pour le coup. Des équipes discrètes, très professionnelles. Ce qui n'a pas empêché les journaux de s'en donner à cœur joie : ils ont inventé une histoire à dormir debout, je ne sais pas si tu es au courant.

— Oui, j'ai vu ça. La Momie de la Villa Marine.

— Hélas. Dans un journal, ils vont même jusqu'à l'appeler l'Ange de la Villa Marine, puisqu'ils ont retrouvé le cadavre d'un enfant, ou plus exactement, d'après sa taille, d'un nouveau-né. Et du jour au lendemain, les gens se mettent à raconter qu'ils ont été témoins de choses étranges autour de la maison : des lumières, des bruits, voire des fantômes d'enfants. J'espère que la rumeur ne va pas enfler, parce qu'elle pourrait finir par me causer du tort : comment faire marcher l'hôtel après ça ?

— Détrompe-toi, les maisons hantées attirent les foules.

— Comment ça ?

— C'est une publicité formidable pour ton hôtel. Tout le monde ici raffole des histoires de fantômes. Tu devrais réfléchir à la façon d'exploiter le filon, ça pourrait te rapporter gros, suggéra l'avocat en souriant, avec une expression réjouie qui estompa légèrement les centaines de rides qui marquaient son visage vénérable. – Il reprit la parole : Dis-moi, comment va ton père ?

— Il va bien, merci. Il est dans les Highlands en ce moment, où il passe la belle saison avec son frère.

— Ah tiens. Et pour ton frère ? Il y a du nouveau ?

— Nous sommes toujours sans nouvelles de Guillermo, répondit Oliver en secouant la tête, le regard contrarié.

— Je vois. Ta mère m'a chargé de faire toutes les démarches possibles pour le localiser. Nous sommes allés jusqu'à engager un détective, mais ça n'a rien donné. Quelque temps avant son… décès, tu dois savoir que ta mère est venue ici, à Santander. Elle aurait remué des montagnes pour le retrouver. Elle était persuadée qu'il était en Espagne.

— Je sais.

— Je suis sincèrement désolé de sa disparition, Oliver. Tu sais combien j'appréciais ta mère. J'ai été son avocat pendant de longues années. C'est mon confrère de Londres qui gérait tous vos dossiers, mais c'était moi qui m'occupais de ceux qui concernaient l'Espagne. Je la connaissais depuis plus de trente ans, tu te rends compte ?

— Oui, et je sais qu'elle t'appréciait beaucoup elle aussi. Elle avait une confiance totale en toi, à titre personnel comme à titre professionnel.

Un silence de quelques secondes s'installa entre les deux hommes. Le visage de San Román changea d'expression, ses traits se durcirent.

— Quand je pense que son assassin est à nouveau libre comme l'air. C'est insensé.

— San Román, ce ne fut qu'un malheureux accident… comme il y en a des centaines chaque jour. On n'imagine jamais qu'une chose pareille puisse nous arriver, ni arriver à l'un de nos proches, répondit Oliver, le regard serein, sans se départir d'une certaine gravité.

— Cet homme était ivre. Il devrait être derrière les barreaux, voilà tout. Je ne crois pas à ces peines d'intérêt général. Je sais bien que le chef d'accusation retenu contre lui était l'homicide involontaire, mais quelqu'un qui prend le volant dans cet état, entre nous… Écoute, Oliver, croisen ma longue expérience, les lâches et les assassins ont un point commun : ils s'abritent derrière des lois qu'ils modèlent à leur guise.

— Tiens donc. J'aurais juré que c'était l'apanage des avocats, dit Oliver d'un ton goguenard, pour détendre un peu l'atmosphère.

Il ne tenait pas à s'appesantir sur la façon dont un jeune de vingt ans ivre mort avait renversé sa mère alors qu'elle faisait ses courses un samedi après-midi à Southefields, au sud de Londres. Le chauffard l'avait fauchée net sur un passage piéton.

San Román comprit immédiatement qu'Oliver désirait changer de sujet. Et pourtant, ce qu'il avait à lui dire n'était pas moins personnel : il s'apprêtait à lui faire des révélations auxquelles Oliver ne pouvait pas s'attendre. San Róman allait faire son possible pour les amener avec tact, en laissant Oliver tirer lui-même les conclusions qui ne manqueraient pas de s'imposer. Après tout, il avait affaire à un garçon intelligent.

— Je vais te remettre maintenant, à ta demande, tous les documents officiels concernant la Villa Marine. Mais avant de te laisser les consulter, je me crois dans l'obligation, en tant qu'expert dans le domaine légal, d'attirer ton attention sur deux ou trois points qui méritent des éclaircissements.

Oliver haussa les sourcils, l'air étonné. Il ne manquait plus que ça. Quelles nouvelles surprises lui réserverait encore ce vieux renard ? Il soupira, un peu las mais disposé à écouter attentivement les explications de l'avocat.

— Comme tu voudras.

San Román ouvrit sans plus de cérémonie un dossier à la couverture marron qui se trouvait sur son bureau, et en sortit plusieurs photocopies récentes. Il les fit glisser sur la table en direction d'Oliver et reprit la parole :

— Tu dois savoir que ta mère, en sa qualité de résidente en Angleterre, naturalisée au Royaume-Uni et mariée sous le régime de la séparation de biens, a établi un testament sur le modèle anglo-saxon, c'est-à-dire sans la moindre obligation de transmettre des biens à ses héritiers, comme l'exige par exemple la loi espagnole.

— Oui, je suis au courant, l'interrompit Oliver. Et malgré tout, elle a cherché à faire un partage équitable entre ses deux fils. Enfin, à mon avis.

— En effet, répliqua San Román, elle t'a laissé la Villa Marine, parce qu'elle savait que tu aimais venir à Suances et à Santander. La maison a besoin d'être rénovée, mais son emplacement en bord de mer vaut son pesant d'or.

— Je ne vois vraiment pas où tu veux en venir.

— Patience, tu vas le savoir dans quelques instants. Je te montre toutes les nuances du tableau, à toi d'en percevoir la composition générale. Allons-y pas à pas. Je poursuis, si ça ne te fait rien. Elle a donc laissé à Guillermo le petit appartement de Chelsea, à Londres…

Oliver le coupa de nouveau :

— Ce qui reste une répartition équitable entre moi et mon frère, non seulement parce que Guillermo se fiche complètement de Suances et de la Cantabrie, mais surtout parce qu'un appartement dans le centre de Chelsea vaut bien plus cher que n'importe quelle villa à Suances.

San Román ne put s'empêcher de sourire.

— Ne sois pas sur la défensive, Oliver. Je sais aussi bien que toi que cette répartition est juste, d'autant plus que ce testament a été rédigé il y a très longtemps. Ni moi ni mon confrère de Londres ne vous avions jamais montré le testament que tu as maintenant sous les yeux. Pourtant, j'en possède une copie. Les documents que votre mère a signés ne vous ont jamais été montrés, parce qu'elle en avait fait la demande formelle. Nous lui avions promis de vous informer de la répartition des biens sans vous fournir aucun document officiel.

— C'est possible. Et alors ? demanda Oliver, au comble de l'impatience, qui survolait les documents d'un regard où se lisait le plus complet désintérêt.

— Il se trouve… – l'avocat déroulait son discours, impassible – que non seulement elle vous a légué une belle somme à tous les deux, sous la forme d'un dépôt dans le cas de ton frère, mais surtout… qu'une somme bien plus importante encore a été léguée à un tiers.

— À un tiers ? – Oliver réfléchissait à toute vitesse. – Comment ça, à un tiers ? Tu veux dire, à mon père ?

— Non, répondit l'avocat d'un ton catégorique.

Oliver soupira.

— Si tu t'apprêtes à me dire que ma mère, qui allait sur ses soixante-cinq ans, nous avait caché un amant, je sors d'ici pour aller boire un verre de ciguë cul sec, si tu n'y vois pas d'inconvénient. Avec les derniers événements, je crois que j'ai eu ma dose de rebondissements.

San Román se mit à rire de bonne grâce.

— Ne t'emballe pas, jeune homme. Ta mère a été l'une des femmes les plus droites que j'ai jamais connues. Elle était amoureuse de son époux, il ne s'agit pas de cela. Du calme, je ne compte pas te faire perdre davantage de temps. Venons-en au fait : elle a légué le reste de sa fortune au monastère des sœurs clarisses, tu sais, celui qui se trouve à Santillana del Mar, ici même, en Cantabrie.

— Elle a légué de l'argent aux clarisses ? Ma mère n'est pas croyante, pourtant ! s'exclama Oliver, stupéfait.

— Non, en effet. Mais elle a voulu exprimer sa gratitude.

— Sa gratitude ?

— Tu ne vas pas tarder à comprendre. Si je te parle des clarisses, c'est parce qu'il y a un rapport entre le monastère et certaines informations sur la Villa Marine que tu es venu chercher aujourd'hui. Patience. Le document qui se trouve à ta gauche, c'est le testament. Je viens de t'en résumer les grandes lignes, à part la voiture de collection et la somme exacte que ta mère, en effet, a léguée à ton père. À droite, tu as le titre de propriété de la Villa Marine, accompagné de divers documents officiels. Si tu les regardes de plus près, tu constateras qu'il n'y a pas d'acte de vente dans le dossier.

— Pas d'acte de vente ? Et pourtant mes grands-parents ont acheté la maison, puisqu'ils l'ont léguée à ma mère. Maintenant qu'elle est décédée, j'en hérite à mon tour, je ne vois pas le problème.

— Ce n'est pas tout à fait ça. Tu vas un peu vite. Il y a certains points, dans l'histoire que tu connais, qui ne sont pas conformes à la vérité, même si tu l'ignores. Tes grands-parents n'ont jamais acheté la Villa Marine. Ils n'en ont pas hérité non plus. En fait, ils l'ont acquise par usucapion.

— Par *usuca* quoi ?

Oliver avait du mal à y croire.

— Par usucapion, ce qu'on appelle aussi la prescription acquisitive.

— Ce qui veut dire ?

— Tout simplement qu'en vertu des articles 1930 à 1960 du Code civil espagnol, qui date de 1889, tes grands-parents ont acquis le bien grâce à leur possession prolongée et ininterrompue du logement, une fois remplies toutes les conditions exigées par la loi.

— Serais-tu en train de me dire que mes grands-parents étaient des squatteurs ?

San Román sourit, et ses rides s'atténuèrent l'espace d'un instant.

— Non, je te disais qu'ils ont acquis le droit à la propriété en vertu de leur possession prolongée de la Villa Marine, en l'absence d'obstacles ou de plaintes déposées par son propriétaire légitime. Le Code civil fixe le délai légal de possession à dix ans lorsque la personne qui prescrit prouve qu'elle détient un titre de propriété et qu'elle est de bonne foi. Lorsqu'il n'y a pas de titre de propriété ou qu'on ne peut attester de la bonne foi du possesseur, le délai légal est de trente ans.

Oliver se tut pendant quelques secondes.

— En gros, cela veut dire que le propriétaire légitime a d'une certaine façon offert cette maison à mes grands-parents, n'est-ce pas ?

— En simplifiant un peu, et pour le dire dans un langage moins juridique, cela revient à peu près à ça, en effet. Ils ont d'ailleurs signé un document privé qui établissait que l'usucapion serait effective dans un délai de dix ans d'occupation continue, à la condition que la maison ne soit pas vendue et qu'elle soit transmise par la suite à leurs héritiers légitimes.

— Je vois. Et je suppose que tu connais la raison d'une telle générosité ? Parce que ce n'est pas tous les jours qu'on offre comme ça une maison au bord de la mer à quelqu'un. Je n'ai pas le souvenir d'avoir entendu parler d'autres propriétés de mes grands-parents, ni qu'ils aient jamais fréquenté des millionnaires, j'en déduis donc que si quelqu'un leur a offert la Villa Marine, c'est qu'il a eu une bonne raison de le faire, conclut Oliver en interrogeant son avocat du regard.

— Je ne te le fais pas dire. C'est fort probable. Je ne doute pas un instant qu'ils aient eu une raison valable d'effectuer ces démarches, mais pour tout te dire, je ne la connais pas. Ta mère n'a appris le mode d'acquisition de la propriété que très récemment, elle aussi. Des années après le décès de ton grand-père.

— Ma mère le savait donc ? demanda Oliver en écarquillant les yeux, sincèrement surpris.

— Elle l'a appris il y a environ dix ans, quand elle s'est occupée des papiers de tes grands-parents. À cette occasion, elle a dû vérifier tous les documents pour évaluer leur patrimoine. Après le décès de ton grand-père, doña Ursula, ta grand-mère, s'est retrouvée très seule. Elle perdait un peu la tête, je ne sais pas si tu te rappelles, je crois qu'elle était atteinte d'Alzheimer. Ta mère a été désignée pour être son tuteur légal, et c'est moi qui me suis occupé des démarches nécessaires auprès du tribunal. Ta grand-mère a commencé à présenter des épisodes de confusion mentale, qui alternaient avec des phases de lucidité apparente. Elle revenait constamment à son passé. Un jour que ta mère lui rendait visite, elle lui a avoué qu'elle n'était pas sa fille biologique.

— Je te demande pardon ? Qu'est-ce que tu me racontes là, que ma mère avait été adoptée ? Il ne manquait plus que ça. Et si ce n'était qu'un délire de vieille dame sénile ? répondit Oliver en haussant le ton.

Il secouait la tête comme pour nier la réalité, abasourdi par ces nouvelles informations qui faisaient valser d'un seul coup tous ses repères familiers. Subitement, il se sentit désorienté, absolument seul au monde.

L'avocat ne lui laissa pas de répit. Le jeune homme avait l'air mal en point, comme s'il portait toute la misère du monde sur ses épaules.

— Oliver, j'imagine que cela fait beaucoup d'informations d'un coup. Si ce… corps n'avait pas été découvert, je n'aurais pas été obligé de te montrer tous ces papiers et tu ne l'aurais jamais su. Ta mère ne souhaitait pas vous mettre au courant, toi et ton frère. Je ne suis même pas certain qu'elle s'en soit ouverte à ton père, à son retour à Londres. Elle ne voulait pas vous ennuyer avec des soucis inutiles.

Oliver réagit immédiatement.

— Mon père doit être au courant. Il venait toujours ici avec elle.

— Pas toujours, Oliver. Ta mère a voyagé seule à plusieurs reprises. Elle passait quelques jours ici avant de repartir… Tu dois t'en souvenir. C'était au cours des derniers mois de ta grand-mère, au moment où ta mère avait décidé qu'une infirmière devait rester vingt-quatre heures sur vingt-quatre auprès d'elle à la Villa Marine. De toute façon, que ton père ait été au courant ou non ne change rien à l'affaire. Vois-tu, Oliver, lorsque ta mère a découvert cet épisode de son passé, elle a continué à vivre normalement. C'était quelqu'un, ta mère. Une femme forte. Et à mon avis, une femme heureuse.

Oliver sembla méditer quelques instants.

— C'est vrai. Mais quel rapport avec les religieuses ? San Román, si tu m'annonces que ma mère est la fille cachée de l'une des sœurs clarisses du couvent, je crois que je suis capable de casser quelque chose dans cette pièce.

L'avocat se mit à rire.

— Ces meubles sont aussi vermoulus que moi, mais j'espère que tu n'auras pas la mauvaise idée de taper du poing sur la table, parce que ce bureau est en chêne massif et en dépit de son grand âge, c'est lui qui aurait raison de ta main. Je voudrais te rassurer, Oliver. Il n'y a pas de révélation concernant l'adoption de ta mère, la vie n'est pas un feuilleton. Elle a simplement appris des lèvres de ta grand-mère qu'elle a été recueillie dans ce couvent à l'âge de deux ans.

— À deux ans ? Mais c'est incroyable, cette histoire. Et on sait qui étaient ses parents biologiques ?

— Non, je ne crois pas. Si ta mère a découvert quelque chose, elle ne m'en a pas tenu informé. À l'époque où ta mère est née, il y avait encore des cartes de rationnement en Espagne. Les gens vivaient dans la misère. Et c'était assez fréquent que des familles confient leurs enfants à des couvents. Il y avait un orphelinat à Santander, mais les gens préféraient que leurs enfants soient élevés par les bonnes sœurs. Les temps étaient durs, tu sais.

Oliver écoutait, bouche bée, les nouvelles informations que San Román lui apportait. Il avait du mal à les assimiler. Il poussa un profond soupir.

— Donc si je comprends bien... ma mère a appris la vérité, je veux dire, elle a su qu'elle avait été adoptée et que la maison avait été pratiquement offerte à ses parents… Et ensuite, qu'est-ce qu'elle a fait ?

— Elle s'est rendue au couvent des clarisses. Mais ce sont des religieuses cloîtrées, il est extrêmement difficile de s'entretenir avec elles. Je suppose qu'elle a été bien reçue, puisqu'elle leur a légué dix mille livres dans son testament. J'imagine que cet argent sera employé à des œuvres de charité. Après tout, les sœurs se sont occupées d'elle pendant ses deux premières années.

— Je comprends. Et la maison ? Elle appartenait à qui ? Et que faisaient mes grands-parents à la Villa Marine ?

— La maison appartenait à une grande famille de Torrelavega, des gens très influents, extrêmement riches. Des émigrants qui avaient fait fortune en Uruguay, semble-t-il, avant de revenir s'installer au pays. La famille Ongayo. Je crois qu'ils ont fait construire la maison en 1947. Tes grands-parents ont commencé à servir là-bas dans les années 1950. D'après les rares informations que ta mère a réussi à obtenir de ta grand-mère, très peu de temps après avoir emménagé, le couple a décidé d'adopter un enfant parmi ceux qui avaient été confiés aux religieuses. Voilà tout ce que je sais.

Oliver secouait la tête.

— Quand tu dis que mes grands-parents ont commencé à servir là-bas dans les années 1950, que veux-tu dire exactement ? Ils n'étaient pas domestiques, que je sache ! Mon grand-père travaillait chez Solvay, il était grutier, répliqua Oliver avec fougue, en se référant à l'usine chimique qui existait depuis des lustres à Torrelavega.

Román soupira à son tour.

— Tout cela vint après, Oliver. Tes grands-parents ont été engagés à la Villa Marine pour y servir. Le couple devait régenter la maison, assurer l'entretien de la propriété toute l'année. C'était une résidence secondaire, tu dois comprendre que les propriétaires n'y passaient que l'été, et quelques week-ends au printemps tout au plus. C'était le cas typique de la femme qui s'occupe du ménage et de la cuisine, et de son mari qui sert de chauffeur, de jardinier et d'homme à tout faire.

Oliver s'enfonça dans son siège, accablé. Il garda le silence quelques instants.

— Je veux bien. Mais si ma mère s'est rendue au couvent des clarisses, la connaissant, j'imagine qu'elle a également voulu remercier la famille Ongayo. Du moins si ceux qui ont offert la maison à sa famille sont encore vivants. Les héritiers légitimes n'ont peut-être pas apprécié ce petit cadeau.

— Cela n'a pas dû leur faire plaisir, en effet. Je sais que ta mère est allée rendre visite à la famille Ongayo, mais malheureusement je n'en sais pas plus. Cet entretien était trop personnel pour qu'elle m'en parle. Et puis cela remontait à si loin. Je crois que seule Mme Ongayo est encore en vie. C'est un personnage, une figure importante de Comillas. Mme Ongayo a connu le succès à la tête d'une grande entreprise, et elle ne rate jamais un gala de charité, un dîner mondain ou d'autres événements du même acabit. Elle doit bien avoir quatre-vingt-cinq ans aujourd'hui.

— Cette dame vit à Comillas ?

— Oui, toute l'année d'après ce que j'ai compris. Enfin, si elle est toujours en vie. Mme Ongayo a des propriétés dans toute la région, mais elle passe le plus clair de son temps à Comillas. Et c'est là que ta mère est allée la voir.

Oliver se leva.

— C'est vraiment incroyable, ma mère ne nous a rien dit.

— Les femmes ont presque toujours des secrets, mon garçon.

— Oui, mais maintenant, ma mère n'est plus là pour répondre aux questions qui se bousculent dans ma tête.

J'aimerais savoir pourquoi cette famille a offert la Villa Marine à mes grands-parents, et surtout, d'où vient le corps qu'on a découvert chez moi.

Le vieil avocat se leva à son tour.

— Oliver, je t'ai raconté tout ce que je savais sur la Villa Marine. Si tu as besoin d'autres réponses, tu vas devoir les trouver sans moi. Je te viendrai en aide chaque fois que cela sera en mon pouvoir. J'espère que tu sais que tu peux compter sur moi ?

Oliver hocha la tête.

— Merci. Je vais tenter de reconstituer cet incroyable puzzle. Et je téléphonerai à mon père. Il faut que je passe à la garde civile aujourd'hui, ils attendent que je leur donne tous ces papiers. – Il se tut quelques secondes, puis reprit : Je suppose qu'ils vont t'appeler pour te demander des précisions sur les questions légales qu'ils ne seront pas à même de comprendre. Comme cette *usuca*… C'était quoi, déjà ?

— Usucapion, répondit en souriant San Román. Je suis évidemment prêt à collaborer avec eux si cela s'avère nécessaire. Tu n'as rien à craindre, Oliver. Et tu devrais essayer de te reposer un peu, tu es livide.

— Tu n'as pas tort. Je crois que cette demi-heure m'a vidé de mon sang.

— Tout va finir par s'arranger. Ce n'est qu'un mauvais moment à passer. N'hésite pas à m'appeler si tu as besoin de moi dans les semaines qui viennent. Tu t'installes pour quelque temps ou tu repars à Londres ?

L'avocat fit un pas vers le jeune homme.

— En principe, je devais passer seulement quelques jours à Suances pour superviser les travaux. Mais les événements m'obligent à reporter mon vol retour. Je comptais m'établir définitivement à la Villa Marine à la fin de l'été… Passer mon premier hiver ici.

— Très bien. Mais crois-en mon expérience, ce n'est pas une bonne idée de passer les fêtes de Noël tout seul, mon garçon.

Oliver sourit.

— Mieux vaut seul que mal accompagné, comme on dit. Des amis à moi ont prévu de venir quelques jours. On verra. Je commence à prendre l'habitude de ne plus faire trop de projets. Surtout en ce qui concerne mes proches.

— Parfois, acquiesça San Román, c'est ce qu'il y a de mieux à faire. Et à ce propos, je suis désolé pour toi et Anna. Ton père m'a raconté ce qui est arrivé.

Le regard d'Oliver devint glacial, mais il répondit sur le même ton :

— Merci.

— Ça n'a pas dû être facile pour toi. Enfin… tu es jeune, tu as toute la vie devant toi. Les femmes d'ici ont un sacré caractère, je te préviens, mais elles sont belles à se damner, conclut l'avocat, en essayant de lever les sourcils d'un air gaillard, hélas sans y parvenir.

— Tant mieux. Merci pour tout, San Román. – Oliver tendit sa main à l'avocat pour prendre congé. – Je t'appelle dès que j'ai du nouveau.

— N'hésite pas. Je suis cette affaire de très près. Tiens, n'oublie pas tes papiers, dit l'avocat qui rassembla les photocopies d'un geste expérimenté avant de les introduire dans une pochette marron.

Après avoir pris congé de son avocat, Oliver décida de retourner directement à la Villa Marine. Il avait besoin de lire tous les documents au calme avec une tasse de café, afin d'ordonner le tourbillon de ses pensées. Ensuite, il pensait appeler le groupement de la garde civile et effectuer des recherches en ligne sur la famille Ongayo. Et tant qu'à faire, sur le monastère des clarisses. Sa mère avait donc été élevée par des bonnes sœurs jusqu'à l'âge de deux ans ! Son père en saurait peut-être davantage sur cette histoire.

Changement de programme.

À peine assis dans sa Fiat noire de location, il constata qu'il avait des appels en absence sur son portable oublié dans la boîte à gants. Plus exactement trois appels du groupement de la garde civile de Santander. Il rappela le numéro aussitôt, et un brigadier lui passa immédiatement le sergent Riveiro. Décidément, cette journée n'avait rien d'ordinaire : ce qu'Oliver apprit par téléphone le laissa littéralement abasourdi. À l'instant où il avait décidé d'abattre les cloisons muettes du sous-sol de la Villa Marine, Oliver avait sans le savoir laissé s'engouffrer la peur, la mort et le vertige dans sa vie.

JOURNAL (3)

Une masse dense de nuages blancs et bombés se forme sur la mer et escalade par le versant de Cortiguera le plateau de Masera de Castío. Ils s'amoncellent au sommet, menaçant à tout instant de déborder comme une mousse de bière sur la vallée.

Les ombres de la nuit flottent encore en ce matin de janvier 1937. Jana se prépare, avec ses frères et sa sœur, à se réfugier dans les grottes. Avant, ils n'y allaient que de temps en temps, quand des avions prenaient un malin plaisir à survoler la région dans les lumières de l'aube. Mais à présent, ils s'y rendent chaque matin. Une fois à l'abri, ils passent la journée dans les grottes et ne redescendent qu'à la nuit tombée : les nationalistes sont susceptibles de les survoler, de les canarder à la mitrailleuse ou de lâcher des bombes à tout moment. Les villageois ne voient plus d'avions républicains passer. Les putschistes ont à l'évidence gagné du terrain.

La mère de Jana prépare une tortilla qu'ils mangeront là-bas : des pommes de terre, un œuf, un peu de farine et du lait pour lier la pâte. Sous la lumière d'une lampe à gaz en tout point identique à celle des mineurs, la mère de Jana ressemble à un fantôme au visage amène qui vaque sans cesse, le regard baissé. Quand elle le relève, un nouvel éclat très dur brille au fond de ses yeux.

C'est la peur qui rend Carmen muette, elle qui n'a jamais été très bavarde. Les nationalistes ont bombardé Santander il y a deux semaines : dix-huit trimoteurs sont passés au-dessus de la ville, laissant dans leur sillage des dizaines de blessés et plus de soixante-dix morts. Les républicains ont riposté en assassinant cent cinquante-sept prisonniers détenus dans le cargo *Alfonso Pérez*, un navire qui servait de prison auxiliaire à la maison d'arrêt d'El Dueso à Santander. La tuerie a été anarchique et désordonnée. La guerre a rendu les hommes et les femmes insensibles, abrutis, ses ténèbres ont eu raison des petites veilleuses qui illuminaient leurs âmes.

Carmen, en cette glaciale matinée de 1937, a compris que les hommes de chaque camp ont franchi la ligne rouge de la morale, de l'honneur, de la justice et de tout ce que l'on entend d'ordinaire par le terme "humanité". Cette barrière de la raison levée, les hommes sont redoutables, parce qu'ils deviennent imprévisibles. Carmen s'inquiète pour ses enfants, pour leur futur, elle se demande s'ils seront victimes de cette perte des valeurs qui se répand aussi vite qu'une vilaine grippe. Elle observe Jana, elle serre son enfant dans ses bras et lui pose un châle supplémentaire sur les épaules. Elle l'embrasse sur le front, passe sa main dans ses boucles. Elle se penche vers Antonio qui ronronne dans ses jupes pour réclamer un câlin.

La famille au grand complet sort de la maison pour marcher jusqu'au sommet de la montagne. Benigno ne vient pas tous les jours avec eux, parce qu'il travaille à l'usine, mais ce matin-là, il veille sur sa famille comme un ange protecteur. Jana et Clara pouffent et s'esclaffent tout bas, elles se bousculent tendrement et entonnent à voix basse la comptine du père Guilleri :

Il était un p'tit homme,
qui s'app'lait Guilleri.

Carabi
Il s'en fut à la chasse,
à la chasse aux perdrix.
Carabi
Ti ti carabi
To to carabo
Compère Guilleri.
Te laisseras-tu, te laisseras-tu,
te laisseras-tu mouri !

— Taisez-vous bon sang ! s'exclame Benigno à voix basse, d'un ton ferme qui fait pâlir les petites filles. – Le silence se fait aussitôt. – En route. Et pas un mot ! dit-il, l'index sur ses lèvres.

David regarde ses deux sœurs du coin de l'œil et leur adresse une grimace moqueuse. Les voilà presque arrivés aux grottes. À force, ils connaissent le chemin par cœur. Antonio serre la main de son grand frère mais marche d'un pas résolu, assuré, comme si la montagne n'avait plus de secrets pour lui. Antonio n'est pas un enfant très expansif, mais il a le don de communiquer à travers son regard et ses gestes. Il sait se faire remarquer, susciter l'admiration de son entourage à chacune de ses trouvailles, et tous rient volontiers de ses pitreries.

Cela fait à peine une heure que la famille est cachée dans la grotte, où des habitants d'Hinojedo et de Cortiguera ont également trouvé refuge. Le moteur d'un avion se fait entendre au loin. Les visages sont graves. Le silence s'installe entre les villageois qui attendent, la tête baissée et les yeux grands ouverts, comme pour aiguiser leurs perceptions auditives.

Le premier appareil à les survoler est un chasseur biplan Arado AR 68, un avion allemand du camp nationaliste. Dans quelques mois, il appartiendra à la légion Condor. C'est un vol de reconnaissance. Mais les villageois n'en sont pas certains, parce que deux chasseurs Heinkel HE 51 empruntent à leur tour la même trajectoire. Jana et sa famille savent bien qu'après les chasseurs et leur éventuelle rafale de mitrailleuse, en général, arrivent les autres. On perçoit déjà le bruit des moteurs. Ils ne sont plus très loin. Les voilà.

Le rugissement du moteur est bien trop fort. Reconnaissable entre mille : il s'agit d'un bombardier. Plus exactement, d'un Savoia Marchetti SM 81 italien : un avion noir à fuselage large, robuste et puissant. À bord, un équipage de huit personnes, près de deux mille kilos de bombes et six mitrailleuses Breda-Safat. Tiens, on dirait que l'avion se rapproche. C'est étrange, en général les appareils font attention à ne pas raser l'usine qui se trouve en contrebas, à quelques kilomètres des grottes.

En cette matinée glaciale de janvier, trois bombes sont lâchées sur Hinojedo. Le sifflement des projectiles restera à jamais gravé dans les tympans des hommes.

La première bombe manque de détruire entièrement l'usine asturienne de zinc. Mauvais calcul. Elle tombe près de la cible, mais pas suffisamment.

La seconde frôle la ria dans sa chute, le souffle de l'explosion recouvre d'eau, de fragments de projectiles et de terre mêlés la brèche permettant d'accéder aux grottes. Les débris fumants sont dispersés sur des dizaines de mètres.

La troisième entre en diagonale à l'intérieur de la grotte où s'est réfugiée Jana. La petite fille, David et Clara sont soufflés par l'onde de choc. Jana est littéralement projetée en l'air, son dos est plaqué contre la voûte de la grotte, où une matière noire se dépose sur tout son corps. La fumée envahit l'espace, les villageois sont aveuglés par la poussière. Les cris et les pleurs sont étourdissants. L'air devient vite irrespirable. Pedro avance à tâtons vers la sortie de la grotte, la tête baissée, son grand corps ramassé. Il finit par s'en extirper sans réaliser qu'une rafale de mitrailleuse vient de lui arracher la main gauche. La bombe a explosé presque entièrement dans leur abri, mais les villageois ne le savent pas encore.

Benigno appelle ses enfants. Ses cris ont des accents déchirants, ceux du désespoir à l'état pur. Il tâte des corps à l'aveuglette. Il cherche à repérer des voix familières parmi tous les gémissements.

— Carmen ! Carmen ! David ! Clara ! Oh seigneur... Carmen ! Jana ! Toñin ! crie-t-il comme un enragé, la bouche pleine de poussière.

Apparemment, il s'en est sorti indemne. Ah non. Il a une blessure à la jambe droite, il se vide de son sang.

— Papa ! On est là ! s'écrie David, qui aperçoit son père à travers la fumée asphyxiante.

Il crache ses mots un par un, à grand-peine, dans l'air vicié. David est à plat ventre par terre. Clara et Jana sont allongées près de lui. Au ras du sol, la fumée est moins dense, l'air semble presque respirable.

— Merci mon Dieu, oh Seigneur... sanglote Benigno, dont le cri se perd dans un murmure étouffé par des sanglots irrépressibles lorsqu'il parvient enfin à serrer David dans ses bras.

Clara, sans doute sous le choc, ne dit mot. Ses mains agrippent le corps de son père, la petite fille se jette dans ses bras. Jana a du mal à les distinguer sous la fumée épaisse, mais elle devine la scène. Elle pleure dans son coin, inconsolable, en attendant qu'on vienne la chercher. Et bientôt c'est l'étreinte de son père : protectrice, impulsive. Il serre Jana contre sa poitrine de toutes ses forces.

— Papa, elle est où maman ? Hein, papa ? Et Antonio, il est où ? Antonio ? Toñin ?

David pressent la tragédie comme si elle lui comprimait déjà les poumons ; à la suite de son père, il se lance dans une recherche terrifiante.

Des morceaux de corps déchiquetés. Ses mouvements se figent, David n'est plus capable de percevoir. Comment savoir à qui appartiennent ces minuscules fragments d'existence qui jonchent le sol et les parois rocheuses de la grotte. L'entrée, masquée par des arbustes et des fenouils sauvages, est maintenant recouverte de sang et de viscères. Une odeur douceâtre et métallique se mêle à celle de la fumée.

Plusieurs minutes s'écoulent avant que les villageois ne réalisent la gravité de la situation. Ils comptent leurs morts, leurs blessés, se demandent où ils pourraient courir se réfugier si les attaques reprennent. L'air commence à être un peu moins chargé, la lumière se faufile timidement à l'entrée de la grotte.

Sur les dix-neuf personnes abritées dans la grotte du renard, sept perdent la vie en cette matinée d'hiver. Quatre sont tuées sur le coup, méconnaissables, deux meurent le jour même dans l'hôpital de campagne installé au centre du village d'Hinojedo, et la dernière victime, trois jours plus tard, expire dans les bras de ses parents Juana et Braulio, emportant à jamais l'étincelle de joie sans mélange qui dansait dans leurs yeux.

Après avoir lâché la troisième bombe, les chasseurs et les bombardiers firent demi-tour. C'était plutôt curieux. Était-ce à cause du brouillard qui était apparu au petit jour, et qui gagnait la vallée ? Jamais l'usine ne fut attaquée par la suite, de tout le temps que dura la guerre. Apparemment, il s'agissait d'une manœuvre militaire absurde et isolée.

Lorsque Jana sortit de la grotte, elle fut insensible au froid qui gelait les entrailles de tous les êtres vivants de la contrée. Une flamme intérieure la consumait tout entière. Elle ne sentit pas les mains amicales l'entraîner loin de la grotte, retrouver Clara et David. Elle n'entendait que les cris dévastateurs et presque inhumains de son père, que d'autres hommes soutenaient par les épaules pour l'arracher à la grotte.

Ne restaient plus de Carmen et d'Antonio que des membres épars, des bras et des jambes recomposés en d'extravagantes formes macabres. L'enfant était resté dans le giron de sa mère jusqu'à son dernier instant avant d'être réduit en bouillie.

Jana avait assisté au carnage : la petite fille en avait absorbé les images, les odeurs, les bruits, les sensations. Elle avait compris qu'Antonio et sa mère n'étaient plus de ce monde. Jana était sidérée : tout avait l'air si irréel. Mais son esprit avait entrevu la vérité. Elle l'avait même percuté avec une telle violence qu'elle perdit connaissance pour la première fois de sa vie. Elle vacilla, s'effondra, et ne revint à elle que trois heures plus tard. Et pourtant, tout ce temps-là, Jana n'avait pas dormi. Elle avait perdu conscience pour mieux descendre aux enfers.

Un acte de justice permet de tourner la page ;
un acte de vengeance écrit une nouvelle page.

MARILYN VOS SAVANT
Article paru dans le *Diario Montañés*,
le 9 juillet 2013.

À la première heure du jour, ce lundi, le cadavre d'un homme a été repêché aux environs de la jetée qui délimite l'embouchure de la ria de San Martín de la Arena à Suances.

Le nom de la victime correspond aux initiales P. S. D. L'homme, âgé de soixante-quatre ans, était originaire de Suances. Dans l'attente du rapport d'autopsie, les circonstances de sa mort restent à ce jour inconnues.

Le corps a été découvert hier par un pêcheur qui sortait du port aux alentours de cinq heures du matin. Lorsqu'il a aperçu le cadavre près de la jetée, l'homme a immédiatement prévenu les autorités portuaires. Le corps a été ensuite repêché par des agents de la garde civile de Suances, secondés par la Patrouille de sauvetage maritime. Des membres de la Croix-Rouge et du Samu de la commune ont également été envoyés sur place.

— Vous avez terminé ? demanda le sergent Riveiro.

Oliver était plongé dans l'article d'un quotidien local, dans ce bureau du groupement de la garde civile à Santander.

— Oui, mais je ne comprends pas très bien... répondit Oliver, étonné. Il s'agit bien du journal d'aujourd'hui ?

— En effet. Vous n'aviez pas entendu parler de ce fait divers ? Pourtant, ça a fait du bruit. Les gens ne parlent que de ça au village.

— Non, désolé, je n'étais pas au courant. Il faut avouer que j'ai à peine mis le nez dehors cette semaine. Je suis seulement sorti pour faire des courses, un peu de footing... À part aujourd'hui, où je suis venu tout spécialement à Santander. Je devais passer chercher les actes officiels que vous m'aviez demandés chez mon avocat.

— Vous n'êtes pas sorti de chez vous de la semaine ? demanda Riveiro, un peu surpris.

Oliver poussa un soupir de lassitude.

— Que voulez-vous que je vous dise. D'abord, on trouve un cadavre dans ma maison. Une journée de perdue à faire la levée du corps, à m'interroger sur l'histoire de la maison, etc. Ensuite, pendant deux jours, on suspend les travaux ; par chance ça tombe sur un week-end, jusque-là tout va bien. Et puis voilà que reviennent les équipes de la garde civile, avec leurs géoradars, pour vérifier que ma maison n'est pas le cimetière des horreurs ! Vous imaginez bien qu'avec la reprise des travaux, les réunions avec les maçons et l'entrepreneur, la nuée de journalistes qui me harcèlent jour et nuit après avoir déniché mon numéro de portable je ne sais où, sans parler des démarches que j'ai dû faire auprès de mon avocat pour vous fournir les papiers que vous attendiez, je n'ai pas une minute à moi.

— Et vous n'avez pas allumé la télévision non plus ?

— Mais si, bien sûr. Mais ils n'en parlaient pas au JT ! Je ne suis pas encore familiarisé avec la chaîne locale, sergent.

Je me contente de regarder les chaînes internationales. Et j'ai passé des heures sur internet à faire des recherches sur la Villa Marine. Si vous voulez le vérifier par vous-même, regardez mon historique, vous verrez.

— Ce ne sera pas la peine… du moins pas pour l'instant, tempéra le sergent d'un ton conciliant. – Le ton amical de leur première rencontre avait laissé place à une voix tendue, rigoureuse. – Vous vous en doutez, je ne vous ai pas demandé de revenir pour vous parler du corps qu'on a trouvé dans votre propriété. Non, cette fois je souhaite vous poser des questions sur l'homme qu'on vient de repêcher près du môle.

— Comment ça ? Au téléphone, vous m'avez dit qu'on avait découvert un lien entre le cadavre de la Villa Marine et un symbole aztèque. Une histoire abracadabrante, d'après ce que j'ai pu comprendre. Je suis venu dès que j'ai pu me libérer. Mais je ne vois toujours pas le rapport avec ce fait divers !

— J'espère seulement pour vous qu'il n'y en a pas. Sachez qu'il existe un lien direct entre ce fait divers, comme vous dites, et la Villa Marine. C'est pourquoi nous vous avons demandé de passer le plus vite possible au groupement. Autant vous dire que j'ai de nouvelles questions à vous poser.

— Allez-y, je vous en prie. Je suis à votre disposition, mais j'espère que vous pourrez m'en dire davantage, car là, j'avoue que j'ai un peu de mal à suivre. Après les révélations inouïes qu'on vient de me faire aussi bien sur ma maison que sur ma famille, j'avais de toute façon l'intention de passer vous remettre les documents officiels en main propre.

— Très bien. Oliver, je vais être franc avec vous : l'affaire de la Villa Marine ne fait pas partie de nos priorités. Il s'agit d'un crime ancien, probablement prescrit, et nous avons d'autres cas urgents à traiter. Nous ne disposons toujours pas des résultats de l'autopsie, mais au vu des nouveaux développements de l'affaire, nous allons faire en sorte de les avoir dès que possible.

Le sergent se tut un instant. Oliver se sentit gagné par le sentiment qu'il avait éprouvé quelques heures plus tôt dans le bureau de San Román. Son intuition lui soufflait que de nouvelles pièces viendraient bientôt s'ajouter à son puzzle intime. Le jeu se compliquait d'heure en heure.

— Oliver, je crois qu'il est préférable que nous poursuivions cette discussion en présence de ma supérieure. Le lieutenant Redondo aimerait assister à votre déclaration.

— Tout ceci prend une tournure diablement officielle. Dois-je prévenir mon avocat ? demanda Oliver, d'un ton presque sarcastique.

— Vous pouvez appeler votre avocat, répondit Riveiro sans se départir de son air grave.

Oliver respira profondément. Décidément, la journée promettait d'être longue.

— Non sergent, je plaisantais. Je n'ai pas l'intention de l'appeler. J'ai terriblement hâte d'éclaircir toute cette histoire, vous savez. Vous avez besoin d'entendre mes déclarations, mais moi, j'ai aussi besoin de vous pour comprendre.

Riveiro hocha la tête. Ce gars-là lui plaisait bien. Il espérait vraiment qu'il n'ait rien à voir avec le cadavre de la ria. L'affaire devenait sérieuse.

— Si vous voulez bien vous donner la peine d'entrer.

Riveiro ouvrit la porte d'un autre bureau du groupement de la garde civile, sans frapper. Ici, tout respirait l'ordre et la propreté, en dépit des piles de dossiers archivés qui s'entassaient dans un coin de la pièce.

Habillé comme un provincial en habits du dimanche, un homme proche de l'obésité au bouc mal entretenu les attendait d'un air maussade. Il était assis à une petite table ronde et semblait entièrement occupé à ne rien faire.

Par contraste, une jeune femme mince aux traits anguleux mais au visage plein de douceur travaillait avec une concentration extrême sur son ordinateur. La sobriété de sa tenue n'enlevait rien à sa féminité. Elle était penchée sur le bureau principal de la pièce, un espace de travail remarquablement net et rangé. Elle leva les yeux à leur arrivée et un rayon de soleil qui filtrait par la fenêtre illumina sa chevelure brune aux boucles rebelles. Cette femme avait quelque chose de troublant. Le regard d'Oliver fut irrémédiablement attiré par son magnétisme étrange, comme chaque fois qu'un détail intrigant éveillait sa curiosité.

— Je vous présente le sous-lieutenant Santiago Sabadelle. – La voix du sergent Riveiro tira brusquement Oliver de ses pensées. Riveiro faisait les présentations en commençant par l'homme qui était assis à la table ronde. – Sabadelle dirige notre département du patrimoine régional. Il est diplômé en histoire de l'art et titulaire d'un master en archéologie et sciences de l'Antiquité, poursuivit-il en se tournant vers le sous-lieutenant pour lui demander : J'espère n'avoir rien oublié ?

— Non, c'est bien ça, dit-il sans cesser de surveiller Oliver d'un regard méfiant.

— Et voici le lieutenant Valentina Redondo, poursuivit Riveiro en se tournant vers la jeune femme qui venait de se lever pour aller à leur rencontre. Psychologue diplômée à l'université de Saint-Jacques-de-Compostelle, elle est titulaire d'un doctorat en psychologie juridique et médicolégale.

— Si vous cherchez à m'impressionner, c'est réussi. Vous êtes plus calés que le FBI, ici !

Oliver tentait de se délivrer de la tension qu'il commençait à ressentir au creux du ventre. Le seul sourire qu'il reçut en retour fut celui, compréhensif, de Riveiro. Sa supérieure se contenta de lui tendre la main dans le silence le plus complet. Oliver la regarda ouvertement dans les yeux et fit durer la poignée de main le plus longtemps possible. Il cherchait à comprendre ce qui l'intriguait tant chez elle. Cette femme était jolie, mais elle n'avait rien d'une beauté fatale. Cela ne pouvait pas être sa silhouette, toute svelte qu'elle fût, qui le fascinait à ce point. Et puis il comprit, soudain : c'était un détail de son visage. L'iris du lieutenant brillait d'un vert intense, comme s'il abritait le sortilège de la lune, alors que son œil gauche était d'un noir profond. Sans être opaque, il n'avait pas le même éclat. Et ce n'était pas un œil de verre, il était prêt à le jurer. Au-delà de la couleur de ses yeux, l'étrange regard de félin au repos de cette femme fit naître dans la poitrine d'Oliver, au moment où leurs deux mains allaient se séparer, une inquiétude sourde, presque électrique.

— Monsieur Gordon, j'étais chargé du dossier de la Villa Marine jusqu'à maintenant, reprit Riveiro, étranger à la stupeur d'Oliver, mais au vu de la tournure des événements, en particulier du lien évident que nous avons pu établir entre le corps repêché dans la ria de Suances et ce qui s'est produit chez vous, il revient maintenant au lieutenant Valentina Redondo, en sa qualité de commandant de notre brigade, d'assumer la direction de cette enquête.

Le lien évident ? Comment ça le *lien* ? Quel rapport pouvait-il bien y avoir entre ce noyé et le bébé de la Villa Marine ? Oliver, médusé, acquiesça en silence. Les officiers prirent place autour de la table ronde et Oliver les imita. Le lieutenant Redondo prit la parole :

— Bonsoir, monsieur Gordon.

— Bonsoir, lieutenant.

— J'ai quelques questions à vous poser, afin d'y voir un peu plus clair. J'espère qu'elles ne vous causeront pas trop de désagréments, dit-elle, d'un ton aimable qui restait cependant parfaitement neutre. Les initiales P. S. D., ça vous dit quelque chose ?

— Pas vraiment. De but en blanc, comme ça, je ne vois pas.

— Très bien. Et si je vous dis Pedro Salas Díaz ?

— Aucune idée. Jamais entendu parler. C'est le nom de l'homme repêché dans la ria, j'imagine ?

— En effet. Un marin de Suances, issu d'une lignée de pêcheurs. Veuf, père de deux enfants, sans problèmes particuliers ni d'ennemis connus à ce jour. Un détail n'a pas encore été diffusé dans la presse, mais cela ne saurait tarder : cet homme n'est pas mort noyé au cours d'un tragique accident de pêche. Lorsqu'on l'a découvert près de la petite jetée de la ria, il avait une balle fichée en plein cœur.

Un silence se fit dans la pièce. Oliver se tut quelques secondes. Redondo, qui ne le lâchait pas de ses yeux vairons, posa une photo sur la table.

— Voilà l'individu en question. Le connaissez-vous ?

Oliver observa la photo avec une telle concentration que son regard semblait pouvoir passer à travers. L'image devait être l'agrandissement d'une photo d'identité. Un sourire las, des bajoues naissantes, des cheveux blancs qui commençaient à se raréfier sur le sommet du crâne, des traits arrondis, un visage aimable.

— Absolument pas. Je n'ai jamais vu cet homme. Mais je ne comprends toujours pas quel est le rapport entre ce fait divers et la Villa Marine.

— Pour le moment, il n'y en a pas, mais certains indices laissent penser que l'assassinat de cet homme est lié à la découverte du nouveau-né à votre domicile, monsieur Gordon.

— Je ne vois vraiment pas où vous voulez en venir. Pitié, la journée a été longue, venez-en au fait je vous prie, je n'ai plus beaucoup de batterie. J'imagine que vous scrutez mes réactions comme dans les séries policières, mais là, croyez-moi, je ne comprends absolument rien à ce que vous me racontez.

Les lèvres de Redondo esquissèrent une moue qui prétendait imiter un sourire, sous les regards intrigués de ses collègues. Le sergent Riveiro réussit à contenir l'expression réjouie qui passait sur son visage.

— Dans la veste du défunt, nous avons trouvé des coupures de journaux. Tous les articles concernaient la découverte du cadavre à la Villa Marine.

Silence. Oliver ne chercha pas à dissimuler l'étonnement qui se lisait sur son visage.

— Vous me sidérez. Que voulez-vous que je vous dise. C'était peut-être l'un de ces fétichistes, un homme passionné par les choses bizarres… ou les crimes, allez savoir.

— C'est possible, mais peu probable. Les proches du défunt n'ont pas su expliquer cet intérêt manifeste pour le bébé qu'on a retrouvé à votre domicile, monsieur Gordon. Nous en sommes encore au stade de l'enquête.

— Bien sûr… mais…

— Je vous écoute.

— N'a-t-on pas retrouvé cet homme en mer ? Je veux dire… comment se fait-il que les coupures de journaux n'aient pas été détruites par l'eau salée ?

Redondo ne put contenir un vrai sourire, cette fois. Ce garçon n'était pas idiot.

— Oliver, si vous continuez comme ça nous allons être obligés de vous engager, répliqua-t-elle d'un air qui se voulait aimable mais que semblait contredire la gravité de son visage. Les articles de presse avaient été glissés dans des pochettes transparentes, que l'homme avait rangées dans un dossier plastifié ; on aurait dit qu'il s'apprêtait à les exposer dans une galerie d'art.

— Ah, dit Oliver, que la tournure des événements laissait pantois.

Quand Valentina Redondo s'approcha, il remarqua son parfum d'une élégance discrète, aux notes florales presque imperceptibles.

— À votre tour, monsieur Gordon, de nous parler ce que vous avez appris cet après-midi. Nous vous raconterons la suite après, si cela ne vous gêne pas.

Dans un soupir libérateur, Oliver commença à expliquer le plus clairement possible les informations que San Román lui avait communiquées quelques heures plus tôt. À mesure qu'il parlait, il sortait les documents officiels du dossier, et disposait les pages les unes après les autres sur la table en pin.

Seul le lieutenant Redondo se permit de l'interrompre pour lui demander des précisions. Le sergent Riveiro et le sous-lieutenant Sabadelle écoutaient sans rien dire. On voyait bien qu'ils ne perdaient pas un mot des explications d'Oliver et qu'ils étudiaient avec un vif intérêt les documents. Oliver surprit le lieutenant à aligner les feuilles sur la table de façon à ce que les coins ne puissent pas se superposer. Elle les disposait en ligne droite en fonction de la date, avec un soin presque exagéré. Génial, se dit-il, l'enquête est dirigée par une maniaque. À la fin de son exposé, le sous-lieutenant Sabadelle prit la parole, non sans avoir guetté l'approbation muette de Redondo.

— Le pendentif qu'on a retrouvé à côté du cadavre au sous-sol de votre maison, monsieur Gordon, est une représentation grossière de Tlaloc, l'un des dieux les plus importants de la culture aztèque, je dirais même mésoaméricaine. Il s'agit d'une simple copie mais elle a plus de cent ans, ce qui lui confère une valeur patrimoniale indéniable.

— Ça alors. Tlaloc, vous dites ? C'est un vrai casse-tête, cette histoire, s'exclama Oliver. Puis-je le voir ?

— Le pendentif ? J'ai bien peur que non. Il se trouve actuellement au laboratoire de criminalistique, mais si l'objet vous intéresse, vous pouvez jeter un œil à ces clichés. Nous pensions vous montrer ces photos, de toute manière, pour savoir si vous n'aviez pas déjà vu cette statuette, au cours de vos séjours à la Villa Marine, répliqua sèchement Sabadelle, en plaçant les photographies du dieu aztèque sous le nez d'Oliver.

À mesure qu'il observait les détails de la figurine tribale, Oliver faisait part de ses réflexions à haute voix :

— D'après vous, il s'agit d'un dieu mésoaméricain ? Eh bien figurez-vous que les premiers propriétaires de la maison, la famille Ongayo, ont fait fortune en Uruguay. Il y a peut-être une piste à creuser de ce côté-là.

Sabadelle fit claquer sa langue et regarda Oliver d'un air condescendant.

— Le dieu dont je vous parle vient d'une aire géographique bien précise, monsieur Gordon. Ce qu'on appelle la Mésoamérique comprend le Mexique, le Guatemala, le Nicaragua et le Costa Rica… C'est la partie centrale du continent américain, une région très vaste mais pas suffisamment pour englober l'Uruguay, qui se trouve à huit mille kilomètres de distance du Mexique.

Oliver pâlit, comprenant que Sabadelle venait de le tourner en ridicule. Ce dernier reprit :

— En gros, c'est comme si vous me disiez que le *cocido montañés* est la spécialité de Las Vegas, au Nevada, qui se trouve à huit mille kilomètres de Santander.

Oliver ne se laissa pas rabaisser.

— Vous avez appris Google Earth par cœur ? Je vous remercie d'avoir pris le soin de m'apporter cette précision indispensable. Si jamais je passe un jour à Las Vegas, j'exigerai qu'on me serve des plats américains authentiques.

Un silence embarrassant s'installa dans la pièce. Il dura à peine deux secondes, mais Oliver eut le temps d'apercevoir du coin de l'œil le lieutenant Redondo réfréner un nouveau sourire après avoir croisé le regard du sergent Riveiro.

— Mais ce qui m'intéresse au plus haut point, en revanche, se radoucit Oliver, c'est que vous puissiez m'expliquer ce que peut faire un dieu aztèque près du corps qu'on a découvert chez moi. J'ai besoin de vos lumières, insista Oliver en toute sincérité.

Il n'avait plus envie de jouer à qui serait le plus acerbe.

L'expression de Sabadelle s'adoucit à son tour et, après avoir consulté sa supérieure des yeux, il reprit son exposé :

— En fait, il ne s'agit pas vraiment d'un dieu, parce que l'idée de divinité dans cette culture ancestrale n'existe pas au sens où nous pouvons la concevoir. Tlaloc est le maître des phénomènes atmosphériques et des esprits de la montagne, le *fournisseur* par excellence, principalement de pluie. En général, il est représenté sur les codex, sur les peintures murales, sur les bas-reliefs et les sculptures… mais jamais sous forme de pendentif. Si vous observez d'un peu plus près les photographies, dit-il à Oliver en désignant les clichés étalés sur la table, vous verrez que la statuette arbore une couronne de plumes de héron et de quetzal, et que deux serpents enroulés sur la partie antérieure de sa tête sortent de sa bouche.

— Oui, j'ai vu. C'est assez grotesque, même.

— Ce sont des symboles, monsieur Gordon, répliqua Sabadelle. Le premier serpent représente l'eau terrestre, celle des cours d'eau qui irriguent la Terre, et le second, l'eau du ciel, celle qui n'est pas encore tombée.

— Chez nous, ça serait une sorte de dieu de la pluie ?

— Oui, on pourrait dire ça, concéda Sabadelle. La statuette est en jade, d'ailleurs : une pierre qui symbolise l'eau dans la culture mésoaméricaine. Il existe un dieu semblable dans la culture maya, le Kukulkán, mais il ne fait aucun doute que nous avons affaire, ici, à un Tlaloc aztèque.

— Ah, réussit à dire Oliver, en regardant tour à tour Riveiro, Sabadelle et Redondo. Mais ça ne m'éclaire pas beaucoup. Sa présence ne témoigne donc pas d'un rite funéraire en particulier ni d'une tentative de protéger l'âme du nouveau-né.

— Effectivement, renchérit Sabadelle. Tlaloc n'a rien à voir avec ce type de pratiques religieuses ou spirituelles. Ce dieu était parfois invoqué lorsque le défunt était mort noyé.

— Cela voudrait dire que le bébé qui a été trouvé chez moi…

— Je ne pense pas, monsieur Gordon. Rien n'indique qu'il soit mort par noyade. Mais on ne peut pas l'exclure avant d'avoir reçu le rapport final de l'autopsie, comme vous pouvez l'imaginer. Tlaloc était un porte-bonheur très populaire, il était le symbole de l'eau qui viendrait irriguer les terres, donc des récoltes à venir, une source de vie, vous comprenez ?

— Je comprends. Mais j'ai du mal à saisir ce que signifie sa présence près d'un corps découvert en Espagne. Quel est rapport avec la Cantabrie ? Et avec la Villa Marine ?

— C'est ce que notre enquête tâchera de découvrir, monsieur Gordon.

— Je l'espère, en tout cas. En quoi puis-je vous être utile maintenant ? Je viens de vous raconter tout ce que je savais.

Le lieutenant Redondo sembla réfléchir quelques secondes.

— Oliver, qu'aviez-vous prévu de faire demain ?

— Voyons… Après toutes ces révélations, je pensais téléphoner à mon père, visiter le couvent des clarisses, passer voir Mme Ongayo… Je ne sais pas si j'aurai le temps de tout faire. Et j'avais l'intention de reprendre mes recherches sur internet, évidemment.

Les trois membres de l'équipe de l'UOPJ échangèrent un regard complice, même s'il était évident que le lieutenant Redondo dirigeait l'équipe. Cette dernière prit la parole :

— Oliver, si vous n'y voyez pas d'inconvénients, vous nous accompagnerez demain au couvent des clarisses. Nous partirons avec le sous-lieutenant Sabadelle. Nous irons ensuite rendre visite à la famille Ongayo, si c'est possible.

— Vous accompagner ? Je veux dire, n'est-ce pas le contraire ? C'est vous qui souhaitez m'accompagner, n'est-ce pas ? Autant vous le dire d'entrée : ce n'est pas la peine. Pour des questions aussi personnelles, je n'ai pas besoin d'en appeler à la garde civile, répliqua Oliver, sur la défensive.

Passer un jour complet avec la maniaque aux yeux de chat et avec cet imbuvable sous-lieutenant Sabadelle ne lui disait vraiment rien.

— Oliver, il ne s'agit pas de régler vos questions personnelles. Nous ferons cette démarche ensemble car nous avons tous à y gagner. Il en va du succès de l'enquête. Vous ignorez sans doute que les clarisses disposent de l'atelier de restauration d'art sacré le plus important de toute la région, pour ne pas dire du nord de l'Espagne. Les sœurs sont expertes en art pictural et les sculptures les plus curieuses n'ont pas de secrets pour elles. S'il existe un rapport entre le dieu Tlaloc et la Cantabrie, les religieuses pourront certainement nous aider à le trouver.

— Effectivement, intervint Sabadelle, en faisant à nouveau claquer sa langue. Je peux vous dire que sœur Mercedes, la mère abbesse du couvent de Santillana, nous a déjà donné un sacré coup de pouce pour démêler des affaires délicates. Elle est incollable sur le patrimoine régional.

Oliver resta littéralement bouche bée. Redondo poursuivit :

— Ensuite, nous irons rendre visite à la famille Ongayo. Ensemble, nous obtiendrons peut-être de meilleurs résultats, conclut-elle d'un ton qui n'admettait pas la réplique.

Oliver capitula et se contenta de hocher la tête. Il se laissa emporter, tout comme le sable au même instant se laissait entraîner par la douceur des vagues au bord de la plage de La Concha.

Un criminel ne peut agir, surtout dans l'état de tension que suppose l'action criminelle, sans laisser derrière lui des traces de sa présence.

Principe d'échange énoncé
par Edmond Locard
selon lequel, lorsqu'une personne interagit
dans un milieu donné, un transfert se produit :
l'individu laisse sur les lieux de l'infraction
des traces de son passage et emporte avec lui
des éléments de la scène du crime.

Le sergent Riveiro attendit patiemment Clara Múgica dans le bureau de la légiste. Il avait envie d'en finir au plus vite. La proximité de la salle d'autopsie le mettait mal à l'aise, tout comme ces couloirs aseptisés où régnait un silence pesant.

— Bonjour, Riveiro. Je ne t'attendais pas si tôt ! dit Clara en guise de salut, tout en refermant la porte derrière elle.

Elle n'avait pas eu le temps d'enfiler sa blouse. Sur son jean, elle portait un blazer léger orné d'un papillon sur le revers.

— Bonjour Clara. Oui, on a pas mal de boulot en ce moment. Quand je pense qu'on avait hâte que l'été arrive pour souffler un peu…

— Je comprends très bien. J'imagine que la plupart de tes collègues sont en congés, en plus ?

— Pour le moment cela ne pose pas de problème. On n'a pas changé d'emplois du temps. Mais les derniers événements nous obligent à accélérer la cadence. Le lieutenant Redondo de l'UOPJ vient de prendre la direction de l'enquête, car l'affaire se complique… Tu as dû entendre parler de l'homme qui a été découvert près de la jetée, à Suances ? Eh bien le dossier s'ajoute à celui du bébé de la Villa Marine.

— Les deux affaires sont liées, d'après toi ? demanda-t-elle, étonnée. J'imagine que c'est pour ça que tu es venu aux aurores, conclut-elle, les mains à la taille, le front légèrement plissé. Tu es là pour me mettre la pression, comme d'habitude. Dans la salle d'attente, aujourd'hui, j'ai un gosse et une victime de violence conjugale, ça ne te suffit pas ?

— Un gosse ?

— Oui, répondit Clara d'un air absolument sérieux. – Elle soupira en fermant les yeux. – C'est le service d'oncologie qui me l'envoie. Pour une autopsie clinique, pas médicolégale bien entendu.

— J'avais compris. Pour ma part, je viens sur les ordres directs du lieutenant Redondo, comme tu dois t'en douter, dit-il en marquant les syllabes des deux derniers mots.

— Te voilà donc démasqué. Notre amitié n'a rien à voir avec cette visite. J'imaginais bien que c'était elle qui t'avait envoyé. Quand Valentina est sur une affaire, personne ne peut l'arrêter. Mais je suis navrée, Riveiro, je suis très occupée ces jours-ci, je ne sais pas si je me fais comprendre ?

Riveiro gonfla ses joues et relâcha l'air par petites saccades tandis qu'il réfléchissait. Il reprit la parole :

— Múgica, j'en suis parfaitement conscient. Je sais que tu es débordée, que nous sommes en été et que ton service tourne au ralenti. Je ne suis pas venu chercher le rapport complet, je n'ai pas besoin d'informations écrites. Je veux simplement que tu me parles des éléments dont tu disposes pour le moment. Dis-moi tout ce que tu sais.

— Tout ce que je sais ? Riveiro, tout ce que je sais c'est que j'ai l'obligation de parler de façon rigoureuse, de ne pas me laisser aller à de vagues suppositions, et que je dois me garder de te donner la moindre information avant d'avoir les résultats définitifs sous les yeux, car je pourrais t'induire en erreur avec des éléments susceptibles d'être inexacts voire erronés.

— Múgica, j'apprécie ta rigueur, mais tu comprends que pour l'instant nous n'avons rien à nous mettre sous la dent. Les documents retrouvés sur le cadavre de la jetée indiquent qu'il existe un rapport entre le noyé et le bébé découvert à la Villa Marine. Le nouveau propriétaire de la maison serait également lié à l'affaire.

— Le nouveau propriétaire ?

— L'homme repêché en mer portait sur lui des coupures de presse relatives à la découverte du cadavre de la Villa Marine, et à peu près toutes les informations qu'on peut trouver sur internet au sujet d'Oliver Gordon.

— Ça alors ! Et vous l'avez prévenu ?

— Pas encore. Pour le moment, il se trouve sous la protection du lieutenant Redondo, qui s'est débrouillé pour l'accompagner à Santillana del Mar et à Comillas.

— Je vois. Est-il suspecté de quelque chose ?

— Pas vraiment. Du moins pas pour l'instant. J'ai l'impression que le lieutenant cherche plutôt à le protéger. Elle surveille ses faits et gestes, mais elle ne le considère pas comme un suspect.

— Je comprends, dit Clara, dont le visage se radoucit. Et j'imagine que le juge Talavera exerce poliment toutes les pressions du monde de son côté pour savoir ce qu'il en est.

— Tu le connais, sourit Riveiro. Voilà pourquoi nous avons besoin de tous les éléments possibles sur l'heure estimée de la mort, la façon dont elle a pu se produire… Nous devons commencer à éplucher les alibis. En commençant par celui d'Oliver Gordon.

— D'accord. Assieds-toi. Je vais te dire ce que je sais pour l'instant, et ce qui devrait en principe se trouver dans le rapport final d'autopsie. OK ?

Riveiro sourit jusqu'aux oreilles, comme un enfant. Sa joie n'aurait pu être plus sincère.

— OK.

— Bon, commençons par le corps de la Villa Marine, dit Clara, en sortant une chemise d'un classeur, et en se saisissant d'un autre dossier qui se trouvait déjà sur son bureau. En premier lieu, nous n'avons pas constaté de fractures *ante mortem*, ni sur le crâne, ni sur…

— Attends Múgica, je t'arrête tout de suite. Ne commence pas à m'embrouiller avec des termes techniques, bon sang. Donne-moi seulement les grandes lignes, comme si tu t'adressais à…

— … à un gosse de trois ans, je crois que j'ai saisi, dit Clara en souriant. – À l'évidence, ce n'était pas la première fois qu'ils avaient cette conversation. – Je continue, avec ta permission.

Le sergent Riveiro hocha la tête, à l'écoute.

— Comme je te le disais, aucune lésion antérieure à la mort n'a été constatée sur le cadavre. Du moins pas sur la structure osseuse de l'individu, je pense à des fractures ou à des coups portés à l'arme blanche. Nous n'avons pas constaté non plus de lésions post mortem. Le corps est partiellement momifié, ce qui laisse supposer qu'il est resté très longtemps dans un endroit sec et aéré, et qu'il s'agit probablement d'un nouveau-né. Il est possible qu'il soit mort au cours de l'accouchement. Nous n'avons pas trouvé de dents prêtes à percer, sa taille et son poids semblent conforter cette théorie. Puisqu'il ne reste rien des organes internes, nous n'avons pas pu déterminer la position du corps entre l'heure du décès et la fin du processus de momification. Cependant, nous pouvons déduire des échantillons recueillis sur la cloison secrète où reposait l'individu que le processus s'est déroulé à cet endroit, autrement dit que le corps n'a pas été déplacé. – La légiste fit une courte pause et regarda Riveiro. – Je dois rappeler que nous attendons encore les résultats du laboratoire.

— Oui, bien entendu. Continue, s'il te plaît.

— Le crâne de l'individu était de type caucasien, ce qui nous permet d'affirmer qu'il était de race blanche et d'origine européenne. Nous ne sommes pas en mesure de déterminer le sexe de l'enfant, bien que l'étude de l'os coxal nous oriente plutôt, et je dis bien nous oriente, avec une marge d'erreur qui reste conséquente, vers un individu de sexe féminin.

— Une petite fille ? demanda le sergent, l'air surpris. Ça alors, j'ai toujours cru avoir affaire à un petit garçon.

— Dans mon travail, on réfléchit en termes d'individu. Je continue ?

— Je t'en prie.

— En ce qui concerne l'ancienneté de la dépouille, notre première estimation oscille entre cinquante et soixante ans, ce qui sera confirmé plus précisément par les résultats du laboratoire, conclut Clara.

— Et c'est tout ? Une petite fille probablement morte à la naissance il y a cinquante ans ?

Clara était stupéfaite de la capacité de Riveiro à simplifier son propos : il faisait purement et simplement l'impasse sur les nuances et toutes les informations complémentaires qu'elle aurait été elle-même incapable de résumer.

— On pourrait dire ça, soupira-t-elle. Les résultats du laboratoire devraient nous permettre d'estimer la datation précise des os. Nous attendons également des échantillons d'ADN qui ont été envoyés à Madrid.

— Autrement dit, quelqu'un a bel et bien caché le corps, mais rien n'indique qu'il y ait eu un homicide.

— Apparemment non, confirma Clara. Évidemment, on ne peut pas exclure que le bébé ait été asphyxié, insinua-t-elle. Il vous reste à découvrir ce que le schtroumpf vert faisait près du corps.

— Oui, on s'en occupe. Ce schtroumpf, comme tu l'appelles, est en réalité un dieu mésoaméricain de la pluie, une sorte de porte-bonheur. Qu'est-ce que tu dis de ça ? Tlaloc, pour les intimes.

— Tlaloc ? Quelle merveille, avec ces deux serpents fourrés à travers la gorge, ajouta Clara, qui ouvrait maintenant un nouveau dossier. Riveiro, comme je te le disais tout à l'heure, j'ai un planning très chargé. Si tu veux bien, j'aimerais passer maintenant à l'individu P. S. D. qu'on a retrouvé près de la jetée.

— Parfait. Je t'écoute.

— Je vais être brève. L'individu a été tué d'une balle en pleine poitrine tirée par une arme de poing, *a priori* de calibre .38. Pour en avoir la certitude, comme pour le reste, il faudra attendre les résultats de laboratoire. Je suppose qu'ils ont envoyé les échantillons au laboratoire régional de Logroño, nous devrions les recevoir dans les jours qui viennent. Ils sont rapides, en général.

— À La Rioja ? Rapides ou pas, ça fait une trotte…

— Ils sont rapides et très compétents. Un peu de patience. Je reprends. Il n'y avait qu'un seul orifice, le projectile était logé dans l'estomac. Le tir a dû se produire de face, à courte distance, il n'y a aucun doute là-dessus : autour de l'orifice, un tatouage dense et grisâtre témoignait des particules de poudre qui s'étaient incrustées dans la peau. De toute manière, nous aurons bientôt les résultats du test de Walker pour déterminer avec exactitude la distance du tir.

— Le test de quoi ?

— Le test de Walker, Riveiro, tu débarques d'une autre planète ou quoi ? rétorqua la légiste sur un ton de reproche. Il sert à détecter la quantité et la densité de nitrite autour de l'orifice d'entrée du projectile, ainsi que sur les vêtements de la victime… Évidemment, le fait qu'il ait été retrouvé en mer complique un peu l'examen. Mais tu n'es pas sans savoir qu'un coup de feu laisse toujours des résidus de tir, composés essentiellement de nitrites de potassium.

Riveiro acquiesça, ignorant le sarcasme de la légiste. Il prenait des notes sur le petit calepin qu'il gardait toujours sur lui. Il réfléchissait aux informations qui commençaient à prendre forme dans sa tête. De nouvelles hypothèses se présentaient à lui.

— Cela peut vouloir dire que la victime connaissait son agresseur.

— C'est toi le détective, répondit Clara en souriant, à toi d'enquêter.

Riveiro lui rendit son sourire.

— Oui, en effet. Dis-moi pour finir : il est bien mort sur le coup ?

— Non.

— Alors ?

— On lui a tiré une balle en pleine poitrine, mais il aurait survécu avec une assistance médicale d'urgence, si on ne l'avait pas poussé à l'eau.

— Je ne te suis pas.

— L'individu est mort noyé. C'est relativement facile à déduire de plusieurs facteurs : ses yeux étaient brillants, comme s'il était encore vivant, ce qui est un signe caractéristique de noyade. La tache verte abdominale qui apparaît dans les vingt-quatre à trente-six heures après le décès, en raison des clostridiums et des coliformes qui décomposent l'hémoglobine en composants sulfurés de couleur verte…

— Attends, l'interrompit le sergent. Ne commence pas à m'embrouiller avec tes nitrites ou tes taches vertes… Plus tu entres dans les détails, moins je comprends, bon sang.

Clara soupira tout en regardant furtivement l'horloge murale du coin de l'œil.

— Je t'explique : cette tache verte, justement, qui apparaît toujours dans les vingt-quatre à trente-six heures après le décès dans la partie abdominale du cadavre, et que tu as déjà dû constater sur des dizaines de victimes d'homicides, se trouvait entre le cou et le thorax, c'est-à-dire dans la partie du corps où se concentre le sang chez les noyés. La position semi-fœtale de l'individu, l'eau et même le plancton que nous avons retrouvé dans son estomac comme dans ses poumons établissent sans aucun doute possible qu'il est mort par noyade

Riveiro voulut prendre la parole, mais Clara l'interrompit :

— Je sais ce que tu vas me dire : tu vas me demander l'heure de la mort. Puisque la décomposition des corps retrouvés dans l'eau est toujours plus lente, et en raison de tout ce que je t'ai raconté tout à l'heure, en particulier la température du foie, l'état de la peau et d'autres facteurs, j'estime que la mort remonte à vingt-quatre ou trente-six heures au maximum. J'ajouterai que c'est probablement plus près des vingt-quatre heures, disons vingt-six, mais pour l'affirmer, il faudrait avoir les résultats du laboratoire, comme je te l'ai déjà répété une bonne dizaine de fois, conclut-elle en croisant les bras sur sa poitrine.

Cela signifiait qu'elle avait terminé son exposé.

Le sergent était pensif.

— Ça colle avec les coupures de journaux que l'homme portait sur lui : la plus récente remontait à la veille. Mais il y a quelque chose que je ne comprends toujours pas : le cadavre n'aurait-il pas dû se trouver au fond de l'eau ? Je veux dire, les corps qu'on repêche en pleine mer ne remontent à la surface que deux ou trois jours plus tard en général, quand ils sont gonflés par les gaz de la putréfaction et tout le bataclan.

— Et tout le bataclan, n'est-ce pas ? répliqua Clara, sarcastique. À mon avis, cet individu a passé tout ce temps adossé à la jetée, peut-être coincé entre deux gros rochers, qui sait. Je pense qu'on aurait pu très facilement l'apercevoir à marée basse. D'ailleurs, il présente quelques contusions et éraflures que nous avons qualifiées de post mortem, sous l'effet des vagues qui drossaient le corps contre les rochers.

— Oui, je n'ai pas encore pu lire la déclaration du pêcheur qui l'a trouvé. Ça semble bizarre quand même, que personne ne l'ait vu de la journée… Si son corps est resté près de la petite jetée du bout de la plage de La Concha, quelqu'un aurait dû le repérer. C'est vrai qu'il était de l'autre côté de la digue, du côté de la ria… mais ça reste surprenant. Et pour en revenir à l'autopsie, tu n'as donc trouvé aucune trace de lésions antérieures à la mort.

— *A priori*, aucune. Nous avons envoyé les vêtements au laboratoire, bien entendu, mais je ne sais pas s'ils pourront en tirer quelque chose après tout ce temps passé dans l'eau. Ce que je peux te dire, c'est que l'individu était entièrement recouvert d'algues. Vous devriez vérifier l'horaire des marées, peut-être que le corps a été camouflé par les plantes aquatiques ? Nous n'avons pas trouvé de signe de lutte ni de traces anormales sous les ongles. Si quelqu'un l'a poussé à l'eau, il n'a pas présenté la moindre résistance : je suppose qu'il devait être plié en deux après avoir reçu la balle dans le ventre. À moins qu'il n'ait tout simplement perdu conscience ? Nous n'avons pas retrouvé sur ses mains le moindre indice qu'il ait tenté d'escalader la digue ni même de se hisser sur les rochers. Je sais aussi que les agents de la SECRIM ont passé la jetée au peigne fin, et que pour le moment, ils n'ont rien trouvé d'anormal dans la zone. L'absence de traces de sang signifie que si quelqu'un l'a tué à cet endroit, son corps a dû tomber à l'eau tout de suite.

— D'accord. Mais est-il possible qu'on ait pu le tuer ailleurs, le transporter dans un coffre de voiture et le jeter à l'eau de la digue ? Ou alors du pont d'un bateau ?

— Ce n'est pas impossible. Mais il est mort presque sur le coup, d'après le premier examen de l'état des organes. Il n'a pas dû s'écouler plus de dix ou quinze minutes entre le moment où il a reçu la balle dans le ventre et son décès.

— Je comprends. Mais alors si je récapitule le déroulement chronologique des événements… nous avons un homme qui entre sept heures et neuf heures du matin, un dimanche, reçoit une balle en pleine poitrine alors qu'il se trouve sur la jetée – ou dans ses environs immédiats. Il finit par tomber à l'eau, ou par y être poussé par quelqu'un, et meurt noyé. Que faisait-il si tôt à cet endroit ? Allait-il à la pêche ? Le dimanche, jour de relâche pour tous les pêcheurs, celui-ci serait allé pêcher à la ligne sur la jetée ? se demandait Riveiro à haute voix. – Il se retourna aussitôt vers la médecin légiste. – Tu as d'autres éléments à me communiquer, Múgica ?

— Pas pour l'instant. Mais je me doute que tu m'appelleras demain sans faute, juste pour me pourrir la vie. Je me trompe ?

— Tu es redoutablement perspicace, comme toujours, répliqua Riveiro en refermant son calepin et en se dirigeant vers la porte. Merci d'avoir pris le temps de me recevoir, Múgica. Tu viens de me rendre un sacré service. Je te revaudrai ça.

— Tu m'en dois déjà quelques-uns, il me semble ?

Quand le sergent referma la porte, Clara poussa un profond soupir. Elle prit place à son bureau, gagnée par la sensation que cette affaire ne faisait que commencer, comme si n'étaient encore apparues que les premières gouttes d'une cascade torrentielle charriant des eaux noires, denses et ténébreuses.

JOURNAL (4)

Les insurgés, également appelés nationalistes et qui deviendront plus tard les franquistes, ont lancé les opérations de la campagne du Nord. Ils viennent de renoncer à conquérir Madrid dans l'espoir d'unifier les lignes de front, et comptent bien tirer parti du potentiel industriel des régions cantabrique, basque et asturienne.

En juin, la "ceinture de fer" de Bilbao est aux mains des franquistes. Plus de cent cinquante mille Basques prennent le chemin de l'exil et partent se réfugier dans la province de Santander. De nombreuses familles de Santander accueillent chez elles des inconnus qui arborent la couleur rouge de la République. La capitale cantabrique est en surchauffe. Les vivres viennent à manquer, l'approvisionnement de la ville est coupé par les navires de la flotte franquiste. La misère s'abat sur les villages, mais à la campagne, la faim est moins redoutable : les potagers, les champs cultivés et la nature suffisent à remplir les ventres vides.

Benigno n'est plus remonté s'abriter dans les grottes. Clara, David et Jana non plus. Le père, que le désespoir a rendu fataliste, a résolu de livrer sa famille à la fortune de Dieu. Au Seigneur de décider à présent ce qu'il adviendra d'eux. Lorsque des avions approchent, la famille se barricade dans la maison. S'ils n'ont pas le temps de rentrer, qu'ils travaillent aux champs ou qu'ils gardent les bêtes, ils se cachent dans un fossé ou dans un conduit d'égout. Ce qui doit advenir adviendra. Dans le monde de Benigno, il n'y a tout simplement pas d'abri qui vaille contre la mort venue du ciel : on ne peut rien contre son destin, il l'a chèrement appris.

Le moral de Benigno est au plus bas. Son chagrin est avivé par de cruels problèmes d'intendance. Il n'a plus personne pour l'aider à s'occuper de ses enfants, mis à part ses voisins. Jana a commencé le collège l'an dernier et Benigno n'est pas certain de pouvoir se permettre d'envoyer Clara et David à l'école à la fin de l'été, avec la quantité de travail quotidien qu'exigent le potager, la maison et le soin des bêtes.

Benigno travaille dur à l'usine, où il passe ses journées. Du lundi au samedi, c'est un ouvrier qui n'a pas une minute de répit à consacrer au bonheur.

Ses parents et sa sœur vivent en Galice. Il n'a pas réussi à les joindre depuis le mois de janvier, il ignore même s'ils ont reçu les deux lettres qu'il leur a envoyées. Il ne peut compter que sur Julia, la mère de Carmen, qui travaille comme cuisinière dans une grande maison appartenant à une famille aisée de Torrelavega. Mais il n'a que le dimanche de libre pour aller la voir. Et encore, pas toutes les semaines. Les deux frères de sa défunte épouse, encore très jeunes, sont partis au front défendre leurs convictions républicaines. Personne ne sait où ils se trouvent aujourd'hui. Ils sont peut-être morts, ou faits prisonniers, en attendant d'être fusillés. À moins qu'ils n'aient réussi à passer la frontière pour s'exiler en France ou en Angleterre, voire au Venezuela, qui sait.

Maintenant, par-delà l'impossible barrière du temps, tu voyages avec moi vers la fin de ce mois de juin 1937. Nous arrivons à Hinojedo. Dans sa cuisine, Benigno discute avec son voisin Braulio, qui est aussi son meilleur ami :

— Mais partez donc ! Allez-y, quittez votre pays, commencez une nouvelle vie en France ! Tout le monde s'en va, à votre place je n'hésiterais pas ! Mais sacrebleu, ne me demandez pas de partir. Ici, j'ai mon usine, mes enfants et mes morts. Je reste. Cela ne va pas durer éternellement, crois-moi ! Ce n'est plus qu'une question de temps, est-ce que personne ne voit que la guerre est perdue ? dit Benigno avec véhémence.

Il s'est levé et fait le tour de la table en gesticulant.

— Je crois que tu te trompes, insiste Braulio, en secouant la tête. Que va-t-on devenir ? On n'a pas le choix, on ne peut pas rester. Les nationalistes avancent, et quand ils auront pris Santander, que va-t-il se passer ? Tu t'imagines vraiment qu'ils vont nous laisser tranquilles ? Qu'on restera chez nous à traire nos vaches ? Non, je vais te dire ce qu'ils vont faire : nous envoyer au front. Je l'ai lu dans *La República* : ils veulent faire capituler les Asturies.

— D'où tu sais ça ?

— Je l'ai lu dans le journal, sacrebleu ! Tu n'en as pas entendu parler ? Toutes les rédactions ont fermé leur porte, il ne reste plus qu'un seul journal : *Le Diario Montañes* ne sort plus, *Le Cantábrico* non plus. Il n'y a plus assez d'encre pour les imprimer, et personne ne peut plus s'approvisionner. J'ai du mal à croire que tu ne sois pas au courant. Tu ne sors de chez toi que pour aller à l'usine, ou de l'usine aux champs, c'est désespérant.

Benigno se tait quelques secondes.

— Ils ne peuvent pas m'envoyer au front. J'ai trois enfants à élever et je n'ai personne à qui les confier.

— Ces gens-là n'ont aucune pitié. Ils se feront un plaisir d'envoyer au front toutes les gueules qui ne leur reviendront pas ! s'exclame Braulio, qui aperçoit à ce moment-là Clara et Jana dans l'embrasure de la porte.

Benigno suit le regard de son voisin. Il baisse le ton mais ne s'interrompt pas. Il glisse à Braulio, le regard rivé sur ses petites filles :

— On ne part pas.

Braulio secoue de nouveau la tête en silence. D'un geste de la main, il prend congé sans dire un mot. Après avoir poussé un bref soupir, il quitte la cuisine, assombri à l'idée que c'est la dernière fois qu'il voit Benigno et ses enfants.

JOURNAL (5)

Après un an de guerre, la bataille de Santander va bientôt s'achever. Et pourtant en cette fin de mois d'août 1937, les combats et les manœuvres politiques se poursuivent dans d'autres régions de la péninsule, comme autant de variantes de la guerre civile.

Cet après-midi-là, c'était au tour de Jana et de David d'aller chercher les bêtes sur le mont del Castío – leurs deux vaches et cinq autres qui appartenaient à leurs voisins, qu'ils emmenaient paître dans les prés à tour de rôle –, par l'une de ces coïncidences macabres capables de déchaîner les eaux calmes de l'âme.

D'abord, ils virent les Rouges arriver. Ils étaient au moins une douzaine. Les hommes couraient comme des lapins épouvantés, au comble de l'épuisement et du désespoir. Ils sautaient par-dessus les arbustes, esquivaient les arbres, se tapissaient derrière les buissons pour reprendre haleine, regardaient derrière eux puis repartaient sans s'arrêter, à bout de souffle. Ils ne croyaient pas en leur salut.

Les avions de chasse les suivaient de près. Deux Heinkel He 51 qui déchiraient le ciel, comme les jours précédents. Derrière le bruit assourdissant des moteurs, on percevait les rafales de tirs : les mitrailleuses étaient en action cette fois, et les nationalistes tiraient en continu, sans une once de pitié. Clara, pétrifiée, observait la scène depuis la maison.

Jana et David, au milieu du pré, semblaient figés sur place. Ils se jetèrent au sol comme si cela pouvait les rendre invulnérables aux rafales de mitrailleuses. Ils ne cherchèrent pas à se mettre à l'abri. Ils se contentèrent de regarder et de graver sur leurs rétines d'enfants cet instant où l'âme abandonne le corps des hommes.

Les républicains tombaient comme les cerises d'un griottier dont on aurait secoué les branches. Les corps s'écroulaient sans vie dans les eaux froides et accueillantes de la ria qui charriaient leur sang jusqu'à la mer.

Le lendemain, le village apprit que Torrelavega était tombé aux mains des nationalistes. Un habitant d'Hinojedo d'extrême droite fit du porte à porte pour annoncer que les "troupes glorieuses" entraient au village de Barreda, et qu'ils devaient aller tous ensemble accueillir les soldats. Je ne voudrais pas que tu perdes le fil, nous sommes maintenant le 25 août 1937. Le chef-lieu de la province de Santander vient de capituler. Jana se rappellera longtemps qu'on les obligea à s'habiller à toute vitesse, et que tous les enfants durent partir en courant jusqu'à Barreda pour applaudir le passage des troupes nationalistes. Ces nationalistes, justement, qui avaient tué par un matin d'hiver leur maman et leur petit frère.

— Ouvre les yeux, Jana !

Benigno donne un coup de coude à sa fille en voyant qu'elle applaudit les yeux fermés.

— Oui, papa. – Elle n'aurait jamais osé contredire son père. – C'est juste que je ne veux pas les voir, je ne peux pas… papa, regarde, il y a un mort par terre ! dit-elle en fixant un républicain qui gisait à même le trottoir, à demi recouvert d'une couverture marron, son bras pendant sur le bord de la route.

— Ne regarde pas par là, c'est pas compliqué, lui dit son père les dents serrées. Tu dois applaudir, ma fille, fais un effort ! Et sourit bon sang !

Benigno passe en revue David et Clara, qui s'appliquent à sourire plus que ce que leur âme ne peut supporter. Les enfants s'efforcent de ne pas laisser leur regard filer vers le trottoir.

Un soldat de l'armée victorieuse trébuche contre le bras du républicain. D'un coup de pied, il replace le bras le long du torse du cadavre.

— Vermine de communiste, t'es mieux là pas vrai ? dit-il en souriant.

Il passe son chemin sans accorder un regard à l'homme mort.

L'attention de Jana est irrémédiablement distraite de ce défilé militaire. Elle s'arrête d'applaudir et saisit par réflexe la jupe de sa sœur. Ses mains s'agrippent au tissu qu'elle tord sans même s'en rendre compte.

Un soldat nationaliste vient de s'immobiliser près des petites filles. Leur père a subitement disparu. Jana ne voit plus que la marionnette. Une poupée merveilleuse qui a des cheveux, des yeux, une bouche souriante, un petit corps pourvu de pieds et de mains. Une poupée unisexe accrochée à la ceinture du soldat. C'est inespéré. Elle a déjà joué avec des poupées, mais elle n'en a jamais eu une à elle. En fait, elle n'a jamais eu de jouets. Elle tire la jambe du pantalon du soldat :

— Hé ! Tu me donnes ta marionnette ? demande-t-elle en lui lançant son regard angélique. Elle est si mignonne.

Le soldat baisse les yeux et finit par comprendre. Son regard se durcit, la haine se lit dans ses yeux.

— Pousse-toi de là ! Allez ouste ! Ce n'est pas un jouet, fillette. Tu ne l'as pas reconnu ? C'est cette vipère d'Azaña, et je le promène pendu par le cou !

Sur ce, le soldat fait volte-face pour reprendre la marche triomphale de la troupe. Le cortège fait halte par moments, le temps de déclamer des discours politiques à la population civile.

Jana se tait, un peu effrayée, elle ignore totalement que l'homme en question, Azaña, est le président de la république. Elle se fait gronder par sa sœur Clara. Comment ose-elle adresser la parole à un soldat ? David observe, émerveillé, la mise en scène militaire. Il ne s'est pas rendu compte que son père a pris la fuite. Bientôt, les nationalistes ordonnent la dispersion et l'armée s'en va poursuivre sa marche triomphale vers d'autres contrées.

Ce n'est qu'en arrivant à la maison que les enfants surent que leur père était parti se cacher du côté des voies ferrées qui reliaient Reocín à Hinojedo pour échapper aux nationalistes. Et bien lui en avait pris : les militaires profitaient du défilé à Barreda pour enrôler de force des villageois qu'ils envoyaient grossir leurs troupes sur le front des Asturies.

Ce satané Braulio n'avait pas tort, se dit le père de Jana.

Benigno passa plusieurs jours reclus dans sa maison, en gardien invisible de sa famille décimée. À la mi-septembre, les dernières vallées cantabriques, Tudanca et Liébana, furent conquises par les nationalistes. En ce début d'automne 1937, les opérations militaires en Cantabrie prirent fin. La guerre dans la région était officiellement terminée.

Or la fin de cette guerre, loin d'inaugurer un nouveau chapitre de l'histoire, vit lever un ferment que la guerre elle-même avait produit. Un ferment difficile à percevoir pour un homme ordinaire, qui n'a jamais humé l'odeur du sang trop facilement versé, et qui ne s'est jamais enivré de son arôme douceâtre, dense et ferrugineux.

Un ferment paré des atours du mal, forgé par le goût amer de la peur, né dans le cœur de quelqu'un qui a vu sa mère et son petit frère déchiquetés par une bombe.

Un point noir qui a germé dans le gel, ce froid que tu portes au plus profond du ventre, parce qu'un soldat t'observe comme si tu étais sa dernière attache à la vie, avant de mourir.

Une noirceur qui aurait pu s'évanouir en ne laissant qu'un imperceptible dépôt de glace sur ton âme, mais qui a fini par anéantir la bonté, la sérénité et la tranquillité d'une femme extraordinaire. Parmi tous ceux qui se contentent de vivre en temps de paix, on compte bien des sages, mais autant de lâches.

Personne n'ira implorer la clémence pour ses actes, personne ne la défendra parce qu'elle finira par devenir terrifiante. Qui sait au juste de combien de nuances est faite la vérité ?

N'attire jamais l'attention sur toi, c'est une erreur, mon ami. Il faut que tu apprennes à te faire humble, le mec inoffensif que personne ne regarde. Tu sais, le connard, le lépreux, le péquenot un peu demeuré. Regarde-moi, je suis sous-estimé depuis le premier jour. Tu as l'impression d'être devant le maître de l'univers, toi, quand tu me vois ?

Al Pacino, dans le rôle du diable,
s'adressant au directeur d'un cabinet d'avocats
dans *L'Associé du diable*, 1997.

Des notes de musique s'élevaient du chalet de la Villa Marine. Oliver buvait son café au calme, assis sous le porche de la maison, les pieds croisés sur une table basse en teck, le regard perdu sur la plage de La Concha noyée ce matin-là d'une brume légère. La chaleur estivale ne résistait jamais longtemps en Cantabrie, une terre qui offrait des instants de trêve sous forme de bruines placides ou de brumes apaisantes. La musique filtrait de l'intérieur du chalet vers le perron. Oliver écoutait l'album d'un groupe américain, les Imagine Dragons, qui par hasard et comme pour faire honneur aux remarques sarcastiques du sous-lieutenant Sabadelle, était originaire de Las Vegas.

Les paroles de la chanson *Démons* semblaient avoir été écrites pour Oliver. Il avait tant de trous noirs au fond de l'âme. Une boule de démolition gigantesque avait fait vaciller en un instant les fondations de son monde. Ses références essentielles, ses liens de parenté, tout ce qu'il avait toujours pris pour la vérité s'était effondré. Oliver avait appelé plusieurs fois son père, mais il n'avait pas réussi à le joindre. Est-ce qu'un coup de fil serait suffisant pour calmer ses angoisses ? Son père saurait-il lui redonner courage ? Pourrait-il lui apporter un quelconque réconfort ? Son père et lui n'avaient pas une relation idyllique, loin de là, mais ils s'entendaient suffisamment bien pour fêter Noël ensemble et se donner des nouvelles régulièrement, sans jamais forcer le cours naturel des choses.

Et pourtant, depuis le début des disparitions intermittentes de son frère Guillermo, son père avait commencé à se renfermer sur lui-même. Il était devenu taciturne, son monde semblait avoir rétréci, il n'était plus que l'ombre de lui-même. Et la mort de son épouse sous les roues d'un jeune chauffard à moitié ivre avait porté le coup de grâce à Arthur. Il se considérait désormais comme l'un de ces hommes qui ont cessé d'avancer, immobiles sur la dernière ligne droite de leur existence, et qui attendent que le chemin lui-même vienne les dévorer.

Souvent, les paroles de son père se changeaient en pierres dans le cœur d'Oliver : il n'était pas aussi malin que Guillermo, il manquait cruellement d'ambition, il n'avait pas le charisme de son frère. Apparemment, il valait mieux être un fils prodigue qu'un parfait gentleman à ses yeux.

Oliver imagina son père dans les Highlands, hors de portée de tout réseau téléphonique. Il faisait très souvent des escapades dans les îles écossaises en compagnie de son frère aîné et de sa femme, où il passait ses journées à pêcher dans la tranquillité la plus absolue, et le soir venu, dégustait de bons whiskys près de la cheminée. Cela faisait deux ans que son père avait pris sa retraite, il avait largement de quoi vivre grâce aux revenus de ses investissements dans l'immobilier ; à quoi d'autre pourrait-il bien passer ses journées ? Quand il verrait ses appels manqués, son père se débrouillerait certainement pour le contacter : il n'y avait plus qu'à attendre qu'il se manifeste.

Oliver avait trente-cinq ans. Était-ce cela, toucher le fond ? N'était-il pas trop tôt ? Où peut-être trop tard, au fond : peut-être aurait-il dû affronter ses démons depuis longtemps. La solitude était palpable, tel un bloc de glace aux bords secs et tranchants qui ne contiendrait que du vide. Anna n'était plus là : elle l'avait quitté pour toujours. La vie était ainsi faite. Son frère naviguait au gré de ses délires, il le sentait étrangement perdu, comme si ce fil de complicité immédiate qui les reliait depuis leur tendre enfance était définitivement rompu. Si seulement il pouvait être certain que cet imbécile était encore en vie. Son père s'éteignait jour après jour et sa mère n'était plus qu'un tas de cendre au fond d'une urne dont la seule vue lui donnait des frissons.

Et maintenant qu'il voulait repartir à zéro sur une base solide, qu'il avait des projets d'avenir, il se sentait cerné par les problèmes. Il devait affronter la mort et tant d'autres zones d'ombre. Mais voilà que le sous-lieutenant Sabadelle et le lieutenant Redondo étaient de retour. Il leur avait ouvert la porte de la grande bâtisse pour leur permettre d'examiner *in situ* l'endroit où avait reposé le petit Ange de la Villa Marine. Oliver n'avait pas souhaité les accompagner ; il avait laissé au maître d'œuvre le soin de les guider jusqu'au sous-sol. Il était neuf heures du matin, et il avait envie de prendre le temps de finir son petit-déjeuner. Une longue journée l'attendait. Il se demanda dans quel état d'esprit il serait le lendemain à la même heure, assis sur le perron comme ce matin : quels secrets allait-il découvrir, quelles misères cachées allaient finalement lui être révélées ? À moins que tout ne reste nimbé de mystère et de silence, qu'il ne soit livré en pâture à ses propres démons, prisonnier du royaume de ceux qui sont tombés trop bas.

Oliver s'en voulut de cet accès d'autocommisération, qu'il chassa d'un soupir résolu, et observa les personnes qui venaient à lui. Le lieutenant Redondo marchait loin devant Sabadelle, qui s'attardait auprès du maître d'œuvre. Elle avançait d'un pas décidé, cette femme était la détermination personnifiée. Elle ne portait pas d'uniforme, mais des vêtements neutres qui lui donnaient une silhouette androgyne. Son visage n'était pas maquillé : sa beauté, dans sa simplicité même, avait quelque chose de troublant qui n'échappa pas à l'œil averti d'Oliver.

Lorsqu'elle arriva sous le porche, leurs regards se croisèrent. Personne ne prit la peinc de briser le silence. Ils s'étudiaient l'un l'autre. Valentina Redondo savait pertinemment qu'elle entrait dans son royaume.

Oliver la regarda franchement, sans faux-semblants : il ne cherchait pas à lui cacher ses démons intérieurs. Il n'y avait aucun bruit à part la musique, comme si l'air lui-même retenait son souffle.

L'arrivée de Sabadelle vint interrompre cet instant où chacun soupesait l'âme de l'autre pour savoir à qui il avait affaire. Le lieutenant Redondo ne détourna pas les yeux, impassible, lorsque Sabadelle dit :

— Nous avons terminé, Oliver. Nous partirons à Santillana dès que vous serez prêt.

— Allons-y, répondit-il en avalant la dernière gorgée de son café. Laissez-moi le temps de prendre une veste, et je vous suis.

Le silence était entier dans la voiture. La route traversait des champs qui s'étendaient à perte de vue, offrant des panoramas spectaculaires sur les falaises abyssales surplombant la mer Cantabrique. Sabadelle, Redondo et Oliver n'avaient pas échangé un mot. Ce fut ce dernier qui se décida à briser le silence :

— Alors comme ça, on y va incognito.

— Que voulez-vous dire ? demanda Redondo.

— Simplement que vous ne portez pas d'uniforme, et que je n'ai pas vu le moindre sigle de la garde civile sur la voiture.

Le lieutenant se mit à sourire.

— La brigade des enquêtes criminelles ne porte jamais d'uniforme, monsieur Gordon, à moins de participer à des actes officiels ou protocolaires. D'ailleurs, si notre brigade de la police judiciaire n'avait pas été chargée de cette affaire, il aurait de toute façon été préférable de ne pas arriver au couvent avec des voitures de police, répliqua-t-elle les mains sur le volant, en observant du coin de l'œil Sabadelle. – Ce dernier était assis sur le siège passager de ce véhicule de la garde civile, une Alfa Romeo 159 de couleur vert armée. – Il vaut mieux rester discret pour l'instant, même si nous avons prévenu les religieuses de notre arrivée.

— Je saisis… mais j'ai une question à vous poser, reprit Oliver, sans prêter la moindre attention au soupir las de Sabadelle, qui n'avait pas l'air enclin à communiquer de bon matin. Si jamais les clarisses ne peuvent pas nous aider à résoudre le mystère de la figurine de Tlaloc, qu'est-ce qu'on fait ? On appelle le consulat du Mexique pour savoir si la disparition d'un bébé de l'âge des cavernes leur a été signalée ?

Le lieutenant Redondo secoua la tête, un sourire aux lèvres.

— Ne vous laissez pas déborder par votre imagination, monsieur Gordon. Je vous rappelle qu'un laboratoire de criminalistique s'applique en ce moment même à déterminer l'ancienneté du squelette. Dans le cas malheureux où les sœurs ne pourraient rien pour nous, nous aurions toujours la possibilité de nous adresser à des experts. Nous avons des contacts à l'université et au musée d'Archéologie et de Préhistoire de la Cantabrie, à Santander.

— Ah, se contenta de répondre Oliver, l'air pensif.

Sabadelle, qui savait pertinemment que cette mission lui serait confiée, le cas échéant, émit un claquement de langue sans faire de commentaires. L'expression sceptique de son visage parlait d'elle-même, trahissant son découragement et sa lassitude. Oliver se demanda s'il avait l'habitude de claquer de la langue de la sorte, s'il s'agissait d'un tic, ou s'il adressait ce bruit sec et désagréable à ses interlocuteurs pour les agacer délibérément.

— Mais dites-moi, Oliver, s'enquit Valentina Redondo, votre projet n'est-il pas un peu risqué ? Je veux dire partir comme ça, sans attaches, dans un autre pays… quitter l'Angleterre pour un village de pêcheurs où vous ne connaissez personne et ouvrir un hôtel en partant de zéro…

— Sans prise de risque, pas de victoire possible.

— Je suis bien d'accord avec vous, mais c'est un risque considérable de se lancer seul dans ce genre d'aventure.

— Faites gaffe ! intervint Sabadelle. Si vous la laissez faire, Redondo va vous psychanalyser avant même que vous ayez le temps de réaliser.

Valentina lança un regard d'une froideur extrême à son subordonné, lequel baissa les yeux face à la sanction implacable de son supérieur. La rage contenue du lieutenant, qui rétablit son autorité d'un seul geste, n'aurait échappé à personne. Redondo repensa au cadavre de l'homme qu'on avait retrouvé près de la jetée dans la ria de Suances. Sabadelle était-il totalement inconscient ? Ne voyait-il pas qu'elle cherchait à en savoir plus sur un individu qui allait être tôt ou tard soupçonné d'homicide ? Comment était-il possible qu'elle hérite d'un pareil imbécile dans son équipe ? Elle voyait bien qu'il n'appréciait pas de la voir diriger les opérations, mais c'était elle qui se trouvait aux commandes, il fallait qu'il l'accepte. Elle n'était pas du genre à permettre à ses subordonnés le moindre écart de conduite. Personne ne devait pouvoir remettre en question son autorité. Elle allait devoir tirer les choses au clair, et vite.

Oliver, malgré le silence tendu qui s'installa dans l'habitacle, ne put réfréner un sourire nostalgique à la pensée de ce qu'il allait répondre au lieutenant :

— Un jour, mon père m'a dit que si les choses tournaient mal pour moi, je ne devais pas m'attendre à ce qu'il vienne me chercher. Que si je ne voulais pas arriver toujours au même point, je devais essayer de prendre d'autres chemins. Voilà pourquoi j'ai décidé de quitter l'Angleterre et de tenter ma chance ici.

— Pour le moment, c'est plutôt des cadavres que vous semez sur votre chemin, répliqua Sabadelle d'un nouveau claquement de langue, un peu moins grossier cette fois.

Redondo, dans un exercice d'autocontrôle extraordinaire, ignora la remarque de Sabadelle et adressa un regard compréhensif à Oliver. Ce dernier reprit :

— De toute façon, j'ai un plan B.

— Un plan B ?

— Je le dois à mon père, poursuivit-il en souriant. Il a coutume de dire que nous, les hommes, nous sommes tous faits du même bois. Et que pour éviter de nous sentir complètement perdus dans ce monde, il n'y a qu'une chose à faire : nous associer avec un être désintéressé, étranger à nos misères et à nos soucis ridicules.

Redondo lui lança un regard inquisiteur.

— Ce que je veux dire, continua Oliver avec un léger sourire, c'est que le réflexe à avoir dans ce genre de situation, c'est d'adopter un chien.

Sabadelle explosa d'un rire théâtral.

— Votre père a tout compris. C'est de l'humour british, pas vrai ? Un chien, mais oui !

Redondo se mit à rire, elle aussi, sous l'effet de la surprise. C'était décidément quelqu'un d'intéressant, ce Gordon. Ils auraient d'autres occasions d'en discuter. Ils arrivaient. C'était à peine croyable : à dix heures du matin, des centaines de touristes se pressaient déjà aux portes de Santillana del Mar. La faute au temps couvert qui avait sans doute poussé les baigneurs à quitter les plages pour s'aventurer dans l'arrière-pays. Le lieutenant Redondo devait reconnaître qu'il émanait de cet endroit quelque chose de fascinant. Ces vieilles pierres et ces maisons semblaient garder jalousement les secrets des siècles passés, comme si elles abritaient encore l'âme de toutes les générations qui s'y étaient succédé. Quiconque arrivait à Santillana était immédiatement saisi de cet écho d'antan, en dépit des petites échoppes qui fleurissaient à l'abri des demeures seigneuriales, et qui offraient aux touristes des *souvenirs* absurdes et des spécialités locales préemballées qui n'avaient souvent rien à voir avec la gastronomie de la région. Quelques voitures quittaient le centre-ville en direction des grottes d'Altamira, dont on ne pouvait visiter qu'une réplique de carton-pâte. Le monde était un lieu étrange plein de modes extravagantes.

— Allons-y, dit Redondo en claquant la portière derrière elle. Sabadelle, je vous laisse passer devant : vous connaissez le chemin.

Sabadelle, qui était déjà venu plusieurs fois au couvent, acquiesça, ravi de prendre les rênes de l'enquête pour une fois.

— Il faut entrer par la porte de derrière, du côté du tour.

Sabadelle dirigea les opérations. Il était le seul à bien connaître les sœurs clarisses. Ils longèrent un couloir à ciel ouvert, une rue qui semblait les conduire tout droit vers le passé. Des murs de trois mètres de haut s'élevaient de part et d'autre de la chaussée, faits d'une pierre étonnamment claire, immaculée, comme s'ils venaient d'être restaurés.

— C'est fascinant, dit Oliver, je ne vois pas la moindre tache.

— En effet, répliqua Sabadelle. Les clarisses occupaient le couvent Regina Coeli, qui a été transformé en Musée diocésain depuis. Mais depuis quelques années, elles vivent ici, expliqua-t-il en désignant le mur qui s'élevait sur sa droite, dans le monastère de San Ildefonso, où habitaient autrefois les dominicaines. Tout a été restauré, y compris la façade, à l'occasion de leur déménagement il y a cinq ans.

Oliver et le lieutenant Redondo l'écoutaient attentivement. C'était la première fois, elle aussi, qu'elle venait ici.

— Le fait que la mère abbesse, sœur Mercedes, accepte de nous recevoir à la dernière minute est un privilège, je ne sais pas si vous vous en rendez compte. Ce sont des religieuses cloîtrées, elles ont fait vœu de silence, dit Sabadelle en fixant Oliver. Si ça ne vous fait rien, c'est moi qui parlerai pour l'instant, conclut-il en guettant l'approbation du lieutenant Redondo, qu'il obtint aussitôt, et quand nous en aurons terminé avec l'expertise artistique, je vous laisserai lui poser des questions sur votre famille, monsieur Gordon.

— Parfait, répliqua Oliver sans un regard, tout entier concentré sur le chemin qui les conduisait au monastère.

Ils arrivèrent près d'un arc en plein cintre qui se découpait dans le mur de pierre. Deux battants de bois sombre faisaient office de porte, avec pour seul ornement des rangées de clous noirs de tapissier. Ils se seraient crus au XVIe siècle, dans un Moyen Âge propre et baigné de lumière. Au-dessus de l'arc se trouvait un auvent fait de grossières traverses de bois recouvertes de tuiles arabes. À droite de la porte, un écriteau noir en fer forgé imitait un parchemin, sur lequel on pouvait lire en lettres blanches, dans une calligraphie médiévale : "Biscuiterie des sœurs clarisses : biscuits, gâteaux secs. Vente directe."

— Les religieuses vendent des gâteaux? demanda Oliver, étonné.

— Qu'est-ce que vous croyez! Pensez-vous que ces femmes vivent seulement d'eau et d'art sacré? Ou grâce à la divine providence? répondit Sabadelle en soulignant ses remarques d'un de ses fameux claquements de langue.

Ils entrèrent dans une vaste cour intérieure pavée, où une tour magnifique s'élevait dans les contreforts du mur de gauche, tandis qu'un nouvel arc en pierre semblait les attendre sur la façade orientale, en gardien impassible d'un souterrain échappé du passé. Avant d'atteindre l'entrée du monastère, ils dépassèrent une jardinière garnie de fleurs de saison dans un accord harmonieux de tons roses, rouges et blancs.

Ils pénétrèrent dans une salle au sol et aux murs entièrement pavés, blanchie à la chaux par endroits, dont les portes basses et étroites étaient surmontées de plaques : de chaque côté de la pièce se trouvait un parloir, et au fond, un austère meuble en bois lustré dont l'écriteau indiquait simplement : "Tour". Cette armoire cylindrique montée sur un pivot permettait aux religieuses de vendre leurs pâtisseries aux touristes sans être vues. Mais la partie la plus remarquable de la salle, décorée d'une table sobre et rectangulaire au style authentiquement castillan, était la vitrine illuminée qui se trouvait à droite du tour : adossée au mur, dont elle couvrait pratiquement toute la surface, elle servait de présentoir aux différents biscuits, sablés ou galettes tout juste sortis du four.

— C'est appétissant. Des douceurs pareilles, ça ne se refuse pas, dit Sabadelle en appuyant sur la sonnette qui se trouvait sous une autre pancarte.

C'était apparemment le seul moyen d'entrer en contact avec les religieuses, que ce soit pour leur parler ou pour acheter leurs fameux biscuits.

Une voix répondit à travers une sorte de téléphone miniature, et après avoir échangé quelques mots avec le sous-lieutenant Sabadelle, cette voix les pria de bien vouloir patienter quelques instants. Ils passèrent une demi-heure dans cette salle ouverte, face aux bouchées fondantes qui semblaient les narguer derrière leur vitrine blindée, quand une religieuse potelée apparut enfin par l'une des portes latérales et, dans un grand sourire, les invita à la suivre dans le cloître. La jeune religieuse, qui se présenta sous le nom de sœur Pilar, ne parla pas plus que le strict nécessaire. Son visage et ses yeux souriaient constamment, presque exagérément. Olivier remarqua l'accent latino-américain prononcé de la religieuse, qui détonnait avec sa tenue extrêmement classique : les habits noirs et blancs, un uniforme ancestral, hors du temps. Il avait l'impression d'entrer dans un autre monde. Sœur Pilar leur dit qu'ils étaient attendus, que ses sœurs avaient été prévenues et qu'elles se trouvaient dans les dépendances du couvent. Elle les guida à travers un cloître dépouillé, dont les arcades laissaient entrevoir un étage supérieur aux fenêtres étroites, totalement exempt de décoration. À sa suite, ils pénétrèrent dans un couloir frais et bien entretenu dont les murs de pierres étaient entrecoupés de petites portes en bois. Ils avancèrent jusqu'à la dernière porte. Lorsque la religieuse l'ouvrit, un rai de lumière se dessina sur les pavés du couloir. Ils entrèrent dans une vaste pièce où se mêlaient des effluves contraires : la peinture, l'essence de térébenthine, une substance acrylique impossible à identifier, mais également l'humidité, la vieillesse et le passage du temps. Ils venaient d'entrer dans l'atelier de restauration des sœurs clarisses.

Une femme se trouvait dans la pièce. C'était la mère abbesse, sœur Mercedes. Elle se tourna calmement vers eux pour les accueillir, levant ses mains de la toile qu'elle était en train de restaurer, un tableau gigantesque dans les tons bleus et grenat. Sans doute était-elle très âgée, mais il émanait de cette femme une force, une assurance et une maîtrise de soi peu communes. Ses yeux clairs, presque transparents, distillaient un calme insondable.

— Soyez les bienvenus. Bonjour, monsieur Sabadelle, dit-elle en souriant. Je vous attendais.

Le sous-lieutenant fit les présentations. La jeune Pilar se tenait derrière la mère abbesse comme un chien de berger attentif à son maître. Elle surveillait ses faits et gestes d'un regard où l'on devinait autant de concentration que d'admiration. Après avoir parlé du temps et du travail colossal que la garde civile effectuait jour et nuit, d'après lui, afin de préserver la tranquillité des habitants des zones rurales, Sabadelle expliqua brièvement à sœur Mercedes la raison de leur visite. Il lui montra les agrandissements photographiques de Tlaloc, sans lui révéler que la statuette avait été retrouvée près du cadavre d'un nourrisson dans une vieille maison de Suances. Il se garda bien de lui dire qu'il pouvait exister un rapport entre la découverte de ce pendentif et une autre enquête pour homicide en cours d'instruction. Mais sœur Mercedes, qui sous l'habit de la religieuse avait un cœur de femme, lui répondit par des questions.

— Sabadelle, vous savez aussi bien que moi que les clarisses collaborent très volontiers avec les forces de sécurité de l'État. Cependant, si vous voulez que je vous aide, il faut me dire à quel endroit exact a été découvert ce dieu mésoaméricain.

— Ça alors ! Vous le connaissez ? s'exclama le sous-lieutenant, impressionné.

— Je me dois de connaître les principales représentations païennes des divinités, bien sûr. Les idoles qui ont marqué l'histoire aussi bien que les contemporaines. Je vous rappelle que nous sommes religieuses, et que si notre vie consiste à contempler notre Seigneur Jésus-Christ mort sur la croix et à suivre son exemple de pauvreté, nous étudions également les croyances et les recherches spirituelles des autres peuples.

— Sœur Mercedes, j'ai bien peur de ne pas pouvoir vous en dire plus pour le moment. L'origine de cet objet relève du secret de l'instruction.

— Vous n'étiez pas si sourcilleux, la dernière fois.

— Peut-être parce qu'il s'agissait seulement de délits communs. Comprenez-moi, ma mère, cet objet est peut-être lié à un homicide. – Des perles de sueur commençaient à apparaître sur le front de Sabadelle, qui choisissait soigneusement ses mots pour venir à bout des réticences de la religieuse sans la froisser. – Votre aide a été décisive pour retrouver le codex, la dernière fois. Nous ne l'oublions pas. Et nous espérons ne pas vous importuner dans votre retraite. En fait, nous voudrions savoir si vous pouviez nous aider à déterminer quel peut être le lien entre cette statuette et la Cantabrie, ou au moins l'Espagne.

Sœur Mercedes sourit, mais ses yeux restaient graves, presque méfiants.

— Je ne veux pas d'histoires dans ce monastère, monsieur Sabadelle. Cette affaire a l'air très sérieuse. Sinon, pourquoi venir à trois pour me poser une question aussi simple ?

Un silence s'installa pendant quelques secondes. Sabadelle fit claquer sa langue, puis reprit la parole avec une gentillesse à l'évidence artificielle :

— Je crois vous avoir expliqué que M. Gordon nous avait accompagnés pour une raison très personnelle. Il est d'une certaine façon lié à cette affaire. Mais nous ne voudrions pas vous déranger, comme je vous l'ai déjà dit…

— Mon fils, cessez. Votre visite ne dérange pas, répliqua aussitôt sœur Mercedes. – Elle parlait à Sabadelle, mais ne lâchait pas Oliver du regard. – Une raison personnelle, vous dites ? Je vous écoute. Ainsi, on a retrouvé cette statuette à la Villa Marine.

— Comment… ? Je vous demande pardon, ma mère, mais comment pouvez-vous connaître ce détail ? demanda Sabadelle, au comble de l'étonnement, tandis qu'Oliver et le lieutenant Redondo restaient muets de stupeur.

La mère abbesse se contenta de sourire, comme si elle prenait plaisir à se moquer d'eux en silence.

— J'ai bien peur que les journaux n'aient déjà révélé au grand jour tout ce que vous prétendiez garder sous le secret de l'instruction, monsieur Sabadelle.

— Les journaux ? Mais vous ne devez pas… Je veux dire, vous menez bien une vie monastique, n'est-ce pas ?

— Oui, je vous rassure, nous sommes des religieuses cloîtrées. Mais pour nous, le retrait est avant tout un moyen de préserver notre mode de vie. Nous ne sommes pas insensibles au monde qui nous entoure, même si nous choisissons de nous en écarter. Notre retraite, monsieur Sabadelle, n'a rien d'une prison. Nous sortons du couvent pour voter, pour suivre des formations… Et nous avons un lieu d'accueil ici même pour ceux qui souhaiteraient passer quelques jours dans l'enceinte du monastère pour une retraite spirituelle dans la prière et le silence. – Sœur Mercedes se tut un instant. Elle parlait avec une facilité étonnante ; même assise, on eût dit qu'elle s'adressait à ses interlocuteurs d'un plan supérieur. – Pour ma part, monsieur Sabadelle, je ne sors presque plus. Je suis en bonne santé, là n'est pas la question, mais à près de quatre-vingt-dix ans, je ne m'aventure dehors que pour aller chez le médecin. J'avais rendez-vous cette semaine, figurez-vous, elle fit une nouvelle pause pour ajouter cette précision : je souffre d'arthrose.

— J'espère de tout cœur que ce n'est pas trop douloureux, dit Sabadelle, mais la mère abbesse l'interrompit d'un geste de la main, toujours en silence, comme pour signifier que ce détail n'avait aucune importance.

Elle se leva pour lui prouver qu'elle se trouvait en parfaite santé.

— Je suis suivie par un bon rhumatologue, voyez-vous, ajouta-t-elle en adressant un clin d'œil à Oliver, et sa salle d'attente regorge de magazines. J'ai pu y trouver une photo de ce jeune homme – elle se retourna vers Oliver – à la porte de sa maison. D'après l'article que j'ai lu, on a retrouvé le cadavre d'un nourrisson chez lui.

Sabadelle et Redondo restèrent sans voix quelques secondes. Oliver leur jeta un regard surpris, car il se rappelait la nuée de journalistes et de photographes qui avaient pris d'assaut la Villa Marine ces derniers jours. Sœur Pilar, qui observait avec dévotion la mère abbesse, souriait toujours. Sabadelle reprit l'entretien.

— Vous en avez donc déduit…

— C'était à la portée de n'importe qui.

— Je vais vous demander dans ce cas de vous montrer la plus discrète possible.

— *De nihilo, nihilum*, répondit la vieille femme en latin, traduisant aussitôt pour elle-même, avec un sourire malicieux : "Rien ne sort du néant."

Le lieutenant Redondo en avait assez du petit jeu de la mère abbesse, qui s'adressait à eux comme s'ils étaient des écoliers. Elle décida d'intervenir, puisque Sabadelle ne semblait rien pouvoir tirer d'elle.

— Mère, nous savons que votre temps est précieux, nous ne voudrions pas en abuser plus longtemps, dit-elle en montrant du regard la grande toile sur laquelle travaillait la vieille dame. Nous sommes là pour savoir si votre expertise en histoire de l'art peut nous permettre d'établir un rapport quelconque entre ce dieu mésoaméricain et une commune de la région cantabrique, ou même plus largement du nord de l'Espagne, conclut-elle en adoucissant le ton de sa voix, dans une tentative relativement discrète de flatter son ego.

— Nous sommes le seul atelier de restauration d'œuvres d'art de toute la Cantabrie, répondit la mère abbesse en regardant le lieutenant Redondo dans les yeux. – Si l'étrangeté de ses yeux vairons lui causa la moindre surprise, elle n'en laissa rien paraître. Elle continua à parler sur le même ton énergique. – Cela fait plus de cinquante ans que je restaure des toiles et des sculptures. J'ai longuement étudié l'histoire de l'art de la région. Je vous assure que si j'avais rencontré une statuette qui ressemble à celle-ci, avec ses deux serpents qui sortent par la bouche, je m'en serais souvenue. Vous n'êtes pas sans savoir que dans les croyances chrétiennes et musulmanes, le serpent est lié symboliquement au démon. Dans d'autres cultures religieuses comme l'hindouisme par exemple, le dieu Shiva est au contraire représenté par un serpent, en général un cobra… mais je n'ai encore jamais vu une divinité représentée avec un serpent qui lui sortait par la bouche. – Sœur Mercedes se tut quelques instants, profitant de cette courte pause pour reprendre son souffle, et se tourna vers Sabadelle. – Je suis navrée, mais je crains de ne pouvoir vous être utile cette fois.

La déception se lisait sur le visage du sous-lieutenant Sabadelle. Ils étaient revenus à leur point de départ. Il allait devoir se rendre au musée d'Archéologie et de Préhistoire de la Cantabrie, à Santander, pour voir si quelqu'un pouvait l'éclairer sur le rapport possible entre Tlaloc et le port de Suances.

Le lieutenant Redondo reprit la parole :

— Dans ce cas, sœur Mercedes, nous allons vous laisser à votre ouvrage. Je vous remercie d'avoir accepté de nous recevoir à la dernière minute et de nous avoir apporté votre collaboration.

La mère abbesse acquiesça d'un léger mouvement de la tête. Valentina poursuivit, en faisant à son tour un geste en direction d'Oliver :

— Si M. Oliver Gordon nous accompagne aujourd'hui, c'est non seulement qu'il est lié de près à cette affaire, mais aussi parce qu'il souhaite éclaircir quelques points concernant son origine. Sa mère, Mme Gordon, est venue au couvent il y a quelques années : elle avait elle aussi besoin d'informations sur sa famille puisqu'elle a été élevée par l'ordre des clarisses jusqu'à ses deux ans, avant d'être confiée à la famille Pereiro à Suances, un couple qui vivait et travaillait justement à la Villa Marine.

— Je m'en souviens très bien. Lucía Pereiro. Évidemment, elle s'était présentée sous son nom d'épouse, Lucía Gordon. Nous avons été très tristes d'apprendre son décès : elle a fait un don généreux à l'ordre, comme vous devez le savoir. – La mère abbesse regarda Oliver. – Je crains de ne rien pouvoir vous apprendre de nouveau, regretta la vieille femme. Après avoir passé en revue les archives, nous avons confirmé à Mme Gordon qu'elle avait été déposée une semaine après sa naissance dans le tour du couvent Regina Coeli, en janvier 1949. La famille Pereiro l'a adoptée en 1951, je ne me rappelle plus quel mois au juste. Jusqu'à son adoption, nous l'avons élevée du mieux que nous avons pu. Elle n'était pas la seule enfant à avoir été abandonnée dans le tour, le couvent s'est occupé de dizaines d'enfants à l'époque.

Oliver ne put s'empêcher de l'interrompre :

— Vous voulez dire que vous avez connu ma mère quand elle était petite ?

— Oui. Mais je ne l'ai pas vue grandir. Je suis entrée au couvent bien après que mes sœurs ont recueilli la petite fille. À ce moment-là, je préparais mon entrée auprès de la sœur formatrice, ce qu'on appelle le postulat. Je ne peux que vous répéter ce que j'ai dit à Mme Gordon lorsqu'elle est venue me rendre visite : quelqu'un l'a déposée dans le tour. Personne n'en sait davantage, ici.

— Il n'y avait pas un petit mot, un vêtement, un signe particulier du bébé qui pourrait nous renseigner sur son origine ? insista Oliver.

— J'ai bien peur que non, monsieur Gordon. Et depuis le temps, s'il y en avait eu, ces objets auraient certainement été perdus. Rendez-vous compte… cela date d'au moins soixante-cinq ans. Votre mère a parfaitement compris que nous ne pouvions lui donner davantage d'informations. Mon fils, on accouche d'un enfant dans la douleur, mais on l'élève dans l'amour. Ses vrais parents sont ceux qui ont élevé votre mère, même si elle n'était pas leur fille biologique.

— Je n'ai plus qu'à vous remercier de votre patience, acquiesça Oliver, profondément déçu.

Il laissa son regard se perdre dans la grande toile qui se dressait derrière la religieuse. Sabadelle et Redondo prirent congé de l'abbesse avec les remerciements de rigueur, en dépit du peu d'éléments que leur avait apporté cet entretien. Sœur Pilar s'était déjà glissée dans le couloir où elle les attendait pour les raccompagner jusqu'à la sortie.

Oliver s'adressa une dernière fois à la mère abbesse.

— Pardonnez-moi, mais… pourquoi ne voit-on pas les yeux de cet homme ? La peinture semble éraflée à cet endroit, et ce détail du tableau m'intrigue depuis tout à l'heure.

Sœur Mercedes sourit, ravie de l'intérêt qu'il portait à son travail, et contempla à son tour ce tableau du XIVe siècle qui représentait la mort de saint François. Saint François montait au ciel, entouré d'anges qui l'observaient d'en haut, alors qu'une foule de religieuses, de chevaliers et de paysans contemplaient la scène au ras du sol. L'un des chevaliers, en effet, avait les yeux mutilés, comme si quelqu'un avait gommé la peinture jusqu'à découvrir la fibre neutre de la toile.

— Quelqu'un a sans doute pris ce chevalier pour le diable, monsieur Gordon. Dans l'ancien temps, c'était la seule façon de se protéger du mauvais sort. En gommant les yeux de certains personnages dans les tableaux, on évitait de croiser leur regard.

— Je l'ignorais, répondit Oliver, étonné.

Il tendit sa main à la vieille religieuse pour prendre congé.

— C'est justement l'un des points que notre restauration fera disparaître. *Ex umbra in solem.*

Oliver lui jeta un regard inquisiteur. Sœur Mercedes s'éloigna de lui et retourna s'asseoir face à la toile. De dos, sans les regarder, elle traduisit :

— "De l'ombre à la lumière", monsieur Gordon. "De l'ombre à la lumière."

JOURNAL (6)

Lorsque les nationalistes s'emparent de Gijón le 20 octobre 1937, ils anéantissent le dernier bastion d'autorité républicaine des Asturies et plus largement de la côte nord de l'Espagne. Aux dires de la presse internationale, une fois la bataille perdue dans ces terres de guerriers, la victoire franquiste dans le reste de la péninsule n'est plus qu'une question de temps.

C'est l'heure du souper. Jana, Clara et David font face à leur père autour de la table, étrangers aux événements qui viennent de se produire à Gijón. Ce soir, cette petite cuisine d'Hinojedo éclairée à la lampe à gaz est devenue le centre du monde.

C'est ce soir que Jana va perdre conscience pour la deuxième fois. Elle va sombrer dans le noir absolu, s'effondrer comme une masse de plomb avec la sensation d'avoir le ventre pris dans un étau de glace. Benigno n'a pas le choix. À long terme, c'est la meilleure solution. Il a pris cette décision en pensant à ses enfants, le cœur serré. Il voudrait tant leur donner une chance de s'en sortir. Mais comment savoir si cela suffira ? Comment savoir s'il ne va pas leur causer un chagrin irréversible ? Une idée qui transforme sa conscience en brasier peut-elle être une bonne idée ? Il a réalisé que son amour pour ses enfants était infini à la seconde où il a décidé de les laisser partir.

David ira la semaine prochaine travailler à La Tablía, une ferme réputée à Suances pour son élevage, dont le domaine d'exploitation s'étend jusqu'à Tagle, le village voisin. C'est Jorge, un cousin éloigné de Benigno, qui prendra soin de lui avec sa femme. David pourra aller au collège de Suances tous les matins, ou presque. L'après-midi, il devra aider le fermier à s'occuper des bêtes. C'est une opportunité à saisir, d'autant que ce n'est pas loin de la maison.

Clara ira chez sa grand-mère Julia à Torrelavega. Tant qu'elle donne un coup de main à la cuisine et qu'elle aide sa grand-mère à entretenir la maison, elle pourra aller au collège. Les maîtres se sont montrés compréhensifs, ils ont accepté de prendre chez eux l'aînée de ses filles, mais ils demandent en contrepartie qu'elle "participe" aux tâches ménagères. Ils ne peuvent tout de même pas loger et nourrir toute la famille du personnel de service ; ils veulent bien faire preuve de générosité, suivre les préceptes de charité de l'Église, mais ils ne peuvent décidément pas accueillir sous leur toit tous les villageois meurtris par la guerre.

Jana est la plus jeune des trois. Elle a le don de charmer de ses grands yeux verts tous ceux qui ont la chance d'attirer son attention. En dépit des moments difficiles qu'elle a vécus, elle a gardé son éclat, cette petite étincelle qu'elle transmet à ceux qui la côtoient comme un diamant brut originaire de la steppe des rêves. Jana est encore petite, malléable. Adoptable. C'est elle qui a le plus de chances de s'en sortir. La grand-tante des enfants vit à Comillas, l'un des villages cantabriques les plus aristocratiques de la région. Elle s'appelle Amparo, c'est la sœur de leur grand-mère Julia. L'un de ses fils est parti à la guerre, il combat sous la bannière des nationalistes, et l'autre vit à Madrid où il est devenu prêtre. Amparo tient un café avec son mari, un marin pêcheur, et le couple ne s'en sort pas trop mal en ces temps difficiles. Ils ont accepté de s'occuper de Jana, cela ne les gêne pas d'avoir une bouche de plus à nourrir. Elle pourra aller à l'école comme une enfant normale. On ne lui demandera pas, du moins pas pour l'instant, de travailler au café ni de passer la serpillière. Elle pourra vivre comme une demoiselle, grandir comme une fille de la ville.

Mais lorsque Jana apprit où son père allait l'envoyer, elle ferma les yeux de toutes ses forces. Avant même d'avoir baissé les paupières, tout devint noir, incompréhensible, ténébreux. S'en aller vivre chez cette vieille dame qu'elle n'avait vue qu'une demi-douzaine de fois dans sa vie l'obligerait à quitter son monde familier. Elle devrait dire adieu à son père, à ses frères et à sa sœur, à ses animaux préférés, aux prés et au ciel bleu qu'elle chérissait par-dessus tout. Son frère et sa sœur allaient habiter à moins d'une heure de marche d'Hinojedo, pas dans la même direction, mais c'était déjà ça… Où pouvait bien se trouver Comillas ? À trois heures de marche, ou plus ? Comment ferait-elle alors pour s'enfuir, comment rentrerait-elle à la maison de si loin ?

Seul David ne pleura pas. Il sentit qu'on le traitait enfin comme un homme, et se dit que c'était le début d'une nouvelle aventure. Au plus profond de lui-même, pourtant, la peur de la séparation lui étreignait la gorge. Il n'était qu'un enfant de treize ans qui jouait au dur et s'entraînait à adopter les gestes et les paroles d'un homme.

Clara pleurait à chaudes larmes, d'un chagrin teinté de résignation. Elle suppliait son père de la laisser s'occuper de ses frères et sœurs, elle lui assurait qu'elle pourrait tenir la maison toute seule avec un aplomb remarquable pour une fille de son âge. Lorsqu'elle comprit que Benigno avait pris sa décision et qu'il n'était pas disposé à en discuter, elle sécha ses larmes et exposa le plus sereinement possible tout ce qu'elle savait faire à la cuisine, auprès des bêtes et à la maison. Du haut de ses onze ans éclatants, elle entendait s'occuper d'eux toute seule. Mais son père resta sourd à ses arguments.

Benigno pleurait en silence, serein, les yeux et l'esprit bien ouverts. Il leur expliqua qu'il s'agissait d'une mesure temporaire en attendant la fin de la Guerre civile, qu'il fallait attendre que "les choses" reprennent leur cours normal. Qu'il ne pourrait s'occuper d'eux tant qu'il devrait vivre seul, sans femme à ses côtés pour l'aider à la maison.

Mais Jana ne voulut rien entendre. Elle ne saisit ni la signification ni la durée de cette "mesure temporaire". Jana ne comprit pas pourquoi elle, sa sœur et son frère, qui ne formaient qu'un seul être, devaient être séparés de force et dispersés aux quatre coins du monde alors que son père restait à la maison seul avec ses souvenirs. Lorsqu'elle perdit conscience, sa tête alla frapper durement contre le parquet de la cuisine, mais elle ne sentit pas la moindre douleur. Son évasion dans des nuages de plomb, sa déambulation dans les ténèbres des songes lui accordèrent un répit inespéré. Un temps de réaction. Elle s'éveilla dans les bras de son père qui la berçait comme un bébé, tendrement. Ils étaient couchés sur le grand lit, Clara et David dormaient à côté. Jana fixa son père de ses yeux grands ouverts, comme si elle venait de sortir d'un sommeil de plusieurs heures.

— Papa…

— Ah, te voilà réveillée, ma petite, ma jolie, lui murmure Benigno à l'oreille, profondément soulagé.

Soudain, le visage de la petite fille prend une expression adulte, teintée d'une sérénité muette qui n'échappe pas à son père.

— Papa, tu viendras me voir ? Est-ce qu'on revivra un jour tous ensemble ?

— Évidemment, ma fille. J'irai te rendre visite très souvent. Et dès que la situation se calmera un peu, tout le monde reviendra à la maison. En famille.

— Alors ça veut dire que… c'est un peu comme des vacances, non ?

— On peut dire ça, des vacances, sourit Benigno, ravi de cette explication simple qui a le pouvoir d'apaiser sa conscience, même si elle ne peut rien contre l'angoisse qui lui ronge le cœur.

— Tu iras à l'école, tu te feras de nouveaux amis et à ton retour, tu nous raconteras tout. Tu verras, ta tante Amparo et son mari sont de braves gens.

— Mais je n'ai pas envie d'y aller.

— Moi non plus, je n'ai pas envie de vous voir partir. Mais vous êtes grands maintenant. Et n'oublie pas : c'est un peu comme des vacances. Tu vas faire des tas de choses que tu n'as jamais faites, tu vas connaître de jolis coins… tu auras bien moins de travail qu'ici, dit Benigno en soupirant tristement, un sourire forcé sur les lèvres.

— Ça m'est égal de travailler ! Je préfère rester là et me lever à l'aube, papa !

— Pas question, ma chérie, tu te lèves déjà bien assez tôt. Tu vas aller à Comillas, d'ailleurs je suis certain que ça te plaira. L'endroit est splendide, tu verras. Tu vas vivre dans une maisonnette près du port. Tu sais, Jana, il y a une belle vue sur la mer. Tu verras rentrer les chalutiers le soir quand les marins reviennent de la pêche à la sardine, leurs bateaux entourés d'une nuée de mouettes.

— J'aime bien les mouettes, moi.

— Tu vois. Sais-tu que je suis parti pêcher avec l'oncle Pepe, quelquefois ? On prenait la mer à marée haute…

— L'oncle Pepe ?

— Mais oui, le mari de ta tante Amparo. Il n'est pas très causant, comme bonhomme, mais il a bon cœur. Qui sait, peut-être qu'il te laissera aller en mer avec lui ? Il faut faire attention quand on manœuvre, parce qu'il n'y a pas beaucoup de fond, la passe est truffée de rochers.

Jana réfléchit.

— Alors on dirait que ce seraient des vacances. David et Clara viendront me voir souvent, dis ? Et toi aussi, tu viendras, hein papa ?

— Je te le promets. Tu ne vois pas que c'est juste des vacances ? répond Benigno en serrant plus fort sa petite fille dans ses bas.

Il recommence à la bercer doucement, en priant pour qu'elle s'endorme et qu'elle arrête enfin de lui poser des questions. Avant de se laisser emporter dans les bras de son père, Jana plante ses yeux dans les siens. En un éclair de seconde, elle comprend que pour la première fois de sa vie, son père lui ment.

Mais déjà le futur est irréversible. Les tambours de l'âme ont commencé à frapper son esprit malade et son cœur lourd : chacun de nos actes, qu'il soit léger, sévère, grand ou infime, porte en lui ses conséquences. Une personnalité radicale, sournoise et dangereuse est en train de se forger au plus profond d'elle-même. Rien ne pourra l'arrêter.

Sais-tu d'où vient le plus grand danger ?

De l'imprévisible.

Ce n'est pas un malade mental. Il sait ce qu'il fait. En revanche, il ne sent pas ce qu'il fait, et c'est là tout son problème. Il prend des décisions froidement, sans le moindre sentiment. Il n'éprouve pas de remords. Lorsqu'il tue, son comportement n'est pas humain. Il tue comme le prédateur élimine une proie d'une autre espèce.

Définition du psychopathe
par le professeur José Sanmartín,
directeur du Centre Reina Sofía
pour l'étude de la violence.

Ce n'était pas précisément une matinée de tout repos pour le sergent Riveiro. Il devait s'y attendre. Ils avaient deux affaires à élucider, peut-être liées entre elles : celle de la Villa Marine et celle du noyé qu'on avait repêché près de la jetée. Le lieutenant Redondo avait immédiatement mobilisé l'équipe de la brigade des enquêtes criminelles de l'UOPJ.

Riveiro connaissait bien Valentina Redondo, même si cela faisait moins d'un an qu'elle avait pris la direction de la brigade : elle était rapide et efficace, d'une rigueur presque obsessionnelle dans l'exécution des plans de manœuvre de l'équipe. Elle ne commettait jamais d'impairs, n'admettait aucune excuse et ne tolérait pas le moindre retard. Avec elle, tout était toujours limpide, ordonné, précis. Son comportement était exemplaire : elle était toujours la première à arriver au bureau, toujours la dernière à partir. Et personne n'aurait pu l'accuser d'être une pimbêche hautaine qui ferait régner une discipline militaire, bien au contraire : elle était chaleureuse, proche de ses subordonnés, avec un sens de l'humour délicieusement sarcastique. En revanche, quand ils ouvraient une enquête pour homicide, elle exigeait de ses collaborateurs une rigueur à toute épreuve. Son bureau reflétait une obsession pour le contrôle, la propreté et l'ordre qui frôlait le déraisonnable. Riveiro avait fini par s'habituer à ses lavages de main compulsifs, à ses petites manies de rangement, à son obsession de la propreté. Car elle avait un esprit clair et résolu, un sens de l'honneur hors du commun, une honnêteté foncière qui lui permettaient de s'adresser aux autres avec tact et empathie, ce qui n'était pas courant pour une personne de son rang au sein du groupement. Professionnellement, on ne pouvait lui reprocher qu'une incompétence totale en matière d'informatique et un manque cruel de souplesse lorsqu'un membre de l'équipe manquait de ponctualité. C'était une chose qu'il avait beaucoup de mal à comprendre : si quelqu'un restait travailler deux heures de plus certains soirs, pourquoi ne pourrait-il pas arriver un peu plus tard le lendemain ? N'avait-elle pas de famille ? Il devait avouer qu'il ignorait tout de la vie privée du lieutenant Redondo. Elle vivait à Santander dans un appartement situé face à la plage de Los Camellos. D'après ce qu'il avait compris, elle avait quelqu'un dans sa vie. En était-il si sûr ? Le fiancé en question était l'un de ces noms que l'on cite par hasard au détour d'une conversation mais qu'on ne voit jamais en personne. Car Redondo était une femme qui savait préserver son intimité et qui la réservait à ceux qui comptaient vraiment pour elle.

Le lieutenant était parti à Santillana del Mar avec Sabadelle, de façon à surveiller discrètement Gordon. Il valait mieux l'avoir à l'œil au cas où. Un autre agent de la brigade des enquêtes, le caporal Roberto Camargo, venait de l'appeler du service de la publicité foncière de Torrelavega pour confirmer tout ce qu'Oliver leur avait dit sur la Villa Marine, en particulier concernant les titres de propriété et le changement de propriétaires de la maison. Tout renseignement devait être vérifié, et Redondo, qui en avait été informée par radio, avait décidé d'envoyer Camargo chez l'avocat San Román à Santander pour compléter le travail effectué par le conseiller juridique de la garde civile. La veille, Valentina Redondo avait ordonné le déplacement de Marta Torres et Alberto Zubizarreta à Suances. Les deux agents enquêteraient sur le mode de vie Pedro Salas Díaz, le défunt qui avait été retrouvé échoué contre la jetée de la ria. Ils devraient interroger les marins pêcheurs, les proches de la victime ainsi que le gérant du bar La Chalana où Pedro avait l'habitude de prendre son petit-déjeuner.

Le lieutenant Redondo n'avait pas manqué d'impliquer le sergent Riveiro, qu'elle considérait comme son bras droit. C'était avec lui qu'elle s'entendait le mieux à la brigade, et c'était logiquement à lui qu'elle avait confié les missions les plus cruciales de l'enquête. Il avait déjà requis la mise à disposition des rapports techniques sur l'ordinateur du défunt. Ces rapports devaient le contenu du disque dur, mais l'examen des fichiers ne serait pas disponible avant la mi-journée. Puisque aucune information déterminante n'avait pu être tirée du téléphone portable de Pedro Salas, il avait sollicité l'autorisation du juge Talavera avant de demander expressément à l'opérateur mobile d'identifier les destinataires des derniers appels. Ces derniers avaient été passés vers un portable non enregistré dans le répertoire et dont le numéro semblait actuellement hors service. Riveiro avait également demandé à l'opérateur de récupérer le contenu des messages effacés. Il ne fallait rien laisser au hasard. Vérifier tout dans le moindre détail. Par chance, le juge Talavera était un magistrat pragmatique, un homme prévenant toujours prêt à collaborer. Un formidable atout pour eux dans cette enquête.

Dix heures et demie.

Riveiro avait besoin d'une dose de caféine de toute urgence. Il s'était levé plus tôt que d'habitude. Ce matin, il avait laissé sa femme Ruth encore endormie ronronner des mots inintelligibles entre deux rêves. Il voulait arriver à la jetée de Suances avant sept heures. Il s'était préparé un café au lait dans un thermos et avait emporté pour toute provision deux délicieux *sobaos* que sa femme achetait toujours à la Casa Borona, à Torrelavega. Pour lui, il s'agissait purement et simplement des meilleurs *sobaos* du monde. Ils avaient le pouvoir de le ramener instantanément à son enfance, lorsqu'il allait voir ses grands-parents maternels à Vega de Pas, et que ses petits-déjeuners et ses goûters étaient faits des biscuits de la Casa Borona. L'odeur des *quesadas pasiegas* de cet atelier artisanal le renvoyait directement aux jupes de sa mère, à ces rues pavées où se répandait le fumet alléchant, aux prés montagneux de Vega de Pas qui s'étendaient autour d'eux à perte de vue.

Mais dans les brumes du petit matin, dans sa voiture de police, l'imagination de Riveiro ne s'était pas envolée vers son enfance. Riveiro s'appliquait à ne pas perdre une miette de son petit-déjeuner improvisé, mais surtout à reconstituer ce qui avait pu se passer autour de la jetée. Cette jetée qui balisait l'accès à la mer Cantabrique n'était rien d'autre que le prolongement de la grande digue qui partait de la plage de la Rivera et longeait l'extrémité de la grande plage de La Concha jusqu'à la ria de San Martín de la Arena. L'expérience lui avait appris que les gens avaient leurs habitudes, des rituels qu'ils se plaisaient à répéter chaque jour comme une garantie de sécurité, d'ordre et de confiance. Il savait aussi bien que le lieutenant Redondo qu'il était fort possible que quelqu'un ait vu ou entendu quelque chose d'anormal entre sept et neuf heures du matin, c'est-à-dire dans le créneau horaire où Pedro Salas avait été assassiné, sans en avertir la garde civile. Cela arrivait très souvent : personne n'avait envie de s'attirer des ennuis si ce n'était pas indispensable. Le lieutenant Redondo était convaincu qu'à cette heure-là, des gens devaient passer près de la jetée pour faire de l'exercice, livrer du pain ou promener leur chien. Elle avait décidé de l'envoyer sur place pour vérifier cette hypothèse, une mission pour laquelle il s'était porté volontaire.

Et pourtant, jusqu'à huit heures du matin, Riveiro ne perçut pas de mouvement aux alentours de la jetée, à l'exception de quelques chalutiers qui partaient à la pêche et d'une bande d'adolescents qui rentraient d'une nuit d'ivresse par la promenade de la plage. Il se demanda où étaient passés leurs parents ; le week-end était encore loin et ces garçons lui semblaient bien jeunes pour faire la fête. Il se faisait vieux, c'était un fait, le monde commençait à tourner trop vite pour lui. Il pensa à ses deux garçons de sept et neuf ans, et sentit un frisson lui parcourir l'échine. Son fils aîné ferait bientôt sa première communion : est-ce que les valeurs qu'il avait prétendu lui inculquer suffiraient? Et la religion, pourrait-elle le protéger ou ne lui serait-elle d'aucun secours? Les livres de catéchisme de son fils, qu'il avait feuilletés par curiosité, ne semblaient pas donner aux enfants les clés de la vie moderne.

Il chassa ces pensées et se concentra sur l'affaire qui l'avait fait lever de si bonne heure. Quel dommage que la jetée se trouve si loin de la zone des appartements de tourisme. À proximité, il n'y avait que des hôtels et des restaurants, évidemment fermés à cette heure-ci.

Un autre détail l'intriguait : le bruit. Comment était-il possible que personne n'ait entendu de coup de feu ? Dans le silence du petit matin, loin de toute agitation, une détonation ne pouvait passer inaperçue. Elle n'aurait pas échappé aux tympans d'un lève-tôt. L'assassin avait-il pu utiliser un silencieux ? Pour l'instant, c'était difficile à dire.

Riveiro étudia attentivement les lieux. Le commerce le plus proche était le restaurant La Cabaña. Ses larges baies vitrées donnaient sur la jetée, mais un dimanche matin, les portes du restaurant étaient fermées à double tour.

Parmi les hôtels les plus proches, il y avait le petit hôtel de La Concha de Suances, à la façade jaune clair, presque vert lime, et l'hôtel Soraya, qui en comparaison semblait gigantesque avec ses murs blanc et bleu marine. Riveiro avait pensé se rendre à la réception de ces hôtels à neuf heures, pour savoir si l'un de leurs clients avait vu ou entendu quelque chose d'étrange, même si les touristes n'avaient pas la réputation de se lever tôt. Il s'était dit qu'il irait peut-être poser la question dans les hôtels qui se trouvaient un peu plus loin : le Sidney, le Quai de Suances, au cas où quelqu'un aurait remarqué quelque chose. Ensuite, il comptait s'entretenir avec les enfants du défunt, même si les agents avaient déjà procédé aux interrogatoires de rigueur. Il fallait qu'il trouve un indice, un détail, un rapport quelconque entre Pedro Salas et la Villa Marine.

Finalement, après avoir interrogé un retraité qui promenait son golden retriever tous les jours à huit heures quinze précises sur la plage de La Concha, une jeune sportive à la musculature impressionnante qui courait tous les matins le long de la plage, et un livreur local de croissants et de churros, le sergent commença à désespérer, car personne n'avait rien remarqué d'anormal. Mais c'était compter sans Antonio Rúa, l'un des vieux pêcheurs de la digue. Ce dernier lui expliqua qu'il connaissait Pedro Salas, comme beaucoup de monde ici. Pedro venait souvent installer sa canne à pêche le long du môle. Cela pouvait paraître curieux qu'un marin pêcheur trouve plaisir à pêcher à la ligne le dimanche, son jour de relâche, mais c'était comme ça. Le matin où avait eu lieu l'assassinat, Antonio Rúa n'était pas allé au môle, il avait eu d'autres choses à faire et surtout, la mer était si calme qu'il n'y aurait pas grand-chose à pêcher ce jour-là. Riveiro fut intrigué par ce détail : mais alors, pour quelles raisons Pedro Salas était allé à la jetée dimanche? Était-ce vraiment pour pêcher? Pas impossible. Mais pourquoi aller pêcher un jour où tout pêcheur expérimenté sait qu'il rentrera bredouille? L'information que venait de lui donner Antonio Rúa était extrêmement intéressante, parce qu'elle venait de lui fournir une explication plausible au fait que personne n'ait repéré le cadavre dans l'eau la journée et la nuit suivante : par mer calme, presque stagnante, enfoui dans les algues qui bordaient la jetée, un corps pouvait facilement passer inaperçu ou être pris pour un tronc d'arbre. Antonio Rúa confia également à Riveiro qu'un coup de tabac s'annonçait. Des lames de fond tireraient très vite les eaux salées de leur quiétude, elles agiteraient les fonds marins avec furie dans la ria comme en haute mer. La brume épaisse, le silence qui les entouraient ce matin n'étaient que le calme étrange, presque inquiétant, qui précède la tempête. Quand la mer reviendrait à son état naturel, autour de l'île de Los Conejos mais aussi à l'embouchure de la ria, des surfeurs s'amuseraient à courir sur la jetée, leurs planches à la main, pour se lancer à l'eau dans ces vagues hachées, plus courtes mais à peine moins sauvages que celles de la plage de Los Locos.

Riveiro soupira. Il interrogea quelques pêcheurs mais n'apprit rien de plus. Infatigable, il partit trouver les responsables des hôtels des environs, mais n'eut affaire en cette heure matinale qu'à de simples réceptionnistes. Après leur avoir montré sa carte, il leur faisait comprendre sans équivoque qu'il avait besoin de toute l'information disponible sur les clients qui avaient passé la nuit du samedi sur place, puisque le meurtre avait eu lieu entre sept heures et neuf heures le dimanche matin. Son tour achevé, il ne lui restait plus qu'à attendre de recevoir les listes des clients par fax. Décidément, c'était un métier de patience : il fallait être à l'affût de la moindre information, et attendre, encore et toujours. Il se rendit ensuite au poste de la garde civile à Suances : les enfants du défunt y avaient été convoqués sur l'ordre du lieutenant Redondo.

L'interrogatoire confirma que certains dimanches, en effet, Pedro Salas allait installer sa canne à pêche sur la jetée. Mais sous l'apparente normalité du mode de vie du défunt, Riveiro se rendit compte très vite qu'il disposait de bien plus d'argent que ce que pouvait gagner un pêcheur ordinaire proche de la retraite. Sa fille, au chômage et avec deux enfants en bas âge, lui avoua entre deux sanglots que son père lui versait chaque mois entre deux cents et quatre cents euros d'argent liquide. Il en allait de même pour son fils, un mécanicien sans emploi mais qui, contrairement à sa sœur, n'avait pas d'enfants à charge.

Au cours de l'interrogatoire, la fille de Pedro Salas, Rebeca, s'était montrée bien plus ouverte que son frère :

— Je me suis dit : Rebeca, papa doit être en train de se serrer la ceinture pour pouvoir t'aider. Et je ne voulais pas accepter cet argent, vous savez ? Mais lui, le pauvre, il insistait tellement !

— Il ne vous a jamais dit d'où provenait cet argent ? Vous ne lui avez pas posé la question ?

— Bien sûr que si, monsieur le sergent, évidemment que je lui ai posé la question. Vous allez me dire : c'était mon père, après tout. Le pauvre. Je me disais : Rebeca, c'est vraiment bizarre. Alors je lui ai demandé comment ça se faisait qu'il avait autant d'argent, pour être sûre qu'il ne se prive de rien. Et il m'a répondu qu'il avait mis de l'argent de côté, et qu'il ne dépensait presque rien, à part le loyer, l'électricité et l'eau, qui ne lui coûtaient pas grand-chose.

— Je vois. Et vous n'avez pas remarqué de changement récent dans son comportement ou ses habitudes ? Peut-être un nouvel ami ?

— Oh non, monsieur le sergent. Mon père avait son caractère, ça on ne peut pas dire. Mais il ne sortait de chez lui que pour aller au port. En rentrant de la pêche, quelquefois il s'arrêtait au bar pour manger un morceau, mais c'est tout. La dernière fois que je l'ai vu – et là, la femme éclata en sanglots, des larmes accompagnées de petits hoquets que Riveiro jugea parfaitement sincères –, c'était samedi, et j'ai eu l'impression qu'il était plus gai que d'habitude. Je me suis dit : Rebeca, ton père a rencontré quelqu'un. Et je lui ai posé la question, mais il m'a dit que non, qu'il n'avait plus l'âge de croire à ces bêtises. Mais moi j'ai quand même insisté, je savais qu'il avait internet chez lui, je me suis dit qu'il avait peut-être rencontré une Latino-Américaine sur un site de rencontre, enfin qu'il y avait quelque chose, quoi ; mais non, il m'a dit qu'il n'allait jamais sur internet.

— C'est curieux que votre père possède un ordinateur, et même un accès à internet. À soixante-quatre ans, pour un marin pêcheur, c'est pas très courant... Il a suivi une formation en informatique ?

— Vous plaisantez, monsieur le sergent ? C'est que dans son immeuble, ils ont le wifi, mon père ne payait rien du tout. Et l'ordinateur, c'était celui de Pedrito. Enfin celui qu'il avait avant, dit la femme avec une expression radoucie car elle parlait de son petit garçon, on l'a laissé là pour qu'il ne s'ennuie pas quand il passe l'après-midi chez son grand-père. Vous savez, il s'en sert pour jouer aux jeux en ligne… parfois pour faire ses devoirs, mais surtout pour jouer. Mon fils expliquait à son grand-père comment faire pour prendre un rendez-vous chez le médecin, voir ses relevés de banque, ou consulter l'horaire des marées sur l'ordinateur… Mais ça n'arrivera plus maintenant… C'est trop triste…

Riveiro ruminait chaque mot de l'interrogatoire : la fille du défunt, Rebeca, avait l'air transparente, simple d'esprit. Maintenant qu'elle était partie et qu'elle allait pouvoir récupérer le corps de son père pour l'enterrement, Riveiro sentit que beaucoup de questions restaient en suspens, presque davantage qu'au début de l'interrogatoire. Il récapitula mentalement tous les éléments dont il disposait pour le moment. Le brave Pedro Salas sortait de sa poche cinq cents ou six cents euros chaque mois, qu'il donnait à ses enfants quel que soit l'état de sa situation financière. Et sans faillir. Tout simplement. Les agents qui enquêtaient à Suances étaient passés au bar La Chalana, et l'avaient informé que non seulement Pedro Salas payait religieusement ses consommations, mais qu'il invitait assez souvent les serveurs à de grandes tournées générales : bref, il était généreux ou faisait mine de l'être. En consultant l'état des lieux de son appartement, Riveiro constata que Pedro Salas ne manquait de rien : télévision à écran plat, mobilier dernier cri, chaudière au gaz naturel d'installation récente… avec un salaire d'à peine mille deux cents euros par mois, il y avait à l'évidence quelque chose qui n'allait pas. Cet homme n'exhibait aucun signe extérieur de richesse, mais l'abondance, elle, était manifeste. Le sergent Riveiro n'était pas tombé de la dernière pluie. Il savait très bien que les marins pouvaient percevoir une partie de leur salaire au noir, ou se faire un peu d'argent en vendant de la marchandise aux voisins ou aux restaurateurs locaux. Mais cela ne leur permettait jamais de mettre de grosses sommes de côté, et surtout pas de façon aussi régulière. Non. Le vieux Pedro Salas devait avoir une source de revenus supplémentaire secrète. Riveiro était convaincu que l'enquête devait s'orienter de ce côté-là. Il avait sollicité l'autorisation du juge Talavera pour vérifier l'état des comptes bancaires de Pedro Salas, même s'il tenait pour acquis qu'un revenu non officiel ne figurerait pas dans les comptes d'épargne du vieux marin.

Pourrait-il être mêlé à des affaires de contrebande? Cela ne semblait pas complètement absurde : l'entrée de drogue par voie maritime était la plus vieille histoire du monde. Mais Pedros Salas n'était fiché nulle part, il n'avait jamais reçu la moindre amende pour infraction au code de la route, rien de rien. Aucun de leurs indics dans le milieu des stupéfiants, des mafias et de la délinquance n'avaient jamais entendu parler de Pedro Salas Díaz. Il avait vérifié auprès des contacts de Torrelavega et de Santander. Le sergent se demandait tout bas : Que nous caches-tu, mon ami?

Midi.

Le soleil avait commencé à percer la brume, même s'il n'annonçait pas un jour de grandes chaleurs mais plutôt l'un de ces jours d'été où l'on va à la plage pour le plaisir de marcher sur le sable et de s'adonner au *beach ball*, un sport estival aussi enraciné dans la région que les régates de traînières ancestrales ou la pelote basque. Peut-être le pêcheur de ce matin n'avait-il pas tort, le vent allait certainement se lever. Riveiro regagna sa voiture pour passer un appel radio. Il devait mettre le lieutenant Redondo au courant des dernières informations et solliciter de nouvelles instructions de sa part, même s'il savait bien qu'il ne pourrait probablement rien faire d'autre qu'attendre le résultat des expertises informatiques, médicolégales et téléphoniques. Mais à peine entré dans son véhicule, Riveiro reçut un appel radio.

— Brigadier Maza à sergent Riveiro, vous me recevez?

— Sergent à brigadier, j'écoute, répondit-il immédiatement.

— Nous avons un décès par accident de la route. Nous sommes actuellement dans la rue General et nous arrivons à La Tablía, sergent.

Silence. Riveiro attendit, et son mutisme, pour l'instant, semblait vouloir dire "et qu'est-ce que ça peut bien me faire". Le caporal Maza poursuivit.

— La victime est un médecin de Santander à la retraite, don David Viesgo. Soixante-douze ans. Sa femme avait signalé sa disparition hier soir, parce qu'il n'était pas rentré dîner et que son épouse était sans nouvelles de lui depuis la mi-journée, alors qu'il était censé rentrer à dix-neuf heures… Apparemment, sa voiture a raté un virage et le véhicule a chuté dans une zone de fort dénivelé, pour finir sa course à travers champs contre le tronc d'un figuier. C'est un fermier qui conduisait ses vaches au pâturage qui l'a découvert ce matin.

— Mon brigadier, vous n'êtes pas sans savoir que la brigade des enquêtes criminelles travaille en ce moment sur une autre affaire, dites-moi plutôt où vous voulez en venir.

Le ton de Riveiro trahissait son impatience.

— Je sais, sergent, et c'est bien pour cela que je vous appelle. Au cas où cet accident serait décisif pour votre enquête. J'ai essayé de joindre le lieutenant, mais Redondo ne répond ni à la radio ni à son portable.

— Le lieutenant a dû couper son téléphone. Elle se trouve actuellement au couvent des clarisses.

— Je comprends mieux. Figurez-vous, sergent, que la femme du défunt nous a déclaré qu'hier, son mari est parti rendre visite à la famille Ongayo à Comillas. C'est même la dernière chose qu'il ait faite. Je vous prévenais au cas où… Qui sait, c'est peut-être important. Il s'agit bien des anciens propriétaires de la Villa Marine, non ? conclut le brigadier Maza, qui laissa la question en suspens, prêt à se confondre en excuses. Il venait peut-être de faire une énorme gaffe en prenant l'initiative de contacter l'un de ses supérieurs au groupement pour un simple accident de la circulation. Sous le coup de la surprise, Riveiro se tut quelques secondes, puis il reprit :

— Vous avez bien fait de me prévenir, Maza, je vous félicite. Est-ce que la commission judiciaire est encore sur place ? Ont-ils procédé à la levée du corps ?

— Oui, sergent. Ils l'ont transporté à l'Institut de médecine légale. C'est bien plus tard, quand nous avons discuté avec la veuve de la victime, que nous avons appris que le docteur était allé rendre visite à la famille Ongayo la veille. Apparemment, il s'agit d'un regrettable accident de la route. Peut-être le docteur a-t-il fait un infarctus au volant ? Nous n'avons pas relevé de trace de freinage ni de collision avec un autre véhicule.

— Très bien, Maza. Si vous trouvez quelque chose, prévenez-moi immédiatement. Vous m'enverrez le rapport contenant la déclaration de la veuve dès que possible. Il n'est pas exclu que je l'interroge personnellement, mais envoyez-moi le rapport tout de même, que je prenne connaissance du dossier. Je pars immédiatement à l'Institut de médecine légale voir ce qu'ils peuvent m'apprendre.

— Oui, sergent.

— Et Maza…

— J'écoute, sergent.

— Vous avez fait du bon boulot.

— Oui, sergent.

Riveiro sut que le brigadier Maza, de l'autre côté de la radio, souriait. Un bon élément, ce jeune brigadier de Suances, pensa-t-il. Mais l'affaire se compliquait de façon vertigineuse. Si l'accident mortel avait effectivement un lien avec l'affaire de la Villa Marine, le cas deviendrait autrement plus grave, et d'une ampleur médiatique sans précédent. Et si cet homme avait été assassiné ? Cela ne faisait-il pas trop de coïncidences ? Trop de cadavres en une semaine, en tout cas. Ils n'avaient pas affaire à un tueur en série, il en était sûr : le meurtrier ne laissait pas suffisamment de temps s'écouler entre les crimes, et ces derniers n'obéissaient pas à un rituel particulier. À moins que le schéma commun aux différents meurtres ne se trouve pas dans le *modus operandi* de l'assassin, mais dans les victimes elles-mêmes, toutes reliées par un fil invisible.

Il devait joindre le lieutenant Redondo le plus rapidement possible. Il démarra le moteur de sa voiture. Clara Múgica, à l'Institut de médecine légale de Cantabrie, saurait lui expliquer ce qui avait pu arriver au vieux médecin. Il était sûr que le lieutenant approuverait sa démarche ; Valentina Redondo avait horreur de perdre du temps et lui accordait toujours une grande liberté de mouvements lorsqu'une enquête était en cours.

Il était plus de treize heures quand le sergent Riveiro réussit enfin à joindre le lieutenant sur son portable. Redondo aussi avait des choses à lui raconter : elle avait décidé de poursuivre l'enquête à Comillas en compagnie d'Oliver Gordon et d'envoyer le sous-lieutenant Sabadelle au musée de Préhistoire et d'Archéologie de Cantabrie. Elle l'avait chargé de passer au département de lettres et philosophie de l'université, où les professeurs d'histoire pourraient peut-être le renseigner sur ce dieu mexicain, puisque l'entrevue avec les clarisses n'avait pas donné les résultats escomptés. Il n'y avait plus une minute à perdre : Sabadelle devait poursuivre son enquête sur Tlaloc et résoudre coûte que coûte l'énigme de sa présence à la Villa Marine. Riveiro sourit, et se garda bien d'en rajouter. Il savait que le lieutenant avait du mal à supporter Sabadelle. Tous deux étaient comme chien et chat. Elle, perfectionniste, modérée dans ses propos et ses gestes, faisant de son métier sa priorité. Lui, décontracté, parfois vulgaire, pressé de boucler ses journées pour pouvoir partir aux répétitions de sa troupe de théâtre indépendant. Quand Riveiro l'avait rencontré pour la première fois, il était loin de se douter que la secrète aspiration de Santiago Sabadelle était de devenir comédien. Il avait beau avoir des années d'enquêtes à son actif, le monde n'avait pas fini de l'étonner.

Le lieutenant approuva l'initiative de Riveiro d'aller immédiatement à l'Institut de médecine légale de Cantabrie recueillir l'information disponible sur le nouveau défunt. Il en profiterait pour demander si les autopsies des autres victimes avaient apporté de nouveaux éléments. Valentina Redondo fut très claire : ils se rappelleraient en fin de journée pour se donner des nouvelles et elle attendait tous les agents de la brigade des enquêtes de l'UOPJ le lendemain à huit heures précises au groupement de Cantabrie, à Santander. La réunion leur permettrait de partager leurs découvertes, leurs indices et de discuter des intuitions de chacun.

Pas de problème, pensa Riveiro : découvertes, indices et intuitions? Des intuitions, il en avait quelques-unes. Le sergent se souvint des parties de dominos qu'il faisait avec son grand-père pour égayer les froids après-midi d'hiver à Vega de Pas. Riveiro n'aimait pas tellement jouer aux dominos. Ce qu'il aimait par-dessus tout, c'était aligner les vingt-huit pièces en plaçant le double blanc – le domino qui n'avait pas de point – en premier. Il suffisait alors de donner une légère impulsion, l'élan mortel, pour suivre, hypnotisé, l'effondrement des pièces qui tombaient irrémédiablement les unes sur les autres, pareilles à une armée de soldats minuscules qui laisseraient sur son passage une traînée de visages blancs numérotés tandis que les dos noirs des soldats vaincus reposaient sur la table. Le sergent réfléchissait à toute allure tandis qu'il garait sa voiture devant l'Institut de médecine légale : si cette nouvelle victime n'était pas morte par accident, cela voulait dire que quelqu'un, dans son jeu de dominos particulier, avait commencé à abattre ses pièces d'un geste inflexible et rapide. Mais il savait d'ores et déjà où se trouvait l'origine, le détonateur, le double blanc qui avait fait tomber tous les autres : c'était l'Ange de la Villa Marine.

JOURNAL (7)

Luis observe Jana depuis les murets de pierre du port de Comillas, l'air émerveillé. À quinze ans, Luis est déjà un homme. Ses muscles forgés par les gestes rudes de son métier commencent à saillir le long de son corps mince, son torse a pris le hâle particulier de ceux qui passent des heures sous un soleil aux relents de salpêtre. Il a d'épais cheveux bouclés, des traits anguleux, des lèvres fines. Luis vient de rentrer de la pêche ; il termine sa journée de travail en raccommodant des filets dans la douceur de la lumière d'avril. Et ne la quitte pas des yeux.

Jana est si belle. Elle aura bientôt onze ans, mais elle joue déjà à être une femme. Elle étend le linge à blanchir sous ce soleil frais qui ne vit que dans les terres du Nord. On dirait qu'elle danse sur l'herbe, dans ce pré immense qui s'étend jusqu'aux falaises abruptes, mortelles par définition, abyssales. Cette fille a reçu le don de la beauté à la naissance, mais elle semble ne pas en avoir conscience, et elle offre sa délicate présence aux âmes grossières qui l'entourent. Pieds nus, elle finit d'étendre la lessive, après avoir essoré le linge cent fois entre ses mains. Elle a l'air mûre, presque adulte. Luis l'observe de ses yeux bleu marine et le temps semble s'arrêter : il oublie à l'instant le passé et le futur, il ne peut s'empêcher de la regarder, ébloui par sa féminité.

Il ne la voit jamais s'arrêter pour se reposer, et pourtant, cela fait un temps fou qu'il la regarde. Quelque chose dans sa façon de bouger, dans ses regards à la fois furtifs, méfiants et sages, a le pouvoir de le troubler : il se sent redevenir tout petit, comme s'il avait perdu confiance en lui. Il est amoureux avec la force inébranlable de l'adolescence.

Luis n'est pas idiot : il sait bien qu'elle est trop jeune. Mais il sait aussi que le temps est une roue imparable et que son heure viendra. Et il sait que Jana répond à ses regards longs et francs. Chaque fois qu'ils ont eu le bonheur de se parler, son sourire était plus large pour lui que pour tous les autres.

Luis n'est qu'un simple pêcheur. Il vit près de sa mère, qui est veuve, et rêve tout éveillé. Il rêve de demander la main de Jana, de la voir danser sur l'herbe pour le restant de ses jours. Il rêve qu'elle accepte de vivre à ses côtés aussi longtemps que les guerres de la Terre le permettront. Elle n'a peut-être pas besoin d'être sauvée, mais lui la serrera contre lui comme personne ne l'a jamais fait, il lui offrira l'espoir, il lui donnera tout ce que sa famille et même Dieu n'ont pu lui apporter. Il est sûr que l'amour et sa simple présence suffiront à la rendre heureuse : le futur est un lieu immense.

Luis épie souvent Jana comme il le fait à cet instant, sans se cacher, le cœur battant, mais aujourd'hui n'est pas un jour ordinaire. Nous sommes le 1er avril 1939. Les livres d'histoire écriront que ce jour a marqué la fin de la guerre et la radio des insurgés – la Radio nationale d'Espagne – diffusera ce dernier bulletin de la Guerre civile :

"Aujourd'hui, ayant capturé et désarmé l'armée rouge, les troupes nationalistes ont atteint leurs derniers objectifs militaires.

La guerre est terminée. Burgos, le 1er avril 1939, année de la victoire. Le généralissime. Francisco Franco Bahamonde. ”

Le café de la tante Amparo se remplit à vue d'œil après cette déclaration. L'heure est à la liesse : les gens fêtent la fin du conflit, y compris Luis et certains Rouges qui ont cessé de l'être *officiellement* au fil des mois. Car une fin annonce forcément un nouveau début. Pour l'heure, les républicains n'ont pas fui leur pays, personne n'a été fusillé ni emprisonné, les résistants se trouvent encore sur leurs terres natales, tapis dans des cachettes improvisées dans l'espoir d'une intervention internationale, d'une réaction des camarades à l'abri, d'une réorganisation générale. Mais le salut ne viendra pas, et les montagnes de la Cantabrie se nourriront de héros chaque jour plus isolés dans une guerre impitoyable.

La presse censurée diffusa l'image d'un pays pacifié en minimisant l'existence de l'impressionnante résistance armée qui lutta jusqu'à la dernière extrémité. Leurs actions furent qualifiées d'actes de banditisme. David, le grand frère de Jana, prit le maquis pour défendre ses idéaux de justice dans une guerre parallèle interminable qui n'avait pas d'existence officielle. Il trouvait refuge dans les failles des rochers, dans les fossés, dans les bourbiers aux abords des rivières, tandis que la garde civile le suivait à la trace. Mais avant d'en arriver là, bien d'autres touches de peinture sont nécessaires pour composer cette histoire.

Tu dois me pardonner, j'ai bien peur que ma mémoire ne se rappelle plus le passé de façon linéaire. Nous sommes au mois d'avril 1939. Oh, si tu pouvais voir Comillas en ce temps-là : c'était vraiment un endroit spectaculaire. Son nom celte chuchote, entre tous les secrets que l'étymologie garde pour elle, que ce village côtier est entouré de trois rondes collines. Sur la première, la Cardosa, s'élève une impressionnante bâtisse seigneuriale qui n'est autre que le séminaire de San Antonio de Padua, dans un mélange de tons noirs et jaune sable qui rappelle un peu la couleur brique. Cette pépinière de prêtres deviendra, avec le temps, la célèbre université pontificale de Comillas. Sur la cime de la colline d'en face se trouve le palais de Sobrellano, à qui elle doit son nom. Le palais, lui aussi dans les tons brique mais d'une nuance plus sombre, presque plombée, domine de sa hauteur imposante, de son style néogothique mâtiné de romantique vénitien, les points de vue sur Comillas et ses habitants. À côté du palais, la Villa Quijano, qui sera bientôt connue sous le nom de Caprice de Gaudí, défie les stéréotypes : son mélange improbable de styles arabe, perse et moderniste a de quoi surprendre, il se grave dans la rétine de quiconque s'aventure à l'observer de près. La dernière colline n'a pas échappé à la guerre. Il y a quelques mois à peine, elle était couronnée par le palais de la Coteruca, d'une sobriété rectangulaire presque monotone, mais ce palais n'est plus que l'ombre d'un souvenir à présent : seuls quelques murs et deux ou trois tours ont échappé aux bombardiers. Les ruines menacent de s'effondrer d'un moment à l'autre.

Les trois collines dominent une ville aristocratique qui a conservé ses richesses en dépit de la guerre, grâce à la fortune des *indianos* rentrés en Espagne, et à tous les étés que le roi Alphonse XII puis Alphonse XIII ont passés à Comillas, attirant à leur suite nombre de bourgeois et de chefs d'entreprise qui ont édifié dans cette partie du monde des demeures modernistes à côté des manoirs typiquement cantabriques, où les embruns salés de la mer se mêlent à l'herbe tendre des prairies.

Jana file des jours heureux auprès de sa tante Amparo et de son oncle Pepe. Elle sait qu'elle a de la chance de vivre à

Comillas, où ils mènent une vie tranquille. Elle va tous les matins à l'école, et on lui apprend à coudre trois après-midi par semaine. Le reste du temps, elle aide sa tante à la maison ou travaille au café. Cela fait un an et demi qu'elle respire l'air de cette petite ville, et sa nostalgie de la vie à Hinojedo s'est estompée. Son père lui a rendu visite à trois reprises ; il lui a expliqué qu'il ne viendrait pas souvent car il devait partager son temps entre ses frères et sa sœur, son travail à l'usine, les bêtes et le potager. Elle a décidé de le croire sur parole car cela lui rendait le monde moins insupportable. De temps en temps, elle écrit à David qui ne répond pas toujours, son frère n'est pas très porté sur l'écriture. Elle sait qu'il est devenu grand et fort, qu'il travaille dur et qu'il a des amis plus âgés que lui. D'après ce qu'elle a compris, il assiste à des réunions politiques secrètes du camp républicain, mais ses lettres n'entrent jamais dans les détails. En revanche, elle entretient une correspondance régulière avec sa sœur Clara, à qui elle écrit tous les deux mois. Parfois, les lettres n'arrivent pas à destination en temps voulu : la faute à la guerre. Les deux sœurs passent alors plusieurs mois sans avoir de nouvelles l'une de l'autre, mis à part les messages de vive voix que d'autres personnes se chargent de transmettre. Les souvenirs volent de leurs propres ailes quand ils sont racontés par une autre voix.

Les lettres de Clara, calligraphiées par sa grand-mère alors qu'elle sait déjà écrire à la perfection, lui racontent tout ce qu'elle fait dans la maison : elle apprend à cuisiner, elle observe les allées et venues des gens de la classe supérieure, lui détaille les robes que d'autres petites filles issues d'une plus noble lignée portent avec insouciance. Elle lui parle d'un monde fait de choux à la crème, de poupées de porcelaine, de petits chevaux de bois, de parts de gâteaux que personne ne réclame au fond d'un plat. Quand elle sera grande, lui dit Clara, elle prendra soin d'elle comme le père Renard prend soin de ses petits au fond de son terrier. Elle veillera sur Jana sans relâche, et si quelqu'un l'enferme un jour dans les oubliettes d'un château, elle ira la délivrer. Des mots d'une enfant de douze ans.

Tante Amparo répond aux lettres de Clara chaque fois qu'elle écrit à sa sœur Julia. Jana lui dicte, même si elle sait déjà former les lettres. Elle lui dit qu'après ces longues vacances, elle rêve de rentrer à la maison, mais qu'elle aime bien vivre à Comillas. Tout lui plaît : l'atmosphère du port, l'animation du café, les cuves de la réserve, l'odeur du poisson frais qu'elle détestait au début mais qu'elle attend impatiemment à chaque marée. Tante Amparo est très émue. Jana est la fille qu'elle n'a jamais eue, un cadeau de la vie arrivé sur le tard ; et pourtant ils avaient bien failli la renvoyer, son mari et elle, parce qu'elle s'évanouissait sans arrêt les premiers temps. Jana faisait des cauchemars toutes les nuits, pouvait passer des heures complètement inconsciente, se réveiller en sursaut et retomber dans les pommes quelques minutes plus tard. C'était une petite fille étrange : ils la surprenaient souvent le regard perdu, froid, inexpressif, inquiétant. Mais la petite s'était faite peu à peu à cet endroit, à sa chambre rien que pour elle, aux tâches ménagères quotidiennes, à l'odeur de la mer. Ils lui avaient même acheté deux robes ; quand Jana les avait vues, elle avait dansé en les serrant contre elle dans le couloir de la maison. Elle disait qu'elle ressemblait à une princesse et que si c'était pas vrai, elle devait partir à la recherche de son prince charmant, qui devait l'attendre dans son royaume secret.

Mais ce matin où les autorités annoncent officiellement que la guerre est terminée, ce n'est pas un prince qui attend Jana. C'est un jeune pêcheur, Luis, qui court le long de la côte avec d'autres gamins du village en criant à tue-tête que la guerre est finie. Jana a la permission de se joindre à eux.

Aujourd'hui, filles et garçons ont le droit de se retrouver pour célébrer la fin de la guerre.

Le groupe est presque arrivé aux sables dorés de la plage de Comillas. Les enfants font une halte pour reprendre haleine et les garçons sortent de leur poche du tabac à rouler. Luis s'approche de Jana.

— Tu es toute belle aujourd'hui.

— Tu n'as pas honte de dire ça, lui reproche Jana avec un sourire.

— Tu as bien grandi. On dirait une petite femme, poursuit-il sans tenir compte de sa remarque.

— Tu insistes en plus ? Évidemment que j'ai grandi. Je ne suis plus une petite fille. Tu ne vas pas fumer avec les autres ? lui demande-t-elle en faisant un geste vers les garçons.

Les filles du groupe les observent en pouffant de rire. Il y a de la joie dans l'air, aujourd'hui.

— Non, j'aime mieux parler avec toi. Te taquiner juste pour voir, tu es encore plus belle quand tu te mets en colère.

— Tu es bête… et tu empestes le poisson.

— C'est normal. Je viens juste de rentrer de la pêche ! répond-il avec une note d'orgueil meurtri dans la voix. Tu ne vois pas que tu parles à un homme qui gagne sa vie ? J'ai un métier, moi.

L'air taquin disparaît de son visage. Jana comprend qu'elle l'a peut-être vexé. Pour se faire pardonner, elle s'approche de lui : son jeune âge ne l'empêche pas de manier à la perfection les armes féminines.

— Sais-tu de quoi j'ai rêvé cette nuit ?

Elle se tourne vers une demeure de style anglais, un manoir spectaculaire qui s'élève sur les hauteurs des prés verdoyants, offrant une vue imprenable sur la mer.

— Ne me dis pas que tu as rêvé de la Casa del Duque ? lui demande Luis qui suivait son regard.

Il hausse les sourcils, étonné.

— Si, j'ai rêvé que j'habitais là. Dans mon rêve, ce manoir était à moi. J'étais la maîtresse de maison.

— J'en reviens pas, la fille de Mme Amparo, une aristo? La Casa del Duque, rien que ça. Si tu avais rêvé de la maison de Sobrellano, on n'aurait plus qu'à t'appeler sa majesté, hein ma princesse? dit-il d'un ton moqueur.

Elle fait la sourde oreille, ses yeux rivés sur le manoir.

— Dans mon rêve, je voyais l'intérieur de la maison. C'est drôle, non? Dedans, c'est immense. Il y a des vases chinois qui valent une fortune. Des domestiques. Des jardins. De la brioche et du gâteau au chocolat.

— Et plein de jolies demoiselles très riches. Dis-moi, dans ton rêve, il n'y avait pas un prince charmant par hasard? Un de ces enfants gâtés gras comme des porcelets à force d'être gavés de crème, comme ceux qui vivent dans ce genre de baraque? dit Luis en toisant avec dédain la demeure victorienne.

Même à cette distance et en plein jour, le manoir avait l'air nimbé de mystères.

— Qu'est-ce que tu en sais d'abord? Toi, le pêcheur, tu t'y connais en poissons, mais à part ça…

— Tu n'as pas tort. Je connais les secrets des poissons qu'on mange et aussi de ceux qu'on vend à prix d'or. Mais les rêves des petites idiotes qui se prennent pour des princesses, ça c'est vrai, je n'y comprends rien.

Jana est en colère. Une moue enfantine, déjà féminine, se dessine sur son visage

— C'est toi l'idiot. Je n'ai plus envie de te parler.

— Ah enfin, te voilà fâchée. Tu vois comme la colère te rend belle? dit-il en souriant. Si tu es très gentille avec moi, un de ces jours, je t'achèterai une maison comme celle-là, lui dit-il en guettant son sourire dans le dessin de ses lèvres.

— Je ne veux pas d'une maison comme celle-là. Je veux cette maison.

Luis part d'un franc rire.

— Il va falloir pêcher beaucoup pour madame la duchesse.

Jana se retient de sourire. Pure coquetterie : elle sourit quand même, et doit se retourner pour que Luis ne s'en aperçoive pas. Elle part retrouver les filles et au dernier moment, fait volte-face pour tirer la langue à son Roméo, qui a l'air de goûter à la provocation.

Jana prend plaisir à vivre à Comillas. Elle garde ces jours heureux dans l'un des tiroirs intouchables de sa mémoire. Elle les caresse de temps en temps comme on passe sa main sur du velours, puis les range soigneusement dans ce refuge accueillant. Mais l'allégresse de la fin de la guerre, cette explosion de joie contagieuse, n'est qu'un mirage. Si l'obscurité d'une fin cède toujours la place aux lueurs d'un nouveau début, les bourgeons ne sont pas toujours ceux que l'on espérait.

Une guerre a pris fin. Débutent de longues, obscures et misérables années d'après-guerre. Des centaines de républicains prennent le maquis, se cachent derrière de fausses cloisons au fond des caves ou des greniers. Ils paieront cher de ne pas avoir combattu du côté des vainqueurs dans cette guerre entre mortels de la même bannière. Ceux qui ont pris le chemin de l'exil s'épargneront ces tourments, à vrai dire guère plus longtemps. Ils seront nombreux à résister contre les nazis lors de la Seconde Guerre mondiale, qui éclatera dans quelques mois. Je pourrais te raconter comment la première unité de la compagnie espagnole, composée essentiellement de républicains, a débarqué en Normandie, ou comment *La Nueve*, la neuvième compagnie tout aussi rouge et espagnole, fut l'une des divisions blindées les plus héroïques de cette nouvelle guerre, mais c'est une autre histoire. Pour l'heure, nous sommes de l'autre côté du rideau de verre.

Une guerre civile ouverte, officielle et acharnée vient de s'achever.

Les grandes vacances s'achèvent, Jana. Tout le monde t'attend. Tu rentres enfin chez toi.

Les personnes les plus intéressantes sont les femmes qui ont un passé et les hommes qui ont un avenir.

CHAVELA VARGAS

Valentina Redondo sentit son portable vibrer. L'appel venait de Riveiro. Elle était assise à la terrasse d'un café, le Rosalía, à l'entrée du centre historique de Santillana del Mar, pratiquement en face du monastère des clarisses. Ils avaient décidé d'avaler quelque chose sur le pouce avant de partir à Comillas. Une voiture de police venait de passer prendre Sabadelle. Valentina Redondo espérait vraiment qu'il réussirait à trouver ce qui unissait la statuette de Tlaloc à la Villa Marine.

Valentina répondit immédiatement à l'appel du sergent, après avoir réactivé la sonnerie de son portable : il y avait un nouveau cadavre. Un vieux médecin, victime d'un accident de voiture après avoir rendu visite à Mme Ongayo. Personne ne pouvait dire avec certitude s'il s'agissait d'un simple accident. Riveiro la rappellerait dès qu'il sortirait de l'Institut de médecine légale de Cantabrie. Valentina aurait donc une question de plus à poser à la vieille dame lorsqu'elle procéderait à son interrogatoire.

Elle avait passé la nuit à enquêter sur Mme Ongayo : à quatre-vingt-cinq ans, cette femme avait eu une vie mouvementée digne d'un film hollywoodien.

— Je vous tire de vos pensées, n'est-ce pas ? dit Oliver, affable, qui revenait s'asseoir à la table après avoir été commander des sandwichs au bar.

Valentina lui rendit sa touche de familiarité en esquissant un sourire, mais elle reprit très vite sa distance professionnelle. Elle préférait ne rien dire à Oliver pour le moment. Cet accident n'avait peut-être rien à voir avec l'enquête, il pouvait s'agir d'une triste coïncidence.

— J'étais en train de penser à Mme Ongayo. D'après ce que j'ai pu comprendre, à partir de tout ce qu'ont pu me raconter nos collègues de Comillas, cette femme a passé sa vie à faire étal de générosité : elle organisait des dîners, des galas de charité, elle soutenait toutes les bonnes œuvres, elle parrainait des enfants en difficulté et faisait même du mécénat pour un certain nombre d'artistes.

— Une mère Teresa des terres du Nord, à ce que je vois, fit remarquer Oliver, l'air pensif. Mais vous savez, je ne peux pas m'empêcher de trouver ça bizarre. Je veux dire : cette maison offerte à mes grands-parents, n'est-ce pas faire preuve d'une générosité excessive ?

— Vous avez raison. Mais quelquefois, la réalité dépasse l'imagination. Croyez-moi, Oliver, des choses absurdes se produisent chaque jour, et dans notre métier, nous sommes témoins des audaces les plus surprenantes, des âneries les plus délirantes, et de toutes sortes de choses invraisemblables qu'on ne trouverait pas plausibles dans un scénario de science-fiction.

— J'imagine, acquiesça Oliver, la mine réjouie. Votre métier doit être passionnant.

— Il ne l'est pas toujours, n'allez pas croire. Nous n'enquêtons pas sur des dieux aztèques et des cadavres de bébés momifiés tous les jours, répondit-elle tout en s'appliquant à replacer le distributeur de serviettes perpendiculairement à la table. La plupart des délits auxquels nous sommes confrontés sont d'un genre nettement plus sordide. Mais même face aux plus sombres histoires, nous devons respecter la procédure : réunir les preuves, vérifier chaque élément avec la plus grande vigilance, solliciter les autorisations nécessaires et rédiger des rapports.

Oliver regardait le lieutenant Redondo avec admiration. Elle parlait avec sérénité, tout en elle invitait au calme et à la sagesse. Sa conversation était intéressante, et faisait presque oublier son obsession évidente pour l'ordre. Finalement, ce jour qui s'annonçait gris n'allait pas être aussi sinistre qu'il le craignait. Le lieutenant maniaque était bien plus sympathique que ne le laissait deviner son premier contact, et il commençait à s'habituer à l'asymétrie de son regard vairon.

— Pourriez-vous me parler de Mme Ongayo ? Je veux dire, tout ce qu'il est en votre pouvoir de me confier, naturellement. Je viens d'apprendre tellement d'histoires extravagantes sur ma famille que j'ai besoin d'en savoir plus. Je ne sais pas si vous comprenez. J'ai cruellement besoin d'informations.

— Bien sûr que je comprends. D'ailleurs, ce que j'ai pu apprendre sur Mme Ongayo n'a rien de confidentiel.

— Je vous écoute, répliqua Oliver, dans l'expectative.

— Nous ne savons pas grand-chose sur sa jeunesse. Elle a grandi dans un petit village de la commune de Suances, au sein d'une famille modeste. Une enfance sans histoire, semble-t-il. Ensuite, elle a été employée dans plusieurs maisons avant de servir à la Villa Marine.

— Une servante ? Elle a travaillé à la Villa Marine en tant que domestique ? Mais… comment est-ce possible ? N'était-elle pas très riche ? objecta Oliver, stupéfait, tandis que le garçon leur servait leurs sandwichs.

Redondo sourit, cette conversation semblait l'amuser. Elle avait l'impression de raconter une histoire à un petit garçon qui s'étonnait à chaque page.

— Elle a travaillé dur un an ou deux ; je n'ai pas encore vérifié toutes les dates. Ensuite, elle a épousé le fils aîné des Ongayo, une famille qui, comme vous le savez peut-être, a fait fortune en Uruguay. Le jour de son mariage, elle a perdu son nom de jeune fille, Fernández, pour adopter celui de son mari. C'est avec lui qu'elle a créé l'empire des Anchois Ongayo. Leur logo n'a pas pu vous échapper, ici on le voit partout.

— Les Anchois Ongayo, c'est elle ? Ça alors, je n'avais pas fait le rapprochement ! J'ai pensé qu'il s'agissait d'un nom très courant dans la région…

— C'est le cas, mais il n'est pas si répandu qu'on pourrait le croire. En tout cas, les Anchois Ongayo sont la première pierre de l'empire que cette femme a réussi à bâtir avec son mari. Ils possèdent des usines aux quatre coins de la côte cantabrique, et ils exportent jusqu'en Asie, je l'ai lu hier soir sur internet, précisa Redondo, qui n'avait nul besoin de faire étalage de recherches plus sophistiquées.

— Ces gens-là doivent être extrêmement riches.

— Cela va sans dire. Mais pas seulement grâce aux Anchois Ongayo : ils possèdent des entreprises en Uruguay et au Chili. C'est Jana Ongayo qui les a développées.

— Toute seule ?

— Elle a perdu son mari très peu de temps après l'avoir épousé. J'en déduis que c'est elle le véritable cerveau de l'entreprise. Elle s'est remariée quelques mois plus tard, avec une assurance presque monarchique, si je puis me permettre. Elle a épousé un homme très puissant du monde des anchois, mais c'est l'entreprise Ongayo qui a absorbé l'usine du nouveau mari. Les époux se sont établis à Comillas, dans la maison où nous allons nous rendre cet après-midi. D'après les informations du recensement, cela fait plus de quarante ans qu'elle habite là.

Oliver réfléchit quelques secondes.

— Comment se fait-il qu'on l'appelle encore Mme Ongayo si elle s'est remariée ?

— Je suppose que c'est à cause de la marque des anchois. Elle a adopté le nom de son premier mari mais ensuite, elle a sans doute abandonné l'idée de prendre le nom du second car pour tout le monde, elle était Mme Ongayo. D'ailleurs, elle est redevenue veuve quatre ou cinq ans après ce second mariage.

— Une grande dame. Tout le monde devait rêver de l'épouser. J'imagine qu'il s'agit d'un sacré personnage. En tout cas, d'une femme avisée.

— En effet. Elle est d'une intelligence redoutable. À Comillas, les gens racontent même qu'elle a été très proche de Marina de la Vereda Bárcena dans les années 1950. Je n'ai pas pu le confirmer.

— Marina de la Vereda ?

— Une Française née à Torrelavega qui faisait partie des services secrets. À la fin de la Seconde Guerre mondiale, en 1945, elle a quitté l'espionnage pour traquer les nazis et les anciens collaborateurs du régime hitlérien qui avaient fui en Amérique latine, aux îles Canaries et sur la Costa del Sol en Espagne. Peut-être que les échanges commerciaux de Mme Ongayo avec l'Amérique latine ont aidé Marina de la Vereda à localiser certains Allemands sur le continent, qui sait. Ce n'est qu'une supposition…

— Incroyable, bredouilla Oliver, au comble de l'étonnement.

Le lieutenant Redondo lui adressa un nouveau sourire.

— Je vous l'avais dit : la réalité dépasse parfois l'imagination. Il arrive souvent que l'on soit aveuglé par ce que l'on croit voir. Il faut toujours creuser, monsieur Gordon, ne pas se contenter des apparences.

Valentina Redondo, pensive, prit soigneusement la première moitié de son sandwich à l'aide d'une serviette en papier. Oliver l'imita et ils mangèrent en silence, absorbés dans leurs réflexions.

Sur la route qui les conduisait à Comillas, ils parlèrent du paysage, de la beauté des champs qui défilaient sous leurs yeux dans un dégradé de vert, semé de sombres rochers, du bleu de la mer qui reflétait celui du ciel, lui-même griffé de lambeaux de brumes persistantes. En dépassant le village de Cóbreces, Oliver eut l'impression de contempler la réplique d'un village suisse. Tout y était rutilant, jusqu'à son élégant clocher. Enivré par les paysages qui se succédaient derrière la vitre de la voiture, il se souvint de cette crique secrète où ses grands-parents l'emmenaient quand il était petit, et s'en ouvrit au lieutenant Redondo. Dans ses souvenirs, Oliver et son frère Guillermo se baignaient dans une piscine d'eau de mer ovale, presque circulaire, à l'abri de prés tendres et boisés. Il se souvenait d'une petite grotte… Comment pouvait bien s'appeler cet endroit ? Ses grands-parents y retrouvaient leurs amis tandis que les enfants couraient, jouaient à cache-cache ou sautaient à l'eau. On accédait à cette piscine naturelle par un escalier taillé à même la roche. L'endroit n'était connu que des habitants de la région. De mémoire d'homme, on n'avait jamais vu un touriste dans ce coin de la côte. Mais maintenant qu'il cherchait à identifier, des années plus tard, ses recherches sur internet n'avaient rien donné. Il n'avait réussi à retrouver ni son nom ni sa localisation sur les cartes touristiques. Sur cette langue de terre un peu à part, loin des plages bondées, Guillermo et lui jouaient aux pirates. C'était leur port secret, le camp où ils étaient invulnérables. Là-bas, le temps s'arrêtait. Le lieutenant Redondo réfléchissait, mais la description d'Oliver ne lui disait rien. Cela faisant cinq ans qu'elle avait pris son poste à Santander cinq ans, mais son travail ne lui avait pas vraiment laissé le temps d'explorer la région, encore moins de découvrir des criques sauvages au détour de chemins non balisés. Était-il possible qu'à l'ère du tout informatique, du GPS et des photographies satellites, un endroit comme celui-ci puisse encore exister, tel un port secret à l'abri du monde ? Valentina en doutait. Mais il n'en était pas moins vrai qu'elle connaissait mal la côte, parce qu'à chaque vacances, elle retournait à Santiago de Compostelle en Galice, sa ville natale. Cette terre escarpée, avec sa beauté et ses légendes millénaires, possédait un magnétisme particulier. Mais elle lui rappelait des souvenirs amers. Valentina aurait bien aimé avoir elle aussi son port secret, un lieu où elle pourrait trouver refuge en cas d'intempéries, loin des soucis et des contrariétés, un abri où elle pourrait baisser la garde, oublier quelques instants sa propre intransigeance ; un pré où elle pourrait s'allonger sur l'herbe et regarder le ciel avec l'insouciance des enfants.

Fin de la conversation.

Ils étaient arrivés à Comillas. L'entrée du village était toute en simplicité. À droite de la route, la haute mer Cantabrique était bordée d'une plage, d'un camping et même d'une promenade. De l'autre côté, le village de Comillas s'élevait entre ses trois collines, et de la place privilégiée qui était la sienne, en surplomb de la mer, il toisait avec superbe quiconque osait s'en approcher. L'accès n'était pas facile, Comillas était un trésor jalousement gardé. De la mer, on devinait certains traits qui laissaient présager une ville magnifique, à l'architecture enveloppante. Mais pour s'y rendre, il fallait passer par les collines.

Oliver était déjà allé à Comillas quand il était enfant mais curieusement, il n'en gardait aucun souvenir. De la voiture, alors qu'ils entamaient l'ascension de la première colline, cette terre donnait l'impression d'être un havre de beauté et de recoins insolites. S'élançant d'un cimetière isolé, on distinguait nettement la statue d'un ange aux ailes déployées qui semblait empoigner une épée. Même à cette distance, cette sculpture romantique aux accents gothiques avait quelque chose d'impressionnant. Plus loin, sur une colline en bord de mer, une colonne gigantesque reposait sur un piédestal en forme de proue. Elle avait été élevée en hommage au marquis de Comillas.

— Nous allons nous arrêter là.

Le lieutenant Redondo indiqua l'imposante colonne de pierre d'un geste de la tête.

— Là… vous voulez dire… sous le monument ? Il a comme un air de capitaine Nelson à Trafalgar Square, vous ne trouvez pas ? On dirait son petit frère.

Valentina Redondo sourit.

— Non, pas sous la colonne. Juste derrière. C'est là que se trouve la maison de Mme Ongayo.

Oliver suivit son regard et se tut quelques instants, sous l'effet de la surprise. Valentina, au volant, poursuivait inexorablement l'ascension de la colline. La maison qu'elle venait de lui montrer était en fait un manoir spectaculaire. Ce bâtiment imposant, dans le plus pur style anglais, tenait du romantisme aussi bien que de l'architecture gothique, et aurait pu servir de décor à un film d'épouvante. Les pignons du toit recouvert d'ardoises débordaient de la structure, dans un jeu de va-et-vient constant avec les lignes architecturales qui s'achevait dans un liséré de bois finement travaillé destiné à masquer les gouttières et les canalisations. Le manoir était composé de deux grands étages, d'un sous-sol que l'on devinait aisément et de combles sophistiqués.

L'ensemble représentait une belle surface habitable. Ses larges fenêtres encadrées de bois clair offraient des panoramas saisissants sur la baie, en démultipliant les points de vue possibles sur Comillas.

Une partie de la façade était recouverte de lierre. La plante grimpante était soigneusement taillée, impeccablement entretenue, et le terrain était si vaste qu'on ne pouvait en faire le tour au premier coup d'œil. Une haute muraille s'élevait tout autour du manoir, et un portail en fer forgé un peu rouillé tenait lieu d'entrée principale. Sur une pancarte, on pouvait lire "Prado de San José".

— Bon sang, on dirait la baraque de *Psychose*, laissa échapper Oliver, admiratif, au moment où le lieutenant Redondo garait la voiture devant l'entrée. Je parie qu'Alfred Hitchcock va venir nous ouvrir !

Le lieutenant esquissa un sourire, mais sans le regarder. Elle était concentrée sur l'entrée de la maison.

— Quelque chose qui cloche ? demanda Oliver en suivant son regard.

— Ça manque de mouvement… – Elle chercha ses mots un instant : Je veux dire, c'est un peu trop calme à mon goût, conclut-elle en s'approchant du haut portail largement ouvert.

Une douce mélodie s'échappait des portes de la grille, on aurait dit une chanson française.

Ils avaient atteint la porte principale. On ne percevait aucun bruit mis à part la musique. Pas le moindre signe de vie. Pas un murmure. Pas une respiration. Instinctivement, Redondo se saisit de son arme, un pistolet Sig Sauer P229 de 9 mm. Son expérience lui commandait d'être sur ses gardes. Elle écarta Oliver d'un geste rapide du bras et, du regard, lui ordonna de ne pas passer la porte. Elle entra dans la maison avec une extrême prudence, et progressa lentement en surveillant ses arrières à chaque pas.

— Bonjour, il y a quelqu'un ? Lieutenant Redondo de la garde civile, je viens du groupement de Cantabrie. Police judiciaire ! Répondez, il y a quelqu'un ?

Seul un silence revêtu de musique lui répondit.

La chanson parlait du passage inexorable du temps, d'un amour perdu, de la blessure encore vive d'une ancienne romance.

Oliver n'était pas très à l'aise au dehors. Il venait de perdre de vue le lieutenant Redondo et n'entendait que ses pas légers qui faisaient craquer le parquet de bois massif. Du perron, il apercevait le hall d'entrée de la maison, où il devinait des meubles anciens, des miroirs, de vieux tapis parfaitement entretenus. Soudain, les pas du lieutenant se précipitèrent, elle ne chercha plus à atténuer leurs bruits ni le poids de sa course. Les bruits venaient de l'aile droite du manoir. Un choc, quelque chose qui tombait par terre. Un bruit cristallin, comme celui d'un vase qui se serait brisé en mille morceaux. Oliver, n'écoutant que son instinct, bondit vers l'intérieur de la maison, incapable de rester une minute de plus sur le pas de cette porte qui semblait avoir abrité plus d'un siècle de visites, d'effervescence, de silences et d'histoires muettes.

Un nouveau silence s'ensuivit, et la mélodie inonda l'atmosphère d'une nostalgie tangible. Non. Il perçut de nouveau des pas fermes et rapides. Oliver entra dans un grand séjour par une large porte à double battant dissimulée à droite du hall. C'était de là que venaient la musique, ainsi que les pas du lieutenant Redondo. Cette dernière détecta sa présence immédiatement.

— Oliver, donnez-moi ce verre d'eau !

— Tout de suite.

Il obéit avec diligence après avoir repéré le verre posé sur un guéridon. Il profita de cet instant pour déchiffrer la scène qui se trouvait sous ses yeux. Valentina Redondo tentait de réanimer une vieille dame qui gisait, inerte, sur un grand canapé. Tapissé de soie et de velours rose, ce dernier était disposé face à une grande baie vitrée donnant sur l'entrée de la propriété. De cet endroit, on distinguait parfaitement la voiture du lieutenant.

— Que se passe-t-il? Il lui est arrivé quelque chose? bredouilla Oliver.

— Rien de grave, à mon avis. On dirait qu'elle s'est évanouie. Mais je me demande où sont ses employés. Il doit bien y avoir du personnel dans une si grande maison, répondit Redondo, qui passa de l'eau sur le visage de la vieille dame d'un geste rapide et plein de douceur.

Elle humecta également sa nuque.

— Regardez, la voilà qui revient à elle, dit Oliver, en voyant la vieille dame cligner des yeux, reprendre ses esprits et sa place dans le monde réel.

Un regard lucide, usé par le temps, se posa sur Oliver puis sur le lieutenant. Elle se redressa très vite sur le canapé. Assise, elle les observa quelques secondes en silence.

— Je vous prie de m'excuser. Je crois que je me suis évanouie. Ça m'arrive quelquefois, vous savez. Depuis que je suis toute petite. Je vous ai vus arriver, et puis ce sommeil noir m'a emportée. Je ne sais jamais quand je vais en sortir.

Le lieutenant Redondo l'observa : c'était une vieille dame menue, d'apparence fragile, mais chacun de ses gestes était empreint d'élégance. Elle avait des yeux verts de chatte tranquille.

— Mais vous vous sentez mieux? lui demanda Valentina en se relevant, puisqu'elle était restée tout ce temps agenouillée à ses côtés.

— Oui, ma chérie. Je vais très bien. Merci. On dirait que vous êtes arrivée à point pour me sauver.

— Mais je suis arrivée un peu trop vite pour ce vase… J'ai dû le renverser en passant, je suis navrée. J'avais l'impression que vous alliez tomber du canapé et je me suis précipitée…

— Ne vous en faites pas. C'est un vase en verre de Murano vénitien. Je dois vous avouer que j'en avais assez, répondit la vieille dame avec un sourire aimable. Mais dites-moi, à qui ai-je l'honneur ?

— Lieutenant Valentina Redondo, de la brigade des enquêtes criminelles de l'UOPJ de la garde civile. Je viens du groupement de Cantabrie, à Santander. Et voici Oliver Gordon, qui m'a accompagnée jusqu'ici, dit-elle en introduisant Oliver d'un geste dans l'espace physique de la conversation.

— Je vois, répondit-elle calmement. Vous allez certainement me raconter en détail la raison de votre visite, ma chérie, mais permettez-moi d'abord de prévenir mes gens pour qu'ils nous préparent un café. J'espère que vous ne me ferez pas l'affront de refuser. À moins que vous ne préfériez une tasse de thé ?

Redondo regarda Oliver, qui hocha la tête.

— Je prendrais un café bien volontiers. Je suppose que vous êtes madame Ongayo.

— Bien sûr, ma chérie. Excusez-moi, je manque à tous mes devoirs. Je ne me suis même pas présentée. C'est que tout le monde me connaît, ici. Je n'ai plus l'habitude. Les légendes locales me précèdent où que j'aille, dit-elle en baissant les yeux, pour mieux les relever l'instant d'après. Elle s'adressa à Oliver : Auriez-vous l'amabilité d'éteindre la musique ? J'ai pensé que Carla Bruni pourrait me tenir compagnie cet après-midi, mais ce n'était pas une bonne idée. Son *Quelqu'un m'a dit* m'a rendue mélancolique, comme vous pouvez le constater. Oui, je vous en prie, éteignez. Nous pourrons discuter au calme.

Oliver chercha le lecteur de CD du regard, et finit par repérer une chaîne hi-fi ultramoderne habilement placée sur un meuble patiné par le temps, d'apparence si noble qu'Oliver eut cru sur parole qu'il avait appartenu à Mozart lui-même.

— Madame Ongayo, commença Redondo, j'ai été très étonnée de trouver la porte grande ouverte, tout comme le portail de la propriété. Sur mon chemin, je n'ai croisé aucun de vos employés de maison. Vous devriez être plus vigilante lorsque vous êtes seule, car cela signifie que n'importe qui pourrait entrer chez vous.

— Ma chérie, c'est trop aimable de votre part de vous faire du souci pour moi, mais tout ceci n'est qu'un affreux malentendu. Par sécurité, je ne suis jamais seule ici. Mon jardinier doit être en train de tailler les hortensias au jardin, de l'autre côté de la maison. En général, il travaille avec une musique infernale dans ses écouteurs, il ne vous a sans doute pas entendus arriver. Mes deux assistantes sont parties déposer des gâteaux secs à l'auberge des pèlerins La Piedra, celle qui se trouve juste derrière le portail du jardin. Ils préparent un événement important à la mairie, et nous avons tenu à apporter notre modeste contribution… En revanche je me demande où peut bien se trouver Marta, ma cuisinière. – Elle se tut un instant, comme pour réfléchir. – Ah voilà, je sais : elle doit être à la cave en train de s'occuper de la lessive. Elle ne va pas tarder à remonter.

Au même instant, la cuisinière fit son apparition dans l'embrasure de la porte. Elle avait accouru au salon, alertée par les voix. Suivant les instructions de Mme Ongayo, elle disparut aussitôt dans la cuisine pour y préparer du café, et l'arôme corsé emplit bientôt la pièce comme une invitation à la gourmandise. La maîtresse de maison orienta la conversation vers la gastronomie, le temps qu'il faisait et la ville de Comillas. Lorsque le café fut servi, dans des tasses d'une exquise porcelaine anglaise, l'odeur alléchante des *quesadas* encore chaudes les enveloppa comme une invitation aux confidences. À ce moment-là, Oliver et le lieutenant Redondo avaient déjà écouté de nombreuses anecdotes sur la maison. Ils avaient appris que les différentes essences de bois noble qui avaient servi à édifier la charpente avaient été directement importées de Fernando Poo, une ancienne colonie espagnole en Afrique. Le monologue enthousiaste de la vieille dame semblait impossible à interrompre. Elle passait d'un sujet à l'autre avec une aisance admirable. Ils eurent droit à un cours intensif sur les douceurs typiques de la région, à un florilège d'anecdotes sur la ville qu'elle connaissait comme personne, qui leur révéla qu'à peine un an après la découverte de l'ampoule à incandescence par Thomas Alva Edison, Comillas avait été la première ville d'Espagne à bénéficier de l'éclairage public en raison de la visite des rois d'Espagne de l'époque. Après leur avoir raconté non sans fierté qu'en 1881, un jour durant, Comillas avait été la capitale de l'Espagne, lorsque Alfonse XII y avait réuni son Conseil des ministres, la vieille dame évoqua d'autres curiosités de la ville. Par exemple, que le premier téléphone de toute la Cantabrie avait été installé au palais de Sobrellano. Que c'était ici, également, qu'était né le premier terrain de golf de la péninsule Ibérique. Cela ne faisait aucun doute : Mme Ongayo était amoureuse de sa région. Mais une fois le café servi, elle sembla prendre conscience que l'heure était venue d'en venir à ce qui les conduisait là. À l'instant où le lieutenant Redondo s'apprêtait à intervenir, elle qui avait épuisé ses réserves de courtoisie envers la vieille dame, Mme Ongayo prit la parole pour s'enquérir de ce qui avait poussé ses hôtes à lui rendre visite.

— Eh bien, mes enfants. Dites-moi donc ce que me vaut l'honneur de votre présence. Je suppose que vous êtes venus me voir à cause du petit Ange de la Villa Marine.

Pour la seconde fois dans la même journée, comme cela s'était produit avec la mère abbesse, sœur Mercedes, le lieutenant Redondo et Oliver furent pris de court. Ébahis, ils restèrent sans voix quelques secondes, jusqu'à ce que Valentina, qui réussit à ne rien laisser paraître de son trouble, reprenne la conversation avec son calme habituel. Dans le sourire qu'elle adressa à Mme Ongayo, on pouvait lire autant de sang-froid que d'autorité :

— Et je suppose à mon tour que les journaux à scandale vous ont informée avant nous. Je sais qu'ils ont publié plusieurs photos de M. Gordon. Et puisque vous semblez parfaitement au courant des circonstances de cette découverte, laissez-moi vous apporter les éclaircissements nécessaires avant de vous poser quelques questions, si vous n'y voyez pas d'inconvénients.

— Une déclaration dans les règles de l'art, ma chérie? Allons-y. À mon âge, les choses qui comptent vraiment appartiennent au passé. Je ne mentirai qu'en cas d'absolue nécessité, conclut-elle dans un demi-sourire moqueur, sans se départir de son amabilité coutumière.

Redondo soupira imperceptiblement. L'adversaire était joueur, et d'une grande intelligence. Mais elle n'était pas là pour plaisanter : elle avait, en plus du bébé, un cadavre encore chaud qui l'attendait à la morgue, alors qu'un nouveau corps était en passe de les rejoindre, même si les circonstances de sa mort n'étaient pas encore élucidées. Cela ne saurait tarder.

— Vous n'êtes pas sans savoir qu'à la Villa Marine, propriété qui fut un jour la vôtre, le cadavre d'un nouveau-né a été récemment découvert. Les médecins légistes lui font subir en ce moment même une batterie d'examens pour déterminer la datation du corps et tenter d'élucider les causes de son décès. Nous savons que cette maison a été construite en 1948 et que les travaux se sont achevés au cours de l'été 1949. Il n'est pas impossible que le cadavre ait été caché dans la structure de la maison à ce moment-là, mais cette information ne sera pas confirmée tant que nous ne disposerons pas du rapport final de l'autopsie. Nous aimerions savoir, par conséquent, à quelle date vous avez commencé à travailler pour la famille Ongayo en qualité d'employée domestique.

— Employée domestique ? Vous êtes trop aimable, ma chérie. J'étais la bonne, voilà tout. Nous, les bonnes à tout faire, nous nous échinions comme des mules chez nos maîtres comme chez nous d'ailleurs. La vie n'était pas facile dans le temps, pas comme aujourd'hui… J'avais servi chez eux ponctuellement quand j'étais jeune, à dix-sept ou dix-huit ans, mais ce n'est qu'à la fin de l'été 1949 que j'ai commencé à faire véritablement partie du personnel. À ce moment-là, je ne travaillais pas à Suances mais à Torrelavega. Mes maîtres n'allaient à Suances que l'été. J'ai travaillé à la Villa Marine l'été suivant, en 1950. Et j'ai épousé Eladio avant les fêtes, au mois de novembre… C'était le fils aîné de mes maîtres, dit-elle en accentuant avec mépris ce dernier mot, et nous avons reçu la Villa Marine en cadeau de mariage. Mes beaux-parents avaient de nombreuses propriétés, et ils aimaient mieux passer leurs vacances à Santander.

— Je comprends. Et vous n'avez pas la moindre idée de l'origine du cadavre que nous avons retrouvé ?

— J'ai bien peur que non, ma chérie. Si j'avais su quelque chose, j'en aurais déjà averti la garde civile. Qui sait combien de temps nous avons pu vivre sans le savoir près de ce petit ange caché dans notre cave.

— En tout cas, vous n'avez pas passé beaucoup d'étés à la Villa Marine. Nous savons que vous avez offert cette maison au couple que vous aviez engagé pour assurer l'entretien de la villa à l'année. Cette décision nous intrigue… Pourriez-vous nous en parler ?

La vieille dame réfléchit quelques secondes avant de répondre. Elle scrutait le visage d'Oliver.

— Savez-vous que j'ai connu votre mère quand elle était petite? On l'appelait la Princesse Lucía. C'était une enfant délicieuse.

Redondo revint à la charge.

— Pourquoi avoir fait cadeau de cette maison à des inconnus, alors que vous l'aviez reçue avec votre époux comme cadeau de mariage?

Mme Ongayo posa son regard sur le lieutenant.

— Avez-vous des enfants?

— Non, répondit Redondo, qui contenait à grand-peine son impatience.

— C'est dommage. Vous devriez en avoir, ma chérie. C'est le cycle de la vie, ce qui donne du sens au reste. Vous êtes jeune, vous avez du tempérament. Écoutez ce que vous dit la vieille femme que je suis, ne perdez pas de temps. – Mme Ongayo fit une courte pause, consciente d'épuiser la patience de Redondo, et reprit : À l'époque, dans les années 1950, j'étais persuadée que je n'aurais jamais d'enfants. J'étais suivie par un jeune médecin à Santander, qui faisait de son mieux pour me permettre de devenir mère. Hélas, aucun traitement ne donnait de résultat. Le couple de gardiens qui s'est installé à la Villa Marine n'avait pas d'enfants non plus. Ils étaient un peu âgés, déjà. Eh bien figurez-vous qu'ils ont adopté la ravissante Lucía, une enfant qui avait été recueillie au couvent de Santillana del Mar. Cela devait être en 1951 si ma mémoire ne me joue pas des tours. Pour moi, cette fillette était l'image même de la vie, de la joie. C'était un tel bonheur de la voir à chaque visite! Je les considérais, elle et ses parents, comme ma propre famille. Ils me rappelaient la petite fille que j'avais été, et tous ces gens humbles de mon enfance, ces pauvres paysans et ouvriers qui n'avaient pour eux que la dignité de ceux qui travaillent dur. Et quand Lucía est arrivée… Si vous saviez comme elle était mignonne! Mon époux est mort, et j'ai été appelée à assumer moi-même toutes les responsabilités de l'entreprise. Je devais voyager sans cesse, passer des mois entiers en Amérique du Sud, démarcher en Europe, en Russie et même en Asie. Je n'avais pas le temps de m'occuper de mes propriétés. J'en avais tellement, il faut dire ! D'ailleurs je les ai toujours, à de rares exceptions près. Les investissements ont un plus faible rendement de nos jours. Et il faut avouer que j'investis beaucoup moins dans l'immobilier, dit-elle d'un ton sans appel, un geste de la tête à l'appui. Enfin, voilà comment j'en suis venue à confier la maison aux Pereiro, puisque les affaires continuaient à m'appeler aux quatre coins du monde. Ma seule condition, c'était qu'ils y vivent en famille et que la petite Lucía puisse un jour hériter de cette maison. Je tenais à ce qu'elle en dispose comme bon lui semblerait. Comprenez-moi, je voulais offrir un avenir à cette petite fille. Je souhaitais qu'elle ait un avenir très différent de l'horizon austère que j'avais connu dans mon enfance. Cela doit vous sembler absurde. C'est vrai, c'est une idée qui peut paraître fantasque. Mais cette famille représentait d'une certaine façon mon dernier lien à mes origines. Et je les appréciais beaucoup, vous savez.

— Pardonnez-moi de vous dire ça, mais je n'ai pas le souvenir que ma mère ait jamais parlé de vous ? lui dit Oliver d'une voix douce.

Il n'avait pas l'intention d'offenser la vieille dame, qui lui adressa un grand sourire en retour. Elle le tutoyait, indifférente aux formules de politesse qu'il employait pour s'adresser à elle.

— Lucía devait me prendre pour une vieille amie de sa mère. Le genre de personne dont on ne garde aucun souvenir. Que veux-tu, c'est la vie. Et puis ta mère est partie en Angleterre quand elle a rencontré ton père. Elle était très jeune quand ils se sont mariés. À ce moment-là, j'étais accaparée par mes affaires et ma vie privée. J'ai eu le bonheur d'avoir enfin une fille avec mon second mari, contre tous les pronostics des médecins. Ma vie s'est mise à tourner autour d'elle, c'est tout naturel. Mais pas autant que j'aurais voulu, malheureusement. Mon époux est mort quelque temps après sa naissance et je me suis vue dans l'obligation de diriger sans lui les entreprises que nous avions créées ensemble. Une somme de travail qui ne me laissait pas beaucoup de temps à consacrer à ma fille. C'est un équilibre difficile à trouver. L'ambition est un filtre puissant, mon ange. Il est si difficile de s'y soustraire.

Le lieutenant Redondo regarda la vieille dame d'un air sceptique.

— Et pourtant, avant d'offrir la Villa Marine à des étrangers que vous connaissiez à peine, vous auriez pu penser à la léguer à quelqu'un de votre famille. N'aviez-vous pas de frères et sœurs, de cousins ou de parents qui auraient pu bénéficier de votre nouvelle situation ?

— Bien sûr, ma chérie. Mais mon patrimoine était assez grand pour loger dix familles comme la mienne. Et mon père est mort dans les années 1970. Je ne m'entendais pas avec sa femme et je n'ai jamais éprouvé de sentiments véritablement fraternels pour mon demi-frère.

— Votre demi-frère ?

— Je n'ai pas la moindre idée de ce qu'il a pu devenir. La dernière fois que j'ai entendu parler de ce malheureux, c'était pour apprendre qu'il était parti vivre à Carthagène. Cela fera bientôt trente ans. Que le temps passe vite ! Nous n'avons jamais été proches, lui et moi. À sa naissance, j'étais déjà partie travailler dans une maison, enfin servir, comme on disait à l'époque.

— Et votre mère ?

— Ma mère ? soupira Mme Ongayo. Ma mère est morte au cours de la Guerre civile.

— Vous n'aviez pas de frères et sœurs ?

— Bien sûr que si, voyons. À l'époque tout le monde avait des frères et sœurs. Mon grand frère, plus rouge qu'une cerise, a fini par s'exiler en France, ou il a accompli de grandes choses. Mais il est mort d'un cancer du côlon il y a neuf ans. Quant à ma sœur… – La vieille dame fit une courte pause. – Elle est morte il y a longtemps. Peu après mon remariage. Et elle ne m'a pas donné de neveux, voilà pourquoi…

— Je comprends. Et votre fille ? Vous êtes encore en contact avec elle ? Ou vos petits-enfants, peut-être ?

— Ma fille vit à Santander, mais nous nous voyons rarement. Je pense qu'elle me reproche l'enfance que je lui ai fait vivre, la distance qui a toujours existé entre nous… Elle ne comprendra jamais que c'est pour son bien que je l'ai envoyée étudier en Suisse, puis à l'internat d'Oxford… Je n'avais pas le choix, je n'étais jamais à la maison, trop occupée à œuvrer au futur de l'entreprise. Vous savez, c'était la ressource économique principale de la famille. – Le ton attristé de la vieille dame paraissait sincère. – Mais de temps en temps, elle me rend visite. On se promène dans le jardin, ou alors on discute au salon autour d'un café. Avec mon arthrose, je dois m'arrêter tous les vingt mètres… Quel dommage qu'elle ne m'ait pas donné de petits-enfants. – Mme Ongayo se tut à nouveau. – Cela fait des semaines que je ne l'ai pas vue… elle est très occupée, elle a beaucoup de travail à l'hôpital. Ma fille est médecin, vous savez ? Ma consolation, c'est que je partirai de ce bas monde en constatant que la condition de la femme s'est améliorée. Si vous saviez ce que c'était d'être une femme à l'époque ! Enfin.

— Dites-moi… Connaissez-vous Pedro Salas ?

— Pedro Salas ? Ce nom ne me dit rien. C'est quelqu'un de Comillas ?

— Non. Un habitant de Suances. Il est mort cette semaine, on a repêché son corps près de la jetée, à l'embouchure de la ria.

— Mon Dieu. C'était lui, Pedro Salas ? Oui, j'ai lu ce fait divers dans le journal. Mais je n'avais pas retenu son nom. Souvent, les journalistes ne mentionnent que les initiales… Et pourquoi devrais-je connaître ce monsieur ?

— Parce que sa mort pourrait être liée au corps que l'on a découvert à la Villa Marine. Donc indirectement, à vous-même.

— Comment ça ?

— Vous comprendrez sans doute que je ne peux vous en dire plus pour l'instant, dit Redondo en coupant court à ses questions. J'ai seulement besoin de savoir si vous êtes absolument certaine de ne pas connaître cet homme. – Et elle tendit une photo de Pedro Salas à la vieille dame, qui se contenta de secouer la tête. Valentina reprit son interrogatoire : Bien, admettons. Et maintenant, j'aimerais que vous me disiez si le Dr David Viesgo est passé vous rendre visite hier.

— Le Dr Viesgo ? demanda la vieille dame avec une surprise manifeste.

Elle en perdit momentanément sa contenance invulnérable, son aura d'apparente sérénité.

— Oui, répondit-elle. Il est venu en tout début d'après-midi, à l'heure du café, comme vous venez de le faire. Nous sommes de vieux amis. C'est lui, le jeune médecin dont je vous parlais tout à l'heure, celui qui m'a traitée pour me permettre d'avoir une descendance. Ma chérie, je ne vois pas ce que ce brave docteur vient faire là-dedans.

— Je vous en parle parce que le Dr Viesgo a été victime hier d'un regrettable accident de la route. Très probablement en rentrant de chez vous, d'ailleurs.

— Seigneur ! J'espère qu'il ne lui est rien arrivé de grave, répondit la vieille dame.

Oliver sentit que son inquiétude était sincère. Lui-même était très étonné : il n'avait jamais entendu parler de ce médecin.

— J'ai bien peur que si, madame Ongayo, répondit Redondo lentement, en choisissant ses mots avec tact. Il n'a pas survécu. Son corps vient tout juste d'être retrouvé, car la voiture est sortie de la route et a fini sa course à travers champs. Nous sommes désolés de devoir vous l'apprendre.

— Oh non… c'est impossible, dit la vieille dame en hochant la tête, visiblement très touchée. Non, ce n'est pas possible. Mon Dieu, il faut que j'appelle Elena tout de suite. Son épouse. Pauvre Elena !

— Madame Ongayo, poursuivit le lieutenant, je comprends votre douleur, mais j'ai besoin de savoir ce qu'est venu faire le Dr Viesgo chez vous.

La vieille femme, qui avait jusqu'alors une parfaite maîtrise de la situation, semblait soudain perdue, totalement désorientée.

— Ce… ce qu'il est venu faire ? Eh bien, il m'a rendu une visite de courtoisie. Nous étions amis, je vous l'ai déjà dit, pour l'amour de Dieu.

— Auriez-vous abordé un sujet inhabituel ? Vous seriez-vous disputés, par exemple ?

— Qu'allez-vous insinuer ? Que je l'aurais indisposé au point qu'il décide de se suicider au volant ? Lieutenant Redondo, croyez-moi, je ne me sens pas la force de continuer à parler.

— Je comprends, répliqua Redondo d'un ton ferme. Mais vous devez comprendre, vous aussi, que je ne fais que mon travail. Vous l'avez peut-être senti plus soucieux que d'ordinaire ? lui souffla-t-elle, libérant aimablement la vieille dame de tout soupçon.

Oliver n'en croyait pas ses oreilles. Un nouveau cadavre ? Il semblait évident que le lieutenant ne délivrait les informations qu'au compte-goutte. Mais elle le faisait avec un naturel désarmant.

— Pas le moins du monde, déclara la vieille dame. Nous avons évoqué nos vies, des sujets très personnels… Tout était exactement comme d'habitude. Il est très vite reparti, au bout d'une demi-heure, je dirais. Nous avons bu un café, nous avons bavardé un peu, puis il a pris congé. Vous pouvez vérifier auprès de mes assistantes : il n'était pas cinq heures quand il est reparti.

— Je vois. Je parlerai volontiers avec le personnel, si vous n'y voyez pas d'inconvénient.

— Bien sûr que non. Mon Dieu, je n'arrive pas à y croire. Non…

La vieille dame fermait les yeux et niait la réalité de la tête. Le lieutenant ne ralentit pas le rythme :

— Dans ce cas, s'il est venu de Santander pour vous rendre une visite aussi courte, cela laisse supposer que cette dernière était d'une extrême importance. À moins que le Dr Viesgo n'ait eu d'autres choses à faire dans la région. Vous a-t-il dit où il allait ensuite ?

— J'ai bien peur que non. Il est parti, c'est tout. Comme toujours.

— Je comprends. Nous allons avoir besoin de vous dans les jours qui viennent, attendez-vous à ce que nous reprenions contact très prochainement…

— Entendu, coupa la vieille dame d'un geste. Je reste à votre entière disposition. Mais comprenez que pour l'heure, je ne suis plus en mesure de poursuivre cette discussion… ma chérie, j'ai du mal à parler… c'est affreux, ce pauvre David.

Oliver, voyant que le lieutenant Redondo se levait et que son entretien venait de tourner court, se risqua à prendre part à la conversation.

— Madame Ongayo, je ne voudrais pas vous ennuyer dans un moment pareil. Quand vous serez remise de vos émotions, j'aimerais beaucoup discuter avec vous. Je tiens à vous remercier de tout ce que vous avez fait pour ma famille. Et évidemment, d'avoir eu la générosité de lui offrir la Villa Marine.

— C'est très aimable à toi, Oliver. Je te recevrai avec plaisir, répondit la vieille dame manifestement épuisée. – Elle semblait beaucoup plus âgée qu'auparavant, comme ratatinée, mais elle avait encore assez de ressort pour lui manifester son intérêt. – Tu pourras me parler tranquillement de tes nouveaux projets. J'ai lu quelque part que tu pensais en faire un hôtel, est-ce exact ?

— Oui, madame.

La vieille dame le regarda avec douceur. Ses yeux se voilèrent d'une tristesse insondable, puis elle s'appuya contre la baie vitrée de la Casa del Duque et s'évada par la fenêtre. Elle semblait ne plus les voir, et laissa échapper des au revoir dans un murmure.

— Je t'en prie, appelle-moi Jana.

JOURNAL (8)

En septembre 1939, la Guerre civile est terminée. Mais les Allemands ont envahi la Pologne et la Seconde Guerre mondiale vient de commencer. Le monde entier se débat sous les canons et les mitrailleuses. L'Espagne est officiellement exclue de l'échiquier du conflit, toutefois Franco finira par envoyer sa Division bleue sur le front russe en 1940. Cinq mille morts. Qui peut bien se soucier de ces soldats à l'heure actuelle ? Ils ne sont plus que cendres.

Je recommence à m'égarer dans le passé. Ai-je déjà dit que Jana a été obligée de retourner vers les prés qui lui ont servi de berceau, au pied de l'éternelle montagne de Castío ? Sans doute. Voilà comment c'est arrivé :

Un mois et demi après la fin de la Guerre civile, Jana apprit que son père viendrait bientôt la chercher. Sa lettre était brève, mais sans appel. Benigno avait trouvé une femme, il allait l'épouser dans quelques semaines, et il voulait récupérer ses enfants avant la rentrée de septembre. Il n'y avait pas lieu de discuter, il ne céderait pas aux supplications de la tante Amparo. Jana était sa fille, oui ou non ? Cet accord entre eux était temporaire. Saleté de guerre. Saleté de bombe qui détruit une famille en décimant femme et enfants. Oui ou non ? À cette triste loterie, chacun avait le droit de parier sur le bonheur. Et tous cherchaient à récupérer leur part de joie perdue.

Jana pleura, cria, traîna sa dignité d'adolescente dans la fange en suppliant son père. Parce qu'il n'est pas difficile de vivre dans l'obscurité si on n'a jamais vu la lumière du jour. Mais pour peu qu'on ait croqué un seul morceau de sucre, il devient impossible de renoncer à la saveur sucrée. Pour Jana, la misère était l'obscurité, une effrayante muraille de pierre, alors que sa vie à Comillas avait l'éclat du jour. C'était son grain de sucre à elle, un monde qui avait tout d'un conte de fées. Loin de moi l'envie de raconter une histoire triste, je me contenterai seulement de révéler la vérité. Celle qui a façonné le monstre. Il ne nous reste plus beaucoup de temps.

Sans le vouloir, Jana manqua de peu son objectif : elle recommença à s'évanouir à tout bout de champ, les cauchemars et les sueurs nocturnes revinrent hanter ses nuits. Elle appelait sa mère en rêves. Son père fut prêt à céder, sous la menace d'une santé détériorée. Mais ce furent les oncles eux-mêmes, finalement, qui décidèrent de renvoyer Jana. Il devenait évident que la jeune fille était souffrante, et eux deux commençaient à être âgés. Ils mourraient certainement avant de la voir mariée. Les pertes de conscience incessantes de Jana les inquiétaient. Quant à ses regards perdus, durs comme la pierre, ils les troublaient car ils les confrontaient à des ténèbres inconnues.

Jana retrouva sa famille à l'occasion des noces de son père. Le mariage fut une cérémonie des plus simples, avec à peine une douzaine d'invités, dont le prêtre, et un poulet rôti accompagné de riz en guise de banquet. David se montra fort et indépendant, comme étranger à l'éventualité d'un drame, endurci, comme s'il avait déjà l'expérience d'une longue vie derrière lui. Il ne rentrerait pas vivre à Hinojedo. Il allait avoir quinze ans, il était un homme à présent. Il venait de terminer le collège, et il pouvait continuer à travailler à La Tablía, où ses patrons étaient contents de lui.

Clara et Jana, elles, reviendraient vivre au village. Elles allaient devoir habiter dans une maison qui ne ressemblait plus à celle de leur enfance, s'en retourner mener une vie différente, auprès d'une mère qui n'était pas la leur. L'épouse de Benigno avait vingt-cinq ans. Elle était fine, avec des yeux noirs et une longue chevelure brune qui semblait contredire son nom, Aurora. Elle les reçut avec un sourire aimable, tenta de s'attirer leur sympathie, mais la tâche était loin d'être facile, et le rejet initial était pratiquement assuré : de menus tracas domestiques.

Jana, en ce mois de septembre qui changea si radicalement ses habitudes, se mit à haïr progressivement sa nouvelle vie. Elle n'avait plus de chambre à elle, plus de poisson frais tous les matins. Elle regrettait les joyeuses balades à travers les rues de Comillas. C'en était fini de l'insouciance, elle se retrouvait confinée à la maison sous les ordres d'une inconnue, avec un travail écrasant au potager, des levers à l'aube pour s'occuper des bêtes, de longs allers et retours jusqu'au village minier de Reocín pour aller chercher les kilos de patates que leur concédait la carte de rationnement. Clara et elle montaient dans un train de wagons vides, puisque la pyrite et la blende avaient été déchargées à l'usine asturienne de zinc d'Hinojedo, et en redescendaient à Reocín, huit kilomètres plus haut. Les deux sœurs récupéraient les précieux tubercules et les rapportaient à la maison à pied, puisque les wagons repartaient chargés de minerais. Voilà la rude vie qui tannait le cœur des femmes du Nord en ce temps-là.

L'après-guerre se révéla bien plus cruel et misérable que la guerre elle-même. Il n'y avait qu'à voir comment fonctionnait la carte de rationnement instaurée par le gouvernement, dont le montant était déduit chaque mois de la paie de Benigno à l'usine. Elle permettait théoriquement d'obtenir les produits de base à des prix raisonnables. En réalité, les denrées étaient de piètre qualité, ce qui eut pour effet de faire flamber le marché noir. Le Straperlo, comme on l'appelait en ce temps-là, se développa à une vitesse fulgurante que rien ne semblait pouvoir arrêter. Les prix étaient exorbitants, absolument hors de portée de la plupart des familles. Le rationnement dura plus de dix ans, jusqu'en 1951 : le pain noir était immangeable, les lentilles infestées de charançons – ce redoutable petit insecte noir comme des nuits sans étoiles – et le riz grouillait de vers blancs.

Jana et sa famille ne pouvaient rien acheter au marché noir. Ils avaient la chance, en revanche, de pouvoir compter sur leurs champs et sur le lait de leurs vaches : cela rendait la misère moins insoutenable qu'elle ne l'était en ville. Les femmes supportaient tout, acceptaient tout, elles cultivaient les potagers, élevaient les bêtes, cuisinaient, lavaient et cousaient à leurs moments perdus pour gagner un peu d'argent. Elles ne répondaient jamais à leur mari, ne se plaignaient pas. Les hommes s'éveillaient avant le chant du coq, et les malheureux qui avaient la chance d'être ouvriers, comme Benigno, gagnaient leur pain quotidien à l'usine.

Mais Clara et Jana ne semblaient pas prêtes à suivre ce destin tout tracé. Peut-être était-ce l'indépendance qu'elles avaient connue dans leur tendre enfance qui les avait dotées de ce goût d'autre chose, de cet instinct rebelle.

Peut-être étaient-ce ces heures interminables qu'elles passaient à discuter de ce qu'elles feraient plus tard, quand elles rêvaient d'un destin irréalisable qu'elles auraient voulu toucher du doigt.

Peut-être était-ce la jeunesse de leur belle-mère, qui ne les intimidait pas assez, en dépit des volées de balai ou des gifles qu'il lui arrivait de donner aux jeunes filles pour les rappeler à l'ordre. Les châtiments corporels étaient fréquents à l'époque, n'allons pas faire les délicats devant les méthodes éducatives de l'Espagne triste.

La roue du temps passait inexorablement, et de rares instants de joie ponctuaient les jours. La vie était ainsi faite, semblable à une longue nuit de pierre.

Au mois de mai 1940, un an après la fin officielle de la Guerre civile, Benigno et Aurora avaient annoncé discrètement qu'ils attendaient un enfant pour l'automne. La nouvelle suscita une curieuse indifférence chez les deux jeunes filles de la maison, à peine dissimulée sous des mots aimables et des félicitations peu enthousiastes.

Ce fut aussi par l'une de ces belles journées de printemps qu'arriva une lettre pour Jana. Clara, Jana et Aurora se trouvaient à la cuisine.

Écoute bien ces tambours de l'âme.

— On peut savoir qui est ce Luis ? dit Aurora en déchirant l'enveloppe.

— Comment ça, qui est ce Luis ? Luis ? Cette lettre est pour moi ? demande Jana.

Le rouge aux joues, elle avance vers sa belle-mère.

— Oui demoiselle, c'est écrit Jana Fernández en toutes lettres. Tu n'as pas perdu ton temps à Comillas, dis-moi ! Tu vas voir un peu quand ton père l'apprendra ! s'exclame Aurora, en levant le bras pour mettre la lettre hors de portée de Jana.

— Laisse-moi la lire, s'il te plaît. Cette lettre est à moi !

— Tu es bien effrontée jeune fille. Tu n'as pas encore douze ans ! Ton père t'autorise-t-il à fréquenter des garçons à ton âge ? Cette lettre, c'est ton père qui la lira. Ensuite, on verra. J'aimerais bien savoir ce que te veut ce "Luis", parce qu'il commence par un "ma petite duchesse chérie", hein, je viens de le lire de mes propres yeux, dit Aurora en ricanant, tout en repoussant Jana qui tente une nouvelle fois de s'emparer de la lettre.

Clara intervient. Elle parle lentement mais de façon ferme, presque anachronique : ce n'est pas la voix d'une enfant de treize ans.

— Pose cette lettre sur la table. Tu n'es pas notre mère. Cette lettre ne t'est pas destinée. Et tu n'as pas intérêt à toucher ma sœur, dit-elle d'une voix glaciale et déterminée, en dotant chaque syllabe d'une sonorité particulière.

Aurora se fige sur place. Comment cette petite sotte ose-t-elle lui parler sur ce ton ? Quelles dévergondées, ces deux-là ! Elle lève les yeux sur Clara, s'apprêtant à la faire taire par quelques formules autoritaires, mais reste paralysée. Le regard transparent de Clara ne laisse pas de place au doute : elle ne plaisante pas. Elle a une main sur la table, l'autre posée sur le couteau dont elle se servait tout à l'heure pour peler les patates. Elle serre le manche du couteau de toutes ses forces, comme si elle tentait de contenir une rage indescriptible.

Jana s'approche d'Aurora, lui arrache la lettre des mains et se met à parler, extrêmement lentement :

— Cette lettre est à moi. Et toi, tu n'es pas ma mère.

Elle plante son regard dans celui d'Aurora, à quelques centimètres de ses yeux noirs. Silence. Deux, trois, quatre secondes s'écoulent ainsi. Jana semble comprendre qu'elle doit à tout prix endormir la bête pour reprendre contact avec la réalité.

— Si tu es d'accord, dit-elle sans quitter Aurora des yeux, nous donnerons cette lettre à mon père quand il rentrera. Je sais qu'il me donnera la permission de répondre. – Jana baisse la tête, croise une seconde le regard de Clara, et détend d'un cran l'atmosphère pesante comme du sang coagulé. – Luis est un garçon de la bande. Je les connais bien, ils se retrouvent toujours entre copains au café de ma tante Amparo. Il m'écrit certainement pour savoir si nous viendrons à Comillas pour les fêtes de la mer, je crois qu'elles ont lieu en juillet…

— Oui, c'est la procession du patron des pêcheurs, le Christ de Comillas ; ils installent un mât savonné qui dépasse du quai, à l'horizontale, et il faut avancer en équilibre jusqu'au bout sans déraper, tu ne connais pas ce jeu ? intervient Clara, qui fait un pas vers Aurora.

Son visage a changé d'expression : elle est redevenue parfaitement angélique et innocente. Elle s'arrête à moins de trente centimètres de sa belle-mère. Le couteau à la main.

— Oui, j'ai entendu parler de ces fêtes d'été. – Aurora reprend ses esprits et recule d'un pas, l'âme glacée et le cœur brûlant dans sa poitrine. – Vous expliquerez tout ça à votre père lorsqu'il rentrera. Et toi, Jana, tu lui donneras la lettre, car tu n'as pas l'âge de fréquenter des garçons, dit-elle en tentant de reconstruire un semblant d'autorité dans le timbre de sa voix. C'est lui qui décidera, après tout, j'ai bien trop à faire pour me mêler de vos histoires, ajoute-t-elle en sortant de la cuisine. Elle marche vers le potager, échappant aux deux filles qui viennent de lui causer la plus grande frayeur de sa vie.

Aurora réfléchit à toute vitesse, les idées se bousculent dans sa tête. Clara et Jana grandissent vite, elles sont plus mûres qu'il n'y paraît. À quatorze ans, elles auront terminé le collège. Elle décide, sur le chemin qui la conduit au potager, qu'elle fera son possible pour qu'elles quittent la maison au plus vite. Elles devront partir loin d'elle et du bébé qu'elle attend. Décidément, quelque chose ne tourne pas rond chez les enfants de la guerre.

Deux jours après cet épisode, Jana a lu et relu cent fois la lettre de Luis, et son père, qui n'a plus le courage de livrer de nouvelles batailles, l'autorise à répondre à son ami. Les lettres doivent d'abord passer par ses mains : la censure paternelle est sa seule condition. De toute façon, ce Luis n'est qu'un gosse qui vit à plus de vingt-cinq kilomètres de là. Une route tortueuse en très mauvais état le sépare de sa fille, il ne risque donc pas d'aller faire trois heures à pied pour lui conter fleurette. Ce n'est qu'une passade, un caprice de gamins.

Et ce caprice disait la chose suivante, d'une calligraphie hésitante :

Ma petite duchesse chérie,

J'ai demandé à ta tante ton adresse à Hinojedo pour pouvoir t'écrire. Tu ne vas pas le prendre mal, hein ? Elle me l'a donnée sans hésiter.

Je me rappelle tous ces après-midis qu'on passait à discuter au café, et je te vois encore te moquer des garçons qui jouaient à saute-mouton sur les quais quand ils se cassaient la figure. Une fois, vous aviez dû soigner le genou de Dieguito avec ta tante, tu te rappelles ? Il vient de partir à San Sebastián, ses parents l'ont envoyé étudier chez son oncle.

Chaque fois que le bateau passe devant la Casa del Duque, je pense à toi. Tu sais, les propriétaires sont repartis au Venezuela.

Moi, je pêche toujours avec Marcial, mon patron, et il me laisse souvent prendre la barre. Il y a du poisson en ce moment, la pêche est bonne. Ça fait bien trop longtemps que tu es partie, tu nous manques terriblement par ici. J'aimais te voir sur le port, j'aimais te voir travailler au café. Les filles de ton école sont passées prendre de tes nouvelles chez Mme Amparo, et elle leur a dit que tu viendrais peut-être pour les fêtes d'été avec ta grande sœur. Dis, elle est aussi jolie que toi, ta sœur ? Je demande au cas où. Par curiosité, et aussi pour voir si j'arrive à te mettre en colère : ça te rend encore plus belle.

Avant ton départ, l'autre jour, je t'ai demandé si je pouvais t'embrasser et je pense que tu m'as mal compris, parce que ta gifle m'a fait terriblement mal. Le lendemain, ma joue était encore rouge quand j'ai pris la mer.

Tu veux bien que je continue à t'écrire ? Viendras-tu pour les fêtes d'été ? J'aimerais bien le savoir pour le dire aux filles de ta classe, qui n'arrêtent pas de m'ennuyer avec ça.

Un baiser de ton ami,

Luis.

Clara et Jana sont allongées au pied du Castío, cette montagne qui, sans le savoir, fait partie de leur vie, de leur chair, de leur histoire. Il commence à faire chaud. On distingue à peine les deux sœurs entre les fenouils sauvages et les herbes tendres, seul le ciel a le pouvoir de les contempler tout entières. Un ciel bleu qui les observe dans le silence de son immensité tranquille.

— Si tu veux aller à Comillas, on y va, dit Clara, sans regarder Jana.

Elle est fascinée par le défilé des nuages qui semblent sur le point de s'évaporer.

— Papa ne nous laissera jamais y aller.

— Mais si, tu verras. Les cours seront finis. Et María peut nous accompagner. Elle y va en bus, tu sais ? Toute sa famille vient de Comillas.

— Quelle María, notre professeur ? demande Jana, surprise.

Clara répond en riant :

— Professeur ? Elle est tout juste bonne à nous faire réciter les leçons, je peux t'assurer qu'elle n'est pas professeur pour un sou. Elle ne sait même pas coudre, tu n'as pas remarqué ?

— Non.

— Il faut te réveiller, Jana. Je te le répète : si tu veux aller à Comillas, on ira toutes les deux. Mais jure-moi ne pas tomber amoureuse d'un pêcheur.

— Je ne suis pas amoureuse, moi.

— À d'autres. Et cette lettre que tu caches dans ton tablier ?

— T'es jalouse, c'est tout.

— Non, Jana. Je te dis seulement que tu ne peux pas sourire au premier malheureux venu. Tu veux finir avec un homme comme papa ?

— Qu'est-ce que tu racontes. Et d'abord qu'est-ce qu'il a, papa ?

— Papa ? Rien. Rien de rien, dit-elle en appuyant les syllabes avec rage. Il a du travail à faire, de la misère à revendre, et des enfants qu'il place à droite à gauche quand ça l'arrange.

— Clara, arrête de dire n'importe quoi. C'est la faute à la guerre, tout ça. C'est la guerre qui a pris maman et Toñin. Tu es méchante. Je ne comprends pas comment tu peux dire ça.

— Quelle guerre ? On est en guerre, là, peut-être ? Parce que je ne sais pas si tu as remarqué, mais on travaille exactement comme avant. Et moi, j'ai vu comment vivent les gens de la ville. Ici, c'est juste pour les pauvres et les paysans. Tu ne sais pas qu'ils nous appellent comme ça, les paysans ? Eh bien, tu le sais, maintenant.

— On peut être paysan et vivre dignement. Tu es méchante de dire du mal de papa.

— Non, je ne suis pas méchante. Il ne s'est pas occupé de nous alors que c'était son devoir. Il ne m'a pas laissée prendre les rênes de la maison. J'aurais très bien pu m'occuper du ménage et prendre soin de vous. Mais il a dit non. Tu sais ce qu'on va faire ?

— Non, quoi ?

— On va se marier.

— Comment ça, se marier ? Mais on n'a pas l'âge ! Tu n'as pas seize ans !

— J'ai pas dit tout de suite, t'es bête. On se mariera un jour. Avec un éleveur ou, encore mieux, avec un fils de bonne famille.

— Un éleveur, tu dis ?

— Oui mais attends, pas n'importe qui. Je ne pense pas à ces paysans qui se vantent d'avoir cinq vaches dans un pré et deux porcs dans l'étable, non. Je parle de quelqu'un qui aurait un troupeau, un élevage de cinquante têtes. Sans compter les porcs, pour tuer le cochon chaque année et ne jamais manquer de viande salée pendant l'hiver.

Jana éclate de rire, croyant à une plaisanterie. Elle pense au travail de son frère David :

— Il ne nous reste plus qu'à aller vivre à La Tablía, alors !

— Et pourquoi pas ? dit Clara, absolument déterminée. À moins d'épouser un fils de bonne famille.

— Évidemment. Un fils de bonne famille, pourquoi pas. Et tant qu'à faire, un homme qui porte le gilet. Mais dis, tu t'y prendras comment pour le séduire ? Tu crois qu'il te remarquera avec tes sandales de pauvrette, ta jupe taillée dans des sacs de farine et ton odeur d'étable ? Moi aussi j'en ai vu à Comillas, des fils de bonne famille. J'osais même pas croiser leurs yeux : j'avais trop peur de les salir. Ces gens-là ne vont pas aux fêtes du port, de toute manière. Ils ne se mélangent pas.

— Ce que tu peux être bête, Jana. Pourquoi crois-tu que les filles vont se placer à la capitale ? Elles partent à la chasse au mari, pardi ! Regarde Tensia, notre cousine : à dix-sept ans, elle se marie le mois prochain. Elle va épouser le fils de la famille Conde, tu sais, ceux qui dirigent l'usine de matelas ?

— Ils sont peut-être tombés amoureux.

— Elle lui a fait un enfant, idiote. Au cas où tu ne comprendrais toujours pas, tout le monde sait maintenant pourquoi elle porte ces blouses trop larges. Elle doit en être au cinquième mois, la dévergondée.

Jana, scandalisée, porte sa main à sa bouche comme pour retenir un secret. Clara rit aux éclats.

— J'espère que tu as compris, oublie les pêcheurs misérables. Il faut viser plus haut : des éleveurs, des fils de bonne famille. J'irai servir en ville dès que j'aurai fini l'école, l'an prochain. Je connais le métier, et je pourrai compter sur les références de grand-mère Julia. Ensuite, je te placerai. Et même si on ne réussit pas à dégoter un mari, on travaillera moins et on ne manquera de rien, ça c'est sûr.

— Tu es complètement folle, dit Jana en souriant.

— Pas du tout. Moi, je réfléchis, c'est tout. Et je pense à toi, dit Clara, redevenue sérieuse.

Elle laisse passer quelques secondes et sourit largement :

— Enfin, j'espère au moins qu'il est mignon, ce Luis !

Elle se moque de Jana en la chatouillant un peu. Les deux sœurs rient et se donnent des coups de coude complices. Le silence revient, et elles se remettent à contempler le ciel, qui écoute leur conversation sans broncher. L'avenir semble plein de promesses.

L'esprit féminin est un labyrinthe tortueux qui peut surpasser cent fois la ruse masculine. Sais-tu ce qui a le pouvoir de geler le cœur d'une femme et de la rendre impitoyable ?

L'ambition.

Trois ronces vivent l'âge d'un chien.
Trois chiens vivent l'âge d'un cheval.
Trois chevaux vivent l'âge d'un homme.
Trois hommes vivent l'âge d'un aigle.
Trois aigles vivent l'âge d'un if.
Un if vit une ère entière.
Sept ères séparent la création du monde du Jugement dernier.

Proverbe anglais

Empoisonné.

Valentina Redondo prit une grande inspiration et laissa l'air s'échapper lentement, réfléchissant aux éléments dont elle disposait pour l'instant. La réunion allait commencer dans moins d'une demi-heure. Elle avait convoqué toute l'équipe de la brigade des enquêtes criminelles au groupement de Cantabrie de Santander. Elle les attendait à huit heures précises.

La veille, après qu'elle eut déposé Oliver Gordon à la Villa Marine, le sergent Riveiro l'avait appelée sur son portable. Le Dr Viesgo était mort empoisonné. Le poison n'avait pas encore été identifié. C'était probablement un poison végétal, lesquels par malchance sont les plus difficiles à détecter : de la jusquiame, de la belladone ou du pavot. L'accident de la route avait été absolument secondaire, une conséquence inévitable de la perte de connaissance de la victime. Le docteur était très probablement mort avant que le figuier centenaire ne donne un coup d'arrêt définitif à la course folle de la voiture. Si la presse apprenait la nouvelle, cela risquait de faire du bruit. Les agents de l'Unité centrale opérationnelle de Madrid allaient vouloir s'en mêler ou du moins le laisseraient entendre. Non, il n'en était pas question, il fallait à tout prix que son équipe arrive à résoudre cette affaire, se répétait Valentina. Il fallait agir vite. Pour couronner le tout, Sabadelle venait de l'informer qu'il était rentré bredouille de sa visite au musée : il n'avait trouvé aucun indice qui puisse expliquer la présence d'un dieu bienveillant, divinité de la chance et de la pluie, dans le linceul d'un bébé à la Villa Marine. Le mystère restait entier. Et les informations récoltées par les autres agents la veille n'avaient fait qu'ajouter de nouvelles inconnues à l'enquête. Après la réunion, elle avait prévu de se rendre directement à l'Institut de médecine légale afin de s'entretenir avec Clara Múgica. Elle avait besoin de connaître les résultats des expertises de toute urgence. La clé pouvait se trouver dans le plus infime détail, une simple information pouvait devenir le point d'inflexion de l'enquête, celui qui lui permettrait d'avancer enfin dans la bonne direction. Elle n'hésiterait pas à s'adresser à un laboratoire privé, si nécessaire : ce ne serait pas la première fois. Elle n'avait vraiment pas envie d'avoir les agents de l'UCO dans les pattes. Ou du moins pas dans l'immédiat : l'enquête avait moins d'une semaine, puisqu'elle avait démarré avec la découverte du nourrisson de la Villa Marine, et la brigade n'avait été chargée de l'affaire qu'à l'apparition de Pedro Salas dans la ria, il y a trois jours. Elle ne doutait pas de la compétence des agents de l'UCO, l'élite de la garde civile en Espagne et même en Europe, mais elle savait que sa propre équipe était rapide et efficace. C'était une question de temps. Elle ne cherchait pas à gagner de médaille, savait pertinemment que ni elle ni la brigade des enquêtes criminelles ne recevraient la moindre distinction s'ils parvenaient à résoudre cette affaire. Personne ne parlerait d'eux dans les journaux : ils étaient de simples soldats, une institution sans personnalité identifiable, un corps de service public dépourvu d'identité individuelle. Tout pour la patrie. Mais pour Valentina, le défi était très personnel : elle voulait prouver qu'elle était capable d'élucider des affaires criminelles, démontrer qu'elle pouvait faire preuve d'une efficacité irréprochable. Lorsque le juge Jorge Talavera l'avait appelée ce soir-là pour se tenir au courant des progrès de l'enquête, elle s'était sentie vulnérable, comme une petite fille qui rapporte de mauvaises notes à ses parents, car elle n'avait pas d'avancées concrètes à lui présenter. Par chance, cela n'avait pas conduit le juge à penser que son équipe était incompétente. Il lui avait laissé le champ libre pour déléguer les examens médicolégaux urgents à des laboratoires privés. Il lui avait promis d'accélérer les démarches auprès de l'opérateur téléphonique de Pedro Salas, sans oublier l'opérateur de David Viesgo, le médecin empoisonné. Valentina savait qu'elle était victime de son obsession maladive de la perfection, de sa manie de l'ordre et du contrôle. Elle aurait souhaité que personne ne devine ses faiblesses, et pourtant certains jours, sa concentration méfiante parlait d'elle-même. Dans ces moments-là, Valentina était à ce point absorbée dans ses réflexions, à chercher inlassablement des réponses, qu'elle se laissait percer à jour par les autres.

À huit heures précises, l'équipe au grand complet se trouvait réunie dans une annexe de son bureau, où elle avait accroché une grande carte près d'un tableau noir. Après les salutations de rigueur, le sergent Riveiro, le sous-lieutenant Sabadelle, le caporal Roberto Camargo et les agents Marta Torres et Alberto Zubizarreta, qui étaient les benjamins de l'équipe, prirent place sur les chaises qu'elle avait disposées tout spécialement pour la réunion.

— Bonjour, nous allons procéder à la vérification de toute l'information disponible afin de redéfinir les grandes lignes de l'enquête, annonça Redondo en guise d'entrée en matière.

Sabadelle émit son claquement de langue particulier, dont personne n'aurait pu dire avec certitude s'il servait à exprimer son accord ou un ennui profond.

— Sabadelle, si je vous reprends à faire encore une fois ce bruit, je vous coupe la langue avec un sabre. J'espère que c'est assez clair, dit le lieutenant d'une voix glaciale, avec une rage contenue qui, étrangement, ne troublait pas l'expression sereine de son visage.

Un silence lui répondit. Sabadelle n'était pas précisément recherché pour sa compagnie, il avait l'habitude de prendre ses supérieurs de haut, mais cette fois, le sous-lieutenant avait l'air accablé. Alors qu'il tentait de reprendre contenance sur sa chaise, les joues enflammées d'un mélange de honte et de colère, Sabadelle se composa un sourire forcé : la réunion commençait plutôt mal.

— Comme je vous le disais, nous allons mettre sur la table tous les éléments en notre possession de façon à travailler le plus efficacement possible, dit Redondo.

Elle se tourna vers le tableau où elle avait préparé un schéma qui reliait les lieux et les noms de famille par des flèches.

Elle poursuivit :

— Le jeudi 4 juillet, le cadavre d'un bébé *semi-momifié* a été découvert par hasard dans une maison de Suances, la Villa Marine. D'après les premiers examens effectués par les médecins légistes, le corps s'est décomposé à l'endroit même où il a été déposé après son décès. Cela signifie que nous pouvons d'ores et déjà éliminer la possibilité que le propriétaire de la maison ou l'un des ouvriers qui travaillent actuellement sur le chantier aient pu cacher le corps à cet endroit récemment. D'après des estimations qui restent encore à confirmer, le corps daterait de cinquante à soixante ans. Le symbole aztèque retrouvé près du cadavre représente le dieu Tlaloc, une sorte de divinité porte-bonheur de l'ère précolombienne, mais le mystère de sa présence dans le linceul reste entier. Nous en saurons probablement davantage lorsque nous connaîtrons son origine. Sabadelle, dit-elle en regardant le sous-lieutenant, dont la rougeur ne s'était pas encore dissipée, pourriez-vous vous charger d'élucider ce point ?

— J'y travaille, lieutenant, s'empressa-t-il de répondre, avec un fond de rancœur dans les yeux. Mes contacts à l'université me rappelleront demain pour me dire s'ils ont trouvé quelque chose. J'ai longuement discuté avec des collègues experts en patrimoine, ainsi qu'avec des spécialistes des divinités sud-américaines. On m'a parlé d'un professeur du département d'humanités, histoire et philosophie des religions de l'université de Deusto, à Bilbao. Sa thèse de doctorat porte sur les relations entre l'Espagne et les divinités sud-américaines. Ce chercheur s'est intéressé aux interactions culturelles suscitées par l'émigration espagnole dans le Nouveau Monde, et le retour des *indianos* dans la péninsule Ibérique…

— Parfait, le coupa Redondo, qui prit le temps de soupeser l'information, vous n'aurez qu'à l'appeler dès la fin de cette réunion. Si nécessaire, vous partirez à Bilbao dès la fin de cette réunion. Je vous laisse vous organiser comme bon vous semble, mais je veux pouvoir compter sur des éléments concrets à midi sans faute, conclut-elle, sans lui laisser le loisir de répondre. – Son regard revint aux personnes présentes. – Je reprends : une fois le corps localisé au sous-sol de la Villa Marine, les fouilles effectuées dans la maison par des agents équipés de géoradars ont permis d'écarter l'éventualité de la présence d'autres cadavres dans la propriété, y compris dans le chalet occupé par M. Gordon. Nous sommes en mesure d'affirmer que la présente dissimulation de cadavre, qui n'implique pas nécessairement un homicide, il faudra tirer cela au clair, est un fait isolé. – Son regard se posa tour à tour sur chacun des membres de l'équipe, récoltant des hochements de tête. – Le dimanche 7 juillet, entre sept heures et neuf heures du matin, Pedro Salas a été assassiné. On a retrouvé le corps de cet habitant de Suances en mer, près de l'embouchure de la ria, plus précisément échoué contre les rochers de la jetée. Pedro Salas est mort d'une balle tirée à bout portant par un revolver de calibre .38, d'après les premières informations. Les résultats définitifs de l'expertise balistique nous le confirmeront. Nous savons qu'il est mort noyé en quelques minutes, ce qui laisse supposer, puisque le corps a été retrouvé entre deux gros rochers de la digue, qu'il a été abattu à cet endroit ou alors non loin de là, avant d'être transporté sur la jetée. Cette deuxième possibilité, à moins de considérer qu'il ait été assassiné puis jeté d'un bateau, nous paraît peu probable : on ne peut pas accéder au bout de la jetée en voiture. D'ailleurs, un individu portant seul le poids d'un corps aurait certainement attiré l'attention, même si la jetée n'est pas très fréquentée à cette heure-là. Mais dans ce cas, on aurait dû retrouver des traces de sang sur le ciment : or ce n'est pas le cas.

— J'avais pensé recontacter ce matin les hôtels des environs, pour savoir si un client n'avait pas remarqué quelque chose, l'interrompit Riveiro sans lever les yeux de ses notes.

— Très bien, acquiesça le lieutenant, mais nous y reviendrons tout à l'heure lorsque nous nous répartirons les tâches nous pour nous répartir le travail. Un détail me laisse perplexe : compte tenu du nombre d'estivants à Suances en cette saison, quelqu'un aurait dû repérer le corps. Il a pratiquement passé un jour et demi coincé sous les rochers de la jetée.

— J'ai peut-être une explication, l'interrompit une nouvelle fois Riveiro.

Sans lâcher Redondo des yeux, il commença à expliquer à toute l'équipe, exactement comme le vieux pêcheur Antonio Rúa l'avait fait la veille, qu'il y avait une marée particulièrement calme ce dimanche-là. La quantité d'algues qui s'était accumulée sur la digue avait pu camoufler le cadavre, empêchant quiconque de l'apercevoir au milieu de la végétation aquatique.

— Ce n'est pas impossible, concéda le lieutenant, mais ce serait une curieuse coïncidence, surtout pour qui connaît la mer Cantabrique. Toutefois, l'explication me paraît plausible. Gardons-nous de prendre ce raisonnement pour un fait avéré, même s'il ne manque pas de logique. Je reprends : Pedro Salas n'avait pas de casier judiciaire. Il était veuf, père de deux enfants, et avait toujours vécu à Suances. Ces derniers ont déclaré que leur père leur versait chaque mois entre cinq cents et six cents euros. Or le salaire mensuel de ce pêcheur s'élevait à mille deux cents euros environ, ce qui signifie que le compte n'y est pas. Pedro Salas devait pouvoir compter sur des ressources supplémentaires régulières, et pour l'instant rien n'indique que cet argent puisse provenir de la contrebande. Nous allons devoir enquêter en détail sur sa vie, sa famille, ses antécédents personnels, et surtout, vérifier auprès de ses enfants à quelle date il a commencé à se montrer si généreux. Peut-être tenons-nous là un élément crucial de l'enquête, dit-elle, pensive, en se tournant vers Riveiro. A-t-on appris quelque chose d'intéressant sur l'ordinateur de Pedro Salas ?

— Je n'ai pas eu le temps de vérifier le contenu du disque dur. À vrai dire, j'ai commencé seulement ce matin. Mais un détail m'a frappé : en plus de tous les articles disponibles en ligne sur le cadavre de la Villa Marine, et des recherches que Pedro Salas a effectuées ces derniers jours sur Oliver Gordon, plusieurs fichiers concernant l'entreprise Anchois Ongayo sont enregistrés dans ses documents.

— Encore un lien que l'on ne soupçonnait pas. Cette affaire est plus vaste qu'elle n'en a l'air, commenta le lieutenant, comme si elle pensait à haute voix. – Elle inscrivit cette nouvelle information sur le tableau noir. – De quel genre de fichier s'agit-il ? demanda-t-elle.

— D'après ce que j'ai pu lire, cela ressemble à des articles tirés de la rubrique Économie des quotidiens régionaux. Il y a des articles du *Diario Montañés*, du *Faro de Cantabria* et même du *Cantabria Diario*.

— Et vous n'avez pas trouvé de recherches ni de fichiers concernant Mme Ongayo elle-même ? Seulement sur son entreprise ?

— Pas pour le moment, non. Mais je viens juste de commencer, je suis sorti trop tard hier de l'Institut de médecine légale.

— Inutile de vous excuser, lui dit Redondo. – Elle se montrait intransigeante avec la ponctualité, mais elle admettait que ses collaborateurs dorment pour pouvoir travailler à tête reposée. Elle médita sur ce nouvel élément quelques secondes. Qu'est-ce qui pouvait bien pousser un vieux pêcheur à suivre de si près les résultats économiques d'une fabrique d'anchois ? À son âge, il était peu probable qu'il cherche à s'y faire embaucher. Du chantage ? – Nous devrons réfléchir à l'éventualité que Pedro Salas se soit livré, d'une façon ou d'une autre, à une extorsion de fonds envers l'entreprise Anchois Ongayo, dit-elle, les yeux posés sur Riveiro. On ne peut exclure d'emblée cette possibilité.

Les agents acquiescèrent pratiquement à l'unisson, à l'exception de Sabadelle qui faillit faire claquer sa langue, avant de se raviser à l'idée du sabre qui s'abattrait sur lui.

— Bien, poursuivons, dit Valentina Redondo après avoir jeté un rapide coup d'œil à l'horloge murale qui égrenait les minutes. Quand j'aurai fini mon exposé, je vous laisserai la parole pour que chacun d'entre vous fasse part de ses commentaires, de ses intuitions et éventuellement, de ses questions.

L'équipe de la brigade des enquêtes criminelles acquiesça de plus belle, y compris Sabadelle qui se tortillait dans sa chaise sans réussir à trouver de position confortable.

— Récapitulons : jeudi, nous découvrons le cadavre d'un bébé. Dimanche, au petit matin, Pedro Salas est abattu à Suances, et son corps est signalé le lendemain matin à l'aube, près de la jetée de la ria. Mardi 9 juillet, le propriétaire de la maison, Oliver Gordon, passe chercher les documents officiels de la Villa Marine chez son avocat, et ce dernier lui révèle de nouvelles informations sur ses antécédents familiaux. Ce fait a été confirmé par le caporal Camargo, qui est s'est rendu hier au cabinet de San Román, l'avocat de Santander, dit-elle les yeux tournés vers le caporal, qui acquiesça d'un hochement de tête. Peu après, M. Gordon se rend au groupement où il fait sa déposition auprès de Sabadelle, Riveiro et moi-même. Mercredi 10 juillet, soit le lendemain, M. Gordon nous retrouve à neuf heures du matin. Nous passons la journée à Santillana del Mar puis à Comillas. Le soir venu, je le dépose à la Villa Marine aux alentours de vingt heures trente, ce qui signifie qu'il a un alibi pour l'après-midi du mardi aussi bien que pour la journée du mercredi, puisqu'il était presque vingt et une heures lorsque je suis repartie. Ces précisions horaires pourront s'avérer capitales lorsque le laboratoire transmettra de nouveaux éléments sur le poison qui a entraîné la mort du Dr Viesgo. *A priori*, son décès a eu lieu mardi après-midi, même si les agents de Suances n'ont retrouvé son corps que le lendemain. L'heure exacte de sa mort reste à déterminer.

Redondo se tut, se concentra un instant sur ses notes et scruta le schéma au tableau, comme pour vérifier qu'elle n'avait rien oublié. Elle poursuivit :

— Mme Ongayo avait l'air sincèrement surprise lorsque nous lui avons annoncé la mort du médecin. Elle était consternée par la nouvelle. Mais gardons à l'esprit qu'il s'agit d'une femme rouée aux négociations, aux mensonges et à la manipulation. J'ai le sentiment qu'elle nous a menti à plusieurs reprises lors de ses déclarations, mais rien ne nous permet de l'incriminer pour l'instant. Ce ne sont que de simples conjectures.

Redondo inspira profondément, comme pour clarifier ses idées avant de reprendre le fil de son exposé.

— Tout ce que l'on sait pour l'instant, c'est que nous avons trois cadavres sur les bras. La découverte du premier corps, qui date probablement de plus de cinquante ans, semble avoir été le détonateur des homicides suivants. Nous ne pouvons exclure qu'il y en ait eu d'autres entre-temps. Pedro Salas avait soixante-quatre ans. David Viesgo, soixante-douze. L'âge des victimes nous laisse supposer que l'assassin aurait entre soixante et soixante-quinze ans. Il s'agit sans doute d'un psychopathe, bien que dans son cas, sa ligne d'action semble moins définie par sa pathologie mentale que par le lien qui unit les victimes entre elles. Malheureusement, pour définir à grands traits le profil criminel de l'assassin – s'il s'agit bien de la même personne dans les deux cas qui nous intéressent –, nous devrons attendre les rapports d'expertise des médecins légistes.

Redondo reprit son souffle et expira lentement, en réfléchissant aux derniers commentaires dont elle pourrait faire part avant de donner la parole à l'équipe.

— Avez-vous des remarques, des questions ? finit-elle par demander.

Sabadelle baissa les yeux. Il savait que ses démarches n'avaient rien donné et que son rôle dans cette affaire se limitait pour l'instant à élucider le mystère de la présence de ce bienheureux Tlaloc à la Villa Marine. Satanée statuette verte, se dit-il. Il n'avait pas réussi à mettre en évidence le moindre lien entre la région et le dieu précolombien. C'était plutôt difficile à digérer pour un spécialiste de son acabit. On n'avait pas tous les jours l'occasion de disserter sur l'histoire de l'art, au groupement. C'est vrai qu'il avait du mal à supporter le ton hautain du lieutenant Redondo. Cela faisait près d'un an qu'elle avait pris la direction de la brigade, et en toute honnêteté, il se sentait bien plus qualifié qu'elle, cette hystérique de l'ordre, pour occuper ce poste. La garde civile n'était pas faite pour les bonnes femmes, jusqu'à preuve du contraire.

— D'après moi, intervint Riveiro, étranger aux ruminations de Sabadelle, la découverte du cadavre a été l'élément déclencheur des meurtres. Je ne suis pas convaincu qu'ils aient été commis par la même personne : le mode opératoire est très différent dans chaque cas. L'homicide de Pedro Salas fait penser à de la vengeance, de la colère froide : une balle tirée de face, à bout portant. Le crime du médecin est plus féminin, je dirais même plus subtil. Or comme vous le savez, l'expérience montre que dans sept cas d'empoisonnement sur dix, l'auteur est une femme.

— C'est exact, répondit Redondo, mais avant de commencer à dresser le profil de l'assassin, nous devons être en possession de tous les résultats de l'expertise médicolégale.

Nous devons savoir ce qui s'est produit pour pouvoir déterminer le *comment* et le *pourquoi*.

— C'est justement la question que je me posais, l'interrompit Marta Torres : le pourquoi. Je n'arrive pas à deviner quel peut être le mobile. On ne sait pas si le bébé a été assassiné, mais même si c'était le cas, le crime est prescrit depuis longtemps. Pourquoi quelqu'un prendrait-il de tels risques ?

— C'est précisément ce que nous tâcherons de découvrir, Torres, dit Redondo en hochant la tête : nous trouverons le mobile, la cause de tous ces crimes. Tout porte à croire que ce bébé caché porte en lui de nombreux secrets.

— Il ne faut pas toucher aux morts, ça porte malheur, dit l'agent Zubizarreta à la grande surprise de tous, car il n'avait pas pour habitude de prendre la parole dans ce genre de réunion.

— Très bien, parvint à dire Valentina Redondo. À ce stade de l'enquête, il peut être utile d'esquisser un premier profil géographique, ajouta-t-elle en leur montrant la carte exposée au fond de la pièce.

Redondo faisait appel aux techniques d'enquête criminelle qu'elle avait apprises à la SAC, la section d'analyse des comportements de l'Unité centrale d'intelligence criminelle de la police judiciaire d'Espagne. Elle y avait suivi un stage intensif de deux semaines deux ans auparavant, réservé aux agents de police, aux psychologues criminalistes de la garde civile et à certaines sections des forces spéciales. Ces deux semaines de formation à Madrid avaient été aussi intenses qu'éprouvantes, mais elles l'avaient dotée d'une base de travail solide ainsi que d'un point de vue beaucoup plus large sur son métier, deux choses qui lui avaient énormément servi par la suite. La SAC était une section de recherche psychologique relativement nouvelle en Espagne, mais elle enseignait à ses stagiaires des techniques expérimentées depuis de longues années par Scotland Yard, la Sûreté* en France et le FBI aux États-Unis.

Valentina observa la carte et signala les endroits où les trois corps avaient été découverts : le nourrisson, à Suances. Pedro Salas, à Suances. Le médecin, à La Tablía, mais par hasard. Le Dr Viesgo habitait à Santander, et il était allé voir Mme Ongayo à Comillas : sa dernière visite. Où fallait-il le placer sur la carte ?

Ses collègues l'observaient d'un œil inquisiteur.

— Vous cherchez le point d'ancrage, n'est-ce pas ? demanda Riveiro.

De toute l'équipe, c'était celui à qui Redondo avait parlé le plus en détail de son expérience à la SAC. Riveiro connaissait toutes les manières possibles d'établir des profils en criminalistiques.

— Le point d'ancrage ? demanda Marta Torres, la plus jeune recrue de la brigade des enquêtes criminelles de l'UOPJ.

— Oui, c'est en effet ce que nous devons trouver, précisa Redondo. – Elle gardait les yeux rivés sur la carte tout en développant le fil de ses pensées à haute voix : Le point d'ancrage, c'est la cachette de l'assassin, ou ce qui lui tient lieu de repaire, en admettant qu'il s'agisse d'une seule personne bien entendu, dit-elle en commençant à écrire sur la carte à l'aide d'un marqueur. Nous savons qu'il est possible de déduire des traits comportementaux des lieux où l'assassin tue ses victimes : on ne commet jamais un meurtre trop loin d'un point de chute car il faut pouvoir assurer sa propre fuite, et l'assassin ne prendra pas le risque de tuer trop près de sa cachette pour ne pas la compromettre... La plupart des meurtres sont perpétrés dans cette zone de confort, même si je ne suis pas persuadée que ce soit le cas

* En français dans le texte.

dans l'affaire qui nous occupe. Ici, ce ne sont pas des victimes prises au hasard mais de personnes que l'assassin a de bonnes raisons de tuer, des raisons qui ont certainement à voir avec son propre passé.

Un bref silence se fit dans la salle, comme si tous cherchaient des réponses sur la carte.

— Doit-on supposer que l'assassin vit quelque part à l'intérieur de cette zone ? demanda Marta Torres, en montrant l'ellipse que le lieutenant Redondo venait de tracer sur la carte.

Le cercle comprenait Suances, Torrelavega, Santillana del Mar et Comillas, ainsi qu'une vaste zone de la mer Cantabrique.

— Pas forcément. Pour déterminer correctement le point d'ancrage, nous avons besoin des expertises médico-légales : l'heure du crime, le temps dont dispose l'assassin sont aussi importants que l'endroit où la victime a été tuée. L'ellipse que j'ai dessinée pourrait être une hypothèse de cercle provisoire, un point de départ qui nous permet de repérer sur la carte les différentes scènes de crime. Son diamètre est déterminé par les deux points les plus éloignés. Dans le cas du médecin empoisonné, j'ai élargi le cercle à Santander – puisqu'il y habitait – et à Comillas – car c'est de là qu'il revenait lorsqu'il a succombé. Le lieu de résidence de l'assassin devrait théoriquement se trouver dans la zone centrale du cercle, mais on ne peut être certain de son emplacement, surtout dans le cas du médecin, tant que nous ignorons à quel endroit exact il a ingéré le poison.

— Si je comprends bien, d'après cette première hypothèse, intervint le caporal Camargo, l'assassin devrait vivre du côté de Suances ou de Santillana del Mar.

— Deux municipalités qui comptent hélas des milliers d'habitants, soupira Redondo : ce qui fait que nous n'avons pas un instant à perdre. Au travail ! Sabadelle, je crois que vous savez déjà ce qu'il vous reste à faire. J'attends du nouveau sur Tlaloc à midi, ordonna-t-elle froidement. Si vous devez partir à Bilbao, n'hésitez pas ; parlez à qui bon vous semble, mais débrouillez-vous pour éclaircir cette histoire, compris ?

— Compris, répliqua-t-il.

Sous la politesse de façade, la mauvaise humeur était évidente.

— Torres et Zubizarreta, poursuivit le lieutenant Redondo, je vais vous demander d'examiner le passé de Pedro Salas, de David Viesgo, d'Oliver Gordon et de Mme Ongayo. Vous me passerez tout au peigne fin : famille, travail, vie privée, sans oublier de vous renseigner sur leurs proches, héritiers, parents, frères et sœurs… Vous me ferez part de tous les détails qui attirent votre attention, même les plus infimes. Concentrez-vous sur les proches âgés de soixante à soixante-dix ans, voire davantage.

Les agents hochèrent la tête tout en prenant des notes.

— J'aurais également besoin, insista le lieutenant, que vous preniez le temps d'enquêter sur les derniers décès survenus dans leurs familles. Vérifiez scrupuleusement les causes de chaque mort, les dates et les endroits où les décès ont eu lieu. Mme Ongayo, pour prendre un cas concret, a déclaré que son frère et sa sœur étaient morts. Elle a ajouté qu'elle avait un demi-frère dont elle ignorait l'adresse exacte, mais qui pourrait s'être établi du côté de Carthagène. Vous me rapporterez également toute l'information disponible sur sa fille, celle qui est issue de son second mariage.

— Mais ça va prendre plusieurs jours de vérifier toutes ces informations ! Il faudra aller à l'état civil, passer des heures au téléphone… se plaignit Torres, accablée.

— C'est la raison pour laquelle je confie cette mission à deux agents au lieu d'un seul. Et nous n'avons pas des jours entiers devant nous, Torres, mais seulement quelques heures. Ce qui veut dire qu'il va falloir agir vite, la coupa Redondo, qui tourna ensuite son regard vers le caporal :

— Camargo, vous donnerez un coup de main à Torres et Zubizarreta, mais je vais vous demander de concentrer vos efforts sur la fabrique d'anchois Ongayo. Passez au crible l'histoire de l'entreprise pour savoir si elle n'a pas connu de difficultés récemment, ou tout autre événement inhabituel. Vous consulterez les bilans de l'entreprise, les dernières nominations au conseil d'administration… Toutes ces informations sont faciles à obtenir, il suffit de vous adresser au Registre national du commerce. Je vais vous demander d'enquêter sur l'entreprise mais également sur Mme Ongayo : cela soulagera vos collègues, dit-elle en regardant Torres et Zubizarreta d'un air compréhensif. Vous devrez travailler vite, et en équipe, c'est clair ?

Les deux agents et le caporal répondirent par un signe affirmatif. Ils avaient compris qu'elle venait de confier la direction des opérations à Camargo. Ce n'était pas seulement à cause de sa position hiérarchique, mais surtout parce que la tâche de diriger discrètement une équipe lui revenait presque toujours, même s'il s'agissait d'une direction à petite échelle, dans la marge étroite où Redondo lui donnait toute latitude pour agir.

— Riveiro, poursuivit Redondo, qui semblait vouloir mettre un terme à la réunion, vous finirez d'examiner le contenu de l'ordinateur de Pedro Salas, puis vous vous chargerez des démarches auprès de la justice pour accéder aux données de son téléphone portable. Vous vérifierez auprès des hôteliers de la zone où Pedro Salas a été retrouvé si quelqu'un n'a pas de nouvelles informations à nous donner, mais avant, je veux que vous m'accompagniez à l'Institut de médecine légale. Je vais avoir besoin de vous toute la matinée, Riveiro. Les comptes rendus des médecins légistes nous ouvriront sûrement d'autres pistes, et j'ai besoin que vous soyez opérationnel pour les démarches à venir. Il y a de grandes chances que nous ayons recours à des laboratoires privés, peut-être faudra-t-il interroger la veuve du médecin, rendre une nouvelle visite à Mme Ongayo, bref…

— Lieutenant ! s'écria un caporal en uniforme, en ouvrant brusquement la porte de la pièce où se tenait la réunion de la brigade des enquêtes criminelles. Pardonnez-moi de vous interrompre, puis-je vous parler une minute ?

— Tout de suite ? C'est urgent ? demanda Valentina Redondo, visiblement mécontente d'être dérangée.

— Oui, on peut dire ça. Cela concerne l'affaire qui vous intéresse. Si vous voulez, nous pouvons en parler en privé, c'est qu'on vient de m'appeler et…

— Allez-y, caporal, dites-moi ce qui se passe.

Le caporal souffla, comme pour prendre son élan avant de restituer d'une traite le message téléphonique qu'il venait de mémoriser.

— Un homme d'environ quatre-vingts ans hospitalisé à Santa Clotilde, ici même à Santander, a été victime d'une tentative d'assassinat… L'inspecteur Manzanero du Corps national de police vient d'appeler, il cherchait à vous joindre de toute urgence. Il n'a pas voulu me communiquer davantage d'informations, il a dit qu'il préférait vous avoir au téléphone directement. Pour l'instant, c'est eux qui sont en charge du dossier. D'après lui, la victime se trouve dans un état proche de la démence. Le vieil homme parlait de la famille d'un renard et d'un homme qui était en danger, le propriétaire de la maison, Oliver Gordon. Il répétait sans arrêt qu'il voulait lui parler.

— Parler à Oliver ? s'exclama le lieutenant, sans même se rendre compte de la familiarité dont elle faisait preuve en appelant Gordon par son prénom devant toute l'équipe.

Il est vrai qu'ils avaient passé de longues heures en tête-à-tête, à discuter en toute intimité dans la voiture. Des moments très agréables, il fallait le reconnaître. La famille d'un renard ? Oliver Gordon en danger ? Un nouvel assassinat ? Par chance, la tentative avait échoué, cette fois. Un bébé emmuré, un dieu aztèque… est-ce que le monde marchait sur la tête ?

Comme dans une comédie délirante des années 1940 aux mouvements accélérés, un autre agent apparut soudain à la porte. Cette fois-ci, c'était une femme : on se serait cru dans un film des Marx Brothers. Elle demanda à parler au lieutenant Redondo.

— On peut savoir pourquoi nous sommes à nouveau dérangés ? demanda Valentina, encore sous le coup de la surprise.

Elle n'avait pas eu le temps d'assimiler la dernière information qu'on venait de lui délivrer et s'apprêtait à appeler l'inspecteur Manzanero, un homme qu'elle avait rencontré au cours d'une autre affaire d'homicide trois ans plus tôt. Valentina et lui avaient gardé d'excellentes relations.

— Quelqu'un vous demande au téléphone.

— Et cela justifie qu'on vienne me chercher au beau milieu d'une réunion ?

La femme rougit légèrement.

— Je n'en sais rien. Il m'a dit que c'était très urgent.

— Qui ça, il ?

— Oliver Gordon.

— Oliver ? Mais qu'est-ce qui…

— Il est encore en ligne. En fait, il vous attend, et je… – L'agent commença à bredouiller comme si elle doutait soudain de l'urgence de cet appel, puis se reprit pour réussir à transmettre correctement le message. Toute l'équipe avait les yeux rivés sur elle. – Oliver Gordon dit qu'il a trouvé le rapport… qu'il sait d'où vient Tlalcol… ou Tlaloc.

À cet instant le silence était total dans la pièce : ils étaient tous muets de stupeur. Le double claquement de langue indolent de Sabadelle retentit. Les joues rouges de colère, il brûlait d'en savoir davantage pour s'assurer que la nouvelle information ne le mettrait pas en fâcheuse posture. Un détail lui aurait-il échappé ? Pas à lui, diplômé en histoire de l'art, titulaire d'un master d'archéologie et de sciences de l'Antiquité. Cet emmerdeur de Gordon ne faisait pas le poids, qu'est-ce qu'il y connaissait, lui ? Le lieutenant Redondo n'entendit même pas le son creux et mécanique émis par Sabadelle : elle était déjà partie répondre au téléphone.

Bip, Bip, Bip.

Nouvel appel. Le téléphone portable du sergent Riveiro tressauta dans sa poche. Institut de médecine légale de Cantabrie. C'était la légiste Almudena Cardona au bout du fil, l'assistante de Clara Múgica.

— Sergent Riveiro ?

— Oui, Cardona. Je vous écoute ?

— J'ai quelque chose à vous annoncer. Je crois que nous avons trouvé quel poison a servi à tuer David Viesgo. Nous avons reçu l'aide précieuse du Dr Gael Bárcena, de l'Institut national de toxicologie, qui assiste en ce moment à un congrès à l'hôpital de Valdecilla... Un vrai coup de chance ! Le Dr Bárcena est un expert du département médicolégal de toxicologie.

— Ah bon ? Et alors ?

— Et alors, grâce à lui nous avons pu déterminer provisoirement, car les résultats restent à confirmer, que la toxine utilisée a été tirée de l'if commun.

— De l'if commun ? Comment ça de l'if commun ? Vous parlez bien de l'arbre ? C'est une plaisanterie ?

— Absolument pas, je suis sérieuse. Je me suis permis de vous appeler parce que vous avez longuement insisté, hier, sur l'urgence d'obtenir des preuves au plus vite. Je dois cependant préciser que ces résultats restent à confirmer.

— Et le Dr Múgica ?

— Elle n'est pas encore arrivée.

— Ah. Bien, alors… de l'if commun, vous dites. Mais il y en a partout par ici ! Dans les parcs, dans les jardins… L'if est vraiment un poison ? Je veux dire, un poison suffisant pour tuer quelqu'un ?

— Plus que suffisant. J'imagine que vous allez passer à l'Institut aujourd'hui, et je laisserai au Dr Bárcena le soin de répondre à vos questions. Je dois vous laisser à présent, nous avons beaucoup de travail ce matin, c'est le rush…

— Très bien. Nous passerons tout à l'heure à l'Institut, le lieutenant Redondo et moi. Je vous remercie, Cardona.

— Il n'y a pas de quoi.

Quand Riveiro raccrocha, ses collègues de la brigade des enquêtes criminelles, qui avaient entendu des bribes de la conversation, le dévisageaient dans l'attente de plus amples explications. Mais Riveiro n'eut pas le temps de leur en dire davantage : le lieutenant Redondo entra dans la pièce, et ce qu'elle raconta les laissa définitivement abasourdis.

JOURNAL (9)

J'ai bien peur que le tourbillon vertigineux des événements ne m'oblige à passer sur les détails. Il se passe tant de choses autour de moi. Et tout arrive si vite. La vie n'est que présent et futur, mais le passé retient nos pas de sa lourde tresse de soie et d'acier. Je dois raconter comment tout ceci a pu arriver. Cela fait si longtemps… tant d'années se sont écoulées…

Clara et Jana assistèrent plusieurs étés de suite aux fêtes de Comillas. Quelque chose commença à se nouer sur les chemins de pierre, entre les *casonas indianas* et les demeures cantabriques, sans que la furie de la mer, l'imposant regard seigneurial des palais modernistes ni même les appels à la prudence des adultes n'y puisse rien changer. Les filles vivaient ces jours-là comme s'ils étaient les derniers sur Terre. Avec réserve, mais avec intensité.

Peut-être était-ce la lumière du coucher de soleil.

Peut-être était-ce la sangria de la tante Amparo.

Peut-être était-ce la douceur de l'été, et la peur tangible que le lendemain n'arrive jamais.

Peut-être était-ce le bleu marine des yeux de Luis. Ou les regards à la dérobée des garçons quand les deux sœurs passaient, laissant derrière elles un sillage de fenouil sauvage et de camomille.

Qui sait au juste comment c'est arrivé ? Peut-être était-ce la faute à l'orchestre dont la musique faisait vibrer l'air et les mots doux chuchotés à l'oreille.

En ce mois d'août 1944, Jana vient de fêter ses seize ans. Clara, ses dix-huit. Ce sont deux belles filles aux longs cheveux blonds, dont les boucles tombent en cascades brillantes sur leurs robes bon marché usées jusqu'à la corde, cent fois ravaudées. Des femmes à la beauté humble. Il émane de Clara une force, une indépendance et un charisme singuliers. Mais elle semble toujours en alerte, méfiante, à la fois proche et distante, comme si un puits à la profondeur insondable menaçait de l'emporter au fond d'elle-même, un abîme glacial qui n'appartenait qu'à elle.

Jana brille toujours de son éclat particulier, avec une élégance étrangère aux vêtements qu'elle porte ou à sa condition de paysanne. Les gens disent qu'elle et Luis sortent ensemble, parce que Jana lui permet de la raccompagner à la fin de la fête jusqu'à la porte de la tante Amparo et de l'oncle Pepe.

Tout le monde sait que Luis est allé jusqu'à La Carava pour assister à des fêtes qui ont lieu en plein hiver, certains dimanches, dans une vieille boutique d'Hinojedo, et qu'il l'a invitée à danser quand les musiciens du village ont fait jaillir la musique d'un orgue de Barbarie à grands tours de manivelle.

Et tout le monde sait aussi que quatre étés durant, Luis a pris l'autocar jusqu'à Hinojedo, puis a traversé la ria de San Martín dans la barque de don Quiterio pour se rendre à Requejada, dans une forêt d'eucalyptus décorés de guirlandes de couleurs vives où l'on donnait un bal tous les dimanches. Tout son temps libre, toutes ses économies passaient dans le voyage. Le jeune homme couchait sur place chez son cousin, un officier de la garde civile qui vivait au village d'Ubiarco, près de Suances, pour le plaisir d'inviter une fille aux yeux verts à une danse, tandis que les musiciens, bien à l'abri du kiosque, étourdissaient le bois nocturne de notes de musique réjouissantes.

Il est très tard ce soir : près de vingt-deux heures. Jana dira que c'est la faute à la barque de don Quiterio qui est passée très tard chercher sa cargaison d'honnêtes jeunes gens pour les ramener chez eux après le bal du dimanche. Luis la raccompagne chez elle puisque Clara, qui est censée lui servir de chaperon, est repartie il y a plus de deux heures à Torrelavega.

Clara sert à la ville depuis près de deux ans. Elle est bonne à tout faire dans la maison même où elle a appris le métier, là où sa grand-mère Julia cuisinait sans relâche. Clara fait le ménage, s'occupe des jeunes enfants, fait la cuisine et va ouvrir la porte à des personnes importantes, parce que ses maîtres se sont hissés dans l'échelle sociale à mesure qu'ils faisaient fructifier leur compte en banque par des placements rentables en Uruguay. Mais à présent, Clara est toute seule ; sa grand-mère Julia est morte il y a près d'un an : elle avait quelque chose aux poumons, leur a dit le médecin. Ils étaient emplis de liquide, leur avait-il expliqué ; comme des mares après un jour de pluie.

Mais Jana, en cet instant, ne pense pas à Clara. Elle ne pense qu'à sa propre indécence, se concentre sur ce qu'elle fait et surtout, sur ce qu'elle laisse faire. Elle sent le désir naître au creux de son sexe, brûlant, mais sa tête lui crie d'arrêter, de s'écarter, de refuser ; des paroles que ses sens refusent d'écouter.

Luis est allongé sur elle, il l'embrasse désespérément, alors que tous deux sont étendus sur un lit de paille tiède. Ils se trouvent à l'abri des regards, à deux cents mètres de la maison, dans l'étable de don Gumersindo, un voisin qui ne se doute pas qu'un couple d'amoureux a trouvé refuge dans sa propriété en ruine.

Luis déboutonne un à un les boutons du chemisier de Jana, d'un geste lent qui bouillonne d'urgence contenue, à mi-chemin entre un respect inconditionnel et une excitation infinie.

— Pas le soutien-gorge, non, le supplie Jana les yeux dans les yeux.

— Ne t'inquiète pas, je ne vais pas y toucher, concède Luis qui l'embrasse de plus belle, sa langue déjà autour de la sienne, et qui l'emporte par à-coups, en une succession de saccades brûlantes, vers des terrains plus sauvages où le désir ordonne une perte de contrôle totale.

— Laisse-moi faire, juste un peu, juste une seconde… s'il te plaît, juste une seconde, la prie-t-il encore une fois.

Il effleure sa poitrine sous le soutien-gorge, ses caresses se font de plus en plus pressantes. Jana n'écoute plus rien, elle défait les minces crochets de son soutien-gorge, sa lingerie cède, le dernier rempart contre son ennemi, la luxure, vient de tomber. Luis, incontrôlable, prend d'assaut les seins doux de Jana, sa peau sucrée, ses aréoles rose pâle dont les bouts se dressent sous ses doigts. Les gestes de Luis sont lents, il semble en extase. Il se délecte de cette intimité nouvelle, cela fait si longtemps qu'il attend ce moment. Il partage son désir tour à tour entre la bouche et la nuque de Jana pour mieux revenir couvrir de baisers l'offrande de ses seins nus, après l'avoir longuement regardée dans ses yeux verts, ses yeux de chatte. Il aspire, lèche, suce et mordille sa poitrine, tandis qu'une très forte érection lui commande de baisser son pantalon pour s'enfoncer dans la peau de Jana, dans sa chaleur enveloppante et mouillée.

— Non, pas ça, oh non, implore-t-elle, en proie à un désir vertigineux, quand elle s'aperçoit que Luis commence à déboutonner sa braguette.

Il ne lui répond pas. Il cède à l'impératif de la décence en écartant la main, mais se rallonge sur Jana, qu'il oblige en douceur à ouvrir les jambes. Il la chevauche désespérément, embrasse ses seins comme si sa vie en dépendait, les dévore sans même les regarder, les pétrit dans ses mains rugueuses et polies par la mer. Jana reste interdite, sans avoir compris ce qui vient de se passer, quand le garçon, après avoir poussé de grands râles, met fin à l'assaut, haletant, parce qu'il a éjaculé dans son caleçon. Au contact de son sexe contre le sien, elle a connu une sensation très proche de l'orgasme : une chaleur qui s'enflamme, humide et inconnue. Les amants restent enlacés quelques instants, des minutes délicieuses. Luis finit par sortir un mouchoir gris de sa poche et s'essuie en fourrant sa main dans son entrejambe. C'est la première fois qu'elle voit son corps nu. Il se recouche contre sa beauté blonde et embrasse ses boucles, son cou. Elle le repousse en douceur, comme une chatte joueuse, pour trouver ses vêtements. Elle lui dit qu'il est tard et qu'elle doit rentrer. Il la retient, la couche dans l'herbe sèche et la serre fort contre lui.

— Quand diras-tu à ton père qu'on est fiancés ? demande-t-il à Jana, en haussant les sourcils.

— C'est trop tôt, lui répond-elle dans un sourire éteint.

— Mais on est fiancés tous les deux.

— On peut dire ça.

— On peut dire ça? Mais alors pourquoi ne veux-tu pas le lui dire? Combien de temps encore ce sera "trop tôt", dis-moi ? Je me demande ce qui te fait si peur. Je pourrais lui demander ta main, à ton père. Pour qu'il comprenne que c'est du sérieux. On attendra d'avoir dix-huit ans s'il le faut, s'il nous le demande. Moi j'en ai par-dessus la tête de toutes ces cachotteries, je n'ai plus envie d'attendre que notre chaperon soit parti pour pouvoir t'embrasser sur la bouche, j'en ai assez de déblatérer des excuses inventées de toutes pièces. Je veux que tu deviennes ma femme, Jana. – Luis parle en tempérant la force de ses mots, comme s'ils avaient déjà abordé le sujet des centaines de fois. – Ou alors, tu ne m'aimes pas ?

— Mais si. Bien sûr que je t'aime, répond Jana en baissant les yeux. – Elle se tait quelques secondes. – Tout ça va un peu vite pour moi, c'est tout.

— Vite ? Quatre ans que je te fais la cour, et toi tu trouves que ça va trop vite ? Tout le monde sait que nous sommes fiancés, depuis le temps ! s'écrie Luis, indigné, en haussant le ton.

Il libère Jana de son étreinte et se relève d'un bond, à deux doigts de se mettre en colère.

Jana le regarde durement.

— Et de quoi vivrons-nous ? Où irons-nous ? lui demande-t-elle.

— À Comillas, tu sais bien ! On en a déjà discuté cent fois ! Tu viendras vivre chez moi, avec ma mère : je te l'ai dit, je n'ai pas l'intention de la laisser toute seule. Avec ce que je gagne, nous aurons bien assez tous les trois. Je suis un homme, Jana. Je rapporterai ma paie à la maison, en pièces de monnaie sonnantes aussi bien qu'en nature : pense à ces sardines que tu aimes tant. Un soir, on aura des dorades au dîner, et le lendemain, du colin. – Luis lui lance un regard plein d'espoir. – Et on vivra ensemble, Jana, c'est ça qui compte vraiment. Que demander de plus ? Un toit, de quoi manger tous les jours, et nous deux.

— Et moi ?

— Et toi ?

— Moi, qu'est-ce que je vais faire ? Laver, m'occuper de ta mère, avoir les enfants que Dieu me donnera et m'échiner à coudre jusqu'au lever du jour pour pouvoir mettre trois sous de côté ? C'est ça, la vie que tu veux que je mène ? demande Jana avec une sourde insolence.

Elle se dirige vers la sortie de la grange et fait volte-face en reculant, les poings sur les hanches.

Luis reste sans voix quelques instants.

— Je ne comprends pas bien. Qu'est-ce que tu veux, Jana ? Tu te prends pour une princesse ? Je ne te demanderai pas d'efforts surhumains, mais oui, c'est sûr, tu devras travailler à la maison.

— Évidemment. Travailler jusqu'à l'épuisement… Eh bien si c'est tout ce que tu peux m'offrir, ça ne m'intéresse pas, figure-toi. Si c'est pour vivre comme ça, autant rester chez mon père.

Luis lui jette un regard glacial.

— C'est faux. Ici, tu ne m'as pas, moi.

Jana soutient son regard et se retourne brusquement, dans un accès d'orgueil : elle gagne la sortie de l'étable à grandes enjambées, des pas d'une colère viscérale. Luis la suit. Une fois dehors, il saisit son bras et la plaque contre la palissade. Il l'embrasse comme un dément, et elle lui rend ses baisers. L'amour est une joute incompréhensible entre des instincts rudimentaires d'une puissance infinie.

Jana embrasse Luis, les yeux pleins de larmes.

— Je t'aime. Mais je ne supporte plus cette vie misérable, dit-elle en baissant les yeux vers ses souliers, taillés dans de vieilles courroies qui servaient à transporter la pyrite de l'usine asturienne de zinc jusqu'aux soutes des bateaux, avant d'être attachés à ses pieds par de grossières bandes de tissu.

— Mais qui te dit que nous aurons une vie misérable ? lui dit Luis en l'embrassant tendrement. Au contraire, nous serons très heureux. Nous mènerons une vie modeste, mais dans la joie, car nous la passerons ensemble. Que peut-on rêver de mieux ?

— Oui mais Clara m'a dit…

— Oublie un peu Clara! Elle te met de drôles d'idées en tête, celle-là. Qu'est-ce qu'elle a gagné, ta sœur? Tu sais ce qu'elle a gagné, hein? Le droit de torcher le cul des enfants des riches, le privilège de trimer du matin au soir? C'est tout ce qu'elle a gagné, ta Clara!

— Je t'interdis de dire ça. Tu parles de ma sœur quand même. Elle a de vrais souliers, Clara, et des habits neufs. Elle mange chaud tous les jours. Clara est très intelligente.

— Encore une fille très maligne qui pensait épouser un prince.

— Luis!

— Désolé, mais c'est la vérité. Arrêtons de nous disputer, tu veux? Je t'aime. – Un sourire éclaire le visage de Luis. – Tu sais que tu es encore plus belle quand tu te mets en colère?

— Je dois rentrer, dit Jana pour toute réponse, la tête baissée.

— Quand ira-t-on parler à ton père?

— Une autre fois.

Luis attrape une dernière fois Jana par le bras. Son sourire a disparu.

— Veux-tu te marier avec moi, oui ou non? Parce que moi aussi je peux me lasser de ce petit jeu, Jana, et ne plus revenir te voir.

Un frisson transperce son cœur. Luis n'avait encore jamais dit ni même insinué qu'il pourrait ne plus lui faire la cour.

— Ne va pas penser que je ne t'aime pas. Seulement, c'est trop tôt, lui répond-elle avec un regard plus tendre.

Luis hoche la tête.

— Alors j'attendrai. Mais ma patience a des limites, Jana. Ne me prends pas pour un idiot. Si tu ne m'aimes pas, ou si un jour tu ne m'aimes plus, il faudra que tu me le dises. Parce que je ne te supplierai pas. Ce jour-là, je partirai, et tu n'entendras plus parler de moi.

Jana sourit. Elle sait que la discussion est close. En fait, ils ont déjà abordé le sujet plusieurs fois. Elle embrasse Luis pour lui dire au revoir. Tous deux sentent bien qu'il est temps de rentrer chez eux.

— Certains jours, je ne t'aime pas du tout. Quand tu me parles de mariage et que tu te montres trop insistant, par exemple, lui dit-elle en souriant.

Elle lui donne un dernier baiser sur la joue et Luis capitule. Il soupire en souriant à son tour.

— Chaque jour où tu ne m'aimeras plus, je t'aimerai pour deux, répond-il d'un air tranquille.

Les yeux dans les siens, Jana réalise que même si sa tête et son ventre la poussent à courir derrière des rêves impossibles, son cœur sera toujours troublé par le regard serein du jeune pêcheur qui la raccompagne chez elle ce soir-là. Il est temps de faire un choix. L'un de ces choix décisifs qui conduisent à prendre tel chemin plutôt qu'un autre au cours de la seule vie à laquelle un humain peut prétendre. La route des vainqueurs n'est pas plus brillante que les autres et il est extrêmement difficile de savoir où se trouve le bon chemin. Mais seuls les lâches renoncent à lutter pour le bonheur qu'ils pensent mériter.

Sais-tu quels guerriers sont les plus redoutables ?

Ceux qui sentent qu'ils n'ont rien à perdre.

HANNIBAL : Première règle, Clarice. La simplicité. Lisez Marco Aurelio. Face à chaque chose, demandez-vous ce qu'elle est, quelle est sa vraie nature. Que fait exactement l'homme que vous recherchez ?
CLARICE : Il assassine des femmes.
HANNIBAL : Non ! Ça c'est accessoire. Quelle est la chose essentielle, la cause première ? À quel besoin obéit-il lorsqu'il tue ?
CLARICE : Colère, désir d'affirmation sociale… et frustration sexuelle…
HANNIBAL : Vous n'y êtes pas. L'envie… voilà la vraie nature de cet homme. Et comment commence-t-on à convoiter, Clarice ? Doit-on chercher des choses à convoiter ? Faites un effort et répondez.
CLARICE : Non, nous…
HANNIBAL : Non. Précisément. Nous ne convoitons que ce que nous voyons chaque jour. Ne sentez-vous pas ces yeux qui s'attardent sur votre corps, Clarice ? Et vos yeux ne s'attardent-ils pas sur les choses que vous désirez ?

Dialogue du film *Le Silence des agneaux* (1991) où le personnage d'Hannibal Lecter (psychiatre placé en cellule d'isolement pour des délits de cannibalisme) aide Clarice Starling (une jeune recrue du FBI) à identifier un tueur en série.

Du porche accueillant de son chalet, Oliver Gordon observait la mer qui semblait fourbir ses armes pour une sourde bataille ; des tourbillons agitaient les fonds de sable entre les roches, teintant la surface d'un vert laiteux qui annonçait l'imminence d'une violente tempête. Enfin, les eaux n'étaient plus prisonnières de ce calme inhabituel qui, dans la chaleur moite et pesante de ces derniers jours, lui avait paru inquiétant, et même contraire aux lois de la nature. Quelque chose grondait à présent dans les entrailles de la mer, les vagues ne tarderaient pas à cracher dans des rugissements tumultueux leur intimité la plus secrète.

Oliver pensa que cette mer déchaînée était le reflet de sa conscience, le miroir des sentiments qui envahissaient son âme. Comme la mer, il avait gardé jusqu'à présent une apparence de calme, une tranquillité largement feinte, alors qu'en son for intérieur, il rêvait qu'une main habile libère la furie prisonnière.

Avec un peu de chance, la tempête permettrait aux secrets de famille de sortir de leur coffre-fort ; ceux de la Villa Marine et de tous ces lieux ou personnes qu'il ne connaissait pas encore finiraient-ils par être révélés ? Le sous-lieutenant Sabadelle n'allait pas tarder à arriver. Valentina Redondo avait promis de les rejoindre au cours de la matinée : d'après ce qu'il avait compris au téléphone, elle devait passer d'abord voir quelqu'un à l'hôpital de Santander. Un nouveau cas lié à l'affaire. De quoi s'agirait-il, cette fois ? Lui qui l'avait appelée tout à l'heure au comble de l'excitation parce qu'il venait de résoudre un mystère, se retrouvait maintenant aux prises avec une nouvelle énigme.

Depuis qu'il avait eu son père au téléphone dans sa maison de famille à Stirling, en Écosse, Oliver avait passé son temps à faire des recherches. Après avoir parcouru la maigre bibliothèque récupérée à la Villa Marine, il avait lancé d'innombrables requêtes sur internet ; autant dire qu'il n'avait pas fermé l'œil de la nuit.

Arthur Gordon, son père, s'était montré sincèrement surpris d'apprendre ce qui s'était passé à Suances. L'idée d'avoir cohabité avec un cadavre dissimulé au sous-sol de la maison, les rares étés qu'il avait passés à la Villa Marine, lui avait semblé fort déplaisante. En revanche, la statuette de jade représentant un dieu tribal, qui ne lui évoquait rien de prime abord, finit par éveiller en lui un souvenir. Un homme avec deux serpents qui lui sortaient par la bouche ? Oui, évidemment, c'était une image difficile à oublier. Celle à laquelle il pensait ne possédait pas de corps, de plumes ni de colliers de verre. Son père se souvenait seulement d'un visage gigantesque aux yeux saillants, pour tout dire grotesques, et de ces deux serpents qui lui masquaient la bouche. Cette figure était gravée sur la façade d'une *casona* de Santillana del Mar une sorte de blason protecteur. La maison se trouvait en face de la fameuse collégiale romane Santa Juliana, à la vue de tous. Il y avait un livre dans la bibliothèque de la Villa Marine qui parlait de ce blason ; quelques lignes étaient consacrées à son histoire… il ne se souvenait plus de quoi il s'agissait au juste, il avait toujours considéré ce texte comme purement anecdotique. Cela faisait si longtemps… que les années passaient vite…

Mais Tlaloc ne fut pas le seul sujet de leur conversation. Oliver était bien plus intéressé par l'histoire de sa mère : il brûlait d'en savoir davantage sur ses origines, sur la généalogie de sa famille et sans doute sur lui-même. Son père savait que sa mère avait été adoptée : elle le lui avait raconté dès son retour à Londres lorsqu'elle l'avait découvert dix ans auparavant. Mais elle avait tenu à préserver la tranquillité d'esprit de ses enfants, en ne leur parlant pas de ces vieilles histoires qui ne menaient nulle part : la mère d'Oliver avait choisi de suivre le cours normal de sa vie, au gré de sa propre histoire. Son père était dans la confidence depuis le début et, même s'il n'était pas tout à fait du même avis, car il pensait qu'il valait mieux ne pas cacher la vérité, il n'avait jamais trahi la confiance de son épouse. Oliver éprouva du respect pour le vieil Arthur Gordon et fut gagné par un sentiment inédit de proximité, comme si le sens de l'honneur les rapprochait autant que les liens du sang. Apparemment, sa mère n'avait rien raconté à son père qu'Oliver ne sache déjà. La version de l'histoire que Lucía Gordon avait racontée à son mari correspondait point par point avec celle de sœur Mercedes, la mère abbesse des clarisses.

Le seul mystère qui restait entier, pour l'heure, était l'identité des parents biologiques de sa mère. De pauvres malheureux sans fortune et sans avenir dans les années 1950, très probablement morts à présent.

Quand Oliver mit fin à cette longue conversation téléphonique avec son père, après avoir juré au vieil Arthur qu'il n'avait nul besoin de sa présence en Espagne pour l'accompagner dans les futurs développements de l'enquête, il était près d'une heure du matin. Oliver décida de réunir le maximum d'informations possible sur Tlaloc avant le lendemain matin, où il comptait appeler le lieutenant Redondo.

En fouillant dans les cartons où il avait fait entreposer tous les volumes qui se trouvaient à la Villa Marine avant le démarrage du chantier, il repéra deux ouvrages qui lui furent très utiles. Enfant, il n'aurait jamais eu l'idée de les ouvrir, et encore moins de s'intéresser à ce que leurs pages pouvaient contenir. Le premier s'intitulait *Héraldique de Santillana del Mar*, et le second, sous un titre plus évocateur, *Le Souffle éternel du temps*, dressait un panorama de l'histoire de Santillana del Mar des grottes enchantées du paléolithique jusqu'à ses tours médiévales aujourd'hui en ruine, passant en revue avec force détails ses cloîtres romans et ses palais aux illustres blasons. Ce fut dans ce livre qu'Oliver l'aperçut pour la première fois : ce visage large aux joues épaisses, aux yeux écarquillés comme s'il était surpris, aux lèvres charnues entrouvertes, sur lesquelles deux couleuvres semblaient surgir des profondeurs de la bouche. Aucun doute possible : c'était bien Tlaloc. Un visage sculpté de face, totalement dépourvu de corps, de plumes ou de symboles mésoaméricains, une figure mystérieuse à l'air moqueur ancrée sur une façade en pierre dans un lieu qui sur le plan culturel, historique et géographique n'avait rien à voir avec le dieu mésoaméricain. Cet étrange symbole se détachait de la façade aussi bien que des autres armoiries de la ville surplombant la haute porte seigneuriale qui marquait l'entrée principale de la maison. Au-dessus de cette porte en linteau flanquée de zeux pilastres, un grand balcon filant abritait Tlaloc de la rigueur des éléments. S'il passait inaperçu, c'était peut-être à cause de l'écusson gigantesque incrusté sur la façade, à la verticale du balcon : il représentait deux lions sauvages dressés l'un face à l'autre, et la chevauchée d'incroyables dragons sur un lit de trompes impressionnantes. Le livre *Le Souffle éternel du temps* avait beau dater d'un demi-siècle, il était en parfait état. Oliver eut tout loisir d'observer le fronton de cette maison seigneuriale dans une illustration brochée dessinée à l'encre de Chine qui n'omettait aucun détail. Sur les pages suivantes, d'autres illustrations représentaient avec la même minutie des palais, des tours et des cours intérieures pavées. Sous le portrait de Tlaloc, la légende indiquait : "Casona de los Quevedo". Ça alors, se dit Oliver. Comment ça, Quevedo. Que-ve-do. Quevedo ? Vraiment ? N'était-ce pas le nom d'un illustre auteur espagnol du Siècle d'or ? S'agissait-il de l'homme qui avait écrit *Le Parnasse ou la Critique des poètes*, l'ami de Lope de Vega et de Cervantes ? Oliver décida d'en savoir plus. Ses recherches sur internet lui apprirent que l'auteur de la phrase "Messire

Argent est un puissant seigneur" était d'origine cantabrique et qu'il avait résidé à Santillana del Mar. La *casona* qui portait son nom n'était pas la sienne, elle appartenait à ses cousins. Quelle incroyable coïncidence. Quand Oliver avait fait ses études de langue et littérature espagnoles, il avait étudié le Siècle d'or espagnol, en particulier les poètes Góngora et Quevedo. Il était loin de se douter à l'époque qu'il avait partagé, à quatre siècles d'intervalle, son lieu de villégiature avec le grand écrivain. Mais que pouvait bien faire Tlaloc dans la maison des Quevedo ? Le livre *Héraldique de Santillana del Mar* ne mentionnait pas sa présence, et il ne trouva pas de nouvelle révélation dans *Le Souffle éternel du temps*, hormis cette phrase : "Sous le balcon, un bas-relief *indiano* s'offre aux regards des passants."

Un bas-relief *indiano*. Oliver réfléchissait si intensément qu'il était tétanisé face à l'écran de son ordinateur, le livre grand ouvert devant lui. Deux conclusions s'imposaient : la première, c'était que le bas-relief de Tlaloc était postérieur au Siècle d'or. En effet, d'après Wikipédia, le mouvement *indiano* allait de la fin du XIXe siècle à la première moitié du XXe. Le bas-relief était donc un ornement rajouté sur la façade qui n'avait rien à voir avec l'architecture originale de la *casona*. Si ce bas-relief était *indiano*, on pouvait en déduire que l'un de ces aventuriers espagnols partis faire fortune aux Amériques l'avait fait sculpter sur le fronton de sa maison de retour sur sa terre natale. Oliver lança toutes sortes de recherches sur le sujet en tapant plusieurs mots clés dans Google. Il découvrit qu'à l'époque, de simples villageois s'étaient hissés au plus haut de l'échelle sociale grâce à l'or des Indes. Il apprit aussi que les grandes villes d'Amérique latine avaient vu fleurir les écussons cantabriques à la même période. Enfin, il découvrit que le désir de ces villageois d'égaler la noblesse, de devenir des hidalgos – c'est-à-dire des gentilshommes – au prestige social reconnu, les avait conduits à faire sculpter des blasons gigantesques à l'orgueil ostentatoire pour faire étalage de leur puissance. Oliver laissa libre cours à son intuition jusqu'à formuler l'hypothèse la plus logique : l'un de ces *indianos* de retour au pays natal, sans doute extravagant, excentrique et provocateur, non content de graver sur un blason la généalogie de sa famille et des symboles de son pouvoir sous forme d'aigles, de lions ou de dragons, y avait ajouté sa touche personnelle : le visage de ce dieu mésoaméricain. L'homme s'imaginait sans doute que Tlaloc lui avait porté chance en Amérique latine, à moins que cette idée ne lui ait été suggérée par les peuples indigènes. Là-bas, il avait certainement fait sculpter une amulette porte-bonheur pour que la chance continue à lui sourire dans son Espagne natale. Qui pouvait-il bien être ? S'agissait-il d'un descendant de Quevedo ? Oliver passa une bonne partie de la soirée à lire des articles sur internet. À trois heures du matin, à bout de forces, alors qu'il s'apprêtait à éteindre définitivement son ordinateur portable, il découvrit sur un forum dédié à l'histoire culturelle de la région cantabrique que la *casona* de Quevedo appartenait depuis le début du XXe siècle à une autre illustre famille, les Chacón. Le Mexique. Des *indianos* rentrés au pays. Bingo : il avait vu juste. Son hypothèse était plausible. Le Mexique, Tlaloc, le retour d'un *indiano* qui, par superstition, avait fait tailler dans sa nouvelle demeure seigneuriale un symbole porte-bonheur. En réalité, la raison pour laquelle l'*indiano* avait décidé d'ajouter Tlaloc sur sa façade importait peu. L'essentiel, c'était que cette gravure permettait enfin d'établir un rapport entre Tlaloc et la Villa Marine. Restait à trouver ce qu'une famille d'*indianos* fortunés de Santillana del Mar pouvait avoir en commun avec le petit ange caché au sous-sol de la Villa Marine. Les Chacón avaient-ils fréquenté les Ongayo ? Quels liens pouvaient avoir entretenu ces deux familles ? Oliver laissa les questions s'envoler, il avait grand besoin de se reposer. Il appellerait le lieutenant Redondo de bonne heure le lendemain, dès qu'il trouverait la force de quitter les draps.

Et c'est ce qu'il avait fait. Son appel venait mettre le groupement de la garde civile de Peñacastillo en ébullition. Les programmes que le lieutenant Redondo avait établis pour ses équipiers de la brigade des enquêtes criminelles s'en trouvaient totalement bouleversés. Oliver, qui finissait maintenant son café sous son porche, observant comment terre et mer se préparaient à éclater en tempête, fut saisi du désir irrépressible qu'elle se déchaîne enfin, qu'elle emporte dans son époustouflante cyclogenèse tous les silences, toutes les demi-vérités et les parenthèses vides de sa propre histoire, pour le laisser enfin prendre les rênes de sa propre vie, et affronter le présent sans crainte ni méfiance.

Au même moment, Valentina Redondo arrivait à l'hôpital de Santa Clotilde à Santander. Elle prit à droite sur le Paseo General Davila et accéda à l'hôpital par une allée ouverte dans un haut mur de pierre, laquelle donnait accès à un grand parc semé de platanes et de palmiers. Valentina n'était jamais allée à l'hôpital de Santa Clotilde : ce bâtiment qui s'élevait fièrement, avec sa noblesse usée par le temps, devait dater des années 1950. Deux lions ailés taillés dans la pierre se défiaient du regard à chaque extrémité du grand portail protégeant l'entrée de ce qui avait été un jour la *finca* Bella Vista, un nom qui rendait hommage à la vue spectaculaire qu'elle offrait à ses visiteurs sur la baie de Santander.

— Lieutenant Redondo, quel plaisir de te voir, l'accueillit l'inspecteur de police Miguel Manzanero à la sortie de la voiture.

Ils s'étaient rencontrés quelques années plus tôt au cours d'une autre affaire, où ils avaient été contraints de clarifier le rôle de chacun dans la conduite de l'enquête. L'inspecteur était à peine plus âgé que Valentina. Sa condition physique laissait deviner une fréquentation assidue des salles de sport, et son air jovial, un fond de bonne humeur.

— Bonjour Manzanero, comment vas-tu ? répondit Redondo avec un sourire las. Comment va le petit Martín ? Il doit avoir six mois maintenant, non ? dit-elle d'un ton enjoué, en clin d'œil à sa paternité récente.

— Neuf mois et demi, Redondo, il a déjà neuf mois ! sourit aimablement Manzanero. C'est que le temps nous file entre les doigts ! Et toi, comment vas-tu ? Toujours occupée à briser le cœur de tes soupirants ?

— Bien sûr que non. Je leur demande de prendre rendez-vous avec ma secrétaire s'ils veulent me faire des aubades, parce que je n'ai vraiment pas une minute à moi, ces jours-ci. Je suis trop occupée à traquer les tueurs en série, répondit Valentina dans un nouveau sourire, avant de reprendre son sérieux : elle n'avait pas de temps à perdre, justement.

— Je te remercie d'être venu m'accueillir… et d'avoir pris la peine de me prévenir, avec tout le travail qui t'attend, dit-elle en montrant les voitures de police stationnées dans le parking et les agents en uniforme qui entraient et sortaient sans cesse du bâtiment. Cette histoire nous donne du fil à retordre, Manzanero. Des vieillards disparaissent à une vitesse vertigineuse, le meurtrier s'en prend à eux chaque fois d'une façon différente. Tout a commencé quand on a découvert le cadavre d'un bébé à Suances, tu as sans doute entendu parler de cette histoire dans la presse…

Manzanero hocha la tête, pensif :

— Oui, je suis au courant. C'est ce qui m'a poussé à t'appeler, d'ailleurs. En principe, je n'ai pas le droit de dévoiler les rapports qui concernent cette affaire avant que le juge d'instruction ne soit officiellement dessaisi du dossier.

— En tout cas, je tiens à te remercier de m'avoir prévenue. En chemin, j'ai appelé le juge Talavera. Il m'a promis qu'il essaierait de joindre le magistrat chargé de cette affaire pour accélérer les démarches. Le dossier doit être officiellement transmis à la garde civile le plus tôt possible.

— Parfait. Mais entre-temps, tu dois savoir que je ne peux te laisser parler ni à la victime ni aux témoins. Tu n'es pas censée être là.

— Officiellement, non. Je repars tout de suite, ne t'en fais pas, je n'ai pas l'intention de te compliquer l'existence. Je suis passée te voir pour te parler de l'affaire de vive voix, et j'en profite pour te remercier.

— Je te charrie, Redondo, et tu marches ! Suis-moi. Tu pourras exercer tes talents de fin limier dans l'ombre, répondit Manzanero avec amabilité. Ah, je regrette, je crois que ça ne va pas être possible, dit-il soudain, le regard tourné vers l'entrée de l'hôpital.

Redondo observa ce bâtiment à l'architecture classique. Dans le plus pur style anglais, les deux étages principaux étaient surmontés d'un toit d'ardoises où de nombreuses lucarnes faisaient saillie. L'hôpital lui rappelait un peu la maison de Mme Ongayo, à Comillas. Elle aperçut un homme aux cheveux grisonnants qui sortait par l'entrée principale. Après avoir parcouru le jardin des yeux, il se dirigea droit vers eux.

— Et merde ! dit Manzanero en soupirant. Revoilà le directeur de l'hôpital, Andrés Ciervo ; il est très inquiet pour l'image de Santa Clotilde, ça fait plus d'une heure qu'il me tient la jambe.

— J'ai bien peur que cette fois, tu ne puisses pas lui échapper, commenta à voix basse Valentina qui s'amusait de voir accourir l'homme à grandes enjambées.

— Inspecteur Manzanero, fulmina Andrés Ciervo dès qu'il fut arrivé à la hauteur du policier et du lieutenant Redondo, il y a de plus en plus de monde ici, ne vous ai-je pas recommandé la plus grande discrétion sur cette affaire ? Nous sommes dans un hôpital gériatrique de moyen et long séjour, ici. Nous tenons beaucoup à notre réputation. C'est capital pour nous, vous comprenez ? Nos patients souffrent de pathologies chroniques, ils ont besoin de calme et d'attention. Vous ne pouvez pas troubler plus longtemps leur tranquillité, je ne sais pas si je me fais comprendre ? Je vous ai demandé d'observer la plus grande discrétion, je crains des fuites dans la presse. Que vont penser les familles de nos patients ? Que cet hôpital n'offre pas une sécurité satisfaisante, que personne ne contrôle rigoureusement les entrées et les sorties de l'établissement ? conclut-il à l'affût d'un signe de consentement chez son interlocuteur, tout en dévisageant ouvertement le lieutenant Redondo d'un air de dire : que fait-elle là, celle-là, encore un flic dans mon hôpital ?

— Je comprends, répondit Manzanero plutôt sèchement. Nous tâcherons de nous faire le plus discrets possible, mais sachez que nous n'avons pas le pouvoir de dicter des communiqués à la presse. Pour l'heure, si vous n'y voyez pas d'inconvénients, nous devons faire notre travail.

L'homme répondit par des simagrées qui cachaient mal sa nervosité :

— La victime, je veux dire : le malade, est atteint de Parkinson. C'est une pathologie neurodégénérative qui dans son cas se trouve à un stade avancé. Je vais vous demander de ne pas le perturber plus que le strict nécessaire, pour son bien et celui de sa famille... Sa fille est très inquiète, comme vous pouvez l'imaginer. Je ne sais pas si je me fais comprendre.

— Je vous comprends, mais je vous répète que si vous nous laissez faire notre travail avec une marge de manœuvre raisonnable, nous aurons bientôt fini et tout rentrera dans l'ordre, répliqua Manzanero en se tournant vers le lieutenant Redondo.

Andrés Ciervo dut battre en retraite et retourner à l'hôpital en maugréant quelque chose d'inintelligible entre ses dents. Valentina prit une longue inspiration :

— Je vois que tu vas avoir une matinée chargée, Manzanero. Donne-moi seulement les grandes lignes, ensuite je m'en irai.

— Pas de problème. En fait, on n'a pas pu tirer grand-chose du vieux. Le pauvre homme a un Parkinson, tu l'as entendu, à un stade avancé. Quand il parle, il confond les événements actuels avec le passé. Il s'appelle Juan Ramón Ballesta. Quatre-vingts ans. Père de famille, grand-père, ancien employé de Solvay… Tu auras du mal à trouver une vie plus ordinaire dans le coin. Il habite à Torrelavega, il est veuf, et c'est sa fille qui s'occupe de lui. On a discuté avec elle : les horreurs dont parle son père ne lui évoquent rien, du moins c'est ce qu'elle dit. Mais j'avoue que je suis prêt à la croire ; je ne vois pas pourquoi elle mentirait. Ballesta fait régulièrement des séjours ici, à Santa Clotilde, pour traiter les symptômes de sa maladie. L'agression a eu lieu hier soir, vers vingt et une heures. L'horaire des visites était passé depuis longtemps, sa fille était repartie chez elle. Le vieux prétend que quelqu'un a cherché à l'étrangler. Et ça n'est pas le fruit de son imagination, vu qu'il a des marques de strangulation dans le cou. Si la tentative d'homicide a échoué, c'est parce qu'une infirmière est entrée dans la chambre pour donner des médicaments au patient d'à côté, un homme qui se trouve dans un état semi-végétatif. L'agresseur a bousculé l'infirmière avant de s'enfuir, tout s'est passé si vite qu'elle n'a eu le temps de rien voir.

— Il n'y a pas d'autres témoins ?

— Non. Hier soir, personne n'a constaté quoi que ce soit d'anormal dans le service, à part les cris de l'infirmière, bien entendu.

— Et les caméras de surveillance ? demanda Valentina, en montrant un appareil fixé au-dessus de la porte principale du bâtiment et deux autres près du portail d'entrée.

La première caméra était postée à côté des lions ailés, la seconde était orientée vers le parking.

— On ne peut rien en tirer. Il y a sept caméras au total entre l'enceinte du parc et l'intérieur du bâtiment, toutes fonctionnent correctement, mais elles n'enregistrent pas. Ils s'en servent simplement pour contrôler les entrées et les sorties.

— Des caméras qui n'enregistrent pas ? dit Valentina, exaspérée.

— C'est ça. Elles sont là pour dissuader les voyous. Et pour permettre au personnel de la réception de contrôler le parking et lcs allées et venues à l'intérieur de l'hôpital.

— C'est tout simplement fantastique, ironisa Valentina. Et que dit Ballesta dans sa déclaration, au juste ? Comment peut-il connaître l'existence d'Oliver Gordon ?

— Procédons par étapes. Il y a beaucoup d'incohérences dans le discours de Ballesta, mais d'après ce que nous avons pu comprendre, celui qui s'en est pris à lui est un membre de la famille du Renard, comme il dit, ou d'une autre famille qui serait aux ordres de la famille du Renard.

— Il a vraiment parlé de Renard ?

— Eh oui. Nous en sommes là. Il dit qu'Oliver Gordon est en danger, et que si la vérité, la lumière, sort des entrailles de l'Ange de la Villa Marine, ils viendront le chercher.

— La lumière des entrailles de l'Ange ? soupira Valentina, sceptique, en soupesant les mots du dément.

Pouvait-on y accorder le moindre crédit ? Elle savait mieux que personne que ces mots absurdes pouvaient les lancer sur des fausses pistes.

— Je te répète les mots qu'il a prononcés. Et encore, après nous avoir donné des informations qui partaient dans tous les sens. Cet homme était en pleine confusion. Il appelait sa mère au secours, alors que d'après nos renseignements, elle est morte depuis vingt-cinq ans.

— Le pauvre.

— En fait, la fille de Ballesta vient tous les matins lui apporter les journaux. Il paraît que ça lui fait très plaisir. Mais depuis qu'il a lu qu'on avait découvert un cadavre à la Villa Marine, et surtout depuis qu'il a entendu parler de la mort étrange de Pedro Salas, Ballesta s'est mis à parler d'un grand sac, d'un secret, et de gars planqués dans la montagne qu'il avait aidés. Il disait qu'il n'avait qu'une parole, qu'il ne raconterait jamais rien à personne, qu'il emporterait le secret dans sa tombe.

— Un sac ? Des gars planqués dans la montagne ?

— Oui. Nous pensons qu'il fait référence aux républicains qui se sont réfugiés dans les montagnes à la fin de la Guerre civile : sa fille nous a confirmé que son père était en lien avec des partis politiques de la mouvance républicaine à l'époque. En tout cas, c'est un communiste pur et dur, il a toujours été plus rouge qu'un coquelicot.

Valentina avait du mal à y croire : un dieu mésoaméricain, un bébé emmuré dans la cave d'une résidence secondaire en bord de mer, un vieil homme assassiné d'une balle en plein cœur repêché dans la ria de Suances, un médecin empoisonné, et maintenant une tentative d'homicide perpétrée sur un dément qui tenait des propos incohérents et parlait d'un renard, d'un grand sac, de républicains réfugiés dans les montagnes il y a plus de soixante-dix ans, et surtout, d'un danger qui menaçait la vie d'Oliver Gordon.

— Manzanero, je dois t'avouer que si les choses continuent à ce rythme, ce n'est pas l'Unité centrale opérationnelle qu'on va devoir appeler en renfort, mais Sherlock Holmes en personne ! L'affaire se complique chaque jour.

— Les équipes de l'UCO ? Pourquoi pas, mais donne-toi un peu de temps, Redondo, tu viens à peine de commencer. Je parie que tu n'as pas encore consulté les rapports d'autopsie, je me trompe ?

— Non. C'est vrai que nous manquons cruellement d'informations. On fait tout ce qu'on peut pour accélérer les démarches. Dis-moi, le vieux Ballesta a-t-il dit autre chose d'intéressant ?

— Rien pour l'instant. L'agresseur était un homme, quelqu'un d'assez jeune d'après Ballesta. Il l'a reconnu : c'était un descendant du Renard ou d'une autre famille aux ordres du Renard. Et il a ajouté qu'Oliver Gordon devait rester sur ses gardes. J'imagine que ce que vous découvrirez au sujet du bébé apportera des éléments décisifs à l'enquête.

— Je l'espère. Et de ton côté, que sais-tu de ces républicains des montagnes, je ne sais pas, moi, un détail qui pourrait nous aider ?

Manzanero haussa les sourcils pour prendre une pose d'apparente concentration, comme s'il cherchait à se rappeler des choses qu'il avait apprises il y a longtemps.

— Je ne vais rien t'apprendre de plus que ce que tout le monde sait ici… Juanin et Begoya, ça te dit quelque chose ?

— Pas du tout. Souviens-toi que je ne suis pas d'ici.

— C'est vrai, *galleguiña**, répondit-il dans une moue amicale, eh bien sache que ces deux-là étaient les héros de la région, les derniers républicains en armes dans la montagne. Mon père me racontait que quand il était petit, au lieu de jouer aux Indiens et aux cow-boys, il jouait à

* Expression en italique dans le texte original, référence affectueuse à l'origine galicienne de Valentina Redondo.

Juanin et Begoya contre la garde civile… C'étaient des héros populaires, des combattants qui vivaient dans les montagnes et tournaient en ridicule ceux qui portaient le tricorne, au nez et à la barbe de Franco.

— Ceux qui portaient le tricorne ? s'exclama Valentina en fronçant les sourcils : Manzanero oubliait-il qu'il s'adressait à un agent de la garde civile ?

Elle ne portait pas l'uniforme, mais ce n'était pas une raison pour se moquer. L'inspecteur éclata de rire.

— Ne sois pas susceptible, ma chère. Cette époque-là est révolue. Tout change… Ils furent faits prisonniers à la fin des années 1950. En 1957, il me semble. Depuis, plus personne ne s'est jamais caché dans la montagne.

— En 1957 ? s'étonna Valentina, en plein calcul mental. Tu veux dire qu'ils ont passé dix-huit ans dans la montagne ? Tu plaisantes, j'espère.

— Mais non, enfin ! Celui qui ne plaisantait pas, à l'époque, c'était Franco. Tu ne seras pas venue pour rien, lieutenant, répondit l'inspecteur Manzanero en souriant.

Valentina rendit les armes et sourit à son tour. Elle sentait les forces lui manquer.

— Tant mieux, je mourrai moins bête. Si tu as du nouveau, n'hésite pas à m'appeler. Je dois partir à Santillana del Mar.

— C'est d'accord. À bientôt. Et prends soin de toi, tu as une petite mine.

— Merci, inspecteur, répliqua Valentina en feignant de prendre très mal sa remarque.

Elle lui fit un clin d'œil et regagna son véhicule de fonction, une Alfa Romeo 159, tandis que l'inspecteur s'en retournait à l'hôpital de Santa Clotilde.

Valentina démarra et mit en marche la radio, un réflexe qu'elle avait chaque fois qu'elle voyageait seule. *Back to Black* d'Amy Winehouse passait à l'antenne, et ses accents désespérés collaient parfaitement avec cette journée grise et pluvieuse.

La musique accompagnait ses pensées comme une ombre.

Un casse-tête. Voilà ce qu'elle avait entre les mains. Et il appartenait à la brigade des enquêtes criminelles de rétablir la logique des événements dans ce tableau chaotique. Elle appuya sur l'accélérateur. Plus tôt elle arriverait, plus vite elle pourrait se mettre au travail. Comment cela se passait-il pour ses équipiers ? Elle leur avait confié des tâches précises, programmées avant l'appel d'Oliver Gordon, à l'exception de Sabadelle et de Riveiro qu'elle avait déroutés de leurs missions respectives. Le premier devrait vérifier les informations communiquées par Oliver Gordon en allant consulter les livres en question à la Villa Marine. Après quoi, il les rejoindrait à Santillana del Mar. Riveiro, quant à lui, irait prendre d'assaut l'Institut de médecine légale. Valentina n'avait pas réussi à joindre Clara Múgica au téléphone. Elle savait que la veille, son amie légiste avait quitté son bureau très tard, elle devait être en train de se reposer. Mais connaissant Clara, c'était curieux : elle aurait dû rappeler, depuis le temps. Valentina n'oublierait pas de sitôt le geste de l'inspecteur Manzanero : le dossier de l'agression du vieillard mettrait deux bonnes semaines à être officiellement transféré à la garde civile. La médiation du juge Talavera n'y changerait pas grand-chose : la bureaucratie était d'une lenteur effrayante. Il venait de lui rendre un sacré service.

En dépit de tous ces obstacles, une lueur d'espoir était apparue : Oliver Gordon avait réussi à localiser Tlaloc en Cantabrie. Qui l'eût cru, ce symbole mexicain se trouvait à la vue de tous, dans la grande rue de Santillana. C'était à peine croyable : en quelques heures, Oliver Gordon avait découvert une évidence que ni la brigade, ni les clarisses, pas plus que le musée ou l'université n'avaient même soupçonnée. Avant de partir pour l'hôpital de Santa Clotilde, Valentina avait demandé à Sabadelle de vérifier qu'il existait bien des familles Chacón à Santillana del Mar. Il en avait trouvé trois dans le bottin. Un numéro n'était plus attribué, les deux autres étaient restés sans réponse. Mais cela ne changeait rien à l'importance de cette découverte, et Valentina était résolue à aller voir ce maudit Tlaloc en personne. C'était le moins qu'elle pouvait faire. Si les habitants de la *casona* n'étaient pas là, les voisins seraient certainement une source d'information inestimable.

Grâce à Gordon, l'enquête venait de faire un progrès fantastique. Mais Valentina restait méfiante. Elle en savait assez sur les psychopathes pour soupçonner tout le monde, y compris ceux qui avaient des alibis valables comme le séduisant Oliver. La découverte du cadavre à la Villa Marine semblait avoir ouvert la boîte de Pandore. Que cherchait l'assassin, finalement ? Voulait-il préserver un secret de famille à n'importe quel prix ? Voulait-il effacer les traces d'un crime très ancien ? Voulait-il de l'argent ? Cherchait-il à protéger quelqu'un ? Mais dans ce dernier cas, de quoi ? Elle était si occupée à emboîter les pièces du puzzle que Valentina ne vit pas la pluie commencer à tomber autour d'elle, doucement, tel un prélude à la grande tempête qui s'annonçait. D'un geste automatique, elle actionna les essuie-glaces et continua à réfléchir au volant. Dans son esprit, toutes sortes d'hypothèses prenaient forme sous l'effet conjugué du doute et des soupçons. Oliver était arrivé à Suances précisément le jour de l'apparition du corps à la Villa Marine : était-ce vraiment un hasard ? D'après le maître d'œuvre, Oliver devait en principe arriver une semaine plus tard. Qu'est-ce qui avait pu le pousser à avancer les dates de son voyage ? Elle se rendit à l'évidence : elle ne savait rien du passé d'Oliver

Gordon. Que fuyait-il au juste? Elle ne pouvait plus se permettre d'en rester à la simple courtoisie : tant pis, elle devrait le soumettre à un interrogatoire minutieux pour en apprendre davantage sur sa vie privée. Valentina devait reconnaître, par honnêteté envers elle-même, qu'elle souhaitait de tout son cœur qu'Oliver Gordon n'ait rien à voir avec ce casse-tête. Lorsque leurs deux regards s'étaient croisés la veille, elle avait perçu du défi, quelque chose de dur et tourmenté au fond de ses yeux, mais pas de méchanceté ni de colère. Peut-être qu'elle se trompait sur lui. Peut-être qu'au contraire, elle voyait clair en lui. Et puis pourquoi se le cacher : un courant magnétique extrêmement puissant l'attirait vers lui. Sur la route de Santillana del Mar, Valentina Redondo se maudit au moins une dizaine de fois : elle venait de prendre conscience qu'elle était sous le charme et qu'elle mourait d'envie de revoir l'énigmatique Oliver Gordon.

Ring. Ring. Ring.

La sonnerie du téléphone retentit dans le bureau annexe du juge Talavera. Sa secrétaire, Olga Santana, qui avait pourtant reçu l'ordre de ne pas le déranger, ne put résister longtemps à l'insistance de la personne qui se trouvait au bout du fil. Sa voix lui semblait vaguement familière. Elle appela le juge sur sa ligne personnelle après avoir mis l'appel entrant en attente, pour ne pas être obligée de se lever et de frapper à la porte du bureau de Talavera, qui se trouvait pourtant à moins de dix mètres de là.

— Jorge?

— Oui.

— Un appel pour vous.

— Je vous avais pourtant demandé de ne pas me déranger? S'agit-il d'une urgence?

— Ça en a tout l'air.

Jorge Talavera prit une profonde inspiration.

— De quel degré d'urgence s'agit-il, Olga ? J'ai du boulot à ne plus savoir qu'en faire ! Qui veut me parler ?

— Clara Múgica.

— Clara ? demanda le magistrat, surpris. – Son amie l'appelait toujours sur son portable. – C'est bon, passez-la-moi.

Deux secondes plus tard, la légiste et le juge discutaient au téléphone.

— Clara ! Que se passe-t-il ? Pourquoi n'appelles-tu pas sur mon portable ?

— Non… je… je n'en sais rien… peut-être parce que je ne t'appelle pas pour une raison personnelle.

— Dis-moi, tu commences à m'inquiéter, répliqua Talavera surpris par sa voix éteinte. Pourtant ça t'est déjà arrivé de me décrire les couleurs des viscères d'un macchabée au téléphone, Clara ! Que se passe-t-il ?

— Il faut que je te révèle quelque chose sur l'affaire de la Villa Marine. C'est important. Au début, je n'imaginais pas que cette histoire pourrait m'affecter personnellement. L'affaire ne me concernait pas, je faisais mon travail, mais aujourd'hui les choses se compliquent. Je pense qu'il vaut mieux confier les expertises légales à quelqu'un d'autre. Je n'ai pas envie de créer de désagréables surprises lorsque cela se saura. Ce n'est qu'une lamentable coïncidence, je t'assure.

— Mais de quoi parles-tu, Clara ? répliqua Talavera, qui n'avait jamais eu le moindre problème avec Clara dans la sphère professionnelle et ne lui connaissait pas ce ton de voix effondré, sombre et impersonnel. Tu sais que tu peux me faire confiance ; où est le problème ?

— Je viens d'apprendre que j'avais un lien personnel… familial, avec quelqu'un qui est concerné par l'enquête.

— Quoi ? Mais qui donc ?

— Je parle de Mme Ongayo.

— Mme Ongayo ? Comment ça ? Elle est de ta famille ?

Le juge Talavera écouta Clara Múgica prendre une longue inspiration à l'autre bout du fil, avant de délivrer lentement, dans un souffle teinté de tristesse, cette information :

— C'est ma mère.

Après toutes ces années de métier, lui qui pensait avoir tout vu et tout entendu, être revenu de centaines de batailles, le juge Talavera sentit l'étonnement gagner tour à tour ses poumons, son pouls et son esprit, alors qu'une traînée de sueur froide lui parcourait l'échine comme un coup de fouet soudain et inquiétant. Il ne le savait pas encore, mais dans la rue dehors, dans le ciel comme en haute mer, la tempête faisait rage.

JOURNAL (10)

Le temps passe et nous file entre les doigts, comme toujours. Au mois de juin 1947, Jana a dix-neuf ans. Elle joue encore à faire souffrir Luis par amour, mais cela fait belle lurette que son histoire a pris le chemin qui mène au précipice. Promesses remises au lendemain, engagements romantiques sans cesse repoussés, Jana tente de voler de ses propres ailes en payant le prix des rebelles. Luis a même commencé à fréquenter Sara, une autre jeune fille de Comillas. Dans les yeux de cette petite couturière brune, il trouve le dévouement total que seul l'espoir peut donner.

Jana a mis de la distance entre son passé et l'avenir qu'elle se promet. Elle a servi ponctuellement chez les maîtres de Clara ces deux dernières années, à Torrelavega. Dans cette maison de la famille Ongayo, Clara lui a appris le métier de bonne. Clara a de grands projets pour sa sœur. Elle-même n'a pas réussi à décoller, pas même à se lier avec un éleveur pour assurer son avenir, mais elle pense voler dans la peau de Jana. N'a-t-elle pas fait la promesse de toujours la protéger ?

Il arrive à Clara de se perdre dans la clarté même de son regard, à la fois inexpugnable, solide et froid. Elle a le sentiment de ne pas avoir eu de chance, que sa vie est faite d'une succession de malheurs, de guerres et de barbaries. Qui pourrait la contredire ? Elle a connu la guerre civile suivie d'une guerre mondiale qui s'est terminée en mai 1945, et depuis elle survit à grand-peine dans cet après-guerre misérable. Son frère David – malgré la franche opposition de son père – s'est réfugié dans les montagnes, d'où il lutte pour des idéaux républicains qui se diluent chaque jour davantage dans le fleuve de l'oubli. Mais Jana doit sortir à tout prix de cette face cachée de la Terre. Clara le lui a suffisamment répété. Les deux sœurs savent qu'il existe un autre monde, réel, accessible, peuplé d'hommes en costumes et mocassins brillants, de femmes délicates qui commandent leurs robes à Madrid et leurs jolis souliers à Barcelone. Un monde où personne ne manque de rien.

Clara lui a trouvé une place de servante au Grand Hôtel de la Maison Bleue, à Ubiarco, à quelques kilomètres seulement de Suances. L'hôtel appartient à la famille Chacón, l'une des plus importantes de Santillana del Mar. Les Chacón ont une demeure seigneuriale sur l'une des plus grandes places de la ville. Don Antonio Chacón a émigré en Amérique, et il a mis à profit son séjour aux Indes de la façon la plus intelligente possible, en rentrant les poches bien garnies. M. Chacón est l'image même de l'*indiano* : à son retour triomphal, il s'est considéré comme l'égal de la noblesse. En Amérique latine, il a d'abord investi dans la construction, avant de faire fortune dans le commerce du tabac, des épices et du café. Les Chacón possèdent aujourd'hui des *haciendas* dans plusieurs pays d'Amérique centrale, sans oublier la *casona* cantabrique de Santillana del Mar.

Le fils aîné des Chacón travaille à la Banque d'Espagne, et leur fille Dolores vient tout juste d'épouser un grand bourgeois de Santander. Il en va tout autrement de leur cadet : à vingt-sept ans, c'est un jouisseur invétéré et sans cervelle.

La famille a acheté deux ans plus tôt, pour remettre ce fils égaré sur le droit chemin, entre autres raisons économiquement rentables, un petit hôtel proche de la plage de Santa Justa à Ubiarco. Les bains de mer sont très en vogue depuis qu'on vante leurs bienfaits à Santander. L'hôtel a été complètement restauré et rebaptisé la Maison Bleue, en hommage à la couleur choisie par Mme Chacón pour assortir les volets et les portes de l'hôtel à la mer.

Le fils cadet des Chacón, le dépravé, s'appelle Ignacio. Il n'est pas sot, mais c'est un noceur irresponsable qui a déjà engrossé une servante de la maison – un problème discrètement résolu par le médecin de famille – et qui dilapide des sommes vertigineuses tous les soirs, en compagnie d'autres amateurs de vin et de filles de joie, quand il ne passe pas ses nuits à jouer à la roulette ou au poker au Grand Casino de Santander.

Après d'innombrables rappels à l'ordre où il menaçait de le déshériter, et après s'en être entretenu longuement avec son épouse, don Antonio Chacón prit la décision d'occuper son descendant indocile. Il s'arrangerait pour marier ce malheureux à une fille de bonne famille, mais en attendant, il comptait lui inculquer le respect de l'argent et de son nom en lui confiant une responsabilité le temps d'une saison estivale. Ils étaient riches, après tout. Son fils était un beau parti, et les prétendantes de la haute société ne manqueraient pas. Il fallait s'y résoudre : leur fils n'était pas porté sur les études. La seule chose qui l'intéressait, c'était la vie oisive et dispendieuse.

Ignacio prenait les mois d'été qu'il était obligé de passer à la Maison Bleue comme un châtiment injuste, qu'il supportait avec goguenardise, au prix de discrètes escapades à la capitale. En échange, il pouvait vivre le restant de l'année de ses rentes, de son nom et selon son bon plaisir.

Jana savait, grâce aux mauvaises langues qui bruissent de secrets dans tous les villages du monde, que don Ignacio était un homme qui aimait la fête et l'argent. C'est à peu près tout ce qu'elle savait de lui, outre qu'il était célibataire, ce que Clara n'avait pas manqué de lui rappeler plusieurs fois. Et qu'il serait bien obligé d'épouser la première qu'il mettrait enceinte, c'était un gentleman après tout. Comme la cousine Tensia, avait dit Clara. Pourquoi l'amour ne naîtrait-il pas de la vie commune, après tout ? C'était la plus vieille histoire du monde.

L'heure n'est plus aux divagations. Tu sais bien qu'il nous reste peu de temps. Revenir au passé me demande un effort intense et par moments douloureux. Nous sommes au mois de juin 1947, la chaleur est accablante. Les froides terres du Nord savent elles aussi embraser les corps de ceux qui arpentent leurs sentiers.

Jana marche sur le chemin qui la conduit à la Maison Bleue, au gré des sentiments aigres-doux qui se bousculent en elle. Bien sûr qu'elle aime Luis, évidemment qu'elle est amoureuse de lui. Mais aimer, ce n'est pas suffisant. Est-ce que cela a suffi à ses parents, par exemple ? À quoi peut servir l'amour, si c'est pour vivre dans une maison misérable ? À quoi bon s'échiner à travailler du matin au soir, si l'on a quand même le ventre creux ? Pour n'avoir qu'une seule robe à mettre, rapiécée de partout, quand elle se rend au bal et danser avec de pauvres malheureux, des paysans sans avenir, tout comme elle ? Et finir déchiquetée en mille morceaux au fond d'une grotte qui sert d'abri à une portée de renards ? Luis ne possède ni vaches ni bateau, en mer ce n'est pas lui le patron, qu'a-t-il à lui offrir ? Rien, rien du tout : des baisers, des caresses et des mots d'amour qui s'useront avec le temps, comme la paille du balai s'use à frotter chaque jour le même sol. D'ailleurs Luis mentait : il ne l'aimait pas vraiment. Et ce mensonge même avait quelque chose de méprisable. Car s'il l'aimait vraiment, il viserait plus haut, il deviendrait quelqu'un, pour elle, pour avoir un jour quelque chose à lui offrir, une trêve, un soulagement à sa misère. Au lieu de cela, il se contentait de promesses vides de sens : l'espoir de ces enfants qui viendraient au monde, probablement sans avenir, et qui l'accableraient de travail, de responsabilités, de jours harassants après de longues nuits sans sommeil.

Luis l'avait suppliée, il s'était mis à genoux, des larmes coulaient sur ses mains ; il lui avait demandé s'il pouvait la serrer contre lui, lui avait juré qu'il prendrait soin d'elle. L'espace de quelques secondes, son regard d'amour désespéré, ses yeux bleus brillants de larmes l'avaient hypnotisée, tous les projets qu'elle avait échafaudés s'étaient évanouis, elle ne souhaitait plus qu'une chose : vivre avec lui. Puis elle avait retrouvé ses esprits.

— Ce qu'il y a entre nous est tellement beau, Jana. Si rare. Est-ce que tu t'en rends compte ? Et toi, tu es prête à y renoncer ? Tu vas me quitter pour courir derrière un rêve de petite fille, c'est ça ? C'est bien ça ? – Luis avait élevé la voix, il avait posé ses mains sur les épaules de Jana et la secouait presque, comme s'il voulait lui faire entendre raison. – Ne vois-tu pas qu'on n'aura jamais la vie de ces gens-là ? On peut toujours travailler dur, on ne sera jamais des bourgeois. On ne vient pas de la même classe sociale, Jana. Ou alors c'est que tu ne m'aimes pas. Ça ne te fait rien de partir loin d'ici, de me quitter, de quitter ta famille ? Que comptes-tu faire à Ubiarco ? Il vaut mieux être seigneur chez soi que servante chez les autres, Jana, tu ne crois pas ? Reste ici, marions-nous… Reste avec moi. Dis-moi, ça ne te fait rien de me briser le cœur ? Comment peux-tu t'en aller comme ça ? la supplia-t-il, au comble du désespoir, cherchant des mots qui ne venaient pas, des arguments de poids qui n'arrivaient pas à se matérialiser en phrases mémorables.

Mais les paroles de Luis appartiennent au passé, maintenant.

À chaque tournant du chemin sinueux qui la conduit à flanc de colline vers la Maison Bleue, Jana chasse les souvenirs et les pensées qui l'assaillent. Elle secoue la tête, résolument :

— Personne ne peut vivre de chagrin, s'entend-elle dire à haute voix.

C'est ce qu'elle a répondu à Luis ce jour-là. Elle donne libre cours aux idées noires qui la tourmentent. Elle marche d'un pas déterminé, rapide. Au plus profond d'elle-même, l'urgence se teinte d'angoisse. Elle ne paraît pas consciente du soleil de plomb qui s'abat sur elle, dans une furie qui gagne l'immensité des prés environnants.

Elle marche sur le bord du sentier, à l'endroit où la terre battue rejoint l'herbe folle, dans l'espoir de soulever moins de poussière à chaque pas. Elle se demande pourquoi le chemin qui mène d'Ubiarco à cet hôtel si prisé n'a pas été goudronné. Pas un arbre ne s'interpose entre elle et le vaste paysage, à l'exception de rares saules blancs et de quelques figuiers en bordure de chemin. À perte de vue, des prés vert foncé ou vert tendre, des champs puissants, immenses, et l'horizon coupé net par la ligne sombre d'une mer infinie. Jana s'étonne de ne pas avoir aperçu la Maison Bleue. Peut-être est-elle cachée par le dernier relief du terrain, que ses plis irréguliers font ressembler à une couverture étendue à la va-vite sur un lit garni de coussins de toutes les tailles.

En effet, au détour de l'un des derniers méandres de ce chemin en pente douce, apparaît enfin la Maison Bleue. Elle n'a rien d'une *casona* cantabrique : c'est une construction moderne qui ne doit pas avoir plus de dix ans. Avec ses murs blanchis à la chaux, ses contrevents de fenêtre peints en bleu, ses volets grands ouverts retenus par des crochets métalliques en forme de papillons, la propriété tient tout autant de la bastide provençale que de la demeure coloniale du pays de Galles.

À l'approche de la maison, le ruissellement d'une source ou d'un cours d'eau invisible se fait entendre. Jana a tout loisir d'observer les détails de son nouveau "logis". La bâtisse est beaucoup plus grande que ce qu'elle avait imaginé de loin. Elle s'élève en contrebas du chemin, au bout d'une allée privée d'environ cinquante mètres juste assez large pour laisser passer une voiture. À première vue, la maison ne compte qu'un étage. Elle aperçoit huit fenêtres au premier et six au rez-de-chaussée. Une large porte en bois massif, entièrement peinte en bleu, se découpe sur l'aile gauche de l'hôtel. Et pourtant, à quelques mètres de l'entrée, le voyageur est surpris de la magnitude réelle de la construction car, du côté de la mer, le bâtiment compense un dénivelé de terrain d'au moins trois étages. Ce qui ressemble à première vue à une résidence secondaire aux proportions idylliques est en fait un bâtiment d'une largeur considérable, dont les étages supérieurs abritent seize chambres dotées d'une vue imprenable sur la mer. À l'étage inférieur, réservé aux cuisines et au personnel, on aperçoit une porte de service latérale, si étroite qu'elle ne laisse entrer qu'une personne à la fois.

Pour tout voisinage, Jana ne voit que trois petites maisonnettes rustiques et isolées d'apparence modeste à gauche du chemin. Ces bicoques mal entretenues, à l'enduit à la chaux érodé, appartiennent sans doute à un pêcheur ou à un paysan de la région. Derrière la Maison Bleue, à environ deux cents mètres, dans cette frange de la falaise qui vient mourir dans la mer, des ruines indéfinies se détachent sur l'horizon marin. Cela ressemble à une tour carrée dont les pierres se seraient écroulées, à l'exception d'un pan de mur qui menace de s'effondrer.

Quand Jana arrive au bout du grand chemin, elle s'arrête quelques instants. Elle prend conscience de la chaleur suffocante, de la sueur qui baigne tout son corps, de son aspect lamentable. Elle se baisse, secoue sa jupe noire de poussière et, à l'aide du mouchoir qu'elle garde toujours dans la poche intérieure de sa jupe, essuie les gouttes de sueur qui perlent sur son front. Elle noue ses longs cheveux en un modeste chignon.

Lorsqu'elle lève les yeux, son regard glisse involontairement de la Maison Bleue vers les lignes du paysage fascinant qui se trouve de l'autre côté : une falaise abrupte où vont mourir les champs comme les fleuves vont mourir en mer, dans un défilé colossal où le vert des prairies et l'odeur de l'herbe coupée sont fauchés par un coup de hache divine, laissent place à trente mètres de chute libre sculptés dans une roche irrégulière et finissent par rejoindre, dans une pente progressivement moins escarpée, le sable fin et doré parsemé de coquillages. Cette plage de trois cents mètres de long doit être Santa Justa, pense Jana. Sans elle, qui attire les foules en été, la Maison Bleue n'existerait pas.

— Joli coin, n'est-ce pas ?

Une voix féminine la fait sursauter. Une silhouette l'observe de l'allée qui mène à la Maison Bleue.

— Tu avais l'air dans tes pensées, jeune fille. Je suis là depuis un petit moment mais je ne me décidais pas à te réveiller, dit sur un ton aimable une femme d'environ cinquante ans, d'aspect robuste, toute de noir vêtue.

Elle a l'air fatiguée. Sa jupe lui arrive aux genoux et sa blouse est rapiécée jusqu'aux coudes. Ses yeux bordés de fines ridules sourient.

— Pardonnez-moi, je ne sais même plus à quoi je pensais, dit Jana, effrayée, en clignant des paupières, de retour à la réalité tangible et inquiétante.

— À quoi peux-tu donc penser, ma fille, par cette chaleur ! J'aurais dû envoyer quelqu'un te chercher à Ubiarco, tu sais, mais on a eu tellement à faire avec l'ouverture de la saison, lui dit-elle en s'approchant de Jana.

Elle la prend par le bras et la conduit vers la maison. L'allée privée est bordée d'hortensias de toutes les couleurs qui donnent une touche colorée au tableau vert et bleu de ce paysage immense.

— Tu dois être Jana, suis-je bête, la jeune fille que ma cousine Lourdes nous envoie. Elle a travaillé avec ta sœur, ma cousine… Comment s'appelle-t-elle donc ? Clara, n'est-ce pas ? – Jana hoche la tête, mais la femme ne lui laisse pas le temps de répondre. – Je suis la gouvernante, je m'appelle Elvira. Ici, il y a trois personnes pour le service, tu les verras tout à l'heure, mais celle qui commande, c'est moi, lui dit-elle en haussant les sourcils, comme si elle tenait à se faire bien comprendre.

— Oui, madame.

— Pas de madame avec moi. Ici, on ne fait pas de manières, tu m'entends ? Appelle-moi doña Elvira, ça ira bien comme ça.

Jana hoche la tête, obéissante, en se préparant à absorber des informations comme une éponge sèche attend la source.

— Mon Dieu, tu n'es pas bien épaisse ! lui dit doña Elvira, en scrutant Jana de bas en haut tandis qu'elles avancent vers la maison. J'espère que le travail ne te fait pas peur, parce qu'ici, on a fort à faire. Trois pensionnaires arrivent aujourd'hui, et nous avons déjà huit chambres d'occupées. Il y a seize chambres en tout. Tu verras, je te les montrerai, mais je ne vais pas avoir le temps maintenant car j'ai des milliers de choses à faire, d'ailleurs tu vas pouvoir m'aider. Mais d'abord, tu vas ranger tes affaires et te reposer un peu.

— Oui, doña Elvira. Je n'ai pas besoin de me reposer. Et je n'ai apporté que ça, dit-elle en montrant un petit sac de toile qui contenait deux tenues de tous les jours, une robe du dimanche, une veste en laine et quelques sous-vêtements.

— Le trousseau ne pèse pas lourd, c'est ça de moins à porter ! répond doña Elvira avec un sourire navré. Entre, ma fille, entre donc, la maison est fraîche, tu verras.

Elle pousse l'un des battants bleus de la grande porte, et fait entrer Jana dans un monde de petits détails luxueux que la jeune fille observe avec la révérence du pauvre, comme tous ceux qui ont toujours vécu dans la misère, d'un regard à la fois craintif et impressionné.

Le vestibule est aussi grand que la maison de Jana à Hinojedo. À six mètres de l'entrée, un large escalier orné de feuilles de vigne sculptées à même le bois conduit à l'étage supérieur.

Derrière l'escalier, auquel il est possible d'accéder depuis le hall comme depuis la bibliothèque, se trouve la seule chambre à coucher du rez-de-chaussée. Ses fenêtres ouvrent sur un panorama grandiose aux vues privilégiées. Pour des raisons évidentes de protocole, c'est là que loge le maître des lieux.

Ce vestibule, que doña Elvira s'obstine à appeler le *hall* depuis qu'elle a entendu maître Ignacio prononcer ce mot, fait entrer Jana dans le monde des classes supérieures : à gauche, un long banc de bois noble pourvu d'un dossier permet aux visiteurs de faire halte ou bien de patienter. Des coussins pourpres en cachemire, dignes des luxueux palaces réservés à la haute société, en adoucissent la rigidité. Entre le banc et les escaliers, un petit bureau à trois tiroirs et sa chaise baroque tapissée de velours grenat, dans le plus pur style anglais, sont disposés dans le sens du passage, comme pour mieux accueillir leurs hôtes. Deux tapis isolés de couleur sable aux dégradés de vert et de brun séparent l'entrée de la réception située non loin des premières marches de l'escalier.

Lorsqu'elle tourne la tête de l'autre côté, Jana ne peut réprimer un petit cri d'admiration : un grand arc plein cintre donne sur une salle à manger diaphane, où se trouve une table assez grande pour accueillir douze invités. Des chandeliers en argent y sont disposés à chaque extrémité. Un peu plus loin, un buffet domine la pièce de toute sa hauteur, laissant entrevoir entre ses lourdes portes vitrées des services de porcelaine et des verres en cristal étincelants. Au fond de la pièce, un arc rectangulaire conduit de la salle à manger à un séjour imposant dont les quatre baies vitrées donnent sur une mer lisse, brillante, enfin apaisée, qui ne semble pas prendre ombrage du soleil inclément. De nombreux canapés, divans et fauteuils, accompagnés de leurs tables basses sont répartis dans l'espace. Une bergère d'au moins quatre places, dans les tons bleus, fait face aux baies vitrées, sans doute pour répondre au désir des hôtes de contempler à loisir ces paysages spectaculaires. À quelques mètres de la bergère, une petite table basse offre le journal du jour et un exemplaire du *Quichotte* : le livre semble mis en évidence par souci de décoration bien plus que comme une invitation à la lecture.

En entrant dans le salon, le visiteur ne peut manquer d'admirer les liqueurs bariolées soigneusement rangées sur un buffet en tout point identique à celui de la salle à manger, et qui ne s'en différencie que par sa taille plus modeste. Par les vitres translucides du petit buffet, on devine un élégant service de tasses à café. Juste après le bar, une horloge incrustée dans le mur, haute comme un homme, marque les heures et les demi-heures avec une ponctualité toute britannique.

— Approche, mon petit. Je vais te présenter au maître de maison, dit doña Elvira en invitant Jana à laisser son sac sur le banc à l'entrée, puis à la suivre dans la salle à manger. Viens donc, ma fille, qu'attends-tu ?

Et d'un geste pressé, elle fait signe à Jana de la suivre.

— J'arrive.

— Allons mon petit. À lui, en revanche, tu lui diras “monsieur”, compris ?

— Oui, doña Elvira.

— Dépêchons !

Doña Elvira traverse la salle à manger et entre dans le lumineux séjour en passant sous l’arc en bois. Elle oblique vers la gauche, dépasse le buffet aux liqueurs puis la grande bergère pour s’arrêter près d’une sorte de bibliothèque en bois sombre qui occupe la quasi-totalité du mur, à l’exception d’une porte dissimulée par des volutes. La bibliothèque est ouverte sur le séjour, qu’elle rend plus accueillant sans l’assombrir en dépit de sa taille imposante. Dans cet endroit marqué par la présence d’illustres écrivains, un grand bureau baroque également tourné vers le séjour est assorti à un grand fauteuil tapissé de tissu vert anglais. Le fauteuil est occupé : un homme jeune vêtu d’une chemise élégante, d’un gilet et d’un pantalon en lin décontracté travaille sur une pile de documents désordonnés.

Doña Elvira se racle la gorge pour l’avertir de leur arrivée. Elle veut en finir au plus vite avec les présentations de la nouvelle bonne. Sa cousine a eu l’idée saugrenue de lui envoyer cette fille malingre qui vient à peine de sortir de son village : une innocente à qui elle devra tout apprendre. Une pauvre enfant, simple et insipide.

Quiconque entre à Santillana a l'impression de sortir du monde. L'entrée de la ville elle-même semble nous dire : "défense d'entrer".

Extrait de l'article
"Quarante lieues en Cantabrie", 1876,
de Benito Pérez Galdós.

Jacobo Riveiro était assis à une table ovale, dans une pièce lumineuse à l'élégance austère où il n'était encore jamais entré, et qu'il imaginait réservée aux éminents visiteurs de l'Institut de médecine légale de Cantabrie, à Santander.

De l'autre côté de la table, la légiste Almudena Cardona avait pris place près du médecin Gael Bárcena, de l'Institut national de toxicologie. Apparemment, il allait devoir s'entretenir avec eux avant de pouvoir parler au Dr Múgica, qui n'était toujours pas arrivé. La veille, il avait remarqué qu'elle avait une mine épouvantable. La fatigue peut-être, ou alors un rhume de saison. Mais si Múgica était souffrante, ce serait bien la première fois qu'il la verrait manquer une journée de travail. Riveiro n'avait pas imaginé discuter des détails de l'affaire avec Cardona, mais il n'avait pas le choix : il fallait avancer coûte que coûte. La légiste venait de le présenter au célèbre Dr Bárcena, qui avait exercé au département de toxicologie de la police scientifique et développait désormais ses propres travaux à l'Institut national de toxicologie. Cet homme enseignait également dans les départements médicolégaux de sa spécialité aux quatre coins de l'Europe.

Voilà donc à quoi ressemble le meilleur spécialiste européen des poisons et des toxiques : si ce crack ne peut pas nous aider, je vois mal qui pourra y arriver, pensa Riveiro qui attendait avec impatience que Cardona et Bárcena lui adressent enfin la parole. Ces derniers classaient des papiers, ils étaient occupés à vérifier des données sur l'écran d'un ordinateur portable sous les yeux du sergent qui n'y comprenait rien.

— Riveiro, dit Cardona, un congrès important commence dans moins d'une demi-heure, aussi je n'aurais que quelques minutes à vous accorder pour poser vos questions au Dr Bárcena, si cela ne vous ennuie pas. Vous souhaitez en savoir plus sur l'intoxication de David Viesgo, n'est-ce pas ?

Riveiro faillit préciser qu'il ne s'agissait pas d'une intoxication mais plutôt d'un homicide dans les règles de l'art, mais il sentit qu'ils n'avaient pas un instant à perdre, aussi préféra-t-il aller à l'essentiel :

— Docteur Bárcena, dit-il au médecin légiste qui le regardait d'un air affable. – Avec ses yeux au bleu cristallin et ses cheveux blancs fournis plaqués en arrière, l'homme dégageait une sérénité plutôt agréable. – J'ai cru comprendre que d'après vous, le poison qui a tué M. Viesgo pourrait provenir de l'if commun, est-ce exact ?

— C'est parfaitement exact. Les signes d'empoisonnement étaient évidents : la couleur des cheveux et des ongles, la mobilité des membres à l'état de *rigor mortis* mettaient déjà en évidence l'emploi d'une substance toxique. La mydriase des pupilles…

— Je vous demande pardon, la… comment dites-vous ? le coupa Riveiro, qui notait ce que Bárcena lui disait dans son calepin.

— La dilatation. Les pupilles de l'individu étaient dilatées, et ses lèvres partiellement bleutées : un cas d'école, à vrai dire.

— Je vois. Et comment êtes-vous arrivé à la conclusion qu'il s'agissait d'if commun ?

— Grâce à mon expérience, sergent. Les venins les plus efficaces et les plus rapides nous viennent du monde animal. Les poisons végétaux ont une action lente, et ils sont bien plus difficiles à détecter. La mort qu'ils provoquent est douce, pratiquement indolore dans la plupart des cas, car elle est précédée d'une sensation narcotique. Mais en ce qui nous concerne, la mort de cet homme n'a pas été une partie de plaisir : il y avait des traces de vomi sur ses vêtements, ainsi que des matières fécales qui indiquent qu'il a été pris d'une diarrhée incontrôlable. Au premier examen, l'autopsie a détecté une inflammation rénale et hépatique, mais c'est le collapsus pulmonaire et cardiovasculaire qui a finalement entraîné sa mort.

— Ne doit-on pas penser qu'un venin aussi agressif devrait être issu du monde animal, alors, d'après ce que vous dites ?

— Pas nécessairement. Les poisons végétaux d'une telle virulence, capables de causer une mort fulgurante, sont plus rares, mais ils existent. Autrement dit, si le poison est d'origine végétale, l'éventail des substances toxiques se réduit fortement : cela nous facilite la tâche à l'heure de déterminer de quelle toxine il s'agit. Or il nous a suffi d'analyser le contenu de l'estomac de la victime pour avoir la certitude que dans le cas qui nous intéresse, l'origine du poison était bien végétale.

— Vous avez eu accès aux résultats du laboratoire ? demanda Riveiro, un peu surpris.

— Oh non, bien sûr que non. Le Dr Múgica m'a demandé de collaborer sur ce dossier à titre exceptionnel. Je ne travaille pas à l'Institut, je n'ai pas la possibilité d'intervenir auprès des laboratoires. En revanche, j'ai déjà vu ce type de liquide dans l'estomac d'un individu par deux fois au cours de ma carrière : cette couleur, cette odeur astringente, reconnaissable entre mille. Quelqu'un a servi une infusion mortelle à M. Viesgo.

— Une infusion ? Comment ça, une infusion ! s'exclama Riveiro, stupéfait. Vous voulez dire qu'on lui a administré de l'if dans sa tasse de thé ?

— On peut voir ça comme ça. En tout cas, ma collègue a dû vous le dire, dit Bárcena, en se retournant vers Cardona : les résultats définitifs dépendront des analyses biochimiques et histologiques effectuées sur le sujet, tout particulièrement celle du foie. L'information que je viens de vous donner est donc fiable à quatre-vingt-dix-neuf pour cent.

— Une marge d'erreur acceptable, répliqua Riveiro, qui notait fébrilement tout ce qu'il venait d'entendre sur son petit calepin. Laissez-moi réfléchir… je dois avoir une idée claire de ce qui a pu se passer, pour exposer les faits à mon équipe tout à l'heure. Et je voudrais être sûr de ne pas me tromper. Voyons… – Riveiro se tut un instant, comme s'il ne savait pas par où commencer. – Supposons que le poison soit effectivement tiré de l'if commun. D'où vient la matière première ? Il faut certainement mélanger l'if à d'autres substances pour le rendre aussi toxique, non ?

— Pas le moins du monde, monsieur Riveiro. L'if est un poison mortel.

— Mais, alors… Bon Dieu ! On trouve cet arbre partout en Cantabrie ! Au moins dans un parc sur deux, je parie.

Le sourire du Dr Bárcena n'avait rien de condescendant. Il exprimait plutôt de la compréhension face à l'incrédulité du sergent.

— L'arbre en lui-même n'est pas un poison. En revanche les feuilles et les graines de l'if contiennent un alcaloïde extrêmement puissant, la taxine. En cas d'ingestion, cette toxine provoque, outre les symptômes que je vous ai décrits tout à l'heure, une chute brutale de la tension et des troubles respiratoires pouvant entraîner l'asphyxie.

— Je vois. Et comment fabrique-t-on le poison ? Je veux dire, faut-il être un expert pour le préparer ? Est-ce qu'une simple décoction de feuilles suffit ?

— Pratiquement, oui. Mais dans le cas qui nous intéresse, la personne qui a préparé le poison devait bien connaître les propriétés de cette plante. L'infusion contenait une forte concentration de taxine active, celle qui s'obtient à partir des feuilles sèches. Il ne s'agissait pas d'une infusion de feuilles fraîchement cueillies.

— Ce qui veut dire que le poison était préparé à l'avance.

Le Dr Bárcena haussa les épaules.

— Qui sait. C'est possible.

— Bon. Et le poison fait effet en combien de temps ? Approximativement, je veux dire.

— À partir du moment où il est ingéré, il faut compter environ trente minutes. La mort survient généralement entre une demi-heure et une heure.

— Si vite ?

— L'if est un poison fulgurant. Et redoutablement efficace, rares sont les organismes capables d'y survivre. Et même dans ce cas, ils en gardent des séquelles irréversibles au foie et aux reins. Imaginez un peu : deux grammes de feuilles par kilogramme sont suffisants pour tuer un cheval. Les ruminants, eux, résistent un peu plus longtemps...

— On peut donc établir que quelqu'un a administré à M. Viesgo une infusion mortelle de feuilles d'if séchées, qui a entraîné sa mort dans un délai maximum d'une heure après l'ingestion du poison.

— C'est cela. La taxine aura en principe accéléré son cœur dans un premier temps, avant d'affaiblir les pulsations cardiaques, ce qui aura eu pour effet de diminuer la pression sanguine. Cette substance provoque des douleurs gastriques et intestinales qui peuvent aller jusqu'à causer des diarrhées et des convulsions, en plus de l'inflammation rénale et hépatique dont j'ai parlé tout à l'heure. Elle entraîne finalement la mort par arrêt cardiaque.

— Une mort abominable.

— On peut se consoler en se disant qu'il n'a pas eu le temps de souffrir. La mort a été rapide. Vu l'âge avancé de l'individu, son décès a probablement eu lieu dans la demi-heure qui a suivi l'ingestion de l'infusion.

— C'est vraiment étonnant, réussit à dire Riveiro, l'air pensif. Hormis le fait que la personne qui a préparé l'infusion semble avoir des connaissances spécifiques en la matière, on pourrait presque affirmer, finalement, que n'importe qui aurait pu cueillir des feuilles de l'arbre dans un parc et empoisonner le Dr Viesgo. Je veux dire par là qu'il n'est pas nécessaire de passer par un herboriste ni par une pharmacie spécialisée pour trouver ce poison. Je me trompe ?

— Non, c'est exact. Il suffit de cueillir la quantité nécessaire de feuilles d'if.

— Et qui peut savoir que cet arbre contient un poison aussi toxique, d'après vous ? Un médecin ? Un spécialiste en médecine légale, comme vous ? Un naturopathe ?

— Bonne question. De toute évidence, un légiste spécialisé en toxicologie ne peut méconnaître les propriétés de l'if, mais je dois vous dire toutefois qu'il ne s'agit pas d'un poison courant. Actuellement, nous sommes bien plus souvent confrontés à des cas d'empoisonnement aux barbituriques, ou à d'autres substances telles que le laudanum, l'insuline, la strychnine ou le cyanure. En Cantabrie, ce sont surtout les habitants des campagnes qui connaissent cet usage de l'if ; le poison est très répandu chez les agriculteurs qui s'en servent pour faire avorter les ruminants quand c'est nécessaire. Les guerriers cantabriques de l'Antiquité, par exemple, gardaient toujours des feuilles d'if sur eux au cas où ils tomberaient aux mains de leurs ennemis romains, de façon à pouvoir se suicider rapidement.

— Allons bon ! répliqua Riveiro, qui n'en revenait pas.

Décidément, cette journée de travail lui réservait bien des surprises.

— Et à ce propos, dit le Dr Bárcena en se levant soudain, comme pour laisser entendre que l'entretien était terminé, l'if devrait être sacré à vos yeux.

— Je vous demande pardon ?

— N'êtes-vous pas d'ici ?

— Si, je suis né à Polanco, mais…

— L'if est l'arbre sacré de la Cantabrie, le symbole même de votre région, sergent. En raison de sa longévité, il est depuis toujours associé à l'immortalité. Certains spécimens peuvent vivre plus de mille cinq cents ans en parfaite santé.

— Alors que sa taxine provoque une mort presque immédiate.

Gael Bárcena sourit de la provocation de Riveiro :

— Saviez-vous que le taxol qu'on extrait de son écorce est un puissant anticancéreux ? Il y a du bon en toutes choses, sergent.

— Un point pour vous. C'est donc l'arbre sacré de la Cantabrie…

— Effectivement. J'espère avoir pu vous aider. À présent, je vais vous laisser avec ma collègue, Mlle Cardona, avec qui vous pourrez entrer dans les détails des examens médicolégaux.

— Je vous en prie, docteur. Je vous remercie de votre inestimable collaboration. J'ai encore une question à vous poser, puisque vous semblez incollable sur les usages culturels de l'if. Savez-vous si cette connaissance populaire des propriétés toxiques de l'arbre existe ailleurs qu'en Cantabrie, dans d'autres régions du monde ? Vous comprendrez que nous cherchons à identifier un assassin, et qu'il est essentiel pour nous de pouvoir déterminer son origine géographique.

Le Dr Bárcena réfléchit quelques instants.

— À ma connaissance, les études portant sur l'if n'évoquent son usage comme poison que dans le nord de l'Espagne. Les régions de référence sont la Cantabrie et les Asturies, quoique avec une moindre prévalence. Dans les Asturies, l'if est un symbole, plus rarement un poison mortel. Le jour de la Toussaint, par exemple, la coutume voulait qu'on offre une branche d'if aux défunts pour les guider dans leur retour au Pays des Ombres.

Riveiro avait l'impression d'écouter une version abrégée du *Seigneur des Anneaux*. Le Pays des Ombres ? L'Arbre de l'Immortalité ? Comment pouvait-il ignorer que l'if était l'arbre sacré de la Cantabrie ? Au moment de prendre congé du Dr Bárcena, ce dernier reprit la parole comme s'il s'était soudain souvenu d'un détail intéressant :

— Sergent, ce n'est pas tout.

— Je vous écoute.

— Les Anglais eux aussi vénèrent l'if. Ou du moins, ils l'ont fait par le passé. Il fut un temps au Moyen Âge où l'arbre était en voie d'extinction sur le sol britannique parce que les Anglais se servaient de son bois pour fabriquer leurs arcs. Vous savez, l'if est un bois remarquable, en plus d'être associé depuis toujours à l'immortalité. Je suppose que cela ne fera pas avancer votre enquête, mais je viens de m'en souvenir. La quasi-totalité des études sur l'if que j'ai pu consulter au cours de ma carrière ont été effectuées, justement, par des Britanniques.

— Eh bien, il ne me reste plus qu'à vous remercier. On ne sait jamais, ce détail pourrait bien s'avérer fort utile, répondit Riveiro. L'image d'Oliver s'imprima sur sa rétine. Gordon était anglais, et les meurtres avaient commencé le jour où il avait posé le pied à Suances. C'était un fait. Bien sûr, pour l'après-midi du mardi où le Dr Viesgo avait été empoisonné, l'Anglais avait un alibi : il était en réunion avec son avocat et toute l'équipe au groupement de la garde civile. Pouvait-il avoir un complice ? Tout était possible à ce niveau de conjectures. Riveiro prit congé du Dr Gael Bárcena et ne tarda pas à se rendre compte qu'Almudena Cardona n'avait pas une minute à lui consacrer. Elle courait de réunion en réunion, et préparait le Congrès de médecins légistes, ce fameux congrès auquel ils devaient la présence de Bárcena à Santander. Son planning surchargé n'était pas seulement imputable au manque de personnel en cette période estivale, mais surtout à l'absence inexpliquée de Clara Múgica, la légiste vedette de l'Institut de médecine légale. Cardona ne pourrait pas recevoir Riveiro avant la fin d'après-midi, et même s'il attendait jusque-là, elle ne pouvait pas lui garantir de disposer des résultats des différents laboratoires. Certains échantillons prioritaires avaient été envoyés à des laboratoires privés. Cardona ne put le renseigner non plus sur l'autopsie de David Viesgo ; il n'obtint d'elle qu'une indication approximative de l'heure de son décès, qui avait eu lieu entre vingt heures trente et vingt et une heure le mardi 9 juillet.

Le sergent sortit de l'immeuble. La pluie s'abattait à torrents sur la ville, les coups de tonnerre se rapprochaient.

Il courut s'abriter dans son véhicule, où il composa un numéro sur le clavier de son portable. Il devait parler de toute urgence au lieutenant Redondo.

Valentina Redondo n'était plus qu'à cinq kilomètres de Santillana del Mar lorsqu'elle reçut l'appel de Riveiro. Elle gara sa voiture sur le bas-côté, sous une pluie incessante qui réduisait considérablement la visibilité. L'air chargé d'humidité semblait danser avec l'eau au-dessus de la route. Des larmes furieuses criblaient la terre de leurs gouttes glacées.

Elle écouta attentivement Riveiro : l'assassin du Dr Viesgo avait une parfaite connaissance des plantes et des poisons millénaires. Si les analyses confirmaient que le toxique employé était bien l'if, son effet fulgurant sur le corps humain pouvait leur permettre de rayer Oliver Gordon de la liste des suspects. Le mardi où le Dr Viesgo avait été assassiné, Oliver se trouvait avec eux. La réunion avait terminé aux environs de vingt et une heures. À moins d'avoir un complice, Oliver n'avait pas pu empoisonner le médecin, puisque la victime était décédée entre vingt heures trente et vingt et une heures ce soir-là. Or le poison qui lui avait été administré faisait effet en moins d'une heure. Gordon était hors de cause. Valentina se sentit secrètement soulagée. Puis elle se reprit : elle devait rester sur ses gardes. Pour l'assassinat de Pedro Salas, Oliver Gordon n'avait pas d'alibi. Elle avait déjà assisté à des rebondissements improbables au cours de sa carrière, comme la fois où elle avait découvert qu'un père de famille modèle assassinait des adolescentes à ses moments perdus, des jeunes filles trop naïves pour se méfier un seul instant de cet homme adorable. Ou encore ce clown qui gagnait sa vie en animant des fêtes d'anniversaire : passionné d'un "jeu" macabre, comme il l'appelait, cet homme torturait des vieilles dames solitaires jusqu'à leur donner la mort. Il violait leur cadavre ensuite avant de dévaliser leurs maisons. Valentina, encore au téléphone, donna ses instructions au sergent Riveiro : en plus des missions qu'elle lui avait confiées, il devrait aller interroger la femme du Dr Viesgo. Tout ce que la veuve lui apprendrait sur la relation entre son mari et Mme Ongayo, sur leur rendez-vous en ce mardi fatidique, pourrait s'avérer crucial pour l'enquête. Redondo savait que rien n'échapperait à la sagacité de Riveiro, elle avait confiance en lui. Elle lui rappela également qu'elle comptait sur lui pour interroger les enfants de Pedro Salas. L'enjeu était de déterminer à quel moment le vieux marin avait commencé à se montrer aussi généreux. Les autres membres de la brigade des enquêtes criminelles se chargeraient de retracer sa trajectoire familiale. Enfin, si la visite à Santillana lui en laissait le temps, Valentina Redondo irait en personne rendre visite à Mme Ongayo.

Excusez-moi un instant : un appel en attente. Valentina prit congé de Riveiro.

C'était le sous-lieutenant Sabadelle, qui venait d'arriver à Santillana del Mar. Oliver Gordon était avec lui. L'Anglais voulait enquêter de son côté, voir de ses propres yeux la maison des Quevedo, mais Sabadelle avait réussi à le convaincre de partir avec lui. Vous avez bien fait. Comme ça, il n'y aura pas besoin de mettre en place un dispositif de surveillance pour le garder sous contrôle. Valentina donna ses instructions à Sabadelle : ils se retrouveraient à l'office du tourisme de Santillana, où Oliver Gordon et lui pourraient s'abriter de la pluie.

Le lieutenant s'apprêtait à redémarrer, quand elle se vit contrainte de suspendre son geste. Incroyable : un nouvel appel. Qu'allait-il se passer, cette fois ? C'était le juge Jorge Talavera. Curieux. Il ne l'appelait jamais sur son portable, il passait toujours par le standard du groupement.

Comment ça ? Clara Múgica était la fille de Jana Ongayo ? Mais enfin… Clara était l'une de ses amies, comment était-il possible qu'elle ne soit pas au courant… ? D'un seul coup, des idées, des phrases et des souvenirs s'assemblèrent dans l'esprit du lieutenant Redondo. Mais bien sûr ! Múgica devait être le nom du second mari de Mme Ongayo… Cette dernière n'avait pas précisé comment s'appelait son époux lors de son interrogatoire, la veille. Zubizarreta, Torres et Camargo l'auraient découvert tôt ou tard. Mme Ongayo avait déclaré que sa fille travaillait dans un hôpital de Santander, et qu'elle était médecin… effectivement, elle ne lui avait pas menti. Clara était médecin légiste à l'Institut de médecine légale de Cantabrie. Les salles de travail principales de l'Institut se trouvaient au sous-sol de l'hôpital de Valdecillas, à Santander. Valentina savait très peu de choses sur la famille de Clara. Après cinq ans d'amitié et d'innombrables cafés en tête-à-tête, Clara semblait toujours avoir des réticences à aborder le sujet. Quand Valentina lui posait des questions, elle se contentait de répondre qu'elle avait une relation plutôt distante avec sa mère et que cette dernière ne vivait pas à Santander. Elle n'entrait jamais dans les détails. Peut-être Valentina ne s'était-elle pas suffisamment intéressée à la famille de Clara pour que son amie accepte de lui en dire plus ? Leurs conversations dérivaient très vite vers d'autres sujets : le travail, les voyages que Clara faisait avec son mari Lucas. Tout comme elle, il avait un travail très prenant, mais le couple partait à l'étranger dès qu'il en avait l'occasion. À présent, Valentina comprenait mieux d'où Clara tenait sa grande culture et sa maîtrise parfaite des langues étrangères : elle avait fait toute sa scolarité dans un internat suisse avant de suivre des études supérieures en Angleterre. Sa propension à travailler sans relâche et son goût des voyages n'étaient-ils pas des façons de s'évader, de s'échapper, de ne pas être disponible, autant de prétextes pour ne pas rendre visite à une mère qu'elle semblait détester ? Pour l'heure, il s'agissait tout au plus d'un diagnostic hasardeux, en dépit de la solide expérience de Valentina en matière de psychologie. Elle se sentit soudain désemparée :

— Monsieur le juge, je... Dites-moi, Talavera, que va-t-il se passer maintenant ? Nous avions l'intention d'enquêter sur la fille de Mme Ongayo, autrement dit sur Clara. Elle n'a pas enfreint la loi, pour l'instant, rassurez-moi ?

— Non. Vous pouvez poursuivre votre enquête normalement. Pour l'instant, aucun soupçon ne pèse sur Clara. La seule chose qu'on puisse lui reprocher, c'est de ne pas avoir dit d'emblée qu'elle connaissait David Viesgo lorsque le corps du médecin est arrivé en salle d'autopsie.

— C'est elle qui a pratiqué l'autopsie ?

— Non, Clara a délégué l'examen à d'autres légistes de son équipe. Quand elle s'est rendu compte que le brave homme avait été empoisonné, elle a même demandé à un certain Dr Bárcena, un expert de l'Institut national de toxicologie qui se trouvait de passage à Santander, d'examiner le corps pour les aider à déterminer quel type de poison avait été utilisé. Ensuite elle a sollicité auprès du directeur de l'Institut de médecine légale l'autorisation d'être écartée de tous les examens qui se rapporteraient de près ou de loin à l'enquête. Et c'est seulement ensuite qu'elle m'a téléphoné.

— Elle a agi correctement, dit Valentina, soulagée.

— Sa praxis est irréprochable pour l'instant. Elle m'a affirmé ne pas connaître Pedro Salas. D'autre part, le jour où nous avons procédé à la levée du corps du bébé à la Villa Marine, Clara ignorait complètement que cette maison avait appartenu à sa famille. En revanche elle connaissait

David Viesgo de vue : il rendait régulièrement visite à sa mère. Cela faisait des années qu'elle ne l'avait pas vu.

Valentina hésita quelques secondes.

— Évidemment. Mais cela ne change rien au problème… Je suis sûre qu'elle a effectué les autopsies consciencieusement et que ses rapports sont impeccables, mais je me demande s'il ne va pas falloir malgré tout procéder à de nouvelles vérifications, dit-elle, la voix lourde de soupçons.

— Je crois que cela ne sera pas nécessaire. Les autopsies sont supervisées par deux légistes, en principe. Les résultats sont vérifiés scrupuleusement avant d'être signés par les deux médecins. Dans le cas du bébé et de Pedro Salas, elles ont été effectuées par Múgica et Cardona. Vous savez, j'ai une confiance totale en Múgica. Je ne laisserai personne mettre en doute son intégrité. En revanche, je pense comme vous qu'une conversation avec Cardona ne serait pas superflue, au moins pour éclairer certains points des rapports d'autopsie. Je vous rappelle que Clara a demandé au directeur de l'IML ce matin d'être déchargée de l'enquête. Elle n'est donc officiellement plus responsable de ces dossiers.

— Clara savait très bien que nous finirions par l'identifier, monsieur le juge, répliqua Valentina, mue par un ressort professionnel.

Ce n'était plus l'amie en elle qui parlait, mais le lieutenant responsable de l'enquête. Elle s'en voulut aussitôt d'avoir fait ce commentaire. Elle savait que Clara Múgica et le juge Talavera étaient amis et s'estimaient beaucoup, alors qu'elle-même avait à peine échangé quelques mots avec le magistrat en dehors de la sphère professionnelle. Ils ne s'étaient jamais tutoyés, par exemple. Elle appréciait le caractère affable du juge, mais ne le connaissait que de réputation.

— Pour l'instant, décréta Talavera, vous allez poursuivre votre enquête normalement. Je me charge d'accélérer les démarches auprès des opérateurs téléphoniques et des établissements bancaires de Pedro Salas et du médecin. En ce qui concerne l'individu agressé hier soir à l'hôpital de Santa Clotilde, je viens de discuter avec le magistrat saisi du dossier. Il me transmettra l'ordonnance de clôture de l'instruction dès que le dessaisissement sera prononcé. – Le juge se tut. – Clara Múgica, pour l'instant, se comporte de façon irréprochable, dit-il en guise de conclusion.

— C'est une de mes amies, monsieur le juge. Mais je trouve qu'elle aurait pu nous avertir de son lien de parenté avec la famille Ongayo. Bien avant la découverte du cadavre de David Viesgo, elle a eu accès à des éléments clés de l'enquête.

Un nouveau silence se fit à l'autre bout de la ligne. Le juge soupira, comme en proie à un abattement soudain.

— Jusqu'à preuve du contraire, Clara n'a pas enfreint le code de déontologie médicale. Elle n'a pas fait la moindre entorse à la vérité. Elle a même fait tout ce qui s'imposait pour que la brigade des enquêtes criminelles de la police judiciaire ne soit pas obligée de l'identifier par surprise ni de procéder à une récusation formelle de sa qualité d'expert. Par conséquent, je considère qu'elle n'a pas trahi ma confiance. Et puisqu'il est question de Clara, je vous informe qu'elle compte s'absenter quelques jours.

— S'absenter quelques jours ?

— De son travail, s'entend. Elle se tiendra bien entendu à la disposition de l'enquête. Mais elle m'a demandé expressément de vous prévenir.

Cela signifiait que Clara n'avait pas souhaité l'avertir elle-même. Valentina dissimula du mieux qu'elle put un léger élancement dans son for intérieur : elle se sentait curieusement offensée que Clara n'eût pas pris la peine de lui passer un coup de fil. Non, elle ne devait pas accorder d'importance à ce détail, il avait dû être suffisamment désagréable pour Clara de devoir s'expliquer à deux reprises au cours de la matinée, d'abord auprès son directeur puis auprès du juge Talavera. Elle comprenait qu'elle n'ait pas envie, après ça, de se justifier une nouvelle fois auprès d'un lieutenant de la police judiciaire de la garde civile.

La conversation entre Redondo et Talavera prit fin de manière abrupte. Tous deux étaient saisis d'une sourde inquiétude qui confinait au désarroi. Valentina redémarra le moteur de son Alfa Romeo et appuya sur l'accélérateur pour reprendre enfin la route de Santillana del Mar.

Oliver observa avec un malin plaisir l'arrivée de Valentina : ses cheveux longs étaient trempés, et elle s'abritait de la pluie battante sous une petite veste qu'elle tenait à quelques centimètres au-dessus de sa tête. Elle marchait d'un pas décidé, comme toujours, mais son visage exprimait l'inquiétude au milieu d'un tourbillon de sensations qui évoquaient le souci, la fatigue mais également la détermination la plus entière.

— Attention, voilà la fille au sabre qui débarque, dit Sabadelle.

— Je vous demande pardon ? dit Oliver, convaincu d'avoir mal compris. – Il y avait des expressions idiomatiques en espagnol qu'il ne maîtrisait pas encore. – Vous avez bien dit "au sabre" ?

— Non, laissez tomber. Je me comprends. J'ai voulu dire : voilà le lieutenant. Et d'ailleurs, puisque vous avez pris la peine de venir jusqu'ici…

— Vous savez, je serais allé à Santillana de toutes manières, avec ou sans vous.

— Soit. Mais comme je vous disais, puisque vous avez pris la peine de venir de Suances, je vous autorise à nous accompagner. En revanche, je veux que les choses soient claires : vous n'ouvrez pas la bouche, c'est nous qui posons les questions, compris ? Avec vous, on ne sait jamais. Si on ne tombe pas sur un nouveau macchabée, on pourra peut-être passer un jour potable.

Oliver s'apprêtait à répondre quand le lieutenant arriva à sa hauteur. Le regard électrique qu'ils échangèrent à cet instant suffit à lui faire oublier Sabadelle.

Complètement trempés, ils entrèrent dans une échoppe de souvenirs où ils n'eurent aucun mal à s'équiper de parapluies. Ils décidèrent de s'octroyer une tasse de café réconfortant avant de s'aventurer dans cette ville magique pleine de silence et de mystères. Ce jour-là, sous la pluie diluvienne, les rues de Santillana del Mar étaient étrangement vides : les touristes avaient trouvé refuge dans les cafés ou les boutiques des antiquaires.

Ils entrèrent à La Galerna, un petit restaurant qui disposait d'un coin bar et d'un kiosque de souvenirs. À l'entrée, un petit écriteau rappelait au visiteur que la vertu est l'ennemie des extrêmes. Valentina Redondo soupesait l'éventualité d'informer Oliver Gordon des derniers rebondissements de l'enquête. Un vieillard admis à l'hôpital de Santa Clotilde avait été victime d'une tentative d'homicide. Il avait déclaré qu'Oliver Gordon était en danger. Elle passa sous silence certains détails concrets, par exemple que l'assassin présumé devait être un homme, et expliqua à Oliver qu'il devrait se montrer très vigilant. Les portes et les fenêtres de son chalet devaient dorénavant être cadenassées, sans quoi il pourrait aller au-devant de graves ennuis. Afin qu'il prenne la mesure de la gravité de la situation, elle lui révéla que le Dr Viesgo avait été empoisonné. Elle se garda bien de lui dévoiler la nature du poison ni en combien de temps ce dernier agissait. Il valait mieux qu'Oliver Gordon ne sache pas s'il avait un alibi pour le meurtre du médecin. Elle n'avait jamais envisagé sérieusement la possibilité qu'il soit soupçonné de ce crime, mais elle préférait prendre ses précautions. Oui, il valait mieux laisser Oliver Gordon dans l'incertitude ; d'ailleurs, elle prévoyait de le soumettre à un interrogatoire. Elle devait en savoir plus sur son passé, sur les raisons qui l'avaient poussé à s'installer à Suances alors qu'il n'y avait aucune attache. Elle en profiterait pour vérifier la solidité de ses alibis pour le meurtre de Pedro Salas, sans oublier la tentative d'homicide du vieux Ballesta. La probabilité qu'Oliver soit impliqué dans l'agression était infime, elle devait bien l'admettre, à moins qu'Oliver Gordon ait la faculté de se déplacer à la vitesse de la lumière : elle l'avait déposé chez lui entre vingt heures trente et vingt heures quarante-cinq ce soir-là. Comment aurait-il pu étrangler le vieil homme à Santander, qui se trouvait à plus d'une demi-heure de route de Suances, à vingt et une heures ? Non, c'était impossible. Il ne pouvait pas faire partie des suspects.

Valentina laissa Oliver seul à la table de ce café accueillant et profita de l'instant où elle et Sabadelle allaient passer commande au comptoir pour s'entretenir avec son subordonné des nouveaux éléments de l'enquête. Clara Múgica était la fille de Mme Ongayo. Comme elle pouvait s'y attendre, Sabadelle mit du temps à assimiler ce fait insolite. Múgica pouvait-elle avoir un intérêt secret à tous ces crimes ?

Alors qu'ils savouraient leur café au lait accompagné de *quesadas* encore tièdes, le sous-lieutenant Sabadelle leur raconta par le menu ce qu'il avait en tête pour sa prochaine pièce de théâtre, où il jouerait le rôle d'un empereur romain. Puis ils décidèrent de s'aventurer dans les ruelles de Santillana. Il faisait bon à présent, même si le crachin tombait toujours avec une constance inlassable. Comme pour accentuer le comique de la situation, les premières notes de *Je me fous de la pluie* s'élevèrent d'un bar de la rue : ce single entonné joyeusement par le groupe Efecto Pasillo était le tube de l'été, avec son entêtant refrain :

Je me fous de la pluie
tant que je reste près de toi
La vie devient
un jeu d'enfant
quand tu es avec moi.

Sabadelle et Oliver s'abritaient sous le même parapluie, tandis que Valentina n'avait pas à partager le sien. Oliver la regardait du coin de l'œil : même sans maquillage et les cheveux emmêlés par la pluie, elle avait quelque chose de fascinant. Le charme de ces femmes qui ensorcellent par leur façon de regarder bien plus que par leur regard lui-même. Et ces troublants yeux vairons. Tous trois descendaient la rue Carrera qui menait au centre de Santillana. La pluie tranquille étouffait leurs pas, ils se laissaient entourer par la pierre des murs et des pavés, au gré de ruelles à peine assez larges pour laisser passer des attelages de chevaux.

Je t'emmènerai là où la lumière du soleil nous portera
là où les rêves sont encore à construire
je t'apprendrai à nager entre des myriades d'étoiles
si tu restes avec moi.

Ils n'avaient pour seul guide qu'une carte qu'Oliver tenait dans les mains. En arrivant à la rue Cantón, ils passèrent sans le savoir devant la Torre de Velarde, un monument du XVe siècle. Ils ne la virent même pas, enivrés comme ils l'étaient par la succession d'immeubles et de ruelles qui les transportaient très loin dans le temps. Ils marchaient sans mot dire, attentifs au bruit léger de leurs pas sur le sol humide, scrutant les armoiries qui ornaient les façades. Ils observaient les hautes portes en bois, leurs serrures en forme de dragons mortifères, leurs mille variantes architecturales autour de la pierre de taille et des bois précieux.

— Il ne serait pas de ce côté-là, par hasard ? demanda Sabadelle, qui admirait une façade qui se trouvait tout au bout de la rue Cantón, presque au niveau de la rue del Rio.

Un blason gigantesque, magnifique, soutenu par deux soldats imposants taillés à même la pierre, attirait les regards.

— Non, répondit Oliver, après avoir consulté sa carte, ce n'est pas celui qu'on cherche. Là-bas, c'est la Maison des Villa, et le blason que vous voyez s'appelle *El escudo de los Hombrones*. Regardez bien en dessous, c'est écrit : "Une belle mort est l'orgueil de toute une vie", ajouta-t-il en déchiffrant tant bien que mal l'inscription sous la pluie. La maison qui nous intéresse se trouve un peu plus loin, en face du lavoir ou de l'abreuvoir qu'on aperçoit là-bas, expliqua-t-il en tournant sa tête vers un petit auvent de bois et de tuiles qui abritait un lavoir au bout de la rue.

— Je le vois, confirma Valentina. Allons-y.

Ils s'arrêtèrent à la hauteur de l'abreuvoir. Avec la collégiale de Santa Juliana en toile de fond, l'image était digne d'une carte postale. Ils comprirent immédiatement pourquoi cette rue avait été baptisée "la rue de la rivière" : des litres d'eau, conséquence de la pluie implacable, s'accumulaient au niveau de l'abreuvoir. L'eau était déviée de la voie principale par une ouverture adjacente. Cette canalisation donnait sur un long tunnel voûté, entièrement recouvert de bois, qui se frayait un passage entre deux imposantes demeures seigneuriales. Dans le temps, c'était sans doute le seul moyen de canaliser l'eau de pluie afin d'éviter les inondations en ville.

— Nous y sommes, dit Oliver.

— C'est là ? demandèrent au même instant Sabadelle et Redondo.

— D'après l'illustration du livre que j'ai trouvé à la Villa Marine, une partie de cette maison appartenait à la famille Cossío, et l'autre à la famille Quevedo. Regardez bien, expliqua-t-il en désignant la *casona* coupée en deux par le tunnel d'évacuation des eaux de pluie, en principe, Tlaloc devrait se trouver sur cette façade, du côté de la collégiale.

En effet, Tlaloc était là. Impassible, le regard tourné vers l'infini, étranger à leur présence. Exactement comme sur le dessin qu'Oliver avait repéré dans *Le Souffle éternel du temps*, l'énorme visage de Tlaloc ornait la porte principale de la *casona*, dont le large balcon filant était surmonté d'un écusson impressionnant de démesure. Comment un symbole aussi étrange avait-il pu passer inaperçu à cet endroit ? Près du cloître, à quelques mètres seulement de l'entrée de la collégiale romane de Santa Juliana, qui était l'une des plus célèbres de toute la Cantabrie ? Tlaloc avait dû apparaître dans des centaines, voire des milliers de photos de vacances, comment se faisait-il que personne n'ait remarqué sa présence incongrue dans une ville comme Santillana del Mar ?

— Une overdose de beauté, dit Oliver, comme pour répondre à la question que les autres se posaient en silence.

— Je vous demande pardon ? répondit Valentina en levant des yeux étonnés, alors que Sabadelle se retournait vers Oliver, l'air surpris.

— Je dis seulement que quiconque visite cet endroit est victime d'une overdose, d'une saturation si vous préférez. Cette ville est magnifique, personne ne peut assimiler tant de beauté d'un coup… Ce n'est pas tout à fait le syndrome de Stendhal, mais je comprends mieux pourquoi Tlaloc est passé inaperçu. Il suffit de passer vingt minutes dans cette ville pour avoir la rétine saturée de blasons, de traverses, de passages dérobés et de tours de guet. Je vois mal comment quelqu'un pourrait remarquer un bas-relief de plus ou de moins sur une façade.

— Et allez, manquait plus que ça ! Monsieur se la joue philosophe, il s'y connaît en art, maintenant, dit Sabadelle à voix basse, de manière à ce que Valentina et Oliver n'entendent qu'un grommellement inintelligible.

Valentina se contenta de hocher la tête. Elle s'approcha de la porte de la *casona* et passa sous le Tlaloc de pierre. La grande porte en bois était ouverte. La *casona* avait peut-être un passé aristocratique, mais aujourd'hui, elle était reconvertie dans la vente de *sobaos*, *quesadas* et autres douceurs régionales aux touristes. Sur un écriteau qui prétendait imiter le fer forgé à l'ancienne, il était écrit : "Pâtisserie Casa Requejo. Établissement fondé en 1950." Une jeune femme souriante les accueillit à l'entrée. Elle était installée derrière un comptoir épuré, dans ce qui avait dû être auparavant une cour intérieure à l'élégance toute médiévale. Derrière la vendeuse, un escalier de pierre conduisait à l'étage. Il se séparait en deux avant de se fondre dans la pénombre de l'intimité. Pas de chance : la vendeuse n'avait aucune idée du nom des anciens propriétaires de la *casona*, ni de la date à laquelle la pâtisserie avait été cédée à ses patrons.

Mais la fortune finit par leur sourire. Par un heureux hasard, une voisine, doña Tulia, vint s'abriter de la pluie à l'entrée de la pâtisserie Casa Requejo. C'était une femme d'un certain âge et, comme toutes les voisines de toutes les villes du monde, elle savait des choses qui n'étaient écrites nulle part. Les Chacón avaient vendu la pâtisserie aux propriétaires actuels en 1950. Elle s'en souvenait très bien parce que c'était justement l'année où ils avaient inauguré la boutique. Les Chacón avaient décidé de se défaire de la maison juste après la tragédie. Une seconde : vous avez dit tragédie ? Quelle tragédie ?

Comment ça quelle tragédie. Mais l'histoire avait fait le tour du village. On en avait parlé pendant des jours, c'était même sorti dans les journaux. *El Caso* lui avait consacré un article des années plus tard. Encore un mystère non résolu. Ça datait de plus de soixante ans, c'est sûr, plus personne ne devait s'en souvenir aujourd'hui. Une histoire qui s'était diluée dans le temps comme tant d'autres : un membre de la famille Chacón avait disparu, et on n'avait plus jamais entendu parler de lui. Plus une trace, il s'était tout simplement évanoui.

Un membre de la famille, vraiment ?... Qui avait disparu ?

— Il ne s'agirait pas d'un bébé, par hasard ? demanda Valentina, le cœur battant.

— Un bébé ? répliqua doña Tulia, surprise. Oh non, Dieu merci ! C'était le fils cadet, mais il avait au moins trente ans... Je n'en sais pas beaucoup plus, à vrai dire... ma mère aurait été mieux placée pour vous renseigner, mais elle nous a quittés, la pauvre, il y a des années. Tout ce que je sais, moi, c'est ce qu'on m'a raconté. Cette histoire a fait jaser à Santillana, vous savez. Il y avait des rumeurs... Certains racontaient que les nationalistes avaient fait le coup. D'autres prétendaient que c'étaient les combattants des montagnes. Enfin. Vous savez, dans ces années-là, les hommes ne faisaient pas les délicats. C'étaient de vrais hommes, des durs, ils n'y allaient pas par quatre chemins, si vous voyez ce que je veux dire.

— Les combattants des montagnes... murmura Valentina, en repensant aux paroles du vieux Ballesta. Il avait parlé d'un secret qu'il ne trahirait jamais. Le secret de ses amis républicains, des gars qui s'étaient planqués dans la montagne, comme il disait.

Valentina, qui aurait pu passer pour une simple touriste jusque-là, dit à doña Tulia qu'elle était lieutenant de la garde civile. À ce titre, elle souhaitait avoir de plus amples informations sur cette vieille histoire, mais la brave dame, qui changea à peine de ton en découvrant qu'elle se trouvait en présence de la *benemérita*, ne put lui apprendre grand-chose d'autre, à part l'endroit où vivaient aujourd'hui les Chacón : ils avaient déménagé quelque temps après la disparition de leur fils dans une maison prestigieuse située sur la place de la Mairie, qui était aussi la place du Marché à Santillana. La mère continuellement irascible, dépressive, voyait des fantômes dans les moindres recoins de la *casona Requejo*. Aujourd'hui, leurs descendants n'utilisaient la maison qu'en été : le reste de l'année, ils vivaient à Santander.

Valentina prit congé de doña Tulia. Elle s'apprêtait à ressortir sous la pluie, quand elle se tourna soudain vers la vendeuse comme si une dernière question lui revenait à l'esprit : savait-elle ce que signifiait ce symbole à la porte d'entrée de la pâtisserie ?

— Le symbole ? Quel symbole, vous voulez dire cette affreuse tête grimaçante au-dessus de la porte ? J'ai bien peur de ne pouvoir vous aider, je ne suis qu'une employée. J'ai toujours pensé qu'il s'agissait d'une gargouille, moi, enfin, d'un truc comme ça. À Santillana, on ne manque pas d'inscriptions et d'armoiries bizarres… De là à savoir ce que ça veut dire !

Valentina salua l'employée d'un grand sourire ; elle compara le numéro de téléphone des Chacón à celui que venait de lui donner doña Tulia. C'était bien le numéro qu'elle avait appelé le matin même, et qui sonnait dans le vide. D'après ses renseignements, une autre personne répondant au nom de Chacón habitait la maison d'à côté. Elle n'était plus très loin de la vérité, elle le sentait. Ils s'abritèrent de la pluie sous l'auvent de la maison qui faisait face à la *casona* des Quevedo.

— Une overdose de beauté, c'est bien ça ? persifla Sabadelle, en regardant Oliver. Et pourtant, cette dame pensait que Tlaloc était une vulgaire gargouille, vous en dites quoi ?

— Ça me semble logique, vu que l'université, le musée, les clarisses et même les experts chevronnés de la police judiciaire ne se doutaient pas de l'existence d'une sculpture de Tlaloc en Cantabrie avant que je leur prouve le contraire il y a environ deux heures.

Sabadelle fixait toujours Oliver, surpris de le voir oublier momentanément sa parfaite éducation britannique pour dévoiler sa force de caractère. Valentina Redondo intervint aussitôt :

— Ça suffit, vous deux. Nous n'avons pas de temps à perdre.

— J'ai beau chercher, je ne comprends toujours pas ce que ce dandy vient faire là, répliqua Sabadelle, les yeux rivés sur Oliver.

La provocation à l'égard de Valentina était évidente.

— Oliver, dit-elle, si vous ne vous sentez pas à l'aise, rien ne vous empêche de rentrer à la Villa Marine. D'ailleurs, votre présence en pleine enquête n'a rien de réglementaire. Sabadelle, suivez-moi, j'ai deux mots à vous dire, dit-elle d'un ton ferme. – Elle prit le sous-lieutenant à part quelques mètres plus loin. – Je vous préviens, je ne tolérerai pas la moindre vulgarité. Vous n'élevez plus le ton, vous ne faites pas de commentaires, je ne veux plus entendre la moindre parole déplacée. Si vous ne souhaitez pas travailler sous mes ordres, libre à vous de demander votre mutation au capitaine en chef ou même au colonel si vous en avez le culot, mais je vous défends de me provoquer, de me tester ou de mettre en cause mon autorité.

Sabadelle allait répondre, quand Valentina le coupa d'un geste.

— Et puisque vous êtes comédien, voyons si vous êtes capable de changer de registre et d'arrêter de jouer ce rôle d'emmerdeur qui en veut à tout le monde, parce que j'aimerais croire que vous n'êtes pas comme ça, au fond. Dernière chose, je vous rappelle qu'Oliver est ici sous votre responsabilité : c'est vous qui l'avez amené ou du moins, qui l'avez autorisé à nous accompagner. N'oubliez pas que sans lui, nous en serions toujours au même point sur Tlaloc. Pour l'instant, il faut avouer que sa collaboration a été précieuse. Et nous ne lui avons délivré aucune information confidentielle. Alors soyez assez aimable pour ne pas me faire perdre mon temps en m'obligeant à aller en parler au capitaine.

Santiago Sabadelle ne répondit pas. Il se contenta de soutenir le regard du lieutenant Redondo. Au bout de quelques secondes, ils arrivèrent à une sorte de trêve silencieuse qui témoignait d'un nouveau respect. Apparemment, tous deux avaient déposé les armes.

Oliver, en dépit de la distance prudente qu'avait voulu établir Valentina, laquelle se réduisait à quelques mètres en raison de la pluie battante et de l'étroitesse du auvent, avait tout entendu. Il les rejoignit.

— Lieutenant, dit Sabadelle d'un ton parfaitement neutre, en regardant seulement Valentina.

— Oui ?

— Il y a quelque chose qui me tracasse depuis le coup de téléphone de Gordon ce matin.

Valentina fronça les sourcils, surprise. Sabadelle venait d'obtenir une trêve auprès de sa supérieure. En dépit de la rancœur que l'on devinait encore au fond de ses yeux, et même s'il lui coûtait d'admettre l'autorité du lieutenant, il semblait maintenant décidé à s'ouvrir de quelque chose qu'il ressassait depuis un bon bout de temps.

— Je vous écoute.

— Les clarisses. La mère abbesse, sœur Mercedes, est une référence dans tout ce qui touche à l'art sacré de la région. C'est une religieuse cloîtrée, évidemment, mais elle nous a dit elle-même l'autre jour que les sœurs sortent régulièrement du monastère. Je me suis fait la réflexion qu'elle va forcément à la collégiale de Santa Juliana pour les fêtes et autres célébrations religieuses… une collégiale dont le perron se trouve juste en face de la *casona* où se trouve Tlaloc…

— Où voulez-vous en venir ? Vous pensez qu'elle aurait dû remarquer ce bas-relief en traversant la rue ?

— Je trouve très étrange qu'après soixante ans passés à Santillana del Mar, une spécialiste de l'art, de la restauration de tableaux et de sculptures de son envergure, une experte qui collabore depuis son entrée au couvent à toutes sortes de recherches et d'expositions historiques sur Santillana del Mar, ignore tout de la présence de Tlaloc sur cette façade. Qu'elle ne connaisse pas ce bas-relief par son nom, passe encore. Mais qu'elle n'ait jamais entendu parler d'un visage non identifiable avec deux serpents qui sortent par la bouche, y a rien à faire, ça me chiffonne.

Valentine réfléchit quelques instants.

— Maintenant que vous le dites, c'est vrai que cette femme avait l'air très calée en matière de religions. Croyez-vous qu'elle ait pu nous mentir ?

— J'en suis convaincu.

Valentina prit une profonde inspiration. Des liens. Ces câbles invisibles qui relient les histoires entre elles. La mère d'Oliver avait été élevée par les clarisses pendant deux ans, alors que la mère abbesse n'était qu'une jeune novice. Valentina regarda tour à tour Oliver et Sabadelle, et comprit qu'ils pensaient à la même chose.

— La journée promet d'être longue, dit-elle dans un demi-sourire.

Oliver et Sabadelle hochèrent la tête. En silence, comme enveloppés par la pluie, ils commencèrent à remonter vers la place du Marché de Santillana del Mar.

JOURNAL (11)

Cela fait quatre mois que Jana sert à la Maison Bleue. Le jour de son arrivée est gravé dans sa mémoire. Son maître, don Ignacio, n'avait pas l'arrogance typique des gens de la ville. Elle ne s'attendait pas à le trouver aussi jeune, bouillonnant d'énergie. Il n'était pas guindé, pas vieux jeu pour un sou, même si ses gestes, sa façon de parler et même de se déplacer révélaient au premier coup d'œil sa parfaite éducation.

Lorsqu'elle le vit pour la première fois, il classait des papiers à son bureau dans la bibliothèque, avec un ennui qu'il ne prenait pas la peine de dissimuler. Doña Elvira présenta Jana à la hâte, l'esprit accaparé par la viande qui mijotait sur le feu et les trois chambres qu'il lui restait à faire avant la fin de l'après-midi.

— Don Ignacio, voici la nouvelle, dit doña Elvira.

Sa phrase fut ponctuée d'un long soupir las.

— La nouvelle ? La nouvelle quoi ? daigna-t-il répondre en levant les yeux.

— La nouvelle bonne, don Ignacio. La jeune fille d'Hinojedo, vous vous souvenez ? Je vous ai prévenu hier de son arrivée. Elle est venue à pied depuis Ubiarco, la pauvre enfant ! Elle est arrivée par l'autocar de quinze heures.

Don Ignacio leva la tête. Il posa quelques secondes ses yeux bruns sur Jana.

— Bonjour, mademoiselle. Ne me dites pas qu'on vous a laissé faire un kilomètre à pied par cette chaleur. Vous avez vraiment fait tout ce chemin escarpé depuis Ubiarco toute seule ? C'est ce que j'appelle un accueil calamiteux.

Une moue dédaigneuse se dessina sur son visage alors qu'il se levait lentement du fauteuil.

Jana ne savait pas quoi dire. Elle était troublée, très impressionnée : c'était la première fois qu'une personne de sa "classe" s'adressait à elle. Elle choisit de se murer dans le silence comme on s'entoure d'une couverture protectrice, baissa les yeux, mais fut obligée de les relever lorsque don Ignacio lui dit :

— Ainsi, vous venez d'Hinojedo. – Don Ignacio souriait, les sourcils relevés, visiblement amusé. Il s'approcha à moins de deux mètres des deux femmes. – Et comment s'appelle notre nouvelle recrue, si ce n'est pas indiscret ?

Jana regarda doña Elvira d'un air suppliant. Comme elle l'aurait fait avec une petite fille, cette dernière lui fit signe de répondre.

— Je m'appelle Jana, monsieur, répondit-elle en regardant don Ignacio dans les yeux.

Elle était en proie à un combat intérieur. La tentation de se montrer docile face à son nouveau maître luttait contre un éclat de dignité ouvrière. Jana ne s'attendait pas à ce que don Ignacio fût aussi grand. Il mesurait au bas mot un mètre quatre-vingt-dix. Il avait les épaules étroites, mais c'était un homme corpulent. À son corps peu musclé, qui devait paraître à son avantage sous un costume bien amidonné, on devinait qu'il n'avait jamais porté le moindre fagot de paille. Don Ignacio avait la peau blanche, des cheveux lisses et bruns, des lèvres charnues, une étincelle égrillarde dans le regard.

— Jana… Jana comment ?

— Jana Fernández, monsieur.

— Jana Fernández, d'Hinojedo, répéta-t-il comme s'il avait plaisir à prononcer chaque mot.

— Oui, monsieur. D'Hinojedo, répondit-elle avec un tremblement de défi dans sa voix.

Avec une insolence dont elle ne se serait pas crue capable, elle le dévisagea trois longues secondes.

— Eh bien, soyez la bienvenue ici, Jana. Nous aurons le temps de faire plus ample connaissance. Doña Elvira sera à votre disposition s'il vous manque quoi que ce soit. Notre famille vient tout juste d'acquérir l'hôtel, mais doña Elvira s'en occupe depuis de longues années, elle était là bien avant le changement de propriétaire. Avec elle, la Maison Bleue n'aura bientôt plus de secrets pour vous.

— Bien, monsieur.

— Et la prochaine fois, prévenez-nous de votre arrivée, nous passerons vous chercher à Ubiarco en voiture. Avec la chaleur qu'il fait, Seigneur! Doña Elvira, conduisez cette jeune fille à sa chambre, elle a besoin de se reposer. Vous lui montrerez la maison plus tard, et il retourna s'asseoir à son bureau, indiquant tacitement que la conversation était terminée.

Doña Elvira ne prit pas la peine de rappeler à son jeune maître qu'elle l'avait prévenu de l'arrivée de la nouvelle bonne par l'autocar de quinze heures, et s'en tint à ce rôle de gouvernante serviable qu'elle maîtrisait à la perfection :

— Très bien, don Ignacio, je la conduis à sa chambre. Je lui montrerai la maison et les tâches qu'elle aura à faire tout à l'heure. Le dîner sera servi à huit heures sur la terrasse, si cela vous convient.

— Parfait, dit-il en hochant la tête, nous dînerons sur la terrasse.

Et don Ignacio fit mine de se concentrer sur son courrier et les documents épars qui s'entassaient sur le bureau, laissant les deux femmes s'éclipser. Il suivit à la dérobée, alors qu'elles avaient le dos tourné, le corps mince et bien proportionné de Jana. En fin connaisseur, il apprécia la rondeur de ses formes, ses longs cheveux blonds qu'il devinait brillants et sensuels sous son modeste chignon noué à la va-vite. Il laissa libre cours à ses rêveries dans la torpeur de cet après-midi. Ses pensées le ramenaient sans cesse aux épines voluptueuses de cette rose tendre, à cette jeune fille innocente qui semblait si facile à manipuler. Sans être d'une beauté extraordinaire, elle possédait un charme évident. Elle avait quelque chose d'un animal farouche, d'un faon sauvage. Une certaine proportion dans les formes avait enflammé immédiatement son désir. Peut-être cet été serait-il moins morne que les autres, finalement. Peut-être qu'une étincelle lui permettrait de supporter l'interminable saison estivale dans ce petit village retiré du monde. Il sourit et alla se servir un verre de cherry sur le buffet en bois d'acacia qui trônait à l'autre bout de la pièce. Cette garce était mignonne. Très mignonne. Il jouerait volontiers avec cette jolie poupée.

Ce premier jour à l'hôtel reste gravé dans sa mémoire. Maintenant que le mois de septembre 1947 est bien entamé, Jana se sent autrement plus forte, plus sûre d'elle. Elle a travaillé d'arrache-pied tout l'été, mais elle a enfin caressé l'espoir d'une nouvelle vie. Elle ne s'attendait pas à ce que cela soit si simple. Don Ignacio la poursuivait jour et nuit. Une fois, à marée basse, sous le regard désapprobateur de doña Elvira, son maître l'invita à une ballade à l'ermitage de Santa Justa, un lieu sacré extraordinaire situé à une dizaine de mètres seulement de la Maison Bleue, tout près de la plage. L'ermitage est creusé dans une avancée de la falaise, juste en dessous de la tour en ruine que Jana avait remarquée le jour de son arrivée à Ubiarco. Elle sut par la suite qu'il s'agissait de la tour de San Telmo, un souvenir médiéval qui ne tarderait pas à disparaître.

La promenade tint toutes ses promesses : don Ignacio lui déclara qu'il était si satisfait de ses services qu'il comptait l'engager cet hiver dans sa maison de famille à Santillana del Mar. Comme il fallait s'y attendre, son enthousiasme déboucha sur un baiser langoureux, brûlant, abrité des regards par les reliefs rocheux de la falaise. Le plan fonctionnait à merveille. Jana espérait seulement qu'elle ne perdrait pas son cœur au passage. Mais l'ambition est un sentiment puissant. Au diable les mièvreries, les scrupules qu'on abandonne comme on laisse filer des rêves insignifiants au réveil. C'est une question d'habitude.

Jana ne s'est pas encore donnée à don Ignacio. Elle n'est pas idiote. Clara l'a prévenue : elle doit le faire languir, attendre le moment où il va la convoiter intensément. Rien ne sert de se dépêcher si l'on veut qu'un homme nous respecte. Il doit désirer nous soustraire aux regards, nous défendre des mains de ses pairs. Patience et longueur de temps. La flamme doit pouvoir résister à tous les vents.

Je vois ici les hommes les plus forts et les plus intelligents que j'ai jamais vus ; je vois tout ce potentiel ; et je le vois gâché. Je vois une génération entière qui travaille à des pompes à essence, qui fait le service dans des restos, ou qui est esclave d'un petit chef dans un bureau. La pub nous fait courir après des voitures et des fringues, on fait des boulots qu'on déteste pour se payer des merdes qui ne nous servent à rien. On est les enfants oubliés de l'Histoire, mes amis, on n'a pas de but ni de vraie place, on n'a pas de Grande Guerre, pas de Grande Dépression. Notre grande guerre est spirituelle, notre grande dépression, c'est nos vies. La télévision nous a appris à croire qu'un jour on serait tous des millionnaires, des dieux du cinéma ou des rock stars, mais c'est faux, et nous apprenons lentement cette vérité. Et on en a vraiment, vraiment, plein le cul.

Discours de Tyler Durden
(incarné par Brad Pitt)
dans *Fight Club*, 1999.

La place du Marché de Santillana del Mar les accueillit dans un silence amène et ruisselant, comme si elle attendait leur visite. La pluie s'abattait à grosses gouttes sur les pavés et tambourinait contre les gouttières des vénérables *casonas* de la place. L'une de ces demeures seigneuriales devait être l'hôtel de ville, que l'on reconnaissait à ses arcs de pierre et à son balcon filant entièrement fleuri où flottait le drapeau de l'Espagne.

Mais Sabadelle, Redondo et Oliver Gordon traversèrent la place. C'était là, en face de la mairie, que se dressait l'ancienne *casona* de la famille Barreda et Bracho. Construite dans un style plus urbain que ses voisines, la demeure arborait un blason qui faisait ressortir sa noblesse. La façade, hormis le grand écu et quatre balcons saillants, était d'une élégance austère.

Valentina appuya sur la sonnette, un visiophone high-tech qui semblait presque anachronique en ce lieu. Une voix de femme lui répondit. Lorsque Valentina eut décliné son identité, la jeune femme actionna l'ouverture automatique de la grande porte en arc déprimé qui s'entrouvrit par la magie d'un déclic métallique.

Le lieutenant Redondo n'avait pas une minute à perdre. Elle repoussa les battants de la porte et s'engouffra dans le bâtiment, cherchant sans doute à échapper à la pluie incessante. Ils se retrouvèrent dans un vaste hall qui devait servir dans le temps à garer les calèches et à mettre les chevaux à l'abri. Un arc en anse de panier gigantesque séparait ce vestibule du reste de la maison.

La femme qui avait répondu à l'interphone apparut aussitôt. À sa tenue, on pouvait se douter qu'elle faisait partie du personnel de la maison. Elle les fit passer dans un salon accueillant où les fauteuils et les divans étaient revêtus de broderies florales dans des tons d'ocre-jaune. Le mobilier en chêne, comme un rappel du parquet, rendait à la pièce toute la chaleur que les murs de pierre auraient pu lui dérober. Valentina demanda à Oliver de l'attendre dans le vestibule. Elle n'avait pas la moindre idée de ce qu'elle allait découvrir, mais elle devinait que l'entretien aurait un caractère confidentiel. Oliver dut se résoudre à sortir ; il n'avait pas vraiment le choix.

Une porte latérale encastrée derrière un arc ogival s'ouvrit et laissa passer un homme d'environ quarante-cinq ans à la physionomie joviale. Il portait des vêtements de grandes marques avec une parfaite décontraction et leur tendit la main sans détour.

— Bonjour, je suis Izan Sáenz Chacón ; mon assistante m'a dit que vous étiez de la garde civile. J'ai tout de suite pensé que j'avais mal garé ma voiture, et puis je me suis rappelé qu'elle était au garage ! Alors je préfère vous laisser me raconter vous-même ce qui vous amène ici, dit-il, dans l'expectative.

Son visage exprimait une curiosité sincère.

Valentina fit les présentations puis entra dans le vif du sujet. Ce qu'elle dévoila de l'affaire laissait entendre qu'il s'agissait d'une enquête sur le patrimoine culturel et non de la traque d'un tueur en série.

— Monsieur Sáenz, nous enquêtons sur des événements qui ont un lien direct avec Tlaloc, le dieu mésoaméricain de la chance. Or une représentation de ce dieu tribal figure sur la porte de la maison des Quevedo, laquelle, d'après mes informations, a appartenu un temps à votre famille. Nous voudrions savoir si vous connaissez l'histoire de cette gravure ou si vous pouviez nous éclairer sur les rapports qui ont existé par le passé entre Tlaloc et la famille Chacón.

Une expression de soulagement apparut sur le visage de M. Sáenz :

— Cela ne me dit rien… un dieu tribal ? Je crois que la question ne m'a tout bonnement jamais effleuré. Tout ce que je sais, c'est que mon grand-père a ajouté ce bas-relief sur la façade de la *casona* à son retour du Mexique. J'ignorais qu'il s'appelait Tlaloc. Ma mère m'avait raconté, petit, que c'était un symbole maya, une sorte de porte-bonheur. Ses parents avaient rapporté plusieurs statuettes d'Amérique centrale ; des bricoles qui leur servaient de pendentif, de presse-papiers…

— Ah tiens. Et vous avez conservé ces statuettes ?

— J'ai bien peur que non. Mais pour en avoir le cœur net, il faudrait aller voir au grenier. J'aurais volontiers posé la question à ma mère, mais elle n'a plus toute sa tête… Ma mère souffre de la maladie d'Alzheimer, vous savez… Aussi peut-être vaudrait-il mieux commencer par fouiller la maison.

— Je comprends. Et votre mère s'appelle…

— Dolores. Dolores Chacón.

— Merci, dit Valentina, qui prenait des notes sur son calepin. Avez-vous jamais entendu parler d'une statuette qui aurait disparu de façon soudaine ? Ou qui aurait été offerte à l'un de vos parents ? À un ami de la famille, peut-être ?

— Non, jamais. Je vous l'ai dit, si mes souvenirs sont bons, ces statuettes doivent être quelque part dans le grenier. Enfin, s'il y a une chance de les retrouver, c'est en cherchant de ce côté-là. Cela fait plus de soixante ans que ma famille habite ici, vous imaginez la quantité de vieilleries qui doivent être entassées là-haut ! Puis-je vous demander pourquoi ces babioles vous intéressent ? Vous enquêtez sur un vol d'antiquité à Santillana ? Ne me dites pas que quelqu'un a volé la Grimace de la *casona* !

— La Grimace ?

— Oui, c'était comme ça qu'on appelait l'énorme visage de la façade des Quevedo quand on était petits. Je parle de celui que notre grand-père avait fait sculpter au-dessus de la porte, vous l'aurez compris. Il n'y a pas si longtemps, quelqu'un a tenté d'arracher un blason de la rue del Infante à l'aide d'un tracteur, figurez-vous. Un tracteur, vous vous rendez compte ? J'espère que ces voleurs n'ont pas refait un mauvais coup ?

— Non, rassurez-vous, dit Valentina. Nous enquêtons justement sur une affaire en lien avec la représentation de Tlaloc que vous venez d'évoquer.

La curiosité d'Izan Sáenz Chacón était manifeste, mais il n'osa pas poser de question et préféra attendre que Valentina reprenne la parole.

— Monsieur Sáenz, d'après ce que nous avons pu comprendre, un membre de votre famille a disparu dans les années 1950. Auriez-vous l'amabilité de nous dire tout ce que vous savez de cette histoire ?

— Vous parlez de mon oncle ? Mon oncle Ignacio ? Mais sa disparition date de plus de soixante ans ! À ma connaissance il est mort et enterré. Peut-être pas tout entier, mais il est enterré.

— Pas tout entier ? Que voulez-vous dire ?

— J'ai un peu de mal à comprendre pourquoi vous m'interrogez sur cette vieille histoire… passons. Tout ce que je peux vous dire, c'est que certaines parties de son corps ont été retrouvées sur la plage, et qu'il repose depuis dans notre caveau de famille. Cela a dû être une mort effroyable, quelqu'un l'a littéralement écartelé… L'après-guerre n'était pas tendre, c'est le moins qu'on puisse dire. Les hommes étaient devenus fous. Qui sait si mon oncle ne s'est pas mêlé de politique… Ma mère n'abordait jamais le sujet. À chaque fois que je lui posais des questions, elle fondait en larmes. À force, j'ai fini par renoncer.

— Je vois. Vous avez dit que certaines parties de son corps avaient été retrouvées sur une plage. Vous souvenez-vous de quelle plage il s'agissait ?

— Bien sûr. C'était la plage de Santa Justa, à Ubiarco, tout près de Santillana del Mar. Vous connaissez l'adage, on l'appelle la ville des trois mensonges car, contrairement à ce que son nom laisse entendre, Santillana del Mar n'est ni sainte, ni plate, ni en bord de mer. C'est pourquoi nous, ses habitants, la délaissons pour la plage à la moindre occasion. Mon oncle possédait un hôtel à Ubiarco, sur la côte. Un été, paf! Il a disparu sans laisser de traces. Ma mère pourrait certainement vous en parler mieux que moi, mais comme je vous l'ai dit, elle souffre d'Alzheimer et elle n'a plus toute sa tête, ces derniers temps. Cette nuit, elle était très agitée, complètement désorientée, on a dû lui donner un tranquillisant. Nous avons été jusqu'à débrancher le téléphone, figurez-vous, pour qu'elle puisse dormir sans sursauts.

— En effet, nous avons appelé ce matin. La ligne sonnait dans le vide. Nous avons cru comprendre qu'un dénommé Chacón vivait également dans la maison voisine, c'est indiqué dans l'annuaire. Un parent à vous, peut-être ?

— C'est moi, figurez-vous. Cette maison appartient à ma mère, et je suis propriétaire de l'annexe à côté.

— Je comprends. Et j'imagine que vos grands-parents ne sont plus de ce monde, malheureusement, sonda Valentina.

— Hélas, vous avez raison. Ma grand-mère est morte quatre ou cinq ans après la disparition de mon oncle. D'après ma mère, c'est la tristesse qui l'a emportée. Je ne l'ai pas connue, car ma mère m'a eu assez tard. Et mon grand-père est mort dans les années 1970, je serais bien incapable de vous dire en quelle année.

— Mais pour en revenir à votre oncle, seriez-vous en mesure de nous donner la date approximative de sa disparition ?

— Je n'en ai pas la moindre idée… Ça s'est passé dans les années 1950… Mais je devrais pouvoir la retrouver.

— Je comprends… et votre mère, elle a des frères et sœurs ?

— Elle en avait. Son grand frère est mort en 1987. C'était quelqu'un de fantastique, mon oncle ! Il était très proche de mes parents et il s'est toujours montré très prévenant envers moi. Un cancer du côlon a eu raison de lui.

— Croyez bien que je le regrette. Et vous-mêmes, avez-vous des frères et sœurs, des cousins qui pourraient se rappeler d'autres détails ?

— Je crains que non. Mon oncle était marié mais il est mort sans descendance. Sa femme était stérile, et l'adoption n'était pas une pratique très répandue en ce temps-là. De mon côté, je suis fils unique. J'ai comme qui dirait compensé mon manque d'ascendants directs par une famille nombreuse : j'ai quatre enfants ; ils ne vont pas tarder à rentrer de la piscine d'ailleurs, c'est leur mère qui les accompagne.

— Ah tiens. Et vous passez toujours l'été ici, en famille ?

— Oui. En hiver, nous vivons à Santander, où je dirige une agence maritime… bref, mon travail me retient en ville. L'été, nous venons nous installer ici, chez moi ou chez ma mère, le plus souvent, car sa maison est trois fois plus grande que la mienne. Si cela ne tenait qu'à ma femme, on ne quitterait jamais Santander ! Mais en ce qui me concerne, j'aime revenir à Santillana, la ville où je suis né, conclut-il dans un sourire affable.

— Je vois, répondit Valentina. – Elle désirait se montrer le plus décontractée possible avant de poser une dernière question à M. Sáenz : Et dites-moi, n'auriez-vous pas des parents plus éloignés, ou des amis de la famille, je parle de gens en qui vous avez confiance, qui pourraient nous fournir plus d'informations sur la mort de votre oncle ?

— Pour l'instant, je ne vois pas.

— Et votre père ?

— Il est mort il y a deux ans.

— Toutes mes condoléances. Et votre mère ? Pourrions-nous la voir un petit moment ? Les personnes atteintes d'Alzheimer conservent souvent une mémoire prodigieuse des événements de leur jeunesse ou de leur enfance, alors qu'elles ne sont plus capables d'utiliser une fourchette.

— Je regrette, cela ne va pas être possible, répliqua Izan Sáenz, sur la défensive. – Les traits de son visage s'étaient durcis. – Ma mère est fragile en ce moment. D'ailleurs, je crois que vous n'avez pas pris la peine de m'expliquer pourquoi vous enquêtiez sur cette disparition. Une histoire qui date de soixante ans !

— Les raisons qui nous poussent à le faire doivent rester confidentielles, monsieur Sáenz. Pensez-vous que votre oncle ait pu être assassiné pour des raisons politiques ?

— J'en suis convaincu. Les gens racontaient que les nationalistes avaient fait le coup. Ou les républicains, je serais bien incapable de vous dire. Mais je ne sais rien d'autre. Mon grand-père a vendu l'hôtel, la bâtisse a été laissée à l'abandon. Avec le temps, elle est devenue un grand squat. Si mes souvenirs sont bons, l'hôtel a été démoli il y a quatre ans. Il n'en reste plus rien à présent.

— Incroyable… Et dites-moi, le nom Ongayo vous dit quelque chose ?

— Ongayo ? Comme les anchois ?

— Oui, comme la fabrique d'anchois de Cantabrie. Mais à part la marque, connaissez-vous quelqu'un qui porte ce nom ? Vos parents ne fréquentaient pas des Ongayo, par hasard ?

M. Sáenz réfléchit quelques secondes.

— Non, à vrai dire.

— Et Jana Fernández ?

— Non plus.

— Je vois. Une dernière chose, pourriez-vous aller voir dans votre grenier si vous retrouvez les statuettes de Tlaloc ?

L'homme sembla retenir un soupir.

— Bien sûr. Je demanderai qu'on passe le grenier au peigne fin… Mais vous savez, ça peut prendre des jours… Et notre personnel a fort à faire par ailleurs, je ne sais pas si je me fais comprendre.

— Je vous le demande parce qu'il me semble plus simple de ne pas avoir recours à un mandat officiel de perquisition. Mais libre à vous de refuser, bien sûr. Il ne me reste plus qu'à vous prier de nous contacter au plus vite si un détail vous revient dans les jours qui viennent. En particulier si cela concerne une statuette égarée de Tlaloc, conclut Valentina en lui laissant sa carte.

La gravité se lisait maintenant sur les traits d'Izan Sáenz. Il n'avait plus rien de l'homme chaleureux qui était entré dans la pièce tout à l'heure : il ressemblait à un lion sur la défensive, les sens en alerte.

En sortant de la *casona*, Valentina rapporta à Oliver la conversation dans ses moindres détails. Cette histoire commençait à ressembler à un *collage* inquiétant. Un homme avait disparu dans les années 1950, et certaines parties de son corps avaient été retrouvées sur une plage. Tout semblait indiquer qu'il s'agissait d'un crime politique. Jusque-là, l'histoire se tenait. Mais quelle pouvait être la relation entre ce crime abominable et le bébé de la Villa Marine, les meurtres des derniers jours, les sœurs clarisses, Mme Ongayo, et la dernière tentative d'homicide ? Qui pouvait se soucier d'un crime prescrit depuis si longtemps ?

Valentina pensait tout haut : le lendemain serait un vendredi, autrement dit le dernier jour d'ouverture des administrations et des laboratoires. Elle savait d'expérience que l'enquête n'avancerait pas pendant le week-end.

Oliver devrait rentrer chez lui ou faire ce que bon lui semble, parce qu'elle et Sabadelle devraient continuer seuls, n'en déplaise à son âme de détective et à sa bonne volonté. Sabadelle irait faire des recherches à la bibliothèque de périodiques du *Diario Montañés* et du journal *El Caso*, si ce dernier existait toujours, afin de rassembler tous les articles de l'époque concernant la disparition du jeune Chacón. Il procéderait ensuite à une vérification minutieuse de toutes les archives de la garde civile relatives au dossier : il se rendrait à Ubiarco s'il le fallait, et n'oublierait pas d'interroger au passage des personnes âgées de la commune. Enfin, il devait se débrouiller pour obtenir un nouveau rendez-vous avec la mère abbesse, sœur Mercedes, le plus tôt possible.

Quant à elle, elle retournerait à Comillas pour tenter de soumettre Mme Ongayo à un interrogatoire plus poussé. Peut-être avait-elle entendu parler, à l'époque, de la disparition du jeune Chacón. Il serait intéressant de voir sa réaction quand elle aborderait le sujet. Et surtout, la vieille dame l'aiderait à préciser quelle route avait pu emprunter le Dr Viesgo à son retour de Comillas. D'après les employés de Mme Ongayo, le visiteur était reparti vers dix-sept heures. Il restait donc quatre heures blanches jusqu'à son décès, qui avait eu lieu entre vingt heures trente et vingt et une heures sur la route de La Tablía. Pourquoi était-il rentré par-là ? Où s'était-il arrêté avant ? Si elle découvrait à quel endroit il avait fait halte, elle saurait qui avait pu l'empoisonner. Il fallait absolument vérifier les temps de trajet et les distances parcourues à une vitesse moyenne en voiture. Enfin, à son retour, elle passerait voir Clara Múgica à Santander.

— Beau programme, dit Oliver. Mais sachez que de mon côté, je vais mener ma propre enquête. Je ferai des recherches sur internet et je me replongerai dans la bibliothèque de la Villa Marine. Après m'être battu avec les maçons, j'entends. Et je compte bien trouver quelque chose.

— Tant que vous n'approchez pas d'un vieillard, hein ? On sait ce qui arrive quand vous croisez leur chemin, dit Sabadelle, cette fois-ci sur le ton de la plaisanterie.

Valentina secoua la tête en souriant et tous trois reprirent leur chemin sous les coups de tonnerre pour regagner la sortie de ce village magique, Santillana del Mar.

La fin de ce jeudi ne fut guère plus productive. Valentina Redondo ne réussit pas à parler à Mme Ongayo. Au dire de ses employés, elle se trouvait si indisposée depuis le décès de M. Viesgo qu'elle n'avait pas quitté son lit depuis qu'elle avait appris la nouvelle. La route de Comillas tout comme le retour à Santander s'avérèrent particulièrement tortueux. La tempête avait repris de plus belle et s'abattait, brutale et impitoyable, sur les prés que Valentina traversait dans son Alpha Romeo. David Viesgo avait pu emprunter plusieurs chemins pour aller de Comillas à Santander. L'hypothèse la plus vraisemblable était qu'il avait pris la route de la côte, puisqu'il avait été retrouvé à La Tablía, à l'entrée de Suances. Mais il aurait très bien pu choisir la route de Santillana del Mar, qui lui permettait de rejoindre la voie rapide au niveau du quartier de Viveda, ce qui était un trajet beaucoup plus court. Tout portait à croire que le Dr Viesgo avait préféré se délecter des paysages côtiers sublimés par la lumière de ces longs jours d'été. Il fallait reconnaître que le spectacle des prés découpés à la hache par des falaises vertigineuses était grandiose. En chemin, il avait pu s'arrêter à Cóbreces, à Oreña, ou faire halte dans l'un des innombrables hameaux de la côte. Il aurait même pu s'attarder à Comillas, ou faire un petit crochet par Santillana del Mar, un détour qui aurait rallongé sa route d'à peine cinq minutes. Il s'était forcément arrêté quelque part pour boire cette infusion mortelle, mais où ? Lorsque Valentina arriva à Santander, elle appela Clara Múgica. Son amie lui confirma ce que le juge Talavera lui avait dit. Elle se montra plutôt avare de paroles. Au grand soulagement du lieutenant, Clara avait un alibi pour l'assassinat de David Viesgo : elle travaillait ce jour-là à l'Institut de médecine légale avec son équipe. Le dimanche où Pedro Salas avait été tué, Clara avait passé la journée chez elle en compagnie de Lucas, son mari, qui pourrait confirmer ses dires. Elle confia une information intéressante à Valentina : lorsqu'elle avait vu le cadavre du Dr Viesgo arriver en salle d'autopsie, Clara avait appelé sa mère, et cette dernière lui avait avoué entre deux sanglots que tout ce qui arrivait était de sa faute et qu'elle allait tâcher d'arranger ça. Jana Ongayo faisait-elle allusion à la visite que le docteur lui avait rendue quelques heures avant sa mort ? Avait-elle autre chose en tête ? Elles convinrent de se retrouver le lendemain pour un interrogatoire approfondi. Valentina envoya un SMS à son équipe : elle convoquait tout le monde à une réunion le lendemain matin de bonne heure. Elle se fit un léger sandwich vers vingt heures : elle n'avait rien avalé depuis sa part de *quesada* à Santillana. À bout de forces, elle s'endormit très vite dans son petit appartement de Santander, bercée par le clapotis apaisant de la pluie.

Au monastère, Sabadelle fut confronté lui aussi à une indisposition soudaine, cette fois de la part de sœur Mercedes, la mère abbesse. Après avoir patienté plus d'une heure dans la salle du tour, il dut s'en retourner bredouille à Santander. Là, il découvrit que la rédaction du journal *El Caso* avait fermé en 1987. Personne ne savait où se trouvaient désormais ses archives. De surcroît, la bibliothèque de périodiques du *Diario Montañés* était fermée, et les fonds ne seraient pas disponibles avant le lendemain matin. Sabadelle passa son après-midi plongé dans les archives centrales de la garde civile : en effet les dossiers relatifs à la disparition du jeune Chacón étaient trop anciens pour être conservés autrement que sous format papier. Quand il trouva enfin les rapports susceptibles de l'intéresser, il était vingt-trois heures passées. Il empila soigneusement les dossiers et les emporta dans sa garçonnière du quartier de l'Astillero à Santander. Il allait passer sa nuit à exhumer le passé, à grand renfort de café.

De son côté, Oliver batailla contre le maître d'œuvre et son armée de maçons, avant de se rendre compte que la connexion internet ne fonctionnait plus en raison de la tempête. Il ne découvrit rien d'intéressant dans les livres qu'il avait récupérés sur le chantier de la Villa Marine. Il enrageait intérieurement de ne pouvoir avancer vers la vérité.

Et pourtant, la découverte que les membres de la brigade des enquêtes criminelle firent ce jour-là transforma la réunion du vendredi 12 juillet en un torrent d'agitation, d'incrédulité et de vertige.

JOURNAL (12)

Jana est comblée, radieuse, elle serait pleinement heureuse sans cette brise d'inquiétude qui vient parfois disperser sa joie. Mais ce soir, les fantômes du passé semblent s'être évanouis. Elle a vécu un hiver merveilleux à Santillana del Mar, ce noble village de pierres et d'histoire où les secrets nichent en chaque recoin depuis le lointain Moyen Âge. Santillana del Mar se trouve à huit kilomètres d'Hinojedo, à quatre kilomètres d'Ubiarco et à dix kilomètres de Suances par la route.

Jana n'a pas vu Luis de l'hiver, mis à part ses deux fugaces visites. Elle n'est pas retournée à Comillas, qui se trouve à vingt kilomètres de Santillana en direction d'Asturias : vingt kilomètres, c'est une éternité. Pas une lettre n'a parcouru ce long chemin. L'histoire d'amour inachevée s'est éteinte sans un bruissement d'ailes.

Pour la première fois de sa vie, Jana a entrevu la lumière. Elle caresse un espoir au terme de ce rude hiver des terres du Nord. Cela fait plusieurs mois qu'elle n'a pas perdu connaissance, qu'elle ne s'est pas évanouie de façon inexplicable, qu'elle n'est pas tombée dans cet abîme obscur qui lui reste si mystérieux. Elle a servi chez les Chacón, bien sûr, mais ses tâches étaient légères et ses escapades avec le maître Ignacio de plus en plus régulières. Elle s'est prise à ce jeu de la séduction, cet art délicieux de se faire prier, de provoquer l'amour. Certains soirs, à l'heure où l'on caresse ses rêves les plus fous avant de s'endormir, Jana a pensé qu'elle pourrait diriger cette maison de famille à Santillana. Elle donnerait ses instructions aux domestiques, elle organiserait des réceptions et de grandes fêtes de charité. Elle serait une grande dame, qui n'oublierait jamais d'où elle vient.

Il est vrai que la maison des Chacón à Santillana del Mar avait de quoi éveiller l'imagination de l'esprit le moins enclin à la fantaisie. Elle se trouvait adossée à une demeure seigneuriale, dont elle n'était séparée que par un long tunnel à la voûte boisée qui servait à évacuer l'eau des pluies abondantes de l'hiver. Jana ne s'était pas laissé intimider par le blason gigantesque en pierre taillée qui ornait la façade, par les grands balcons de la maison, encore moins par l'escalier central qui donnait accès aux balcons du premier étage, et dont les marches commençaient à quelques mètres du perron. Au contraire, Jana fut sensible à l'air empesé qui régnait dans les pièces, à l'odeur des tissus et des rideaux mordorés, à la sensation d'abondance. Jana voulait vivre là, appartenir à ce monde, y rester pour toujours.

Mais aujourd'hui, nous sommes à la Maison Bleue.

Juin 1948 : l'heure de la vérité est proche, Jana va bientôt frôler le grand frisson. Cette nuit sans lune sera la plus importante de toute sa vie. Sous les étoiles ténues et paresseuses, l'obscurité est totale, mais le ciel est dégagé, l'air est doux. Jana se laissera bercer par le bruit de la mer lorsqu'elle franchira la frontière. Tout est parfait. Elle n'est pas seule, Clara est arrivée le matin même. Elle restera une semaine auprès de Jana pour l'aider à préparer l'ouverture saisonnière de l'hôtel. Un prétexte. Clara a profité de l'absence de ses maîtres partis en Uruguay pour un mois. Cela fait des années que Clara travaille pour la famille Ongayo, tout comme l'avait fait sa grand-mère. Clara et Jana sont très unies. Existe-t-il deux sœurs plus proches, plus amies, plus intimes ? Elles ont la chance de pouvoir compter l'une sur l'autre. Les gens ne se doutent pas de leur dépendance mutuelle, alors que c'est à leurs yeux la seule voie vers le bonheur. Aujourd'hui, Jana sent qu'elle va dire adieu à l'ombre, qu'elle va passer définitivement de l'autre côté du monde. Elle compte le lui annoncer après le dîner. Ensuite… tout sera merveilleux.

Cette nuit-là, des cœurs basculeront vers un abîme vertigineux.

Le temps, ce plaisantin, s'est remis à passer : le repas est enfin terminé. Jana, un peu tendue, aide doña Elvira à débarrasser la table, Clara part faire la vaisselle et le reste du personnel va et vient entre l'office, le meuble aux liqueurs et la cafetière. Nous sommes la veille de l'ouverture et maître Ignacio a tenu, comme chaque année, à célébrer le début de la nouvelle saison par un dîner en l'honneur du personnel. Ici, les étés riment avec chaleur et travail intense. Mais c'est une chance d'avoir un maître attentionné comme don Ignacio : c'est si rare par les temps qui courent.

Après une journée de labeur, vient le moment où les domestiques, assoupis par le bon vin du dîner et les verres de liqueur servis au dessert, partent se coucher.

Don Ignacio se retire dans sa chambre. C'est la seule chambre du rez-de-chaussée. Elle se trouve à côté de la bibliothèque, derrière le majestueux escalier en bois de l'entrée. Sa grande baie vitrée offre une vue spectaculaire sur la mer. Le personnel et la gouvernante couchent à l'étage inférieur, à côté de la cuisine, mais leurs chambres donnent elles aussi sur les prés et la mer Cantabrique. Ignacio sait qu'il ne dormira pas seul ce soir. À Santillana del Mar, c'était lui qui venait toquer à la porte de Jana, mais ici, les deux amants ont convenu que ce serait elle qui irait le retrouver dans sa chambre. Car à la Maison Bleue, c'est la chambre du maître qui est isolée et non celle de la bonne. Ils prennent toutes les précautions possibles pour rester discrets, car ils savent que leurs bruits pourraient les trahir. Leur liaison doit rester secrète. Et pourtant, les langues se délient à Santillana comme à Ubiarco. Des rumeurs vont bon train depuis quelques semaines. Nul ne peut cacher l'arôme du pain chaud à un aveugle.

Après avoir laissé passer un certain temps, par prudence, Jana souhaite bonne nuit à sa sœur Clara et monte rejoindre don Ignacio dans sa chambre à coucher. Le silence règne dans la maison : la fatigue conjuguée à l'effet soporifique de l'alcool a plongé le personnel dans un premier sommeil lourd et profond. Jana ne frappe pas à la porte. Ignacio l'attend. Il la prend dans ses bras, la soulève, amusé, et la couche sur son lit. Son haleine sent fort la liqueur et le whisky.

Il l'embrasse sans un regard, mû par un désir effréné qui n'admet pas la moindre réserve, une fois les barrières de la politesse levées par l'alcool. Jana sent la langue d'Ignacio fouiller sa bouche : un morceau de viande baveuse en mouvement. Elle laisse Ignacio lui ravir cet espace, elle lui cède en tentant d'oublier ce qu'elle est en train de faire. Ce n'est pas qu'il lui déplaît : c'est seulement que cet homme n'éveille pas son désir comme le faisait Luis. Rien en lui ne l'intéresse, et elle a pris l'habitude de penser à autre chose lorsqu'il l'embrasse, qu'il pose ses mains sur son corps, lorsqu'il la tripote et, finalement, la possède. Ce n'est qu'une formalité après tout. Toutes les femmes du monde sont passées par là.

— Mais que ta peau est douce, mignonne, dit-il en soulevant le bas de sa jupe.

— Ignacio, attention à mes bas… Tu as trop bu, bredouille Jana.

— Des bas au mois de juin ? dit-il en riant tout bas. Voilà un problème résolu une fois pour toutes par ton maître. Mais quelle jolie femme que voilà. Viens à moi, ma belle, viens plus près. Regarde ce qu'on va faire. Tu vas adorer ça. Oui tu vas voir, ça va te plaire.

Il saisit Jana et la retourne à plat ventre sur le lit. Il retrousse entièrement sa jupe. Il lui ôte sa petite culotte en un rien de temps.

— Ignacio ! Attends, s'il te plaît… Doucement.

Il ralentit un peu ses gestes, leurs regards se croisent. De façon un peu absurde, comme pour s'en assurer avant de lui céder, elle lui demande :

— Dis, tu m'aimes ?

— Bien sûr que je t'aime. Je te l'ai dit cent fois, petite sotte. Mais que ta peau est douce, et Ignacio pénètre Jana furieusement, de toutes ses forces, sans chercher l'humide réception en retour.

Il l'attrape par les cheveux, lui mordille le cou, lèche tout son visage, puis se concentre sur le va-et-vient continu qui s'achève en quelques minutes dans la chaleur explosive d'un orgasme contenu.

Quand il sent qu'il a terminé, Ignacio embrasse Jana sur la joue.

— Tu as un côté rustre parfois, dit Jana, qui se retourne et se glisse dans les draps.

Elle sourit malgré le reproche qui pointe dans sa voix. Il éclate de rire, amusé et à moitié ivre.

— Désolé ma belle ! Ta peau est si douce que j'ai du mal à me retenir, tu sais ? C'est la passion des amants. Ma petite femme a du caractère… répète-t-il en souriant, d'un ton badin.

— Je ne suis pas encore ta femme, dit Jana, avec un regard grave.

Elle prononce ces deux derniers mots avec une colère contenue.

— Mais que vas-tu imaginer. Tu n'es pas ma femme, mais c'est tout comme. Ne vivons-nous pas sous le même toit ?

Ne couches-tu pas tous les soirs avec moi ? Allons, petite sotte.

— Moi, je t'aime, lui dit-elle, seulement pour connaître sa réponse.

— Moi aussi je t'aime, répond Ignacio, en épongeant la sueur qui perle à son front d'un revers de la manche.

Il n'a pas pris la peine d'ôter sa chemise. Jana secoue la tête.

— Mais je ne suis pas ta femme. Et nous sommes obligés de nous cacher. Ne penses-tu pas qu'il est temps d'arranger ça ? Nous pourrions suivre la volonté de Dieu et mettre tout le monde au courant.

— Mais quelle mouche t'a piquée ! En voilà une idée, tu veux que mon père me déshérite ? Je te l'ai dit, j'ai besoin de temps. D'abord, il faut que les gens s'habituent à nous considérer comme des fiancés ; pour le reste, on verra plus tard. En tout cas, le moment est mal choisi. Tu dois savoir que mon père prépare mes fiançailles officielles avec la fille du marquis de San Vicente de la Barquera ? Oui, tu es au courant. Ne me force pas à lui gâcher ce plaisir, bon sang !

Et Ignacio fait une grimace de dégoût. Les dernières traces de son sourire moqueur s'effacent. Son esprit flotte encore dans les vapeurs de whisky et de liqueur.

Jana prend un ton conciliant, mais elle n'a pas l'intention de céder. Et encore moins aujourd'hui :

— Plus tu attends pour le leur dire, plus ce sera difficile. Et tu m'avais dit que tu m'épouserais.

— Oui, mais pas maintenant !

— Alors quand ?

— Quand le moment viendra, que veux-tu que je te dise ! Ignacio se fâche.

— Le moment est venu, lui dit Jana.

Elle parle lentement en le regardant dans les yeux, impassible, comme si son regard avait une vérité à lui révéler. Il fait non de la tête, mais commence à comprendre.

— Non, parvient-il à dire, une expression d'incrédulité sur son visage.

— Si, Ignacio. J'ai attendu. J'ai été patiente. Mais nous ne pouvons plus attendre bien longtemps. – Jana prend une inspiration avant de prononcer des mots presque solides. – J'ai du retard. Deux mois. Nous attendons un bébé pour la fin de l'année. Je ne vais pas pouvoir le cacher très longtemps, nous devons l'annoncer à mon père et à ta famille, nous devons nous marier, c'est la volonté de Dieu.

Jana se montre résolue, victorieuse, confiante. Ignacio garde la tête baissée. Puis il se lève, traverse la chambre pour gagner la fenêtre et scrute la mer qui danse sous la nuit noire, les vagues inlassables qui s'en vont mourir en secret sur la grève de Santa Justa.

Ignacio se tait pendant près d'une minute. Il ne la regarde toujours pas. Il se balance d'un pied sur l'autre, se tord les mains, secoue sa tête. Le silence est trop long. Jana commence à s'inquiéter. Cet homme est fou d'elle, il lui a offert des robes, des colliers, un pendentif, il lui a fait tant de promesses… Elle s'est livrée à lui. N'est-ce pas ainsi que cela fonctionne ? N'a-t-elle pas suivi toutes les étapes du chemin balisé ? Qu'a-t-elle bien pu faire de travers ? Peut-être le sait-elle déjà.

Ignacio continue de ne pas la voir, le regard perdu à travers la vitre, scrutant la nuit noire. Quand il parle enfin, c'est dans un murmure qui s'élève progressivement jusqu'au cri.

— Petite putain, dit-il à mi-voix, dans une rage sourde.

Jana reste figée sur place, de l'effroi dans le cœur.

— Comment ? Que… que viens-tu de dire ?

— J'ai dit que tu étais une garce, voilà ce que j'ai dit. Nom de Dieu. Tu voulais te faire engrosser par un fils de bonne famille, c'est ça ? demande Ignacio en haussant le ton, alors qu'il avance vers Jana et la saisit par le bras. Eh bien tu vas repartir d'où tu es venue, ma jolie. Et tu auras de la chance si tu ne perds pas ta place. Tu peux te défaire tout de suite de ce que tu portes ici, lui dit-il en montrant son ventre.

Jana se sent défaillir. Ignacio ne s'était jamais adressé à elle de cette façon, et il n'avait jamais manqué de respect à quiconque en sa présence. Ignacio naviguait toujours dans les limites de la politesse, et s'il pouvait se montrer sarcastique, c'était toujours avec une extrême correction. Ignacio venait juste de coucher avec elle. Il y a quelques minutes à peine, il lui disait qu'il l'aimait. Jana ne comprend plus rien, Clara lui avait pourtant dit que tout allait bien se passer. Sa tête commence à lui faire mal, et un sifflement qui ressemble fort à celui des obus de la guerre lui vrille les tympans.

Jana parle le plus lentement possible, sans réfléchir, sans comprendre ce qu'elle ressent. Elle tremble de l'intérieur, du ventre jusqu'à la gorge, mais ne semble pas consciente de l'agitation qui s'est emparée de ses membres.

— Mais je… comment veux-tu que je me défasse de ce que je porte ? C'est un bébé que j'ai dans le ventre. Notre enfant.

— Le nôtre ? Comment peux-tu en être sûre ? Ce ne serait pas le fils du pêcheur qui est venu te voir à Santillana ? Tu me prends pour un imbécile, Jana. Tu crois que je ne me suis rendu compte de rien ? Je sais très bien que ce gars-là t'est passé dessus, et pas qu'une fois.

— Non, je… Je n'ai jamais… Il est venu avec ma sœur pour m'apporter une lettre de mon père, c'est tout… avec ce fromage que…

— Mais tais-toi donc ! J'ai besoin de réfléchir. – Et Ignacio reprend sa marche agitée d'un bout à l'autre de la pièce. Il garde les mains jointes à la hauteur de sa bouche, comme s'il priait, mais ne profère que des blasphèmes et des jurons. – Est-ce possible que ça m'arrive encore une fois, bon sang ! Par la Vierge et tous les saints. Pas cette fois !

— Pas cette fois ? demande Jana, en larmes.

Elle est atterrée. Une vague salée, cruelle et inattendue vient d'emporter son château de sable. Ignacio soupire. Il la regarde.

— Écoute-moi bien, Jana. Je nierai tout, tu m'entends ? Tout. Ce sera ma parole contre la tienne. Et c'est moi qu'ils croiront.

L'espace d'un instant, en apercevant les larmes silencieuses qui baignent le visage de Jana, Ignacio paraît troublé. Elle a l'air si fragile. Le ton de sa voix en perd son assurance et sa rigueur. Mais il ne tarde pas à se reprendre.

— C'est impossible. Non, non. Ne me raconte pas d'histoires, jeune fille. Tu n'arriveras pas à me berner, c'est le fils du pêcheur qui te tourne autour, je le sais.

Ignacio redevient nerveux, et sa peur se change en violence :

— J'ai besoin d'un remontant. Laisse-moi passer, petite garce ! crie-t-il en la poussant sans ménagement pour se rendre au salon, où il se sert un généreux verre de whisky.

Ignacio erre dans le séjour, avant de prendre un fauteuil à la bibliothèque pour le placer près de la baie vitrée. Dehors, la mer reflète seulement la nuit noire. Ses pensées bouillonnent. Il est dans une telle rage qu'il en perd toutes ses facultés. Comment a-t-il pu se laisser abuser par une bonne à peine sortie de son village ? Et qui plus est, pour la seconde fois ? Son père se mettrait dans une rage terrible s'il l'apprenait. Il ne décolérerait pas de sitôt. Et il ne lui pardonnerait jamais ce faux pas. Il n'aurait pas de seconde chance, cette fois. Il devrait se mettre à genoux devant son père, ramper devant lui pendant des années. Non, ça, jamais. C'était hors de question. Il n'aura qu'à dire que ce gosse est l'enfant du marin. Il niera tout, et on le croira.

Comme s'il n'avait pas assez de filles à ses pieds ! Coucher avec une vulgaire servante !

Jana lutte intérieurement pour ne pas s'évanouir, bien qu'en cet instant, perdre conscience et ne plus jamais se réveiller ne lui semble pas une mauvaise idée. Rien ne pourra plus s'arranger, à présent. Que va-t-elle faire de ce bébé ? Tout le monde sait que le sort des filles-mères est le moins enviable qui soit. Si Jana garde l'enfant, elle sera condamnée à rester une pauvre malheureuse toute sa vie, une dévergondée qu'aucun homme décent, riche ou pauvre, ne daignera épouser. Elle devra travailler plus qu'un homme et une femme réunis pour donner de quoi vivre à un enfant dont la seule vue lui deviendra insupportable. Il n'y a plus d'espoir, aucun retour en arrière possible. Ignacio ne l'épousera pas ; elle réalise à cet instant qu'il n'a jamais eu l'intention de le faire. Il l'a laissée se bercer d'illusions, il l'a achetée en lui faisant cadeau de quatre breloques alors qu'elle pensait mener la danse.

Jana tremble des mains, des bras, de tout son corps. Il l'a laissée seule dans la chambre à coucher, sans faire cas du bébé qu'elle porte dans son ventre, de ses sentiments, ni de l'humiliation qu'elle ressent. Cet homme se fiche bien d'avoir détruit sa vie. Jana sort de la chambre. Ses pas la guident vers le hall de la Maison Bleue. Son regard se pose sur les outils de jardinage que les domestiques ont mis à l'abri de la rosée près de la porte, le temps de finir de débroussailler l'allée. Par ce printemps pluvieux, les mauvaises herbes ont envahi le jardin comme un verger parallèle.

Cinq minutes passent, une éternité. Le silence a quelque chose d'étrange, comme s'il avait avalé dans un soubresaut tellurique tous les occupants de la maison. Même le chant nocturne des grillons s'est tu. Le monde se serait-il arrêté ? Ignacio est toujours assis dans son fauteuil face à la mer. Il termine son whisky, très inquiet. Il ne se demande pas ce qu'il va faire car sa décision est prise. C'est le comment qui le tourmente. Cette Jana n'est qu'une pauvre fille, et lui un homme du monde. Il y a longuement réfléchi. Il va lui laisser la possibilité de se défaire de ce bébé et de disparaître. Mais si elle garde l'enfant, elle devra bien comprendre qu'il ne le reconnaîtra pas. Pas question d'entretenir un bâtard à vie ! Qui pourrait être, en plus, l'enfant d'un autre ! Quelle garce. Cette petite putain voulait lui passer la bague au doigt. Sous ses airs de sainte-nitouche, elle chassait le fils de bonne famille. Il niera tout, absolument tout. Lui laisse-t-elle vraiment le choix ?

Entre-temps, la main d'une femme a saisi une hache, et ses pas approchent de la bibliothèque. Elle progresse en silence mais sans se cacher, comme si plus rien ne comptait désormais que cette marche décidée, implacable, irréversible. Ignacio ne sait pas à qui il a affaire, et il n'aura jamais plus l'occasion de la connaître.

Il s'écroule par terre dès le premier coup. La hache entaille son oreille jusqu'à la masse encéphalique, fracturant l'os temporal et une partie de l'os pariétal ; s'il a crié, elle n'a pas eu le temps de l'entendre. Elle a simplement senti le corps d'Ignacio tomber à la renverse sur le parquet. La stupeur et la panique se lisent au fond de ses yeux menteurs. L'imbécile lui a facilité la tâche. Voyez-vous cela, un homme d'un mètre quatre-vingt-dix mis à terre par une femme menue en un seul geste ! Assis sur son fauteuil, il s'était mis sans le savoir à sa hauteur, tournant le dos à la justice radicale d'une femme.

En réalité, Jana, si belle dans le clair-obscur de la nuit, ses boucles blondes flottant autour d'elle à chaque pas, n'a pas conscience de tenir une hache mortelle entre ses mains avant de l'abattre à cinq reprises dans la chair, les viscères, les muscles et les os d'Ignacio. La rage l'a submergée telle une explosion venue du plus profond d'elle-même, elle l'a aveuglée d'une furie indomptable, irrationnelle, sans bornes et désespérée. Jana n'a pas réfléchi, elle a seulement levé la lame de la hache avec une force démentielle, sans commune mesure avec sa constitution fragile, pour fendre ce corps qui était pour elle, quelques heures plus tôt, une voie d'accès au bonheur, à la dignité et au salut.

Un court instant, sa forteresse intérieure a failli la trahir, mais le labyrinthe qui reliait son âme, son cerveau, son cœur brisé et sa colère lui a donné la force d'achever ce qu'elle avait entrepris. Si la scène devait être décrite par un rythme atroce ou une mélodie, les premiers accords de *Carmina Burana* résonneraient dans le salon, accompagnés de leurs percussions, des voix des sopranos, des ténors et des barytons à la limite du cri apocalyptique. Leur chant deviendrait assourdissant du premier au dernier coup de hache, alors que le sang d'Ignacio giclait sur les meubles, le fauteuil baroque et les carreaux de la fenêtre, abreuvant de sa source puissante le tapis de la bibliothèque ; il s'épanchait encore, tel un rideau de sang liquide et dense, lorsque le silence inonda enfin la pièce.

Clara a cru entendre des voix à l'étage. Elle ne s'est pas endormie car elle guettait un signe de Jana. Sa sœur n'allait pas tarder à s'échapper quelques instants de la chambre de son maître pour lui confirmer la promesse de leur mariage. Et tout serait parfait.

Mais lorsque Clara comprend ce qu'il vient de se passer au rez-de-chaussée, elle n'hésite pas une seconde : quelles que soient les conséquences effroyables de son geste, elle viendra en aide à Jana. Elle protégera sa petite sœur, fera tout ce qui est en son pouvoir pour la préserver des dangers, quitte à absorber le liquide noirâtre et corrompu qui pourrait s'échapper de son âme. Elle la sauvera du déshonneur.

Un jour, elle a fait la promesse de veiller sur elle comme le père Renard veille sur ses petits. Elle tiendra sa promesse.

Un tourbillon de sentiments emporte Clara : elle se laisse gagner tour à tour par la colère, la tristesse, la douleur, la furie. Elle sent qu'il est urgent d'agir. Elle a trouvé Jana prostrée dans un état étrange, une sorte de léthargie. Sa sœur, a l'air impassible. Ses yeux contemplent l'obscurité comme si son cœur était gelé. Elle ne s'est pas évanouie, c'est déjà ça. Mais Clara la secoue : il est grand temps de se mettre à la tâche. Elles doivent faire disparaître ce corps qui se vide de son sang, se dépêcher de tout nettoyer avant le lever du jour. Il leur reste moins de cinq heures, et elles ne devront pas faire de bruit : l'heure n'est pas aux sanglots ni aux simagrées, elles ont de la chance que personne n'ait rien entendu. Elles la doivent sans doute à l'étage qui les sépare des chambres et à l'action conjuguée de la liqueur, de la fatigue et du repas copieux qui ont plongé les trois domestiques et la gouvernante dans un sommeil lourd.

Jana obéit aux instructions de Clara sans réfléchir : elle descend à la cuisine, prend quatre grands sacs à patates en jute et met de l'eau à bouillir. Ses gestes sont discrets comme ceux d'un fantôme. Lorsqu'elle revient au rez-de-chaussée, elle sort enfin de la transe où ses cinq sens étaient emprisonnés.

— Mais… Mais qu'as-tu fait ? Oh mon Dieu, non… Clara… Qu'est-ce qui t'a pris ? dit-elle, apercevant le corps d'Ignacio qui repose à présent sur le tapis de la bibliothèque, sectionné en six morceaux.

Clara a dépecé le corps. Elle lève les yeux, en nage, épuisée par l'effort, la hache encore entre les mains. Elle est entièrement couverte de sang, une croûte pâteuse qui commence à sécher sur sa peau et ses vêtements.

— Qu'est-ce qui m'a pris ? Tu oses me poser la question ? Je fais ce qu'il faut pour nous sortir de là, Jana. Cet homme fait presque deux mètres, il est bien enrobé, je vois mal comment on pourrait le porter autrement. De toutes manières, il était déjà en morceaux quand je suis arrivée. Donne-moi les sacs, ordonne-t-elle à Jana, d'une voix ferme et résolue, comme si elle venait de découper un poulet pour le dîner et qu'elle se dépêchait de l'emballer avec la célérité d'une bonne servante.

Jana reste pétrifiée quelques secondes, bouche bée. Elle croise le regard de sa sœur et semble y puiser un nouveau souffle de décision. Au point où elles en sont, il n'y a plus de retour en arrière possible.

L'image est carnavalesque, ténébreuse, grotesque : dans un sac, un bras et la tête d'Ignacio, avec ses yeux exorbités absurdement ouverts. Dans un autre un peu plus lourd, son torse. Dans le troisième, ses deux jambes pliées, comme s'il se mettait à genoux pour implorer leur clémence. Dans le dernier, son bras droit et le tapis qui se trouvait au pied du fauteuil, imbibé de sang coagulé.

— On se dépêche, faudrait pas que les sacs se mettent à goutter, dit Clara en saisissant le premier. Prends celui-ci, toi, dit-elle à Jana. On fera deux voyages.

— Deux voyages vers où ?

— Vers la falaise, voyons.

Jana obéit sans sourciller. Elle commence à entrevoir ce que sa sœur compte faire du corps d'Ignacio, mais n'arrive pas à articuler la moindre pensée. Elle ne ressent pas d'émotion. Elle se sent incapable d'envisager la suite. Elle est complètement bloquée.

L'image des deux sœurs transportant dans la nuit noire le corps démembré de don Ignacio pour le jeter du haut de la falaise avait quelque chose de théâtral. Elle inspirait une terreur archaïque, et il ne manquait à l'estampe gothique que la nuit tourmentée et la pleine lune pour éclairer les ténèbres. Mais cette nuit-là, le ciel sans lune aide Jana et Clara à garder leur opération secrète : les deux sœurs marchent à grand-peine, chargées du poids mort de la chair, dans le silence le plus complet. Elles s'en remettent à leur instinct pour les guider dans les ténèbres jusqu'au bord de la falaise. Elles arrivent près de la tour de guet de San Telmo, un édifice militaire en ruine surplombant l'ermitage de Santa Justa, ce lieu saint qui se devine à peine dans les replis secrets de la roche.

Clara ramasse des pierres de la tour en ruine pour les placer au fond des sacs, avant de les nouer solidement à l'aide d'une corde de raphia. Les deux sœurs balancent les sacs à tour de rôle pour leur donner de l'élan et les jeter le plus loin possible de la paroi : mieux vaudrait qu'ils tombent en pleine mer. Elles n'échangent pas un mot, seulement des regards d'une froide complicité empreints de désespoir.

Le second voyage est fait à toute allure, dans un sentiment d'urgence : quelqu'un pourrait bien se réveiller et les surprendre. La chance est de leur côté. Tout a l'air calme.

À présent il est temps de tout ranger. L'eau bouillante que Jana a portée tout à l'heure dans la pièce commence à tiédir. Elles s'attellent à nettoyer le sang. Erreur. L'eau chaude semble l'incruster davantage dans le parquet. Comment eussent-elles pu le savoir ? Par chance, le tapis imprégné de sang repose maintenant au fond de la mer.

Elles parviennent à faire partir les dernières traces avec de l'eau froide et un peu d'ammoniaque. Le fauteuil leur donne plus de mal. Elles ouvrent grand les fenêtres pour chasser l'odeur de la mort dans la pièce. La bibliothèque est enfin nette et rangée. La chambre à coucher du maître, après quelques retouches, redevient impeccable, et devant ce lit bien fait, personne ne pourrait croire que les draps sont encore tièdes.

Les sœurs remplacent le tapis de la bibliothèque par un tapis identique qu'elles ont trouvé dans la chambre de don

Ignacio. Sans doute doña Elvira se rendra-t-elle compte de son absence, mais elles auront le temps de trouver une bonne explication d'ici là.

Clara et Jana quittent la maison, après s'être assurées d'un regard en arrière que chaque chose est bien à sa place. Les pièces sont propres, les traces suspectes ont disparu. Après avoir nettoyé la hache, elles poussent le détail jusqu'à saupoudrer de terre et de copeaux de bois le tas d'outils et d'ustensiles de jardinage. Les deux sœurs prennent le sentier qui mène à Ubiarco et s'arrêtent au détour du chemin, près d'un figuier et de quelques arbustes. À l'abri des buissons jaillit une source d'eau glacée. Elles se déshabillent, se lavent consciencieusement et enfilent des vêtements propres. Elles sont à bout de forces. Elles n'ont pas réussi à enlever toutes les taches de sang de leurs vieilles robes. Elles décident de les cacher au fond d'un terrier dont elles bouchent l'entrée par un tas de pierres. Elles les récupéreront plus tard, lorsqu'elles auront le champ libre et l'esprit tranquille.

Les deux sœurs retournent au pas de course à la Maison Bleue. Clara murmure des instructions précises à l'oreille de Jana : au lever du jour, les domestiques et doña Elvira se demanderont, tout comme elles, où est passé maître Ignacio. Comme eux, elles découvriront son absence avec étonnement. Apparemment, il n'aura pas passé la nuit à l'hôtel. Elles insinueront qu'il a pu partir au casino, où il fait souvent des escapades nocturnes. L'un de ses amis sera peut-être passé le prendre en voiture. À moins qu'il ne soit parti à pied jusqu'à Ubiarco ? Ce serait moins probable mais pas impossible. Hier soir, maître Ignacio était fin saoul : tout le monde avait trop bu, d'ailleurs. Don Ignacio était resté seul au salon à boire du whisky. Clara jurera l'avoir vu prendre un dernier verre. Sans voiture, il n'avait pas pu aller bien loin ; sa famille avait largement de quoi lui payer ce luxe, mais M. Chacón avait refusé de lui en offrir une car il savait que son fils en profiterait pour échapper aux contraintes de la saison estivale.

Clara réfléchit à toute vitesse. Jana obéit, comme si le corps qu'elle habitait n'était pas le sien, comme si les événements de cette nuit n'étaient qu'un mauvais rêve. Un cauchemar sordide, effroyable et persistant. Clara prévient sa sœur : la garde civile sera très vite sur place. Doña Elvira parlera sans doute des rumeurs qui circulent au village, où de mauvaises langues affirment que don Ignacio "fréquente" l'une de ses bonnes. Une relation intime, doux Jésus ! Jana devra nier tout en bloc. Si les choses tournent mal, elle devra laisser entendre que don Ignacio a effectivement cherché son amitié, mais qu'une fille de la campagne de sa condition, pauvre et ignorante, servait son maître sans autre aspiration que de garder sa place. Elle était entrée dans la famille de l'*indiano*, à Santillana comme à l'hôtel de Santa Justa, mais n'était pas assez sotte pour s'égarer dans des pensées ou des rêveries inutiles.

Lorsqu'elles passent la porte de la Maison Bleue, tout y est silencieux. Il reste encore deux heures avant le lever du jour. Clara est inquiète car un parfum d'ammoniaque flotte encore dans la pièce. Dans le séjour, le fauteuil n'est visiblement pas sec. Le regard cristallin de Clara passe en revue la grande salle et s'arrête sur une bouteille de liqueur à moitié vide. Clara décide d'en verser un peu sur la tache humide. L'odeur pénétrante de la liqueur de café couvre celle de l'ammoniaque, tout en justifiant la tache humide sur le fauteuil. Elle laisse la bouteille en évidence sur le rebord de la fenêtre, près d'un verre et de la bouteille de whisky qu'elle a pris soin de vider sur le tapis. Notre maître a peut-être un peu forcé sur l'alcool hier soir, au point qu'il en a renversé par terre. Peut-être a-t-il décidé de faire un tour sur la plage en pleine nuit, ivre de joie estivale. Peut-être s'est-il baigné pour chasser les vertiges alcooliques,

Jana jurerait l'avoir entendu dire qu'il prenait parfois des bains de minuit les soirs où il avait trop bu. Qui sait si la mer Cantabrique n'avait pas englouti un si noble ivrogne dans les remous de ses courants magiques. Qui sait si elle ne le vomirait un jour sur les grèves désertes ou entre deux rochers de ses falaises abruptes.

Par chance, la Maison Bleue n'a pas encore ouvert ses portes. Les premiers pensionnaires arriveront à la mi-juin, autrement dit pas avant dix jours. C'est un miracle si elles ont échappé aux regards trop curieux.

Elles doivent tenir bon, elles doivent croire dur comme fer à leur version de l'histoire comme si c'était la seule. Ce qui s'est passé cette nuit n'a jamais existé. C'est seulement un mauvais rêve qu'elles oublieront au réveil comme la chance les a oubliées il y a bien longtemps. Elles diront qu'elles sont allées se coucher, qu'elles ont dormi toutes les deux dans le même lit comme il est d'usage quand les bonnes reçoivent des invités. Elles diront qu'elles se sont levées à l'aube, comme chaque matin, et qu'elles sont allées à la cuisine préparer le petit-déjeuner. Ce n'est qu'ensuite, quand elles ont frappé à la porte de leur maître, qu'elles se sont rendu compte qu'il n'était pas là.

Quand les deux sœurs se recouchent, le lit leur semble froid et hostile. Jana éclate en sanglots.

— Qu'est-ce que je vais devenir ? demande-t-elle à Clara.

— Tu vas te débrouiller, Jana. Comme on l'a toujours fait. Et surtout, tu vas sécher tes larmes, lui dit-elle à l'oreille. Plus un bruit, nous ne sommes pas censées être réveillées.

Jana fait oui de la tête, mais n'arrive pas à s'arrêter.

— Sans Ignacio, ils fermeront l'hôtel, j'en suis sûre. Son père va le chercher aux quatre coins de la Cantabrie. Ils finiront par nous retrouver, Clara. Ils nous condamneront à la peine de mort. J'ai envie de mourir. De mourir, tu m'entends ! Mon Dieu, comment en est-on arrivées là ?

Un sanglot irrépressible s'empare de Jana, épuisée, au comble du désespoir. Son corps incrédule renie cette nuit, toute cette infâme barbarie, et ses mains entourent ce ventre encore plat où palpite pourtant, sous la peau lisse, un petit amas de chair et de sang.

Clara prend sa sœur dans ses bras, la berce de tout son cœur. Elle-même n'espère pas de consolation. Peut-être n'en a-t-elle pas besoin. Peut-être sent-elle que ce corps ancré dans les pénombres de la mer, au milieu des poissons, a eu le châtiment qu'il méritait, et que ce qui lui arrive n'est que justice.

— Ne t'inquiète pas. Je te promets que tout va s'arranger, lui dit-elle. On s'en tiendra à notre version devant la garde civile. Tout s'est passé exactement comme je te l'ai dit. Tu n'es jamais allée dans la chambre de ce malotru. Il ne s'est rien passé cette nuit-là. Nous, on est allées se coucher, c'est tout. Et si on te demande s'il y a quelque chose entre toi et lui, tu répondras que ce sont de vilaines rumeurs. Tu sais seulement qu'il devait se fiancer à une fille de San Vicente de la Barquera.

Jana arrête momentanément de hoqueter.

— Mais Clara, qu'est-ce que je vais faire du bébé ? Bientôt, mon ventre se verra, oh mon Dieu !

Et Jana sent qu'elle ne peut plus parler, le chagrin lui ravit ses mots, prisonniers de sa gorge, de sa poitrine, de ses poumons.

— Je trouverai moyen d'arranger ça. Auprès de maman et grand-mère, j'ai appris les secrets des plantes. J'en connais une qui peut te faire perdre cet enfant.

— Clara ! Non…

— Oui, je sais, c'est un péché. Un péché capital. Pauvre enfant innocent. Pas comme ce grossier personnage !

— On ne peut pas s'en prendre au bébé, Clara. On ne peut pas faire ça. Je pensais… si c'était un garçon, je pensais l'appeler Antonio.

Clara sourit tristement. Sa sœur est persuadée d'attendre un petit garçon. Antonio, tout petit encore, fauché par la guerre à l'entrée d'une grotte misérable, dans l'horreur de ce jour empoisonné. Antonio qui avait emporté avec lui, sans le vouloir, une partie de leurs âmes.

— Tu as raison, Jana. On ne s'en prendra pas au bébé. Ne t'en fais pas, je vais trouver un moyen de nous sortir de là. Personne n'apprendra que tu es enceinte.

— Mais ce qu'on vient de faire est un péché impardonnable, Clara. Ignacio est mort. Nous l'avons jeté du haut de la falaise.

— C'est le scandale qui est indécent, pas le péché, répond Clara dans une froideur soudaine. – Elle a l'air grave, son regard est dur comme le diamant. – Ton maître n'a que ce qu'il mérite. N'oublie pas qu'il pensait t'abandonner à ton sort comme un chien. Ton maître n'a que ce qu'il mérite, répète-t-elle avec détermination. Nous en avons vu de pire, à la guerre. Qu'est-ce que ça peut bien te faire. Et sèche tes larmes, ou tu vas avoir les paupières gonflées demain, dit-elle à Jana, en essuyant ses larmes avec tendresse.

Les deux sœurs restent éveillées jusqu'à l'aube. Accrochées l'une à l'autre, elles prennent le temps d'assimiler le monde dans lequel elles devront vivre à présent, un désert semé d'embûches, d'angoisses et de culpabilité. Clara n'est pas prête à s'égarer une nouvelle fois dans ce labyrinthe aux mille chemins, elle échafaude un plan, elle entrevoit la sortie. Tout n'est pas perdu. Il est encore temps de sauver Jana. Elle a l'obligation de veiller sur sa petite sœur, et elle n'y manquera pas. Elle fera tout son possible pour la racheter, Jana aura droit à sa part de bonheur. Elle se sent responsable de Jana, et même du malheur qui s'abat sur sa sœur. Clara se prépare à prendre soin de Jana comme elle le mérite. Et sa logique sera implacable. Pour la sauver, elle est prête à donner chaque minute, chaque heure, chaque année de sa vie, une existence que la mort de sa mère et de son petit frère lui a d'une certaine façon ravie en ce jour fatidique. Elle sera le bouclier et le tremplin de sa sœur. Après tout, Clara est libre, forte et puissante : un trait caractéristique de ceux qui n'ont rien à perdre.

La nuit caresse les deux sœurs et laisse sa marque indélébile. L'effort a été titanesque, l'horreur indescriptible, la douleur immense. Elles ont effacé leurs traces, elles ont esquissé la stratégie à suivre. Elles ont eu fort à faire, sans doute. Assez en tout cas pour ne pas remarquer, sur le chemin de Santa Justa, que deux silhouettes les observaient, ahuries, de l'autre côté de la Maison Bleue.

En principe, l'enquête exige davantage d'intelligence que de moyens.

SEVERO OCHOA

Vendredi 12 juillet. Huit heures trente. Après la tempête, le ciel limpide annonçait une journée calme et ensoleillée. Et pourtant, cette promesse de beau temps n'enlevait rien à l'atmosphère fébrile qui régnait dans la salle de réunion du groupement de la garde civile.

Jacobo Riveiro classait et reclassait les informations de façon compulsive. Son exposé devait être clair, il devait se montrer le plus rigoureux possible. La brigade au grand complet l'observait : c'était lui qui devait prendre la parole en premier. Cette réunion était capitale : chacun devrait exposer les éléments qu'il possédait à tour de rôle, afin que l'équipe s'accorde sur les nouvelles directions à suivre. Valentina venait de leur relater, en guise d'introduction, les démarches qu'elle avait effectuées la veille en compagnie de Sabadelle.

— Eh bien, commença-t-il, le regard rivé sur Valentina qui s'apprêtait à prendre des notes sur une grande feuille posée sur la table. Tout d'abord, il y a du nouveau du côté du département de médecine légale. Je veux parler des expertises balistiques. Hier soir, j'ai reçu un appel de Logroño ainsi qu'un rapport succinct par fax sur l'arme qui a tué Pedro Salas. Il s'agit – et Riveiro commença à lire – d'un revolver M1921 calibre .22, appelé en son temps le "Cigare" en raison de son canon cylindrique en forme de cigare, justement.

— En son temps ? demanda Valentina.

— Oui, sa fabrication a démarré en 1935. Jusqu'en 1946, on comptait environ cent mille unités en circulation. L'arme était fabriquée à Valence, mais, en 1946, comme le modèle n'était plus aux normes, sa production s'est arrêtée. Actuellement, seuls les militaires ont le droit de l'utiliser.

— Les militaires, vous dites ? S'agit-il d'une arme réglementaire de l'armée ? demanda encore Valentina, stupéfaite.

— En effet. C'était l'arme réglementaire de l'armée espagnole pendant la Guerre civile. Elle a même été utilisée pour l'escorte présidentielle.

— Cela signifie que nous sommes en présence d'une arme ancienne. On peut supposer qu'elle appartient à une personne âgée… J'imagine que la confrontation entre la douille et la base de données n'a pas permis de relier ce crime à d'autres actes criminels répertoriés à La Rioja, dit Valentina, sceptique, qui s'adressait plus à elle-même qu'au reste de l'équipe.

— En effet. Nous n'avons rien trouvé qui nous permette d'identifier le propriétaire de cette arme.

Marta Torres intervint :

— Et si ce n'était pas le revolver d'une personne âgée ? Nous pouvons très bien avoir affaire à un collectionneur… à un jeune passionné par les armes anciennes ? Ou bien à quelqu'un qui aurait hérité d'une arme de famille, par exemple.

— C'est vrai, dit Valentina, mais c'est surtout l'âge des victimes qui m'amène à penser que l'assassin est une personne âgée. Je crois beaucoup aux statistiques, vous savez. C'est un outil essentiel en criminalistique, tant qu'on ne s'y fie pas aveuglément. Poursuivez, Riveiro.

— J'ai pensé, et ceci n'est que le fruit de mes réflexions, que le coup de feu a dû être tiré avec un silencieux. Vous imaginez le bruit que doit faire la détonation d'une antiquité pareille ? Je vois mal comment il aurait pu passer inaperçu. Mais ce n'est qu'une supposition, bien entendu. Je vais creuser un peu, et rester en contact avec les laboratoires de Logroño pour en savoir davantage. Mais revenons au rapport balistique. Un élément essentiel, à mon sens, et qui établit définitivement le lien entre les meurtres de Pedro Salas et de David Viesgo, c'est qu'on a retrouvé de la poudre de minium sur les deux corps, c'est-à-dire… – il se tut un instant pour relire ses notes – concrètement, des quantités différentes de la poudre en question, ainsi que de l'oxyde de plomb et du tétroxyde de plomb.

— Ah bon ? De l'oxyde de plomb ? Ils en avaient avalé ?

— Non. Une infime trace a été retrouvée sur le dos de la chemise de Pedro Salas. Son séjour dans l'eau a rendu l'analyse de ses vêtements extrêmement difficile. En revanche, on a trouvé une plus grande quantité de minium sur David Viesgo, en particulier sur ses chaussures et sur le bas de son pantalon.

— Autrement dit, soit les deux hommes se sont rendus avant de mourir dans un endroit où il y a de la poudre de minium, soit le point d'ancrage de l'assassin se trouve dans un lieu qui regorge d'oxyde de plomb.

— Voire les deux à la fois, répliqua Riveiro. Si la poudre se trouvait par terre, Viesgo a certainement marché dessus. Salas a pu être poussé par quelqu'un qui avait également marché dans de l'oxyde de plomb. J'y ai bien réfléchi : puisque l'oxyde de plomb a été retrouvé sur sa chemise, on peut imaginer que l'assassin lui a donné un coup de pied pour le faire tomber à l'eau. Rappelez-vous qu'il est mort par noyade, pas à cause du coup de feu. Et comme la balle s'est logée dans sa poitrine, il est fort possible qu'il se soit d'abord plié en deux. Dans ce cas, un coup léger de la main ou du pied dans son dos suffisait à le déséquilibrer.

Valentina hocha la tête. Comme souvent, la capacité de Riveiro à visualiser les scènes de crimes était prodigieuse.

— Tout à fait d'accord. Il est fort possible que David Viesgo se soit rendu chez son meurtrier, et que celui-ci, à son tour, se soit déplacé pour tuer Pedro Salas. Cela voudrait dire que le médecin connaissait probablement l'assassin. C'est fantastique, Riveiro : la boucle est bouclée. Reste à savoir si les experts de la police scientifique ont retrouvé de l'oxyde de plomb dans la chambre de Juan Ramón Ballesta. Nous n'avons plus qu'à prendre notre mal en patience, dit Valentina, résignée. Avez-vous eu le temps d'en savoir plus sur cette poudre de minium ? Qui utilise de l'oxyde de plomb, où le trouve-t-on ?

— Oui, d'après mes recherches, et selon sa préparation, il peut servir d'antirouille sur les métaux, de revêtement pour les surfaces en fer ou même à sceller certaines parties des batteries des moteurs… Les usages sont très variés, mais on en trouve des quantités importantes dans les usines chimiques ou céramiques.

Ils se consultèrent du regard. Sabadelle faisait des efforts pour se rappeler où il avait bien pu lire ou entendre dire quelque chose à propos du minium. Il l'avait dans un coin de sa tête, mais cela ne lui revenait pas. Le caporal Roberto Camargo, en revanche, exprima tout haut ce que tout le monde pensait tout bas :

— Solvay ? se hasarda-t-il à demander.

Solvay était la plus grande usine chimique de la Cantabrie. Cette centrale, située près de Torrelavega, datait de plus d'un siècle.

— Pourquoi pas, reconnut Riveiro, il faudrait creuser cette piste. N'oublions pas que d'autres usines peuvent utiliser ce produit, notamment à Santander. Nous devrons nous montrer extrêmement consciencieux dans cette enquête : la poudre de minium a tant d'usages que cela revient à chercher une aiguille dans une botte de foin.

— Peut-être que des petites entreprises l'utilisent également autour de Suances et de Comillas. Si on élargit nos recherches à l'échelle de la région, il va nous falloir des mois, réfléchit Valentina. Nous aviserons plus tard. D'ailleurs, si mes souvenirs sont bons, Juan Ramón Ballesta est retraité de Solvay. Cela n'a sans doute rien à voir, mais on ne peut rien écarter *a priori*. Reprenez votre exposé, Riveiro.

— Bien. Hier j'ai discuté avec la fille de Pedro Salas, Rebeca, qui m'a fait part d'un souvenir qui lui était revenu : son père a commencé à lui faire ses "versements" mensuels quelques mois après le décès de son grand-père.

— Son grand-père ? Et qui était ce monsieur ?

Marta Torres répondit à la place de Riveiro :

— Pedro Antonio Salas, un vieux marin du coin. Il a baptisé son fils avec son propre nom. On a enquêté sur lui, Zubizarreta et moi. Cet homme était un membre actif de la résistance républicaine, l'un de ces combattants qui ont pris le maquis pour échapper à Franco et se sont cachés dans la montagne pendant des années. Les gens l'appelaient le Manchot, parce qu'il avait perdu l'une de ses mains au cours de la Guerre civile. Et je vous garde le meilleur pour la fin : devinez de qui il était l'ami ? C'est quelqu'un au café La Chalana qui nous l'a dit : il était très proche de David Fernández !

— Qui est… ?

— Le frère aîné de Jana Ongayo. Son nom de jeune fille était Fernández Campillo.

— Tiens donc. Ça commence à prendre forme. Torres, laissez Riveiro terminer, je vous prie. Je vous donnerai la parole ensuite.

L'agent Torres hocha la tête. Riveiro reprit :

— Malheureusement, ma conversation avec la veuve du Dr Viesgo n'a pas donné grand-chose. Elle était très touchée, elle avait du mal à parler. D'après ce qu'elle m'a dit, son mari n'avait pas de relation particulière avec Mme Ongayo, elle n'était pour lui qu'une patiente comme les autres. Mme Ongayo faisait appel au Dr Viesgo de temps en temps pour soulager ses crises. Les jours où Viesgo lui rendait visite, il en profitait pour voir plusieurs patients, des visites qu'il ne faisait plus à titre officiel puisqu'il était retraité, mais qui lui permettaient d'arrondir ses fins de mois. En revanche, la veuve était formelle : mardi dernier, il n'avait prévu de voir personne d'autre. Je lui ai demandé si l'oxyde de plomb, la poudre de minium ou le tétroxyde de plomb lui disaient quelque chose, mais la pauvre femme n'arrivait pas même à épeler ces mots. Pour finir, elle ne lui connaissait pas d'ennemis. Le docteur n'était pas mêlé à de vieilles querelles, inutile de chercher de ce côté-là.

— Et pourtant, on peut émettre l'hypothèse que le médecin connaissait son meurtrier : il s'est rendu chez lui et a pris un thé le plus tranquillement du monde. Nous devons donc envisager la possibilité que sa femme le connaissait également, dit Valentina, pensive.

— Oui, mais c'est tout ce que j'ai pu en tirer pour le moment. Nous en sommes toujours au même point en ce qui concerne le cadavre du bébé. J'ai eu le laboratoire de Madrid au téléphone : ils m'ont dit qu'il serait difficile d'arriver à une datation précise des os. Ils m'ont promis d'essayer à l'aide de… – il s'interrompit une nouvelle fois pour survoler ses notes – de la spectroscopie de fluorescence et de la racémisation de l'acide aspartique, même si ces techniques sont encore au stade expérimental. Ils se sont montrés très prudents, parce qu'il est très rare d'effectuer des analyses approfondies sur des individus ou des objets qui datent de plus de vingt ans : après ce délai, les crimes sont légalement prescrits.

Valentina soupira. Une voie sans issue.

— Il nous reste l'analyse ADN, n'est-ce pas ?

— Oui, répondit Riveiro, nous avons envoyé un échantillon à un laboratoire privé qui l'examinera dans les heures qui viennent. Ils devraient en avoir pour vingt-quatre heures. Dès que l'analyse sera prête, ils la transmettront à la SECRIM qui confrontera le résultat à ses archives. Voilà tout ce que je peux vous dire pour l'instant, conclut-il sur une note sceptique.

Valentina leva son stylo et se tourna vers Sabadelle :

— C'est à vous. Avez-vous avancé hier après-midi ?

— Et pas qu'un peu, renchérit-il. Je vais vous résumer le rapport parce qu'il contient des dizaines de pages manuscrites que j'ai lues et annotées jusqu'à trois heures du matin pour bien comprendre ce qui avait pu se passer, précisa-t-il, en insistant lourdement sur l'heure tardive. Le plus instructif dans ce dossier est le rapport annexe de l'agent de la garde civile qui a mené l'enquête à l'époque. Il y consigne scrupuleusement ses conclusions, ses hypothèses et ses impressions sur les témoins. Je vous résume : Ignacio Chacón a disparu la nuit du 3 juillet 1948 à la Maison Bleue, un hôtel situé à Ubiarco qui appartenait à sa famille. Il avait vingt-huit ans. C'était un fainéant, un bon à rien. Son père, un respectable *indiano* revenu du Mexique avec une jolie fortune, s'efforçait de le remettre sur le droit chemin en lui confiant la direction de l'hôtel l'été. L'enquête s'est orientée d'abord vers une histoire de jupons, car le lendemain de la disparition d'Ignacio Chacón, comme par hasard, le petit ami d'une employée de l'hôtel s'était présenté à la porte. Un certain Luis Salvador. On l'a envoyé à la prison régionale de Santander dans l'attente de son procès. Au début, on pensait qu'Ignacio Chacón avait tourné autour de la fiancée de ce marin pêcheur originaire de Comillas, mais cette version des faits a été assez vite démentie. Luis a réussi à prouver qu'il avait un alibi la nuit de la disparition de Chacón, et grâce à l'entremise de M. Chacón père, on a laissé finalement repartir le jeune pêcheur. À Comillas, il vivait avec une jeune fille qu'il a épousée par la suite. C'est *Dallas*, je vous dis ! Et puisque la veille de la disparition, Ignacio Chacón et ses domestiques avaient beaucoup bu…

— Les domestiques avaient bu ? demanda Valentina en haussant les sourcils.

— Et pas qu'un peu, affirma Sabadelle. Ils fêtaient l'ouverture de la saison, les premiers clients allaient arriver à la fin de la semaine suivante. Lorsque tout le monde est parti se coucher, Chacón est resté au salon à siffler du whisky : les agents ont retrouvé une bouteille vide dans la bibliothèque. Cet alcool s'est ajouté à tout ce que l'homme avait déjà ingurgité au cours de ce repas bien arrosé. Cela a orienté les enquêteurs vers une autre piste : la possibilité qu'Ignacio Chacón, complètement ivre, soit tombé du haut de la falaise. Il faut dire que l'hôtel se trouvait à quelques centaines de mètres de la plage de Santa Justa. Mais cette possibilité s'est évanouie le 14 août de la même année lorsqu'on a retrouvé les jambes du disparu dans un grand sac échoué sur la plage en question. Quelqu'un avait enroulé les jambes d'Ignacio Chacón dans un drapeau nationaliste : un drapeau qui représentait un aigle et tout l'attirail symbolique franquiste.

— Putain ! laissa échapper Riveiro. Le récit de Sabadelle suscitait aussi des commentaires chez les autres membres de la brigade.

— Et comment ont-ils pu savoir que les jambes étaient bien les siennes ? Les analyses ADN n'existaient pas, à l'époque… s'enquit Valentina.

— Ignacio Chacón avait été tronçonné tout habillé. La famille a reconnu ses chaussures et son pantalon. Du coup, ils l'ont enterré comme ça. Ils ont placé les jambes dans le caveau de famille en espérant que la mer finirait par leur rendre le reste du corps, ce qui ne se produisit jamais. Mais je ne vous ai pas encore dit le plus fort – et là, Sabadelle se tut pour créer un suspense, en faisant des efforts surhumains pour ne pas faire claquer sa langue – : devinez qui a trouvé le sac sur la plage, et qui était l'employée en question ?

— Jana Ongayo ? C'était elle, l'employée de l'hôtel ? s'aventura Valentina, au comble de l'étonnement.

— Exact. Ou plutôt Jana Fernández, son nom de jeune fille. Et elle n'était pas toute seule : sa sœur Clara, qui servait à l'époque chez les Ongayo, se trouvait avec elle en cette nuit fatidique. Les autres domestiques de la maison n'ont pas joué un grand rôle dans l'affaire, mais j'enquêterai quand même sur leurs antécédents un peu plus tard, histoire d'en avoir le cœur net.

— Vous voulez dire que la sœur de Jana était la bonne des Ongayo ? s'écria Valentina, stupéfaite. On nage en plein *Falcon Crest*, là. Bientôt vous allez me dire que c'est Juan Ramón Ballesta qui a retrouvé le sac. Dans ses délires, le vieillard parlait d'un grand sac, d'un secret et des combattants de la montagne.

— En effet, c'est Juan Ramón Ballesta qui a prévenu la garde civile. Il leur a dit qu'il avait trouvé le sac sur la plage le matin même.

— Voilà une information de taille, réfléchit tout haut Valentina, en observant attentivement le grand schéma sur la table. – La feuille était maintenant couverte d'annotations de flèches qui reliaient les éléments entre eux. – Autre chose ?

— Pas grand-chose d'autre pour l'instant. Je dois encore creuser. Je vais enquêter sur tous ceux qui sont mêlés de près ou de loin à cette affaire. Le pêcheur, le personnel de l'hôtel, le disparu lui-même, et pourquoi pas l'agent de la garde civile qui a dirigé l'enquête. Qui sait, peut-être qu'il est encore vivant. Je regarderai sur le SIGO, conclut-il. Ce logiciel permettait à la garde civile de classer toutes ses données ; un sigle de quatre caractères en abrégeait la dénomination officielle : système intégral de gestion opérationnelle.

— En tout cas, une chose est sûre : le bébé de la Villa Marine est lié à la famille Chacón, et sans doute à la disparition d'Ignacio Chacón. La présence de Tlaloc met en évidence un rapport qui n'a rien d'extravagant : après tout, la Villa Marine a appartenu plus tard à Jana Ongayo, qui a été la bonne des Chacón et qui, par hasard, était présente le jour de la disparition du fils prodigue de la famille. Je vous félicite, Sabadelle, vous avez fait un excellent travail. Il ne vous reste plus qu'à approfondir, maintenant. Si vous tombez sur un détail intéressant, prévenez-moi. Je serai disponible vingt-quatre heures sur vingt-quatre.

— C'est compris, répondit Sabadelle d'un ton résolu, alors que le reste de l'équipe les regardait dans un demi-sourire.

Ces deux-là avaient dû se réconcilier, après la menace du sabre qui planait la veille sur la langue de Sabadelle.

— De notre côté, dit le caporal Camargo, le regard tourné vers les agents Torres et Zubizarreta, qui semblèrent d'accord pour le laisser parler en leur nom, nous avons constaté que la fabrique d'Anchois Ongayo a traversé une période difficile. Elle a perdu une bonne partie de ses actifs. L'usine de Santoña s'est même vu contrainte de placer temporairement cinquante de ses salariés en chômage technique. Ses finances sont à présent assainies. Malgré ses difficultés, l'entreprise possède encore aujourd'hui de nombreuses propriétés exemptes de toute hypothèque. Elle en a vendu quelques-unes pour faire face à ses problèmes de trésorerie, mais il lui en reste.

— Cela veut dire que l'entreprise ne marche pas trop mal, mais qu'elle a connu une mauvaise passe. Ils se maintiennent à flot, n'est-ce pas ? demanda Valentina.

— Oui, elle reste une entreprise incontournable du secteur, mais comme toutes les autres, elle a été durement frappée par la crise. En ce qui concerne le patrimoine personnel de Jana Ongayo, rien à signaler, il est équilibré et ses biens sont exempts de toutes créances. Sa maison lui appartient, elle possède également deux propriétés à Comillas actuellement en location, ainsi que deux fonds de commerce et un appartement. Nous n'avons pas réussi à savoir si ces derniers sont loués. L'entreprise de Jana Ongayo a des filiales en Amérique du Sud et des propriétés au Chili qui semblent à première vue très bien gérées. Tant que le juge ne demande pas la levée du secret bancaire, nous ne pourrons pas avoir accès à ses comptes, mais tout porte à croire que les finances de la dame se portent à merveille.

— D'accord. Autre chose ?

— Jana Ongayo, ou plutôt Jana Hernández, avait des frères et une sœur. Ils étaient quatre enfants, mais le plus jeune a perdu la vie au cours de la Guerre civile. Il s'appelait Antonio, il était encore tout petit. Son grand frère David est bien mort il y a neuf ans en France. En fait, c'est sa sœur Clara qui nous donne le plus de fil à retordre. Son nom complet est Clara Fernández Campillo. Étrangement, on n'a retrouvé nulle part son certificat de décès. Dans le registre civil, rien n'est précisé à son sujet, comme si elle avait disparu. Elle n'est pas officiellement décédée, mais pas vivante non plus.

— Comment ça ? Que voulez-vous dire ? Il ne manquait plus qu'un fantôme pour finir la semaine en beauté ! dit Valentina dans un soupir.

— Le seul registre d'état civil qui la mentionne est son acte de naissance en 1926, qui fait état d'une maison à Hinojedo, le village d'origine de la famille. Mais cette maison n'existe plus, elle a été transformée en gîte rural. Nous avons réussi à joindre les propriétaires du gîte mais personne n'a entendu parler de la famille Fernández Campillo, encore moins de Clara. Aucune ligne de téléphone n'est ouverte à son nom. Elle ne possède pas d'adresse postale ni d'entreprise. Pas de contrat d'électricité, d'eau ni de bail. Rien, le néant absolu. La seule explication possible, c'est que son nom se soit perdu dans le registre des décès de l'état civil, mais cela se produit très rarement. On ne peut exclure qu'elle soit décédée, il serait judicieux d'éclaircir ce point auprès de Clara Múgica et de Jana Ongayo. Le dernier document que nous avons retrouvé sur Clara Fernández précise qu'elle est l'employée de maison de la famille Ongayo, sans entrer dans les détails, et qu'elle a été remplacée à la fin de l'été 1949 par sa sœur. Depuis cette date, la vie de Clara Fernández est un mystère.

— J'appellerai Clara Múgica dans la matinée. Si sa mère est remise de ses émotions, j'irai lui parler… il semble évident que cette femme a quelque chose à voir avec Tlaloc, avec cette maison, offerte avec tant de désinvolture aux grands-parents de M. Gordon, et sans doute aussi avec tous ces crimes. Elle tient à peine debout, mais elle peut très bien avoir agi avec un complice. Il nous restera à procéder à l'interrogatoire approfondi d'Oliver Gordon. Par ailleurs, que savons-nous du demi-frère de Jana Ongayo ?

— Il s'est effectivement établi à Carthagène, et aux dernières nouvelles il y vit toujours. Il possède trois hôtels sur la côte, nous avons pu visiter leur page web. Il n'a pas fini de payer le crédit du dernier. Il a épousé une femme originaire de Murcie dont il a trois enfants. Rien à signaler, mis à part quelques amendes pour excès de vitesse dans la province de Murcie. Il n'a manifestement pas gardé de liens avec la Cantabrie. Rien ne l'implique de près ou de loin dans l'affaire qui nous intéresse. Sa mère, c'est-à-dire la belle-mère de Jana Fernández, est partie vivre à Carthagène il y a vingt-cinq ans, et elle est morte cette année, au mois de janvier. À moins d'avoir laissé échapper un détail important, nous pensons que rien dans la vie de cet homme ne peut contribuer à faire avancer l'enquête.

— Très bien, dit Valentina, pensive. De toute façon, vous devez maintenant vous concentrer sur la vérification des alibis de tous les suspects : commencez par confirmer la solidité des alibis de Clara Múgica pour les meurtres de David Viesgo et de Pedro Salas. Elle a déclaré se trouver à l'IML dans le premier cas, et dans le second, si tôt un dimanche matin, elle devait se trouver chez elle en compagnie de son époux. Passez-moi tout au crible. Nous ne devons rien laisser au hasard.

Toc, toc. Suivi d'un appel rapide à la porte de la salle de réunion, qui n'attendit pas de confirmation pour s'ouvrir. Le caporal qui avait interrompu la réunion la veille, comme s'il répétait la scène prévisible d'un film du dimanche soir, brisa une nouvelle fois la concentration de l'équipe.

— Lieutenant Redondo ? Oliver Gordon est en ligne, il veut vous parler, c'est urgent. Je vous bascule l'appel dans votre bureau ?

— Oui, je vous en prie, passez-le-moi tout de suite, répondit Valentina. Tous les yeux de ses collègues étaient braqués sur elle. Qu'avait-il pu se passer cette fois ? Lorsque Valentina revint dans la pièce, son visage était livide. Elle n'alla pas par quatre chemins :

— Nous allons devoir nous répartir les tâches le plus vite possible. Riveiro, vous venez avec moi à la Villa Marine. Quelqu'un a répandu de l'essence sur le chalet d'Oliver Gordon. Il a retrouvé des menaces écrites sur un bout de papier que quelqu'un avait planté au couteau sur son porche : on l'intimait de partir. Camargo, prévenez tout de suite la SECRIM. Et vous autres, poursuivez l'enquête dans les directions que nous venons d'évoquer. Sabadelle, vous continuerez à creuser les rapports d'archives, mais je vais vous demander également d'essayer de parler à sœur Mercedes dès que possible. Quant à vous, dit-elle en se tournant vers Camargo et les deux agents, suivez la piste de Clara Fernández. Demandez aux voisins, aux connaissances, aux gens du bourg. Tentez de savoir ce qui a pu lui arriver en restant le plus discrets possible, et prévenez-moi sur mon portable dès que vous aurez trouvé quelque chose.

La réunion se termina par des hochements de tête et des murmures d'approbation. Ils s'apprêtaient à sortir de la pièce quand le caporal qui les avait prévenus de l'appel téléphonique d'Oliver fit de nouveau son apparition. Son visage était grave :

— Lieutenant Redondo. Je viens d'avoir la garde civile de Comillas au téléphone.

— Eh bien ?

— C'est Jana Ongayo. Je crois savoir que vous enquêtez sur elle. Elle s'est donné la mort ce matin devant sa maison.

JOURNAL (13)

En cette nuit du mois d'août 1948, le public s'est massé sur le parvis de la collégiale romane de Santa Juliana, à Santillana del Mar, où l'on donne une pièce de théâtre au symbolisme religieux très marqué*. La famille Chacón se trouve parmi les spectateurs. Autour de la foule, l'atmosphère est festive, magique. C'est l'une de ces nuits d'été tièdes où personne ne refuse un verre de vin, un éclat de rire ou tout ce qui peut rendre la vie plus légère. La trame de l'œuvre, figée, colossale et mystérieuse, n'aurait pu être plus à propos. Les acteurs, bercés par le clair-obscur mystique de la nuit, jouent *L'Hôpital des fous* de façon magistrale.

Quelqu'un s'approche de don Antonio Chacón, alors qu'il tente de se concentrer sur la pièce. Son attention est sans cesse distraite par la façade de l'église : sous l'effet des lumières sinueuses de centaines de bougies, le mur de pierre millénaire prend des reflets dorés, liquides et mouvants comme la surface de la mer. Florentino, son majordome, lui chuchote à présent quelque chose à l'oreille, une confidence timide et ténébreuse. Mme Chacón, assise à côté de sa fille Dolores à quelques mètres seulement de son époux,

* "Acte" ou "pièce" pour la fête du Saint-Sacrement, l'auto-sacramental est une des originalités du théâtre espagnol à son âge d'or. (Marcel Bataillon)

les observe : ses nerfs sont à fleur de peau depuis la disparition d'Ignacio.

Quoi de plus normal : cette mère ignore où se trouve son enfant. Elle a passé de longues semaines à veiller, assaillie de soupçons, submergée d'une douloureuse inquiétude. Ce soir, on l'a traînée au spectacle pour lui changer les idées. La garde civile l'a interrogée quelques semaines plus tôt, et ces grossiers personnages ont insinué que son fils avait des dettes de jeu, peut-être même un passé républicain, puisque tout le monde sait maintenant que les nationalistes ratissent les hameaux et les villages à la recherche des ex-sympathisants républicains, les "Rouges", pour les passer à tabac. Ils n'hésitent pas, si la cause l'exige, à les balancer du haut des falaises après leur avoir tiré deux balles dans la nuque. Le silence de Peñas Negras, Puente Arce ou San Cipriano renferme le dernier soupir de tant de fusillés.

La famille Chacón refuse bien évidemment d'envisager ces possibilités. La disparition d'Ignacio est certainement un enlèvement, les ravisseurs espéraient sans doute extorquer une rançon à ces *indianos* fortunés. Les choses ont peut-être mal tourné, condamnant leur fils à une fin plus sombre que ce que les auteurs de ce forfait avaient escompté. Seules des explications romanesques viennent à l'esprit de Mme Chacón.

M. Chacón, lui, est beaucoup plus pragmatique. Il prend conscience peu à peu de ce que vient de lui apprendre son domestique. Il baisse la tête, la secoue de droite à gauche comme pour nier l'évidence, sans mot dire. Il se lève et abandonne discrètement la scène improvisée. Mme Chacón le suit, inquiète, presque hystérique. Entre ses débordements d'émotions, elle saisit qu'il y a du nouveau, que ce changement mettra fin à l'incertitude, que ces nouvelles réchaufferont quelque peu le désert glacé de son amertume. C'est curieux : elle ne s'adresse pas à son mari mais au majordome, à qui elle sait qu'elle pourra tirer les vers du nez. Et en effet, d'un seul regard autoritaire, il lui raconte tout ce qu'il sait. On a retrouvé un sac sur la plage de Santa Justa, un sac rejeté par la mer. Dedans, il y a deux jambes putréfiées qui pourraient appartenir à maître Ignacio. À l'intérieur, on a retrouvé un drapeau au blason sans équivoque : un aigle noir tenant un joug et des flèches rouges dans ses serres. Chaque élément est symbolique : la couleur noire, la couleur rouge, le sang. Au-dessus de l'aigle, un slogan en lettres majuscules : "UNE, GRANDE ET LIBRE". C'est le drapeau franquiste.

La théorie d'une ancienne toquade d'Ignacio pour les Rouges semble se confirmer. Aurait-il pu prêter main-forte aux républicains, ou faisait-il partie de la résistance armée qui avait survécu à la Guerre civile ? Et même si c'était le cas, les franquistes auraient-ils osé faire des représailles en connaissant son nom de famille ?

Comment interpréter autrement la présence de ce drapeau des nationalistes ? Et pourquoi les franquistes avaient-ils laissé dans le sac un élément qui les accusait explicitement de ce meurtre ?

Lorsqu'elles apprirent la nouvelle, Jana et Clara se posèrent mille questions. Elles étaient à la fois surprises, atterrées et confuses. Ce drapeau avait le mérite de couper court à toutes les insinuations dont elles étaient l'objet. Mais la façon dont ce drapeau était entré dans le sac, entre les morceaux de cadavre et les pierres des ruines de San Telmo, restait un mystère. Le sac avait été soigneusement fermé, elles avaient fait plusieurs tours avec la corde et Jana avait fini par un nœud marin. Or le sac avait été retrouvé fermé. C'était tout simplement impossible.

Je m'égare à nouveau. La dalle du temps pèse lourd dans ma mémoire, et me voilà qui perds encore le fil du passé. Tu dois sans doute te demander ce qui est arrivé le lendemain de cette nuit meurtrière, quand le jour se leva sur cet accès de folie et ce corps tronçonné. N'aie crainte, je vais te raconter.

L'agitation gagna progressivement la Maison Bleue. D'abord, ce fut la stupeur de la disparition. Suivie de l'angoisse de l'incertitude. Doña Elvira partit à Ubiarco avec Jana pour téléphoner de l'unique poste du village. Elle appela la mairie de Santillana del Mar pour demander qu'on informe M. Chacón de la disparition de son fils. Le fonctionnement même du central téléphonique, qui exigeait qu'on donne le message de vive voix à l'opératrice afin qu'elle le transmette à travers un écheveau de câbles, était loin de garantir le respect de la vie privée. Aussi la nouvelle de la disparition de don Ignacio se répandit-elle comme une traînée de poudre.

Et pourtant, si les rumeurs et les mauvaises nouvelles voyagent à une vitesse fulgurante, elles ne vont pas assez vite pour qu'un homme tel que Luis puisse être au courant de la disparition dès le lendemain, lorsqu'il se présenta à la Maison Bleue. Luis n'avait prévenu personne de sa visite, il se contenta de frapper à la porte. Non, il ne pouvait rien savoir. Et il paraissait peu vraisemblable que les astres et les sorcières de la montagne pussent s'être accordés, dans un sabbat inopportun, sur un hasard aussi improbable. Que faisait Luis à la Maison Bleue ce soir-là ? Pourquoi s'y trouvait-il précisément au lendemain du drame ? Il n'était jamais venu à l'hôtel auparavant. Quand il allait à Ubiarco, c'était pour rendre visite à son cousin Manuel de la garde civile, qui l'avait si souvent hébergé lorsqu'il courtisait Jana et l'emmenait danser aux fêtes d'Hinojedo.

Crois-tu, toi l'humain, que l'on puisse appeler cela le destin ?

Peut-être n'oses-tu pas répondre, tu pourras toujours botter en touche en répondant que tu ne crois pas au hasard. Qui sait si ce qui s'est passé n'était pas le fruit du destin ? À moins que tout cela ne soit que la récolte d'un vaste champ semé au millimètre près. Ne te tracasse pas, va : le dénouement est proche, et bientôt, tout s'éclairera. Bientôt, même toi l'humain, tu comprendras.

Lorsqu'elle revint d'Ubiarco avec doña Elvira, Jana croisa Luis sur le chemin qui sinuait à flanc de colline vers la Maison Bleue. Luis avait l'air pressé de repartir. La gouvernante poursuivit son chemin sans s'attarder auprès d'eux car elle voulait rentrer au plus vite. Elle devait vérifier si tout était en ordre avant l'arrivée prévisible de M. Chacón. Et elle ne pouvait s'empêcher d'espérer que don Ignacio fût rentré entre-temps.

— Que viens-tu faire ici ? demanda Jana avec un étonnement sincère.

— Je venais te voir. Mais je repars, répondit Luis, en lui jetant un regard étrangement froid.

— Tu t'en vas ? Mais tu ne venais pas me voir ? Il s'est passé quelque chose ? voulut savoir Jana, en proie à un désir inexplicable de se réfugier dans ses bras.

Luis avait l'air si calme, si étranger à tout ce qui s'était produit la veille. Jana aurait voulu pouvoir rayer cette nuit de sa vie.

— Non, rien.

Un silence d'une densité singulière se fit entre les deux jeunes gens, lourd de suppositions, de questions, de reproches. Jana sut qu'aucun homme ne la regarderait jamais comme Luis. Elle maudit son ambition. Trop tard : elle ne s'en voulait que parce qu'elle avait perdu la partie.

— Tu pars déjà ? Viens, on descend un peu. J'aimerais bien qu'on parle, tous les deux, lui dit-elle d'un ton conciliant.

Il hésita à peine deux secondes.

— Non. Je suis venu te dire… – et le regard de Luis hésita de nouveau – de toute façon, ça revient au même. Je suis venu te dire que je vais épouser Sara. Je voulais que tu le saches, c'est tout.

Jana sentit un élancement de douleur, comme un frisson brûlant au plus profond de son ventre. Mais elle eut l'intuition que Luis ne lui disait pas la vérité. Ces derniers temps, ils n'étaient pas en très bons termes. Elle trouvait très curieux qu'il ait pris la peine d'aller jusqu'à Ubiarco pour lui annoncer son mariage. Du dépit, peut-être ? Tout était perdu. Encore sous le choc, elle préféra se montrer sereine et feindre l'indifférence.

— Ah tiens. Merci d'avoir fait tout ce voyage pour m'annoncer cette bonne nouvelle. Je vous souhaite d'être très heureux.

— Merci.

Nouveau silence. Eux qui pouvaient passer des heures à discuter il y a quelque temps, ne trouvaient plus rien à se dire.

— Je m'en vais, dit Luis, qui commença à remonter le sentier. Je te souhaite bonne chance, Jana.

— Bonne chance à toi aussi.

Échange de regards, le temps que Luis se décide à lui tourner le dos pour reprendre son chemin vers Ubiarco. Cinq secondes, dix.

— Luis !

Il tourna la tête, l'air grave, désabusé. Il n'attendait plus rien d'elle. Jana parla du fond du cœur, sans réfléchir :

— Ne va pas croire que je ne t'ai pas aimé. Je t'ai aimé chaque jour que Dieu a fait depuis que je t'ai rencontré.

Un demi-sourire incrédule se dessina sur ses lèvres.

— Et pourtant, il y a eu des jours, des mois même, où tu ne m'aimais pas.

— C'est parce que je savais que tu m'aimerais pour deux, dit-elle en souriant.

Il lui rendit son sourire, mais son visage aux traits durcis était devenu impénétrable. Il la salua d'un geste et poursuivit son chemin sans se retourner. Elle comprit qu'ils venaient de se dire adieu.

Quand Jana arriva à la Maison Bleue, sa sœur Clara lui raconta que Luis avait demandé à la voir, et qu'il l'avait même attendue un moment. Clara, qui avait fait preuve d'un sang-froid extraordinaire la veille, avait l'air étrangement troublée par sa visite. Comme s'il y avait trop de fronts à couvrir même temps.

La garde civile et M. Chacón arrivèrent à Ubiarco dans l'après-midi. Les agents fouillèrent la Maison Bleue de fond en comble et interrogèrent longuement la gouvernante, doña Elvira, et les deux bonnes Clara et Jana. Le mystère restait entier. Tous étaient allés se coucher comme d'habitude la veille, et à leur réveil, don Ignacio s'était tout bonnement évaporé. Il semblait être parti sans laisser de traces. Personne n'avait la moindre idée de ce qui avait pu lui arriver. Seules la liqueur renversée à la bibliothèque et la bouteille de whisky témoignaient d'un excès de boisson au final incertain. Les valises de don Ignacio se trouvaient encore dans sa chambre, intactes. Son argent, ses habits : tout était à sa place. Doña Elvira ne parut pas se rendre compte qu'il manquait un tapis dans la chambre à coucher du maître. Clara et Jana ne s'épargnaient aucun effort pour la soulager des tâches ménagères, elles s'étaient proposées de faire toutes les chambres à sa place jusqu'à ce que le mystère soit résolu.

M. Chacón était désespéré. La disparition de son fils prodigue, qui lui avait valu tant de migraines, le plongeait dans les tourments de l'incertitude. L'angoisse l'étreignait dans son corps même, comme si la peur avait une présence tangible. Il pressentait qu'un malheur irréversible était arrivé. Maudit soit ce garçon sans cervelle.

L'enquête dura trois jours. Elle fut menée de façon rigoureuse. Les agents de la garde civile interrogèrent tout le village. Au simple nom de "Chacón", les voisins ouvraient grand leurs portes. Comme les enquêteurs n'étaient pas sourds aux rumeurs qui circulaient dans le bourg, les parents d'Ignacio furent interrogés sur d'éventuelles histoires de jupons du disparu, mais leurs réponses n'apportèrent aucun éclaircissement.

Et pourtant, dans les cafés des environs, on jurait avoir vu maître Ignacio avec la petite bonne, la mignonne aux grands yeux verts. La belle avait un petit ami, disait-on, bien avant de servir à la Maison Bleue. Allez donc savoir pourquoi on l'avait engagée à Santillana del Mar, ensuite. Cette maison ne manquait assurément pas de domestiques ! Quelqu'un avait vu le petit ami en question à Ubiarco, le jour de la disparition. Le garçon était vite reparti d'où il était venu par l'autobus de la mi-journée.

Des insinuations.

Des commentaires innocents qui alimentent des théories que personne ne prend la peine de formuler clairement, lourdes de sous-entendus.

La bonne n'avait pas pu s'en prendre à don Ignacio : elle était si menue, si fragile… Et lui, ce gaillard d'un mètre quatre-vingt-dix qui pesait dans les cent kilos… Voyons, une sardine pouvait-elle avaler une baleine ? Un malheur avait dû arriver. Mais lequel ? Les gens étaient convaincus que don Ignacio était bel et bien mort. Il était certainement sorti de chez lui un peu trop ivre. Il avait dû tomber du haut de la falaise. C'était la seule explication possible, non ? Mais ils avaient beau scruter la plage, les rochers, les falaises et les prés, personne ne trouvait la moindre trace de don Ignacio.

M. Chacón eut l'intuition, lui aussi, que la mort avait emporté le fils qui lui causait tant d'inquiétudes. Mais il savait qu'Ignacio n'avait pas pu se suicider. D'ailleurs, s'il l'avait fait, on aurait retrouvé le corps depuis belle lurette. Non, quelqu'un s'en était pris à lui. Mais qui ? Les franquistes et les hauts fonctionnaires de la région lui assuraient qu'aucun groupe armé n'avait donné l'assaut à la Maison Bleue au nom de la justice historique. Si une milice était allée démasquer des républicains reconvertis du côté d'Ubiarco, ils en auraient été informés, d'ailleurs toute la maisonnée s'en serait trouvée réveillée. Quelqu'un, pourtant, était à l'origine de cette lame d'inquiétude et de douleurs qui les submergeait aujourd'hui. Il devait retrouver le coupable et le punir.

Et ce qui devait arriver arriva. Les gens ont besoin d'un bouc émissaire, d'une personne à genoux qui implore leur clémence. Luis fut convoqué à Ubiarco pour faire une déposition.

Il passa trois jours et trois nuits interminables en garde à vue, où l'on s'efforçait de lui faire avouer son crime. On le menaça de l'enfermer à la prison provinciale de Santander jusqu'à son procès, où il serait condamné à la peine capitale s'il n'était pas condamné à perpétuité au centre pénitentiaire d'El Dueso.

Manuel, son cousin d'Ubiarco officier de la garde civile, s'employa à prouver son innocence. Ses démarches mirent plus d'un mois à aboutir, alors que l'inculpé avait perdu tout espoir. À la prison de Santander, Luis connut la misère des prisonniers – la plupart, prisonniers politiques – et l'ennui d'errer le long des couloirs blancs et verts de l'enceinte de la prison. Sur le mur de sa cellule, d'autres prisonniers avaient écrit : "Le génie ou le malheur de l'être humain, c'est qu'il s'habitue à tout."

Le cousin Manuel fit jouer ses relations à l'état-major de la garde civile. À force de faveurs et d'appels au bon sens, il parvint à démontrer avec un avocat de Torrelavega, témoins à l'appui, que Luis avait passé la soirée au café de la tante Amparo – où il avait bu plus que de coutume, il fallait le reconnaître –, avant de s'en retourner chez lui où sa mère et sa tante l'attendaient pour dîner. Le lendemain, comme d'habitude, il était sur le ponton à quatre heures trente du matin, prêt à prendre la marée sur son chalutier. À son retour, vers huit heures, après un petit-déjeuner au café, il s'était rendu à Ubiarco par le premier autobus de la journée : un trajet d'une demi-heure. Luis n'avait pas de voiture, ce n'était qu'un pauvre pêcheur. Les autocars ne circulaient pas entre vingt heures et neuf heures du matin. Il n'y avait que trois départs par jour : l'autocar du matin, à neuf heures, celui de la mi-journée, qui partait à treize heures, et celui du soir, à vingt heures. Comment Luis eût-il pu faire le voyage à pied, un trajet de trois heures, auquel on devait ajouter les trois heures du retour, pour s'en prendre à don Ignacio cette nuit-là et s'en revenir à temps pour jeter ses filets ? En admettant qu'il ait pu vouloir causer un préjudice à Ignacio, ce qui restait à démontrer. D'ailleurs, le jeune matelot était amoureux d'une jeune fille prénommée Sara, une petite couturière du port de Comillas.

Mais alors, pourquoi le jeune homme s'était-il rendu à Ubiarco ce jour-là ? Luis assurait que c'était pour annoncer son mariage à son ex-fiancée. Il voulait lui faire ses adieux. Personne ne put lui soutirer d'autres détails, ni la moindre fausse note qui viendrait contredire sa version des faits. Si sa visite avait eu lieu le jour de la disparition d'Ignacio, ce n'était qu'une coïncidence. Un hasard aux conséquences catastrophiques, mais purement fortuit.

Luis fut remis en liberté. Le procès n'eut pas lieu : la famille Chacón renonça à porter plainte contre lui, et la garde civile ne réunit pas suffisamment de preuves pour le garder prisonnier. Luis avait eu beaucoup de chance : ce n'était qu'un pauvre diable, après tout, pensa M. Chacón lorsqu'il le rencontra et vit briller l'innocence dans ses yeux. Les gens racontèrent que le noble *indiano* fut pour beaucoup dans sa remise en liberté soudaine.

Le cauchemar de Luis dura six semaines, mais une cicatrice marqua son sourcil gauche de façon indélébile. Elle témoignait des tentatives infructueuses de la *benemérita* pour le faire avouer.

Pourtant, et malgré son évidente innocence, la réputation de Luis s'en trouva entachée à jamais. Son âme s'assombrit pour toujours. Jana ne sut jamais si Luis était allé la voir à la Maison Bleue seulement pour lui annoncer son mariage. Torturée par le remords, elle tenta plusieurs fois de le contacter. Lui offrir quelques instants de paix, de calme, de récompense l'aurait aidée à se réconcilier avec elle-même. Mais il ne désirait plus jouer à l'amoureux transi auprès de sa duchesse aux yeux verts. Luis ordonna à son cœur de s'exiler le plus loin possible et de ne pas regarder en arrière, parce qu'il savait que s'il croisait les yeux de sa belle encore une fois, il retomberait aux pieds de Jana.

Il épouserait Sara comme il l'avait annoncé ce jour-là. C'était une brave fille, et elle l'aimait tendrement. Elle lui offrirait la tranquillité, elle serait son refuge. C'était peut-être cela, l'amour véritable : offrir à l'autre le repos des sens.

La mort viendra et elle aura tes yeux.

CESARE PAVESE

Jana n'avait fermé l'œil de la nuit. Le cauchemar recommençait. Ses pertes de conscience étaient revenues, et l'horreur avec elles. Combien d'âmes, combien de corps avait-elle fauchés sur sa route ? Le premier à mourir avait été Ignacio Chacón. Il l'avait humiliée, méprisée, dédaignée : il méritait son sort, n'est-ce pas ? Mais ensuite, il y avait eu les autres. Tous ceux qui d'une façon ou d'une autre l'avaient importunée devaient cesser d'exister.

À la mort de son second mari, M. Múgica, Jana eut un éclair de lucidité. Elle comprit soudain que ce n'était plus l'ambition ni la peur panique de la misère qui lui servaient de guide, mais la pure méchanceté. Un démon manipulateur, implacable et inflexible. Elle en eut l'illumination le soir des funérailles de son mari, lorsqu'une vérité lui fut révélée. Cette confession intime emplit son âme d'une rage débordante contre le monde entier, qu'elle finit par retourner contre elle-même. Jana fit une dépression nerveuse qui dura plusieurs mois. Un laps de temps qu'elle mit à profit pour analyser qui elle était vraiment, ce qu'elle faisait de son temps, de sa vie, mais également pour comprendre qui était cet être malin et implacable qui l'accompagnait à chaque instant. Elle décida de s'éloigner de tout et de tous, de prendre ses distances avec sa famille, de se consacrer entièrement à son travail, de se réinventer pour devenir une personne nouvelle, un être qu'elle pourrait côtoyer sans se sentir coupable. Elle tenta d'apaiser ses tourments en organisant des ventes aux enchères et des galas de charité. Elle œuvra à la promotion des artistes locaux par le mécénat, versa des dons aux associations de travailleuses indépendantes, participa à la construction d'infrastructures, subventionna la création de parcs, assista à l'inauguration de fontaines, et aida financièrement l'orphelinat de la province. Une nouvelle Jana, veuve et solitaire, mais qui travaillait et voyageait sans cesse, s'occupait de sa fille et l'envoyait en pension dans les meilleurs établissements.

Mais voilà que le vieux démon était de retour. Depuis la découverte du bébé à la Villa Marine, il la sommait d'agir. Elle avait contenu toutes ces années une exigence que ce mauvais dieu considérait comme un droit inaliénable, tenace et infiniment supérieur à sa volonté.

Jana savait qu'elle n'aurait jamais dû passer ce coup de téléphone. Cela n'aurait peut-être rien changé, mais elle l'avait fait. Elle avait appelé dans un moment de désespoir, prise de panique. Et l'être qui s'était alors réveillé n'avait plus rien d'humain. Personne n'arrêterait sa marche macabre, à moins que Jana ne mette fin à ses jours.

Elle se leva et enfila un peignoir : elle voulait voir l'aube se lever pour la dernière fois. Il devait être sept heures et demie du matin. Le monde était plongé dans le silence. Elle déposa une lettre sur la table de chevet, quelques mots écrits durant la nuit. Elle fouilla son coffre-fort et quitta sa chambre à petits pas avant de descendre à grand-peine l'escalier. Elle prit plaisir à descendre les marches, sans l'aide de son assistante, comme une fillette s'aventure à faire une bêtise. Et cela la ramena à sa petite enfance, au temps où sa mère et son petit frère étaient encore là. Son enfance était sa patrie, la seule qui ne l'ait jamais trahie, l'endroit où elle pouvait revenir sans le moindre voile de tristesse. C'était son refuge, son port secret.

Pieds nus, elle ouvrit la porte principale de la Casa del Duque et se dirigea vers la sortie. Le ciel était limpide : cette journée s'annonçait radieuse. En foulant l'herbe humide de la rosée du matin, elle se sentit plus vivante qu'elle ne l'avait été au cours de ces derniers mois. Elle clopina, décidée et tranquille, jusqu'au portail en fer forgé qu'elle referma derrière elle, sans un regard en arrière. Elle traversa l'étroite langue de bitume et entra dans le parc du monument élevé au marquis de Comillas.

Elle quitta l'allée principale, où les aiguilles de pins tapissaient le sable, et avança de quelques mètres jusqu'au banc de bois qui surplombait le cimetière. Elle s'assit sur ce banc, au pied d'une robuste croix de pierre posée sur un sobre piédestal. Au loin se dressait le monument érigé en l'honneur du marquis de la ville mais Jana n'y prêta pas la moindre attention.

Le panorama qui s'offrait à ses yeux était splendide : le champ en pente, l'horizon de la mer infinie, vivante, atemporelle. Un peu plus bas, sous la garde de l'ange furieux qui couronnait le cimetière, la tombe de Luis. Son Luis. Elle l'avait sans doute idéalisé, mais il était le seul souvenir qui donnait un peu de chaleur à son existence. Il représentait la possibilité d'avoir été quelqu'un d'autre, même si elle en avait décidé autrement. Elle, ou bien le diable qui l'accompagnait à chaque instant. Depuis ce jour où ils s'étaient dit adieu, à Ubiarco, elle et Luis s'étaient à peine croisés une demi-douzaine de fois, alors qu'elle était revenue vivre dans sa ville natale. Chaque fois qu'elle l'avait revu, elle avait sondé ses yeux pour savoir s'il était heureux ; peine perdue. Luis donnait l'impression d'être un homme serein à la conscience tranquille. Et ce n'était pas rien. Le jour où elle avait appris sa mort, dix ans plus tôt, Jana s'était effondrée comme si elle avait été sa veuve. La plus triste d'entre toutes, car elle ne pouvait caresser l'espoir d'une consolation, et qu'aucune étreinte ne viendrait jamais adoucir son chagrin. Elle en voulait au monde entier, elle en voulait à la mort elle-même, mais ne pouvait pas laisser affleurer la raison de sa colère.

Depuis ce jour, elle lui rendait visite secrètement sur ce banc. Elle n'éveillait pas la curiosité, n'alimentait pas les rumeurs puisqu'elle ne se rendait pas au cimetière. Elle avait besoin de ce temps avec lui pour échapper au démon, contre lequel elle ne pouvait rien. Elle sortit de son sac à main le comprimé de cyanure. Cela faisait si longtemps qu'elle le conservait. Elle priait pour qu'il fasse encore effet. À l'époque où elle collaborait à la traque des nazis, elle avait eu un véritable arsenal de poisons, d'armes en tout genre et de documents confidentiels en sa possession. C'était à la fin de la Seconde Guerre mondiale. Tant d'années s'étaient écoulées depuis… Elle n'avait pas été malheureuse, mais sa vie avait été marquée par la solitude. Elle avait gardé certains réflexes de l'époque où elle suivait la piste des Allemands dans les terres reculées d'Amérique du Sud, en aventurière : elle ne tournait jamais le dos aux portes quand elle se tenait dans une pièce, elle demandait toujours une chambre au premier étage dans les hôtels, au cas où elle aurait besoin de s'enfuir précipitamment. Combien d'autres manies emporterait-elle sous terre, comme une vieille folle lassée du monde, un monde qui continuerait à tourner sans elle et qui l'oublierait en un instant.

Elle pensa à sa fille. Est-ce qu'elle aimerait la lettre qu'elle lui avait écrite ? Elle espérait que cette lettre l'aiderait à faire du chemin. Elle avait laissé également quelques lignes manuscrites sur sa table de nuit, pour justifier sa volonté de mourir : l'idée d'un scalpel enfoncé dans son corps dans une salle d'autopsie suffisait à la faire frémir. Elle voulait partir dans la paix, et que le repos de son corps mette enfin le diable en sommeil.

L'image d'Oliver lui revint en tête. Elle n'avait pu éviter de s'évanouir lorsqu'elle l'avait vu pour la première fois. Est-il possible de nier l'évidence ?

Elle regarda une nouvelle fois l'ange sculpté dans la pierre : ses traits, à cette distance, n'étaient pas très nets, mais elle les connaissait par cœur. Les étrangers, apprentis balbutiants des dépliants touristiques, l'appelaient l'Ange Gardien, comme s'il s'agissait d'un protecteur des âmes ensevelies au pied de son corps aux ailes déployées. Mais elle savait très bien qu'il s'agissait de l'autre, de celui qu'on nomme l'Ange Exterminateur, venu de l'abîme pour punir les âmes égarées sur de mauvais chemins avant de les entraîner vers son propre Royaume. Elle, qui était convaincue de n'avoir jamais fait le mal délibérément, se demanda un instant lequel des deux anges, le protecteur ou le justicier, cette incarnation du diable, viendrait la chercher. Elle sourit, ressassa un instant l'épouvantable réponse et chassa la panique qui lui étreignait la poitrine. Elle murmura une dernière prière étrange, répétant ce verset du dernier livre du Nouveau Testament que certains appellent le livre de la Révélation et d'autres, de façon plus tragique, l'Apocalypse :

"Le cinquième ange sonna de la trompette. Et je vis une étoile qui était tombée du ciel sur la terre. La clé du puits de l'abîme lui fut donnée, et elle ouvrit le puits de l'abîme.

[…] Ces sauterelles ressemblaient à des chevaux préparés pour le combat […]. Elles avaient sur elles comme roi l'ange de l'abîme, nommé en hébreu Abaddon."

Elle n'avait pas de temps à perdre. L'emprise d'Abaddon sur sa vie devait prendre fin et s'éteindre avec elle. Le diable était dans sa chair, dans son esprit, dans son âme, elle le savait. Depuis sa tendre enfance, elle avait été accompagnée par un ange effroyable venu de l'abîme. Elle savait que sa mort serait presque instantanée. Elle avala le comprimé de cyanure et sourit. Elle était prête. L'ange du cimetière tourna sa tête vers elle. Il déploya ses ailes de pierre et s'envola. L'image était terrifiante. Était-ce la réalité ? Cette vision n'était-elle qu'une dernière hallucination ? Le parfum du fenouil lui parvint, ce fenouil sauvage qui poussait sur les flancs du mont Masera de Castío, et elle sentit qu'elle rentrait enfin chez elle, après de longues années. Lorsque l'ange l'entoura de ses ailes gigantesques, elle ne sut pas dire si celui qui était venu la chercher était le gardien protecteur ou Abaddon, tout droit sorti de l'abîme. Mais un nouveau parfum tangible et inconnu envahit son corps, l'embrassa tout entière, la calma aussitôt ; Jana cessa de penser, elle cessa d'avoir peur, alors que tout autour d'elle se teintait de noir et de silence.

La nuit engendre ses propres attentes.

JACQUELINE CAREY

Le coucher de soleil sur la côte s'annonçait spectaculaire. Oliver n'était pas à la Villa Marine mais sur le sentier qui menait de sa grande *casona* au phare de Suances, à la pointe de l'étroite presqu'île, près des anciennes défenses côtières d'El Torco. La veille, en faisant des recherches dans sa bibliothèque, il avait découvert par hasard que des centaines de personnes avaient été fusillées à cet endroit, près du phare, avant d'être jetées du haut des falaises. Cela avait eu lieu pendant la Guerre civile. Et Oliver s'interrogeait : jusqu'où pouvait aller la sauvagerie humaine ? Il marchait à pas lents, car il savait que la balade durait moins de cinq minutes. Il cherchait surtout à échapper à l'agitation qui s'était emparée de son chalet. À la Villa Marine, les agents de la SECRIM retournaient le moindre mètre carré de terrain, filmaient et photographiaient les lieux, passaient de la poudre à l'aide de pinceaux souples sur son porche afin d'extraire les empreintes digitales de ceux qui avaient essayé de l'intimider en aspergeant son refuge d'essence. Une chose était claire : l'agresseur n'avait pas craqué d'allumette. Cela signifiait qu'il s'agissait d'un avertissement et non d'une tentative d'homicide.

Oliver se réjouissait qu'en cette fin d'après-midi, les journalistes aient cessé de le harceler. Il ignorait comment ils avaient pu apprendre aussi vite ce qui s'était passé chez lui, alors qu'ils avaient mis plus de quatre heures à être informés du suicide de Mme Ongayo, qui avait eu lieu au lever du jour. Tout à l'heure, un journaliste avait reçu un coup de téléphone pour l'avertir de la tragique décision de la légendaire Jana Ongayo et les reporters s'étaient volatilisés comme par magie. Avec un vague mouvement de tête pour le saluer, ils s'étaient engouffrés dans leurs véhicules pour partir sur-le-champ à Comillas. Oliver se doutait bien que la malédiction de l'Ange de la Villa Marine et l'adieu majestueux de la reine des anchois, cette grande dame partie de rien et qui avait tant œuvré pour les pauvres, feraient les gros titres des journaux du lendemain. Les informations étaient des denrées rares en période estivale. Pauvre Mme Ongayo : Oliver l'avait appréciée tout de suite. C'était peut-être une criminelle, mais il tenait à lui laisser pour l'heure le bénéfice du doute. Valentina Redondo n'était pas encore arrivée. Elle l'avait rappelé ce matin quelques minutes après son coup de fil, pour l'informer de l'événement tragique qui avait eu lieu à Comillas. En sa qualité de lieutenant de la police judiciaire, elle avait l'obligation de se rendre sur les lieux du drame. Et c'est le caporal Camargo qu'elle avait envoyé à sa place superviser l'enquête au chalet.

Oliver poursuivit sa balade vers le phare. Il dépassa l'hôtel du Château de Suances, dont les fortifications se détachaient sur la falaise qui surplombait la plage de Los Locos. Il longea le précipice sur un chemin pavé, séparé de l'abîme par une simple barrière en bois, et observa d'en haut les surfeurs qui jouaient avec les vagues, alors que d'autres planches alignées sur le sable attendaient près de leurs maîtres les instructions des moniteurs. Oliver regarda au large : la puissance et l'immensité de la mer le fascinaient. À sa gauche, une langue de terre et de pierres découpée par une falaise abyssale embrassait la mer avant d'aller mourir sous les assauts de l'eau salée à l'endroit qu'on appelait Punta Ballota. Oliver s'assit sur un banc de bois pour contempler à son aise le majestueux paysage. Derrière lui, une spectaculaire statue moderniste, croisement improbable entre un robot et une statue de la Renaissance, représentait un homme aux yeux clos qui tendait ses bras en croix, le buste légèrement penché en arrière. Il se laissait fouetter avec délice par l'air de la mer, les rayons du soleil et tout ce que ce lieu magique avait à lui offrir dans la couleur de la brise. Cet homme livrait son âme à l'instant présent.

Au bas de la statue, une inscription au titre évocateur, *Alma de Costa* (Âme de la côte), était gravée sur le piédestal :

Mer, air et terre retrouvés
veulent s'unir, imparables.
En chaque vague, mille étreintes,
rafale intense, aimable fiancée.

Oliver aurait aimé avoir une âme aussi libre que celle-là. Il eut été heureux de retrouver, même pour quelques minutes, cette sensation de plénitude, de jouer au pirate avec son frère Guillermo dans ce port secret dont il ne se rappelait pas le nom et où n'existaient d'autres certitudes que l'insouciance de deux enfants dans un monde compréhensible, familier, aimable et protecteur. Mais son port secret n'était plus qu'un souvenir, une référence géographique de bonheur passé. Il y avait bien longtemps qu'il vivait constamment sur le qui-vive, et que ses réflexes, tout comme sa colère, n'admettaient pas de repos. Pourquoi sa mère avait-elle péri d'une mort aussi absurde ? Où était passé Guillermo ? Il était peut-être dérangé, il n'en restait pas moins son frère. Et Oliver avait besoin de lui. Il voulait avoir de ses nouvelles, savoir comment il allait. Mettre un terme à l'incertitude. Oliver aurait voulu que les choses rentrent dans l'ordre, il aspirait à retrouver une vie normale dans un monde qui ne soit pas totalement absurde. Et la pauvre Anna… pourquoi avait-elle dû subir toutes ces épreuves ? Ce qui lui était arrivé avait-il un sens ? Pourquoi avait-on découvert ce petit bébé enseveli dans les murs de la Villa Marine ? Et ces deux hommes sauvagement assassinés… Sans oublier Mme Ongayo, qui venait de se donner la mort. Que fuyait-elle, qui fuyait-elle par ce geste ?

Il revécut l'instant où il avait découvert le message sur son porche ce matin. Connaissait-il la personne qui le menaçait de la sorte, ouvertement, dans sa propre maison ? Il y avait des peurs viscérales contre lesquelles on ne pouvait rien. Cette intrusion dans son intimité lui avait paru extrêmement inquiétante, comme si elle mettait en évidence une vulnérabilité insoupçonnée au moment où il pensait que rien ne pouvait plus lui arriver. Il sentait encore cette odeur d'essence qui planait au lever du jour, comme un murmure éthéré qui avait fini par s'incruster dans ses cinq sens. D'abord, la certitude de faire erreur : cela ne pouvait pas venir de son jardin, de son environnement immédiat. Ensuite, le doute : et si ça venait d'ici, finalement ? L'odeur familière semblait bel et bien venir de dehors. De *son* jardin. Son esprit était sceptique, mais déjà sa main droite se posait résolument sur la poignée de la porte. La première impression fut très étrange : tout était à sa place, mais rien n'était comme d'habitude. Plus de doute possible : ça sentait l'essence. Ses pupilles se contractèrent sous l'effet de la lumière. Le bois était plus foncé que d'ordinaire. Mais enfin que se passait-il… ? Il pensa d'abord que c'était l'œuvre de voyous, ou bien de ces bandes de jeunes qui finissent leurs soirées ivres morts sur la plage et prennent plaisir à faire n'importe quoi, par exemple s'en prendre à une maison abandonnée. Mais les battements accélérés de son cœur contredirent bien vite les explications qui lui venaient à l'esprit : il n'y avait pas la moindre trace de tags, de bouteilles, d'urines éthyliques. Seulement de l'essence. Ce n'était pas une plaisanterie. Mais alors… qu'était-ce donc ? Il avança lentement, les sens en alerte, vers l'une des colonnes du porche : sur un papier blanc glacé, à peine écorné, un message dansait au gré de la brise. Un couteau si petit qu'on eût dit un canif lui servait de support métallique. Il ne put s'empêcher de sourire car cela le renvoyait aux bandes dessinées de cow-boys qu'il lisait quand il était petit, où des portraits grossiers des bandits de grands chemins étaient placardés aux arbres, avec leurs têtes mises à prix. Mais ce souvenir d'enfance s'évanouit aussi vite que son sourire. Quelqu'un avait arrosé son chalet d'essence. Quelqu'un avait planté un couteau sur son porche pour lui laisser un message. Quel message, d'ailleurs ? Il n'était pas facile à lire au premier coup d'œil, car le couteau transperçait la feuille de papier. Il s'approcha davantage, le regard concentré. Le contenu n'était pas particulièrement menaçant. Si l'assassin était l'auteur du message, il n'avait pas pris la peine de se montrer particulièrement intimidant. Un doute lui étreignit cependant la poitrine : et si le meurtrier ou l'auteur de la menace, quel qu'il soit, était encore là ? D'un pas résolu, il s'éloigna du chalet pour inspecter les lieux : il n'y avait pas le moindre dégât visible, à part les litres d'essence qui avaient été versés sur le porche et l'aile de son refuge. Il fit le tour de la bâtisse : une fois, deux fois. Il remonta vers la Villa Marine, et n'observa rien d'anormal ; les ouvriers n'allaient pas tarder à arriver. Il décida de retourner au chalet pour prévenir Valentina Redondo : il valait mieux ne toucher à rien avant son arrivée. Sur le sentier qui le menait au chalet, sa peur, son inquiétude, sa faiblesse inattendue livraient bataille à une sourde rage. La menace explicite avait fait naître en lui une violente colère, encore renforcée par cette intrusion dans son espace intime. De quel bois étaient donc faits les humains ? Combien d'enfers se cachaient derrière ces hommes et ces femmes aux regards sereins, quelles horreurs gardaient-ils prisonnières sous leur calme apparent ?

— C'est magnifique, cet endroit. Je peux m'asseoir ?

Oliver, tiré de ses rêveries, tourna la tête. Valentina Redondo le regardait avec un sourire las.

— Bien sûr, je vous en prie.

— Je viens de passer chez vous. Le caporal Camargo m'a dit que vous étiez parti au phare, et je n'ai pas résisté à l'idée de marcher un peu pour m'éclaircir les pensées et me dégourdir les jambes… La journée a été longue, monsieur Gordon.

— Je n'en doute pas, répondit-il, compréhensif, mais s'il vous plaît, appelez-moi Oliver. Ça me donne l'impression d'être un vieux monsieur, quand vous m'appelez Gordon. Concédez-moi le tutoiement, je vous prie. Pour moi aussi, la journée a été longue.

Valentina acquiesça dans un doux sourire.

— Je suis navrée de ce qui est arrivé chez toi ce matin, Oliver.

— Pas tant que moi. Mais je suis encore plus navré de ce qui est arrivé à Mme Ongayo. Est-ce qu'on est bien sûr qu'il s'agit d'un suicide ?

— Oui. Elle a laissé une lettre d'adieu. Un message très bref, sans destinataire apparent. – Valentina ferma les yeux, accusant la fatigue. Le contenu de la lettre, signée de la main de la vieille dame, lui revenait en mémoire : "J'aspire au repos. J'écris ces mots pour que personne ne se sente obligé d'entailler ni recoudre ma peau, pas même ma propre fille. C'est mon geste et lui seul qui l'aura fait pâlir. Ma dernière volonté est que l'on respecte mon corps tel que vous l'aurez trouvé : dans la paix de son dernier sommeil. Jana Ongayo." Elle aura eu une mort rapide, c'est déjà ça, dit Valentina, en rouvrant doucement les yeux.

Son regard se posa sur l'horizon.

— Mais comment s'est-elle... ? s'aventura-t-il à demander.

— Elle aurait avalé une gélule de cyanure, répondit sans détour Valentina. Elle en gardait quelques-unes dans son coffre-fort. C'est sa fille, médecin légiste, qui a identifié les signes d'empoisonnement sur sa dépouille, à son arrivée à Comillas. Les indices étaient si évidents qu'avec l'accord du juge d'instruction, sa fille a décidé de respecter la dernière volonté de sa mère et de ne pas procéder à l'autopsie du corps.

— Sa fille est médecin légiste ? Est-ce que cela signifie que... comment pourrais-je dire ça... que tu la connaissais ?

— Oui, répondit Valentina, sans entrer dans les détails.

La scène avait été particulièrement douloureuse. Clara Múgica, en larmes près du cadavre de sa mère, s'interrogeait sur sa part de responsabilité dans son suicide. Une fille effondrée, sans doute meurtrie de ne pas avoir droit à une ligne dans le message d'adieu de sa mère, une lettre qui semblait ridiculement courte après une vie si mouvementée. Elle ne contenait pas d'allusion personnelle, pas le moindre mot tendre pour sa fille, la chair de sa chair, son unique héritière sur terre. C'était un fait : Clara allait rarement la voir, et pourtant elle aimait sincèrement sa mère. Peut-être avaient-elles accordé trop d'importance à leurs désaccords jusqu'à en oublier l'essentiel ; peut-être n'avaient-elles pas pris la mesure de la course implacable du temps. Valentina n'avait pas eu le choix : elle avait été obligée de soumettre Clara à un interrogatoire minutieux. Ce dernier avait mis en évidence un détail qui aurait dû lui sauter aux yeux dès le début de l'enquête : le prénom de Clara, qu'on avait baptisée ainsi en hommage à sa tante, Clara Fernández. Sa mère était très proche de sa grande sœur, semblait-il, mais cette dernière était morte quelques mois seulement après sa naissance. Sa mère n'avait jamais donné d'explications à Clara, elle se contentait de lui dire que sa sœur n'était plus de ce monde, et montait sur ses grands chevaux dès que sa fille lui posait des questions. Parler de sa sœur aînée la mettait sur la défensive : dans ces moments-là elle pouvait se montrer irascible, et répondait à ses questions par des généralités ou des formules ambiguës. Clara ignorait même où sa tante était enterrée. Valentina sentit que son amie légiste lui disait la vérité, qu'elle en savait très peu sur Clara Fernández. Après l'avoir serrée dans ses bras, elle la laissa rejoindre son mari Lucas pour distiller son chagrin. Les agents de la garde civile passèrent en revue le manoir grâce à Múgica, qui leur fournit toutes les autorisations nécessaires. Ils évitèrent ainsi d'avoir recours à des mandats de perquisition et autres protocoles légaux pour fouiller la maison de fond en comble. Mais ils ne trouvèrent rien. Pas le moindre indice, rien qui concerne de près ou de loin les meurtres, mis à part cette brève lettre d'adieu dont la calligraphie ne laissait pas de place au doute : Jana Ongayo en était bien l'auteur. Quand Valentina quitta Comillas après s'être entretenue avec le juge Talavera, qui semblait une fois de plus stupéfait, elle délégua à Riveiro le soin d'interroger le personnel de la maison. Jana Ongayo avait-elle pu ourdir tous ces meurtres ? N'était-elle qu'une vénérable vieille dame ? Quelle vérité cachait-elle au fond de ses grands yeux verts usés par le temps ?

Oliver, voyant que Valentina s'était tue et qu'elle ne semblait pas vouloir parler plus longtemps de l'affaire, revint à ses propres préoccupations :

— Penses-tu que l'individu qui a arrosé mon chalet d'essence puisse être le meurtrier, celui qui a assassiné ces deux hommes ?

— Je n'en sais rien. Vous savez… je veux dire, tu sais, j'ai des collègues qui insinuent que tu pourrais avoir versé toi-même l'essence. Il t'aurait suffi de planter le message d'avertissement pour brouiller les pistes, dit Valentina d'un ton désabusé.

— Moi ? Tu n'es pas sérieuse ? s'exclama Oliver, stupéfait. Tu sais combien ça va me coûter de faire nettoyer tout ça ? Heureusement que les deux baraques sont assurées… Il ne manquait plus que ça : me voilà coupable, maintenant ! dit-il sur le coup de la colère.

— Je n'ai rien dit de tel, mais nous ne pouvons négliger aucune piste pour le moment. Tu as un alibi pour le meurtre de David Viesgo, pour la tentative d'homicide de Juan Ramón Ballesta, mais pas pour l'assassinat de Pedro Salas. Et ces crimes en série ont débuté le jour où tu es arrivé à Suances, Oliver.

— C'est absolument faux. Tout a commencé quand le cadavre du bébé a été découvert à la Villa Marine, à partir du moment où la presse locale s'est emparée du sujet, répliqua-t-il, furieux. Si c'était moi, je serais l'assassin le plus tordu de l'histoire de l'humanité : je te rappelle que je vous ai aidés à établir le rapport entre l'enfant et Tlaloc.

— J'en suis consciente. Je n'ai jamais pensé que tu étais coupable, Oliver, j'ai seulement dit qu'on ne peut se permettre d'exclure cette éventualité.

— Ce qui revient au même.

— Pas du tout. Je ne pense pas que tu sois un psychopathe. Or je suis convaincue que l'auteur de ces crimes, lui, en est un. La froideur, la préméditation, le choix des victimes, comme s'il éliminait les pièces d'un jeu d'échecs une à une, dans une logique criminelle implacable, le manque de scrupules, la perfection des exécutions, par exemple dans le cas de David Viesgo : l'assassin devait être présent lorsque le docteur a bu cette tisane, il était parfaitement conscient que le liquide provoquerait une mort horrible dans la demi-heure suivante.

— Parce qu'il est mort après avoir bu une tisane? demanda Oliver, interloqué. Tu m'avais dit qu'il était mort empoisonné, mais là... une tisane, ça devient surréaliste!

— Je te l'ai dit : la réalité dépasse souvent l'imagination. En termes de barbarie, l'homme n'a pas de limites. Je le constate chaque jour dans mon métier.

— D'accord, mais comment sais-tu que ce n'est pas moi le fou? Et si je cachais ma folie sous un masque de sagesse, comme un acteur avisé qui dissimule ses sentiments, sa stratégie et tout ce qu'il sait derrière un voile de normalité apparente?

— Ça se pourrait bien. Mais premièrement, je n'ai pas parlé d'un fou, mais d'un psychopathe : ce qui n'est pas du tout la même chose. Ensuite, comme je te l'ai dit, tu as déjà un alibi pour le premier crime ainsi que pour la tentative d'homicide. Tu pourrais agir avec un complice, mais pour l'instant je fais confiance à mon intuition, à tes alibis et au fait que tu n'as pas de mobile apparent. En revanche, tu dois savoir qu'on suivra attentivement tes moindres faits et gestes jusqu'à la fin de l'enquête.

— Si ça ne tenait qu'à moi, j'aimerais autant que vous me mettiez sous surveillance vingt-quatre heures sur vingt-quatre. Ça éviterait à des cinglés de balancer des bidons d'essence sur ma maison la nuit et d'y placarder des billets doux.

— "Rentre chez toi, l'Anglais", c'est pas très sympa, je te l'accorde, dit Valentina dans un sourire.

— C'est un premier pas. Dans quelques jours, tu verras, ils m'inviteront à danser, dit Oliver en riant. – Au bout de quelques secondes, il redevint sérieux et regarda Valentina dans les yeux. La lumière du coucher de soleil atténuait la différence entre ses deux iris. – Au fait, vous avez trouvé quelque chose ?

— Non, pas encore, répondit Valentina, l'air grave, avant de laisser son regard se perdre en mer. D'après ses traces, l'individu est entré dans la propriété par la porte d'en bas, celle qui donne accès à la plage : il va falloir que tu la fermes à clé. Le couteau, le message et des échantillons d'essence vont être analysés par la SECRIM. Des agents fouillent en ce moment tous les conteneurs à déchets du village au cas où des bidons d'essences s'y trouveraient encore. Tu n'as rien entendu d'anormal ?

— Rien du tout. Je me suis couché vers minuit et j'ai dormi comme un loir. À sept heures et demie, ce matin, je suis allé faire du café et c'est là que j'ai remarqué l'odeur. Ça sentait fort l'essence dans la cuisine alors que je n'avais pas ouvert mes volets. Quand je suis sorti, j'ai trouvé le message sur le porche. Tout le chalet était imbibé d'essence.

— Je vois. Je t'avais dit de faire attention. Et pardonne-moi d'insister, mais tu dois veiller à bien fermer à clé les accès extérieurs du terrain. Peut-être devrais-tu penser à faire installer une alarme.

— Pas question. Je refuse de vivre dans la peur. Si ce malade revient, il trouvera à qui parler. Mais ne t'en fais pas pour moi, je serai prudent.

— Pourquoi penses-tu qu'il s'agit d'un homme ?

— Comment ça ?

— Tu as dit : "ce malade". Mais cela pourrait très bien être une déséquilibrée, une femme… d'ailleurs j'ai le sentiment que ces crimes ne sont pas l'œuvre d'un fou. Le meurtrier est un psychopathe.

— Cela ne revient pas au même ?

— Absolument pas. Les psychopathes sont des personnes presque normales, qui savent distinguer le bien du mal. En revanche, elles sont plus froides et téméraires, beaucoup plus calmes aussi que la moyenne des gens. Elles ont un sang-froid à toute épreuve.

— Ah bon. Et qui le dit, Freud ? Quelqu'un comme ça ne pourrait pas être fou à lier ?

— Des études réalisées au moyen d'imagerie cérébrale ont démontré que le lobe frontal des psychopathes est moins actif que celui du commun des mortels. Cet endroit est le siège des inhibitions qui empêchent la plupart d'entre nous de tuer ou de commettre des actes violents.

— Très bien. Supposons donc que j'aie un lobe frontal peu actif, cela me donnerait-il une excuse scientifique pour tuer, par exemple, Pedro Salas ?

— Non, évidemment, répliqua Valentina, sans réagir à la provocation d'Oliver. L'idée n'est pas de trouver des excuses, il s'agit seulement d'une explication scientifique. Les psychopathes ont nettement moins de matière grise dans le cortex préfrontal du cerveau, et c'est l'examen de l'amygdale, une structure cérébrale de la taille d'une cacahuète, qui permet de poser le diagnostic. L'amygdale est la tour de contrôle émotionnelle du cerveau, le centre névralgique de l'ensemble des circuits responsables de nos émotions, de nos sentiments… Eh bien figure-toi que chez les psychopathes, une partie de ces circuits fait défaut.

— Quels circuits leur manque-t-il ? demanda Oliver, dont l'intérêt s'était éveillé.

— Tous ceux qui sont liés à la peur.

— Wouaou. Tu commences à me faire flipper, je te jure. Et vous, les psychologues, vous n'avez pas un test ou d'autres moyens d'identifier les psychopathes ?

Valentina éclata de rire.

— Si, bien sûr. Mais c'est pas si simple. Il existe un test très complexe de plus de trois cents questions. Il est également possible d'étudier les ondes cérébrales d'un individu. En deux mots, le cerveau des personnes "normales" émet des ondes thêta quand les sujets sont prêts à s'endormir ou vivent des moments de calme, comme par exemple de méditation. Or curieusement, les psychopathes génèrent ces ondes dans des situations d'alertes ou de grande excitation, ce qui leur permet de garder un sang-froid total alors que tous les autres êtres humains, face à l'imminence du danger, agissent sous l'influence des ondes bêta qui fluctuent dans leur cerveau, et qui correspondent à l'état d'alerte maximale.

— Autrement dit, le psychopathe qui assiste à une agression reste zen et se demande s'il n'y a pas du pop-corn dans le coin pour profiter pleinement du spectacle.

— Tu forces un peu le trait, mais en gros, c'est ça. Il est très rare que des psychopathes moyens présentent des troubles anxieux ou des tableaux cliniques de dépression. Ces individus n'ont pas d'états d'âme. Mais même si ton cerveau a des prédispositions physiques à cette pathologie, cela ne veut pas dire que tu deviendras forcément psychopathe. Tout dépendra de tes gènes, de ton environnement familial, de ton éducation et même de ton intelligence. J'ajouterai même : de l'opportunité qui pourrait se présenter.

— Encore plus flippant.

Valentina éclata de rire à nouveau.

— Les psychopathes ne sont pas tous violents. Cela peut être des gens charismatiques, intrépides, doté d'une extraordinaire confiance en eux. Ils peuvent se montrer impitoyables… mais pas forcément violents. Les psychopathes peuvent être géniaux, séduisants, extrêmement drôles… Ils masquent sous cette façade leur froideur insondable, leur manque total de sensibilité. Kennedy ou Bill Clinton sont des modèles de personnalités psychopathes, par exemple. Les profils de grands psychopathes sont même parfois explicitement recherchés pour occuper certains postes à haute responsabilité. C'est le cas des démineurs dans les forces spéciales, par exemple. Il vaut mieux confier le soin de désamorcer des bombes à des gens pragmatiques qui gardent leur sang-froid en toutes circonstances, tu ne crois pas ?

Oliver leva des yeux étonnés sur Valentina.

— Bon, en admettant qu'on raye de la liste des suspects ce bon vieux Gordon, si sympathique au demeurant, dit-il en haussant les sourcils, comme pour obliger Valentina à le regarder, nous avons donc un psychopathe aux nerfs d'acier qui se balade en ville, un pervers froid et calculateur qui assassine des personnes âgées et n'hésite pas à asperger des toits d'essence. Chouette. Bon, et si j'ai bien suivi, je ne sais toujours pas comment ces dangereux psychopathes prétendent survivre sans jamais être découverts. Existe-t-il des statistiques ou des études là-dessus ?

Valentina réfléchit un instant, comme si elle cherchait à se souvenir d'une information qu'elle avait apprise il y a longtemps.

— Si mes souvenirs sont bons, les psychopathes n'ont pas la même nécessité de relations intimes que les gens ordinaires. Ils survivent, comme tu le dis si bien, en changeant sans cesse de lieu. Ils déménagent beaucoup, par exemple.

— Ils changent sans cesse de lieu ? Pas très pratique, répliqua Oliver. C'est le contraire qu'il faut faire : crois-moi, si le meurtrier est malin, il trouvera refuge en lieu sûr et n'en bougera plus.

— Un refuge en lieu sûr… répéta Valentina, ressassant ces mots lettre après lettre jusqu'à ce qu'une piste qu'elle n'avait jamais envisagée se fraie un chemin dans son esprit. Mais c'est un point de vue extrêmement intéressant, Oliver.

— Je te jure que je ne suis pas psychopathe, encore moins assassin. Je ne suis qu'un pauvre Anglais qui collabore de façon totalement désintéressée à l'enquête, dit Oliver dans un clin d'œil.

Valentina sourit.

— J'apprécie ta collaboration d'autant plus que j'ai encore quelques questions à te poser.

— Des questions à me poser ?

— Oui. J'ai besoin d'en savoir un peu plus sur ta famille, ta trajectoire personnelle et professionnelle. Je regrette, mais nous devons examiner toutes les pistes dans cette enquête. Le moindre détail peut s'avérer décisif.

Oliver sembla réfléchir, tourné vers l'horizon où le soleil avait commencé à disparaître. Sous le ciel flamboyant, le spectacle était à la fois saisissant et chaleureux, encore adouci par les passants qui sillonnaient la plage ou se promenaient le long du belvédère.

— Cela ne va pas être possible.

— Comment ça ? Pourquoi ?

— Parce que je vais mourir d'inanition avant. Il va me falloir un énorme sandwich si tu veux que je réponde à tes questions, répondit-il dans un grand sourire. Mais si tu acceptes mon invitation à dîner, je te raconterai une histoire si longue et si barbante que tu rêveras qu'un coup de fil du psychopathe t'oblige à te sauver pour le rejoindre.

— Hélas, je n'aurai pas le temps. Et je ne me permettrais jamais de dîner avec une personne impliquée dans une affaire en pleine enquête, répondit Valentina sans se départir de son amabilité coutumière. D'ailleurs je ne vais pas tarder, je dois passer par la garnison de Suances chercher des documents pour faire mes rapports sur les événements d'aujourd'hui.

— Évidemment. Mais tu vas bien avaler quelque chose avant ? Ne t'inquiète pas, ce n'est pas un rendez-vous, juste un interrogatoire en bonne et due forme qu'on pourrait faire autour d'un plat chaud. Je te promets de ne pas t'inviter à dîner tant que tu n'auras pas mis ce psychopathe aux ondes cérébrales fantasques sous les verrous, dit Oliver dans un sourire. – Il se leva sous le regard sceptique de Valentina. – Non, sans rire, il y a une cafétéria pas très loin du poste de la garde civile, sur la place du village. Si tu veux, on peut prendre quelque chose là-bas, ça te laissera le temps de me poser tes questions. Qu'est-ce que tu en dis ?

Valentina sourit. Elle n'avait rien mangé depuis ce matin. Oliver avait tout d'un charmeur de serpent, mais elle était résolue à lui soutirer toutes les informations possibles : aussi mieux valait profiter de l'occasion plutôt que de le convoquer officiellement à un interrogatoire.

— C'est d'accord. Allons-y. Comment s'appelle cet endroit ?

— El Torto. C'est une espèce de boulangerie qui fait aussi cafétéria, en face du Lupa, dit Oliver, qui faisait allusion à un supermarché. Là-haut, du côté de la mairie. C'est sur le chemin du poste.

— Oui, je vois très bien. Allons-y.

Vingt minutes plus tard, Oliver et Valentina se retrouvèrent à la cafétéria del Torto, un endroit relativement tranquille à cette heure-ci. Chacun avait pris sa voiture pour se rendre au village, et même si ce rendez-vous avait tout d'une réunion professionnelle, l'environnement était plutôt agréable pour un interrogatoire. La décoration de l'établissement était assez disparate : la salle était un mélange improbable de style anglais, industriel et Art déco dont la grande baie vitrée donnait sur la rue. Chaque table avait des chaises différentes, les dalles du sol changeaient de textures tous les deux mètres, tout comme les murs. À la radio, Mike & the Mechanics entonnaient l'évocateur *Over my Shoulder*. Oliver et Valentina commandèrent une part de pizza et deux sandwichs chauds. Après avoir rectifié l'alignement du porte-serviettes par rapport à la table, le lieutenant Redondo commença son interrogatoire :

— Dans quel secteur travaillais-tu à Londres ? demanda Valentina, un carnet et un stylo Pilot à la main.

— Dans l'enseignement. J'étais professeur d'espagnol à l'University College, là où j'ai fait mes études.

— Et tu as quitté ce travail pour monter une affaire dans la région, comme ça, à partir de rien ? Tu avais donc un contrat temporaire à l'université ?

— Non, pas du tout. J'étais titulaire de mon poste mais certaines circonstances m'ont poussé à prendre la décision de partir. Ma mère est morte l'an dernier, mon frère a disparu et mon père passe le plus clair de son temps en Écosse, où nous avons de la famille, depuis qu'il a pris sa retraite. Autant dire que rien ne me retient plus à Londres.

— Mais rien ne t'appelle non plus en Cantabrie ? Il aurait été plus logique de partir en Écosse près de ta famille. J'ai du mal à croire que tu n'aies pas d'attaches à Londres, je ne sais pas moi, des amis, une fiancée, des collègues…

Oliver sourit :

— Parfois il vaut mieux faire son chemin tout seul. Histoire d'être suffisamment bien dans sa peau pour recommencer à partager des moments avec ses proches. À ce propos, j'attends de la visite. Des amis vont venir me voir à Suances dans moins de deux semaines, en principe.

— Ah oui ? Et tu les as prévenus de ce qui s'est passé ?

— À vrai dire, pas encore. J'avais avancé les dates de mon séjour pour superviser les travaux de la Villa Marine, ce qui était plus que nécessaire, d'après ce que j'ai constaté, même sans découverte macabre... J'avais l'intention d'aménager le chalet en prévision de leur arrivée.

— Est-ce la seule raison qui t'a poussé à avancer ce voyage ?

— Oui. Je n'avais pas vraiment de contrainte de dates : les vacances universitaires étaient entamées depuis une quinzaine de jours. Le seul inconvénient, c'est que j'ai dû atterrir à Bilbao au lieu de Santander. Mais ça ne changeait pas grand-chose, c'est à une heure d'ici.

— Donc pour résumer, tu quittes un travail stable pour partir à l'aventure. Tu te lances dans l'hôtellerie et dans les échanges linguistiques, c'est bien ça ? Je l'ai lu dans le rapport de Riveiro sur votre premier entretien.

— Ce n'est pas vraiment l'aventure, la prise de risque est minimale. J'ai sollicité une disponibilité. Si mon affaire ne marche pas, je n'ouvrirai l'hôtel que l'été, ou bien je m'en servirai à titre privé. Il n'est pas exclu que je revende la Villa Marine, d'ailleurs. Mais si les choses tournent bien, je compte m'établir ici. Ou retourner à Londres en laissant quelqu'un gérer l'affaire à ma place. Je prendrai ma décision quand j'aurai fait mon bilan.

— Ça reste malgré tout une opération risquée, et qui exige un investissement économique considérable.

— J'avais de l'argent de côté. Et n'oublie pas que j'ai hérité de cette maison ainsi que d'une belle somme de livres sterling. Je n'ai même pas eu besoin d'emprunter ! répliqua Oliver, sous le regard méfiant de Valentina. Si ça peut t'être utile, je peux t'imprimer mes relevés bancaires, tu n'auras pas à attendre l'ordre d'un juge ou une quelconque autorisation officielle. Je te montrerai l'arrêté de mise en disponibilité, je te donnerai les noms de mes amis, tout ce que tu voudras. Je fournirai à la garde civile toutes les pièces nécessaires à l'enquête, comme je l'ai fait pour les documents officiels de la Villa Marine.

— C'est vrai que tu n'as pas hésité à nous les transmettre. Mais il y a deux points qui me surprennent dans ton histoire. D'abord, la disparition de ton frère. Si ce que tu as raconté à Riveiro est vrai, il souffre d'un *choc* post-traumatique depuis la fin du conflit en Irak, c'est exact ?

— C'est notre théorie. Mon frère était normal jusqu'à son départ à la guerre. À son retour, il ne parlait plus, il passait son temps derrière son ordinateur ou devant la télé.

— Et vous n'avez pas la moindre idée de l'endroit où il pourrait se trouver en ce moment ?

— Non, hélas. On l'a cherché aux quatre coins de l'Angleterre, en Écosse, et dans une bonne moitié de l'Espagne. Aucun mouvement n'apparaît sur ses comptes bancaires. Nous avons consulté des ONG, nous avons été à la rencontre de toutes sortes de communautés spirituelles, nous avons contacté ses ex-petites amies, ses copains, ses camarades de l'armée, tous les gens qu'il connaissait. L'épanouissement spirituel comptait beaucoup pour Guillermo, il voulait purger son âme des atrocités qu'il avait été contraint de faire en Irak. Il n'a jamais voulu m'expliquer ce qui s'était passé là-bas. Mais j'ai l'espoir qu'il réapparaîtra comme il l'a déjà fait plusieurs fois, sans prévenir. Et que je pourrai le serrer dans mes bras après lui avoir donné la gifle qu'il mérite. Mes parents ont été terriblement affectés par sa disparition… Hélas, ma mère ne le reverra plus jamais. Depuis qu'il est parti, mon père est absent, comme s'il n'était plus vraiment là, comme s'il attendait à chaque instant son retour. J'espère seulement qu'il n'est pas entré dans une secte.

— Je comprends, acquiesça Valentina. – Le ton de sa voix était neutre, professionnel, mais empreint d'une douce empathie. – Et il y a encore une chose qui me surprend, étant entendu que je te dis cela en qualité de lieutenant de la garde civile, qui doit avoir un regard objectif sur les faits, et non à titre personnel : un homme jeune, séduisant, plutôt riche, dynamique et entreprenant comme tu parais l'être quitte son monde familier pour entamer une nouvelle étape de sa vie à l'étranger. Jusque-là, tout va bien, je peux comprendre que tu cherches à échapper aux petites et aux grandes tragédies de ton entourage. Mais j'ai du mal à croire que tu n'aies pas d'amitiés plus solides ou de fiancée qui te retienne à Londres. Ou plus précisément, que tu n'en aies pas eue. De toutes les raisons que tu peux avoir de fuir, il y a peut-être un dépit amoureux : et donc, je me demande qui cela concerne et si cette personne a quelque chose à voir avec les événements d'ici. N'oublie pas que tout a commencé le jour de ton arrivée à Suances.

Oliver redevint sérieux. Aborder ce sujet ne l'enchantait guère. Mais il allait devoir le faire : qu'est-ce que ça changeait, après tout. Il laissa errer ses yeux sur le sandwich que le serveur venait de poser sur la table et se concentra.

— Anna et moi, on vivait à Chelsea.

— Anna comment ? interrompit Valentina, glaciale.

Oliver la regarda droit dans les yeux.

— Anna Nicholls. Je peux continuer ?

— Vas-y.

— Cela faisait trois ans qu'on vivait ensemble. On allait se marier. Un jour, elle a senti un élancement dans la poitrine. Une semaine plus tard, un peu plus haut, elle s'est plainte d'une légère douleur à la base du cou. Trois semaines et de nombreux examens plus tard, on a su qu'elle avait un cancer du système lymphatique. Par chance, c'était un lymphome non hodgkinien, c'est-à-dire le moins agressif de ce type de cancer. Mais elle en était à la phase quatre, c'est-à-dire la dernière, le stade le plus grave de la maladie. Le cancer s'était propagé à d'autres organes et il est arrivé un moment où nous étions convaincus que tout était perdu. Ensuite, tout est allé très vite…

Valentina lui coupa la parole :

— Oliver, rien ne t'oblige à poursuivre si tu ne souhaites pas en parler. Je pensais à tout autre chose : que tu aies pu quitter quelqu'un qui, ensuite, aurait voulu te rendre la vie impossible pour t'obliger à rentrer en Angleterre… C'est le message retrouvé sur ton porche qui m'avait fait penser… Mais j'étais loin d'imaginer que… Ce que tu me racontes sur Anna, mon Dieu… J'imagine combien cela a dû être difficile. Chacun a sa propre façon d'affronter le deuil de ceux qu'on aime. Je comprends que tu aies pu vouloir mettre de la distance. Changer de pays te permettait sans doute d'envisager le futur. En fait, j'avais besoin de ces renseignements pour mieux cerner ton profil : je cherchais à te situer correctement dans le cadre de l'enquête. Dans le rapport, je mettrai seulement que tu as perdu ta compagne, sans entrer dans les détails. Ça te va ?

— Non, ça ne va pas du tout. Ta volonté de ne pas remuer le couteau dans la plaie me touche. C'est sans doute un peu ma faute, je t'ai induite en erreur. Mais tu fais fausse route.

— Que veux-tu dire ?

— Tout simplement qu'Anna n'est pas morte.

— Ah bon ? s'écria Valentina au comble de la surprise.

— Justement non. Je t'ai dit que le lymphome non hodgkinien est le moins agressif de tous ces cancers. Alors que nous pensions, y compris les médecins, qu'il ne lui restait plus que quelques mois à vivre, elle a entamé une chimiothérapie à haute dose, extrêmement dure. Elle a suivi ensuite un nouveau traitement venu des États-Unis qui a réussi à faire régresser la tumeur, figure-toi. Sa tumeur n'était pas opérable, elle avait la taille d'un petit pois, mais cinq semaines de radiothérapie intense ont fini par en venir à bout. Le système lymphatique de son corps est revenu à la normale. Cette période a été extrêmement angoissante pour nous deux. C'était un processus lent et douloureux. Anna a perdu ses cheveux. Elle a commencé à douter, la maladie avait atteint sa confiance en elle. Une fois guérie, elle a remis tout en question. Apparemment, elle jugeait sa vie trop conventionnelle, elle avait le sentiment d'avoir tout fait comme il fallait : tout lui semblait excessivement correct, archiprévisible... et je faisais partie du lot. Du jour au lendemain, elle a trouvé notre quotidien monotone, notre environnement pas assez stimulant ; elle était enseignante à l'université, tout comme moi. Elle travaillait dans le département d'études anglophones ; sa spécialité, c'était la littérature anglaise. J'imagine qu'effectivement, il s'agit d'un des métiers les plus conventionnels au monde. Pour résumer, ce qui était pour elle le *meilleur des mondes* avant sa maladie, est devenu ce *meilleur des mondes affreusement ennuyeux*.

— C'est elle qui t'a quitté ? osa demander Valentina.

— Elle l'a fait avec tact, mais oui, en effet, elle m'a quitté. Et je parie que tu ne devineras pas où elle vit aujourd'hui.

— Où ça ?

— En Inde. Elle est entrée dans une ONG formidable où elle a le sentiment de sauver le monde. Si ça se trouve, elle y arrive. C'est fou, non ? Et le comble, c'est qu'elle est partie avec un mec qui suivait lui aussi des séances de chimio et qui s'est décidé à ne pas mourir au dernier moment. Ils ont tous les deux vécu une sorte de renaissance, d'après ce que j'ai compris, et ils sont persuadés que personne d'autre ne peut comprendre par quelles épreuves ils ont pu passer. Ils sont partis en Inde pour profiter de chaque seconde de la vie à leur manière. J'ignorais que les séances de chimiothérapie se faisaient à deux, moi. J'étais censé rester dans le couloir, je pensais qu'ils la soignaient, point. Je n'aurais pas imaginé une seconde qu'ils mettaient les patients deux par deux et qu'ils les laissaient refaire le monde, la main dans la main pendant qu'on leur injectait cette saleté dans les veines. Je ne suis même plus fâché contre elle. Plus maintenant. Mais je peux t'assurer que j'ai traversé des moments difficiles. Je lui en ai terriblement voulu. Je me suis mis à boire. Nous étions heureux, et les aléas de la vie l'ont transformée, elle, avant de démolir notre monde. Voilà, tu sais tout. Je crois que je l'envie, finalement. C'est peut-être pour ça que je me suis lancé dans cette aventure : j'avais sans doute envie de prendre des risques, de vivre un peu de folie… Sentir que je prenais la vie à bras-le-corps, fuir la routine et tout ce qui pouvait être trop prévisible. Je ne sais pas si tu peux comprendre. Je ne suis pas le genre de psychopathe que tu recherches, ça c'est sûr, mais je dois être un peu timbré. Il faut être fou pour se mettre à détester tout à coup tout ce qui nous apporte stabilité, sécurité et confiance dans la vie.

Valentina se tut quelques secondes. Elle semblait réfléchir.

— Tu n'as rien d'un fou. Tu as dû te sentir trahi. Le monde que tu t'étais construit s'est effondré, tout ce à quoi tu croyais est parti en fumée. Je comprends mieux maintenant pourquoi tu as décidé de venir vivre à la Villa Marine. Tu risques d'être déçu, à la longue, peut-être retourneras-tu à Londres dans quelque temps retrouver cette sécurité. Mais nous n'avons qu'une vie, et elle est si fragile. Ce n'est pas moi qui remettrais en cause ta décision.

— Merci.

— Tu n'as pas besoin de me remercier. Je t'assure que je ne dis pas ça par pitié. On se fait tous quitter un jour ou l'autre. Ce sont des choses qui arrivent, tout simplement.

— J'ai du mal à croire que quelqu'un ait pu te quitter, répondit Oliver. Ne serait-ce que par prudence : tu portes une arme.

— Très drôle. Mais sache que je n'ai pas l'intention de te parler de ma vie privée. Je suis un officier de la garde civile, et je t'interroge dans le cadre d'une enquête qui par ailleurs est un vrai casse-tête. Dans le cas qui nous occupe, l'échange d'informations est proscrit. Que ce soit bien clair, ceci n'est pas un rendez-vous mais un interrogatoire, et c'est toi et toi seul qui racontes ton histoire.

Oliver sourit.

— Qu'est-ce que je fais des mariachis que j'ai engagés pour chanter à la porte, alors ? Et la limousine qui nous attend, je la rends ?

Valentina éclata de rire.

— Bien sûr, ne leur fais pas perdre leur temps. Qu'ils ne se fatiguent pas à chanter pour moi : c'est inutile. En ce moment, c'est le boulot qui passe avant tout. D'ailleurs, dès que j'aurai avalé ça, dit-elle en désignant la part de pizza qui se trouvait dans son assiette, je repartirai.

— Très bien, mais comme j'ai l'oreille fine, je n'ai pas pu m'empêcher d'entendre que tu m'as décrit comme un homme *séduisant*… – Oliver se tut un instant, comme pour chercher ses mots. Il souriait jusqu'aux oreilles. – J'ai parfois l'impression que tu te méfies de moi.

— Je ne me fie à personne, Oliver. Jusqu'à la fin de l'enquête, il est de mon devoir de considérer que tous les individus impliqués dans cette affaire ont potentiellement un côté sombre. J'ai vérifié certains éléments concernant la disparition de ton frère, par exemple, ainsi que les démarches que ta mère a faites auprès de la garde civile pour le retrouver en Espagne. Cette histoire me laisse perplexe : tu avoueras qu'on ne voit pas tous les jours quelqu'un s'évanouir dans la nature. Parfois je me dis qu'avec une bonne coordination, toi et ton frère auriez bien pu orchestrer très subtilement cette série de meurtres ; dans ce cas, il agirait dans l'ombre. – Valentina fit un geste pour apaiser Oliver, qui s'apprêtait à répondre. – Pour le moment, je ne saisis pas votre mobile, mais c'est plausible. Je te le répète, ce n'est qu'une hypothèse parmi d'autres, il y en a des millions qui me viennent à l'esprit en ce moment, et je ne dois pas les dédaigner sous prétexte qu'elles peuvent blesser ou qu'elles paraissent tirées par les cheveux. Démêler le vrai du faux, c'est mon métier, tu comprends ? conclut-elle en observant délibérément la réaction d'Oliver.

Il ne souriait plus.

— Ta théorie est bien plus que tirée par les cheveux. C'est du grand n'importe quoi. Je ne suis pas un assassin. Et mon frère n'est qu'un écervelé perdu dans un monde trop grand pour lui. C'est un grand malheur pour notre famille. Et encore, dans le meilleur des cas, car rien ne prouve pour l'heure qu'il soit toujours vivant. Moi aussi je sais construire des théories, échafauder des hypothèses, mais ce que tu viens de raconter est tout simplement une ineptie.

— Je ne cherchais pas à t'offenser, Oliver.

— Bien sûr. Et tu cherchais quoi, à me prendre en flagrant délit de mensonge ? Je peux comprendre que tu te méfies de moi. Après tout, je ne suis qu'un inconnu à l'histoire de famille extravagante. Depuis mon arrivée, Suances a connu une vague de crimes, de tentatives d'homicide et même de suicides. Mais tu sais quoi ? Je vais poursuivre l'enquête par mes propres moyens. Et je prouverai que je n'ai rien à voir avec ça.

— Ce n'est pas ton rôle. Il nous appartient d'enquêter sur ces crimes. Tu l'as dit à l'instant : nous en sommes à deux meurtres et une tentative d'homicide, en plus de l'avertissement que tu as reçu ce matin. Le moindre faux pas de ta part peut s'avérer dangereux.

— Je n'imagine pas une seconde rester les bras croisés chez moi. En revanche – Oliver se tut un instant et sourit –, si j'arrive à attraper ce psychopathe avant toi, tu devras m'accorder un rendez-vous en bonne et due forme, dit-il dans un regard qui signifiait à Valentina qu'il lui pardonnait ses supputations déplacées de tout à l'heure.

— Avec plaisir. Tu n'as qu'à prendre rendez-vous au groupement pour consulter les dossiers relatifs à cette affaire. On te les montrera volontiers, répondit-elle en esquivant sa proposition. Oliver, je ne vais pas avoir le temps de passer à la garnison de Suances. Je regrette, mais je dois mettre un terme à notre entretien, conclut-elle.

Elle rangea son calepin dans son sac à main dans une tentative maladroite de dissimuler le sourire qui se dessinait sur ses lèvres.

JOURNAL (14)

La Maison Bleue ferma ses portes. L'hôtel ne rouvrit pas de tout l'été 1948. La famille Chacón préféra attendre que le mystère soit élucidé, que les choses aient repris leur cours normal, pour décider de ce qu'il conviendrait d'en faire. L'hôtel marchait bien, les clients étaient nombreux pendant les quatre mois de la saison d'été, sans doute serait-il avisé de continuer à l'exploiter. À moins de le vendre purement et simplement, pour fuir le souvenir d'Ignacio qui restait attaché à ce lieu.

Jana recommença à s'évanouir sans raison. Elle s'en retourna vivre à Hinojedo chez son père Benigno pour quelque temps. Son demi-frère courait et grimpait partout avec l'énergie de ses huit ans, ce qui irritait Jana au plus haut point. Elle ne trouvait un semblant de calme que pendant son sommeil. Le reste du temps, son cœur brûlait d'une tachycardie coupable, d'une inquiétude lancinante. Elle savait qu'elle ne pourrait pas rester longtemps : son ventre finirait par la trahir. Clara lui avait promis de trouver une solution. Jana devait prendre son mal en patience deux ou trois semaines. Et surtout, elle devait avoir confiance en elle.

Et au bout de trois semaines, alors que Jana entamait son second trimestre de grossesse, Clara tint sa promesse. Elle apparut telle une princesse guerrière et éblouissante dans la modeste maison de famille d'Hinojedo pour leur annoncer la nouvelle. La nouvelle par excellence, celle qui allait tout changer.

Jana s'évanouit.

Aurora, sa belle-mère, tarda à réagir lorsque Jana fut prise de malaise. Elle était fascinée par le visage pâle et transparent de Clara, d'une perfection sans pareille, d'où émanait une détermination sereine.

Benigno, stupéfait, fut assailli par des sentiments contraires. L'orgueil, la joie et la tristesse livraient une sourde bataille dans son âme.

Il y a trois catégories de personnes :
celles qui voient, celles qui voient quand on leur montre,
et celles qui ne voient jamais rien.

LÉONARD DE VINCI

Samedi 13 juillet.

Il était près de dix heures lorsque Valentina se réveilla. La fatigue inondait encore tout son corps. Elle avait veillé jusqu'à l'aube, occupée à rédiger des rapports et à vérifier des informations sur son ordinateur portable. En regardant par la fenêtre de son petit appartement, elle constata que la journée était splendide. La plage del Sardinero, noire de monde, bruissait d'une allégresse estivale. Elle mesurait sa chance de pouvoir vivre dans cet appartement au loyer modeste face à la mer. Il se trouvait au quatrième étage sans ascenseur d'un bel immeuble à la charpente blanche et à l'élégance anglaise. Ce détail ne la gênait pas, monter les escaliers chaque jour lui permettait de garder la forme. Aujourd'hui, par exemple, elle serait bien allée nager pour se délasser un peu, mais elle n'avait pas le temps de s'accorder le moindre répit tant que l'affaire de la Villa Marine ne serait pas résolue. Elle pensait encore à la conversation qu'elle avait eue la veille avec Oliver Gordon. Peut-être devait-elle consacrer davantage de temps à sa vie personnelle, sortir, s'amuser un peu. Avant, elle sortait souvent. Mais ces derniers mois, les rares fois où elle était allée prendre un verre, c'était avec ses collègues, après leur journée de travail. Carlos, le dernier homme qui était entré dans sa vie, avait fini par se lasser de la priorité qu'elle accordait toujours à sa vie professionnelle : Valentina ne se décidait pas à avoir des enfants, elle était incapable d'adopter un rythme de travail normal ni des horaires réguliers. Elle lui faisait comprendre qu'il était secondaire dans sa vie. Il arrivait souvent à Valentina de ne pas passer la nuit chez elle, ou de rentrer très tard, ce qui alimentait les disputes et attisait sa jalousie. Cela faisait bientôt huit mois que Carlos l'avait quittée. Sans doute avait-il raison, au fond. Peut-être ne l'aimait-elle pas vraiment, ou pas suffisamment pour ne pas l'enfermer dans ce rôle de "personnage secondaire de sa vie", comme il le disait lui-même. Elle l'avait laissé partir après deux ans et demi de vie commune. Le regrettait-elle vraiment, ou lui manquait-il seulement quand elle se sentait seule ?

Elle se regarda dans le miroir du salon : ce regard bicolore. Elle était consciente de la surprise et du trouble qu'il pouvait provoquer chez les personnes qui n'y étaient pas habituées. Elle se demandait si les personnes qui la connaissaient bien n'y faisaient plus attention ou si elles étaient encore perturbées lorsqu'elle les regardait dans les yeux. Son "anomalie" n'était pas congénitale. Elle n'aimait pas devoir se souvenir de cet après-midi où, à l'âge de douze ans, elle avait lié définitivement l'hétérochromie à sa vie. Ce soir-là, son frère Agustín était mort adossé aux ruines d'un porche abandonné du centre historique de Saint-Jacques-de-Compostelle. Quelle avait été sa part de responsabilité ? Elle n'était qu'une enfant. Mais elle n'était pas idiote : elle aurait pu agir autrement, s'impliquer davantage. Peut-être aurait-elle dû parler à quelqu'un au lieu de garder le silence.

Ce ne fut pas ce qui arriva à son œil ce jour-là qui fit vaciller son équilibre, son intégrité, sa sagesse. Non, ce fut plutôt ce qui arriva le soir, à l'instant où son frère se dépouilla de son corps pour mourir comme une épave échouée entre des pierres millénaires. Lui qui avait été si grand, si noble, son grand frère protecteur. Lui qui était devenu cet inconnu inaccessible aux regards insondables, aux silences éternels, aux bassesses inattendues. Après cette nuit sinistre, Valentina s'était retranchée en elle-même. Pour son œil, les médecins n'avaient rien pu faire, à part le garder opérationnel, mais il avait pris cette couleur noire comme le chagrin d'une mère qui vient de perdre un enfant. Ses parents, abattus, l'envoyèrent consulter un psychologue et, plus tard, un psychiatre. Elle fit son deuil relativement bien, mais les années passant, un trouble obsessionnel compulsif se logea dans son esprit. Une manie maladive de l'ordre et de la propreté, qui cherchait à éviter que les objets ne restent trop longtemps au mauvais endroit et ne s'écartent ainsi du droit chemin, celui qui menait au bonheur. Elle rêvait d'un monde parfait où un jeune homme de la classe moyenne ne pourrait jamais croiser de personnes malveillantes dont la compagnie empoisonnée finirait par le changer en cadavre sous un porche en ruine. Un monde parfait. Voilà pourquoi elle était devenue officier de la garde civile comme son oncle Marcial. Voilà pourquoi elle n'avait jamais souhaité porter de lentille de couleur sur son œil blessé, parce que le *mal* était là, latent, présent en chacun et en toutes choses. Personne ne devait jamais l'oublier. Valentina pensait qu'il valait mieux respecter sa présence, être pleinement conscient de sa puissance, pour le combattre efficacement et peut-être, un jour, le faire disparaître de la surface de la Terre.

Valentina sortit de ses pensées, qui devenaient bien trop troubles et douloureuses, pour se concentrer sur l'écran de son téléphone. Génial. Vingt-six appels en absence et autant de messages en attente, le mode silencieux de son portable avait eu la délicatesse de ne pas la réveiller. Elle commença à écouter ses messages et à rappeler leurs auteurs les uns après les autres. À part un appel de sa mère, il s'agissait des membres de la brigade des enquêtes criminelles.

— Riveiro ? C'est moi. Écoutez, je suis désolée, j'avais mis mon portable en mode silencieux. Vous vouliez me parler ?

— Il y a du nouveau, dit le sergent à l'autre bout du fil.

Il observait du coin de l'œil sa femme Ruth jouer avec ses enfants sur le lit. Il était tout juste dix heures, ce samedi matin.

— Je vous écoute.

— Pour commencer, l'assistante de Jana Ongayo m'a confirmé qu'elle lui confiait chaque semaine son courrier. Très concrètement, une fois par mois, elle lui demandait de poster une enveloppe, un courrier ordinaire à destination de Suances. Et devinez à quelle adresse.

— Chez Pedro Salas ?

— Bingo.

— Cela confirme la théorie du chantage. Et l'assistante en question a-t-elle jamais vu le contenu des enveloppes ?

— Jamais, et pourtant cela faisait cinq ans qu'elle travaillait pour Mme Ongayo. J'y ai longuement réfléchi, et quel que soit le motif du chantage, il est fort possible qu'il s'agisse d'un chantage hérité.

— Expliquez-vous.

— Les enfants de Pedro Salas ont commencé à recevoir de l'argent quelques mois après la mort de leur grand-père. Je me suis dit qu'avant de mourir, le vieil homme avait pu confier à son fils unique un secret dont ce dernier pouvait tirer profit, comme son père l'avait fait pendant des années.

— Un secret datant de 1948, raisonna Valentina comme si elle pensait à haute voix, c'est-à-dire de l'année de la disparition d'Ignacio Chacón. Laquelle a eu lieu en présence de Jana et de sa sœur, qui se trouvaient alors au service de la famille Ongayo, ou le seraient plus tard. Dans la maison, précisément, où l'on a découvert le bébé enseveli près de l'amulette porte-bonheur des Chacón. N'oublions pas que les combattants de la montagne semblent impliqués, d'une manière ou d'une autre, dans la disparition du jeune Chacón, et que Pedro Salas "le grand-père" était un membre actif de la résistance républicaine. Cette histoire se tient, mais il manque encore un mobile. Parce que le crime, si crime il y a, remonte à si longtemps qu'il est légalement prescrit. En fait, je ne vois toujours pas quelle peut être la cause de cette extorsion de fonds.

— J'en suis au même point. Ce qui a pu se passer dans les années 1950 est liquidé, totalement prescrit, mais la découverte du bébé à la Villa Marine semble avoir ouvert une brèche que nous ne connaissons pas encore. Il y a un élément qui nous échappe. J'ai pensé que le bébé pouvait être l'enfant de la sœur de Jana, ou de Jana elle-même, si Ignacio était bien le coureur de jupon qu'a décrit Sabadelle dans son rapport…

— Oui, mais Jana nous a dit qu'elle avait eu du mal à avoir des enfants, avant de rencontrer David Viesgo, le médecin qui est mort empoisonné. C'est grâce à lui qu'elle a réussi à concevoir sa fille Clara, des années plus tard. Le bébé enseveli est peut-être l'enfant de Clara Fernández.

— Il faudrait comparer son ADN à celui d'un descendant des Chacón, et pourquoi pas d'Oliver Gordon. Pedro Salas l'a impliqué directement dans cette affaire… sinon pourquoi aurait-il recueilli toutes ces informations sur son compte ? Et pourquoi Juan Ramón Ballesta aurait-il déclaré qu'Oliver Gordon était en danger ?

— Vous avez raison, répondit Valentina, après avoir réfléchi un moment. Je pense qu'Oliver ne verra pas d'inconvénient à ce qu'on lui prélève un échantillon de salive. Je me charge de lui parler. Ce sera sans doute plus compliqué de convaincre le descendant des Chacón que j'ai interrogé l'autre jour. S'il ne donne pas son consentement, nous pourrons toujours demander au juge Talavera d'ordonner un prélèvement forcé. Un échantillon de Clara Múgica pourrait également nous être utile, dit Valentina, avant de faire une pause, comme si elle réfléchissait encore aux paroles qu'ils avaient échangées. Mais dites-moi, Riveiro… Le chantage qu'exerçait Pedro Salas sur Jana Ongayo, quel que soit son montant, existait depuis des années, bien avant que l'on retrouve ce bébé à la Villa Marine. Tout se passe comme si la découverte de ce corps avait mis au grand jour quelque chose qui a un rapport direct avec le présent. Une sorte de coup de théâtre qui aurait poussé Pedro Salas à enquêter sur Oliver, sur la Villa Marine et sur la famille Ongayo ; moi non plus je n'oublie pas les coupures de presse et les archives numériques qu'il portait sur lui.

Riveiro réfléchissait, lui aussi. Il esquiva un oreiller qui lui rasa la tête, pris pour cible dans la joyeuse bataille que sa femme et ses deux enfants se livraient dans la chambre, et quitta la pièce. Dans le couloir, il posa son front contre le bord de la fenêtre, profondément concentré.

— Pedro Salas a peut-être, je dis bien peut-être, découvert un secret au sujet du bébé retrouvé à la Villa Marine. Il a pu vouloir s'en servir pour augmenter la somme qu'il réclamait à Mme Ongayo. Cela expliquerait pourquoi il portait sur lui les coupures de journaux et pourquoi il s'était rendu ce jour-là sur la jetée : en fait, il n'était pas allé taquiner le poisson. En bon marin pêcheur, il savait très bien qu'il n'y a pas de poisson en mortes eaux... donc il ne s'était pas rendu sur la jetée par hasard. Il avait un objectif en tête. D'où le choix d'une heure matinale, avec pas ou très peu de témoins... Pour quelqu'un qui le surprendrait là, et accompagné, il serait un habitué des lieux, un simple pêcheur de la digue. Quant à l'autre personne, on la prendrait pour un touriste ou pour l'un de ces pots de colle qui te demandent si ça mord... alors qu'en fait, il s'agissait d'une réunion entre un maître chanteur et sa victime, conclut-il, même si le ton de sa voix laissait entendre qu'il n'était pas tout à fait convaincu.

— Ça se tient, dit Valentina en fermant les yeux pour mieux se concentrer à son tour, sauf que je n'imagine pas vraiment Mme Ongayo se rendre sur la jetée. L'arme du crime pourrait très bien lui appartenir : elle date de l'époque où Jana Ongayo a collaboré à la traque des nazis, après la Seconde Guerre mondiale. Jana aurait pu facilement conserver un de ces vieux pistolets. Mais je l'ai rencontrée, Riveiro, c'était une vieille dame fragile, elle pouvait à peine marcher. Ce n'était pas elle qui était ce dimanche avec Pedro Salas, j'en suis convaincue. Comment se serait-elle rendue sur les lieux ? Elle aurait demandé à son jardinier ou à sa cuisinière de l'accompagner en voiture ? Elle aurait commandé un taxi ? Non, ce n'est pas sérieux. Honnêtement, je ne la vois pas du tout faire ça.

Riveiro pouffa de rire.

— Vous imaginez la scène ? “Veuillez m'attendre une minute, mon brave, et laissez tourner le compteur, je dois régler son compte à un malheureux sur le quai, j'en ai pour une minute.”

— Excellent, dit Valentia en riant, avant de reprendre son sérieux. Et sinon, a-t-on trouvé quelque chose sur l'ordinateur ou le téléphone portable de Pedro Salas ?

— Rien pour l'instant. Des recherches sur la fabrique d'anchois, j'imagine pour vérifier la solvabilité de l'entreprise. Pour Salas, les Anchois Ongayo représentaient une source de revenus supplémentaires. Il avait entendu parler du plan social de Santoña, de la crise qui frappait le secteur, et ce petit rapace devait vouloir vérifier que la poule aux œufs d'or n'allait pas lui claquer dans les pattes. On n'a rien trouvé de spécial dans son téléphone, mais on attend toujours les informations détaillées de son opérateur.

— Comme d'habitude. Bon, je vais aller voir si Clara Múgica nous autorise à identifier les derniers appels émis et reçus par sa mère. Je ne pense pas qu'elle s'y opposera. Du moins, je l'espère car si elle ne donne pas son accord, nous devrons passer par le juge Talavera. Le temps qu'il ordonne officiellement à l'opérateur de nous fournir ces données, et que ce dernier obtempère, il peut s'écouler plusieurs semaines, surtout en été. Et à part ça, a-t-on appris autre chose ?

— Oui, un détail qui risque de vous intéresser. Hier soir, alors que je rentrais de Comillas, j'ai reçu un appel d'un hôtel qui se trouve près de la jetée. Un touriste suisse qui faisait son footing sur la plage ce matin-là affirme avoir aperçu un homme dont la description correspond à celle de Pedro Salas. Et c'est là que son témoignage devient intéressant : figurez-vous que cet homme était en compagnie d'une femme.

— Une femme ? Alors que tout porte à croire que l'agresseur de Juan Ramón Ballesta était un jeune homme. Mince alors, Riveiro, vous auriez dû me le dire plus tôt ! A-t-il pu la décrire ?

— À peine. Il a dit qu'elle n'avait pas l'air très âgée, qu'elle était brune, les cheveux mi-longs attachés en queue de cheval, plutôt ronde. Elle portait des vêtements amples, style jogging. Il n'a pas vu son visage, il l'a simplement aperçue de profil, alors qu'il courait.

— Une brune ? – Valentina soupira. – Bon, cela prouve au moins que ce n'est pas Clara Múgica : elle est blonde.

— Oui, mais elle aurait pu mettre une perruque, répondit Riveiro. On ne peut écarter aucune piste pour le moment.

— Je sais bien. Avez-vous convoqué le témoin pour établir un portrait-robot ?

— Non, je n'y ai pas pensé. Il l'a à peine vue en passant, il n'est pas en mesure de nous fournir des détails concrets. D'ailleurs, sa description de Salas est tout aussi vague, et rien ne prouve qu'il s'agisse bien de Pedro Salas et de son assassin. Mais j'ai encore autre chose à vous dire.

— Riveiro, si vous continuez à m'annoncer les nouvelles au compte-goutte, je vais finir par faire un infarctus.

— J'en suis conscient, mais ce sont des nouvelles extrêmement importantes, je ne peux pas vous annoncer tout en vrac. Camargo, Torres et Zubizarreta ont cherché à vous joindre ce matin. Inutile de les contacter, je vais vous raconter ce qu'ils ont trouvé. À force de faire pression sur les employés de l'état civil et de harceler l'administration, ils ont réussi à localiser le dernier refuge de Clara Fernández. Et tenez-vous bien…

— Allez-y, je suis prête.

— Elle est entrée au couvent Regina Coeli, à Santillana del Mar, en 1949. Depuis, on a perdu sa trace, elle semble s'être volatilisée.

— Mais alors… Riveiro, il s'agit bien du couvent où se trouvaient les sœurs clarisses avant leur déménagement ? D'après Sabadelle, les religieuses vivaient là avant de s'installer dans le monastère où nous sommes allés l'autre jour, comment s'appelait-il…

— Le monastère de San Ildefonso, compléta Riveiro. Oui, c'est bien ça. Torres a appelé hier pour s'y rendre, mais on lui a répondu qu'elle devait attendre l'autorisation de la mère abbesse, sœur Mercedes. Vous savez, celle que vous avez rencontrée l'autre jour ? Torres n'a pas pu mener l'enquête car sœur Mercedes se trouvait gravement indisposée. Ça tombait bien…

— Nous pouvons toujours la contraindre à nous ouvrir la porte par un mandat de perquisition. Sabadelle est convaincu que sœur Mercedes nous a menti sur Tlaloc. D'après lui, une experte de son envergure ne peut pas ignorer sa présence à Santillana del Mar. Peut-être cherchait-elle à protéger Clara Fernández ? Si elle est toujours de ce monde, c'est une clarisse, une religieuse de son ordre après tout. Mais le sujet est sensible. Il va falloir que j'en parle au capitaine, car si c'est le cas, la responsabilité de l'évêque de Santander est directement engagée.

— C'est aussi ce que je me suis dit. Mieux vaut attendre lundi et tenter de les convaincre à l'amiable. Le mandat de perquisition n'arriverait pas avant plusieurs jours, de toute façon, dit Riveiro en soupirant. Mais avant, je dois vous raconter autre chose que je tiens d'un ami qui travaille dans la police scientifique.

— Une information non officielle, vous voulez dire ?

— Exactement. C'est à propos de la fouille de la chambre d'hôpital de Juan Ramón Ballesta. Je lui ai demandé s'il savait quelque chose qui pouvait nous permettre d'avancer. Eh bien figurez-vous qu'ils n'ont rien trouvé. Pas la moindre empreinte, pas de trace biologique, rien de rien.

— Où voulez-vous en venir ? demanda Valentina, étonnée.

— Cela veut dire qu'il n'y avait pas de trace d'oxyde de plomb. Pas un gramme de poudre de minium dans la pièce.

Valentina se tut quelques secondes.

— Ce qui laisse penser que nous sommes face à deux tueurs différents, complices ou non. D'un côté, cette jeune femme que le touriste suisse dit avoir aperçue, et de l'autre, l'homme qui a agressé Juan Ramón Ballesta sur son lit d'hôpital. Enfin, d'après ce qu'il prétend, car il ne faut pas oublier que le vieillard n'a plus toute sa tête et qu'on peut mettre en doute la fiabilité de sa version des faits.

— Pensez-vous que Jana Ongayo puisse être définitivement rayée de la liste des suspects ? Et si elle était pour quelque chose dans le meurtre de David Viesgo ? N'aurait-elle pas pu l'empoisonner ? Je veux bien croire que ça ne colle pas vraiment avec les effets fulgurants du poison, mais qui sait, elle aurait très bien pu avoir l'idée de cette mise en scène ? avança Riveiro.

— Non, Jana Ongayo n'a pas tué le médecin. L'hypothèse ne tient pas la route : le personnel de la maison a déclaré qu'il était parti vers dix-sept heures. Le laps de temps entre l'heure du thé et la mort du docteur est trop long, le poison tiré de l'if n'aurait pas pu faire effet si longtemps après l'ingestion. Je me demande bien pourquoi elle a mis fin à ses jours. Se sentait-elle coupable de quelque chose ? Vous avez une théorie là-dessus ?

— Hélas, non.

— Très bien. Je vais rappeler l'équipe pour qu'ils se mettent au travail… Il va falloir nous creuser les méninges… Mais à part noircir des pages de rapport et passer quelques coups de téléphone, je vois mal ce que nous pourrions faire de plus d'ici lundi. Cet après-midi, j'ai prévu d'assister à l'enterrement de Mme Ongayo. Je veux être là pour Clara, même si je ne suis pas sûre qu'elle souhaite ma compagnie. J'en profiterai aussi pour observer les gens qui viendront à la cérémonie. Puisque toutes ces affaires semblent liées, il n'est pas impossible que l'assassin se rende aujourd'hui au cimetière. Qu'en pensez-vous ?

— Justement, j'allais vous demander si vous vouliez que j'aille y faire un tour. J'imagine qu'il y aura du monde à l'enterrement, et peut-être même trop pour cerner des profils au milieu de la foule.

— Écoutez, je crains que votre présence ne soit pas utile. Je dirais même plus : aujourd'hui, je vous défends d'aller à Comillas. Mon petit doigt m'a dit que deux troglodytes que vous connaissez bien seraient ravis de passer un après-midi à la plage avec leur papa. Prenez votre week-end, Riveiro. Il faut savoir souffler de temps en temps. J'aurai besoin de vous lundi matin, en pleine forme si possible. Si j'apprends quelque chose de nouveau, je vous appelle demain. Entre-temps, je vais demander au reste de l'équipe de lancer de nouvelles recherches dans le SIGO, les archives de périodiques et toutes les bases de données qui leur viendront à l'esprit. Eux aussi, ils ont besoin de s'aérer un peu. Si on ne prend pas tous un peu de recul, on finira par ne plus y voir clair. De mon côté, je me charge de mener l'enquête auprès des clarisses.

Riveiro sourit à l'autre bout du fil. Il était heureux que le lieutenant Redondo lui permette de relâcher la pression. Après cette affaire, il y en aurait une autre, et une autre, et puis encore une autre. Toutes aussi importantes. Il était évident qu'ils avaient tous besoin de souffler ne serait-ce qu'une demi-journée.

— Et dites-moi, lieutenant, vous n'allez pas prendre un peu de repos, vous aussi ?

— Bien sûr que si. J'ai prévu une soirée samedi soir chez moi, mais je ne vous en ai pas parlé, car je ne pensais pas vous inviter, dit-elle d'un ton sarcastique.

— C'est une bonne idée, mais attention, si les voisins appellent les flics, vous risquez des problèmes avec la hiérarchie, rétorqua-t-il, en tournant la tête vers ses enfants qui rangeaient maintenant la montagne d'oreillers dans la chambre à coucher.

— Merci du conseil, Riveiro… dit Valentina en reprenant son sérieux. On se rappelle dès qu'on a du nouveau.

— Entendu.

Lorsqu'elle raccrocha, Valentina se sentit plus vide que jamais. Le tohu-bohu des enfants de Riveiro à l'autre bout du fil avait éveillé une nostalgie de sa propre famille. Elle pensait à ses parents, à ses petits-neveux qui vivaient en Galice. Elle se consola à l'idée qu'elle serait bientôt en vacances. Valentina était indépendante, active et très peu versée dans le sentimentalisme, mais en cet instant elle eut envie d'entendre la voix de sa mère, de sentir le fumet qui s'échappait de sa cuisine lorsqu'elle allait et venait entre ses fourneaux. Elle regrettait même les critiques de son père, qui avait toujours quelque chose à redire sur sa façon de s'habiller, sa coiffure, ou le fait qu'elle ne soit pas mariée. Tout n'était pas rose entre elle et ses parents, il leur arrivait souvent de se disputer. Mais ils le faisaient toujours ouvertement, et leurs différends finissaient par devenir constructifs. En dépit des ombres douloureuses de son passé, ses parents étaient un repère chaleureux et solide. Dans les situations les plus délicates de son existence, ou lorsque Valentina avait eu des décisions douloureuses à prendre, elle avait pu compter sur eux. Le port secret du lieutenant Redondo n'était pas un lieu, pas même un souvenir : son refuge à elle, c'étaient ses parents.

Alors qu'elle composait le numéro de leur maison en Galice, Valentina ne put réprimer un frisson : quelque part, non loin d'ici, un meurtrier rôdait autour d'une personne âgée ou de la Villa Marine. Elle sut que ce week-end, son âme, son cœur et son esprit allaient travailler sans relâche. Elle sut qu'une ombre maligne, glaciale et toute-puissante l'attendait au-dehors.

JOURNAL (15)

Personne n'oublia le terrible crime d'Ubiarco. Le temps passait mais l'aigle qui symbolisait ce meurtre nimbé de mystère restait gravé dans les mémoires. Son auteur, le meurtrier inconnu, devint très vite comme il arrive souvent dans la culture populaire l'esprit même du démon. Un démon qui venait sans doute des profondeurs de cette grotte de Suances qu'on appelait la grotte aux Sorcières. Les gens réinventaient l'histoire de ce corps inexplicablement morcelé, le crime devenait légendaire. On racontait que don Ignacio errait sur la plage de Santa Justa par les belles nuits d'été, que son fantôme allait et venait entre les ruines de San Telmo, autour de la chapelle, cherchant inlassablement ses jambes perdues. Tant qu'il ne les aurait pas retrouvées, le défunt ne pourrait passer dans l'autre monde. La paix du repos éternel lui serait à jamais refusée.

De son côté, Clara décida d'abandonner progressivement son monde baigné de gris, cette sensation de vide dont elle n'arrivait pas à se défaire, pour réchauffer, si c'était possible, son cœur gelé. Ce fut un geste calculé, raisonné, mais d'une extrême générosité. Prendre soin du bébé qui était en route lui redonnerait l'étincelle. Elle mit au point un plan si élaboré qu'il donnait le vertige. Il avait au moins le mérite d'être plausible.

Je ne contrarierai pas plus longtemps ta curiosité, glissons-nous donc subrepticement en ce soir du mois de novembre 1948.

Clara et Jana sont à Suances, dans la propriété de M. et Mme Ongayo, qui ont dû repartir en Amérique du Sud et n'en reviendront qu'à Noël. Leur résidence secondaire est en construction, une bâtisse magnifique dans laquelle ils comptent séjourner tous les étés. Seule l'aile droite de la *casona* est achevée. Il faudra attendre la fin du rude hiver cantabrique pour que le chantier soit terminé : les travaux reprendront à fin du mois de février ou au début du mois de mars.

De ses larges baies vitrées, on peut voir la plage de La Concha. La maison a un accès direct à la grève, puisqu'elle est construite sur la langue de roches et de terre qui la sépare de la plage de Los Locos. Le terrain est en pente jusqu'à la mer. La maison s'élève sur les hauteurs de la propriété, tandis qu'une dépendance déjà achevée, séparée de la bâtisse principale, servira à loger les domestiques. Située en contrebas, elle n'offre pas d'aussi belles vues sur la baie que la *casona*, mais elle se trouve bien plus près de la mer. Par un caprice extravagant de M. Ongayo, ce grand voyageur, ce respectable *indiano*, la résidence secondaire compte un étage en plus des combles. Elle a gardé des airs victoriens avec les saillies de son grand toit entièrement recouvertes de boiseries où alternent les feuilles d'acanthes et les motifs géométriques. Le logement des domestiques, lui, tient davantage d'un chalet montagnard. Il est fait de grosses pierres cantabriques et de frustes pièces de bois.

Pour accentuer le romantisme de la propriété, M. Ongayo a fait planter un séquoia, deux palmiers et plusieurs bananiers qui forment une allée exotique à l'entrée de la maison, du côté de la route, abritant le jardin des regards indiscrets.

— Et si je ne suis pas d'accord ? dit Jana en secouant la tête.

Assise sur une simple chaise, à la lueur de la cuisinière à bois, elle caresse son ventre proéminent des yeux.

— Tu vas devoir t'y faire, je ne changerai pas d'avis. C'est ma décision, petite sœur. Je n'ai plus rien à attendre de ce monde.

— Comment peux-tu dire ça ? Tu te trompes. Tu pourrais trouver quelqu'un, même s'il n'est pas riche, te marier et être heureuse. Tu pourrais avoir ta propre maison, tu pourrais…

— Je pourrais travailler comme une esclave toute ma vie. Et si je ne trouvais pas de mari ? Je n'ai encore rencontré personne.

— C'est faux ! Tu as eu des prétendants. C'est toi qui n'as pas voulu d'eux, Clara, tu le sais aussi bien que moi.

— Ils ne me plaisaient pas, répondit Clara, en se tournant vers la fenêtre qui donnait sur la grève abritée, déserte ce jour-là.

— Mais que fais-tu des projets que tu avais… que nous avions ? Tu peux encore les réaliser, Clara, je ne vois pas pourquoi tu devrais te cloîtrer à vie.

— C'est un couvent, Jana, pas une prison, répliqua Clara sans regarder sa sœur, qui tentait de la convaincre d'un ton véhément.

— Et qu'est-ce qui ressemble plus à une prison que le couvent des clarisses ? Les clarisses, tu te rends compte ! Tu aurais pu choisir un ordre moins rigoureux, qui n'oblige pas les religieuses à vivre recluses ! Il est encore temps de renoncer.

Clara pousse un soupir, comme si la discussion était usée jusqu'à la corde. La détermination se lit sur son visage quand elle répond :

— C'est la meilleure chose à faire. Je serai tout près de toi, on en a déjà discuté cent fois. Tu ne vois pas que

Santillana del Mar est à deux pas d'à peu près tout ? Tu ne sais pas que le couvent des clarisses est le meilleur orphelinat de la région ? Tu ne penses pas que c'est là que ton bébé sera le mieux ? lui demande Clara, les yeux posés sur le ventre volumineux de Jana, avant de lever un regard dur, impitoyable, vers ses grands yeux verts.

— Bien sûr. Sainte Clara va entrer au couvent Regina Coeli pour prendre soin de mon petit bâtard et faire en sorte que personne n'apprenne jamais ce qui est arrivé à son père. Personne ne doit se douter que je suis une fille-mère. C'est ça ? Et pourquoi ce n'est pas à moi de prendre le voile ? s'écrie Jana, soudain en colère, car elle se sent méprisée, comme dépossédée de son rôle de mère. Je n'ai pas besoin que tu te sacrifies pour moi, Clara, arrête de jouer les martyres ! Et puis, qu'est-ce que je vais devenir, sans toi ? Tu ne vois pas que si tu entres au couvent, tu vas me laisser toute seule ?

Jana fond en larmes. Elle s'approche de Clara, lui saisit les mains, implorante, réclamant sa compassion.

Clara prend sa petite sœur dans ses bras.

— Ce qui est arrivé cette nuit-là est un péché. Mais nous ne sommes pas coupables, Jana. Pas plus toi que moi. Cet homme-là n'était qu'un porc, il méritait son sort. Et je vais te dire une chose : ce n'est pas seulement pour ton enfant que j'entre au couvent. Ton bébé finira très certainement par être adopté. Mais au moins, on ne perdra pas sa trace, et à notre manière, on pourra le protéger. On ne peut pas se permettre de gâcher notre vie, Jana. Toi et moi, on mérite mieux. J'en ai soupé de faire le ménage, de baisser la tête quand mes maîtres ont de la visite, je ne veux plus manger leurs restes ni rêver d'un amour impossible qui ne viendra jamais. Je veux vivre autre chose, Jana. C'est toi qui ne comprends pas. Au couvent, j'aurai le temps de lire, je vais pouvoir écrire... oublier les guerres, les attentats et la faim. J'aurai droit à une vie tranquille, dit Clara.

Elle soupire en regardant avec une tendresse infinie Jana, qui répond aussitôt :

— Les clarisses vivent dans l'austérité. Peut-être que tu devras passer des jours sans manger. Comment pourrais-je t'aider, moi, une fois que tu seras au couvent ? Comment ? Et tu te rends compte que nous ne pourrons plus jamais nous parler ?

Clara sourit, presque amusée.

— Nous nous écrirons. Et s'il le faut, je m'évaderai de temps en temps : il me suffira d'avoir un malaise et de devoir me rendre chez le médecin. Tu dois me faire confiance. Et crois-moi, je n'ai pas l'impression que les sœurs crèvent de faim dans ce monastère. Je n'ai pas encore vu une seule religieuse maigrichonne de toutes mes visites ! dit Clara, en se retenant de rire, au point d'arracher un sourire à Jana.

Un silence s'installe entre les deux sœurs. Jana pense avec tristesse au jour où sa sœur entrera définitivement au couvent.

— Combien de temps nous reste-t-il ?

— Je te l'ai déjà dit ! J'entrerai au couvent à la fin de l'été prochain. Ces visites préalables du postulat sont ennuyeuses à mourir. J'ai besoin de ce temps-là pour régler les problèmes avant de partir, mais on dirait que ma volonté d'appartenir à l'ordre et à Dieu ne leur suffit pas : ces clarisses sont terriblement méfiantes. Et la religieuse qu'elles ont désignée pour être ma tutrice, sœur Mercedes, me demande sans arrêt de prier, de chercher en moi si je souhaite vraiment rompre avec ma… "vie d'avant". – Clara rit aux éclats. – Comme si je pouvais la regretter ! Tu parles d'une "vie"… Toi et moi, on a passé notre vie à travailler. Depuis notre tendre enfance, on trime du matin au soir !

Jana sourit tristement.

— Sauf quand on s'allongeait dans les fenouils sauvages, tu te rappelles ?… Et les étés qu'on passait à Comillas.

— Bien sûr, dit Clara avec tristesse. Je n'oublierai jamais les étés à Comillas. Il n'y en aura plus jamais de pareils.

— Non, plus jamais. À la fin de l'été prochain, tu seras religieuse. Et moi, qu'est-ce que je vais devenir ? Qu'est-ce qui va m'arriver ? Tu crois vraiment que je vais trouver un mari, que je gagnerai une place respectable dans la société ? Pour moi, c'est fichu. Je n'ai même plus l'espoir d'y arriver, tu comprends ? Je vais donner la vie à un enfant qui sera élevé par quelqu'un d'autre. Et ce sera un miracle si personne ne l'apprend. Si jamais quelqu'un découvre la vérité... on me traitera comme une fille-mère, Clara ! Et les gens ne tarderont pas à faire le lien avec la disparition d'Ignacio. Ils ne sont pas bêtes, les gens, ils me demanderont des comptes. Je crois que j'ai fait une erreur, Clara. Je n'arrête pas d'y penser. J'ai laissé partir Luis. Et je me demande vraiment pourquoi il est venu me voir ce soir-là à Ubiarco.

Le visage de Clara se referme.

— Luis a épousé sa couturière. Et il ne sera jamais rien d'autre qu'un misérable pêcheur. Tu le sais aussi bien que moi. Si don Ignacio n'avait pas été aussi abject, notre plan aurait fonctionné à merveille. Ce fils de chienne ! s'exclame Clara en serrant les poings. – Elle se reprend puis ébauche un sourire : Et sache, mademoiselle, que je ne deviendrai pas religieuse à la fin de l'été. Je commencerai juste le noviciat... je crois que ça dure deux ans. Mais je porterai déjà l'habit religieux, tu sais ? Ça oui. Mes vœux seront temporaires, à ce moment-là. Ensuite, je ferai ma profession simple, une étape qui dure trois ans, qui se conclura par ma profession solennelle. Là, tu pourras dire que ta sœur est religieuse. Je prierai pour vous tous. Pour David, surtout : je me demande bien ce que l'avenir lui réserve. Pourvu qu'il réussisse à passer en France et qu'il ne soit plus obligé de se cacher dans les montagnes, ce repaire de brigands. Et je prierai pour toi, pour ton futur. J'ai beaucoup de choses à demander à Dieu, Jana, et au couvent, j'aurai du temps pour prier. Je serai plus près de maman... et d'Antonio. Et je prendrai soin de toi, bien sûr, ne sois pas idiote ; dit-elle en serrant Jana dans ses bras. Tu sais bien qu'il me reste un an avant d'entrer au couvent.

— Un an..., répète Jana, triste.

— C'est suffisant pour te voir épouser le fils aîné des Ongayo.

— Quoi ? Tu es folle ? s'écrie Jana.

Elle écarquille les yeux de surprise, fronce les sourcils et s'arrache des bras de sa sœur.

— Calme-toi, j'ai bien réfléchi. Ce ne sera pas difficile.

— Bien sûr, comme pour don Ignacio, réplique Jana.

La grossesse ne lui a rien fait perdre de sa vivacité, au contraire, elle a éveillé ses sens.

— Cette fois, ce sera différent.

— Ah bon, et en quoi ? Parce que je n'ai pas la moindre envie de recommencer à séduire nos maîtres, figure-toi. Une grossesse clandestine, ça me suffit. Ça fait quatre mois que je suis cachée dans ce chalet. Je viens de passer quatre mois sans voir la lumière du jour ! Quand l'enfant naîtra, tu me le prendras, je ne veux pas le voir. Tu le confieras à l'orphelinat, comme convenu, mais ça s'arrête là. Je ne veux pas entendre parler de tes plans, je refuse que tu me mettes plus longtemps des illusions dans la tête. Je veux bien servir à ta place chez les Ongayo, puisqu'ils sont d'accord pour me prendre et te laisser vivre ta vocation religieuse, dit Jana en appuyant exagérément sur ces deux derniers mots, mais je te préviens : ça s'arrête là. Je verrai bien ce que la vie me réserve. Et après ce qui s'est passé l'autre nuit... je pense que l'avenir ne me réserve rien de bon.

— Ne sois pas défaitiste, petite sotte, insiste Clara en lui jetant un regard moqueur. Jusque-là, tout se passe exactement comme prévu. Tu as pu te cacher ici, personne ne viendra avant la reprise des travaux, fin février, et d'ici là, tu auras accouché. Ton bébé naîtra à la fin de l'année, au plus tard début janvier, et nous le confierons aux clarisses. Tu viendras servir les Ongayo avec moi à Torrelavega, et au début de l'été, je rendrai mon tablier…

— Ce n'était pas à la fin de l'été que tu devais entrer ?

— Si, bien sûr, mais cela ne se fait pas du jour au lendemain, voyons. L'important, c'est qu'à leur retour à Noël, les maîtres ramèneront leur fils d'Uruguay.

Jana soupire.

— Mais quel fils ?

— À ton avis ? Le fils aîné bien sûr. Ils ont quatre enfants. Un qui est déjà marié, un fils encore imberbe, un militaire qui passe son temps à collectionner des armes et n'est pas très porté sur les dames, si tu vois ce que je veux dire. Il ne reste que le fils aîné.

— Don Eladio ?

— Exactement.

— Mais il n'était pas fiancé à une fille de Puente Viesgo ?

— Si, c'est vrai. Mais cela fait des mois qu'ils ne se sont pas vus. Contente-toi de sourire et d'être aimable. Et tu verras ce que "la vie" te réserve, comme tu dis si bien.

Jana hoche la tête et esquisse un sourire timide.

— Tu es diabolique. Je me demande ce que les sœurs vont bien pouvoir faire de toi au couvent.

Clara éclate de rire.

— Ce qu'elles vont faire de moi ? Elles apprécieront d'avoir un peu d'action, j'en suis sûre.

Le rire de Clara s'arrête soudain, comme coupé net par la lame d'un couteau. Le visage de Jana se crispe sous l'effet de la douleur. Un filet de sang coule le long de ses jambes et se faufile entre les plis de sa jupe.

Ce soir, pour la première fois, la mort s'invite à la Villa Marine.

Ne craignez pas la mort, qui est, ou le terme de votre existence, ou le commencement d'une autre vie.

SÉNÈQUE

Le temps était lourd cet après-midi, et pas seulement à cause de la chaleur suffocante. L'enterrement de Jana attirait les foules. Riveiro n'avait pas tort : il y avait tant de monde qu'il était presque impossible de repérer des profils suspects. Tout Comillas était là. Les gens ne connaissaient pas personnellement Jana Ongayo, mais Valentina put constater qu'elle était très appréciée. C'était une figure, une institution pour ses concitoyens qui lui rendaient aujourd'hui un hommage silencieux. Ils étaient reconnaissants envers cette grande dame qui avait été à l'origine de tant de progrès, qui avait tant œuvré pour la charité et le mécénat dans leur ville. Jana Ongayo était-elle une criminelle ? Peut-être, mais une bonne partie de sa vie, de son esprit, de son âme, avait été consacrée à faire le bien, dans un contraste étrange, presque insolite.

Le lieutenant Redondo discuta longuement avec le juge Talavera qui s'était rendu, tout comme elle, à la Casa del

Duque avant les funérailles. Lorsque le magistrat signa l'acte de conformité, Valentina se risqua à faire une demande très spéciale et que ce jour rendait plus exceptionnelle encore. Elle attendit de pouvoir s'entretenir seule à seule avec Clara. Ce moment arriva par une étrange coïncidence dans la pièce où Valentina et Oliver avaient pris un café avec Jana, quelques jours plus tôt. Des jours qui semblaient à présent si lointains.

— Clara, je vais être obligée de te demander quelque chose qui risque de te déplaire. Je sais que le moment est mal choisi, mais…

— Non, ce n'est pas le moment, répliqua la légiste en secouant doucement la tête. – Elle poussa un long soupir, inspira profondément, puis lui dit, résignée : Que veux-tu ?

Le lieutenant s'approcha de Clara, qui était assise dans le canapé de velours rouge où elle avait vu Jana pour la dernière fois. Elle s'accroupit pour se mettre à sa hauteur et lui prit les mains :

— Tu sais bien que je ne te demanderais rien dans de telles circonstances si cela n'était pas absolument nécessaire. – Elle prit une inspiration, et laissa passer quelques secondes avant de poursuivre. – Nous pensons que le décès de ta mère est lié à l'affaire de la Villa Marine.

— Mais elle s'est suicidée, Valentina. Suicidée, tu sais ce que ça veut dire ? Personne ne lui a tiré une balle en plein cœur, personne ne l'a empoisonnée… – Clara haussait le ton, sans pour autant forcer sa voix. – À moins que tu n'aies appris quelque chose que je ne sais pas encore ?

— Tout ce que je sais, c'est que nous devons évaluer toutes les possibilités. Tu le sais aussi bien que moi, tu le fais toi-même régulièrement. Je ne remets pas en cause le suicide, je m'intéresse à la raison pour laquelle ta mère a mis fin à ses jours. Elle a pris cette décision quelque temps après la découverte d'un cadavre dans une maison qui lui a appartenu. Comme tu le sais, plusieurs morts violentes ont eu lieu depuis. Clara, cela fait des années qu'on se connaît, toi et moi : je sais que tu veux aller au fond de cette affaire.

Clara se contenta de hocher la tête. Dans d'autres circonstances, elle aurait plaisanté sur les défunts avec cet humour noir qu'elle avait appris sur les bancs de la faculté de médecine. Mais pas aujourd'hui. Aujourd'hui, elle enterrait sa mère. Elle regarda Valentina droit dans les yeux.

— De quoi s'agit-il ?

— J'ai besoin de fouiller de nouveau la maison. Au moins la chambre à coucher et le bureau où ta mère avait l'habitude de travailler. Un détail nous a forcément échappé. Ensuite, je vais avoir besoin de ton ADN… et de celui de ta mère.

— Celui de… de ma mère ? Mais…

— Oui, voilà pourquoi cela ne pouvait pas attendre. Je peux utiliser des cheveux qui seraient restés accrochés sur un peigne, mais si je n'en trouve pas, je vais avoir besoin…

— De les prélever directement sur son cadavre, la coupa Clara.

— Exactement, dit Valentina, presque dans un murmure. Si tu le permets, je prendrai seulement un cheveu ou deux, le plus délicatement possible, juste de quoi obtenir un échantillon biologique fiable, conclut-elle, alors que Clara restait pensive.

— Je comprends… Fais ce que tu dois faire… J'ai confiance en toi. Tu as apporté le matériel nécessaire ? demanda Clara, qui reprit quelques instants un ton professionnel, dans une tentative de se montrer pragmatique.

Valentina répondit en sortant un coton-tige stérile de sa poche. Elle le tendit à son amie, qui le sortit sans ménagement de son enveloppe en plastique aseptique pour l'introduire dans sa bouche et y imprimer son ADN. Si l'intuition de Valentina était juste, la biologiste médicolégale pouvait être l'une des pièces clés du puzzle. Clara se leva et adressa un sourire las à Valentina. Avant de quitter la pièce, elle se retourna vers son amie pour lui dire, les yeux dans les yeux :

— Si un salopard de la pire espèce a quelque chose à voir avec le suicide de ma mère, je veux que tu l'attrapes. Je veux voir cette ordure en salle d'autopsie.

Valentina répondit d'un clin d'œil de ses yeux vairons, et hocha la tête avec toute la conviction dont elle était capable. Après s'être assurée que Clara se trouvait bien entourée par son mari et ses proches, elle se mit au travail. Par chance, dans la chambre de Jana, elle trouva des brosses à cheveux qui pouvaient fournir des échantillons acceptables. Elle comptait aller les porter en personne au laboratoire privé de Santander où elle avait fait envoyer d'autres échantillons. Ce fut un grand soulagement pour elle de ne pas avoir à manipuler le cadavre. En passant en revue le courrier et les documents personnels de Jana, elle ne trouva rien d'intéressant, mis à part sa dernière facture de téléphone qu'elle mit de côté pour l'étudier après les funérailles. Elle était venue ici pour soutenir Clara, mais son dévouement ne s'arrêtait pas au réconfort d'une étreinte : elle devait également l'aider par ses actes, en faisant avancer l'enquête. Elle n'avait pas imaginé repartir bredouille de Comillas, mais l'espace de quelques instants, elle avait douté de la coopération de Clara. Elle croyait bien la connaître, mais dans les moments de deuil, de douleur intense, les gens peuvent parfois se montrer imprévisibles. Et pourtant, son amie avait accédé à toutes les demandes de Valentina sans hésiter, sans doute guidée par l'intuition que Talavera eût approuvé sa démarche, ou peut-être, qui sait, parce qu'elle avait à cœur elle aussi de faire toute la lumière sur ces événements. Était-il possible que l'Ange de la Villa Marine ait quelque chose à voir avec Clara Múgica ? Ou avec les meurtres de ces derniers jours ?

En milieu d'après-midi, Clara enterra sa mère dans une attitude sobre et contenue, sans verser de larmes, à l'abri derrière ses grandes lunettes noires. Une inquiétude planait dans l'air comme un halo de suspense blessé. Celle d'une équation non résolue, puisqu'il s'agissait d'un suicide et non d'une mort naturelle. Tout le monde se demandait ce qui avait pu pousser Jana Ongayo à mettre fin à ses jours, la foule bruissait de mille suppositions.

Clara s'interrogeait, elle aussi. Pourquoi sa mère avait-elle devancé son heure, au lieu d'attendre les instructions que la nature lui avait secrètement réservées. Son angoisse ne venait pas seulement de cet adieu inattendu, ni de la tristesse intrinsèque d'une vie qui s'éteint. Elle avait peut-être sa part de responsabilité dans le suicide. Que se serait-il passé si elle lui avait rendu visite plus souvent ? Se serait-elle suicidée si elle était allée la voir la veille ? Peut-être qu'alors… Quand avaient-elles discuté pour la dernière fois, sa mère et elle ? Le jour où elle l'avait appelée pour la prévenir que le corps de David Viesgo était arrivé à l'IML ne comptait pas : c'était un coup de fil rapide, passé il y a trois semaines. Ça va mieux ton arthrose ? bien ? Et tu lis quoi en ce moment ? Ah. Tant mieux. Mais oui, je viens bientôt, j'ai beaucoup de boulot ces jours-ci. Oui, Lucas va bien, à part ses allergies, comme toujours. Tu m'appelles si tu as besoin de quelque chose, hein ? Je te laisse, maman, gros bisous.

Sa mère avait dû se sentir terriblement seule. Elle, Jana Ongayo, femme d'affaires entreprenante en avance sur son temps, cette battante au caractère trempé. Du moins c'était ainsi que sa fille la voyait : une dame de fer aimable mais pétrie de solitude, toujours sur ses gardes. Clara connaissait le passé de sa mère, elle savait qu'elle avait collaboré avec les services secrets dans la traque des nazis, qu'elle se mouvait avec aisance dans la sphère politique et même du renseignement, mais cette gélule de cyanure… Comment était-il possible que sa mère possède ce type de poison sans que Clara le sache ? Combien d'autres secrets ignorait-elle de la célèbre Jana Ongayo ? Clara aimait sa mère, mais sa colère permanente contre celle qui lui avait donné le jour dominait leur relation depuis de nombreuses années. Clara s'était si souvent sentie abandonnée… Sa mère était toujours en voyage, elle pouvait disparaître pendant des mois, et lorsqu'elle revenait, c'était pour disparaître à nouveau dans des réunions et des galas de charité. Elle n'était jamais disponible. Et pendant qu'elle venait en aide aux nécessiteux, comme si elle devait se donner bonne conscience à tout prix, elle laissait Clara livrée à ses gouvernantes ou l'envoyait en pension dans des collèges hors de prix. Clara étouffa un sanglot. La peine qu'elle ressentait était si profonde qu'elle en avait la gorge nouée. Elle tenta d'imaginer les derniers instants de sa mère. Pourquoi avait-elle décidé de s'en aller seule, assise sur ce banc ? On l'avait retrouvée un sourire aux lèvres. Elle souriait toujours lorsque Clara était arrivée, avant la levée du corps. On aurait dit une petite fille qui venait de faire une bêtise. Les années semblaient l'avoir tassée ; elle était si menue, si frêle… Mais son visage béat dégageait une telle impression de paix qu'il était difficile de l'associer à un suicide. Quelle avait pu être la dernière vision de sa mère avant de mourir ? Avait-elle regardé vers le large ? Ou vers ce cimetière ? L'ange ailé qui brandissait son épée, en surplomb du cimetière, semblait s'éveiller à la vie, la fine pellicule de pierre qui le recouvrait semblait prête à éclater pour dévoiler sa peau et ses muscles. Le marbre blanc ravagé par le temps de cette statue, au regard bouillant d'une sourde rage, avait été le témoin du dernier instant secret de sa mère.

Clara se concentra sur les funérailles, dans une tentative pour couper court à ses pensées, pour ne pas s'effondrer sur place. Elle observa Valentina. Elle était si droite, si professionnelle, si objective. Mais elle était là. Et Clara savait très bien que Valentina n'était pas venue par simple obligation. Le soupir triste d'un demi-sourire s'échappa de sa poitrine : son amie Valentina passait en revue les personnes présentes à la cérémonie. Elle comprit que le lieutenant faisait son métier : Valentina travaillait sans relâche. Mais même si elle n'en faisait pas étalage, Clara savait que Valentina pouvait se montrer chaleureuse. La délicatesse de ses questions après le suicide de sa mère, sa façon de la prendre dans ses bras… il y avait bien plus que de la rigidité, du formalisme et de l'exigence dans les yeux bicolores du lieutenant Redondo.

Clara savait comment Valentina avait perdu l'éclat de l'un de ses yeux verts. Elle savait la tristesse insondable qui l'accompagnait depuis qu'elle avait perdu son frère, une perte dont elle s'était ouverte à très peu de gens, comme un poids mort dont elle ne voudrait pas se défaire. La présence de Valentina réconforta Clara ; elle savait qu'elle pouvait compter sur son amie. Et malgré l'épaule rassurante de son mari, elle se sentit vidée, comme emportée par une fatigue infinie, alors que ses pensées naviguaient au gré de la douleur, sillonnant inlassablement l'image de sa mère. Maman, qu'est-ce qui t'a pris ? Comment puis-je te le demander maintenant ? Comment te dire que j'aurais aimé que tu restes ?

Valentina, l'espace de quelques secondes, avait senti que Clara l'observait. La tristesse de la légiste n'avait rien d'ostentatoire, mais elle était évidente. L'atmosphère empreinte d'un silence respectueux suivi de murmures lui rappela l'enterrement de son frère. Cela faisait plus de vingt ans. Elle n'était pas censée s'y rendre, on lui avait recommandé le repos absolu. Elle n'avait que douze ans et son œil gauche, privé de lumière, n'était qu'une masse informe sous les bandages et les terribles hématomes violets tirant sur le noir. C'était lui qui l'avait frappée. Son frère n'avait pas voulu lui faire de mal, elle en était sûre. Il avait seulement voulu l'écarter de son chemin : il était hors de lui. Qui était ce garçon ? En tout cas, ce n'était plus son frère. Une autre personne s'était emparée de sa voix et de son corps sous l'effet de la drogue. Et cette personne avait besoin d'argent. C'est tout. De se barrer d'ici et d'aller acheter de la came. C'est tout. C'était ce qu'il lui avait dit. Et il prenait les perles de sa mère dans son armoire sans le moindre scrupule. Ses parents l'avaient amené dans un centre. Il avait fait une cure de désintoxication. Le futur était encore plein de promesses. N'étaient-ils pas une famille unie, qui affrontait les problèmes ensemble, la main dans la main ? Mais il avait rencontré cette fille dans le bus. Quelque chose s'était noué entre eux. Un sentiment fort. On lui avait pourtant défendu d'avoir une petite amie jusqu'à sa récupération complète. Il le savait très bien : c'étaient les règles. Mais lui, les règles, il s'en fichait. Il pouvait sortir de cette merde quand il voulait. Au bout de quelques semaines, la fille en question avait disparu dans la nature. Et il avait craqué. Son corps était redevenu esclave de la drogue. D'un éventail varié et hétéroclite de substances en tous genres.

Valentina était au courant. Elle l'avait vu sortir avec la fille. Elle aurait dû en parler à quelqu'un. Faire quelque chose. Mais elle les aurait séparés, si elle avait fait ça. Peut-être même aurait-elle précipité le terrible dénouement. Peut-être méritait-elle ce coup de poing brutal, au fond. Elle savait très bien que si son frère n'avait pas été sous l'influence de la drogue, il ne l'aurait pas frappée. Quand Valentina s'était écroulée par terre, il avait déjà déguerpi, il avait fui à toute vitesse, emportant avec lui tous les objets de valeur qu'il avait pu trouver. Elle n'aurait rien pu faire pour l'en empêcher. S'était-il même rendu compte de ce qu'il avait fait ? Peut-être. Peut-être avait-il eu pleine conscience de ses actes, de ce qu'il endurait depuis des mois, et c'était peut-être pour cela qu'il avait augmenté la dose. Un toxicomane sait parfaitement quels excès son corps est capable de supporter. Il sait exactement où il doit s'arrêter. Et Valentina elle aussi était consciente de cette réalité. L'idée que son frère, dans un moment de lucidité, dans une lueur de sagesse, ait pu décider de quitter son corps pour ne plus faire de mal à personne la rongeait. Il avait fait du mal à ses parents. Il l'avait frappée. Son grand frère, ce brave et respectable imbécile, était parti comme une promesse qui s'étiole.

Le lieutenant Redondo tenta d'extirper ce souvenir du fond de son âme. Elle n'était pas là pour succomber à la mélancolie ni à la douleur gratuite. Elle scruta attentivement la foule. L'atmosphère reflétait son âme, la tristesse des funérailles pénétrait en elle comme un brouillard humide à fendre les os. D'un coup d'œil discret, elle regarda l'écran de son portable qu'elle avait pris soin de mettre en mode silencieux. Elle avait plusieurs appels en absence et quelques messages, mais aucun de celui qu'elle attendait. Toute la journée, elle avait cherché à joindre Oliver Gordon, en vain. Elle voulait lui demander quelque chose, et son silence commençait à l'inquiéter : il avait reçu des menaces dans sa propre maison, après tout. Quelqu'un lui voulait du mal. Aurait-il pu lui arriver malheur ? L'inquiétude dissipa aussitôt le chagrin de Valentina. Elle abandonna sa mélancolie pour écouter la question qui faisait battre son cœur : mais où se trouvait Oliver Gordon ?

Le sentiment de mystère est le plus beau qu'il nous soit donné d'éprouver. Il est la source de tout art et de toute science véritables.

ALBERT EINSTEIN

Dimanche 14 juillet.

Décidément, ce week-end était mouvementé. Dans cet appartement impeccablement rangé, à son image, Valentina établissait son programme de la journée. Il était tôt, elle savourait sa tasse de café au lait. De temps en temps, elle jetait un œil sur le grand schéma posé sur la table où elle avait noté toutes les informations clés de l'affaire de la Villa Marine. La feuille était presque illisible, tant ses marges étaient noircies par d'innombrables notes et par les flèches qui s'affrontaient en duel de part et d'autre du plan.

La tristesse qu'elle avait éprouvée au cours de la cérémonie la veille refusait de la quitter. Tapie comme une ombre grise au fond de son âme, elle accompagnait sa respiration d'une étrange sensation de vide.

Téléphone.

— Allô ? Oliver ? Mais où étais-tu passé ? J'ai cherché à te joindre hier toute la journée ! J'ai dû t'appeler au moins dix fois ! Tout va bien ?

— Oui, tout va bien. Pas la moindre goutte d'essence en vue pour l'instant. Je suis désolé pour hier, j'avais oublié mon portable à la maison et quand je suis rentré chez moi, il était vraiment tard pour te rappeler.

— Écoute, je t'ai appelé hier parce que j'ai besoin de te voir. Et si possible, pas dans un funérarium. Peux-tu me promettre de rester joignable jusqu'à la fin de l'enquête ?

— Je savais que tu finirais par ne plus pouvoir te passer de moi.

— Tu n'y es pas. Si j'ai besoin de te voir, c'est parce qu'il faudrait que tu me donnes un échantillon de ton ADN. Enfin, si tù es d'accord, bien sûr. Voilà pourquoi je cherchais à te joindre. C'est la seule et unique raison, répondit Valentina sans dissimuler son sourire à l'autre bout du fil.

— Tu veux mon ADN ?

— Oui.

— Ça alors ! Et moi qui pensais que tu m'appelais pour m'inviter à déjeuner ce midi. Pas de *brunch*, alors ?

— Vous êtes tous comme ça, les Anglais ? On dirait que le dimanche matin vous inspire. Tant mieux, je m'en réjouis. Aujourd'hui, les laboratoires sont fermés, donc si tu n'y vois pas d'inconvénient, je préférerais qu'on se donne rendez-vous demain matin pour éviter de dénaturer l'échantillon que je t'aurai prélevé avant l'analyse.

— Demain ? Si tu veux, je suis libre. Mais qu'est-ce que je vais devoir faire ? Une prise de sang ?

— Non. – Valentina sourit à l'autre bout du fil. – Il suffit de frotter un coton-tige sur ta langue pour l'humidifier de salive.

— Bon, très bien, pas de souci. À quelle heure dois-je passer au groupement ?

— Le plus tôt serait le mieux… Neuf heures, c'est possible ?

— Rien n'est impossible pour un Anglais, voyons.

— Merci, Oliver. – Valentina se tut un instant. – Tu sais, cette analyse d'ADN n'est pas obligatoire, je veux dire par là que tu as le droit de refuser… Il appartiendra alors au juge d'instruction de décider si le prélèvement est indispensable à l'enquête.

— Lieutenant, dit Oliver, en lui coupant la parole, j'ai déjà donné mon accord, je souhaite apporter mon entière collaboration à cette enquête. Mais je suis curieux de savoir pourquoi mon ADN est nécessaire. Crois-tu que ce bébé pourrait être de ma famille ? Explorez-vous une piste de ce côté-là ? Je te rappelle que ma mère a été adoptée, ce qui veut dire qu'il y a très peu de chance qu'elle ait quoi que ce soit en commun avec la Villa Marine…

— Je sais bien, Oliver, reconnut à regret Valentina, qui eut préféré que personne ne se rende compte qu'elle avançait à l'aveuglette. Mais je ne veux négliger aucune piste. Je dois réunir le maximum d'informations pour élaborer une hypothèse raisonnable. Ce que je veux, moi, c'est résoudre cette affaire.

— Je comprends. De toute manière, je vais pouvoir vous aider.

— Ah oui ?

— Bien sûr. Je t'ai dit que je voulais mener ma propre enquête. Hier, tu n'as pas pu me joindre parce que j'étais à Santillana. Je suis allé faire un petit tour chez les Chacón.

— Mais… quelle idée ! Je t'ai demandé de ne plus te mêler de l'enquête ! – Valentina soupira, à l'évidence très en colère. – Ce n'est pas un jeu, Oliver. Et tes traits d'esprit ou tes projets d'apprenti détective ne te mettent pas à l'abri d'une balle ou d'un poison. Quelqu'un pourrait bien t'asperger d'essence au lieu de s'en prendre à ta maison. Merde alors… à quoi tu joues ? Et les Chacón, ils t'ont reçu ?

— Si tu baisses d'un ton, je veux bien te raconter.

— Que dis-tu ? Que je… ? commença à hurler Valentina, avant de réaliser qu'en effet elle avait élevé la voix. – Elle reprit ses esprits. – Très bien, Sherlock, qu'as-tu découvert ?

— Izan Sáenz, le type qui vous a reçus la dernière fois. Eh bien il vous a menti.

— Ah bon, et à propos de quoi ? D'ailleurs comment peux-tu en être aussi sûr ?

— En fait, quand j'ai frappé à la porte, il n'était pas là. Il n'y avait que sa femme à la maison avec ses gosses – de dangereux terroristes, d'après ce que j'ai pu comprendre – et la grand-mère en fauteuil roulant, dans un coin du salon…

— La grand-mère ? Tu veux parler de la sœur d'Ignacio Chacón, l'homme qui a disparu en 1948 ?

— Oui, c'est ça : Dolores Chacón. En fait, je me suis présenté, j'ai raconté à la femme de Sáenz que j'avais retrouvé une amulette de Tlaloc à la Villa Marine…

— Mais Oliver, enfin ! Cela relève du secret de l'instruction !

— Pas vraiment. Attends, je ne lui ai pas dit que je l'avais découverte près du cadavre. Elle savait qui j'étais : elle avait appris l'histoire comme tout le monde dans les journaux, mais je me suis bien gardé de lui dire qu'il y avait un lien entre Tlaloc et le bébé. Je n'ai pas précisé que j'étais déjà venu chez elle, le jour où je vous ai attendus à l'entrée. Je n'ai pas dit non plus que je collaborais avec la garde civile.

— Techniquement, tu n'es pas un de nos collaborateurs, Oliver…

— Je sais. Je me suis contenté de lui dire que j'avais retrouvé une amulette chez moi, et que je voulais savoir si elle leur appartenait. Je leur ai posé des questions sur son origine, vu que leur grand-père l'avait rapportée du Mexique.

— Et alors… qu'a-t-elle répondu ?

— Figure-toi que Berta, la femme de Sáenz, ignore d'où vient Tlaloc. Elle savait par son mari que vous étiez passés le voir l'autre jour, et que vous lui aviez demandé de fouiller le grenier pour voir s'il ne retrouvait pas l'un de ces petits bonshommes verts. À ce propos, elle m'a dit que pour l'instant, ils n'ont rien trouvé. Mais la vieille dame, qui au début semblait totalement ailleurs, s'est mise à chanter *La Traviata*.

— Explique-toi.

— En fait, j'étais en train de raconter à Berta que la Villa Marine avait appartenu aux Ongayo avant de devenir la propriété de ma famille. Et c'est là que tout a dérapé : au simple nom de Ongayo, la vieille dame a perdu les pédales… Mais avant de te raconter la suite, dis-moi juste une chose : Sáenz vous a bien affirmé qu'il ne savait rien de la disparition de son oncle ? Il la croit liée à des règlements de compte politiques de l'après-guerre, c'est bien ça ?

— Oui.

— Bon, eh bien sa mère, comme je te le disais, est sortie de sa torpeur d'un seul coup quand elle m'a entendu prononcer le nom Ongayo. Elle s'est écriée que tout était la faute de "cette garce de petite bonne". Je cite ses mots, naturellement. Elle l'a traitée de garce au moins six fois, Berta a même envoyé ses enfants à la cuisine avec l'employée de maison.

— La petite bonne… elle parlait de Jana, évidemment.

— Évidemment. Jana a travaillé pour eux à l'hôtel d'Ubiarco, qu'ils appelaient la Maison Bleue, puis son frère l'a engagée à Santillana alors qu'ils ne manquaient pas de personnel, d'après ce que m'a dit la vieille dame. Pour être parfaitement exact, elle a dit : "On avait bien trop de gueux et de paysans prêts à nous servir", et aussi que c'était "cette garce de Jana" qui avait tué son frère, elle en était sûre. Elle l'avait répété à ses parents mille fois : ce n'était pas un hasard si le fiancé de "cette garce" s'était présenté à l'hôtel le lendemain de la disparition d'Ignacio. Elle a ajouté qu'elle avait surpris son frère avec Jana un jour, sur le parvis de la *casona*, là où se trouvait Tlaloc : il l'embrassait à pleine bouche. Pour finir, elle a affirmé que "cette sorcière" avait tué ses deux maris pour préserver sa fortune et vivre comme elle l'entendait, c'est-à-dire comme une reine.

Le plus surprenant, dans tout ça, c'est que Berta avait l'air de bien connaître cette histoire, que la vieille devait radoter depuis des années. Elle accusait Jana Ongayo de tous les malheurs qui arrivaient en Cantabrie, me dit Berta, même les plus actuels… Il ne fallait pas prêter attention à ce qu'elle racontait, la pauvre souffrait d'Alzheimer et n'avait plus toute sa tête. Aussi j'ai pris congé des deux femmes, en faisant mine de ne m'intéresser qu'à l'origine de Tlaloc.

— Si sa femme était au courant, cela veut dire que Izan Sáenz, qui a passé toute sa vie dans les jupes de sa mère, ne peut pas ignorer cette version des faits. Il connaît forcément cette histoire par cœur. Et c'est ce qui te fait dire qu'il ment, n'est-ce pas ?

— Exactement. En revanche, j'ai du mal à comprendre pourquoi il ne nous a pas parlé de Jana. Ne devrait-il pas avoir intérêt à ce que l'on retrouve le vrai responsable de la mort de son oncle ? Qu'est-ce que ça peut bien lui faire, depuis le temps ? Bien sûr, Jana Ongayo n'a peut-être rien à voir avec le meurtre d'Ignacio Chacón, mais il me paraît très curieux qu'un homme mente effrontément à la garde civile sur une affaire qui ne le concerne ni de près ni de loin.

Valentina se tut quelques secondes. Elle réfléchissait.

— Je te remercie, Oliver. Tu nous apportes des éléments très importants. Mais je t'en prie, ne recommence pas à t'immiscer dans notre enquête, cela pourrait s'avérer dangereux. Prends le temps de te reposer. Il fait un temps merveilleux, dehors. Laisse-nous faire notre travail. À demain au groupement ?

— Je serai là à neuf heures. Tu m'offriras un café ?

— Seulement si tu promets de te comporter en vrai gentleman et de ne plus te mettre délibérément en danger.

Oliver éclata de rire :

— Je te promets d'essayer. Un *perfect gentleman*. À demain, lieutenant.

Lorsque Valentina raccrocha, son cœur battait à tout rompre. Le passé. Ignacio Chacón. La clé devait être là. Elle appela le caporal Camargo sur son portable pour savoir où en étaient leurs recherches : malheureusement, son équipe avait beau travailler sans relâche, ils n'avaient guère avancé. Les entreprises qui utilisaient de la poudre de minium et de l'oxyde de plomb dans la région se comptaient par centaines. Et le week-end ne leur facilitait pas la tâche puisqu'ils n'avaient aucun moyen de contacter les chefs d'entreprise pour les interroger.

Valentina n'avait pas l'intention de perdre son dimanche pour autant. Elle appela Sabadelle.

— Sabadelle ? Ne me dites pas que je vous réveille, il est presque dix heures ! Vous n'avez pas honte ? lui dit-elle en riant.

— J'ai bien peur d'avoir bu ma honte jusqu'à la lie hier soir. Le spectacle a fini tard et on a fêté la première avec toute la troupe, quelle soirée !

— La représentation s'est bien passée ?

— Un succès. La salle était pleine à craquer. Torres et Zubizarreta étaient là, d'ailleurs.

— C'est vrai ? – Valentina perçut le reproche voilé dans le ton de Sabadelle. – N'oubliez pas de me prévenir, la prochaine fois. Je vous promets de venir.

— Compris, lieutenant.

Il parlait d'une voix neutre, encore ensommeillée, mais redoublait d'efforts pour paraître bien réveillé. Sabadelle avait conscience qu'il valait mieux bien s'entendre avec Valentina, quitte à la flatter un peu, même s'il n'arrivait toujours pas à se faire à l'idée qu'elle soit sa supérieure.

— Sabadelle, j'ai besoin de vous voir ce matin. Ça ne sera pas long. Êtes-vous disponible ?

— Bien sûr. C'est quand vous voulez, lieutenant, répéta-t-il, en levant les yeux au ciel et en réfrénant une flopée d'injures.

— Vous pouvez être prêt en combien de temps ? Une heure, ça vous va ?

— Ou même moins tôt si c'est urgent. De quoi s'agit-il ?

— J'ai besoin de consulter avec vous les rapports de la garde civile qui concernent la disparition de Chacón en 1948. Avez-vous réussi à retrouver le garde civil qui dirigeait l'enquête à l'époque ?

— Oui, mais le sergent est mort il y a plus de vingt ans dans un accident de voiture. Du coup, j'ai cherché à contacter le cousin de Luis Salvador, vous savez le gars qu'on a emprisonné à l'époque. C'était un officier de la garde civile d'Ubiarco. Mais figurez-vous qu'il est mort il y a cinq ans, lui aussi. J'ai l'impression qu'on va devoir se démerder avec les rapports, c'est tout ce qui nous reste.

— On dirait que le sort est contre nous. Chaque fois qu'on tient une piste, on se retrouve face à un mur. Les mystères de cette histoire sont fossilisés depuis cinquante ans. Et à ce propos, avez-vous avancé du côté des clarisses ?

— Pour retrouver Clara Fernández ? Pas du tout. Au monastère, les sœurs m'ont dit qu'elles risquaient de mettre du temps à retrouver les registres où étaient consignés les noms des novices à l'époque. Elles prétendent que certains documents ont été dispersés ou carrément perdus au cours du déménagement, vous savez, quand les religieuses ont quitté le couvent Regina Coeli pour s'installer au monastère de San Ildefonso. Ça fait un bout de temps, pourtant…

À vous entendre, on dirait qu'il s'agit d'une bonne excuse.

— C'est des salades, oui ! Pour couronner le tout, la mère abbesse a fait savoir qu'elle était toujours indisposée. Curieux : cela fait des années que je la connais, et je ne l'ai jamais vue attraper un rhume, dit-il sans pouvoir s'empêcher de faire claquer sa langue.

— Très bien. Aviez-vous des projets pour aujourd'hui ?

— Non, pas précisément.

— Parfait. Disons au groupement, dans une heure ?

— J'y serai, dit-il en grommelant pour lui-même : Mais cette gonzesse ne s'arrête donc jamais ?

Valentina raccrocha et composa aussitôt le numéro du caporal Camargo.

— Bonjour, lieutenant.

— Bonjour, caporal. J'ai quelque chose pour vous. Je serai au groupement dans moins d'une heure, et je vous ferai passer la dernière facture téléphonique de Jana Ongayo. Vous verrez avec Torres et Zubizarreta ce qu'ils pourront en tirer. Compris ?

— Très bien, ce sera fait.

— Autre chose : Oliver Gordon a vécu plusieurs années avec une certaine Anna Nicholls, qui apparemment a souffert d'un grave cancer, en a guéri et travaille aujourd'hui dans une ONG en Inde. Vous me vérifiez tout ça, OK ?

— On fera notre possible.

— Bien. Et comment avance la recherche sur l'oxyde de plomb ? Est-ce que vous avez pu vous orienter vers une entreprise ou un atelier en particulier ? A-t-on des pistes ?

— Non, rien. Cela revient à chercher une aiguille dans une botte de foin. Nous procédons par élimination, par zones géographiques. Je viens justement d'avoir Torres au téléphone, elle va se charger de Comillas et de Santillana. De mon côté, je couvre le reste de la région. Je vous recontacte dès qu'on a du nouveau.

— Très bien. Et n'oubliez pas, Camargo : vous pouvez me déranger à n'importe quelle heure.

Lorsque leur conversation prit fin, elle hésita un instant à appeler le sergent Riveiro. Elle savait qu'elle pouvait se fier à son intuition et à son expérience, qu'il lui ouvrait toujours de nouvelles voies qu'elle-même n'aurait pas songé à explorer, mais elle ne souhaitait pas empiéter sur son temps libre, et encore moins gâcher ce dimanche splendide qu'il passait en famille. Finalement, le cœur hésitant, elle composa son numéro.

— Riveiro ? Bonjour, le salua-t-elle avant de lui faire part des nouvelles informations qu'Oliver Gordon et Sabadelle venaient de lui apprendre.

— Oui, je suis de votre avis. La disparition d'Ignacio Chacón dans les années 1950 est la clé de cette affaire. Quelque chose est resté en sommeil pendant de longues années et a ressuscité à l'occasion de la découverte du bébé à la Villa Marine, dit le sergent, après avoir écouté attentivement l'exposé de Valentina. Mais j'ai bien l'impression que nous resterons pieds et poings liés tant que nous n'aurons pas les résultats des expertises légales, d'une part, et tant que nous n'arriverons pas à entrer en contact avec les clarisses… Nous risquons d'avoir des problèmes avec l'évêque si elles persistent à se montrer si réticentes à collaborer.

— Je sais. C'est aussi pour cette raison que j'ai cherché à obtenir des informations sur ce qui est arrivé à Ignacio Chacón par d'autres moyens… Mais si vous n'êtes pas libre cet après-midi, je peux demander à Sabadelle de m'accompagner. Ou y aller seule, ne vous en faites pas.

— Cet après-midi ? Lieutenant, j'irais n'importe où si ça pouvait nous aider à élucider cette affaire. Vous pouvez compter sur moi. Où va-t-on ?

— Je vous en dirai plus après mon rendez-vous de ce matin. Je dois d'abord voir Sabadelle… et passer quelques coups de téléphone. Si tout se passe comme prévu, nous irons faire un tour à Comillas cet après-midi.

Et en effet, l'après-midi du dimanche 14 juillet, le lieutenant Redondo et le sergent Riveiro prirent la route de la côte pour se rendre à Comillas. Ils firent le trajet sans rien dire, captivés par la beauté du paysage, et ne brisèrent le silence que pour parler brièvement des personnes qu'ils prévoyaient de rencontrer. Le matin, Valentina avait passé en revue méticuleusement toute la documentation de l'époque disponible dans les archives de la garde civile.

Il était près de dix-sept heures lorsqu'ils arrivèrent à Comillas. Ils avaient dû affronter des embouteillages monumentaux aux abords de la plage bondée de parasols, de vacanciers et de familles de la région.

Le cadre était enchanteur autour de cette maisonnette construite en bord de mer. C'était une maison de pêcheur toute simple mais coquette. Un jeune garçon vint leur ouvrir la porte. Il s'appelait Eric, c'était le petit-fils de la personne qu'ils venaient voir. Il les fit entrer dans un salon de taille modeste qui comptait deux fenêtres. La première donnait sur les quais du port de Comillas, avec ses chalutiers. La seconde s'ouvrait sur l'horizon bleu de la haute mer.

Une vieille dame, assise près de la fenêtre où se découpait l'éternel fond bleu, cousait sur un vieux fauteuil à motifs écossais dont le style s'accordait mal à la décoration de la pièce. Ce petit salon avait pourtant quelque chose d'accueillant.

— Bonsoir madame. Je suis Valentina Redondo, de la police judiciaire de la garde civile, nous nous sommes parlé au téléphone tout à l'heure... Et voici mon collègue, le sergent Riveiro.

— Bonsoir, répondit la vieille dame avec un sourire, je vous attendais. Asseyez-vous, je vous prie. Vous voulez boire quelque chose ? leur demanda-t-elle en se levant avec une vivacité inattendue.

— Non, je vous remercie. Nous n'avons pas l'intention de vous importuner longtemps.

— Mais vous ne m'importunez pas le moins du monde. Du temps, j'en ai à revendre ! Vous êtes venus me poser des questions sur le passé, n'est-ce pas ? J'appartiendrai bientôt au passé, moi aussi : telle que vous me voyez, je suis un monument historique ! dit-elle d'un air enjoué. J'ai un pied dans la tombe, mais l'autre est bien accroché, et je peux vous assurer qu'il résiste !

Valentina lui sourit.

— Je vous remercie d'avoir eu la gentillesse de nous recevoir aujourd'hui, Sara. Cela vous ennuie si je prends des notes ? lui demanda-t-elle en sortant un calepin d'une besace légère qu'elle portait à l'épaule.

— Pas le moins du monde. Mais je vous préviens : je risque de ne pas avoir grand-chose d'intéressant à vous raconter.

Valentina se tourna vers Riveiro, se tut un instant, puis exposa la raison de leur visite :

— Sara, nous sommes venus vous parler d'un événement qui s'est produit il y a très longtemps. Nous voudrions connaître votre point de vue sur ce qui s'est passé à l'époque, puisque votre mari Luis Salvador, malheureusement, n'est plus de ce monde.

— Oui... dit Sara. – Son regard laissait affleurer sa nostalgie et sa tristesse. – Ça va faire dix ans, maintenant.

Mais je lui parle tous les jours, vous savez ? Pauvre folle que je suis. Figurez-vous que ça me réconforte. Vous voulez que je parle de la fois où ils l'ont envoyé en prison, c'est bien ça ? À cause du suicide de Mme Ongayo ? Ou ça n'a rien à voir ?

— En effet, Sara.

— Elle n'a pas cessé un instant de l'aimer. Je le sais. Je l'ai lu dans son regard, un jour où on l'avait croisée sur la place. Il y eut un temps où je la haïssais, vous savez ?

— Ah oui ? Et pourquoi ?

— Parce que Luis l'a aimée très longtemps lui aussi, bien après notre mariage, dit-elle en tournant les yeux vers la fenêtre ; mais je lui ai pardonné. L'homme rêve toujours de ce qu'il n'a pas, je suppose que c'est dans sa nature. Et Luis a fini par l'oublier, ça aussi je le sais. Nous avons été très heureux ensemble. Tous les deux, nous avons eu deux filles et quatre petits-enfants qui adoraient leur grand-père... Il est parti si vite... le cancer... enfin, rien ne sert de se plaindre, je peux m'estimer heureuse, conclut-elle dans un demi-sourire, avant de regarder Valentina dans les yeux. Que voulez-vous savoir ?

— Nous aimerions savoir ce que Luis vous a dit lorsqu'il est parti à Santa Justa rendre visite à Jana. Savez-vous pourquoi il est allé à Ubiarco ce jour-là ?

— Il a toujours refusé de m'en parler. Tout ce que je sais, c'est que c'était une façon de dire adieu à Jana, parce qu'à son retour, il m'a demandée en mariage.

— Mais je pensais que... enfin, dans le rapport de la garde civile de l'époque, il était écrit que vous étiez fiancés depuis plusieurs mois.

— C'est faux. Nous étions sortis ensemble quelquefois, il me raccompagnait certains soirs à la porte de chez mes parents, mais nous étions toujours en bande. On se tournait autour, mais ça s'arrêtait là.

— Et vous n'avez pas trouvé surprenant qu'il vous demande en mariage précisément ce jour-là ?

La vieille dame médita quelques secondes.

— J'ai voulu croire que ça ne l'était pas. Que c'était logique : il était allé dire adieu à son ancienne petite amie parce qu'il venait de s'éprendre d'une autre… Cela faisait des mois que Jana et lui ne se voyaient plus, ou presque plus. Je crois que leur dernière rencontre remontait à deux mois : il était allé la voir à Santillana del Mar, où elle vivait avec sa sœur… Enfin, mes souvenirs sont confus. C'est si vieux, tout ça…

— Bien. Et que s'est-il passé ensuite, après son retour d'Ubiarco ?

— Quelques jours plus tard, tout le village était en ébullition. La garde civile est venue le chercher. Il a passé près de trois jours dans une cellule de la mairie d'Ubiarco, avant d'être envoyé à la prison provinciale de Santander. Ce fut un moment très difficile. Mon père avait décidé de s'opposer à notre mariage, mais j'étais déjà amoureuse de Luis, je pensais à lui jour et nuit. Nous nous sommes mariés moins de trois mois après sa libération. C'est son cousin d'Ubiarco qui l'a fait libérer, un officier de la garde civile lui aussi. Il a réussi à démontrer que mon Luis n'avait rien à voir avec la disparition de don Ignacio. Luis était quelqu'un de bien, vous savez ? La gentillesse même. Luis n'aurait pas fait de mal à une mouche.

— Rassurez-vous, Sara, nous ne l'accusons de rien. Gardez-vous d'autres souvenirs de cette période ?

— Pas que je sache, dit lentement la vieille dame, comme si elle fouillait dans les recoins de sa mémoire. Je me souviens juste du moment où on a retrouvé ce grand sac sur la plage, avec les jambes de ce dépravé de Chacón à l'intérieur. Quel raffut ! Ça a fait du bruit au village, rendez-vous compte, le symbole de l'aigle ! Cela dit, la découverte de ce sac fut une chance pour nous, car les gens ont arrêté de médire sur notre compte. Vous savez, les mauvaises langues allaient bon train, les gens ne se privaient pas d'accuser mon mari derrière son dos. Ils ont compris qu'il s'agissait d'un règlement de comptes entre guérilleros et nationalistes. Moi, je ne saurais pas vous dire. C'était très curieux quand même.

Valentina prit une longue inspiration. La conversation ne leur apprenait pas grand-chose.

— Sara, il y avait beaucoup de monde à l'enterrement de Jana Ongayo, hier. En étiez-vous ?

— Oh, non. Pourquoi irais-je à son enterrement ? Je ne lui ai jamais adressé la parole, vous savez. Mais je ne la déteste plus. J'ai mis du temps à ne plus être jalouse de Jana. Tout le monde l'enviait, vous savez ? Elle avait tout : elle était belle, elle portait des robes magnifiques, et des chaussures… Ah ces chaussures ! Mais Luis a fini par l'oublier, et de son côté, je peux vous assurer qu'elle ne s'est jamais mise entre nous. Je lui serai toujours reconnaissante de nous avoir laissés vivre notre vie. Cela a dû lui coûter de ne plus chercher à revoir Luis : j'ai lu dans ses yeux à quel point elle l'aimait. Jana était très différente de sa sœur. Je les ai connues toutes les deux quand elles venaient passer l'été à Comillas. Elles avaient quelques années de plus que moi. Devinez comment on l'appelait, Clara, entre nous ? Nous, les filles du port, on l'appelait Lucibel.

— Pardon, vous dites… ?

— Lucibel. "La belle lumière." Parce qu'elle était belle, Clara, mais si hautaine ! C'était une fille étrange. Elle nous faisait peur. Sa façon de nous observer, de manipuler constamment sa sœur… elle était froide comme de la glace. En un regard, elle vous donnait le frisson. Ne me dites pas que vous ignorez qui est Lucibel ? demanda la vieille dame, sincèrement surprise.

— Bien sûr que non, trancha Riveiro, l'air grave, en fixant Valentina, qui cherchait une explication dans ses yeux. La belle lumière, le plus bel ange au service de Dieu, dit-il, en réfléchissant à ce qu'il avait lu dans les livres de catéchisme de son fils aîné. Lucibel n'est qu'une des façons de le nommer.

— De nommer qui ? demanda Valentina, saisie d'une inquiétude étrange.

Elle avait à peine posé la question que déjà, son cerveau formulait une réponse.

— Le diable : l'ange qui se révolta contre Dieu par orgueil, emportant d'autres anges rebelles à sa suite… répliqua Riveiro en hésitant sur le choix des mots, les yeux mi-clos pour mieux réciter la leçon. Lucibel, la belle lumière, Lucifer…

— Exactement, affirma la vieille dame d'un air ravi, tout en secouant la tête. Je vous jure, cette fille-là avait quelque chose du démon. Elle était extrêmement belle, mais au premier regard, on savait qu'elle était le mal personnifié.

JOURNAL (16)

Il ne faut pas se fier aux apparences. Elles reflètent rarement la réalité. Je m'y suis laissé prendre, moi aussi : hélas, je ne suis pas infaillible. Pendant des années, j'ai cru à l'indifférence d'une personne. Sous cette façade, c'était quelqu'un qui avait l'âme chaleureuse, mais je l'ignorais. Je vais te révéler quelque chose : ce fut David qui introduisit le drapeau à l'effigie de l'aigle dans le sac qui contenait les jambes putréfiées de don Ignacio. Pour que tu comprennes pourquoi il a agi, et surtout comment il en est arrivé à ce dénouement, qui fut aussi le début d'une autre histoire que le temps a gardé secrète, je vais te parler de lui. De qui puis-je parler d'autre ? Je vais te raconter l'histoire de David.

Lorsque David quitta son petit village d'Hinojedo pour aller travailler à la ferme de La Tablía, à Suances, il ressentit pour la première fois le vide intense de la solitude, mais aussi cet élan de liberté qui le poussait à vivre sa vie, à devenir un homme. Son fardeau était déjà bien lourd pour un garçon de son âge : sa mère, son petit frère, les Rouges tombés au pied du mont d'El Castío. Tant de morts gravées pour toujours sur sa rétine d'enfant. Tant de soucis, de responsabilité et de travail pour un gamin de treize ans.

Il fit le chemin qui séparait Hinojedo de La Tablía à pied, en compagnie de son père Benigno. Ses effets personnels tenaient dans un sac. En pressant le pas, ils auraient pu y être en moins d'une heure, mais ils prirent tout leur temps. Tandis qu'ils marchaient, ils parlaient de la vie, de l'avenir, de la belle existence qu'ils mèneraient quand la guerre serait finie : comme si le jeune garçon partait vraiment en vacances, comme Benigno l'avait dit à Jana, et qu'il s'agissait d'un simple au revoir. Mais à travers champs, sur ce chemin d'adieu, la guerre était bien présente : elle se lisait sur les visages des gens, elle était palpable dans la tristesse de l'air, dans le silence de cette campagne où l'on eût juré que même les oiseaux avaient cessé de chanter, comme s'ils ne pouvaient suivre le ballet éthéré de la brise.

Arrivés au bout de la plage de La Concha, à l'endroit où le sentier des douaniers remonte vers le phare de Suances et conduit à La Tablía, pour peu qu'on prenne la direction de Tagle, ils aperçurent l'hôtel le plus surveillé de toute la Cantabrie. Ils habitaient à deux pas, mais curieusement, n'étaient jamais passés à côté de cet établissement reconverti depuis quelques mois en zone internationale protégée. Derrière ses clôtures en fer barbelé, le gouvernement accordait unc protection diplomatique aux étrangers piégés dans cette terrible guerre. On eût dit une ambassade multicolore, avec ses drapeaux suisse, italien, chilien, argentin, américain, anglais, grec en berne… Une tour de Babel artificielle, blindée, fortifiée au cœur de Suances.

La garde d'assaut les scruta de haut en bas à leur passage, avant de les considérer comme d'inoffensifs villageois. David, qui marchait d'un pas résolu vers la ferme et son destin d'éleveur, capta immédiatement ce coup d'œil appuyé dont le brave Benigno ne s'aperçut même pas. La colère battait aux tempes de David. Il eût aimé qu'on le regarde avec respect, voire avec crainte. Ne voyaient-ils pas qu'il n'était plus un enfant ? Lui aussi pouvait être un combattant, un soldat. Ces gens qui avaient détruit sa famille, ses terres et tous ses souvenirs le paieraient.

Mais chaque chose en son temps. Une graine de rancœur, de colère, de haine avait germé en lui. David avait choisi son camp dans cette guerre. Mais ce n'était pas le moment. Il était trop jeune : il devait d'abord travailler quelques années à la ferme. À La Tablía, il fut raisonnablement bien traité. Son jeune âge ne lui donnait droit à aucun privilège, mais le fermier respecta les engagements qu'il avait pris avec son père. On le laissa même aller tous les matins au collège jusqu'à ses quatorze ans.

David entretint une correspondance avec ses deux sœurs durant toutes ces années, mais il leur écrivait rarement. Il avait l'impression de ne pas avoir grand-chose à raconter. Il ne se sentait pas à sa place, comme s'il venait de nulle part, comme s'il n'avait pas de famille. Il n'avait rien en commun avec les autres garçons de ferme. À quelle vie pouvait-il prétendre ? De quel avenir pourrait-il rêver ? Ses sœurs avaient beau être toutes petites, elles en étaient au même point que lui : la première avait trouvé une place de bonne, la seconde passait la serpillière dans un café. Et lui s'occupait des vaches, des poules et des porcs du matin au soir. Il tuait les bêtes, aidait les vaches à mettre bas, nettoyait l'étable et vendait le lait au détail.

Quand ses sœurs revinrent vivre à Hinojedo à la fin de la Guerre civile, il se sentit soulagé. Comme si son monde se reconstituait enfin, comme si certaines pièces d'un puzzle éparpillé sur une table reprenaient enfin leur juste place. Il avait la vague impression qu'ainsi, elles étaient protégées, comme si le monde avait repris son cours normal. Dès qu'il pouvait, il reprenait le chemin d'Hinojedo pour leur apporter du petit salé et, plus rarement, des pièces de bœuf ou de veau.

David fréquentait surtout des garçons plus âgés. Il appréciait leur compagnie, même s'il n'avait pas vraiment le choix. À La Tablía, il n'y avait pas de jeunes de son âge. Parfois, le dimanche, il descendait à Suances et se baladait sur le port, là où travaillait Pedro, l'un de ses voisins d'Hinojedo. Depuis le bombardement de la grotte en ce matin glacial, les deux garçons ne s'étaient pas reparlé. Les gens l'appelaient le Manchot. Mais Pedro était indifférent à ce que pouvaient dire les gens, il s'était même habitué à son surnom. Il partait pour les marées et luttait contre la mer comme tous les marins pêcheurs. Cette main qui avait volé en éclats dans une brûlure acide ne lui manquait pas.

Ce fut Pedro qui invita David à boire un coup, un dimanche, dans un café mal éclairé du port. Les semaines passant, ils furent rejoints par d'autres marins, d'autres habitants de Suances et même par un garçon de ferme qui travaillait aussi à La Tablía. Le groupe se retrouvait tous les dimanches pour parler de politique, de marché noir, de marées, de femmes et de la vie en général. Cette chienne de vie. Et David trouva enfin sa voie. Il put exprimer sa rancœur, canaliser sa haine et sa colère infinie pour la transformer. Il eut l'impression de sceller son destin à une grande cause. Il se sentit enfin appartenir à un groupe qui lui concédait une identité propre, et lui assignait des objectifs qui lui donnaient la force de comprendre son existence. Enfin, les choses avaient un sens : il acceptait d'avoir survécu à la mort qui avait emporté sa mère et Antonio. Il se forgeait lentement des idéaux qu'il allait défendre de toutes ses forces. Il ne s'agissait pas seulement de l'impulsivité de l'adolescence, qui n'est guère qu'une vaine rébellion contre le système. David lutterait argument contre argument pour mettre en œuvre les idées qu'il croyait justes, quoiqu'elles fussent teintées par sa rancœur et sa haine viscérale des nationalistes.

Le jeune homme piochait dans l'attirail des idéaux romantiques de ceux qui voulaient changer le monde et qui tentaient par tous les moyens d'obtenir la victoire "des bons" sur "les méchants". Il croyait dur comme fer à l'existence d'une justice universelle.

Et les années passaient.

En 1940, on libéra les premiers républicains. Ils s'en retournèrent dans leurs villages, dans leurs hameaux. Mais là aussi, l'inquiétude, le soupçon et la terreur régnaient en maîtres. Les autorités locales – médecins, curés, phalangistes – pouvaient aisément faire obstacle à la réinsertion des vaincus. Certains en profitaient, d'autre non. Quand les passages à tabac devenaient insupportables, certains combattants prenaient le maquis.

Entre-temps, David travaillait dur à la ferme de La Tablía. Il s'était aguerri, n'avait plus rien d'un adolescent. Il participait à des réunions secrètes des membres de la résistance de la République, une opposition passée sous silence par le régime franquiste. Il aidait ceux qui avaient fui dans les montagnes en leur faisant passer du lait, de la crème, des galettes et quelques pains de maïs. Les maquisards emportaient ces victuailles au fond des grottes où ils trouvaient refuge. En réalité, la résistance se déplaçait, itinérante, vers l'est de la province de Santander. C'était là, du côté de Potes, entre le Río Miera et les monts de Comillas, que se trouvaient les collines les plus escarpées. C'était dans ces champs difficiles d'accès, dans ces grottes et ces cabanons perdus, qu'ils pouvaient espérer échapper le plus longtemps à la garde civile. Pourtant, un groupe de Rouges résistait encore dans la montagne de Mercadal, aux alentours de la mine de Reocín, tout près de Suances. Les combattants devaient leur salut au soutien des villageois, et finiraient bientôt par s'exiler en France, à Perpignan ou à Paris.

Le temps s'écoulait en gouttes solides et imperturbables comme celles d'un sablier. Et Santander fut la proie des flammes en 1941. Le centre historique disparut entièrement sous la fumée, et nombreux furent ceux qui regrettèrent à chaudes larmes que seules la Banque d'Espagne et La Poste aient réchappé de l'incendie. "Les flammes n'ont mangé que les pauvres", disait-on au café du port.

David trouvait le monde injuste, absurde, infernal. En dépit des rationnements de l'après-guerre, il ne connut pas la faim. À La Tablía, c'était loin d'être l'abondance. Mais contrairement à ceux qui faisaient bonne chère avant la guerre, David ne pouvait regretter une aisance qu'il n'avait jamais connue. La vie était morne, rude, tout entière consacrée au travail. Les jours gris défilaient les uns après les autres, immuables, si bien que David se prit à rêver de prendre le maquis. Il rejoindrait la résistance. L'aide des camarades passés à l'étranger arriverait d'un moment à l'autre. Depuis l'exil, les rangs se réorganisaient. Du moins, c'est ce que pensaient les combattants des montagnes. Cette même année, l'un des héros de la résistance, surnommé *El Cariñoso**, fut capturé à Santander. Sa chute porta un coup fatal aux rêves des jeunes idéalistes.

Certains jours, David était assailli de doutes. Il se disait que si le régime franquiste s'installait une fois pour toutes, il pourrait peut-être mener une vie normale. Une vie de lâcheté et de soumission, mais une vie quand même. Il y avait une jeune fille à Suances qui lui plaisait beaucoup. Elle s'appelait Conchita. Qui sait, peut-être pourrait-il l'épouser, partir avec elle à l'étranger. Peut-être devrait-il lui demander de l'accompagner aux fêtes d'été de Notre-Dame-du-Mont-Carmel. Il n'avait jamais assisté à ces fêtes, alors que ses sœurs s'y rendaient chaque année. Jana et Clara allaient

* Littéralement : "le tendre".

au bal sans se départir de leur réserve, comme il sied à des jeunes filles. À vrai dire, Jana commençait à s'afficher un peu trop souvent avec un gars de Comillas. David la trouvait trop jeune pour fréquenter un garçon, mais il s'était bien renseigné sur le pêcheur en question et ce n'était pas un mauvais bougre : il était travailleur, orphelin de père. Clara, sa sœur, leur servait de chaperon. David irait parler à la petite. Elle et Clara ne le savaient pas, mais il se tenait au courant de leurs moindres faits et gestes. Le Manchot et ses amis étaient à l'affût de leurs allées et venues.

David, après avoir goûté aux frissons de l'amour naissant, finit par dire adieu à sa Conchita entre étreintes et promesses. Elle avait bien voulu l'accompagner à la fête de Notre-Dame. Ils avaient passé des après-midi délicieux ensemble, parfois des nuits entières, mais il avait résolu de prendre le maquis. Il voulait obéir à ce que son courage, sa dignité et sa lignée lui commandaient de faire. Peut-être souhaitait-il venger sa mère, son petit frère et sa famille décimée par la guerre. Peut-être luttait-il pour des idéaux politiques qui lui semblaient justes et nécessaires.

Les combattants qui étaient partis se cacher dans la montagne au cours de l'hiver 1937 furent considérés comme des "fugitifs". Mais ceux qui, comme David, prirent le maquis à la fin de l'année 1944 dans une résistance organisée furent qualifiés de "guérilleros". Chaque cellule de guérilla se composait d'une dizaine d'hommes. Dans celle de David, il y avait Pedro, le Manchot, et d'autres républicains pour la plupart issus de la prison provinciale de Santander ou du centre pénitentiaire d'El Dueso. Parmi eux, certains combattants n'étaient pas idéalistes, pas même révolutionnaires, mais l'oppression était telle dans leurs villages qu'ils avaient choisi la résistance à une vie moins rude mais pétrie de servitude.

On les appelait les bandits, à cause des vols et des attaques à mains armées qu'ils perpétraient pour assurer leur subsistance. Ce qu'on ne savait pas, c'est que les guérilleros mettaient tout leur capital au service de leur cause : élaboration de la propagande politique, distribution de tracts, collage d'affiches à grande échelle, célébration d'assemblées secrètes pour réorganiser le mouvement, achat d'articles de première nécessité, entre autres. À vrai dire, l'aide des villageois était vitale, c'était à eux qu'ils devaient l'essentiel de leur survie alimentaire et matérielle. Les villageois étaient également une mine d'informations, à tel point que les autorités furent contraintes d'interdire leur présence en forêts et à flanc de montagnes.

Les gens soutenaient les guérilleros.

La presse écrite, muselée, n'avait l'autorisation de parler que des succès des forces gouvernementales. Cela mettait David en rage, car les actions que menait sa cellule n'avaient d'échos que par le bouche à oreille, et leurs coups d'éclat n'apparaissaient jamais dans les journaux. Les résistants n'étaient que des fantômes invisibles, des bandits dont on niait l'existence dans l'indifférence générale.

Voilà pourquoi, à ses yeux, la propagande était aussi importante que l'organisation de la lutte armée. En 1945, le jour de l'anniversaire du coup d'État, David participa à la diffusion d'un tract rédigé par une guérilla qui n'était pas la sienne. Sur ce tract, il était écrit :

"Jeune patriote : toi qui as eu le courage de lutter le 18 juillet 1936 contre les traîtres de la République, ne baisse pas les bras, n'oublie pas le combat titanesque des guérilleros : ce sont eux qui t'appellent aujourd'hui pour libérer l'Espagne de son bourreau, Franco. Rejoins les cellules de la guérilla. 18 juillet 1945. Brigade de Santander."

Il y avait un guérillero très célèbre dans les massifs montagneux de la région de Potes. Son nom était Juanín. Il se déplaçait de colline en colline depuis l'année 1940, tel un Robin des Bois de la Cantabrie. Sa façon de semer la garde civile, sa bonne humeur et son honnêteté étaient légendaires. Il était un modèle pour les gens de la région, y compris pour David. Et pourtant, les mois et les années passant, le corps des hommes meurtri par les rudes conditions de vie des montagnes, les groupes de guérilleros commencèrent à se dissoudre, à se désorganiser et à se disperser les uns après les autres. Car les guérilleros étaient avant tout des hommes. En 1948, les guérillas ne bénéficiaient d'aucun soutien politique réel, et la présence continue de tant d'hommes et de femmes dans le maquis devenait difficile à justifier.

David, à bout de forces, lassé d'une lutte qui ne portait pas ses fruits aussi bien que de sa condition de fugitif, renonça à ses idéaux politiques romantiques comme à sa soif de vengeance. Il décida de se donner une chance. Il avait presque vingt-quatre ans, il était grand temps pour lui de fonder une famille. Sa relation avec Conchita avait connu des hauts et des bas, de longues pauses, avant de s'étioler avec le temps. Elle venait pourtant d'une famille engagée à gauche, qui après quelques hésitations soutenait maintenant sa résistance farouche au régime franquiste. La vie n'était pas un fleuve tranquille. L'été venait tout juste de commencer. Conchita et lui partiraient en France. David irait voir son père, il lui dirait au revoir avant de faire ses adieux à ses sœurs. Il devait se montrer le plus discret possible puisqu'il était recherché par la garde civile depuis près de deux ans.

Lorsque David dit à Benigno qu'il avait le projet de partir en France, où il épouserait Conchita, son père ne put s'empêcher de verser une larme. C'était un tel soulagement pour son âme brisée. Enfin, son fils quittait les montagnes, il sortait pour toujours du collimateur de la garde civile. Les choses reprenaient leurs cours. Un fils marié qui vivait en France. Une fille qui servait à Torrelavega et la plus jeune, placée à Santillana et maintenant à Ubiarco – Jana reprendrait son travail saisonnier à la Maison Bleue cette semaine.

David fut surpris d'apprendre que Clara n'était pas à Torrelavega. Elle avait profité d'un séjour des Ongayo en Uruguay, autrement dit de quelques semaines de vacances, pour aller retrouver Jana à Ubiarco. David appréciait ce geste de Clara : en plus de s'occuper de la maison de ses maîtres à Torrelavega, elle avait pris la peine de donner un coup de main à sa petite sœur.

David décida de se rendre à Ubiarco pour dire adieu à ses sœurs. Il partirait avec le Manchot, qui n'avait nullement l'intention de quitter la résistance mais devait faire une incursion dans le monde civilisé pour aller consulter son dentiste – un Rouge d'une extrême discrétion, ami fidèle des guérilleros qu'il recevait dans l'arrière-salle de son cabinet dentaire. Il devrait leur faire ses adieux en cachette, personne ne devait le surprendre. La garde civile n'aurait pas l'idée de le chercher à Ubiarco, elle s'attendait à le voir du côté de Reinosa ou aux environs de Mercadal, mais la prudence restait de mise.

Déguisés en paysans, ils cheminèrent à travers champs pour arriver à Ubiarco à la nuit tombée. Là, ils trouvèrent refuge dans l'une des cabanes de pêcheurs abandonnées qui se trouvaient près de la Maison Bleue, et qui semblaient n'avoir jamais servi qu'à entreposer des filets, de vieilles cannes et du matériel de pêche.

David songea qu'il serait amusant d'aller réveiller ses sœurs dans leur chambre quand toute la maisonnée serait endormie, histoire de leur flanquer la frousse, comme quand ils étaient petits. Aussi décidèrent-ils de prendre leur temps. Allongés sur l'herbe, camouflés par les champs et l'épais rideau de cette nuit sans lune, ils bavardèrent et dînèrent d'un quignon de pain accompagné d'une bouteille de vin rouge. Après ce frugal repas, ils fumèrent une cigarette dans l'air tiède. L'été était enfin là, après un printemps particulièrement gris et humide.

Puis l'euphorie du dîner fit place au silence. David et le Manchot attendirent patiemment que toutes les lumières fussent éteintes. Une pièce refusait de céder du terrain à l'obscurité : c'était la bibliothèque, mais ils l'ignoraient. Après avoir passé un long moment à débattre de politique, ils décidèrent de s'approcher. Mais à quelques mètres de l'hôtel, ils furent saisis de stupeur : on eût dit que Clara et Jana portaient des sacs jusqu'à la falaise. Il faisait très sombre, l'image était confuse. Était-ce bien elles ? Comment en être sûrs ? Les deux silhouettes avançaient dans le silence le plus complet, ils ne pouvaient donc en avoir le cœur net.

Du calme. N'oublions pas que nous sommes des fugitifs. Et s'il ne s'agissait pas de mes sœurs ? Mais si, bien sûr que ce sont elles. Oh mon Dieu ! Clara est couverte de sang. Jana n'a qu'une tache sur sa robe, mais le rouge sombre ne trompe pas : c'est du sang. La première réaction de David fut de venir en aide à ses sœurs. Pedro, le Manchot, l'en empêcha avec véhémence. Avait-il oublié qu'ils étaient des guérilleros ? Comment savoir ce qui se tramait à l'intérieur de la maison ? Et si tout le monde était réveillé ? Et s'ils se faisaient prendre ? Ou pis encore, si quelqu'un les dénonçait ? Peut-être y avait-il déjà des pensionnaires à l'hôtel, en plus des domestiques. David partait bientôt en France, mais Pedro restait là, lui. Il songeait lui aussi à quitter le maquis un jour, mais il devait d'abord réfléchir au moyen le moins risqué de le faire.

Vise un peu ça ! Second voyage des sœurs jusqu'à la falaise. À leur retour, Clara et Jana disparurent un long moment à l'intérieur de l'hôtel. Puis ils les virent remonter le long du sentier, exténuées. S'en allaient-elles ? Non. Elles s'arrêtèrent bientôt près d'une source difficile à repérer, qui n'était pourtant qu'à quelques mètres du chemin.

David était maintenant convaincu que ses sœurs agissaient en secret. Si elles avaient agi de concert avec le personnel ou les propriétaires de l'hôtel, elles n'auraient pas eu besoin de se laver en pleine nuit. Il s'efforça de ne pas se précipiter vers elles. Puis arriva un moment où cela devint insoutenable. Il devait savoir ce qui arrivait à ses sœurs, il devait comprendre ce qui se tramait sous ses yeux. Alors qu'il commençait à sortir de sa cachette, il reçut un coup sourd et violent sur la tête qui l'envoya rejoindre l'obscurité de la nuit.

Quand David revint à lui, plus d'une demi-heure plus tard, le Manchot ne prit pas la peine de s'excuser. Ils ne pouvaient se permettre de courir le moindre danger, voilà tout. Cela sentait le crime à plein nez et il valait mieux ne pas s'en mêler. Leur fardeau était déjà assez lourd. Il n'était plus question de faire un saut chez ses sœurs parce que David se tirait à Paris ou Dieu sait où. Trêve de plaisanterie. Ses sœurs trempaient dans une sale affaire – de toute façon, il faut se méfier des filles, je te l'ai toujours dit – et la *benemérita* n'allait pas tarder à débarquer. Les gardes seraient là d'un moment à l'autre : il ne fallait pas lambiner. David suivit les conseils de son ami : Jana et Clara avaient disparu de son champ de vision, le Manchot assurait qu'elles étaient rentrées, et le calme régnait à présent dans le bâtiment. Il décida de laisser passer quelques jours. Il aurait le temps de mettre les choses au point lorsqu'il reviendrait dire adieu à ses sœurs. Aussi les deux amis s'en retournèrent-ils le soir même à Hinojedo. Ils passèrent la nuit dans une pièce secrète de la maison de Pedro qui servait d'abri en cas de besoin.

Ils apprirent dès le lendemain la disparition de don Ignacio. Les scandales volent ici comme ailleurs de lèvres en lèvres. David, abasourdi, commença à deviner ce que les grands sacs avaient pu contenir. La Maison Bleue ferma ses portes, ce qui l'empêcha de parler à ses sœurs pendant huit jours. Rien ne l'obligeait plus à se rendre à Ubiarco, et c'était tant mieux, car le village était infesté de gardes civils. Ce vieux Manchot avait raison.

David ne révéla pas à ses sœurs qu'il avait assisté à la scène. Il se contenta de leur annoncer qu'il partirait dans quelques semaines. Il posa quelques questions sur la disparition de leur maître. La froideur de Clara le surprit. Ses réponses étaient tranchantes, elle mentait avec un aplomb terrifiant. Jana avait l'air rongée d'inquiétude, mais il ne réussit guère à en tirer plus d'informations. Il avait cru qu'en insistant un peu, elle finirait par céder, mais la jeune fille se contentait de le fixer de son regard dur, avec une ambition qui affleurait dans la voix. Ses sœurs faisaient comme si rien ne s'était passé. Jana venait de perdre son travail et Clara, comme toujours en position de mère protectrice, allait se charger de lui trouver une nouvelle place. Et pourtant, David était convaincu qu'elles étaient impliquées dans la disparition de leur maître, comme il était convaincu que ce salopard méritait largement toutes les atrocités que ses deux diablesses de sœurs avaient pu lui faire subir. Il décida de s'en aller sans leur révéler qu'il avait sa petite idée, tout comme le Manchot, sur ce qui avait pu se produire. Ce qu'il ignorait, en revanche, c'était la raison qui les avait poussées à le faire. Mais la raison importait peu. L'une de ses sœurs, ou bien les deux, avait dû se voir dans l'obligation d'agir. Et elles avaient agi. Cela lui était arrivé plusieurs fois dans le maquis. Il avait dû agir. Question de survie.

Il demanda à Ballesta, un garçon d'Ubiarco en qui le Manchot avait confiance, de surveiller la côte tous les jours. Il se doutait bien que la mer finirait par rendre ce que ses sœurs avaient jeté à l'eau ; un crachat en plein visage qui risquait de leur compliquer sérieusement l'existence.

Une semaine avant son départ pour la France, on l'informa que la mer avait en effet régurgité un paquet révélateur. Il marcha à travers champs pour aller voir de ses propres yeux ce qu'on avait trouvé sur la plage de Santa Justa. Il comprit avec horreur que ses soupçons n'étaient pas infondés. Il avait beau l'avoir imaginée, la vue de ces membres putréfiés suffit à lui retourner l'estomac. Il introduisit le drapeau des nationalistes – qu'il gardait en souvenir de gibecières dérobées à la garde civile – au fond du sac pour brouiller les pistes. Il fallait à tout prix détourner l'attention, que personne ne puisse accuser ses sœurs ni ce pauvre gars de Comillas qui venait tout juste d'être relâché faute de preuves. David sortit cent pesetas de sa poche. Il avait réussi à économiser mille pesetas pour partir en France avec autre chose que de la confiance en soi dans ses bagages. Il les tendit au jeune homme qui avait trouvé le sac, pour s'assurer de son silence mais aussi pour lui demander de renvoyer l'autre sac, s'il venait à apparaître, au fond de la mer. Celui-ci, il devait le laisser là et ne plus y toucher. Et qu'on aille demander des comptes à ces salauds de franquistes, pour une fois.

Le salaire moyen d'un ouvrier était de treize pesetas par jour : le jeune Ballesta pouvait s'estimer bien payé. Mais Juan Ramón Ballesta aurait gardé le secret même sans cet argent : c'était un homme de parole, doté d'un sens de l'honneur hors du commun. Ce qui s'était passé sur cette plage de Santa Justa resterait sur la grève, et rien ne franchirait la barrière de ses lèvres.

Voilà comment David laissa ses sœurs affronter leurs propres démons, tandis que lui, sans les juger ni leur faire part de ses mouvements, partait combattre les siens loin de son pays.

Mais tu dois te demander comment j'ai pu savoir tout cela. Détrompe-toi, cela n'a pas été facile. Il m'a fallu des années pour le comprendre. J'ai dû faire appel à bien des gens pour faire la lumière sur David, dont la vie était dès le début indissoluble de la mienne. Tu te demandes sans doute comment j'ai découvert de quelle façon s'était nouée l'histoire, comment j'ai appris la vérité sur ce qu'il fit aussi bien que sur ce qu'il choisit de ne pas faire. Comment j'ai su, enfin, ce que pensait le jeune guérillero.

Je le sais parce que le Manchot m'en a trop dit.

Et parce que David était mon frère.

Lors donc que la mort approche de l'homme, ce qu'il y a de mortel en lui meurt, à ce qu'il paraît ; ce qu'il y a d'immortel et d'incorruptible se retire intact et cède la place à la mort.

PLATON

Lundi 15 juillet.

Toute la nuit, Valentina avait fait des recherches sur son ordinateur. Elle avait retouché cent fois ses schémas sur l'affaire de la Villa Marine, et lorsqu'elle se leva, le lendemain à sept heures, elle sut qui était l'assassin. À son grand désespoir, certains points restaient obscurs. Mais l'appel de Sabadelle quinze minutes plus tard confirma son intuition. Lui aussi était au comble de l'excitation.

Valentina arriva à Peñacastillo à huit heures. Elle avait convoqué toute l'équipe au groupement à huit heures trente. Elle mit à profit ce laps de temps pour prendre un café et appeler le juge Talavera. En dépit de sa bonne humeur légendaire, le magistrat n'eut pas l'air d'apprécier d'être dérangé de si bonne heure. Et encore moins pour ce que Valentina lui demandait de faire. Mais les indices étaient si flagrants qu'il accepta de délivrer au lieutenant un mandat de perquisition : d'ici deux heures, le greffier les rejoindrait au groupement pour les accompagner sur place.

Ce fut Riveiro qui arriva en premier.

— Sergent, il y a du nouveau, lui dit Valentina dès qu'il passa la porte, sans même lui dire bonjour.

— Quoi exactement ?

— De nouveaux éléments que nous avons découverts, Sabadelle et moi, nous permettent d'identifier l'assassin sans marge d'erreur possible. Mais il reste encore quelques points à élucider. Hier, après avoir discuté avec la veuve de Luis Salvador, j'ai réfléchi longuement à une chose qui me trottait dans la tête, et qui apparemment, mais d'une façon différente, tracassait aussi Sabadelle. Il est arrivé à la même conclusion que moi ce matin. Figurez-vous que l'oxyde de plomb…

Toc, toc, toc.

Cela devenait une habitude. Le caporal qui venait chaque matin l'interrompre ces derniers jours déposa une enveloppe sur le bureau de Valentina. Il avait l'air trop occupé pour fournir la moindre explication.

— C'est urgent, vous l'attendiez. Un messager vient de nous l'apporter, se contenta-t-il de dire en claquant la porte derrière lui.

— S'il continue à perturber nos réunions, je vais finir par l'étrangler de mes propres mains, dit Valentina, qui regardait le nom de l'expéditeur au dos de l'enveloppe. Ah, ça vient de Madrid. Du laboratoire de biologie légale. Ce sont les résultats du bébé de la Villa Marine.

— Ouvrez, la pressa Riveiro, au comble de l'impatience.

Ils prirent connaissance du rapport qui tenait en quelques paragraphes concis. Le doute n'était plus permis. C'était impossible et pourtant vrai : un résultat scientifique venait d'en apporter la preuve. Ils relurent attentivement le rapport. L'explication du laboratoire était rédigée en termes techniques mais compréhensibles pour des profanes comme eux : "Une séquence d'ADN complète comprend environ trois milliards de paires de bases… ces paires de bases sont propres à chaque personne, puisqu'une séquence n'est jamais identique chez deux individus… or il se trouve que la séquence ADN du sujet étudié…"

Or? Il y aurait donc une particularité chez le "sujet étudié"?

"… nous nous trouvons face à une exception à la règle, qui se produit exclusivement dans le cas des jumeaux monozygotes, dont la séquence ADN est strictement identique. La comparaison de la séquence de l'individu n° 03625 avec les séquences répertoriées dans le Registre Phénix a établi la concordance parfaite des bases ADN précédemment citées avec celles de l'individu n° 7425 du Registre Phénix."

Le Registre Phénix. Un programme d'identification génétique créé par la garde civile pour faciliter la reconnaissance des personnes disparues, des corps non identifiés ou retrouvés dans un état de dégradation avancée à partir de l'ADN de leurs parents. Quelques années plus tôt, quelqu'un avait recherché désespérément une personne disparue, épuisant tous les recours possibles et imaginables aux quatre coins de la planète : Lucía Gordon, la mère d'Oliver. Très peu de temps avant sa mort, elle avait fourni un échantillon de son ADN à la garde civile espagnole pour être répertoriée dans le Registre Phénix. Sans illusions, elle pensait que son ADN permettrait peut-être d'identifier le corps de son fils Guillermo le jour où il serait retrouvé. Il aurait au moins une sépulture digne de ce nom. Comment eût-elle pu imaginer que son ADN n'allait pas servir à confirmer l'identité de son fils défunt mais de sa sœur jumelle?

JOURNAL (17)

Je dois raconter ce qui s'est passé à la Villa Marine ce soir-là. Dans cette cuisine, en ce soir du mois de novembre 1948, le sang coulait entre les jambes de Jana. L'accouchement s'annonçait difficile.

— Oh non… C'est trop tôt… Il ne faut pas que mon bébé naisse maintenant, réussit à dire Jana en regardant son ventre.

Mais une douleur intense la saisit. Son dos glisse le long du mur et elle s'effondre par terre, dans une flaque de sang.

Clara s'empresse auprès de sa sœur. Elle l'allonge avec des gestes tendres. Elle court chercher deux couvertures et un oreiller. Elle est soudain prise de vertige. Clara sait comment naissent les enfants : elle a vu des vaches mettre bas, et elle a feuilleté un manuel de médecine dans la bibliothèque des maîtres Ongayo à Torrelavega. Elle a prévu de se procurer du fil de suture pour lier le cordon ombilical. Mais elle n'a pas eu le temps de se rendre à cette pharmacie où personne ne la connaît. C'est bien trop tôt ! S'il le faut, elle liera le cordon sanguinolent avec le lacet de ses chaussures.

Un bébé de sept mois et demi. Pourra-t-il survivre à l'orphelinat sans le lait et la chaleur de sa mère ?

Jana perd connaissance. Clara, dont le sang-froid redouble d'ordinaire dans les situations extrêmes, est tétanisée par l'angoisse. Cette fois, elle a vraiment quelque chose à perdre. Elle n'a plus que sa sœur en ce monde. David, c'est autre chose : elle ne le voit jamais, à part leurs furtives rencontres au détour de sentiers perdus… d'ailleurs depuis quelques mois, il vit en France. Son père a refait sa vie. Il a une nouvelle famille à présent.

— Jana! Réveille-toi, bon sang! Je crois que le bébé arrive. Tu vas devoir pousser, allez Jana, je t'en supplie, réveille-toi!

Mais sa petite sœur ne réagit pas. Pourrait-elle mourir d'hémorragie? Elle aurait besoin d'un médecin. Mais soyons réalistes : même à Hinojedo, chez son père, ils n'auraient pas les moyens d'appeler une sage-femme. Alors un docteur! Et surtout, cet accouchement doit rester secret. Personne ne doit se douter de ce qui s'est passé. Le bébé, passe encore. La réputation de fille-mère, ce n'est plus qu'un détail à présent. Mais le crime, jamais. Les gens comprendraient tout de suite qui était le père du bébé. Et Jana et elle seraient condamnées à mort. On les exécuterait toutes les deux à cause de ce qu'elles avaient fait cette nuit-là, une nuit qui n'avait jamais existé. Qui n'aurait jamais dû exister!

Clara, tenaillée par une peur inhabituelle, retrouve enfin sa froideur coutumière. Elle va mettre de l'eau à bouillir. Elle trouve une paire de ciseaux, qu'elle se prépare à désinfecter dans l'eau bouillante avec les lacets de ses bottes. Apparemment, Jana vient de reprendre connaissance. Elle constate que Clara l'a déshabillée à partir de la taille. La douleur est littéralement insupportable. Elle sait qu'elle n'aura pas la moindre récompense après cet accouchement : elle n'aura pas droit à l'étreinte d'un mari, aux félicitations d'une mère, ni même d'une amie ou d'un frère. Elle n'entamera pas une nouvelle vie au sortir de l'innocence. Clara lui donne des ordres : respire, plus vite, retiens ton souffle, respire profondément. Non. Que vient-elle de lui dire? Il faut pousser? Jana pousse. Et à chaque contraction, elle sent que quelque chose se déchire en elle, comme pour se rapprocher de la lumière. S'il s'agit bien de son accouchement, alors cette naissance se déroule à une vitesse vertigineuse : ce n'est pas du tout ce qu'elle avait imaginé.

Enfin, elle expulse un être du plus profond d'elle-même. Le soulagement envahit son corps. Elle n'entend pas de cri. Elle lève les yeux ; Clara emmaillote le bébé entre les draps et le dépose sur une couverture, par terre. Sa sœur a l'air concentrée. Son visage est grave.

— Que… que fais-tu ? Est-ce que le bébé va bien ? demande Jana, encore haletante.

Clara laisse passer plusieurs secondes avant de répondre.

— C'était une fille.

Jana sent une douleur aiguë lui transpercer la poitrine. Un coup de couteau. C'était ? Elle allait faire adopter cet enfant dont elle ne voulait pas, mais cela ne fait rien, la perte de ce qu'elle n'aura plus jamais lui serre le cœur. Le chagrin est si intense qu'il en devient palpable, dans de sombres nuances de gris. Peut-être aime-t-elle déjà ce bébé, suffisamment en tout cas pour désirer l'éloigner d'elle et lui donner l'opportunité d'un avenir meilleur. Jana sent qu'elle va s'évanouir, mais une nouvelle crampe au ventre ranime ses sens. Les contractions reprennent. Elles deviennent fortes et rapprochées.

— Oh mon Dieu, dit Clara, d'une voix glaciale, comme étranglée par la surprise, prépare-toi. Un autre bébé arrive.

Et un deuxième enfant naquit entre des cris de douleur. Une petite fille. Ce bébé-là respirait. L'enfant était minuscule, grise comme l'âme de sa mère, mais contrairement à son aînée, elle était vivante. Elle commença à reprendre des couleurs. Clara la nettoya tendrement avec de l'eau tiède, coupa son cordon ombilical à l'aide du lacet, tandis qu'elle enroulait l'extrémité du cordon, encore uni au corps de sa mère, autour de la jambe de Jana. Maintenant, le placenta devait sortir. Clara savait très bien que s'il restait à l'intérieur, ou si le cordon repartait dans le ventre de Jana, il y aurait des complications. Par prudence, il valait mieux attendre son expulsion.

Elle enveloppa le bébé dans des draps propres et le posa sur la poitrine de Jana. L'enfant se tut immédiatement, miracle de la nature. Elle était si petite, si fragile. Clara regarda sa sœur et la petite fille avec un sourire plein de tendresse, mais elle constata que Jana s'était de nouveau évanouie. Elle fit la toilette de sa sœur, puis entreprit de nettoyer la pièce. Enfin, elle alla chercher un lit dans la chambre à coucher pour l'installer dans la cuisine. Jana et sa fille devaient reposer dans une pièce bien chauffée, le froid et l'humidité, dehors, auraient vite raison du bébé. Tiens, voilà ce qu'elle pourrait dire aux voisins pour expliquer le feu qui brillait tous les soirs dans la cuisine : la *casona* était en travaux, on faisait chauffer le poêle pendant l'hiver pour éviter que la maison ne prenne l'humidité… C'était plausible, non ? De toute manière, il n'y avait pas âme qui vive en cette saison. La plage était déserte, le port et ses marins étaient de l'autre côté de Suances, à l'embouchure de la ria. Ici, elles étaient à l'abri des regards.

Lorsque Clara eut installé sa sœur sur le lit, sans savoir si elle était toujours évanouie ou si elle dormait profondément, épuisée par l'effort de la naissance, elle observa le bébé qui dormait sur la poitrine de Jana. Elle voulait savoir si la petite serait belle. Et surtout, elle devait commencer à réfléchir à son avenir. Elles ne pouvaient pas s'arrêter là, il fallait suivre le plan coûte que coûte. Rien ne changeait, finalement, mis à part que cet enfant prématuré, fragile, aurait besoin de passer quelques mois ici avant d'être confié au monastère. Jana serait-elle capable d'endurer cela ?

Elle aussi devrait expier ses fautes. Elle était consciente de tout le mal qu'elle avait fait. Elle se dirigea vers la petite fille mort-née. L'enfant ressemblait à une poupée, à un jouet cassé, avec sa peau teintée d'un blanc opaque, d'une pâleur mortuaire. Qu'allait-elle faire de ce cadavre ? Un sourire las se dessina sur son visage. Quelle étrange novice tu fais, se dit-elle comme pour se moquer d'elle-même : ces derniers jours, elle passait le plus clair de son temps à frotter des taches de sang et à éliminer des corps par des voies peu catholiques. Qui ne conduisaient pas au cimetière, en tout cas. Elle aurait de quoi prier, au couvent des clarisses. Mais pour l'instant, elle devait s'en tenir à son projet. Elle ferait ce qu'elle avait à faire, absolument tout ce qu'il faudrait, sans atermoiements ni culpabilité inutile. Avec la rigueur de celle qui veut le meilleur pour sa famille. Ce n'était que justice.

Et soudain, d'un regard vers le chantier de la *casona*, elle sut où elle allait cacher l'enfant mort-née. Elle lui avait couvert le visage car elle ne supportait pas de le regarder. Avant de sortir de la cuisine, où flottait à présent une odeur de bébé et d'espoir, elle se souvint de la dernière chaîne qui les retenait au passé, de la dernière clé qui pourrait permettre aux gens de remonter jusqu'à elles, et que sa sœur gardait précieusement, quelle sottise ! C'était un cadeau que lui avait fait don Ignacio, l'une de ces babioles inutiles que Jana croyait de grande valeur et qu'elle pensait revendre en cas de besoin. Un symbole de famille grotesque et vulgaire, taillé dans une pierre verte dont elle avait oublié le nom, et que sa sœur portait autour du cou, en un long pendentif soustrait aux regards. Elle ne mit pas longtemps à le retrouver dans ses affaires. Elle le glissa dans le linceul de l'enfant afin de faire disparaître le dernier objet qui reliait sa sœur à don Ignacio. Jana se mettrait certainement en colère, mais d'après ce qu'elle savait de don Ignacio, l'amulette ne devait pas être en pierre précieuse. Cela ne pouvait être que de la verroterie d'*indiano*. Et même si cette pierre brillante avait de la valeur, à qui sa sœur pourrait-elle bien la vendre ? Clara ne pouvait pas prendre le risque que les gens devinent, à travers cette amulette ridicule, ce qui les unissait à la famille Chacón.

Clara larguait les amarres les unes après les autres. Elle essuyait méthodiquement leurs traces. Grâce à elle, les deux sœurs échapperaient bientôt à l'emprise des soupçons aussi bien qu'au poids du passé. Évidemment, cette histoire du drapeau franquiste la tracassait… Comment le symbole de l'aigle avait-il pu arriver dans le sac où elles avaient placé les jambes de don Ignacio ? Il n'avait pas pu se glisser par inadvertance au fond du sac cette nuit-là. Et elle en était sûre, il n'y avait rien à l'intérieur des sacs que Jana avait ramenés de la cuisine. A-t-on jamais vu un drapeau franquiste au fond d'un sac à patates ! Il devait pourtant y avoir une explication. Il y avait une explication à tout. Elle finirait bien par la trouver.

Clara plaça le cadavre du nouveau-né dans un panier à bois qu'elle recouvrit de bûches de manière à ce que les marins indiscrets ou autres passants trop curieux ne puissent se demander ce que la petite bonne des Ongayo portait comme ça un jour d'hiver, d'un pas décidé, de la baraque des domestiques à la maison de vacances de ses maîtres. Une grande bâtisse silencieuse qui était déjà le témoin de tant de secrets, et deviendrait bientôt leur sépulture.

Il faut que la fin d'un ouvrage fasse toujours souvenir du commencement.

Joseph Joubert

Ce coup de théâtre était vraiment inattendu. Lorsqu'il eut fini de lire le rapport concernant l'ADN du petit Ange de la Villa Marine, Riveiro se tut quelques instants. Le bébé enseveli était donc la sœur jumelle de Lucía Gordon, la mère d'Oliver. Et quelqu'un avait placé un symbole de la famille Chacón dans le linceul de la petite fille. À l'époque, le rapport de la garde civile déniché par Sabadelle faisait état de rumeurs sur Jana Ongayo : des mauvaises langues insinuaient à Ubiarco comme à Santillana qu'elle couchait avec Ignacio Chacón. Une rumeur confirmée avec véhémence par Dolores, la sœur du disparu…

— Lieutenant, nous devons vérifier la date de naissance de Lucía Gordon, dit-il alors que son esprit s'employait à reconstituer peu à peu l'enchaînement des événements.

— Ce n'est pas la peine : je l'ai fait hier soir. Elle est née en janvier 1949. Du moins, c'est la date qui figure dans les registres de l'état civil. Or Chacón a disparu au début du mois de juin 1948…

En un regard, ils surent qu'ils pensaient la même chose. Riveiro prit la parole :

— Alors les choses auraient pu se dérouler comme ceci : Ignacio Chacón fait un enfant à Jana. Quelqu'un, nous ne savons pas qui, se charge de le faire disparaître. Peut-être Jana elle-même ? J'en doute, parce qu'on retrouve le corps de l'homme tronçonné au fond d'un sac de jute, à côté du drapeau officiel des nationalistes… mais n'excluons rien *a priori*. On peut imaginer que le frère de Jana lui a réglé son compte parce qu'il refusait d'assumer ses responsabilités vis-à-vis de sa sœur, après l'avoir engrossée. Le fait est que Chacón disparaît. Jana, accablée par la honte de devenir une fille-mère, donne naissance au bébé dans le plus grand secret, en se cachant par exemple sur le chantier de la résidence secondaire des Ongayo. Sa sœur Clara vient lui prêter main-forte, elle qui travaille depuis des années pour cette famille. Nous savons que les Ongayo faisaient régulièrement des séjours en Uruguay. Jana donne donc le jour à des jumelles, et l'une d'elles meurt à la naissance. On va supposer que l'enfant est mort-née et non que Jana l'a tuée, parce que si la mère avait des intentions criminelles, elle aurait tué les jumelles.

— … Puis elle a l'idée de cacher le corps dans les murs en construction de la Villa Marine. Elle sait qu'ils ne vont pas tarder à être scellés puis recouverts de ciment. L'enfant qui a survécu à la naissance est adoptée quelques années plus tard par les gardiens de la Villa Marine, que Jana réussit à convaincre, nous ignorons comment, d'adopter une orpheline du couvent Regina Coeli, c'est-à-dire le couvent où sa sœur Clara vient d'entrer comme novice.

— Jana a peut-être promis aux gardiens de leur offrir la maison en échange ? L'idée de ne plus vivre dans la misère pour le restant de leurs jours pouvait suffire à les convaincre… Nous étions au beau milieu de l'après-guerre.

Pour ces pauvres gens, c'était comme de gagner au loto. À moins que Jana ne les ait choisis comme gardiens précisément parce qu'ils désiraient des enfants et qu'ils ne pouvaient pas en avoir... Il lui suffisait ensuite de leur apporter la solution sur un plateau. Cela lui permettait de faire preuve d'une générosité de façade sans avoir à leur révéler la vérité.

— Le mari de Jana n'a pas dû apprécier ce petit cadeau. La Villa Marine, avec son accès privé à la mer, devait être un luxe à l'époque ! Elle l'est toujours, d'ailleurs.

— Non, il n'a pas dû apprécier, acquiesça Riveiro, mais tu oublies qu'il est mort très peu de temps après... D'autre part, si mes souvenirs sont bons, la prescription acquisitive ne se fit que plusieurs années plus tard. C'est assez incroyable quand on y pense : Jana s'est débrouillée pour voir grandir sa fille malgré tout. Pedro Salas, le Manchot, connaissait bien le frère de Jana. David Fernández l'a peut-être mis dans le secret. Cela permettrait d'expliquer pourquoi il a fait chanter Mme Ongayo.

— C'est possible, mais ça ne dit pas pourquoi il l'a fait si tard. J'imagine qu'à l'époque, être une fille-mère devait être une chose affreuse, mais... de nos jours ? Jana avait-elle quelque chose à perdre s'il venait à révéler publiquement son secret ? Sa fille Lucía est morte l'an dernier. Qu'est-ce que Jana pouvait bien redouter à ce point ?

— Je n'en ai pas la moindre idée. Quelque chose nous échappe. Peut-être avait-elle peur du qu'en-dira-t-on ? Elle tenait sans doute à ne pas écorner son image : elle était chef d'entreprise, après tout. À moins qu'elle ne veuille éviter à tout prix un scandale qui pourrait faire de la peine à sa fille Clara.

Le visage de Valentina prit soudain une expression de gravité absolue, comme si elle venait de saisir une vérité jusqu'alors passée inaperçue.

— Riveiro, nous tenons le mobile de ces crimes. Mais étrangement, cela ne cadre pas avec la personne que je soupçonne d'avoir commis les meurtres.

Le sergent la regarda, dans l'expectative.

— Expliquez-vous.

— La fortune de Jana est considérable. Si nous réfléchissons aux affaires de meurtre que nous avons déjà résolues, force est de constater que dans la plupart des cas, c'est l'argent qui pousse au crime… et dans celui qui nous intéresse, cela pourrait être une question d'héritage.

— D'héritage ?

— La seule héritière de Jana Ongayo est sa fille, Clara Múgica. Mais si l'on venait à découvrir qu'Oliver Gordon est aussi un descendant de Jana, la fortune devrait être partagée en deux. Oliver est le petit-fils de Jana, son descendant direct, héritier de la part qui serait revenue à sa mère. Vous comprenez ?

— Seriez-vous en train de dire que Múgica… ?

— Je n'en sais rien, Riveiro, je ne peux rien affirmer. Mais Clara aurait un mobile. Quand Camargo sera là, je lui demanderai de vérifier ses alibis pour tous les meurtres.

— Vous semblez oublier quelque chose.

— Dites-moi ?

Le visage de Riveiro exprimait la plus totale concentration.

— Oliver Gordon n'hériterait pas seulement par la lignée maternelle, mais aussi par son ascendance paternelle, dit le sergent en regardant Valentina droit dans les yeux, pour mieux l'inviter à comprendre. Valentina fit non de la tête, incrédule, avant de se rendre à l'évidence.

— Mais bien sûr ! Je comprends mieux pourquoi Izan Sáenz nous a menti quand il a prétendu ne pas connaître Jana Ongayo. Sáenz était au courant, évidemment. Mais il ne voulait pas qu'on puisse établir le lien entre Tlaloc et

Jana, pour ne pas avoir à partager la fortune des Chacón avec Oliver. Il tenait à rester l'unique héritier. Mais comment l'a-t-il appris… ?

— Je pense que c'est Pedro Salas, le fils du Manchot, qui a ouvert la boîte de Pandore, répondit Riveiro, plongé dans ses pensées. Il a peut-être voulu faire chanter deux personnes au lieu d'une : Jana Ongayo et Izan Sáenz. Histoire de diversifier ses sources de revenus… Il est fort possible que Sáenz ait ignoré toute cette histoire jusqu'au jour où Salas est venu le trouver pour la lui raconter. Cela expliquerait pourquoi le maître chanteur avait toute la documentation sur lui, soigneusement rangée dans des pochettes en plastique : des articles qui servaient à justifier l'argent qu'il leur réclamait.

— Ce qui reviendrait à dire que quelqu'un de la famille Ongayo, ou bien de la famille Chacón, souhaitait rayer Oliver de la carte… dit Valentina, abasourdie. Mais les menaces dans son chalet… n'ont en aucun cas pu être le fait de Jana, puisqu'elle s'est suicidée le matin même. Ce serait donc Sáenz. Et qui a attaqué Juan Ramón Ballesta à l'hôpital ? Quelqu'un qui voulait faire taire le vieil homme, l'empêcher de raconter ce qu'il savait de la disparition d'Ignacio Chacón. S'agissait-il d'un simple avertissement ? Cette personne cherchait-elle à savoir si la démence de Ballesta était suffisamment avancée pour que personne ne prête attention aux paroles du vieillard ? Je ne saisis toujours pas ce qu'il a voulu dire lorsqu'il parlait de la "famille du Renard", mais j'ai pu comprendre qu'il faisait également allusion à une autre lignée. J'imagine maintenant qu'il parlait des Chacón.

— C'est possible. Mais que vient faire le Dr Viesgo dans tout ça ? demanda Riveiro.

— Je l'ignore, reconnut Valentina. C'était le médecin attitré de Jana depuis de longues années. Il a même été son gynécologue. Elle nous avait dit qu'elle était convaincue, avant de le rencontrer, qu'elle ne pourrait jamais avoir d'enfant. Si Lucía Gordon est bien sa fille, cela signifie que Jana Ongayo nous a menti, puisqu'elle a eu des jumelles avant son premier mariage. Peut-être que Viesgo, en tant que gynécologue, ne l'ignorait pas. Quand le cadavre a été découvert à la Villa Marine, il a sans doute tiré les conclusions qui s'imposaient. On peut imaginer que le vieux médecin est allé la voir ce jour-là pour en discuter, mais cela reste une pure supposition de ma part. Et là encore, les horaires sont formels : ce n'est pas Jana qui lui a fait boire l'infusion empoisonnée.

— Mais qui, alors ?

— Sa sœur.

— Comment ça, sa sœur ? Clara Fernández ? Mais on ne sait même pas où elle est !

— Peut-être bien que si. J'ai passé la nuit à me renseigner sur le couvent Regina Coeli et sur l'ordre des clarisses. J'ai même imprimé un décalogue des attitudes et des comportements qu'on attend d'une bonne chrétienne qui souhaite entrer au couvent.

— Vous me faites marcher, c'est ça ?

— Non, pas du tout. Et j'ai trouvé des choses étonnantes : saviez-vous que le noviciat commence par la prise d'habit et l'attribution d'un nouveau nom, le nom religieux ?

— Un nouveau nom ? Cela voudrait dire que…

— Cela veut dire que nous avons peut-être eu Clara Fernandez tout ce temps-là sous les yeux. Et d'après l'âge et les informations que Camargo nous a fournies sur les religieuses du monastère de San Ildefonso, je suis convaincue que la mère abbesse, sœur Mercedes, est en réalité Clara, la sœur aînée de Jana.

Riveiro lâcha un juron de surprise et posa ses mains à plat sur le bureau de Valentina.

— Bon, admettons qu'elle soit sa sœur. Cela change-t-il quelque chose en ce qui concerne les meurtres ? Elle a peut-être menti au sujet de Tlaloc pour protéger Jana. Mais de là à liquider Pedro Salas d'une balle dans la tête ou à empoisonner le Dr Viesgo, il y a un pas que je ne me risquerais pas à faire. Et d'ailleurs, nous n'avons pas l'ombre d'une preuve.

— Mais il serait facile d'en avoir le cœur net : le test de la paraffine mettra en évidence des traces de poudre sur ses doigts si elle a utilisé une arme récemment. Le revolver qui a servi à tuer Salas est un modèle ancien : cette antiquité aura forcément laissé des traces sur sa peau.

— Mais le témoin suisse a déclaré avoir aperçu une jeune femme, pas une dame âgée.

— J'y ai longuement réfléchi. La mère abbesse a très bien pu demander à une religieuse de l'accompagner. J'ai remarqué une bonne sœur au couvent, l'autre jour, qui correspond trait pour trait à la description du joggeur. Elle était brune, bien en chair ; je crois qu'elle s'appelait Sœur Pilar. Elle suivait la mère abbesse partout comme un chien de garde. Les psychopathes sont de grands manipulateurs, Riveiro. Si Clara Fernández en est une, comme je le pense, elle peut avoir une grande emprise sur certaines personnes. Mais nous possédons déjà un indice suffisamment évocateur pour que le juge Talavera ait accepté de nous délivrer un mandat de perquisition du monastère.

— Que dites-vous ? s'étrangla Riverio, qui dut s'asseoir sur le bureau, médusé.

Il lâcha un juron encore plus retentissant que le précédent.

— J'aurais dû vous en parler plus tôt : ce fameux oxyde de plomb. Sabadelle avait l'impression d'avoir déjà vu ou lu quelque chose à propos de l'oxyde de plomb, mais ce n'est que ce matin qu'il a mis le doigt dessus. Vous savez qu'il est diplômé en histoire de l'art ? Eh bien, il a retrouvé le passage en question dans ses manuels universitaires :

on utilise le tétroxyde de plomb et la poudre de minium dans la restauration d'œuvres d'art, car ils permettent de ne pas dénaturer la texture et la matière originales. Apparemment, dans le temps, on avait recours à des substances assez saugrenues pour obtenir les tons recherchés sur la toile, comme le fiel de certains animaux pour la couleur verte, par exemple. Et je vous le donne en mille : pour obtenir du rouge, ils utilisaient…

— De l'oxyde de plomb ?

— Exactement. De l'oxyde de plomb. Et je suis prête à parier que la toile gigantesque que la mère abbesse était en train de restaurer quand nous sommes entrés dans son atelier en contenait une bonne dose. D'après mes souvenirs, le tableau avait un fond grenat, mais peut-être qu'Oliver Gordon pourra nous en dire plus, car je l'ai vu observer attentivement la peinture.

— Mais alors… cela expliquerait que l'on ait retrouvé des traces d'oxyde de plomb sur les chaussures et le bas du pantalon de ceux qui sont entrés dans l'atelier, y compris David Viesgo. Mais pourquoi le docteur serait-il allé ce jour-là au monastère ? Voulait-il parler du bébé de la Villa Marine avec Clara, après sa discussion avec Jana ? Et quoi de plus normal que d'accepter de prendre une tisane avec les religieuses… Bon sang !

— … Cela confirmerait aussi la théorie que vous aviez exposée l'autre jour pendant la réunion : Clara ou sa pupille, sœur Pilar, aurait déséquilibré Salas à l'aide d'un léger coup de pied pour le faire tomber à l'eau après le coup de feu, conclut Valentina. Il reste quelques fils à démêler, mais j'ai l'impression que nous avons maintenant reconstitué la trame de l'histoire. Nous partons perquisitionner le monastère ce matin, je vais demander à un expert de la SECRIM de nous accompagner pour recueillir des échantillons dans l'atelier de restauration.

À cet instant précis, alors que l'horloge indiquait huit heures trente, l'équipe de la brigade des enquêtes entra dans le bureau du lieutenant. Ils perçurent immédiatement, à leurs visages altérés, le caractère exceptionnel de la discussion de Redondo et Riveiro. Valentina, absorbée dans ses déductions, les salua d'un geste de la main. Sans préambule, sans même attendre qu'ils aient pris place dans la pièce, elle leur fit part des informations qui éclairaient l'affaire d'un jour nouveau. Puis elle leur confia les conclusions auxquelles elle et Riveiro étaient arrivés.

— Clara Múgica est innocente, intervint Marta Torres, quand Valentina eut terminé son exposé. Nous avons vérifié ses alibis. Deux de ses collègues de l'Institut de médecine légale ont déclaré qu'elle était avec eux le jour où David Viesgo a été assassiné. Ils ne se sont pas quittés de la journée, ils ont même déjeuné ensemble à la cafétéria. En ce qui concerne Pedro Salas, nous avons pu joindre Lucas, son mari, qui assure l'avoir vu partir travailler comme d'habitude à huit heures et demie du matin. Le concierge de son immeuble a confirmé l'horaire de son départ. Enfin, le soir de l'agression de Juan Ramón Ballesta, qui a eu lieu à vingt et une heures le mercredi 10 juillet, Clara dînait avec son mari et deux de ses trois nièces par alliance au Burger King du centre-ville de Santander. Nous pouvons donc la rayer définitivement de la liste des suspects et des complices.

— Formidable, dit Valentina, qui ne cachait pas son soulagement. Avez-vous trouvé autre chose ?

— J'ai fait mon enquête sur la dénommée Anna, l'ex-petite amie de Gordon, intervint Camargo, et l'histoire que vous m'avez racontée se tient. J'ai pu consulter son profil Facebook, où elle a eu la mauvaise idée d'annoncer ses fiançailles avec Oliver.

— Ses fiançailles ? demanda bien malgré elle Valentina, avant de se rappeler qu'Oliver lui avait parlé de ce moment particulier de sa vie.

— Oui. C'était il y a deux ans. Les deux tourtereaux allaient se marier. Mais ensuite, il n'y a plus d'activité sur la page pendant un bon bout de temps. Jusqu'à ce qu'Anna réapparaisse avec un foulard noué autour de la tête, amaigrie, pour raconter son expérience du cancer. Enfin, l'histoire typique, quoi. Aujourd'hui, elle poste des photos sur sa page toutes les semaines, mais c'est plus par esprit solidaire qu'autre chose. Elle travaille dans une ONG qui s'appelle Shiva, basée à Patna, la capitale de l'état de… – il se tut un instant pour consulter ses notes – de Bihar, au nord de l'Inde.

— Très bien, dit Valentina, qui dissimulait maintenant son soulagement à l'idée qu'Oliver ne lui avait pas menti, je sais que vous avez eu fort à faire ce week-end, mais avez-vous eu le temps d'examiner la facture de téléphone de Jana Ongayo que je vous ai donnée ?

Le caporal Camargo se tourna vers Zubizarreta, qui lui fit un signe de la tête.

— Oui, nous l'avons épluchée, et nous avons trouvé quelque chose d'intéressant. Les mêmes numéros de téléphone reviennent souvent : Jana appelait régulièrement les usines d'anchois de Santoña et de Santander. Il y a quelques appels internationaux vers le Chili, où Jana Ongayo possède des entreprises textiles prospères. Mais surtout, il y a eu un appel isolé passé le vendredi 5 juillet à midi, c'est-à-dire le lendemain de la découverte du cadavre à la Villa Marine, vers le monastère de San Ildefonso. Ce qui laisse supposer que Jana Ongayo a appelé le couvent après avoir appris la nouvelle dans les journaux. Il y a d'autres appels passés vers des portables, mais il nous faudra plus de temps pour les étudier.

Toc, toc.

Encore ? Nouvelle interruption. Mais que se passait-il dans ce groupement ? Avaient-ils tous perdu la tête ? L'agent qui, quelques minutes plus tôt, avait apporté le courrier urgent de Madrid, passa sa tête par l'entrebâillement de la porte.

— Oliver Gordon est arrivé. Il affirme qu'il a rendez-vous, dit-il dans l'attente d'une confirmation, absolument indifférent au fait qu'il interrompait une réunion.

Valentina poussa un soupir.

— Faites-le patienter cinq minutes, puis laissez-le entrer, ordonna-t-elle en se retournant aussitôt vers Riveiro. Je lui ai demandé de venir pour effectuer un prélèvement ADN. Mais peut-être n'est-ce plus nécessaire à présent ?

— Il vaut mieux le faire, on ne sait jamais, répondit Riveiro. Mais l'échantillon d'ADN qu'il nous faut obtenir maintenant de toute urgence est celui d'un membre de la famille Chacón.

— Il suffira d'inviter Izan Chacón à répondre à quelques questions au commissariat, dit Valentina en regardant tour à tour Camargo, Torres et Zubizarreta. Et s'il ne nous autorise pas à prélever un échantillon d'ADN sur sa mère et lui, nous solliciterons l'autorisation de la justice. J'espère seulement que nous ne serons pas obligés d'en arriver là et qu'il sera un peu plus causant en salle d'interrogatoire. Camargo, j'ignore combien de temps la perquisition nous prendra, aussi je vous laisse le soin de diriger les opérations à ma place.

Le caporal acquiesça, tout comme les deux autres agents. Seule Marta Torres sembla marmonner quelque chose à voix basse.

— Quelque chose ne va pas, Torres ? demanda Valentina.

— Non, lieutenant. Je me disais juste que finalement, l'hypothèse du cercle dont vous parliez la dernière fois n'était pas tirée par les cheveux. La personne qui a commis les crimes se trouve exactement au centre du périmètre, à Santillana del Mar. C'est curieux.

D'un léger mouvement de tête, Valentina admit qu'elle n'y avait pas pensé, avant de se retourner vers Sabadelle et Riveiro :

— Vous m'accompagnez au monastère de San Ildefonso, d'accord ?

— D'accord, répondirent-ils d'une seule voix.

— Et maintenant, dit Valentina en prenant une longue inspiration, nous allons révéler à Oliver Gordon que c'était sa propre tante qui était ensevelie dans les murs de la Villa Marine.

Lorsque Valentina et les deux officiers arrivèrent au monastère de San Ildefonso, le jour s'était ouvert comme un éventail bleu qui invitait aux balades et à la joie estivale. L'insigne de la garde civile ne figurait pas sur leurs véhicules, mais le déploiement de force attirait malgré tout l'attention : un fourgon et quatre voitures – la voiture du greffier, celle de la SECRIM et deux autres véhicules qui transportaient Sabadelle, Riveiro et Valentina. Personne ne leur fit obstacle ; on ne leur demanda pas de présenter leur mandat de perquisition, même s'ils le montrèrent pour la forme. On eût dit que le couvent les attendait. Valentina observa la religieuse qui vint leur ouvrir la porte : son visage était agréable, chaleureux, quoique marqué par une certaine pâleur monacale qui lui semblait désormais familière. Les policiers furent les premiers à entrer, suivis des techniciens. La religieuse les conduisit directement à l'atelier de restauration de la mère abbesse : il semblait évident que les sœurs avaient reçu des instructions. Sœur Mercedes les attendait. Elle travaillait à la restauration de son tableau, *L'Ascension de saint François*, et ne lâcha pas la toile des yeux à leur arrivée. Elle les reçut sans cérémonie :

— Entrez, je vous attendais. J'ai bientôt terminé.

— Sœur Mercedes, nous ne sommes pas venus vous rendre visite, précisa Valentina. Nous sommes là pour vous interroger. L'interrogatoire peut avoir lieu ici ou au groupement, comme vous préférez, lui dit-elle d'une voix glaciale, décidée à ne pas lui laisser la moindre marge de manœuvre.

— Vous comptez m'arrêter ? Voyons, à mon âge ! Est-ce bien utile ? dit-elle calmement, sans paraître troublée le moins du monde. Elle était toujours concentrée sur sa toile.

— Sœur Mercedes, nous avons suffisamment d'indices pour nous permettre d'affirmer que votre véritable nom est Clara Fernández. Vous confirmez ?

— Je ne l'ai jamais nié. J'ai emprunté mon nom de religieuse à la sœur qui fut ma tutrice lors de mon entrée dans l'ordre des clarisses. Pourquoi ne pas avoir posé la question avant ?

— Il est vrai que nous ne vous l'avons pas demandé. En revanche, nous vous avons demandé si vous connaissiez le symbole mésoaméricain qui a été retrouvé à la Villa Marine, et vous nous avez menti : vous saviez très bien qu'il venait de la maison de la famille Chacón, à Santillana del Mar.

— Il est de mon devoir de protéger ma famille. C'est ce que j'ai toujours fait ; comme le père Renard protège ses petits. Ce sont les liens du sang qui commandent le monde, dit-elle, en tournant lentement la tête vers Valentina, la toisant d'un regard perçant comme celui d'un prédateur.

Le père Renard ? Les paroles de Juan Ramón Ballesta lui revinrent en mémoire… Valentina se rendit compte que Clara se savait découverte, et que cela lui était complètement égal. Elle se montrait au grand jour, sans le moindre masque, et Valentina crut discerner une lueur de folie dans ses yeux. Son regard de glace, implacable et sans pitié, la transperçait de part en part. Elle prit une inspiration.

— Vous devez savoir que votre sœur est décédée. Elle s'est suicidée.

— *Cotidie morimur, cotidie conmutamur, et tamen aeternos esse nos credimus*, dit-elle lentement, avant de traduire quelques instants plus tard, comme pour elle-même : “Chaque jour nous mourons, chaque jour nous changeons, et pourtant nous nous croyons éternels.” Je ne pouvais pas la protéger de sa propre faiblesse. Elle a choisi son chemin : je n'ai plus d'autre mission à présent que celle que Dieu m'envoie, dit-elle, en buvant quelques gorgées d'une tasse qui se trouvait à côté de sa toile, avant d'esquisser un sourire qui donna la chair de poule à Riveiro.

Valentina poursuivit son interrogatoire.

— Votre mission divine comprenait-elle les meurtres de Pedro Salas et de David Viesgo ?

— J'apprécie votre sens de l'humour, mon enfant. Meurtre, quel bien grand mot ! Il serait plus exact de parler de nettoyage. Pedro Salas était un rat, un nuisible, l'un de ces cloportes minuscules qu'on ne distingue pas à l'œil nu mais que sa mesquinerie pousse à profiter des plus faibles. Moi, je suis toujours du côté des faibles. J'ai défendu Jana de ce reptile, et je l'aurais défendue du Manchot si j'avais découvert son manège plus tôt.

— Son manège ? Vous parlez d'un chantage, n'est-ce pas ?

— Je parle de ces misérables, de ces déchets humains que personne n'élimine de la surface de la Terre. Le Manchot a commencé à faire chanter Jana à la mort de mon frère David, il y a neuf ans. Le lâche, dit-elle avec mépris. De son vivant, il n'aurait jamais osé. Et lorsque le Manchot est mort, il a confié notre petit secret à son fils, ce bon à rien, et ma pauvre Jana… ne m'a rien dit jusqu'à ce que la petite fille soit retrouvée à la Villa Marine.

— Nous sommes au courant. Elle vous a appelé le lendemain. Quel était ce secret, Clara ? Qu'est-ce qui pouvait être si important ? Si vous et votre sœur étiez responsables de la mort d'Ignacio Chacón, le crime était prescrit depuis longtemps.

— On ne doit jamais révéler les secrets. Sinon, ce ne sont pluuuus des secreeeets, répondit Clara d'une voix chantante et haut perché, comme s'il s'agissait d'une comptine.

Son visage exprimait une folie maladive. Elle les défia d'un regard diabolique. Riveiro voulut faire un pas, mais Valentina l'en empêcha d'un geste. Elle tenait à en savoir plus : elle voulait connaître la vérité.

— Nous devrions retrouver l'arme qui a servi à tuer Pedro Salas dans votre chambre, à moins qu'elle ne soit cachée ailleurs dans le monastère. Je me trompe ?

— C'est une vieille relique que je garde depuis des lustres. Je l'avais prise dans la collection que possédaient mes maîtres, les Ongayo. À l'époque, c'était le dernier cri. Pensez-vous : le revolver avait même un silencieux ! Une femme seule doit pouvoir faire face à toutes sortes de situations, même les plus dangereuses. Cet ignoble rat ne se décidait pas à mourir. J'ai dû lui donner un petit coup de pouce. La vengeance est un délice, vous savez. Quiconque proclame le contraire est un menteur. Si j'avais su plus tôt que ce misérable faisait chanter Jana, je l'aurais tout bonnement égorgé. Sans oublier son manchot de père.

— Où se trouve sœur Pilar ? C'est elle qui lui a donné rendez-vous près de la jetée de Suances, n'est-ce pas ? Elle vous a aidé à l'éliminer, affirma Valentina, qui avançait un pion en s'appuyant sur le fragile témoignage d'un joggeur suisse qu'elle n'avait jamais vu ni même entendu.

Clara hésita un quart de seconde. Valentina crut qu'elle allait perdre contenance. L'aura de supériorité avec laquelle elle s'adressait à eux sembla se fissurer.

— Sœur Pilar n'est plus parmi nous. Je lui ai demandé de partir. Je savais que vous alliez arriver d'un moment à l'autre. Et il existait la possibilité infime, extraordinaire, que par un hasard malheureux ou la force d'un esprit brillant, quelqu'un comprenne que sœur Pilar était mêlée à cette affaire. C'est intéressant, vous n'êtes pas complètement stupide. Pardonnez-moi, je ne suis pas habituée à me faire surprendre. Vous autres humains, vous êtes si prévisibles.

— Humains, vous dites ? Nous autres… *humains* ? N'êtes-vous pas humaine vous-même ?

Clara regarda le lieutenant et ses équipiers avec condescendance. Elle but une nouvelle gorgée de sa tasse et se redressa sur sa chaise. Elle avait abandonné définitivement sa toile pour se tourner complètement vers les agents. Riveiro approcha sa main droite de l'arme qu'il portait à la taille.

— J'ai toujours été différente des autres. Je suis humaine, mais je suis également *autre chose*. Le Christ était humain, lui aussi, mais il avait une essence divine. Quand je suis entrée ici, j'ai posé mon esprit devant le miroir de l'Éternité, j'ai posé mon âme dans la splendeur de la Gloire, et mon cœur sur l'effigie de la Divine Substance, pour me transformer tout entière, par la contemplation, à l'image de sa Divinité.

— Vous récitez les préceptes des clarisses. Ils sont destinés à rendre les sœurs dignes d'épouser le Roi des Cieux, mais en aucun cas ils n'autorisent les sœurs à se considérer comme l'égal de Dieu. Vous avez perverti le concept à votre guise, répliqua Valentina, le visage grave, concentrée sur ce qu'elle avait appris la veille sur l'ordre des clarisses.

— D'ailleurs, pour une personne surhumaine, vous avez employé des méthodes passablement terriennes pour vous débarrasser de Pedro Salas et de David Viesgo, ajouta Sabadelle, qui n'avait pas ouvert la bouche, fasciné par la véritable personnalité de cette femme qui l'avait aidé à plusieurs reprises à résoudre des cas difficiles dans ses enquêtes de patrimoine.

— Voyez-vous cela, répondit Clara dans un calme absolu. Je ne m'attendais pas à ce que la garde civile vienne me donner des leçons sur l'essence de la divinité. Comptez-vous tenir un concile de Nicée dans mon atelier ? Y ferez-vous également mon procès ? Notez que cela pourrait être drôle, ajouta-t-elle dans un sourire las, en les écrasant d'un regard plein de mépris.

— De quoi parle-t-elle, c'est quoi cette histoire de Nicée ? demanda Riveiro à Sabadelle.

— C'est un concile qui s'est tenu au IVe siècle pour statuer sur la nature divine de Jésus-Christ…, répondit Sabadelle sans quitter Clara des yeux. – Droite sur sa chaise, cette dernière se contentait de sourire en silence. – Il a été représenté sur de nombreux tableaux au Moyen Âge, c'est ce qu'on a appelé la controverse arienne.

— Je suis lassée de l'ignorance humaine, dit Clara, qui toisait Riveiro avec un dédain absolu. Vous ne savez pas pourquoi vous priez, qui vous êtes, ni même où vous allez. D'où croyez-vous que nous tenons la doctrine trinitaire ? Ne faites-vous pas le signe de la croix, vous et vos enfants, au nom du Père, du Fils et du Saint-Esprit ? conclut-elle dans une grimace d'ennui.

Sabadelle, le regard toujours rivé sur Clara, traduisit pour Riveiro :

— Ce concile a servi à préciser que le Christ était une création de Dieu. Comme il avait été créé, certains prétendaient qu'il ne pouvait pas être d'essence divine ; alors pour mettre tout le monde d'accord, il fut décidé de mettre le Saint-Esprit au même niveau que Dieu et le Christ. C'est ainsi qu'est née la doctrine trinitaire.

Riveiro souffla bruyamment. Il commençait à en avoir assez de toutes ces foutaises. Valentina, résolue à en apprendre davantage, à éclaircir le plus de points possibles avant d'arrêter Clara, reprit son interrogatoire. Elle fit quelques pas vers la mère abbesse, qui se trouvait à moins de deux mètres et l'observait froidement.

— David Viesgo est mort empoisonné le mardi 9 juillet. Il est venu vous rendre visite. Peut-être avez-vous bavardé ici même. Vous avez eu la délicatesse de l'inviter à prendre une tasse de thé, qui était en fait une infusion mortelle. Vous l'avez empoisonné ici ou dans une autre dépendance du monastère. Est-ce que ce médecin était pour vous un ignoble rat, comme Pedro Salas ? Était-il nécessaire de le tuer lui aussi ?

— Décidément vous me surprenez, lieutenant. Je me doutais que je vous trouverais sur mon chemin, mais je ne m'attendais pas à voir le cuir de vos mocassins aussi vite. Je vous félicite. J'ai éliminé Salas pour le bien de l'humanité. Viesgo, c'était tout autre chose. Je me suis vue contrainte de l'éliminer par pragmatisme. Quel dommage, c'était un bon médecin. Mais ce n'était qu'un humain, après tout. Un vieux monsieur, qui n'avait plus beaucoup de temps à vivre. Quand il a examiné Jana pour l'aider à avoir une descendance, il y a de cela une éternité, il a constaté qu'elle avait déjà enfanté : son horrible accouchement avait laissé des traces. Elle a nié de toutes ses forces… Jana, toujours si naïve. Mais Viesgo n'était pas sot, et il a supposé qu'elle avait été fille-mère, voilà tout. Une petite bonne devenue maîtresse de maison par le miracle d'un grand mariage. Mais lorsque le cadavre du bébé a été découvert à la Villa Marine, il a compris. Il est allé voir Jana pour lui parler, pensant qu'elle avait pu tuer son propre bébé puis le cacher dans la maison où travaillait sa sœur à l'époque. Cette maison qui lui était revenue ensuite.

— N'est-ce pas ce qui s'est passé ?

— Absolument pas. Ma sœur n'est pas une criminelle. Sa fille est morte à la naissance, et c'est moi qui l'ai cachée entre les briques de ce mur. Le ciment était tout frais. Je n'ai eu qu'à le lisser un peu ensuite. C'était un si petit bébé. Mais nous ne savions pas qu'il y en aurait un deuxième. Une petite fille est née, et nous l'avons baptisée du doux prénom de Lucía. Mais quand ce médecin est allé voir Jana l'autre jour, ma sœur lui a raconté toute l'histoire. Il est venu ici, me harceler de questions, en me disant que nous ne pouvions pas cacher plus longtemps ce qui était arrivé, que nous devions donner une sépulture chrétienne à l'enfant... Imaginez un peu, me dire ça à moi, il ne manquait pas de toupet ! Cela m'a déplu. Je savais qu'il risquait de causer du tort à ma sœur, donc je l'ai éliminé. N'est-ce pas logique ? Je ne comprends pas pourquoi on remue ciel et terre pour deux vieillards. Croyez-vous vraiment que sans eux, le monde va cesser de tourner ?

— Peut-être bien. Il a cessé de tourner pour Jana, en tout cas. Je vous rappelle qu'elle s'est suicidée, répliqua Valentina d'un ton sec.

— Jana n'aurait pas dû se donner la mort. Cette ingrate savait que cela me ferait de la peine. Elle s'est montrée lâche.

— Vous faire de la peine, à vous ? Peut-être voulait-elle que vous arrêtiez de la protéger en tuant d'autres personnes, Clara. N'y avez-vous pas pensé ? Elle a dit à sa fille, Clara Múgica, qu'elle était responsable de la mort de David Viesgo. Elle se sentait responsable des crimes que vous commettiez en son nom, alors qu'elle ne vous a jamais demandé d'assassiner personne.

— Comment aurait-elle pu me demander une chose pareille ? Ce n'était pas dans son caractère. Jana était ambitieuse, mais elle n'avait pas de jugeote. Elle se serait jetée dans la gueule du loup. Mais moi, je ne l'ai pas laissée faire. Je l'ai protégée, de jour comme de nuit. J'ai veillé sur elle sans qu'elle le sache. Grâce à moi, les choses n'ont pas trop mal tourné pour elle. Vous autres humains, vous êtes si hypocrites. Empêtrés dans le lisier de vos morales absurdes. Pensez-vous qu'elle aurait pu vivre la vie qu'elle a vécue sans mon soutien de chaque instant, depuis ces quatre murs où j'étais enfermée, donc invisible ?

Les paroles d'Oliver revinrent à l'esprit de Valentina. Au cours de leur conversation sur le belvédère de la plage de Los Locos, elle lui avait expliqué qu'un psychopathe était sans cesse en mouvement ; et il avait eu la lucidité de lui montrer l'exception à la règle : c'était la meilleure des tactiques… si l'on ne pouvait trouver refuge en lieu sûr. Existait-il meilleure cachette, refuge plus sûr qu'un monastère pour se rendre invisible ?

— C'est curieux, lorsque nous avons rencontré votre sœur, elle a prétendu que vous étiez décédée. Pourquoi nous a-t-elle menti ? Jana voulait-elle vous protéger à son tour ?

Clara éclata de rire. Un rire vide, théâtral, presque hystérique.

— Me protéger, moi ? Absolument pas ! Non, c'est plutôt que nous avons eu quelques… différends. Pour tout vous dire, j'ai fait quelque chose que ma sœur n'a pas apprécié. Elle n'aurait jamais dû l'apprendre, mais cette petite… – Clara se tut un instant comme pour trouver le terme qui convenait le mieux, et au vu de la grimace terrifiante qu'elle offrit en guise de sourire, elle sembla se délecter de l'avoir trouvé. – Oui, cette petite *bêtise* a poussé Jana à prendre ses distances. Elle a décidé que je devais cesser de veiller sur elle au moment le plus propice : lorsque le monde était à ses pieds. Ma douce Jana. Et vous l'avez constaté vous-même, pour elle, j'ai cessé d'exister depuis quarante ans. Mais dès que les problèmes sont revenus, elle s'est dépêchée de rappeler son père Renard : les liens du sang ont cette force, voyez-vous. Et j'ai agi en sœur aînée, il était de mon devoir de veiller sur elle et de la protéger. Comme je l'ai toujours fait. C'est aussi simple que ça… Dites-moi, lieutenant, qui vous protège, vous ?

Valentina ne réagit pas à sa provocation. Elle fit un pas vers Clara. Riveiro et Sabadelle l'imitèrent aussitôt.

— Et Juan Ramón Ballesta ? Avez-vous envoyé Pilar le menacer à l'hôpital de Santa Clotilde ?

— Vous me décevez. Croyez-vous vraiment que la reine perd son temps à jouer avec ses sujets ? Ballesta n'est qu'un pion, un vulgaire messager. Certains hommes, invisibles et insignifiants comme tous les humains, possèdent malgré tout un certain panache. La lueur minuscule d'une ligne d'honneur que je respecte... Ballesta avait des principes, et contrairement au Manchot, il n'aurait trahi mon frère pour rien au monde. J'ai dû m'entretenir avec lui un jour pour lui faire comprendre qu'il ne devait jamais importuner la famille du Renard. Mais j'ai su ce jour-là que je n'aurais pas besoin de lui régler son compte, parce que Ballesta était un homme de parole. Pourquoi irais-je perdre mon temps avec lui ?

— Et Oliver Gordon ? C'est votre petit-neveu. Vous n'avez rien à voir avec les menaces dont il a été victime à la Villa Marine ?

Clara haussa les sourcils, visiblement étonnée.

— Ils ont osé s'en prendre à ce petit renardeau ? Je l'ignorais. Je n'ai pas lu les journaux depuis que j'ai appris que Jana, ma belle Jana, a choisi de nous quitter. J'ai été ravie de le rencontrer, la dernière fois : c'est le portrait craché de son grand-père, dit-elle dans un sourire malicieux.

— Ignacio Chacón ? demanda Valentina.

— Décidément, vous me surprenez, répliqua Clara qui faisait la sourde oreille. Comment êtes-vous arrivée si vite jusqu'à moi : un juge a-t-il décidé de se passer de la permission de l'évêque ? Je salue son courage, oser chercher des noises à de pauvres religieuses cloîtrées.

— L'oxyde de plomb et la poudre de minium que vous utilisez pour restaurer *L'Ascension de saint François* ont laissé des traces sur les corps de Pedro Salas et de David Viesgo. Ces indices nous ont permis de remonter jusqu'à l'atelier et donc, jusqu'à vous. Je vais être obligée de vous arrêter, Clara. Je vais vous demander de tendre vos bras : votre habit dissimulera les menottes. Nous vous promettons la plus grande discrétion lorsque nous sortirons du couvent. Levez-vous, je vous prie.

Clara sourit.

— Ainsi, c'est le minium qui vous a conduits jusqu'ici ? Dès que je vous ai vue, au premier regard, j'ai su que vous n'étiez pas comme les autres. Vous, au moins, vous n'êtes pas sotte. Si j'étais née à votre époque, j'aurais eu plaisir à faire un métier tel que le vôtre. Et je sais que je n'aurais pas été mauvaise, comme agent de police. Mais nous n'avons pas tous la chance de naître dans un âge d'or. Enfin, le temps est écoulé. Mon temps. La promenade n'a pas été désagréable. *Fatum fatis ego perea.*

— Que dites-vous ?

— "Que le destin se fasse même si je péris", dit-elle en regardant Valentina dans les yeux, machiavélique, tout en buvant la dernière gorgée de sa tasse de thé.

Valentina mit deux bonnes secondes à comprendre.

— Au secours ! Appelez une ambulance, vite ! s'écria-t-elle, en se précipitant sur Clara pour lui arracher la tasse des mains.

À peine l'avait-elle touchée que la vieille dame perdit connaissance. Son corps vacilla mais Riveiro la rattrapa à temps. Sabadelle, qui ne comprenait rien à la scène qui se déroulait sous ses yeux, composa le numéro d'urgence.

— C'est ahurissant, dit Valentina à voix basse. Elle a commencé à s'empoisonner dès que nous avons passé la porte, et nous n'y avons vu que du feu ! Merde alors, comment ai-je pu être si aveugle ?

— Elle s'est avalé une tasse entière de cette maudite infusion d'if sous notre nez, et nous ne l'avons même pas remarqué ! s'exclama Riveiro.

Clara avait perdu connaissance. Il tenta d'introduire ses doigts au fond de sa bouche pour la faire vomir, en vain. Le corps de la mère abbesse fut pris de violentes convulsions. La mort s'emparait du corps de Clara, et l'agonie de la religieuse en habit, sous le gigantesque tableau de *L'Ascension de saint François*, était l'image même de la désolation. La fin était inexorable. Clara poussa son dernier râle bien avant l'arrivée de l'ambulance. Entre-temps, l'équipe de la garde civile avait accouru. Clara, qui se savait différente des autres, supérieure aux humains qu'elle méprisait de toute son âme, venait de s'éteindre à près de quatre-vingt-dix ans, entourée de parfaits inconnus.

JOURNAL (18)

Me voilà découverte. Ils ne vont pas tarder à arriver, je le sais. Ils viendront me chercher sans se douter que c'est moi et moi seule qui leur ai permis de remonter jusqu'ici. Quelle simplicité d'esprit. J'ai permis à ces imbéciles de me retrouver comme je te permets, à toi qui dévores mes mots, de respirer le parfum suranné de mes bribes de souvenirs. Je t'offre ce journal où j'ai retracé les événements tels qu'ils s'enchaînent dans ma mémoire, car je veux que tu comprennes qui est le père Renard. Il veille sur ses petits sans relâche, car il en va de son sang, de la chair de sa chair. Toi, l'humain, je ne te connais pas : peut-être es-tu cet étrange lieutenant aux yeux vairons qui scrutent le fond de l'âme. Peut-être es-tu l'une de mes sœurs clarisses. Peu importe, au fond, qui s'empare de mes souvenirs. J'ai voulu livrer mes secrets, me défaire de ce poids léger qui m'accompagnait sans cesse. Mais détrompe-toi : j'ai la conscience tranquille. Je n'écris pas pour me justifier. Je te montre mon pouvoir. Seras-tu capable de comprendre ce qui existe au-delà des œillères et de la bride que t'impose ton époque ? Ce serait un miracle, mais j'y crois.

Les gens diront que je suis froide et diabolique. Mais la méchanceté n'est qu'une question de perspective. Nier l'instinct de survie est le propre des sots. Ne ferais-tu pas tout, absolument tout ce qui est en ton pouvoir pour échapper à l'abîme et sauver avec toi la chair de ta chair, ta seule attache en ce monde ? Quelques pauvres vies fauchées par nécessité comptent-elles plus à tes yeux ? Les humains ne commettent-ils pas d'aveugles massacres pendant les guerres ?

À présent que ma sœur est partie et que je n'ai plus personne sur qui veiller jour et nuit, je vais laisser la mort m'emporter. Mais l'abandon de ce corps usé n'est qu'une étape car mon esprit, lui, est incorruptible et éternel.

On vient de me prévenir qu'ils sont arrivés. Ces crétins ont fait vite. Ce qu'ils ignorent, c'est que cela fait une éternité que je les attends. Je ne l'ai trahie qu'une fois. Ma belle Jana, toujours si confiante. Mais j'ai passé de longues années à expier ma faute. Peut-être qu'elle m'attend, qui sait. Ma pauvre enfant : me laissera-t-elle encore prendre soin d'elle ?

Le futur n'est pas un cadeau : c'est une conquête.

ROBERT FRANCIS KENNEDY

Le temps filait à la vitesse de l'éclair : trois semaines s'étaient écoulées depuis le suicide de la mère abbesse au monastère. Pour Oliver, ces derniers jours avaient été particulièrement éprouvants. Mais l'enquête de la garde civile avait fini par reconstituer l'enchaînement des événements.

Le jour de son arrestation, Izan Sáenz Chacón avoua être l'auteur de l'agression et de la tentative d'homicide de Juan Ramón Ballesta. Mais il jura sur la tête de ses quatre enfants qu'il n'avait pas eu l'intention de le tuer. Les déductions de Riveiro et Redondo étaient justes : Pedro Salas l'avait contacté peu après la découverte du cadavre à la Villa Marine en menaçant de tout raconter à la garde civile. Le pêcheur réclamait de l'argent à Chacón en échange de son silence. S'il avait parlé, ce dernier aurait perdu l'exclusivité de son droit à l'héritage. Pedro Salas avait prétendu que d'autres personnes étaient au courant, dont Juan Ramón Ballesta qu'il s'engageait à surveiller pour qu'il "se tienne à carreau". Chacón, hésitant sur la conduite à adopter, se trouva libéré de son maître chanteur par le hasard d'un meurtre inopiné. Il décida alors de retrouver Ballesta pour savoir s'il savait effectivement quelque chose qui pouvait lui nuire. Mais cela fut sa grande erreur. Il perdit son sang-froid ce soir-là à l'hôpital, face à ce vieillard intarissable qui racontait n'importe quoi.

La panique d'Izan Sáenz était compréhensible : son niveau de vie dépendait entièrement de l'héritage qu'il pourrait recevoir de sa mère. L'agence maritime qu'il dirigeait était en effet au bord de la faillite. Il avait entamé des démarches pour être déclaré tuteur légal de sa mère afin de pouvoir disposer librement de son patrimoine le plus tôt possible. Le neveu d'Ignacio Chacón conclut sa piètre trajectoire criminelle par une tentative d'effrayer Oliver pour qu'il s'en retourne en Angleterre. Son raisonnement était simple : le descendant secret de son oncle ne devait pas avoir le temps de découvrir sa véritable filiation, et encore moins de réclamer sa part d'héritage. Mais son plan fut un fiasco : les bidons d'essence furent retrouvés dans son garage, à Santillana del Mar. Le casier judiciaire d'Izan Sáenz était vierge, toutefois il fut placé en détention provisoire en attendant son procès. Un cabinet d'avocats hors de prix de Santander était chargé de sa défense.

La garde civile n'avait pas pris la mesure de l'envergure criminelle de Clara. Pour être honnête, personne n'aurait jamais découvert les atrocités qu'elle avait pu commettre sans la lettre que Clara Múgica reçut le lendemain du suicide de sa tante. Jana, avant de se donner la mort, avait écrit une lettre d'adieu à sa fille d'une écriture tremblante mais parfaitement lisible. Cette longue lettre contenait des révélations inattendues :

Ma fille,

Rien de ce qui s'est passé n'est de ta faute. N'écoute pas ce que disent les gens, garde confiance en toi, et n'oublie jamais qui tu es. Ce que je m'apprête à faire, ou ce que j'aurai fait lorsque tu recevras cette lettre, n'appartient qu'à moi. Personne, pas même toi, n'aurait pu m'en empêcher. Personne qui soit encore de ce monde, en tout cas.

J'ai fait de nombreuses erreurs dans ma vie, ma fille. Je t'ai envoyée loin de moi dans l'espoir de te protéger, sans comprendre qu'un enfant doit souffrir, que la vie est ainsi faite, et que la mission d'une mère n'est pas d'épargner la douleur à son enfant mais plutôt de lui apprendre à l'affronter sans dommages. De lui apprendre, pourquoi pas, à la surmonter. Je t'ai aimée et je t'aimerai toujours de tout mon cœur, je te prie de ne jamais en douter.

J'ai quatre-vingt-cinq ans, une arthrose insupportable, et je me transforme peu à peu en une ombre inconnue. J'aimerais que tu considères ce départ, en pleine possession de mes facultés, comme ma façon de dire adieu à ce monde dans la dignité. Mais sache que mon départ est aussi une fuite. Je fuis une personne malade qui agit en mon nom et qui sème la mort sur son passage. Quand je t'ai dit que ma sœur Clara était morte, ma chère fille, je t'ai menti. Tu ne dois pas chercher à la rencontrer, ni lui faire savoir que tu connais son existence. C'est une personne froide, manipulatrice, et le simple fait de lui adresser la parole, si tu as le malheur de lui déplaire, peut suffire à te mettre en danger.

Quand j'étais petite, j'aimais et j'admirais ma sœur aînée avec dévotion. Nous avons grandi dans une période difficile, et je me laissais guider par sa confiance en elle. J'ai fait mienne son ambition. Ne crois pas que je veuille faire porter à Clara tous les torts. J'ai ma part de fardeau dans l'histoire que je vais te raconter, et j'ai mérité la peine qui a assombri ma vie pendant toutes ces années.

Je dois commencer par le commencement, mais je te promets de ne pas m'étendre. Toute jeune, je suis tombée follement amoureuse d'un garçon de Comillas. Un jeune homme merveilleux qui avait le tort d'être pauvre. La vie qu'il m'offrait était humble et sans perspectives. Sur les conseils de Clara, j'ai fait une chose stupide : j'ai laissé partir cet amour et j'ai fait en sorte qu'un jeune homme fortuné s'entiche de moi. Quand je suis tombée enceinte de mon maître, j'ai rêvé que ce bébé m'ouvrirait les portes d'une autre vie où je serais heureuse, délivrée du joug de la faim et de la misère. Mais un soir, cet homme m'a fait savoir que je devais perdre cet enfant qu'il refuserait de reconnaître. J'ai été très choquée par ses paroles. Je me rappelle seulement être sortie de la pièce, avoir fait quelques pas dans le hall de la maison, le regard dans le vide. Peut-être m'étais-je évanouie dans l'un de ces vertiges qui me prennent parfois. À la différence que je n'ai pas chancelé ce jour-là. J'ai repris connaissance en entendant des coups secs, francs, derrière mon dos. Lorsque je suis entrée dans la bibliothèque, mon maître gisait par terre. Quelqu'un avait sectionné ses bras et ses jambes, et ma sœur Clara tenait une hache sanglante entre les mains. Ce fut la première fois que ma sœur tua quelqu'un pour me protéger. Je l'ai aidée à se défaire du corps. Ce fut sans nul doute la nuit la plus noire de toute mon existence.

Ma sœur a continué à m'"aider". Personne ne devait savoir que j'étais enceinte, non seulement parce que le sort d'une fille-mère était peu enviable, mais surtout parce que les gens ne manqueraient pas de faire le lien avec la disparition de mon maître. Quelques mois plus tard, la découverte d'une partie de son corps confirma qu'il avait bel et bien été assassiné ; pardonne-moi si je n'entre pas dans les détails, mais c'est trop désagréable. Ma fille est morte à la naissance, et Clara l'a cachée au sous-sol de la Villa Marine. J'ai bien peur que tu aies, sans le savoir, procédé à l'autopsie de ta demi-sœur. Sache que je le regrette de tout cœur. Ma deuxième fille, car j'ai accouché de jumelles, fut confiée à l'orphelinat d'un couvent de Santillana del Mar. J'ai suivi de près les étapes de son enfance puis de son adolescence. Malheureusement, elle est morte l'an dernier dans un accident de voiture, et tu ne pourras jamais la connaître. C'est la nouvelle de son décès et non l'arthrose qui m'a obligée à garder le lit au mois de mai dernier, t'en souviens-tu?

Je suis navrée de devoir te raconter toutes ces horreurs, ma fille, mais je n'ai plus guère de temps devant moi. Ma sœur a continué à me protéger à mon insu plusieurs années. Sans doute avais-je préféré ne pas voir, ou refusé d'y croire. Elle a tué la fiancée de mon premier mari, Eladio Ongayo. C'était une jeune fille charmante de Puente Viesgo. Tout le monde a cru qu'elle était morte foudroyée par une péritonite. En ce temps-là, il était exceptionnel que l'on procède à ces autopsies qui te sont si familières. Après avoir pris une tasse de thé accompagnée de biscuits, elle s'est effondrée dans le salon des Ongayo, à Torrelavega. Ce n'était pas du thé bien sûr, mais une infusion empoisonnée préparée par ma sœur. Clara l'appelait son "thé spécial". Elle s'était assigné la tâche d'éliminer tous les obstacles qui pouvaient entraver mon ascension de petite bonne à maîtresse de maison. Rien ne devait m'empêcher d'épouser un fils de famille fortuné.

Lorsque mon premier mari commença à poser trop de questions et à douter d'elle, j'ai eu la sottise de m'en ouvrir à Clara. Elle a profité de l'une des rares visites qu'on lui permettait de faire à ce moment-là pour empoisonner ce gêneur à son tour, afin de me rendre ma liberté. Le pauvre homme. S'il avait été un parfait imbécile, il aurait vécu bien plus longtemps.

Mon second mari, ton père, pour qui j'ai éprouvé une sincère affection, est décédé de mort naturelle. Un infarctus, comme tu le sais. Clara n'y était pour rien, et n'était pas présente à ma connaissance lorsqu'il a fait sa crise cardiaque. Mais elle vint assister à ses funérailles et passa deux jours à la maison. Elle a même joué avec toi à cette occasion. J'étais si triste. Je me sentais terriblement seule. Et nous avons fait quelque chose que nous n'avions jamais fait ensemble : nous nous sommes enivrées. Un verre de vin après l'autre. Et l'alcool aidant, Clara perdit son admirable maîtrise d'elle-même. Ce soir-là, j'ai enfin pu soulever le bandeau qui me couvrait les yeux depuis de longues années.

Pour la première fois, je l'ai vue telle qu'elle était : un monstre malade, une personne déséquilibrée et terrifiante. Elle a avoué le meurtre de mon premier mari et de sa promise. Elle s'est moquée ouvertement de leurs existences ridicules. Je me doutais qu'elle y était mêlée, mais je ne l'aurais jamais crue capable d'une chose pareille, tu comprends ? J'avais nié l'évidence. Pour mon maître, c'était différent : elle avait agi aveuglée par la colère, en sachant que ce malotru allait m'abandonner à mon triste sort… J'arrivais presque à comprendre son geste… Mon empathie avec ma grande sœur était extraordinaire.

Mais ce ne fut pas la seule confession que Clara me fit ce soir-là. Il y en eut une autre qui me souleva le cœur, et qui me fit comprendre à quel point nous avions gâché nos vies, elle et moi. Nous avions laissé la douleur et la misère en prendre les rênes. Souviens-toi de ce garçon de Comillas dont j'étais amoureuse. Il s'appelait Luis. Il se présenta à la porte de la maison le lendemain de la disparition de mon maître. Clara venait juste de commettre son crime, et la garde civile allait arriver d'une minute à l'autre. On emprisonna Luis, et il eût été exécuté au garrot si l'un de ses cousins n'avait réussi à prouver son innocence, quelques semaines plus tard. Luis fut remis en liberté. Mais moi, je me suis demandé très longtemps ce qu'il était venu faire là. Il ne m'avait jamais rendu visite à Ubiarco, je ne comprenais ce qui l'avait poussé à faire le voyage cette fois-là.

Or le soir de l'enterrement de ton père, l'ivresse de Clara m'a permis d'apprendre enfin la vérité. Le désir de m'arracher à la misère, de me donner une place respectable dans la société n'était pour ma sœur qu'un objectif secondaire. L'objectif premier, c'était Luis, l'homme que j'aurais dû épouser et auprès de qui j'aurais pu mener une vie heureuse. Elle était tombée amoureuse au premier regard, m'a-t-elle avoué : Luis était si beau, il avait l'air si fort, si noble, avec ses yeux bleus qui revenaient dans tous mes rêves. Le plan de Clara était simple, il fonctionnait à merveille : je tombais enceinte de mon maître, ce dernier m'épousait en m'offrant la vie d'abondance à laquelle j'aspirais tant (ou qu'elle m'avait persuadée de convoiter, je te jure que je ne sais plus vraiment), et l'enfant que je portais dans mon ventre forçait Luis à m'oublier, ou du moins à accepter d'en épouser une autre. À chaque étape de l'exécution de son plan, Clara agissait comme une amie, comme une complice : elle nous servait officiellement de chaperon pour mieux nous laisser seuls. À vrai dire, c'est ce que je croyais, car elle m'a avoué également, avec une lueur malsaine dans les yeux, qu'elle restait très souvent nous espionner en cachette, à l'affût de nos baisers et de nos caresses.

Clara saisissait le moindre prétexte pour m'apporter des vivres ou des vêtements à Santillana, chez mes maîtres. Elle demandait à Luis de l'accompagner pour ne pas faire le chemin toute seule : entre nous, nous savions qu'elle faisait ça pour me rendre service, pour me permettre de voir Luis. Mais ce soir-là, j'ai découvert que c'était moi le prétexte qui lui permettait de passer quelques heures avec mon fiancé. Chaque fois que je regarde en arrière, je me maudis d'avoir été aussi bête. Comment ai-je pu être aveugle à ce point ?

La veille du crime de mon maître, Clara n'est pas venue directement de Torrelavega à la maison où je servais à Ubiarco. Avant de me rejoindre, elle a fait une halte à Comillas, où elle a raconté à Luis que j'étais enceinte d'un autre homme, que je ne l'aimais plus et qu'il devait m'oublier. Elle s'est déshabillée devant lui et s'est offerte, prête à lui donner ce que je lui refusais. Luis l'a repoussée d'un geste de colère. Voilà pourquoi Luis s'est rendu à Ubiarco le lendemain : il voulait savoir si ce que Clara lui avait dit était vrai. Et à son arrivée, il a découvert que mon maître avait disparu. Il a dû croire que Clara disait la vérité, que j'étais bel et bien enceinte d'un autre, parce qu'il prit la décision de me quitter pour toujours. Il m'annonça son prochain mariage. C'est curieux : j'ai su des années plus tard que ses fiançailles furent postérieures à ce jour-là. J'ai la bassesse de croire qu'il a épousé sa femme par dépit, et non parce qu'il ne m'aimait plus. Clara, tout à sa haine et à sa rancœur, me raconta ce qu'elle était allée faire à Comillas ce jour-là pour mieux se moquer de Luis, pour qu'on puisse rire ensemble de ce pauvre pêcheur dont je n'avais pas voulu et qui, comble de l'impertinence, n'avait pas voulu d'elle. Mais je n'ai pas ri. J'ai compris ce soir-là que j'avais été manipulée et que tous ces crimes, toute cette douleur étaient le fait d'un esprit malade et dangereux. Clara s'était servie de moi. Elle n'était pas venue à Ubiarco dans l'intention de m'aider mais pour s'assurer de la réussite de son plan.

S'ensuivit une discussion houleuse, qui finit d'évaporer l'alcool qui coulait dans nos veines, et un silence qui dura plus de quarante ans. J'ai fait une dépression grave, je me suis éloignée de tout et de tous, sans doute même de toi, ma fille, crois bien que je le regrette. C'était peut-être une façon de te protéger : n'étais-je pas moi aussi devenue un monstre ? Mais l'autre jour, j'ai eu un moment de faiblesse. On a découvert mon pauvre bébé dans les murs de la Villa Marine, et je suis redevenue la petite fille d'antan, celle qui suit les ordres de sa sœur aînée, parce qu'elle lui voue une confiance aveugle. Si la vérité venait à être révélée, les démons du passé reviendraient me torturer, et leurs fils d'araignées pourraient bien t'emmailloter au passage. J'ai été lâche, j'ai appelé Clara. Sa voix me fit l'effet d'une décharge électrique. À la seconde même où je l'entendis, j'eus conscience d'avoir fait une grave erreur, mais il faut dire que Pedro Salas me harcelait jour et nuit… Il avait appris ce qui était arrivé à mon maître sur le lit de mort de son père, le Manchot. Cela faisait des années que le Manchot me faisait chanter : il avait commencé à la mort de ton oncle David, qui était, par l'un de ces hasards saugrenus de l'existence, son meilleur ami. Du vivant de ton oncle, il n'aurait jamais osé se montrer aussi cupide. Clara a résolu le problème à sa manière, tu l'apprendras bientôt… Mais elle ne s'est pas arrêtée là, elle a également tué le Dr Viesgo. Je n'ai pas besoin de preuves, je sais très bien que c'est elle. Et je ne puis permettre que cela continue. Voilà pourquoi je choisis de partir. Je veux libérer mon âme et mon esprit du fardeau de ma conscience. Et puisque la mort me suit à la trace, mon tour est venu de faire un pas vers elle, en espérant que ce soit le dernier.

Mais j'ai encore une chose à te dire avant de quitter ce monde : j'ai reçu cette semaine l'un des plus beaux cadeaux que peut offrir la vie, l'une des plus grandes joies de toute mon existence. J'ai appris que j'avais vécu dans l'erreur pendant soixante-cinq ans. Lucía, la fille que je portais dans mon ventre avant de te porter, toi, ne fut pas engendrée par l'homme riche et sans cœur que Clara a assassiné. Cette petite fille est née de l'amour sincère qui existait entre Luis et moi. Deux mois avant cette nuit sombre et sanglante, Luis m'avait rendu visite à Santillana, justement pour accompagner ma sœur Clara. On nous avait laissés seuls une vingtaine de minutes, comme par hasard, dans l'office où il m'avait aidée à porter un sac de farine, et ce fut cette fois, cette fois seulement… Comment aurais-je pu imaginer que ma fille était la sienne ? Peut-être qu'il y avait pensé, lui, et que c'était pour en avoir le cœur net qu'il avait décidé de se rendre à Ubiarco ce jour-là… Hélas, lorsqu'il m'a vue, lorsqu'il a vu ma sœur et toute l'effervescence autour de la disparition de mon maître, il a sans doute conclu que rien de bon ne pourrait jamais venir de nous deux. Or figure-toi que cette semaine, j'ai reçu une visite inattendue. Un lieutenant de la garde civile est venu me voir en compagnie d'Oliver Gordon. J'espère que cela ne fait pas trop de révélations d'un coup pour toi, ma fille, mais je dois préciser qu'Oliver est le fils de ta sœur Lucía : tu auras au moins gagné un neveu dans cette histoire.

Lorsqu'ils sont arrivés, j'étais assise comme d'habitude dans mon canapé, près de la fenêtre, et je les ai vus. Dès qu'il est descendu de voiture, je l'ai su. Oh, Clara, tu ne peux pas imaginer la surprise, la joie immense… As-tu idée de ce que cela fait de sentir son cœur battre à tout rompre après des années de silence ? Oliver Gordon était le portrait de Luis, son image vivante. Il avait le regard de mon Luis, le même ton de bleu dans les yeux. J'ai reconnu son nez, sa mâchoire… Je me suis évanouie, tu t'en doutes, comme ça m'arrive si souvent. J'avais vu sa photo dans les journaux, mais sur le moment, il me rappelait seulement sa mère. À le voir en personne, avec son regard si particulier, cette façon de bouger reconnaissable entre toutes… j'ai compris. Et je sais que je ne me trompe pas. C'est un jeune homme délicieux, du reste… Je pense que tu gagnerais à le connaître, il m'a semblé fort sympathique.

Je dois maintenant te dire adieu. Je quitte ce monde en me réjouissant de t'avoir donné la vie, comme j'ai donné la vie à ta sœur Lucía, mais aussi à Oliver et à son frère que je ne connais pas. J'emporte avec moi la joie immense de savoir que Luis et moi, nous avons été parents, et que nous sommes aujourd'hui grands-parents ; sans nous toucher, sans nous parler, pratiquement sans nous connaître, mais ensemble.

Vis ta vie, ma petite fille. C'est le seul conseil que je puisse te donner.

Je t'aime, je t'ai toujours aimée, et les jours où tu m'as détestée, sache que je t'ai aimée pour deux.

Maman.

Ridicule. Absolument ridicule. Izan Sáenz Chacón était en prison pour rien ; il avait couru derrière une poule aux œufs d'or qui n'était en réalité qu'une coquille vide. Oliver Gordon n'était pas de sa famille, et ne l'avait jamais été. Il n'était qu'un jeune Anglais parti retrouver les étés de son enfance, les souvenirs d'une terre qui lui offrait un peu de réconfort, pour échapper au vide, à l'angoisse et à l'incertitude. Et pourtant, c'était dans ce lieu qu'il imaginait comme un monde entre parenthèses, un havre de paix, qu'on avait déterré le cadavre d'un bébé. Un être fragile qui s'était avéré être sa propre tante, une tante dont il ignorait jusqu'à l'existence. Il avait fait la connaissance de sa grand-mère pour mieux la perdre ensuite, dans un suicide au parfum de sacrifice, et il avait été amené à connaître le côté sombre de sa famille, la face cachée d'un être redoutable possédé par la folie, dont le comportement de psychopathe avait été discrètement camouflé pendant de longues années : sa grand-tante Clara, morte elle aussi de ses propres mains. On pouvait le dire : Oliver n'avait pas eu une année facile. Les temps n'étaient pas très gais, même s'il réussissait à ne jamais se départir de son flegme britannique et à prendre ce qui lui arrivait avec une pointe d'ironie qui confinait parfois à l'humour noir.

Au vu des derniers événements, son père avait abandonné momentanément son refuge écossais pour aller passer une semaine à Suances. Entre deux balades sur la plage de La Concha, père et fils avaient fini par se retrouver. Trois amis d'Oliver vinrent également passer quelques jours à la Villa Marine : Walter et Angelina, d'éternels tourtereaux qui vivaient ensemble depuis très longtemps et qui avaient connu Oliver sur les bancs de l'université ; mais aussi Michael, un musicien excentrique et globe-trotteur qui fréquentait Oliver depuis le lycée. Tous faisaient partie de cette bande d'amis bigarrée qui se retrouvait le samedi soir au pub Rose de Chelsea, à Londres, pour refaire le monde entre deux pintes de bière. Oliver leur offrit une visite guidée mémorable de la Cantabrie, qui incluait bien évidemment un hommage au dieu Tlaloc à Santillana del Mar. Michael n'hésita pas à se plaindre énergiquement de ne pas avoir été prévenu plus tôt de ce qui se passait à la Villa Marine ; d'après lui, ils avaient raté le meilleur moment de l'enquête et "ce n'était pas très funky".

Ce n'est qu'après le départ de ses amis, une fois seul, qu'Oliver commença à comprendre ce qui lui était arrivé. Le temps l'aidait à mettre les événements en perspective. Ces dernières semaines, quand tout était un peu trop frais dans sa mémoire, il avait apprécié la présence de son père et de ses amis. Cela faisait du bien de profiter du soleil, d'avoir du temps à revendre. Michael avait même menacé de rester une saison entière à la Villa Marine, car il était convaincu que son séjour donnerait de nouvelles couleurs à sa musique.

Mais aujourd'hui, Oliver était seul. Les travaux de la Villa Marine touchaient à leur fin, et il profitait d'un instant de calme sous son porche. Après un repas léger, il prenait un café en observant la plage de La Concha. Les jours fraîchissaient et se faisaient plus courts.

— Tu devrais fermer ton portail à clé, Oliver. Ça pourrait donner des idées au prochain déséquilibré qui passe. Qui sait s'il ne serait pris d'une envie subite d'asperger d'essence le toit d'un Anglais moyennement sain d'esprit ?

— Valentina ? Comment es-tu entrée ? s'écria Oliver, surpris.

Il se leva d'un coup et manqua de renverser sa tasse de café.

— Je viens de te le dire, sourit-elle, l'air moqueur, tu as laissé ton portail ouvert. Je suis on ne peut plus sérieuse, il faut que tu fasses attention. Sœur Pilar rôde peut-être toujours dans les parages, qui sait ce qui pourrait lui passer par la tête ?

Oliver n'était pas encore revenu de sa surprise, mais il s'avança vers Valentina avec un sourire.

— Cette adorable sœur criminelle n'avait rien contre moi, bien au contraire. Je crois même que je lui ai tapé dans l'œil quand nous nous sommes croisés l'autre jour au monastère. Je te parie qu'elle danse quelque part à Rio de Janeiro à l'heure qu'il est… – Oliver regarda Valentina dans les yeux. – Dis-moi, que viens-tu faire ici ? Je croyais que tu ne voulais plus rien savoir. Je t'ai laissé des tas de messages, pourtant, au groupement… Me prends-tu toujours pour un suspect à moitié fou susceptible de commettre les pires atrocités ?

— À moitié fou, ça, je n'en démords pas, répondit Valentina en souriant. Mais tel que je te vois, j'ai du mal à t'imaginer commettre des méfaits. Du moins, pas des sordides, répliqua-t-elle en levant un sourcil amusé. Je n'étais pas dans la région et j'avais beaucoup de choses à faire, voilà pourquoi je ne suis pas passée plus tôt…

— Bien. Tu as pris ton temps… J'imagine que tu viens me parler de l'enquête… Il y a du nouveau ? demanda-t-il en redevenant sérieux.

— Oui, Oliver, en effet… – Valentina observa la tasse qu'Oliver tenait encore dans la main. – Dis, tu m'offrirais un café ?

— Bien sûr… répondit-il en disparaissant dans le chalet.

Il alla chercher une tasse à la cuisine, qui se trouvait à l'entrée du chalet sur la droite. Il laissait toujours la porte grande ouverte pour entendre la musique qui passait à la radio ou sur son lecteur CD. Oliver écoutait de la musique toute la journée, ça lui tenait compagnie. Et maintenant, les Imagine Dragons, ce groupe de Las Vegas qui passait sans arrêt sur les ondes, faisaient entendre les premiers accords de leur single *On the Top of the World* ("Au sommet du monde"). L'air tranquille des premières mesures devenait progressivement plus enjoué, plus rythmé, radicalement optimiste.

Tandis qu'il lui servait une tasse de café à la cuisine, il parlait à Valentina d'une voix assez forte pour couvrir la musique :

— Alors comme ça, tu as eu beaucoup de travail ces dernières semaines ?

— On peut le dire comme ça, oui, dit Valentina en éclatant de rire. Je reviens de vacances. J'étais en Galice, dans ma famille… et ils m'ont épuisée ! Pourtant, j'y suis restée moins de deux semaines. J'ai encore sept jours devant moi pour m'en remettre… dit-elle alors qu'Oliver reprenait place sous le porche. D'ailleurs, avant de partir, le groupement était en effervescence, j'ai rarement connu une telle fébrilité. Il y avait des dizaines de rapports à faire, de nouvelles affaires à résoudre… mais je voudrais que tu saches qu'on a reçu les félicitations du colonel, du capitaine en chef de l'unité organique de la police judiciaire et même du commissaire du gouvernement pour cette enquête. Un triomphe, conclut-elle en lui adressant un clin d'œil.

— Oui, j'ai lu ça dans les journaux, reconnut Oliver, mais je n'ai vu ton nom nulle part. Pas la moindre allusion à Riveiro, à Sabadelle ou au reste de l'équipe.

Valentina éclata de rire.

— Évidemment, Oliver… ça fait longtemps qu'on a renoncé à l'illusion de voir nos TIP apparaître dans les journaux… L'idée n'est pas de recevoir les louanges des grands médias, tu t'en doutes bien. Notre objectif est de résoudre les affaires le plus vite possible, point.

— Pourquoi pas. Mais c'est quoi au juste, les TIP ?

— Ce sont nos cartes d'identification personnelle. Nos matricules sont composés d'une série de chiffres, c'est un peu notre “nom” en interne, si tu veux, dit-elle tout en avalant la première gorgée de son café. – Elle plongea son regard dans celui d’Oliver. – … Je ne suis pas venue plus tôt parce que je savais que tu n’étais pas seul. Je n’avais pas envie de te déranger alors que tu étais avec ton père ou avec tes amis… tant que je n’avais rien de nouveau à t’apporter sur l’affaire.

— Mais comment pouvais-tu savoir… ?

— C’est le brigadier Maza, de la garnison de Suances, qui m’a dit que tu avais de la visite.

Oliver hocha la tête, faisant soudain le rapprochement.

— Mais oui, j’ai discuté avec lui ces dernières semaines. Il est passé plusieurs fois s’assurer que tout allait bien. Ne me dis pas que c’est toi qui me l’envoyais… demanda-t-il, plein d’espoir.

Valentina ne répondit pas et changea de sujet.

— Oliver, je suis venue te parler des dernières révélations concernant l’affaire, et des conclusions que nous en avons tirées. L’enquête sur la Villa Marine est terminée.

— Attends… tu ne venais pas de me dire qu’il te restait une semaine de vacances ? demanda-t-il, avec une pointe de méfiance dans la voix.

— Si, bien sûr. Mais c’est plus fort que moi, j’aime aller au fond des choses. Et rappelle-toi que je te devais un café. Quand tu es passé la dernière fois au groupement, je n’ai pas eu le temps de t’inviter.

— Dans ce cas, tu me dois encore un café, car aujourd’hui, c’est moi qui t’invite, répondit-il en souriant.

Valentina lui rendit son sourire. Elle se sentait redevenir une petite fille face à Oliver. Maudit soit cet Anglais. Avant de s’arrêter à la Villa Marine, elle s’était longuement promenée dans les rues de Suances. Une balade pour passer le temps, mais surtout pour tenter d’apaiser son esprit fébrile. Peine perdue. Du calme, se répétait-elle, reprends-toi, une princesse digne de ce nom ne tremble pas de cette façon.

— Comme tu voudras. À vrai dire, deux choses m'amènent ici, Oliver. Je commence par la première. Les analyses ADN confirment ta parenté avec Clara Múgica et Jana Ongayo. Jana était bien ta grand-mère. Les résultats des descendants de Luis Salvador viennent d'arriver, et le pourcentage d'affinité entre leur ADN et le tien est également très élevé.

— Ils viennent seulement d'arriver? Mais ils ont mis un temps fou!

— Et encore, tu as eu de la chance. Les analyses de l'ADN du bébé ont été rapides parce que nous avons fait appel à des laboratoires privés. Il fallait agir vite, vu la vitesse à laquelle s'enchaînaient les événements. Par ailleurs, je dois te dire que la comparaison des profils ADN exclut que tu aies le moindre lien de parenté avec la famille Chacón.

— Très bien… donc tout indique que j'ai de nouveaux cousins à Comillas, non?

— Pour être précis : les deux filles et les trois petits-enfants de Luis Salvador font partie de ta famille. Et tu as un autre parent à Santander, ta tante Clara Múgica. C'est une amie à moi… À propos, je pense que tu t'entendrais bien avec elle… Aimerais-tu la rencontrer?

— Je crois que je la connais, répondit Oliver, à la grande surprise de Valentina. Elle m'a appelé il y a quinze jours, et je suis allé la voir avec mon père à Santander. Elle et son mari sont très sympas. J'en ai profité pour leur dire que je comptais renoncer à la part d'héritage qui pourrait me revenir. Je ne pense pas avoir un droit quelconque sur le patrimoine de Jana, honnêtement. On a convenu de dîner ensemble un soir de cette semaine. Peut-être aimerais-tu te joindre à nous… proposa Oliver.

— Pourquoi pas? – Valentina dissimula son sourire derrière sa tasse de café, qui était déjà presque vide. – Enfin, je dois te dire que nous avons réussi à éclaircir tous les points obscurs de cette affaire avant de classer définitivement le dossier. Pedro Salas harcelait Jana Ongayo sur sa ligne professionnelle, c'est-à-dire sur un portable qu'elle utilisait seulement pour son entreprise. Nous avons mis du temps à le retrouver, parce qu'il s'agissait d'un téléphone à carte, mais nous avons fini par comprendre. Très sincèrement, je pense que sans la lettre que Jana a envoyée à ta tante, il resterait encore bien des zones d'ombre dans cette enquête.

— Oui, je sais, Clara m'a permis de la lire. J'avais du mal à croire que tout ça était arrivé dans ma propre famille. On dirait un film ou une de ces histoires abracadabrantes qui passent à la télé !

— En parlant de films… tu dois savoir que l'affaire a eu un tel retentissement dans les journaux que plusieurs producteurs sont intéressés. J'imagine que le journal de Clara a éveillé leur curiosité. Dans la sphère de la psychologie criminelle, c'est un document d'une valeur inestimable.

— Oui, j'ai entendu parler de ce journal, dit Oliver avec intérêt. Riveiro m'en a résumé les grandes lignes, sans entrer dans les détails. J'aimerais le lire, tu crois que ce serait possible ?

— Je pense. Pour ma part, je l'ai lu trois fois de suite. Clara a commencé à écrire ce journal lorsque le cadavre du bébé a été découvert à la Villa Marine. Pour le moment, c'est une pièce à conviction, il faudra donc demander l'avis du juge Talavera avant de le consulter. Je sais que le juge redoute de nouvelles fuites dans la presse. Le journal est un document époustouflant sur la façon dont la folie et la psychopathie peuvent arriver à déformer l'esprit d'une personne. Clara écrit à la première personne, mais elle s'identifie à un être surnaturel, à une sorte de dieu vivant. Elle s'adresse à un lecteur imaginaire à qui elle raconte la vie de Jana et de sa famille dans ses moindres détails. Elle parle de tout le monde à la troisième personne, y compris d'elle-même. L'héroïne de son journal, c'est Jana, qu'on retrouve à tous les chapitres. Clara semble être complètement obsédée par sa sœur ; elle lui prête une perfection absolue, et en même temps, son journal la désigne comme la seule coupable du meurtre d'Ignacio Chacón, ce qui est absolument faux. En fin de compte, Jana devient au fil des pages la responsable de toutes les atrocités que Clara a pu commettre.

— Oui, Riveiro m'en a dit quelques mots. Il m'a raconté qu'elle s'adressait aux autres en les qualifiant d'*humains* comme si elle était d'une essence supérieure.

Valentina hocha la tête :

— Oui, et elle a laissé son journal en évidence sur le lit, dans sa cellule monastique, sachant pertinemment que nous le retrouverions. Encore une mise en scène. Dans le dernier chapitre, elle devine même que je pourrais être amenée à lire ce journal, en tant que lieutenant chargé de l'enquête. Elle a eu la délicatesse de laisser l'arme avec laquelle elle a tué Pedro Salas à côté du document. Elle voulait briller, nous forcer à admirer son intelligence. Mais c'était aussi sa façon de nous montrer jusqu'où elle pouvait aller, à quel point elle se jouait de nous et se moquait des autres. Clara Fernández est le modèle même de ce qu'on appelle la triade noire en psychologie criminelle.

— La triade noire ? En voilà une drôle de formule, plaisanta Oliver. On peut savoir ce que c'est ?

— Il s'agit de la définition la plus radicale d'un psychopathe : sa personnalité est dominée par trois traits de caractère. Le "narcissisme", qui conduit à une surestimation de soi exceptionnelle. Clara se croit supérieure aux autres, elle se considère comme l'égale de Dieu, et se prend pour un être surnaturel et éternel. Le "machiavélisme", qui les dote d'une grande capacité à exploiter les autres, et d'une aptitude à feindre certaines attitudes ou certains comportements. Je n'ai jamais connu de personne aussi manipulatrice que ta grand-tante, ajouta Valentina, en secouant la tête. Tu sais que nos homologues anglais nous ont déjà réclamé le dossier pour l'utiliser dans leurs études des comportements criminels complexes ?

— Hallucinant, dit Oliver en finissant sa tasse de café. Tu ne m'as pas dit quel est le troisième élément de la triade noire.

— La "psychopathie" en soi, soupira Valentina, le regard perdu vers la plage. Elle rend l'individu intrépide, cruel et impulsif. Personne ne niera que ces adjectifs reflétaient parfaitement la personnalité de ta grand-tante…

— En effet… peut-être vaudrait-il mieux ne pas lire ce journal, finalement. Refermer définitivement ce chapitre de ma vie. C'est tellement sordide, ça me file la chair de poule rien que d'y penser, dit-il en baissant les yeux. Mais il reste encore un détail que vous n'avez pas vérifié, dit-il, le visage grave.

— Tiens donc ? Lequel ?

— Ma mère. Nous avons supposé qu'après sa visite au couvent des clarisses, elle était partie à Comillas rendre visite à Jana Ongayo. Est-ce que cette visite a bel et bien eu lieu ? J'aimerais penser que ce fut le cas. San Román, mon avocat, m'a affirmé qu'elles s'étaient rencontrées. Mais qu'a-t-il pu se passer pendant leur entrevue ? Penses-tu que ma mère ait appris la vérité ? Est-elle au contraire repartie sans rien savoir ?

Valentina sembla réfléchir.

— C'est vrai, nous n'avons pas pu poser la question à Jana quand nous sommes allés à Comillas… Je suis désolée pour toi, Oliver. Peut-être Jana lui a-t-elle menti, comme elle l'a fait avec nous, tout simplement. Clara n'en parle pas non plus dans sa lettre d'adieu. Nous ne pouvons jamais tout savoir sur nos proches, Oliver.

— Je sais, dit-il, résigné. – Il regarda Valentina dans les yeux. – Tu m'as dit qu'il y avait deux choses qui t'amenaient ici. La première, c'était l'enquête de la Villa Marine. Et l'autre, alors ?

— Ton port secret.

— Mon quoi… ?

— Tu te rappelles, la crique où tu allais avec ton frère Guillermo quand tu étais petit ? Tu m'avais dit que seuls les gens d'ici la connaissaient, et que tu n'arrivais pas à la retrouver ? Dans la voiture, en allant à Comillas ?

— Oui, je m'en souviens.

— Eh bien je sais où c'est. J'ai eu du mal à la retrouver, je te jure, mais j'ai fini par tomber dessus. Les recherches, c'est mon fort, ce n'est pas pour rien que je suis lieutenant de la police judiciaire… Tu parles à la reine des enquêtes, là ! conclut-elle avec un clin d'œil, alors qu'elle se levait et allait s'appuyer, visiblement ravie, sur l'une des colonnes du porche.

Oliver éclata de rire. Il avait l'air étonné.

— Sérieusement ? Tu as fait ça pour moi ? Quel honneur. Et alors, elle est où cette crique ? Ne bouge pas, je vais chercher la carte, si tu veux bien me montrer.

— J'ai bien peur que non. Tu vas aller mettre ton maillot de bain, et je t'y emmène tout de suite. La crique est à moins d'une demi-heure d'ici, du côté de Puerto Calderón.

— Ah bon ? Mais euh… Et toi ?

— J'ai déjà mon bikini sur moi, et j'ai pris des serviettes dans la voiture. Dois-je vous rappeler que je suis en vacances, monsieur Gordon ? Je n'ai donc pas une minute à perdre.

Oliver était heureux. Il avait remarqué que Valentina portait aujourd'hui des vêtements légers plus féminins que d'ordinaire, mais il ne s'attendait pas à ça.

— Génial, laisse-moi juste le temps de me changer et je suis à toi. Le temps fraîchit vite, ces jours-ci. Après, si tu es libre, je t'invite à dîner dans un bon restaurant, lui dit-il en s'approchant d'elle. J'aimerais t'entendre me raconter l'un de tes secrets.

— De quels secrets parles-tu ?

— Une femme avec un regard vairon ne peut pas manquer de conversation.

Valentina ne le quitta pas des yeux cinq longues secondes.

— Je ne suis pas née comme ça, Oliver. Avant, j'étais… j'étais comme tout le monde, répondit-elle doucement, sans une once d'amertume, tandis qu'il bredouillait des excuses.

— Je… je ne savais pas, je te jure… je suis désolé…

— Tu n'as pas à te sentir désolé. Ce sont des choses qui arrivent. – Valentina prit une inspiration. – Et dis-moi, avant de m'inviter à me régaler d'un de ces généreux sandwichs que tu avales à longueur de temps, j'aimerais savoir quelque chose… Si tu sortais avec quelqu'un, de façon informelle, tu vois ce que je veux dire… Tu pourrais supporter une certaine manie de l'ordre, des horaires impossibles, le fait que ta femme ne te rappelle pas toujours quand tu la sonnes, qu'elle puisse être amenée à partir de chez elle à quatre heures du matin à cause d'un coup de téléphone urgent ou qu'elle soit obligée de porter une arme, par exemple ? Je dis ça à tout hasard, bien entendu.

Oliver sourit, alors qu'elle restait parfaitement sérieuse.

— Dans le cas, très hypothétique, où cela m'arriverait, oui, je pense que je serais capable de supporter l'enfer que tu me décris. Mais seulement si cette personne est capable de tolérer ma chaîne hi-fi, les trois tonnes de bouquins qui me suivent où que j'aille, mon insomnie perpétuelle et mon humour anglais.

— L'accumulation de livres est intolérable, mais on peut y remédier facilement en repensant leur distribution. En revanche, je ne connais pas d'antidote à l'humour anglais… – Valentina fit mine de réfléchir. – Je crois que je vais devoir décliner ton invitation pour ce soir, Oliver.

— Ah bon ?

— Je regrette. Je n'ai pas la moindre envie de dîner dans un bon restaurant. On peut se cuisiner un petit plat ici, si tu veux. Et demain, si tu as été sage, je t'apporterai le petit-déjeuner au lit.

Valentina ne le quittait pas des yeux, des yeux où se lisait une pointe de défi. Un flirt dans les règles de l'art : à lui de saisir la balle au bond.

— Je serai un *perfect gentleman*, dit Oliver, qui souriait en s'approchant encore de Valentina.

Et l'instant qui effaça toute distance entre eux arriva.

Cet instant où la musique qui dansait dans l'air parla pour eux.

Leur baiser fut tendre et naturel, comme s'il les attendait depuis toujours sous ce porche. À l'intérieur du chalet, une sonnerie retentit. Le portable d'Oliver. Mais Oliver et Valentina se trouvaient déjà sur leur île, étourdis de bonheur, et ne l'entendirent pas. À l'autre bout du fil, Guillermo Gordon ; le visage pâle, émacié. Des gouttes de sueur froide coulaient le long de sa colonne vertébrale lorsqu'il finit par raccrocher, au comble du désespoir, une ombre de terreur aiguë encore au fond des yeux.

Valentina et Oliver ne virent son appel que plusieurs heures plus tard. Ils étaient trop occupés à s'explorer, à se chercher et à se dévorer de tendres baisers. Des années plus tôt, sur les quais du port de Comillas, un jeune pêcheur regardait d'un air émerveillé une jeune fille étendre du linge. Elle s'appelait Jana et il en était éperdument amoureux. Oliver regarda Valentina et se dit, comme son grand-père l'avait fait avant lui, que sans aucun doute, le futur était un lieu immense.

REMERCIEMENTS

Je tiens à remercier Silvia Sesé et Juan Vera, car sans leur travail d'édition sur mon manuscrit, ce livre aurait tôt fait de rebuter ses lecteurs. J'adresse mes remerciements sincères aux maisons d'édition espagnoles et étrangères qui ont cru au potentiel et à la magie de ce *Port secret*.

Je veux exprimer ma reconnaissance et ma gratitude à tous les professionnels qui, avec autant de générosité que d'illusion, ont contribué à mettre en forme techniquement le manuscrit que j'avais esquissé dans ma tête :

Jesús Pastor, sous-lieutenant de l'Unité centrale opérationnelle (UCO) de la garde civile : ses observations et son livre *Objetivo Beato* ont été une précieuse source d'inspiration. Je m'en suis servi de guide pour approcher le travail d'une unité de la garde civile.

Jesús Alonso, agent de la garde civile de l'unité organique de la police judiciaire (UOPJ) de Cantabrie, à Santander.

Marcos Catalina, caporal de la garnison de la garde civile à Suances.

Pilar Guillén Navarro, directrice de l'Institut de médecine légale (IML) de Cantabrie, à Santander.

Je tiens à préciser que si un lecteur avisé venait à découvrir une énormité médicolégale ou d'autres erreurs sur le protocole policier, j'en assumerais pleinement la responsabilité. Le plus extraordinaire étant, j'en ai bien peur, que bien souvent, la fiction se confonde avec la vérité.

Je souhaite remercier mon mari pour son calme, sa patience et surtout parce qu'il a respecté sans réserve mon plaisir d'écrire. Je le remercie de son soutien inconditionnel de chaque jour. Je veux remercier mon fils Alan, qui, peut-être un peu malgré lui, a cédé de longues heures de son temps pour me permettre de faire des recherches et donner forme à cette histoire. Vous êtes ma force, la source de ma persévérance.

Je veux remercier mes parents, pour plusieurs raisons. D'abord parce qu'ils n'ont jamais remis en cause ma volonté d'écrire en dépit des aléas de ma vie privée. Je remercie ma famille de Galice et aussi celle de Cantabrie, tout spécialement mes grands-parents, dont les anecdotes et les histoires m'ont beaucoup inspirée pour reconstituer de façon vraisemblable la vie de Jana et de sa famille en Cantabrie. J'adresse mes remerciements à mes très chères amies Beatriz et Ruth, ainsi qu'à leurs familles, car elles ont cru en moi, ce qui n'est pas rien. Mes remerciements enfin à tous ceux qui se sont intéressés de près ou de loin à mes progrès dans cette aventure, que j'adresse même à ceux qui ne l'ont fait que lorsque le vent m'est devenu favorable.

Merci à vous tous, qui croyez à la littérature, qui la diffusez, qui la rêvez, qui lui consacrez de la passion et du temps, cet or liquide qui s'écoule inexorablement. J'espère que tous ceux qui auront terminé ce livre auront pu y contempler, même sans le vouloir, le reflet de leur propre *Port secret*.

NOTES

Le Port secret est une fiction, tous ses personnages sont imaginaires. En revanche les lieux décrits dans le roman existent réellement : parcs, villages, paysages… y compris les établissements et les petits commerces mentionnés sous un autre nom. Ils sont décrits tels que j'ai pu les voir et les ressentir.

À Comillas, la Casa del Duque et le parc qui se trouve juste en face (Parque Guëll y Martos de Comillas) existent eux aussi, et je peux vous assurer que leur emplacement face à la mer et au fameux Ange Exterminateur de Josep Llimona est vraiment spectaculaire.

À Santillana, les descriptions des rues, des immeubles et des blasons sont inspirées de la réalité, y compris Tlaloc qui en effet défie les caprices du temps en face de la célèbre collégiale romane de Santa Juliana. J'ignore la raison de sa présence à Santillana : l'explication qui figure dans *Le Port Secret* est celle qui m'a paru, personnellement, le plus plausible.

La description extérieure et historique du couvent des clarisses, de leur atelier de restauration d'œuvres d'art, ainsi que de la salle du tour et de ses fameux gâteaux est également fidèle à la réalité. Mais je ne suis jamais entrée dans le couvent proprement dit, et je n'ai pas contacté les sœurs clarisses. C'est mon imagination, seule, qui a dicté les couleurs de cette fresque sur leur congrégation.

À Suances, la propriété d'Oliver – dans laquelle je ne suis jamais entrée – existe bel et bien, tout comme les paysages que je décris (comme la *Statue des vents* érigée sur la falaise de la plage de Los Locos). Leur description emprunte autant à la réalité qu'à mon propre regard.

À Hinojedo, personne n'échappe à l'enchantement de Masera de Castío, cette étrange montagne en forme de tabouret. On l'a baptisée Masera précisément parce qu'elle ressemble à un pétrin renversé. Les grottes qui se trouvent à son sommet, étroites, oubliées, masquées par les broussailles, servirent en effet d'abris aux villageois durant les bombardements de la Guerre civile. En revanche, je n'ai eu vent d'aucune mort qui fût arrivée dans les grottes au cours de la guerre.

Les anecdotes historiques sur la Guerre civile dans le nord de l'Espagne, tout comme celles sur *les combattants réfugiés dans la montagne*, sont strictement véridiques ; au moins dans la version documentée de l'histoire qu'il m'a été donnée de lire. L'allusion à l'espionne cantabrique au service des Français, Marina de la Vereda, est une liberté que j'ai prise, en me basant toutefois sur le personnage historique de Marina Vega de la Iglesia, née à Torrelavega en 1923, qui s'engagea à l'âge de seize ans dans le réseau espagnol des Forces françaises libres pour y débuter sa carrière d'espionne.

Pour finir, je confierai au lecteur curieux qu'en 1953, la jeune gouvernante d'un hôtel appelé Las Fondas, à Ubiarco, a tué, découpé en morceaux puis jeté du haut d'une falaise son maître. Depuis ce tragique événement, cet hôtel estival a été rebaptisé la Maison du Crime, mais il n'existe plus de nos jours : il a été démoli en 2006. Ce fait divers m'a conduite à faire des recherches sur la condition sociale et les références culturelles de cette jeune meurtrière. Je ne connais pas aujourd'hui sa véritable histoire, mais j'ai pu découvrir que de nombreuses familles qui vivaient à l'époque dans la misère la plus sordide ont poussé leurs filles à *chasser* le fils de bonne famille pour assurer leur survie. L'existence de ce crime très ancien m'a été révélée de la façon la plus invraisemblable qui soit, mais ceci, cher lecteur, est une autre histoire.

OUVRAGE RÉALISÉ
PAR L'ATELIER GRAPHIQUE ACTES SUD
REPRODUIT ET ACHEVÉ D'IMPRIMER
EN DÉCEMBRE 2019
PAR NORMANDIE ROTO IMPRESSION S.A.S.
À LONRAI
POUR LE COMPTE DES ÉDITIONS
ACTES SUD
LE MÉJAN
PLACE NINA-BERBEROVA
13200 ARLES

DÉPÔT LÉGAL
1re ÉDITION : JANVIER 2020

N° impr. : 1904665
(Imprimé en France)